CW00672641

La magia de ser Sofía

ELÍSABET BENAVENT

La magia de ser Sofía

@BetaCoqueta

SUMA de letras

El papel utilizado para la impresión de este libro ha sido fabricado a partir de madera procedente
de bosques y plantaciones gestionadas con los más altos estándares ambientales, garantizando
una explotación de los recursos sostenible con el medio ambiente y beneficiosa para las personas.
Por este motivo, Greenpeace acredita que este libro cumple los requisitos ambientales y sociales
necesarios para ser considerado un libro «amigo de los bosques». El proyecto «Libros amigos
de los bosques» promueve la conservación y el uso sostenible de los bosques,
en especial de los Bosques Primarios, los últimos bosques vírgenes del planeta.

Papel certificado por el Forest Stewardship Council®

Primera edición: marzo de 2017
Décima reimpresión: agosto de 2017

© 2017, Elísabet Benavent Ferri
© 2017, Penguin Random House Grupo Editorial, S. A. U.
Travessera de Gràcia, 47-49. 08021 Barcelona

Penguin Random House Grupo Editorial apoya la protección del *copyright*.
El *copyright* estimula la creatividad, defiende la diversidad en el ámbito de las ideas y el conocimiento,
promueve la libre expresión y favorece una cultura viva. Gracias por comprar una edición autorizada
de este libro y por respetar las leyes del *copyright* al no reproducir, escanear ni distribuir ninguna
parte de esta obra por ningún medio sin permiso. Al hacerlo está respaldando a los autores
y permitiendo que PRHGE continúe publicando libros para todos los lectores.
Diríjase a CEDRO (Centro Español de Derechos Reprográficos, http://www.cedro.org)
si necesita fotocopiar o escanear algún fragmento de esta obra.

Printed in Spain – Impreso en España

ISBN: 978-84-9129-110-7
Depósito legal: B-437-2017

Impreso en Liberdúplex, Sant Llorenç d'Hortons (Barcelona)

SL91107

Penguin
Random House
Grupo Editorial

Para Jose.
Gracias por estar siempre a mi lado. Por ser quien eres.
Por embarcarte junto a mí en cualquier aventura.

1

Mamá salió corriendo de casa dejando tras de sí un montón de puertas abiertas y un reguero de grititos de alegría que alertaron a los demás de que ya estaba allí. No había duda… era ese tipo de alegría que solo derrochas con la vuelta de un hijo.

Dejé la bolsa de viaje y la maleta a un lado y abrí los brazos. Mamá parecía más pequeña que nunca cuando la estreché. En mis recuerdos infantiles era una mujerona pero fue empequeñeciendo a medida que yo crecía. O quizá solo es que cambió mi punto de vista.

Al separarse de mi pecho se concentró en mirarme de arriba abajo, como en un examen médico.

—Estás más gordo —musitó—. Así mejor.

—¡¿Estás más gordo?! ¡Por fin voy a dejar de ser el hermano feo!

Mi hermano Sebas salió riéndose, con su voluminosa panza poniendo a prueba la elasticidad de su jersey y se abalanzó sobre mí para abrazarme, darme un puñetazo, levantarme del suelo e insultarme una, dos, tres veces... Todo a la vez.

—¿Gordo, mamá? Si él está gordo yo estoy listo para la matanza.

—No me tientes, Sebas, no me tientes —lo amenazó.

Mi padre había sido el tío más guapo de su quinta, nos había dicho muchas veces mi madre, pero con el tiempo se convirtió en el tío más grande de su quinta. Mi madre, una mujerona de armas tomar. Mi hermano y yo teníamos dentro más genes tendentes al sobrepeso que el resto de la población española; la diferencia entre nosotros radicaba en que él se había dejado llevar por la naturaleza y yo me resistía, cuidándome para en el futuro ser un fofisano de los que de pronto gustaban a las chicas. Cuando se lo comentaba a Lucía esta solía fruncir el ceño.

—A mí me gusta el Gerard Butler de *300*, no un Gerard Butler de 300 kilos.

Yo me reía... pero me reía mientras cenaba brócoli hervido y un melocotón, como ella. No había tenido abdominales en mi vida, pero era consciente de que tenía un cuerpo..., uhm..., ¿cómo decirlo? Masculino. Fibroso. ¿Fornido? Bueno. Soy alto, siempre he tenido un pectoral definido y unos brazos firmes. A ella le gusté siempre, cuando era un adolescente desgarbado y cuando me transformé en un hombre robusto. Nos cuidábamos más por ella que por mí, pero ahora que estaba en Cáceres... a tomar por el culo la dieta.

—¿En serio estoy más gordo? —me miré—. Pues me pienso poner tibio a queso y perrunillas.

—Estás mejor ahora, te habías quedado asqueroso.

—Amor de madre —sentencié con un suspiro mientras miraba a mi hermano.

Mi madre había comprado una torta del casar y la casa me recibió oliendo... a muerto, porque seamos sinceros, está buenísima pero huele a algo en descomposición. Mi hermano no perdió tiempo y se coló en la cocina para meterle mano, armado con churruscos de pan; yo tenía la intención de hacer lo mismo pero acababa de llegar y... saludar mientras masticaba pan con queso... como que no.

Mis sobrinos fueron pasando en rueda de reconocimiento por mis brazos. El mayor, Eduardo, estaba irreconocible... bigotillo de adolescente incluido.

—¡Sebas! —le grité a su padre—. ¡Dale una cuchilla a este crío, por el amor de Dios, que tiene más bigote que mamá!

Me gané una colleja con la mano abierta, bien merecida, lo admito. La familia de mi madre siempre fue tendente al vello facial...

Sonia, otra de mis sobrinas, también había crecido mucho, pero para convertirse en una princesita tímida a la que le daba corte acercarse a darme un beso.

—¿No te acuerdas de tu tío?

—Sí —dijo con la boquita pequeña—. Pero me da vergüenza.

Claro que se acordaba de mí. Teníamos una especie de adoración mutua, como si ella fuera la niña de mis ojos y yo su primer amor platónico. La cogí en volandas y la cubrí de besos.

—Te traje una muñeca de esas que te gustan pero no se lo digas a tu hermana, que a ella le traje chocolate.

La vergüenza se le pasó después de cuatro arrumacos.

Los pequeños mareaban a mi padre en el patio interior. Papá había sido fiero... de esos padres a los que te da un miedo atroz enfrentarte al llegar con un suspenso en las notas. Pero..., azares del destino, se había convertido en un abuelo huevón que se dejaba hacer chichinas por sus nietos. En aquel momento tenía a Estefanía, la pequeña, agarrada de una pierna y a su hermano Guillermo, en la otra. Hacía un frío de narices, pero allí estaban ellos, jugando al raso.

—¡Corre, yayo, corre!

—Eso, corre, yayo —repetí.

Los enanos corrieron en busca de la cantidad ingente de chocolate que solía traer cuando venía de visita y mi padre me preguntó si en Suiza no vendían maquinillas de afeitar, porque nunca le han gustado las barbas.

—Claro que sí. Tendrías que ver lo suavitas que tengo las pelotas.

Me libré de otra colleja porque fui rápido.

Después de que mi madre estudiara el equipaje para hacerse con los suvenires (queso y chocolate pagados a precio de oro, como todo en Ginebra), nos sentamos en la mesa de la cocina.

—¿La niña no ha venido? —preguntó mi madre de soslayo.

La niña…, muchos pensarán que era un sobrenombre cariñoso y bueno, en cierta medida es verdad pero… escondía muchas connotaciones detrás de sus seis letras. Sé que todos la querían, pero acepto que siempre tuvo un carácter un poco especial, muy celosa de mi tiempo y de mis atenciones, que solía dejarla en evidencia delante de mi familia.

—No, mamá. Esta vez he venido solo —le aclaré—. Ya te lo dije por teléfono.

—Me dijiste que te quedabas solo, pero pensé que ella vendría contigo para saludar a la familia.

—Tiene mucho trabajo.

—Su madre está que trina. Pero no te preocupes que ya le he dejado bien claro que no es culpa tuya, que tiene una hija más *despegá* que *despegá*.

Hice una mueca que provocó carcajadas en mis sobrinos.

—La yaya es una brujilla…

—¡La yaya es bruja!

Los pequeños entonaron a coro que mi madre era una bruja y yo me gané una mirada que prometía otra colleja para luego.

—Entonces... —empezó a decir con la boca llena mi hermano—, ¿te quedas en el pueblo unos meses?

—No, qué va. Me voy a Madrid a casa de Estela. Aquí Lucía no encontraría trabajo de lo suyo.

—¿Y qué tiene eso que ver contigo?

—Hombre..., digo yo que después de tantos años algo tiene que ver, ¿no?

Mi hermano se encogió de hombros a la vez que acercaba el pan que mi madre había colocado en el lado opuesto de la mesa. «La niña» no era santo de su devoción, supongo.

—Entonces, ¿cuál es tu plan? —me preguntó.

—El plan es: yo me instalo en Madrid temporalmente y compruebo si va saliendo trabajo de lo mío mientras mantengo los clientes de allí. Si en seis meses veo que la cosa marcha, ella se viene. Tiene la posibilidad de pedir un traslado o... incluso de cambiar a una empresa española.

—Pues muy bien —sentenció mi padre, aunque sonó a *posmubié*.

—¿Y... por qué ahora? No es que no esté encantada de teneros más cerca. Seguro que tu suegra también tiene ganas pero... después de diez años viviendo fuera, con el dinero que gana ella y yéndote bien las cosas...

Miré a mi madre, que me lanzaba una mirada ladina y chasqueé la lengua.

—Vivir tantos años lejos es duro.

—¿Duro? —se burló mi hermano—. Dura es la cara que tienes tú.

—Hemos... —carraspeé—. Hemos pasado una época... mala. Bastante mala. Y una vez superada lo más lógico es buscar otro tipo de estabilidad. Además, Lucía tiene treinta y cuatro años. Si quiere ser madre... es el momento. Y allí el ritmo de vida que llevamos no admite críos.

—Ah. Y venís a casaros aquí —dio por hecho mi madre.

—No, mamá. Venimos a vivir aquí. No vamos a casarnos.

La discusión que vino después fue la de siempre: yo defendía que no teníamos necesidad de casarnos, que una década de convivencia valía más que un papel firmado y mi madre que éramos dos *dejaos* que se resistían a pasar por el aro «como todos». No sé a qué todos se refería. Obviando este «intercambio de opiniones», nadie hizo demasiados comentarios respecto a la paternidad que nos planteábamos en breve y quizá por culpa de ese silencio la sensación de inquietud que me acompañaba desde que abandoné Ginebra no se me pasó. Había estado todo el vuelo y el posterior viaje hasta el pueblo con un nudo en el estómago porque temía la reacción de mi familia al conocer la noticia. Que Lucía no le caía bien a mi madre (al menos no del todo) no era ningún secreto, pero siempre creímos que ninguna chica podría gustarle. ¿Era eso todo? ¿Que mi novia de toda la vida creara pelusilla en mamá y temiera su reacción? No, claro que no. Eran todas las cosas que habíamos vivido como pareja en el último año lo que me tenían nervioso, no la reacción de mi familia. Casi hubiera preferido que pusieran el grito en el cielo para que alguien diera voz a mi ansiedad y yo pudiera mostrarla sin tapujos. Poder decir: «No lo tengo claro, pero me encuentro entre la espada y la pared porque es esto o nada».

Así lo planteó Lucía y aunque no estuve de acuerdo en los términos… no pude más que aceptar si quería que se solucionara. Durante un tiempo casi me reconfortó ser consciente de la descomposición de lo nuestro porque al menos entendía el porqué de la rabia que de pronto nos teníamos, el desdén y la frialdad con la que nos castigábamos si el otro no hacía lo que uno quería. Nos íbamos a la mierda pero tuvimos que solucionarlo porque Héctor y Lucía no podían ir por libre… eran Héctor y Lucía. Así que lo arreglamos. Con esfuerzo. Porque no había más respuesta que un sí en ese referéndum.

Donde yo esperaba incomprensión, encontré silencio. «Mamá, papá, Sebas… Lucía y yo hemos decidido, tras superar esta crisis, que vamos a tener un hijo». Tenía treinta y cuatro años, un trabajo más o menos estable, una relación de dieciocho años con mi chica… Ser padre no tendría que venirme grande pero entonces… ¿por qué no había desaparecido ese nudo? Me dije a mí mismo que era el vértigo, la sensación de encontrar tan extraño lo que había sido tan conocido. Los cambios siempre daban miedo. Había vuelto a España después de diez años viviendo, se podría decir que bien, en Ginebra. Siendo completamente sincero, mudarme a Suiza tampoco me hizo especial ilusión, pero Lucía me convenció de que el futuro que nos esperaba era mucho más prometedor allí. «Si nos quedamos», me decía, «terminaré trabajando en una gestoría, como mi padre y tú dando clases de pintura a un montón de jubilados». Qué graciosa la tía, ella en una oficina y yo enseñando a pintar flores en jarrones chungos.

—Si nos vamos, yo podré trabajar en banca de inversión y tú especializarte en lo que quieras… como en diseño gráfico.

El diseño gráfico no es que me encantara pero parecía tener futuro y los ordenadores se me daban bien, así que… bueno, no sé si ella hubiera acertado en sus predicciones si nos hubiéramos quedado en España, pero sí sé que estuvo en lo cierto en cuanto a Ginebra. Ella ganaba dinero a espuertas y yo… encontré mi camino después de perderme un par de veces. Tuve que aprender francés, relacionarme con un montón de gente que me caía regulín y hacer de Lucía mi mundo entero. Tampoco me sacrifiqué…, no tenía otro plan que me pareciera prioritario. Así que si conseguí sentir que Suiza era de alguna manera mi casa, podía volver a España, plantar los cojones encima del teclado del ordenador y empezar de nuevo pero esta vez en nuestro hogar.

«Estoy asustado por el cambio», me dije. «No tiene nada que ver con el tema de tener hijos», me repetí a pesar de que siempre pensé que no los tendríamos. Pero nos queríamos. Era… algo normal.

Un ratito antes de cenar, Sebas y yo nos tomamos una cerveza delante de la chimenea que mamá había encendido en mi honor. Los niños no dejaban de atosigarnos, cruzando la habitación corriendo, gritando los típicos «mírame, papá» y «mira lo que hago». Yo estaba encantado, pero él parecía estar a punto de alcanzar el estado opuesto al Nirvana.

—Ve y dile a mamá que vea lo que haces, que es una maravilla —le decía por turnos a sus hijos.

—Mamá me ha dicho que venga a enseñártelo a ti. Mira, papá. Pero ¡mírame! Que no me ves. Mira lo que hago.

—Míralo, Sebas, por favor, míralo —me burlaba bajo mano.

—Ya verás, ya. Estás a punto de saber lo que es ser padre. Y entonces hablaremos —suspiró.

Cuando los niños salieron en tropel hacia la cocina en busca de algo para picar, se volvió hacia mí y con aire serio y un hilo de voz añadió:

—No te líes, Héctor, no te líes. Ser tío es una cosa. Ser padre es otra… Piénsatelo bien.

—¿Qué dices? —le pregunté con una mezcla de miedo y alivio.

—Todo cambia. La cama, la casa, las horas de sueño, la vida, las ganas… Pero sobre todo la cama. Adiós muy buenas. La fierecilla se cansa y se acurruca.

—Eres un pedazo de abono. —Me reí—. No quiero saber nada de eso de mi cuñada.

—No, ahora en serio. Ser padre es la experiencia más increíble de la vida pero… todo cambia.

—Igual porque tienes cuatro, loco de mierda.

—¿Sabes que tienes un acentillo francés así como amaneradito cuando pronuncias algunas palabras? —me pinchó—. Déjalo, Héctor. Aún te queda mucho por vivir.

—Oye, ¿a qué viene este discurso?

—A que dices que «si Lucía quiere ser madre» es el momento, pero no has dicho nada de si Héctor también lo desea. La última vez que sacamos el tema de los niños me dijiste que si pensabas en ser padre se te ponía del tamaño de un gusanito. Lucía es una monada, pero te mete un dedo en el culo y te da vueltas.

Mi hermano Sebas había sido siempre más bruto que un arado. Se había abierto la cabeza tres veces en un año por tres sitios diferentes. Se pegaba en el patio del colegio. Dejaba a sus novias con un: «Ya me he cansado» y se declaró a la que ya era su mujer diciendo: «Tú, yo y un rebaño de críos. No tengo ninguno, pero domino la técnica a la perfección». Y debía ser verdad, porque desde que se había casado no había dejado de traer niños al mundo. Pero... debajo de toda esa apariencia ruda, había un tío que se fijaba en las pequeñas cosas, que escarbaba en las palabras hasta encontrar la emoción que las había empujado fuera de los labios. Y a mí me conocía como la palma de su mano.

—No te líes, Héctor. De verdad. Tú no quieres críos.

—No es que no los quiera, es que... —sentencié.

—Es que no los quieres con ESTAS condiciones.

—¿Qué condiciones?

—SUS condiciones.

—Pues ya es muy tarde para planteárselo. —Me acerqué el botellín de cerveza a la boca.

—No lo es. Tómate estos meses como..., como una prueba de fuego. Vive a tu aire. Vuelve a ilusionarte como un crío, hostia. Cuando hablas siempre parece que estás siguiendo al pie de la letra un plan que nunca fue tuyo.

En eso tenía cierto grado de razón. El cosquilleo de vivir se había ido apagando poco a poco y lo que había quedado era normalidad, es decir, básicamente lo que yo creí que era la vida adulta. No tenía ni idea de lo diferente que iba a ser el camino después de tomar mis propias decisiones.

2

EL CAFÉ DE ALEJANDRÍA

Siempre me gustó ser camarera. A día de hoy sigo acordándome a diario de alguno de los detalles que me hicieron tan feliz. Solía entrar en la cafetería animada, deseando poner en marcha la cafetera para prepararme uno muy largo. Encendía todas las luces, respiraba hondo y sonreía como si estuviera sonando una canción de fondo, la iluminación fuera dorada y preciosa, y una cámara estuviera captando el momento. A veces la barra de El café de Alejandría, la cafetería donde trabajaba, se convertía en el escenario de los Sofía Music Awards, los premios «Sofía» a la mejor interpretación o el Festival de Cine de Sofía. Eso no significaba que no hubiera días en los que entrara pisando fuerte, como un mamut, farfullando que todo olía siempre como a posos del café, a viejo, polvoriento y cerrado y que «no tenía el chichi para farolillos». Pero es que las vidas tienen días buenos y días malos. El cansancio, dormir poco, la mala contestación de un cliente o que una niña de diez años me preguntara qué bebida tiene menos calorías podía darme risa o ganas de apuñalar con un bolígrafo. Alguna que otra vez en mis años como camarera me metí en problemas por mandar a tomar por el culo a alguien con muy buen oído. Pero esos días malos no eran habituales porque... aunque había quien opinaba que podía aspirar a más, tenía lo que quería.

El café no era mío, claro está. Era una casi treintañera a quien la crisis pilló recién licenciada. Ni créditos para jóvenes emprendedores ni suerte. Mi generación tuvo más ganas que fe. Más cojones que apoyo. No es una queja; podría haber nacido en otra época bastante peor como... la Edad Media. Así que contando que vivo en una época donde teóricamente todos somos iguales, puedo ponerme lo que me dé la gana, mi padre no elige marido por mí y hay agua corriente..., coño, qué bonita es la vida, ¿no?

A decir verdad, no las tenía todas conmigo cuando entré a trabajar en El café de Alejandría, este pequeño lugar al que dedico horas y vida. Me habían llenado la cabeza de ideas grandilocuentes sobre el futuro y yo pensaba que aquel trabajo era solo de paso. Pero ¿sabes qué asignatura falta en todas las carreras? «Cómo evitar los pedos vaginales en clase de yoga». No, espera, olvídalo. Eso no. Bueno, eso sí, pero me refería a «la vida real». Y en la vida real lo importante es estar más a gusto que un arbusto y ser fiel a aquello que te produce felicidad y a mí, qué sorpresa, siempre me hizo feliz «el Alejandría». También ayudó el hecho de que después de licenciarme terminase trabajando en un par de franquicias hasta casi los veintiséis, momento en el que encontré aquel anuncio tan extraño... «Se necesita camarera con experiencia y magia». No recuerdo los años previos al Alejandría con especial emoción, la verdad, no sé si porque mis trabajos anteriores me mostraron negocios sin alma o porque el que no tenía alma era mi ex, con el que estuve desde los veinte hasta..., hasta justo antes de entrar

a trabajar en el café. Cambié la decepción de una rup
co amable por un trabajo que me haría feliz durante a

Éramos, en total, ocho en el equipo. Cuatro pers
nos repartíamos el horario de mañana y de tarde de lunes a
viernes, tres chicos que cubrían los fines de semana y el jefe,
Lolo, que siempre estaba allí… Creo que vivía en el almacén,
porque no sé de dónde cojones salía, pero cuando me tocaba
abrir, siempre aparecía como por arte de magia en el sitio más
inesperado. Una vez lo encontré dormido en los baños y casi
se me aflojó el grifo y me hice pis encima del susto. Hablo en serio cuando digo que creí que vivía allí.

Todos nosotros (dueño con somnolencia incluido) éramos
muchas cosas además de camareros. No me refiero solo al hecho de que de vez en cuando nos tocara el papel de psicólogos,
que también, pero El café de Alejandría (o «el Alejandría», como lo conoció todo el mundo) nunca fue una cafetería al uso.
Tenía aquel rincón de la música, donde teníamos un tocadiscos
y algunos vinilos a la venta, poquito y de lo mejor, se empeñaba en decir Lolo. En otra de las esquinas, un salón de lectura
con estanterías repletas de libros sobre una pared de ladrillo
rojizo a la vista. Allí éramos prescriptores, críticos musicales al
estilo de finales de los ochenta, articulistas, tertulianos y curá-
bamos muchas heridas con un buen café. Fuimos especialistas
en saber qué necesitaban nuestros parroquianos y lo preparába-
bamos con mimo, una pizca de conversación y ganas de rela-
cionarnos. Y con la botella de Tía María a mano, también. Muchas veces la charla se reducía a literatura: recomendábamos a
Miller, a Verne o a Woolf a gente que se empeñaba en leer solamente a Auster, a Murakami o… el *Marca*. O al revés. Mi especialidad eran, por ejemplo, las causas perdidas y defendía con
vehemencia lo mismo a las últimas tribus del Amazonas como
al pop comercial catalogado de «malo» por una panda de mo-
dernos. Los clientes eran personas de confianza y todos escu-

chaban, opinaban y respetaban los turnos de palabra. Porque… la clientela era otra de las peculiaridades de la cafetería. Todos éramos… especiales. Como si alguien hubiera hecho un casting. Una pandilla de tarados, aseguraba Oliver, mi mejor amigo. Así que El café de Alejandría fue un psiquiátrico por horas y un circo con trapecistas y payasos en el que nunca sabías qué papel ibas a tener que interpretar, si el de doctor o el de loco, el de artista o el de titiritero.

Mi madre decía que era una vergüenza que, después de tanto estudiar, me contentara con trabajar en una cafetería. Había intentado encontrar algo «de lo mío», pero lo único con lo que me había topado era con currículos que iban pero no volvían y llamadas que nunca se recibían. Pero mi madre nunca lo entendió. Ni la aceptación, ni la familiaridad, ni la zona de confort que fue durante años la barra del Alejandría. Además, hay algo que no tiene precio pero que, no obstante, la cafetería podía pagar y era mi independencia. Mi madre es más pesada que una vaca en brazos y no tengo con ella la mejor de las relaciones. La quiero y eso pero cuando suena el teléfono móvil y veo que es ella… casi preferiría volver a la Edad Media. Lo peor y lo más triste (para ambas) es que mantengo una muy buena relación con mi padre, que, cinco años después de divorciarse de mi madre, volvió a casarse con Mamen, diecisiete años más joven que él y con la que solo me llevo diez años. A ratos entiendo que mi madre no lo haya llevado bien pero ¿por qué narices lo tengo que pagar yo?

Así que, aunque filóloga de formación y de alma, era camarera en una cafetería a la que hubiera entregado casi mi vida entera. Lolo era un cruce entre profesor, sensei, dueño, amigo y padre. No dudaba en echarnos broncas de veinticinco minutos si intuía que habíamos perdido la pasión, pero después siempre teníamos la oportunidad de hablar para expresar los motivos por los que arrastrábamos los pies y las botellas acumulaban más polvo, aunque a veces fueran cosas como «Cobro poco», «Me duele la tripa» o «Un cliente me ha llamado feo».

Era un sitio precioso. De verdad. Todos los muebles eran vintage, comprados en el rastro y restaurados con mimo por Lolo y ninguno hacía juego con el otro. Era una especie de cajón de sastre mágico, como el salón de casa de esa abuela a la que tanto quisiste. Debe de ser por eso que amaba tanto aquel rincón del mundo, porque se respiraban cosas viejas, nuevas, historias y el olor del café como en los buenos recuerdos. Y magia. Mi adorada magia. La que siempre busqué y la que cada cliente que se aferraba al Alejandría también intentaba atrapar. El Alejandría era un portal a un mundo donde a nadie le importaban las rarezas de los otros y eso me parecía lo más mágico del cosmos. Servíamos de todo: desayunos, trozos de tarta, tostas y copazos. Siempre le digo a todo el mundo que éramos la versión casera de un Starbucks, pero con más magia, más luz y… alcohol.

Me gustaban muchas cosas del Alejandría. La banda sonora, que siempre escogíamos nosotros. El olor a café molido y libros viejos. La gente que venía, a quienes nos dirigíamos por sus nombres. La organización del trabajo. Cuando la cosa estaba tranquila, Lolo no se volvía loco enconmendándonos tareas absurdas como limpiar el polvo donde no lo había. No le importaba vernos parados siempre que el trabajo estuviera hecho y nosotros, todos, fuimos buenos camareros. Así que leí muchas y muy buenas novelas apoyada en la barra del Alejandría. Diría que me hice mayor entre sus botellas, sus «especialidades del día» y las páginas amarillentas de esos ejemplares que podías llevarte de su biblioteca siempre y cuando te comprometieras a devolverlos o a cambiarlos por otros.

Además de mi pasión por pasar tiempo en el Alejandría (a veces, terminado el turno, me sentaba a tomar un café como si fuese una clienta más) escondía otras como mi gata Holly, la música de los años ochenta o la lectura. Podría decir que los libros son mis mejores amigos, pero caería en un tópico que me hubiese empujado al suicidio por ingesta del «café latte con aroma de calabaza» que servíamos y que engordaba como la furia cocinera de una abuela (y de vez en cuando daba cagaleras). Me gusta leer por lo que nos gusta hacerlo a mucha gente… porque al abrir los libros siempre encontramos un viaje y una vida que suplantamos y que nos probamos como un vestidito en Zara, sin el inconveniente de que a mí jamás me sube la pu(ta) ñetera cremallera a la primera. Sí, puedo decir que durante años consagré mi vida a los libros y al café. Haciendo balance… la vida real me había reportado:

1. Una relación que había terminado porque lo que no me daba a mí se lo daba a una amiga mía… No sé si me entiendes.

2. Una madre insoportable que me cambiaría, sin duda, por cualquiera de las hijas de sus amigas, todas prometidas o esperando su primer retoño, vestidas de blanco, morenas, perfectas y flacas.

3. Una pandilla de amigos con poco en común compuesta, entre otros, por Mamen, mi madrastra, y Oliver, mi mejor amigo y el niño que más me pegaba en la guardería.

4. Una talla peleona, porque Zara considera que no soy digna de la mayor parte de sus vaqueros. El día que uno abrocha, me lo llevo a casa sin pararme a pensar en cómo me queda porque lo importante es que abrocha. Ni caso al hecho de ir marcando las pechugas de pollo en la entrepierna.

Y no, no soy adorablemente gordita, como las heroínas de ciertos libros que finalmente consiguen todo lo que quieren. Mido un metro setenta. Peso ochenta y dos kilos. Me abrocho una talla 44 no tan fácil como a veces me gustaría. Durante mucho tiempo sentí que todos los tíos con los que me cruzaba parecían formar parte de la comunidad del anillo e ir de camino al Monte del Destino para destruir el anillo de poder. Yo necesito un tío grande… alto, masculino, como esos poderosos hombres nórdicos que siempre tienen pinta de volver de amontonar leña en la puerta de su cabaña. «Mi leñador». Pero, según la opinión de mi madre, esos se van con chicas pequeñas y bonitas, no con una como yo. Me gustaría explicarle lo equivocada que está, pero no es el momento y no lo entendería.

No quiero dar una impresión equivocada de mí misma, que conste; después de años sin aceptarme me había creído por fin que era lo suficientemente buena tanto para mí como para los demás. Y quien no lo viera que se fuera por donde hubiera venido. Yo me veía sexi con un escote y unos pantalones apretados y no me pasaba el día quejándome de mi talla o culpando al tamaño de mi culo o al de mis jamones por las cosas que me sucedían… o que no me sucedían. Pasaba de dramas. Era feliz con lo poco que tenía, que me parecía mucho. ¿Qué necesidad tenía de meterme en ese berenjenal que los optimistas llaman amor?

No buscaba a un hombre a cualquier precio. En realidad, creo que ni siquiera buscaba a un hombre. El día que me di cuenta de que estar constantemente a la caza del amor había jodido mi existencia fue el más feliz de mi vida. Ni siquiera puede compararse al día que Oliver me concedió el deseo de que mi tarta de cumpleaños estuviera hecha de croquetas de jamón, porque aceptar que la búsqueda del amor me hacía sentir desgraciada me quitó un enorme peso de los hombros. Fue como si los astros se alinearan. Como si los donuts no engordaran. Como si mi sueldo se triplicara. La presión desapareció y de pronto resurgí yo, en plan Madre de Dragones, haciéndole gestos obscenos al puto Cupido para indicarle por dónde se podía meter sus flechas. Por donde amargan los pepinos, más o menos. No fue cuestión de una hora o dos, pero de verdad que deseché de mi vida la necesidad de romance. Desde hacía cosa de dos años no buscaba que me quisieran. Es peligroso buscar que a una la quieran porque es fácil disculpar algunos actos que nos hacen sentir miserables en favor de un bien más grande: EL AMOR. Uhhhh, ohhhh. Amorrrr. Que Camilo Sesto o Lolita cantaran cuanto quisieran al amor que yo estaba de puta madre yendo a mi aire. Era el mejor amante que había tenido, me quería de la hostia, pero no porque me hubiera convertido en una ególatra hedonista y narcisista, sino porque me cuidaba y me daba caña como el mejor de los novios. Vale, no tenía pene pero…, joder, ahora que lo pienso lo que estoy diciendo suena francamente mal.

Centrémonos: no quería tener hijos. No quería casarme. No quería todo lo que mi madre quería para mí. Mi único objetivo era que mi vida fuera emocionantemente tranquila y poder encontrar magia cada día. Hacer muchas cosas, no parar quieta, viajar muy lejos, despedirme de la vida con el pelo lleno de canas y la sensación de haberme pegado el colocón del siglo sin necesidad de drogarme. Siempre quise acabar arrugada como una pasa de tanto reír, aunque según mi madre yo tendré menos arrugas porque «llegada una edad, te ajamonas o te amojamas» y tengo muy clara cuál de las dos opciones es la mía. Pues oye, ni tan mal.

Pero no buscar el amor no significaba no desear que un día me tocase. Es solo que…, que había relegado una necesidad a la categoría de deseo, donde soñar despierta no me hacía daño y no me empujaba a infravalorarme, a pensar que las demás lo tenían y yo no porque no lo merecía o porque no era como debiera ser. No buscarlo significaba no correr dando bandazos, vivir el presente con lo que tenía en ese momento, no con lo que pudiera experimentar en el futuro. Claro que quería enamorarme pero no iba a buscarlo. Quería que fuera él quien me encontrara. Que la magia viniera a por mí.

Y quizá aquella fue una de las razones por las que, sinceramente, le abrí la puerta de par en par. Sí, a él. Al que se sentaba frente al ventanal en la mesa redonda con la lamparita de flecos. Ese chico a quien no pude dejar de mirar desde el día que cruzó la puerta del Alejandría. Ese que entró por primera vez un 5 de enero como un regalo de Reyes y volvió religiosamente cada día. El único que brillaba. Ese que me iba a enseñar tantas cosas nuevas de mí misma. Ese que vivió en primera persona lo que estaba a punto de sucederme.

3

ÉL

El primer día entró como quien encuentra una máquina de Coca-Cola y una bolsa llena de monedas en mitad del desierto. Como si lo único que necesitara en aquel momento fuera un café. A veces nos da por pensar que el Alejandría era una especie de rincón cósmico al que se sentían atraídas personas que necesitan algo de él. El ambiente, el cuarto de baño, un café o un lugar donde cargar el teléfono móvil. Da igual si prosaico o poético, pero Héctor entró aquí buscando algo. O a alguien.

Nos llamó la atención nada más abrir la puerta. Las campanitas sonaron alegremente mientras mi compañero Abel y yo charlábamos sobre una serie americana que nos encantaba. Compartía con Abel cada turno desde hacía cuatro años y nos habíamos convertido en algo así como hermanos de café. En el trabajo no dábamos pie con bola si no estábamos juntos. El día que nos cambiaban el turno a alguno de los dos era como un día perdido. Me daba paz interior, en plan zen, y era mi compañero de fechorías... Por eso aquel día los dos seguimos con la mirada los pasos del cliente nuevo hasta una mesa libre frente a la cristalera. Y a los dos se nos notó en la cara que nos gustaba lo que veíamos.

Héctor solo tuvo que pedir un café con leche para que lo nombráramos «Dios del día». Era una tontería que hacíamos para mantenernos entretenidos: nombrábamos al cliente guapo del día entre susurros y risitas, y le servíamos unas galletitas en el platito junto a la taza, como un premio que solo nosotros entendíamos. Y quizá fueron aquellas galletitas las que lo fidelizaron, quién sabe. O quizá fuimos nosotros.

Abel y yo teníamos una norma: si un cliente venía dos días seguidos, presuponíamos que volvería un tercero. Por lo tanto, lo tratábamos como si esperáramos su regreso como el de un amigo, para que se sintiera en casa. Le preguntábamos su nombre y, discretamente, nos acercábamos a él, como habíamos hecho con el resto de la «familia», hasta que se sintiera parte del Alejandría. Como con Ramón, el abogado que odiaba su trabajo y que venía a desayunar para poder hablar de cosas triviales con alguien amable; con Vero, la estudiante de oposiciones que no se concentraba en el silencio de una biblioteca pero a la que le cundía muchísimo desplegar sus apuntes sobre la mesa de la esquina; o con Rafael, el jubilado que cuidaba a sus nietos y venía a leer el periódico mientras esperaba a que salieran del colegio. Así fue como Abel se decidió a preguntarle el nombre.

Mi compañero de turno sostenía que Héctor no era guapo y que afeitado debía de ser un tío más, tirando a una normalidad que lo haría invisible entre un montón de gente, pero es que Abel era muy exigente con los cánones de belleza. Yo en cambio siempre creí que Héctor tenía algo especial. No sé si sería la manera en la que se apartaba el pelo de la cara o cómo fruncía el ceño para todo. No sé si sería la ropa con la que se vestía, siempre tan... elegantemente desaliñada. Héctor era una especie de caballero de antaño, de los que vivían sin un duro en el bolsillo pero siempre vestían de punta en blanco. La puntera de sus botas marrones estaba mucho más que desgastada, pero eran unos zapatos bonitos que lustraba a menudo y se notaba. Su abrigo gris se veía bueno y cuidado, pero era muy antiguo... mucho. Las camisas que lucía siempre estaban un poco arrugadas, como si por mucho que las planchara nunca quedaran impecables. El pelo no es que estuviera enmarañado... es que no dejaba de tocárselo ni un instante. Tenía una especie de manía... siempre lo peinaba con los dedos, tirando suavemente de él desde las raíces mientras respiraba hondo y a mí me encantaba aquel gesto. Lo tenía de un precioso color tabaco, como el tono de su barba, corta pero espesa, que cubría mentón, mejillas, barbilla... Los ojos azules, con un pequeño aro grisáceo cerca de la pupila; la nariz, rotunda pero elegante, suave en sus formas pero masculina. Alto y grande por naturaleza, aunque probablemente a los veinte fue lo más desgarbado que ha parido madre. Héctor era el tipo de tiarrón que nunca pasará de moda, porque por mucho que se lleven los hipsters, los raperos, los intelectuales o los agentes de bolsa... él estará ahí, en medio, sin importarle nada más.

Está claro que fijarnos... nos fijamos en él. Así que cuando, el segundo día, se sentó en la misma mesa, la que está junto al ventanal de la cafetería, empujé a Abel fuera de la barra para que le tomara nota. A mí me suele gustar ver los toros desde la barrera.

Al notar que alguien se acercaba Héctor despegó los ojos de su cuaderno y le pidió un café con leche sin demasiada ceremonia.

—¿Te gusta dulce?

—¿Perdón? —respondió frunciendo el ceño en un gesto que ahora sé que usaba mucho.

—Perdona, no sé tu nombre.

—Héctor.

—Encantado, Héctor. ¿Te gusta el café dulce? Te lo digo porque la especialidad del día es café latte con espuma de dulce de leche y está riquísimo.

—Ehm… —vaciló—. Vale.

Cuando Abel regresó a la barra con el pedido de Héctor supe que no se iba a terminar aquel café, porque es una cochinada tan rica como densa. Estaba convencida de que si un día algún cliente tuviera la brillante idea de dar la vuelta a la taza no caería ni gota. Pero también fui consciente de que, de alguna manera, con aquel gesto nos lo habíamos ganado.

Y de hecho, así fue porque a partir de entonces Héctor se convirtió en cliente asiduo del Alejandría, entraba todos los días sobre las tres de la tarde y se iba minutos antes de que acabase mi turno, a las cuatro. A veces, no obstante, me iba y él seguía sentado en su mesa con el ordenador portátil, un cuaderno o un libro; o a veces hablando por teléfono con un tal Sebas que lo ponía de los nervios y que, según Abel, era su novio. Incluso hicimos una apuesta: si Héctor era gay, yo me encargaría de limpiar la cafetera todos los días durante un mes. Si por el contrario era heterosexual, Abel se encargaría de que las aceiteras estuvieran como los chorros del oro y lo cierto es que… nunca volvieron a coger demasiado polvo.

Y allí estaba como siempre junto al ventanal donde se podía leer el nombre del local: El café de Alejandría. Aquel día no traía su portátil, solo un cuaderno manoseado donde apuntaba cosas mientras hablaba por teléfono con voz muy baja. Desde que hizo su entrada triunfal en la cafetería y le pusimos nombre, no habíamos dejado de parlotear sobre él, imaginando su vida y haciendo chistes en los que siempre aparecía como el salvador descamisado que nos sacaba en volandas del local a lo *Oficial y caballero*. Tenía una de esas expresiones… no taciturnas pero sí reservadas que suscitaban muchas preguntas… ¿De dónde sería? ¿Cuántos años tendría? ¿Querría hacerme cosquillas en los muslos con la barba? ¿A qué se dedicaría? Y sin darme cuenta, lo dije en voz alta. Lo de la barba y mis muslos no, lo último.

—Es profesor de universidad, fijo —respondió Abel, que estaba enjuagando unos platitos para meterlos en el lavavajillas—. Como Indiana Jones. Seguro que tiene un buen látigo.

—Qué va. Debe de ser... representante de artistas o... actor.

—Porno —se burló—. Voy a buscarlo en un par de páginas web, a ver si lo encuentro.

—No tendrás tanta suerte —le dije con ironía.

—Ojalá fuera puto —añadió.

Me giré a mirarlo con una sonrisa socarrona.

—Nos íbamos a quedar sin un duro.

—Yo por este pedía un crédito —suspiró.

—¿Le has servido ya el café? —le pregunté.

—No. Me estoy haciendo el difícil. ¿Quieres ir tú?

—Ni de coña. A mí los guapos me apabullan y parezco boba. Ve tú. Llévale la especialidad del día sin que se te caigan las babas dentro. ¡Y el premio! —Y lo empujé para meterle prisa.

—Allá voy, «Dios del día» —dijo.

Abel se afanó en preparar una bebida megadulce. A este ritmo íbamos a provocarle diabetes. Cuando salió taza en mano hacia su mesa, me guiñó un ojo y fingió estar chupando algo grande. En fin.

—Hola, Héctor, ¿qué tal? —le saludó Abel con amabilidad—. Café latte con un poco de leche condensada y unas gotitas de Baileys.

—Ahm..., esto..., ¿podrías traerme también un vaso de agua?

—Claro —contestó Abel.

—Gracias —respondió en un tono bastante seco.

—A ti, por guapo. —Y le guiñó un ojo.

No te confundas: Abel no responde a ese cliché, fue un solo gesto para congraciarse con él, para ver si le seguía el rollo y terminaba ganando nuestra apuesta. Si tuviera que definirlo diría que es chiquitín y maquiavélico, divertido y comilón. Le gusta reírse a carcajadas y hacer chistes de pedos. No tenía pareja pero sé que estuvo perdidamente enamorado durante demasiado tiempo de un ex que no dejaba de aparecer cuando él creía haberlo olvidado. No te toquetea ni te llama «chocho» sin parar ni habla de sí mismo en femenino. Es Abel y ya está.

—Es gay —me dijo al volver mientras llenaba un vaso de agua.

—Es hetero —le contesté.

—Da igual. En la vida nos va a susurrar guarradas en el oído mientras se corre entre nuestras piernas.

Pestañeé un poco sorprendida. Vaya…, era una lástima que no fuera a hacerlo nunca. La imagen mental me había valido un microorgasmo.

—No sonríe ni bajo pena de muerte —murmuró mi compañero mientras secaba las gotitas de agua que recorrían el exterior del vaso—. ¿Te has dado cuenta?

—No. —Arqueé las cejas—. ¿No sonríe?

—No. Qué cerdo me ponen los rancios, joder —contestó.

Me eché a reír cuando Abel salió atusándose el flequillo y me fijé en que, efectivamente, Héctor agradecía el vaso de agua sin amago de sonrisa. Lo disculpé para mis adentros porque más que rancio me parecía tímido.

¿A qué se dedicaría? A algo serio, como salvar vidas, a lo mejor. Quizá trabajaba en una ONG. O en una librería. Quizá… era un Gi-Joe a punto de salvar el mundo y yo… Catwoman. O alguien que llevara menos lycra. Él Thor y yo una científica que estudiaba el poder de su mazo. Él mi enfermero y yo la paciente cachonda. Ya vale, Sofía…

Aquel día la estancia de Héctor fue breve. Lo llamaron por teléfono en cuanto se terminó el café y se levantó de inmediato mientras contestaba.

—Hola, reina. —Sonrió y se lamió los labios, que seguramente todavía mantenían el dulce del café—. Voy para allá. Un juego de llaves no estaría nada mal.

Diría que el alma se me cayó a los pies cuando lo escuché hablar de esa forma tan dulce pero Abel también lo había oído y había aceptado la derrota en nuestra apuesta, así que las gallinas que entraban por las que salían. No sé en qué mundo tíos como Héctor andan solteros a la espera del amor, pero en este no.

Dejó un par de monedas sobre la mesa y le indicó a Abel con señas que dejaba allí el dinero. Ya se disponía a salir cuando este le respondió:

—Adiós, Héctor. Hasta mañana.

Héctor se despegó el teléfono de la oreja un segundo y nos lanzó una mirada confusa por turnos, como si no entendiera por qué tendríamos que volver a vernos al día siguiente, pero ya... era tarde, querido. Una vez ponías un pie dentro del Alejandría, eras suyo y ese aliento que habías compartido entre sus cuatro paredes, lo que habías pensado, sentido y soñado... le pertenecía un poco, como todos nosotros.

Yo también le sonreí. Había algo en él que me hacía sentir... como si nos conociéramos de mucho y no lo supiéramos. Como si se nos hubiera olvidado toda una vida juntos. Como si me hubiera contado algunas pasiones oscuras y le hubiera guardado el secreto con tanto recelo que hasta se me hubiera extraviado el recuerdo. Quizá fuera solo una premonición. Quizá no era hacia detrás donde debíamos mirar, sino hacia delante. Y con una sonrisa tonta escuché la campanilla de la puerta que acompañaba su salida.

Hasta mañana, Héctor.

4

CAMBIOS

La vida había empezado a girar hacía poco. Poca cosa, era verdad, pero ahí estaban, los primeros atisbos de cambio. Pequeñas pinceladas de lo que pronto se convertiría en una realidad: todos los demás avanzaban excepto yo. ¿Sabéis esa sensación absurda de confort cuando sientes que no eres el único que tiene asignaturas pendientes con la vida?

Hasta el momento todo mi entorno se encontraba en la misma situación: Oliver tenía la profundidad emocional de una servilleta; Mamen dos hijas preadolescentes que no la dejaban vivir tranquila; Julio, mi compañero de piso, era un friki solitario; en la cafetería todos daban muestras de algún tipo de trastorno mental... así que el hecho de que viviera en el eterno día de la marmota no importaba porque, total, todos estábamos perdidos de alguna manera. Perdidos y tranquilos. Pero... ¿y si los demás empezaban a descongelar sus vidas?

Escogí vivir en un piso justo arriba del Alejandría por varios motivos: la comodidad el primero, claro. Llegaba escaldada, buscando un cambio de vida, un «recomponer lo roto» (que por supuesto era yo) y lo único que quería era estar cómoda. Y tranquila. Y en aquel piso si me caía con fuerza de la cama podía caer justo detrás de la barra del curro. La vida del barrio, céntrico a más no poder, y el encanto de sus calles estrechas de adoquines traicioneros también me hicieron olvidar, obvio, que una habitación aquí era infinitamente más cara que en otras zonas de la capital. Pero, sin duda, lo que más pesó en la decisión fue una mezcla entre el encanto de este pequeño piso de dos habitaciones, lo cerca que estaba del piso de Oliver y lo lejos que pillaba la casa de mi madre.

El edificio tenía más de cien años, pero los muebles con los que pretendieron alquilármelo databan del pleistoceno. Era tan mono… Con un poco de maña y varias visitas a Ikea, estaría perfecto. Y necesitaba un nido lo antes posible: después de una ruptura de todo menos amable no soportaba vivir en casa de mamá otra vez y no iba a correr a los brazos de papá; debía mostrar madurez y eso implicaba asumir mi nueva soledad. Así que le pedí al dueño del piso que me diera una semana para encontrar compañero y… a los dos días apareció Julio, que trabajaba para un laboratorio farmacéutico a las afueras de Madrid, tenía un hurón y se emborrachaba con una cerveza con limón. Era total. Madre poniendo el grito en el cielo en 3, 2, 1…

Cuatro años después de tomar aquella decisión podía decir que estaba contenta, tranquila y feliz; jamás nos arrepentimos de la osadía de lanzarnos a la convivencia sin conocernos lo más mínimo. No discutimos ni una vez. Bueno, en una ocasión hubo un conato de crisis provocada por el hecho de que me comiera sus yogures sin darme cuenta, pero lo solucionamos rápido. Ambos pagábamos religiosamente alquiler y gastos, éramos formales, cumplíamos con nuestros turnos de limpieza e incluso destinábamos una partida anual de ahorrillos a renovar un poco la casa y ponerla bonita. Él no se quejaba de mi música a toda pastilla. Yo no me quejaba de su hurón, Roberto, que estaba perdidamente enamorado de mi gata Holly y hacía nido en mis cajones. Había semanas en las que no nos dirigíamos la palabra y otras en las que nos pasábamos horas preguntándonos chorradas el uno al otro. Y no había problemas porque no éramos amigos, sino buenos compañeros de piso.

La prueba de fuego para saber que me gustaba vivir con Julio fue el día que encontré a Holly; estaba dentro de una caja de zapatos en el contenedor de la esquina. Maullaba como una descosida y era del tamaño de la palma de mi mano. Ni siquiera le pregunté a Julio o al casero; la cogí y me la metí dentro del abrigo… y lo único que dijo cuando me vio aparecer con ella fue que para que no echara de menos a su madre tenía que envolver un despertador en una toalla y ponerlo a su lado. «Creerá que es el corazón de su madre y podrá dormir mejor». Era un pozo de sabiduría, Julio. Aunque creo que esto lo sabía porque él mismo lo practicaba. Su relación «madre-hijo» era todo lo contrario de la mía.

La convivencia con Julio era pacífica, no obstante, había algunas reglas en casa: nadie entraba sin llamar al dormitorio o al baño (este último compartido, claro), no se fumaba si no era en la ventana, los animales tenían que estar al día de vacunas y revisiones, y todos los viernes por la noche el salón de casa era mío para mi cena semanal de «cuéntame tus mierdas» a la que él estaba invitado si quería… pero nunca quiso.

No sé cómo empezó la costumbre pero me reconfortaba ver a mis amigos al menos una vez a la semana, aunque fuera solo una hora, para compartir las mierdas de la semana. Desahogarnos berreando, brindando con botellines de cerveza, contando nuestras miserias para reírnos y darles menos importancia porque, escucha, todo mejora si te ríes. Dicen que mal de muchos es consuelo de tontos y nosotros debíamos de ser tontos no, del siguiente pueblo. Sin embargo, no era tan fácil mantener esta tradición porque cuando Oliver no tenía la minga a remojo, estaba pensando en ponerla, así que muchos viernes la cosa iba de cenar deprisa y beber unas copas como si no hubiera tomo-rrow, porque el chato había quedado con alguna zagala para hacer spinning sin bicicleta.

—Yo soy el sillín —me decía poniendo morritos.

Y yo vomitaba asco y pena por no tener un tío que fuera mi sillín. Pero sin celos, ¿eh? Me daría un cólico solo de ima-ginarme teniendo sexo con Oliver. Nosotros nunca confundi-mos lo nuestro. Supongo que el hecho de que no pegáramos ni con cola era fundamental. Pero, además, lo respaldaba nuestra historia personal. Oliver me trató en los primeros cursos del colegio como si yo fuera un sparring. Siempre que se cabreaba, daba igual con quién, venía a por mí; decía que porque era la adversaria más digna, yo creo que porque al estar acolchada de carnes se hacía poco daño al pegarme. No cambió cuando fui-mos creciendo; bueno, solo un poco: las peleas físicas pasaron a ser «intercambios pasionales de opiniones» por no decir bron-cas en arameo. Él era el niño mono de la clase que se convirtió en el chico guapo de la clase y yo la niña gordita que con los años se transformó en la chica «rellenita» y... ambos nos odiá-bamos; éramos la némesis del otro.

Amiga de todos los tíos pero novia de ninguno: ley de mi adolescencia. No es que Oliver me tolerara mucho entonces; él estaba muy preocupado haciéndose el gallito e intentando im-presionar a todas las hembras del corral como para ser simpá-tico y amable conmigo. Hasta que la tutora nos emparejó para un proyecto que se llamó «Tu mano derecha». Y los dos somos zurdos..., me pareció de coña. Como si no tuviera suficiente aprendiendo que la adolescencia no era un paseo en barca, unie-ron nuestros pupitres y me dejaron encargada de que Oliver aprobara (o al menos hiciera los deberes) a cambio de medio punto extra en la evaluación. Hubo muchas más parejas y no escuché que nadie se quejara... excepto nosotros, que nos peleábamos por cosas como «respiras muy fuerte» o sencillamente «respiras». Creí que la situación sería tan insostenible que disolverían el programa «mano derecha» o nos buscarían otra pareja... hasta que un alumno de otro curso me gritó gorda mientras hacíamos gimnasia y Oliver le encajó la cabeza entre dos barrotes. Fue como fumar la pipa de la paz pero más violento y con visita al despacho de la directora. Él aprobó el curso. Y el siguiente. Y el siguiente. Y a mí nadie volvió ni a toserme cerca.

La noche y el día. Creo que por eso siempre se sostuvo nuestra amistad. Él, con su traje impoluto, tan gentleman, tan «de otro planeta donde se exhala sex-appeal» y yo... con mi delantal de folclórica lleno de lunares y volantes, terminando de preparar la cena.

—Tú no te levantes, cielito —gruñí de mal humor—. ¿Estás cansado del trabajo?

—¿Tienes nueces? —Ni siquiera se giró a mirarme, pero lo hizo cuando le di con la espumadera en la cabeza—. ¡Marrana! ¡Que llevo el pelo limpio y luego tengo que salir!

—¡¡Te estoy hablando!! ¿Puedes ayudarme? —le dije bastante irritada.

—Pero ¡si nunca quieres que haga nada porque dices que ensucio más que ayudo! —me reprochó.

—Pues... ábreme una cerveza y dame conversación aunque sea, ¿no? —le dije señalando la nevera.

Farfulló que era peor que una novia y yo respondí que antes me metería a monja. Roberto y Holly rodaron por el suelo en un abrazo de amantes y los vimos pasar haciendo ruiditos, como si fuera normal que una gata y un hurón fueran uña y carne.

—¿Le has dado ya la charlita sobre los anticonceptivos? —me preguntó Oliver levantando una ceja—. Si esa gata y ese hurón se aparean..., ¿qué tendrán? ¿«Gaturones»? ¿«Hurogatos»?

—No, Oliver..., de ahí es de donde vienes tú.

Me tiró el paquete de tortitas para las fajitas encima y yo me descojoné. En realidad Oliver es lo más alejado de un hurón, tan guapo, con ese pelazo cobrizo tan impresionante y su buena planta, pero nunca perdería la oportunidad de meterme con él.

—Tu puta madre en bicicleta —farfulló.

Sonó el timbre a tiempo de cortar una pelea que podía haber terminado conmigo tirada en el suelo y él retorciéndome el brazo o... con Oliver en urgencias. No hemos superado nuestra etapa adolescente.

—Abre, será Mamen —le dije.

—¿Te he contado que el otro día se me meó una tía en la tienda? —me comentó como de pasada.

Oliver abrió la puerta de abajo y la de la casa y yo le lancé una mirada de incomprensión.

—¿Perdona? —pregunté incrédula.

—Lo que nos pasa en esa tienda no es normal, Sofi. Yo creo que es cosa de brujería. ¿Te acuerdas de aquella chica tan rara con la que estuve saliendo? —Se abrió una cerveza.

—Querrás decir follando. No conozco a ninguna chica que haya sido tu novia en los últimos veinte años.

—Creo que me echó un mal de ojo. —Puso una expresión afectada y se colocó la mano sobre el vientre—. Me noto muy malas vibraciones.

—Son pedos.

Desde la cocina de concepto abierto se escucharon los jadeos de Mamen atravesando la puerta de entrada. El ascensor le daba pavor porque decía que era más antiguo que el cosmos, así que siempre subía andando, lo que no la convertía en una atleta olímpica, claro. Cerró la puerta, se apoyó en ella, sofocó una arcada y después se abanicó con la mano. Fuera debía de hacer como mucho dos grados pero ella estaba acalorada porque «le encantaba el deporte».

—¿Menopausia? —le pinchó Oliver mientras le tendía una cerveza.

—Saca al hurón del salón... ya —dijo muerta de miedo.

Cogí a Roberto con ternura porque no entendía por qué a Mamen le daba tanto asco y él se retorció en mi mano como una salchichilla peluda mientras Holly maullaba para que se lo devolviera.

—¡¡¡Julio!!! —grité.

—¿¡¡¡¡Qué!!!!?

—Cuida de los niños, amor —le dije. Lancé a los dos animalillos hacia el pasillo y él los recogió con susurritos, más rojo que un pimiento. Nunca estuvo muy ducho en las conversaciones «chico-chica» pero... vaya, aun así le iba mejor que a mí.

Cuando volví a la cocina Mamen estaba renegando de mis hermanas mientras daba vueltas a lo que tenía en la sartén y bebía cerveza directamente del botellín.

—No sé qué hacer con ellas, de verdad lo digo. ¡Qué suerte que sean mellizas, decían! ¡Las dos criadas a la vez! ¿Y la adolescencia qué? Porque me han pedido el disco de los Gemeliers y les ha dado igual que amenace con morirme.

—Me caían mejor cuando eran fans de los One Direction —le respondí.

—Claro, japuta..., porque a ti también te gustaban.

—Harry... —pestañeé soñadora—, cásate conmigo.

—Que se lave el pelo. Eso es lo que tiene que hacer.

Oliver había vuelto a prestar atención a la televisión porque, en el fondo, lo aburríamos un poco. A veces me daba por pensar que pasar un rato del viernes con nosotras era su buena acción de la semana.

—¿Con quién has quedado esta noche? —le pregunté.

—Con Sara —contestó sin entrar en detalles.

A sus espaldas Mamen fingió que algo se le había clavado en el corazón y que estaba moribunda. Quería mucho a mi padre pero Oliver la traía por la calle de la amargura.

—¿Esa es la monitora de pilates? —pregunté.

—No. Esa es…, ehm…, Rita. Sara es… —Me miró confuso—. ¿A qué cojones se dedica? No me acuerdo.

En serio… en mi próxima vida quiero ser tío. Quiero ser tío, estar bueno y que me cuelgue entre las piernas un martillo percutor. Qué felicidad la suya…

—Abel no viene esta semana. Ya estamos todos. ¿Quién empieza? —Di una palmada para que los dos me atendieran.

—Yo ya había empezado. —Frunció el labio Mamen.

—Pues ale, Mamen, sigue. Cuéntanos tus mierdas… —la animé.

—Pues a ver… Mis hijas de doce años están en plena preadolescencia y cantan canciones sobre perder la virginidad, así que estoy buscando en Internet o bien un colegio de monjas o bien unas bragas blindadas. Mi marido, tu padre, ha decidido dejar que le crezca la barba porque debe de pensar que la diferencia de edad entre nosotros no se nota lo suficiente.

Serví las verduras rehogadas en un plato y salteé unos tacos de pollo en otra sartén mientras Mamen ponía la mesa y Oliver miraba la tele con desgana.

—La vecina de arriba se ha comprado otros tacones. De titanio, al parecer, porque suenan como las tripas del infierno —siguió quejándose Mamen—. ¿Y qué más? Ah, me han metido en el grupo de Whatsapp de las madres del colegio.

—Mira —le puse el brazo delante de los ojos—, la piel de gallina con lo del grupo de Whatsapp.

—¿Y a este qué le pasa? —me preguntó señalando a Oliver con la cabeza.

Él nos miró con expresión un poco ida y cuando ya creía que debía de haberse perdido en el reflejo de su cara en la ventana y que saldría con algo sobre si dejarse o no bigote, soltó:

—Me estoy haciendo mayor.

—¿Te refieres a mayor rollo «qué bien me porto» o a mayor «tenía que haber hecho caso a Sofía y empezar con las cremas a los veinticinco»? —le pregunté.

—Mayor del tipo «me estoy cansando de salir por ahí los fines de semana a pillar». —Mamen y yo nos miramos de reojo y él siguió—. Ya me aburre un poco. Es siempre lo mismo. Creo que ya he tonteado con todas las chicas de Madrid con las que podía tontear.

—Está a punto de llover albóndigas o algo por el estilo —susurré.

—No, en serio. –Nos miró con el morro torcido—. El otro día le entré a una tía y ya me la había tirado. He de decir en mi defensa que cuando se cambian el pelo son como otra persona para mí. Pero… qué coñazo, ¿no?

—Es una fase —le respondió Mamen.

—Si no es una fase y me he cansado de follar, por favor, garrote vil. O cianuro. O me hacéis ver un videoclip de Leticia Sabater en bucle y dejáis que la naturaleza haga el resto. Pero, por Dios…, matadme —suplicó.

—Unos tanto y otros tan poco —dije. Puse sobre la mesa las tortitas y las verduras y removí el pollo—. Me ha salido una cana —anuncié, pues había llegado mi turno.

—Oye, dejo de jugar a esto con vosotros. Vengo aquí con mis mierdas y todo lo que tenéis vosotros que decir es que os habéis cansado de follar y que tenéis canas. Sois lo puto peor —se quejó Mamen poniéndose en jarras—. Cómo echo de menos a Abel… él sí que sabe lo que es un buen drama.

—Como cuando creyó que habían asesinado a su vecina —dijo Oliver.

—Eso fue grandioso. —Me reí.

—En serio, Sofía…, ¿una cana? ¡Pues te tiñes! —me soltó ofendida.

—No me has dejado terminar. —Saqué el pollo de la sartén, apagué el fuego y lo dejé en la mesa junto al resto de platos—. Me ha salido una cana… ahí.

Cuando señalé abajo Oliver se levantó como si la silla le quemase y lanzó una ristra de insultos, como si el mismísimo Belcebú se hubiera aparecido en mitad de la cocina. Mamen ya no se quejaba…, se había tapado la boca y estaba intentando no reírse.

—Mi whopper pronto parecerá Copito de Nieve así que…, disculpadme, pero la ganadora del «cuéntame tus mierdas» de hoy soy yo. Ni folladores cansados ni madres en grupos de Whatsapp ni asesinatos inventados. Lo único que puedo hacer para quitarme el disgusto es…

—¡Depilación total! Ni lo pienses. Todo fuera. Muerto el perro se acabó la rabia —exclamó muy decidida Mamen.

—¡¿Podéis dejar de hablar del pelo púbico de Sofía?! —se desesperó Oliver.

—Si tengo una cana, se dice. Ya está.

La verdad es que el tema de las canas no me importaba *per se*. No quita que me llevara un susto (y que el vecino oyera mi grito también) al verme aquel pelo brillando bajo la luz del halógeno del baño, pero una cana, al final, no es más que eso, un pelo blanco. Pero… ¿y todo lo que llevamos adherido a la idea de su aparición? Estaba haciéndome mayor. Narices… en poco tiempo iba a cumplir los treinta. Los treinta era una edad que hacía pensar, no sabía por qué. Decir adiós al dos, a la magnífica década de los veinte, que, siendo sincera, tampoco había sido demasiado magnífica para mí. Se decía que era el mejor momento de la vida, cuando te construías como persona y edificabas los cimientos de lo que sería el futuro, pero yo, mirando hacia atrás, solo veía a una chica insegura que nunca creyó que mereciera más de lo que su ex (mierdaseca) Fran le daba… que eran unos cuernos que ni los miura. Estaba mucho más a gusto con la chica que era en aquel momento, la verdad. Sin embargo, tenía la vaga sensación de haber malgastado la veintena sin vivir todas esas cosas que se supone que se deben vivir: amoríos, juergas, alguna borrachera, risas… Miles de recuerdos de amistad de esos que en los flashbacks de las películas ilumina un sol crepuscular de la hostia. Y yo… nada interesante. Estudios. Madre insoportable. Novio imbécil. Poco sexo (y malo). Amigas que se disiparon con el tiempo. Bufff. Tenía muchas esperanzas puestas en los treinta; esperaba que entraran a lo grande, en plan tráiler con centenares de tíos en vaqueros y sin camiseta bailando como en la película *Magic Mike*. Pero. PERO. Ahí estaba la cana, dejándome claro que eso de que la regeneración celular se ralentiza a partir de los veinticinco no es un cuento chino. Treinta y con canas en los bajos no era mi idea de vida. Mi idea era treinta y lozana, activa, con las cosas claras, dispuesta a vivir lo que las revistas suelen denominar «los nuevos veinte» con todo eso que me había perdido de los «verdaderos veinte».

Nunca me planteé seriamente qué pasaría cuando tuviera canas en el whopper, pero supongo que si lo hubiera hecho me hubiera imaginado bromeando sobre ello con mi pareja. En mi casa. Contenta con mi trabajo. Ideal de la muerte, riéndome a carcajadas de mi «conejito de Angora». No me quejo, eh, que conste; tenía la suerte de tener una casa que me encantaba y un trabajo al que entregaba en santa ofrenda muchas horas e ilusión. Pero ni divina de la muerte ni pareja con la que bromear. A lo sumo una gata con problemas de socialización enamorada de un hurón.

—Por cierto…, Julio tiene novia —dije volviendo a centrar mi atención en nuestra cena de los viernes.

Oliver me lanzó una mirada extraña y Mamen se echó a reír.

—Si la conoció dentro de un tebeo no vale.

—Ya nadie dice tebeo, Mamen. Y lo digo en serio. Julio tiene novia —insistí.

—¿Sabe que el hecho de subir en el ascensor con alguien no lo convierte en su pareja? —apuntó Oliver.

—Seguramente la vecina le ha dado los buenos días y se ha emocionado —siguió con la coña Mamen.

—Que no. Que se quedó a dormir ayer. Me la encontré en el pasillo cuando iba a meterme en la ducha. Es una compañera del laboratorio. Muy mona, por cierto.

—Sofi…, te estás quedando atrás —me pinchó Oli—. Ya verás. En un año se irán a vivir juntos y tú… en busca de compañero de nuevo. Es posible que termines viviendo con un adorador de Satán.

—O con una fan de Tata Golosa. Los micrófonos. —Oliver y yo nos quedamos mirando fijamente a Mamen, que creía estar interpretando a la perfección una canción que, ya en versión original, era horrible.

—Te mudas conmigo y andando —bromeé.

—Los micrófonos —siguió Mamen como en éxtasis.

—Antes te hago un monedero con mi escroto.

—Los micrófonos.

No quería vivir con Oli, eso estaba claro; era el tío más cerdo sobre la faz de la tierra y ya había tenido la suerte de encontrar un gilipollas integral al que no le importara… dícese su compañero en aquel momento. Todo lo que tenía de aseado consigo mismo lo tenía de marrano con la casa. Pero tampoco quería monederos de piel de escroto. Lo único que quería era que la vida se quedara como estaba… Que Julio no se buscase otro piso, por supuesto que no me despertase con sus gemidos (eso no podría soportarlo), que las cenas de los viernes siguieran siendo de obligado cumplimiento y que mi pelo púbico se mantuviera por siempre de un brillante color moreno. Pero supongo que estaba a punto de aprender que el orden de la vida no estaba en mi mano.

Mamen le preguntó a Oliver por el trabajo (y los micrófonos) y él se puso a farfullar maldiciones sobre una de las nuevas dependientas de la tienda, que no se enteraba de nada pero a la que sé que terminaría cogiendo cariño, como a todas. Quizá demasiado cariño durante un par de semanas... como a todas. Fingía que no le gustaba su trabajo en la boutique de Miu Miu de El Corte Inglés de Castellana, pero le encantaba vestirse de traje, aprovechar esa jodida planta de gentleman inglés y hablar en todos los idiomas que aprendió estudiando turismo con los clientes que se acercaban.

Y mientras hablábamos de ventas privadas y de un par de clientas famosas que habían pasado por la boutique y le habían puesto ojitos, fuimos terminando con la comida y con las cervezas. No nos dio tiempo a mucho más que un cigarrillo en la ventana antes de que Mamen se pusiera a bostezar como un animal legendario... y solo eran las once y media.

—Me voy a ir —anunció—. Tus hermanas mañana tienen patinaje sobre hielo y tu padre tiene que trabajar.

—Pues yo voy a trabajarme a Sara —añadió Oli.

—¿No te habías cansado de follar y todo te parecía lo mismo?

—Ya se me ha pasado.

Oliver se levantó y se recolocó el traje. Probablemente había quedado con ella en su casa a alguna hora intempestiva y aún tenía que cambiarse. Un día me explicó las reglas de los follamigos, pero tengo poca retentiva cuando se trata de cosas que no practico.

No me apetecía quedarme sola tan pronto un viernes, pero era ley de vida. Nuestras quedadas no eran como *Resacón en Las Vegas…* sino más bien como *Los puentes de Madison* sin amor y todo eso bonito. No podía más que comprender que se marcharan a sus casas para retomar unas vidas que me parecían muchísimo más apasionantes que la mía. Mientras los despedía desde la puerta de casa, me pregunté a mí misma si aquellas cenas se volverían un poco más animadas en algún momento. Quizá un día se sumara más gente a la mesa y los «cuéntame tus mierdas» se sustituyeran por anécdotas, carcajadas y más historias como si estuviéramos de campamento y no nos quisiéramos ir a dormir nunca. Más amigos. Más cosas que contar. Pero la vida para mí era así… tranquila. Con Holly, una vieja metida en el cuerpo de un felino viviendo un amor imposible; con mi madrastra en el papel de la «hermana molona que no tuve» y con Oli contándome todo aquello del sexo que me estaba perdiendo por no pasear más el berberecho. El Alejandría, la clientela, mis rutinas, la música, las páginas de unos libros, las aventuras con Abel. No aspiraba a más. Mi madre siempre decía que la vida estaba cansada de bajarle los humos a gente con aspiraciones.

—Cuanto menos sueñes, menos decepcionante te parecerá la vida —me solía decir.

No es que la creyera, que conste. Creo que vivir de esa manera termina por convertirte en alguien gris y amargado. Pero era cierto que cada día que pasaba, me preguntaba con más ahínco dónde vivía de verdad la magia. Seguro que en Disneyland, dentro de las bragas de Cenicienta.

Di por zanjado el tema de preguntas sin respuestas. Solo me puse el pijama, me desmaquillé y cogí del salón el libro que estaba leyendo. Antes de acostarme, corrí las cortinas sin dar importancia al hecho de que en la ventana de enfrente alguien tenía la luz encendida. Era Madrid, de noche… Siempre hay miles de luces encendidas. Puede que al otro lado se encontrara una chica como yo dispuesta a pasar el viernes leyendo un libro. Puede que se tratara de un matrimonio joven que acababa de tomar la decisión de tener un hijo. Puede que quien no apagara la luz fuera un estudiante a quien los exámenes habían pillado de borrachera. O puede que ahí, justo ahí, en el tercer piso de aquel edificio que casi besaba al mío cara a cara… se acabara de mudar la magia.

5

UNA CHICA PARA ÉL

Había algo que Oliver desconocía de sí mismo; algo que los demás, quienes lo rodeábamos y queríamos, sí sabíamos: que necesitaba una chica. Pero no una chica como las que pasaban por su cuarto semana sí, semana también. Una chica por la que sintiera algo y que despertara una parte de él que hasta ahora tenía adormecida.

Como todos, Oliver se había acostumbrado a sus rutinas. Algún día tuvo objetivos en las nubes, eso es verdad. No me costaba recordarlo tumbado, con un brazo debajo de la cabeza, soñando con cómo sería su futuro mientras yo estudiaba y sus apuntes se morían del asco encima de su escritorio. Pero se le fueron olvidando aquellos sueños. La idea de vivir como guía turístico cada tres años en un país quedó relegada mientras que la de la estabilidad económica subía puestos. Y..., seamos sinceros, la comodidad jugó un papel importante. Con lo señoritingo que es el muy jodido... ya me gustaría a mí verlo como guía en ciertos destinos... Así que cuando consiguió el trabajo en la boutique de Miu Miu y aunque pensó que se trataba de una cosa eventual, se esforzó por ascender y mejorar. Y encontró su sitio. Siempre le decía que tuviera miras más altas porque, aunque no alcanzara lo más alejado de su sueño, siempre habría ido a más. Y sé que le gustaba imaginarse formando parte del equipo comercial en las oficinas de la marca en España. Pero... hacía tan bien su trabajo, le era tan cómodo que... ¿para qué más?

Con las chicas le pasó un poco lo mismo. Era un gilipollas integral para ciertas cosas, pero sabía que en algún momento había envidiado un poco a sus amigos emparejados. Durante una época hasta le dio por decir que estaba enamorado de la novia de un amigo suyo, pero lo único que quería era desviar la atención de su conducta sexual errática y darle una justificación: me voy a la cama con la primera que encuentro porque estoy intentando olvidar al amor de mi vida que se va a casar con mi amigo. Mentira. Si aquella chica se hubiera dado cuenta y hubiera decidido dejarlo todo por él, Oliver hubiera sido más rápido que Usain Bolt corriendo en dirección contraria.

Con el tiempo, desarrolló toda una filosofía de vida que lo hacía inmune a mis charlas sobre el futuro, una en la que no podía entrar a matar porque... si era verdad, debía respetarla.

—Sofía, no todo el mundo está hecho para vivir en pareja. Yo estoy bien solo. Estoy contento. Soy feliz —me decía.

—¿Y el amor?

—Lo que tú llamas amor para mí es sexo y convivencia. De lo primero me ocupo con toda la frecuencia que puedo. De lo segundo, no quiero ni oír hablar. Soy insoportable y no me apetece que nadie me lo recuerde y me dé mal vivir.

Aclaro que no era insoportable, solo un guarro de cojones. Alguna vez había tenido la tentación de entrar en su casa con botas de pocero, pero terminé haciéndolo con zapatillas de deporte y unos guantes de goma. Si no fuera porque lo obligaba a limpiar de vez en cuando las zonas comunes de su piso compartido, este hubiera sido clausurado por Sanidad. Todo lo contrario que él con su aspecto y su ropa, ¿eh? Que su casa podía ser una pocilga, pero el señorito plancha como nadie en el mundo, se perfuma con lo mejor y es capaz de ducharse y lavarse el pelo tres veces al día si hace falta. Es una cuestión de pereza, creo. Y prioridades.

Así que me imagino que tenía razón en lo de la convivencia; no le apetecía meter a alguien en su vida que lo obligara a pasarse al bando de la monogamia y que además le recordara que era un marrano. Pero...

Mamen trabajaba como contable en una empresa y cada cierto tiempo, con el cierre de ejercicio o trimestre, a su jefe le entraba un siroco muy malo que la obligaba a quedarse encadenada a la mesa con una botella de agua y su calendario de los bomberos de Madrid como único aliciente. En aquellas ocasiones papá y yo intentábamos echar una mano con las gemelas (~~satánicas~~) (de *El resplandor*) pero de vez en cuando todo patinaba y se nos iba de las manos. Papá andaba de viaje en Bilbao visitando a un cliente de una empresa siderúrgica importante y cuando me llamaron para suplirlo ya me había comprometido con Lolo a acompañarlo a Makro para elegir unas jarritas para cerveza nuevas (detalle que me agradecía siempre con un día libre, una propina o debiéndome un favor... Consejo: es rematadamente bueno que tu jefe te deba un favor).

Después de una ronda infernal de llamadas a familia y amigos, Mamen regresó a la casilla de salida y me llamó de nuevo:

—Sofía, necesito que le digas a Oliver que vaya a recoger a las niñas de patinaje —me dijo a la desesperada.

—Escucha..., ¿cuántas veces a la semana van esas niñas a patinar? ¡Tienen la agenda de un ministro!

—Dos. Miércoles y sábados. Los lunes y los viernes, inglés. Los martes y los jueves, zumba. Llama a Oliver, por favor —me suplicó al borde del colapso.

—¿Estás loca?

—Sí, claro que lo estoy. Y tengo episodios homicidas. Los únicos padres de amigas de los que me fío o tienen a sus hijas resfriadas en la cama o van en moto. ¿Qué hago, me mato? —Siempre le daba un tono a esa última pregunta que me hacía sonreír.

—Con lo mal que se le dan a Oliver los niños…

—Pero tiene dos dedos de frente, le puedes dejar tu coche, no tiene demencia ni es tu madre.

Cuando lo llamé acababa de salir del trabajo. Lo imaginaba mesándose el pelo entre los dedos, elegante, caminando con estilo y guiñándole un ojo a cualquier señorita que se le cruzara.

—Oli, te he dejado las llaves del coche en el Alejandría. Hazme el favor de ir a recoger a mis hermanas de patinaje.

El silencio que vino después fue tan largo que pensé que se había desmayado y que todo su glamour escapaba corriendo hacia un bar a tomarse un Old Fashioned. No era la primera vez que le tocaba salir al quite con este tema, pero lo odiaba. Decía que nunca sabía qué decirles a mis hermanas y que le entraban ganas de fumar, beber… de todas esas cosas que las niñas no deberían ver hacer a los adultos. Todo muy loco. Un gen de la paternidad de la hostia, el que le había tocado a Oliver.

Después de una agitada discusión sobre quién debía morirse primero, si él o yo, cedió. No sé por qué se empeñaba en discutir de aquella manera si siempre terminaba haciéndolo.

Y se estresó tanto, lo hizo todo tan deprisa que llegó a recoger a mis hermanas veinte minutos antes, que pensó que invertiría en odiarme a muerte y mandarme mensajes amenazantes, pero cuando llegó allí prefirió tranquilizarse. Salió de mi Twingo y se encendió un cigarrillo apoyado en una de las puertas mientras echaba un vistazo al móvil.

Alguien aparcó a su lado y del coche salió atolondrada una mujer de unos cuarenta y largos. Tenía el pelo rubio, con unas mechas californianas bien hechas y una media melena ondulada preciosa, aunque todas esas cosas eran las que hubiera pensado yo al verla. Oliver solo pensó que había aparcado muy cerca.

—¿Han salido ya? —le preguntó asustada.

—¿Cómo? —replicó Oliver.

—Las niñas. ¿Han salido ya?

—Ah, no. Es pronto.

—Joder. Qué puto estrés —respondió más para ella misma que para él—. Gracias.

Se apoyó en el coche y Oliver despegó los ojos de la pantalla del móvil para echarle un vistazo. Un Mercedes Clase A brillante y precioso.

—Ehm..., ¿vienes a recoger a alguien? —preguntó ella.

—Sí. —Se guardó el móvil en el bolsillo del traje y se mordió la lengua para no decir que no, que en realidad solo estaba acosando a un par de chiquillas. Era una broma de mal gusto.

—Muy joven para ser papá. —Le sonrió.

—No creas —bromeó—. Es que tengo un pacto con el diablo para no envejecer.

—Dame su número.

—Ah, pensaba que ya lo tenías —Oliver se preguntó por qué no podía dejar nunca de coquetear aunque no le interesara la chica en cuestión—. Soy amigo de la tía de Laura y Larisa.

—¡Ah! Las gemelitas. Son muy monas. Entonces tú eres... ¿amigo de Mamen?

—De su hijastra.

—Claro. ¿Cuántos años tienes, quince? —repuso ella con ironía.

—Diecisiete —le siguió la broma.

—Le diré a tu madre que fumas. —¿Estaba... tonteando con él? Bueno... él había empezado—. ¿Me das un pitillo? —le pidió.

—Claro, toma —contestó acercándole la cajetilla. Ella sacó un cigarrillo con un leve golpecito. Llevaba los labios pintados con brillo y las pestañas con un poco de rímel. No era muy alta pero sí llamativa; calzaba unos discretos pero elegantes zapatos de tacón alto y un vestido marrón bajo una gabardina con la que debía de estar pasando frío, pensó Oliver.

—Bueno, me llamo Clara.

—Encantado, soy Oliver —contestó con una sonrisa.

—Las gemelas y mi hija van a la misma clase.

—¿Son amigas? —preguntó Oli.

—Sí, de la misma pandillita. No inseparables pero bueno, como son tan poquitos en clase no da para hacer pandillas. —Los dos sonrieron por educación. ¿Cuándo iban a salir esas malditas niñas?—. ¿Vienes mucho a por ellas? —insistió.

—Pues no mucho, la verdad. Suelo ser la última opción porque, ya sabes, soy muy mala influencia. Cuando vengo a por ellas me las llevo a un bar con barra americana y después pillamos un poco de crack en un barrio chungo. Una caladita y a dormir calientes —le dijo con ironía.

Clara sonrió.

—Se te dan fatal los niños.

—Fatal. —Y Oliver sonrió de verdad—. Con ellos aún me manejo pero ellas... ¿De qué coño se habla con una niña de doce años?

—A juzgar por las conversaciones que mantengo con la mía el tema se reduce a por qué no puede maquillarse aún, por qué aún es muy joven para llevar tacones y los Gemeliers.

—Sí, algo me comentó Mamen sobre los Gemeliers. Les ha dado fuerte, ¿no?

Ella asintió mientras daba otra calada.

—Me tocará llevarla al concierto. Mi ex dice que se niega. Él prefiere lucirse con el viaje a Disneyland.

—Creo que le hará más ilusión el concierto —repuso él.

—A ella sí. A mí no.

—Piensa en lo más importante: ¿has hecho ya planes para cuando la lleve a Disneyland? —le preguntó a bocajarro.

—¿Planes? —repitió Clara.

—Claro, planes: salir a tomar una copa, a cenar, a escuchar música, de compras, a pasear… Montar juergas en casa.

—En eso último se te ha notado la edad. —Sonrió—. ¿Veintiséis?

—Veintinueve. Cumplo treinta en unos meses —confesó.

—Arg. Qué asqueroso.

Oliver sonrió y tiró la colilla al suelo antes de pisarla. Se dio cuenta de que Clara lo miraba de arriba abajo y aprovechó para echarle un vistazo también. Sonrisa bonita. Pelo arreglado. Le gustaba que calzara tacón alto. Tipazo, ciertamente.

—No debes de tener más de treinta —la pinchó.

—Eres muy amable.

—No es amabilidad. Son dos ojos.

—En realidad tengo…

—No tienes por qué decírmelo si no quieres, eh. Soy un caballero y jamás le preguntaría a una señorita por su edad.

—Cuarenta y cinco.

—Una chiquilla a medio vivir. —Y le guiñó un ojo.

«No puedo parar», se dijo a sí mismo, «soy una máquina indiscriminada de ligar».

Cuando él nació, ella tenía dieciséis años. Probablemente le dieron su primer beso por aquel entonces. Pero ¿estaba buena…? Sí, estaba buena. ¿En serio? Coño, si hasta había una categoría en los portales de porno online dedicada a mujeres como ella… Un clásico: «Madre que me follaría».

—Gracias por la idea de darme un fin de semana para mí misma aprovechando el viaje de la niña. No se me había ocurrido.

—Mi mejor amiga te diría algo así como: date un masaje y hazte una manipedi —me imitó con tono agudo—. Yo te digo: emborráchate con margaritas. Dan muy mal despertar, pero vale la pena.

—Ahora tendré que buscar con quién.

Humm. Arqueó una ceja. ¿Estaba ligando? Claro que estaba ligando. Los dos estaban haciéndolo. Ahora debía decidir si quería dejarlo en un leve coqueteo o entrar a matar con toda la artillería. ¿Debía invitarla a tomar algo? ¿Pedirle el número? Joder, estaba tan acostumbrado a hacerlo que ya no sabía si es que le gustaba o que se dejaba llevar por la inercia. Espera, machote, date un segundo para pensar antes de…

—¡¡Oliver!! —se escuchó de pronto.

«Salvado por la campana», pensó.

Un montón de niñas empezaron a salir hablando bien alto mientras se atusaban las melenas y entre ellas las gemelas sorprendidas de encontrar allí a Oli en lugar de a su madre.

—¿Y mamá? —le preguntó Larisa.

—En el curro.

—¿Y Sofía? —preguntó Laura.

—En el curro —añadió resignado.

—Y papá de viaje —sentenciaron mirándose entre ellas.

—Sí. Y el resto de la humanidad tiene lepra. Ale, subid al coche que os llevo a casa.

—¿Y te quedas un rato? —añadió Larisa.

—Y me quedo un rato.

—¿Nos has traído merienda? —preguntó Laura.

—Ehm. No. No sabía que comíais. Creía que vuestra madre os echaba un poco de alpiste por la mañana —contestó esbozando una sonrisa.

Las dos niñas se rieron pero porque mis hermanas y yo compartimos el defecto de reírles las gracias a los chicos guapos.

Oli les abrió la puerta y aunque se pelearon por cuál de las dos iría delante, él las mandó detrás con un silbido. Cuando levantó la cabeza, Clara seguía mirándole mientras su hija desenvolvía unas galletas con evidente prisa.

—Adiós, Clara. Un placer —se despidió.

—Adiós, Oliver..., nos vemos.

—Sí, nos veremos.

Cuando se sentó al volante estuvo unos segundos sin hacer nada. Se preguntaba, con el ceño fruncido y la nariz arrugada, por qué tenía la sensación de que no le molestaría volver a hablar con Clara. Como si se hubiera quedado a medias; una especie de «coitus interruptus» versión coqueteo. Dos o tres minutos más le hubieran bastado para decidir si quería ser ese plan de fin de semana que «la desestresara» o no.

—¿Vamos o qué? —le preguntó una de mis hermanas.

—Ah. Claro. A ver... —Hizo rugir el motor y metió marcha atrás—. Próxima parada McDonald's.

6

UNA EXPLOSIÓN FUERA DE CONTROL

Fran y yo rompimos poco antes de cumplir los veintiséis. No hubo diálogo civilizado. Ni siquiera sorpresas. Mentiría si dijera que no sabía que se calzaba a otra y que por eso su salchicha estaba siempre mustia para mí. Cuando no estaba cansado por el trabajo, había alguna milonga que nos alejaba de la cama. Claro. Nadie llega a casa con hambre cuando viene de pegarse una comilona.

Imaginaba que algo así pasaba o que pasaría pronto pero lo que sí me sorprendió y lo que probablemente hizo que la ruptura fuera de todo menos civilizada fue la persona a quien eligió para meterle la chorra (una chorra mediocre diré un poco por venganza). No era mi mejor amiga, pero éramos amigas. Nos habíamos sentado a cenar juntas cientos de veces. Había venido a nuestra casa a celebrar nuestra decisión de vivir juntos. Nos habíamos mandado mensajes. Me había contado sus problemas de pareja. Me había aconsejado con los míos. Habíamos brindado por el futuro y en el futuro ella decidió que le molaba mi churri por su chocho moreno, así que, bueno, no se lo pensó. No dedicó un pensamiento a cómo me sentiría yo, ni cómo se tomaría su novio aquello. Ella, sencillamente, se lanzó a por ello un día. Y él la siguió. No voy a demonizarla a ella, que conste. Me dolió porque era mi amiga, pero el que peor lo hizo para conmigo fue él. Los dos se tenían ganas, al parecer. Y yo tuve durante mucho tiempo ganas de partirles las piernas a los dos. Pero no solo del odio vive el hombre, así que decidí autoflagelarme porque, en lugar de pensar en los años de mediocridad sentimental que me estaba ahorrando, creí que el problema era yo.

No los descubrí en la cama. Ni siquiera pillé un mensaje picantón. No. Fue menos de película y más lamentable porque a pesar de que imaginaba que había otra persona... fue él quien tuvo que decírmelo para que dejase de aferrarme a una relación hecha jirones que no funcionaba ni de lejos. «Hay alguien», me dijo, pero no como un acto honesto ni un último signo de amor y respeto. Lo hizo porque ya no le servía repetirme a diario todos los defectos que no me hacían merecedora de su amor; lo hizo porque ya no podía aguantarme pero no fue lo suficientemente valiente como para romper conmigo cuando dejó de quererme y quedarse solo o quizá porque decidió que merecía saber que ELLA era la elegida y no yo. La identidad de aquel «alguien» fue algo que averigüé más tarde. Y lo dicho... no me lo tomé con demasiada deportividad. Y de carambola me quedé sin amigas. En un grupo donde todo son parejitas, las exparejas despechadas chirrían. Nunca me hicieron una putada, pero con su incomodidad a la hora de tratar el tema demostraron que les importaba más el statu quo que mis sentimientos. Y empezaron a perder el contacto conmigo... pero no con ella.

Después de aquella ruptura salí con chicos. Bueno... conocí a chicos y jugué a que me enamoraba sin hacerlo. A veces hasta me lo creí pero después de una panzada a llorar y una bolsa de torreznos, me daba cuenta de que aún no había llegado ÉL. Más tarde entendí que buscar el amor me hacía infeliz y tal pero... nunca dejé de preguntarme si la forma en la que sucedió todo con Fran no me habría marcado para siempre, si no me habría olvidado de todo lo que quería ser y cuánto quería sentir en favor de la estabilidad con una persona que además me había convertido en su perrito faldero.

Y todo esto ¿a qué venía? Esta historia al más puro estilo abuelo cebolleta. Bueno... alguien me dijo una vez que las penas cuando se escapan de entre los labios se disuelven en éter hasta ser solo palabras. Por eso y porque quisiera que entendieras el porqué de lo que sentí cuando vi entrar a Fran (mierdaseca) junto a «ella» en el Alejandría.

Era una mañana de un frío glacial que cortaba la cara y en la que el sol no se había dignado a aparecer, pero dentro del local reinaba un ambiente tibio al que contribuía una iluminación tenue, anaranjada, y una música que te hacía sentir en casa. Sonaba «Sweet hurt» de Jack Savoretti y todo el mundo estaba tranquilo, servido y risueño. Al cruzar la puerta todos los clientes habían esbozado una sonrisa de alivio; hasta yo lo había hecho. Era la magia del Alejandría, un sitio al que querías pertenecer. Me había levantado reflexiva... quizá porque esos cambios que empezaban a asomar la patita me estaban haciendo pensar de más. «Es el momento de plantear objetivos para el resto de mi vida», me decía, pero no se me ocurría nada que no fuera el plagio de algún videoclip de Katy Perry.

Abel y yo estábamos hablando de cómo nos imaginábamos nuestra vida a los sesenta cuando vi el perfil de Fran de reojo. Supongo que nos pasa a todos..., tenemos bien mapeada en la cabeza la anatomía de aquellos amores que nos hicieron daño. Me había pasado un par de veces que al cruzarme en el metro o en la calle con alguien que se parecía ligeramente a él el corazón parecía querer salir a bailar una sardana sobre mi lengua. No estaba enamorada, eh, lo que estaba era dolida. Y hay algunas heridas que no dejamos sanar porque nos sentimos responsables de ellas.

Pero esa vez no era ninguna falsa alarma. Allí estaba. Hacía al menos cuatro años que no lo veía, pero no había duda. Había cambiado poco; quizá había perdido un poco de pelo y ganado peso, pero estaba igual. Y a su lado… ella. Ella, que estaba aún mejor de lo que la recordaba. Rubia, estilosa, guapa, con esa sonrisa tan bonita y el vientre tan plano. Cuando se sentaron en la mesa del rincón sin ni siquiera percatarse de que el Alejandría era MI territorio por derecho… se me atragantaron varios años de remordimientos, complejos, dolores y reproches sin verbalizar. Supongo que cambié de color. Creo que pasé del rojo al morado en décimas de segundo porque Abel me sacudió.

—¡Tía, respira!

Tendría que haber una ley que impusiera el espacio de uno y del otro tras una ruptura… Unas fronteras infranqueables que no pudieran ser rebasadas y menos si te acompañaba la tía con la que habías engañado a tu pareja. Respiré hondo y Abel se relajó y empezó a farfullar que había estado a punto de hacerme la maniobra «sicomoro» (me temo que se refería a la maniobra Heimlich, pero es que cuando no recuerda una palabra, usa «sicomoro» porque dice que siempre suena bien). Era media mañana y estábamos tomándonos un refresco mientras picábamos algo y el pobre pensó que me había atragantado con un anacardo. ¿Hubiérase visto muerte más ridícula? Ahogada por un anacardo mientras mi ex y la tía por la que me dejó se hacían arrumacos en un rincón.

Un tipo de rabia homicida reconvertida en dignidad se apoderó de mí y salí disparada fuera de la barra. Estaba decidida a ir a tomarles nota yo misma, sentirme fuerte, estar por encima de las circunstancias, superarlo, mostrarles (y recordarme) lo feliz que era con las cosas que había escogido. Hasta que vi cómo se cogían de la mano. Hasta que escuché sus risas hiperedulcoradas. Hasta que se miraron con ternura y salieron jodidos corazones de sus córneas. Hasta que me di cuenta de una cosa que llevaba tiempo sospechando: que a mí NUNCA me habían querido.

Me eché hacia atrás y me escondí en la cocina. Si hubiera podido hacer un fuerte con cajas de leche lo hubiera hecho, pero me limité a pegar la espalda contra la pared y cerrar los ojos.

—Pero ¿qué te ha dado? —me preguntó Abel muy ofuscado.

—Es mi ex —susurré—. Y ella mi examiga. Por favor. Atiende tú.

—Pero a ver... ¿qué ex? Pero si...

—Abel, por favor, ve tú —le supliqué.

—¿Quieres que les suelte una fresca? Puedo decirles que tenemos reservado el derecho de admisión para animales de sangre fría... Así les llamo víboras y ni se enteran.

Negué con la cabeza y, avergonzada, acepté que tenía un montón de lágrimas asomándose a mis ojos.

—Solo necesito que no me vean. Sirve rápido. Ponles un exprés.

«Un exprés» era algo que hacíamos muy pocas veces pero que solía ahorrarnos disgustos. Se activaba con clientes estúpidos, maleducados o con gente que nos dolía tener allí (como cuando el exmejor amigo de Abel fue a tomar tarta con la novia por la que había dejado de llamarlo) a quienes servíamos a la velocidad de la luz, poníamos algo de comer «por cuenta de la casa» (una galletita, un trocito de tarta, una tostada...) y colocábamos la cuenta encima de la mesa. Evitábamos que pasaran más tiempo decidiendo si querían comer algo o no, o remoloneando. Era una educada invitación a cruzar la puerta en dirección contraria a la barra.

Abel lo hizo muy bien. «Voy para actor», se empeñaba en decir siempre y tenía razón. Y mientras los mandaba por la vía rápida hacia «terminad vuestra consumición», cometí un error fatal. Peor que meter la mano en la batidora para desatascarla cuando está enchufada. Peor que intentar tirarse un pedo en mitad de una gastroenteritis. Peor que cruzar sin mirar la carretera después de beber el equivalente en vino a la Comunidad de Madrid. Llamé a mi madre. Hay momentos en los que, independientemente de cómo sea tu progenitora, el cuerpo te pide llamarla, mimitos, mami... y se te olvida que a lo mejor la tuya no responde a ese esquema. Así que, metida en la cocina que hacía las veces de trastienda, llamé a mi madre. Y cuando le dije que Fran estaba allí sentado con su novia...

—Ah, pues no salgas, ¿eh? Que no te vean. Quédate ahí hasta que se vayan, que no hay necesidad de que te vean sirviendo cafés.

Fran era abogado y las cosas le iban bien. Laura se dedicaba a la publicidad. Dos vidas de éxito que a mi madre la tenían fascinada y contra las que mi felicidad tras la barra de un café poco podía hacer. Agaché la cabeza y... no salí de la cocina hasta que Abel me dijo que se habían marchado. Definitivamente... tendría que haber llamado a Mamen.

Recordé muchas cosas durante el rato que pasé metida en la trastienda mientras fingía estar muy ocupada haciendo recuento de víveres. Me acordé de la primera vez que Fran y yo salimos juntos por ahí, dejándonos ver como pareja delante de nuestros amigos. Me sentí superespecial. Íbamos cogidos de la mano y podía notar las mariposas en el estómago que, según las novelas, sientes cuando estás enamorada. Fran me dijo que era el tío con más suerte del mundo y yo me sentí bonita. Nunca debí otorgarle el poder de hacerme sentir bien con sus palabras porque a la vez le estaba dando la llave para conseguir lo contrario..., que fue lo que terminó pasando. Dejó de hablarme así poco a poco. Un año después ya no era el tío con más suerte del mundo; solo el novio de una chica muy mona. Y fui cayendo en desgracia en nuestra propia relación hasta ser la que no conseguía hacer nada a derechas, la que no era constante, la que se conformaba para no tener que esforzarse. Me creí todas esas cosas y ahora… a ratos ponía en duda toda la felicidad que creía poseer. Porque… por la lógica que regía sus comentarios y la opinión de mi madre, ¿cómo podía ser feliz trabajando en una cafetería, estando soltera, compartiendo piso con un friki, teniendo cierto sobrepeso y viendo cada vez más cerca mi futuro como «la loca de los gatos»? Creo que lo que me pasó en realidad fue que me cabreé muchísimo con la Sofía que había agachado la cabeza y que seguía deseando ser invisible a veces, porque no se soportaba.

Fui calentándome. Me quemé con la máquina de café. Una clienta me dijo que «a ver si cambiábamos un poco la carta». Empezó a llover y yo no había traído paraguas (y me había planchado el pelo por la mañana, qué leches). Un dolor de cabeza sordo pero persistente se me instaló en el ojo derecho. Supongo que Héctor entró en mal momento.

Abel había ido a por cambio al banco y aunque me había sugerido que fuera, yo preferí quedarme en la barra. No tenía ganas de nada. Estaba triste y solo quería llegar a casa y acurrucarme en el sofá para amar con pasión desenfrenada una bolsa de torreznos, que a diferencia de los hombres nunca me engañarían con otra ni me harían sentir miserable. Y… Sofía, bueno, yo, estaba a punto de interpretar el mejor papel de mi vida: el de olla exprés a tope de power.

La mesa en la que solía sentarse Héctor estaba ocupada así que, más perdido que Carracuca, dio un par de vueltas absurdas por la cafetería hasta sentarse dubitativo en la barra. Estaba guapo, guapo. Despeinado, con jersey azul cobalto y camisa blanca debajo. El abrigo, desgastado y viejo, terminó doblado cuidadosamente en el taburete de al lado y sus ojos azules fijos en la madera barnizada de la barra.

—¿Me pones un café con leche? —pidió, como siempre, un poco seco.

Ni contesté. «Lo peor de este tipo de tíos», pensé, «es que están enfrente de ti pero nunca te miran ni al pedir un café». Se lo preparé y se lo serví sin demasiado mimo, dejando la taza delante de él con más rudeza de la necesaria. Dirigió la mirada al café y se centró en las gotitas de leche que se habían derramado sobre el platito y que no había hecho ademán de limpiar. Asintió despacio y abrió la boca.

—¿Azúcar por lo menos? —dijo seco.

—¿Moreno, blanquilla, sacarina o sirope de agave?

—Azúcar —contestó sin mirarme.

—¿Moreno o blanquilla?

—En realidad… en los bares el moreno es blanquilla teñido, ¿sabes? —dijo en un tono que me tocó bastante el moño y añadió—: Uhm…, ¿podrías ponérmelo para llevar?

Respiré profundo y se lo volqué en un vaso de plástico que le pasé sobre la barra con un sobre de azúcar y una paletina.

—¿Tienes tapa?

—Sí, la tengo —contesté y deslicé la tapa frente a él de malas maneras.

—¿Me cobras?

—Uno con ochenta. —Abrió la cartera marrón, desgastada, pespunteada en azul y con unas iniciales grabadas (preciosa…, casi se me pasó el cabreo cuando la vi) y sacó un billete de veinte—. No tengo cambio. —Ahí volví a ponerme digna.

Resopló. Resopló suavito, discreto, pero como si fuera yo la que estuviera tocándole los cojones a propósito. Quizá tenía razón. Solo quizá.

—Es que no tengo suelto —comentó.

—Pues vas a tener que esperar a que vuelva mi compañero con cambio.

—Tengo prisa. ¿No puedes mirar la caja a ver si te llega para cobrarme?

¿Prisa? No parecía tener prisa cuando entró buscando su mesa pero ahora, qué curioso, sí la tenía. ¿Le molestaba mi presencia? ¿Mi actitud? Se iba a joder.

—Hogwarts aún no me ha dado el título de maga, así que no puedo hacer aparecer cambio si no lo tengo —escupí de malas maneras.

—Oye... —Se apoyó en la barra en tono conciliador—. Me parece que tienes un mal día y yo ningunas ganas de formar parte de él.

—¿Que tengo un mal día? Claro, y tú una educación impecable.

—Claro que tengo una educación impecable. —Se puso tenso—. A lo mejor la que tiene que cuidar sus formas eres tú.

—¿Yo?

Me miró fijamente unos segundos. Largos. Se humedeció los labios, que estaban tensos, con la lengua. Me miró a los ojos. Se le tensó la mandíbula bajo la barba. Cogió aire y... desvió la mirada.

—Cóbrame con tarjeta. —Sacó la tarjeta y golpeó suavemente la barra con ella.

—El mínimo es de seis euros.

—Pues cóbrame seis euros, por favor.

—¿Por favor? ¡Vaya! Pues va a ser que sí tienes educación. Debe de ser que te la dejas en la puerta cada vez que entras.

—¿Y eso a qué viene? —Frunció más el ceño.

—Viene a que ni dices hola ni adiós cuando entras o sales, ni nos miras a la cara al pedir, cuando das las gracias parece que nos perdonas la vida y lo de sonreír debe de ser deporte extremo para ti, porque vaya tela. Ser amable contigo es una pérdida de tiempo.

Todos los clientes miraron disimuladamente hacia la barra porque sin darme cuenta había empezado a subir el tono de voz.

—Eso no es verdad —musitó—. Por favor, cóbrame los seis euros con tarjeta y vamos a dejarlo aquí.

—¡No voy a cobrarte seis euros por un café con leche! —bramé.

—Estás gritándome —contestó despacio—. Me parece que eso es peor.

Sus ojos azules se desviaron hacia mi derecha y cuando me disponía a seguir soltando gilipolleces que sinceramente no venían a nada… apareció, salido de la nada, Lolo. Creo que hasta di un respingo mientras mi jefe me miraba sorprendido, con esa cara de decepción que solo puede poner alguien que confía mucho en ti y que te pilla en una faceta de tu vida que te hace sentir poco orgullosa.

—¿Qué pasa? —preguntó Lolo.

—Nada —respondí rápido.

—Le estaba preguntando a él.

Miré a Héctor y él me miró a mí.

—Nada —repitió con un hilo de voz.

—Un intercambio de opiniones, ¿no? —me preguntó Lolo directamente.

—Yo… no tengo cambio —me justifiqué.

—¿Y esa escandalera?

—No ha pasado nada, de verdad. Cóbrame, por favor, seis euros con tarjeta. —Y le acercó la tarjeta a mi jefe.

Lolo se volvió ignorándome y murmuró un «ahora hablamos» tan paternal como amenazador. Miré al suelo y me prometí acelgas hervidas si lloraba.

—Perdona las molestias. Si no es tu primer día en el Alejandría, sabrás que Sofía normalmente es encantadora. No sé qué ha podido pasarle. Si es tu primera visita imagino que será también la última, que no te hemos dejado con ganas de más. De cualquier modo, invita la casa. Acepta nuestras disculpas.

—No tiene importancia —respondió Héctor incómodo.

—Sofía... —Lolo clavó los ojos en mi coronilla, supongo que esperando que me disculpara pero solo pude contener un sollozo infantil antes de meterme en la trastienda como una niña que se avergüenza de sus ganas de llorar.

Los escuché despedirse.

—Discúlpala..., creo que ha tenido un mal día. Sofía es una de mis mejores camareras. Es de la familia. Algo ha debido pasarle.

—No tiene importancia. Gracias por el café —añadió Héctor.

—Estás invitado si te apetece volver mañana.

—No es necesario.

—Ya. —Un silencio seguramente llenado con un apretón de manos, Lolo era muy de dar la mano—. Gracias por venir.

La cortina de cuentas que separaba la trastienda de la barra se movió y alguien entró. Miré de reojo mientras me secaba con el dorso de la mano las primeras lágrimas (ale, acelgas para cenar) y descubrí a Lolo.

—¿Qué te pasa? —me preguntó con preocupación.

—Nada —balbuceé.

—Esas reacciones no son propias de ti. En los años que llevas trabajando aquí...

—Sí, sí, lo sé —le corté—. Perdóname.

—Somos humanos, es normal que de vez en cuando la vida...

—De verdad, déjalo —le supliqué.

No quería terminar en la mini cocina del Alejandría llorando en el hombro de mi jefe explicándole las miserias de ser una casi treinteañera sin pareja, con sobrepeso y que no cumplía las expectativas ni de mi propia madre. Solo quería un rincón oscuro donde avergonzarme con dignidad por el pollo que le había montado a Héctor y moquear, sollozar…, sentirme desgraciadita un rato.

Lolo me acarició la espalda de manera paternal y chasqueó la lengua contra el paladar.

—Vete a casa —sentenció—. Me duele ser duro contigo, pero no puedo tolerar estas salidas de tiesto, así que te descontaré el día de hoy de tu sueldo y lo añadiré al bote de las propinas. El café de ese chico sale de tu bolsillo. Espero de corazón que vuelva porque te conozco y sé que vas a sentirte muy mal por esto cuando te tranquilices.

Y en eso tuvo tooooda la razón.

7

Al día siguiente llevé un bizcocho casero para el Alejandría y un puñado de disculpas para Lolo. Le expliqué, sin muchos detalles, que desde hacía un tiempo no me encontraba bien. No creo que le gustara saber que empezaba a tener canas en los bajos y otros detalles de mi vida sentimental, así que lo zanjé así y él me dio un beso en la frente para dar carpetazo al asunto. Me pasé toda la mañana vigilando la puerta pero Héctor no volvió.

—En serio, ¿qué le dijiste, bruja? —se quejó Abel medio en broma—. Has asustado al único mozo de buen ver que no teníamos demasiado visto.

—¿Has visto *Showgirls?*

—¿La peli? Joder, tía. ¡Claro! Es una peli de culto —contestó.

—Si te gusta tanto no vas a entender lo que iba a decirte. Monté un espectáculo lamentable. Eso es todo —dije para evitar seguir con el tema.

—¿Tienes la regla?

—No seas machista, por Dios.

Machista o no, con bizcocho o sin él… Héctor no cruzó la puerta del Alejandría en toda la mañana. Cuando llegó el cambio de turno, le comenté a mi compañera Gloria que si lo veía me avisara por Whatsapp. No es porque fuera más o menos guapo. Y tampoco tenía nada que ver con esa sensación tan peliculera de que podríamos haber sido superamigos en otra vida. Sinceramente mi preocupación nacía del cariño que le tenía a mi trabajo y a lo poco habituada que estaba a montar números de ese tipo. Miento. Soy un hacha en el espectáculo circense… pero nunca con desconocidos.

Dos días después de lo que mi compañero había bautizado como «la crisis del café divino» (por lo del café con leche y el Dios del día), Héctor seguía sin aparecer por allí. Y cuando salí por la puerta… sencillamente lo di por perdido. ¿A quién le apetecería volver a un sitio en el que lo han llamado maleducado con tanta desfachatez y desproporción? Porque, hombre, se podía ser más simpático, pero no era para tanto. Si no, ¿por qué cojones seguía sonriendo a la anciana que nos robaba los servilleteros?

Fue un viernes. Buen día para zanjar algo de cara al fin de semana. Yo ya estaba ordenando mentalmente las ideas de cara al «cuéntame tus mierdas» de aquella noche. Empezaría yo: «Hola, soy Sofía y soy imbécil. He tratado como el culo a un cliente que podía haber sido un cliente fiel (y que alegraba la vista) porque mi ex eligió el Alejandría para un café rápido con la churri y, para rematar la faena, me pilló el jefe comportándome como una auténtica loca». Los demás lo tendrían difícil. Otra semana en la que me iba a alzar con el título de ganadora.

Salí a limpiar una mesa y tomé nota de lo que quería Vero, la opositora. Café largo, muy largo, y una galleta de avena con pasas. Ya habían puesto fecha para su examen y estaba muy nerviosa. Hablamos un rato y le dije que debía celebrarlo con un trozo de tarta.

—El lunes puedes pedirte la galleta. Hoy... ¡tiremos la casa por la ventana! —exclamé con entusiasmo.

Me metí en la mini cocina a dibujar una sonrisa con sirope encima del glaseado de una porción de tarta de zanahoria cuando Abel apartó la cortina con suavidad... cosa muy rara en él.

—No me molestes o en vez de un «smile» me va a salir «Jack» de *Pesadilla antes de Navidad* —le advertí.

—Sofi... —susurró.

Dejé en suspensión el bote de sirope, asustada por la contención de su voz y me sonrió como si fuera un niño de San Ildefonso a punto de cantar el gordo de Navidad.

—Lo dejo pasar un segundo, ¿vale?

—¿A quién? —le pregunté con un gallito.

Héctor tuvo que agacharse un poco para pasar por el marco de la puerta del que colgaba la cortinita de cuentas. No es que sea gigante, es que el bar es un poco... «hobbiteño» (¿por qué no existe ningún adjetivo referente a los hobbits de la comarca?). Sonrió con una mezcla de vergüenza y desfachatez que me hizo sonreír también. Había arrugado un poco la nariz y se mordía el labio inferior. En su mano derecha sostenía una macetita blanca con un lazo morado y una lavanda plantada. Sin flores, claro, era invierno... pero lavanda al fin y al cabo.

—Hola..., Sofía, ¿verdad?

—Hola, Héctor —lo saludé.

—Verás... —hablaba muy bajo y miraba al suelo.

—Antes de que digas nada..., siento mucho lo del otro día. —«Oh, Dios, ¡¡oh, Dios!! ¡¡¡Qué violento!!!», pensé.

—En realidad..., bueno, acepto tus disculpas pero... quería decirte que lo he estado pensando y la verdad es que yo tampoco he sido demasiado amable en mis visitas. Y lo siento. —Abrí la boca para responder pero… no pude decir nada—. A ver… no te conozco de nada y en el fondo ahora mismo preferiría estar bebiendo sake hasta desmayarme —dijo del tirón antes de levantar la mirada del suelo— pero aunque no lo creas, soy un tío simpático. Pero tímido. Y a veces la timidez me hace parecer un soplapollas estirado. Eh… Esto es para ti.

Cuando fui a alargar la mano hacia la macetita que me tendía, me di cuenta de que seguía sosteniendo la botella de sirope y que el trozo de tarta, un pedazo de encimera, el suelo y mis zapatillas… estaban llenos de líquido viscoso.

—¡Puta mierda! —exclamé. Solté el biberón encima de la encimera y cogí la bayeta para intentar arreglarlo, pero lo empeoré—. Perdona. Es que soy un poco manazas y…

—No importa. Ehm. Te dejo aquí la lavanda…

—Vale. Gracias. Pero… no tenías por qué.

—Mi madre dice que pedir disculpas es más fácil con flores.

—Ya… No quiero sonar borde pero… la lavanda en invierno poca flor —comenté con sorna.

—Era esto o un cactus —dijo.

Me levanté del suelo y lo miré:

—¿Y tiene razón? —Le sonreí—. ¿Es más fácil disculparse con «flores»?

—No. —Se rio—. Pero menos da una piedra. —Me devolvió la sonrisa y dio un paso hacia atrás—. Seremos discretos, ¿vale? —me dijo.

Y sonó taaaaan bien que, hasta que le contesté «vale», viví una completa historia sórdida y placentera con él en el rincón más oscuro de mi imaginación, donde nadie podría llegar nunca y que tenía doble cerradura.

—¿Café con leche? —le pregunté.

—Perfecto. —Sonrió—. Gracias, Sofía.

—Ahora te lo llevo, Héctor.

—¡Ah! —exclamó antes de salir—. Ten en cuenta que la lavanda no tolera demasiado el frío. Y le encanta el sol.

—Entonces le flipará vivir en mi ventana.

Cuando salió, Abel entró con muy poco disimulo, me dio un puñetazo en el brazo y exigió toda la información en susurritos.

—Tengo que hacer un café con leche —le comenté fingiendo estar muy ocupada.

—Sí, pues yo tengo que ordeñarle información a una burra —insistió el muy cotilla.

—Ha venido a pedirme disculpas.

—¿¡Qué!? ¡Lo flipo!

—Dice que es muy tímido y que la timidez le hace parecer un estirado —continué.

—Un tímido no es capaz de plantarse aquí con una puta maceta llena de... ¿cardos? Bueno, da igual, con una maceta a pedir disculpas a una desconocida que le ha gritado desde la barra del bar.

—Bueno. A lo mejor es que es... —e intenté buscar una explicación.

—¿Tonto? Yo te hubiera montado un pollo —terminó Abel.

—¿Y la maceta?

—Te la habría hecho comer.

—Pero es que tú nunca serás recordado por tu caballerosidad —le contesté.

—A mí la caballerosidad me come el culo que, además, es algo que me pone bastante.

—Cerdo de mierda. —Me reí—. La gente no solo responde a un rasgo de personalidad, ¿sabes? Puedes ser un 30 por ciento tímido y un 70 por ciento educado.

—Y eso..., ¿lo has leído en algún libro? —me dijo con rintintín. Le enseñé el dedo corazón—. ¿Y ese plato de sirope qué hace ahí?

—Uhm…, era un trozo de tarta para Vero. Ahora preparo otro.

—Ah, no. Prepara el café con leche del Dios del día. Esto te lo arreglo yo.

Desde aquel día Abel dejó de ser «el camarero» de Héctor. Desde aquel día… siempre fui yo. Siempre.

8

ROBIN HOOD

No pensaba pedir disculpas por nada. Por supuesto que no. ¿Qué tipo de lógica comercial regía un local en el que la camarera te echaba en cara que no eras todo lo amable que a ella le apetecía? Entonces… ¿por qué terminé pidiéndole, por favor, a su compañero que me dejara hablar con ella un segundo en la «trastienda» con una maceta en la mano?: ESTELA.

Estela y yo nos conocimos en la facultad. Bueno, ella dice que conoció a Héctor y Lucía o a Lucía y Héctor. En pack…, como los yogures. Estela y yo estábamos en la misma clase y pronto (creo que el primer día) se unió a nuestras tardes de cañas en Moncloa. Lu siempre llegaba tarde y Estela y yo ya íbamos medio pedo mientras hablábamos sobre lo guay que sería exponer en ARCO cuando fuéramos artistas. Artistas éramos un rato, pero del escaqueo al quitar la mesa, de la mentira si nos pillaban llegando a las cinco de la mañana a hurtadillas oliendo a whisky o artistas de disimular el olor a tabaco en casa. Hasta ahí llega el artisteo porque yo me decidí por el diseño gráfico, que es creativo pero no me iba a llevar a las paredes de ninguna galería y ella aprobó las oposiciones de secundaria para dar clase de dibujo en un instituto en Madrid.

Supongo que era amiga tanto de Lucía como de mí pero conmigo siempre tuvo debilidad porque, en el fondo, los dos tenemos alma canalla. A mí la vida en pareja (y supongo que el hecho de estar desde los dieciséis años con la misma chica) y la década en Ginebra me limaron las aristas de vividor para poder meterlas en el traje del caballero sensato que vendo, pero Estela conservaba parte del encanto. Qué bien nos lo pasábamos los dos juntos hablando sobre todo en lo que crees a pies juntillas en la veintena, cuando estás convencido de que las cosas pueden cambiar. Y lo hacen... pero no siempre para bien.

Cuando la llamé tras la decisión de regresar a Madrid para buscar trabajo de lo mío como parte de un plan de viabilidad para volver a España, me ofreció su casa sin tener ni siquiera que proponérselo.

—La Erasmus cachondona deja su cuarto al terminar el cuatrimestre —me dijo.

—¿En enero? ¿Tan pronto?

—Mira..., dos posibilidades: ha encontrado otro piso más molón o ha pillado una venérea de cojones y tiene que volver a su país.

—¿De dónde es?

—De «rubiolandia». No lo sé. Es posible que del mundo en general. Limpiaré con lejía su habitación y es toda tuya. Y con vinagre. Dicen que las ladillas solo se van con vinagre —puntualizó.

—¿Dicen? Como si no las hubieras pillado. —Me reí.

Escuché sus carcajadas. No es que Estela fuera una Casanova y fuera de flor en flor... es que amaba el amor y se enamoraba cada cinco minutos. Como buena soñadora, siempre pensaba que «esta vez sí» era el hombre de su vida. Muchos se enamoraron con ella esos cinco minutos y la dejaron marchar después, pero otros se aprovecharon de esa manera de querer que tiene tan…, tan de coger ladillas.

Y allí estaba yo, compartiendo piso con ella como ya hice en la facultad cuando Lucía y yo consideramos que no queríamos seguir viviendo en una residencia pero tampoco creíamos que fuera momento de vivir juntos. Bueno… en realidad sí que pensábamos que era momento de vivir juntos porque prácticamente lo hacíamos ya (a mí me flipaba la idea de poder follar a cualquier hora con mi chica sin miedo a que mi madre entrara con sábanas limpias en los brazos), pero su madre puso el grito en el cielo y su padre la amenazó con un colegio mayor de monjas.

Fueron años divertidos pero, aunque vivir con Estela de nuevo era genial y servía de catalizador para un montón de recuerdos dormidos, nosotros ya no teníamos ganas de conectar una manguera a un barril de cerveza. Estaba yendo muy bien… a pesar de la habitación destartalada que había heredado de la guiri (a la que le gustaba mucho Blur, a juzgar por el póster lleno de marcas de pintalabios que dejó dentro del armario y que no quité porque me pareció de lo más «creativo»).

Así que ya podrás imaginar que para mí la palabra de Estela era la ley… ¿Y por qué iba todo esto? ¡Ahh! Todo esto iba por… Ya. Por su reacción a mi cabreo al volver de El café de Alejandría.

Entré en casa como si fuese…, no sé, Delacroix en el cuadro de *La libertad guiando al pueblo*, pero más cabreado. Abrigo al viento, pelo revuelto (porque tengo esa manía de tirar de las raíces que mágicamente aún no me ha dejado calvo) y resoplando como un caballo. Di hasta un portazo.

—Pero ¿qué pasa? —preguntó alarmada.

Estela, que ese día tenía pocas clases, salió vestida con una bata de satén, muy sexi ella… y dos zapatillas de andar por casa con forma de Homer Simpson. Me quedé mirándola con el ceño fruncido y no supe ni qué contestar. Tuve que tomarme unos segundos para ordenar mis ideas.

—La camarera. Dice que soy un maleducado y… se me ha puesto a gritar porque no tenía cambio y… no sé qué mierdas.

—¿Sabes que tienes un deje así afrancesado al pronunciar ciertas palabras? —me comentó.

—¿Me comes la polla? ¿Qué tal te suena? —le dije forzando el acento.

—Muy cañí. Sigue.

—Nada. Eso. Yo qué sé. Ha sido chungo. —Arrugué el labio—. La tía esa está loca. No pienso volver.

—Por partes… La camarera… ¿de dónde?

—Del Alejandría.

—¿Sofía o Gloria?

—¿Sofía o Glo…? ¡Estela, no tengo ni idea!

—Pero ¡¡si llevas yendo como dos semanas!! ¿Cómo puedes no saberte sus nombres? —se sorprendió.

—Porque allí voy a tomar café y a hacer tiempo. Y… y a… a…

—No tienes alma. ¿Ha sido ahora?

—Sí. Ahora mismo.

—Entonces era Sofía.

—Se ha puesto a gritarme. Me ha dicho…, me ha dicho que soy un maleducado —seguí ofuscado.

—¿Sofía?

—Estela —le dije despacio—, supongo. No lo sé con seguridad.

—Tío, estoy flipando contigo. ¿Has conseguido sacar de quicio a Sofía?

—¿Qué pasa, que sois hermanas de meñiques o algo así?

—Sofía sabe el cumpleaños de casi todos los clientes del Alejandría. En el mío me cantó, me hizo soplar las velas y me regaló un libro. Tiene una vecina de unos ochocientos años con la que toma café y pastas de vez en cuando mientras escucha sus batallas porque «le parecen geniales». Te mira a los ojos cuando le cuentas tus cosas, siempre da buenos consejos y por cierto… vive ahí enfrente. Tío…, dime que no has hecho llorar a Sofía.

Bueno. Pues resultaba que había encabronado a la Madre Teresa de Calcuta del distrito centro de Madrid. Había herido al Robin Hood del jodido barrio.

Me dio igual, no porque no creyera que Sofía fuera una bellísima persona y bla bla bla. Fue solo que…, que todo aquel numerito me pareció fuera de lugar y no soy un tío que dé segundas oportunidades en ese sentido. No me gustan los numeritos.

En la vida te ves «obligado» a dar la ocasión de redimirse a mucha gente. Los bares no los vuelvo a pisar si no me satisfacen.

Estela insistió. Bueno, no insistió… sencillamente me hizo chantaje emocional. Del gordo: si estaba tomándome un café en casa, aparecía por allí suspirando:

—Sofía parecía triste hoy. Me ha dicho Abel que el jefe le quitó un día de sueldo por vuestra bronca.

—¿Quién es Abel?

Y ella no contestaba y yo me quedaba pensando cuándo puñetas había ido al Alejandría si había tenido clase toda la mañana. Maldita manipuladora.

Si intentaba arreglar su tocadiscos viejo me preguntaba:

—¿Sabes que tienes un punto así… rancio?

—¿Yo? —respondía con sorpresa.

—Sí. Con los desconocidos.

—Eso es porque soy de pueblo —me excusaba—. Nos cuesta más abrirnos. Somos muy nuestros.

—Claro, eso será. ¿Y no es posible que en el café te pasaras de… tuyo?

Despúes enumeraba todas las situaciones en las que, habitualmente y sin darme cuenta, me pasaba de mío. Y resultaron ser muchas...

Hasta entraba en mi habitación sin llamar y a cualquier hora sin importarle pillarme con la toalla alrededor de la cintura y me hacía preguntas del tipo:

—¿Y eso te ha pasado en Ginebra?

—¡Sal de aquí y cierra la puta puerta! ¡Estoy desnudo, joder!

—En serio, ¿eso te ha pasado en Ginebra?

—¿¡El qué!?

—¿Fue por vía oral o rectal?

—¿De qué coño hablas, Estela? ¿Puedes pirarte y dejar que me suba los gayumbos?

—Del palo que llevas incrustado..., creo que en el culo, estirado de los cojones.

Al final... terminé dándole vueltas. Sabía que podía resultar parco en palabras. Rancio, más bien. No solía entablar conversación con desconocidos y prefería escuchar hasta tener la confianza suficiente para hablar. Es cierto que El café de Alejandría te hacía sentir en casa y cómodo nivel «he estado a punto de quitarme los zapatos» o... algo peor. Pero era demasiado orgulloso. Era verdad. Y ella..., ella parecía encantadora en todas esas historias con las que Estela me martirizaba. La había ayudado a comprar unas entradas por Internet. La había abrazado una vez que lloró sola en la cafetería después del plantón de una cita a ciegas. Joder. Se reía siempre..., eso era verdad. La había escuchado reírse con todos los chistes de los parroquianos, aunque fueran malos. Y no era falsa. Se reía a carcajadas a veces solo por el hecho de que fueran malos.

—Si repites ese chiste me veré obligada a envenenarte el café —la había escuchado decir.

Todo el mundo la saludaba al entrar:

—¡Hola, Sofía! ¡Qué guapa estás hoy!

—No voy a darte más tarta. Se te va a caer el rabo, como a los perros. Y tu vida será triste…, triste…, triste —decía ante los cumplidos.

Tenía sentido del humor, supongo. Y salidas de lo más inteligentes.

—Sofía, ¿tienes novio? —le preguntaron una vez.

—Creo que lo más cerca que estuve del amor perfecto fue con un joven minero cuando tenía cerca de dieciséis años. Lo siento, no es mío, es de D.H. Lawrence. ¿No lo has leído? Es guay. Creo que te gustará —contestaba pizpireta.

Vale. Quizá…, quizá me había pasado con una chica que tuvo un mal día. O quizá echaba de menos ese maldito café con leche con espuma de mil mierdas que se te quedaban pegadas al paladar y que saboreabas todo el día. O añoraba sentarme a trabajar un rato en mi rincón junto a la ventana. O a garabatear. O a descubrir canciones. Qué mierda. Me gustaba aquel sitio. Había empezado a ir para hacer tiempo y esperar a Estela porque no tenía llaves (había cambiado la cerradura cuando la Erasmus cachondona se fue sin devolver las suyas) pero tenía que reconocer que…, que se respiraba cierta magia en el ambiente. Quizá fueran pequeñas partículas de cacao en polvo o canela que flotaban en el aire haciéndolo más apetecible. Quizá eran sus destartalados pero cómodos y siempre impecables muebles o el barullo de conversaciones triviales, inteligentes, sórdidas, confusas o secretas que se entremezclaban como mechones de pelo en una trenza. Quizá fuera la luz. O la gente. O yo, que de pronto me encontraba en silencio en un lugar donde lo único que se esperaba de mí era una sonrisa. ¿Tan complicado era?

9

En el Alejandría trabajábamos cinco días a la semana en turnos de ocho horas. Era un buen horario. Tenía los fines de semana libres, lo que en restauración no es habitual. Pero a los veteranos, Lolo sabía cómo tratarnos.

Así que los sábados me dedicaba a hacer recados, arreglar la casa y quizá… tomarme un café en la cafetería, porque era masoca y porque mi vida social daba asco. O quizá porque mi vida social era el Alejandría.

Tenía la nevera prácticamente vacía aunque el día anterior había hecho la compra para la cena de los viernes y parecía que estaba a reventar, porque supongo que todas las cervezas que nos habíamos bebido la noche anterior hacían bulto. Sin duda, no podría subsistir el fin de semana si no bajaba a hacer una incursión al supermercado. Una pequeña compra bastaría para preparar dos días de series, sofá, manta y comida superprocesada. Me apetecía, sin poesía, tocármelo a dos manos el resto del fin de semana.

No me preocupé mucho por mi outfit, la verdad. Creo que si lo hubiera pensado un segundo no me hubiera dejado ver en público con aquella pinta jamás. Me planté un moño en lo alto de la cabeza, unas mallas con pelotillas remetidas por dentro de unas botas UGG despeluchadas (vale..., no eran marca UGG. Dejémoslo en... «al estilo de») y la parte de arriba del pijama escondida debajo del abrigo... Mi traje de aventurera para acercarme al supermercado más cercano. Y no era un Mercadona ni un Lidl ni un Día ni El Corte Inglés ni algo medio normal. Era un lugar extraño donde se mezclaban alimentos bio, una casa de comidas para llevar y un kiosco de chuches. Uno nunca sabía lo que se iba a encontrar de oferta... Una semana eran algas macrobióticas y la siguiente morro de cerdo. Un sitio con encanto...

Como siempre hice la ronda habitual por los pasillos insalubres con esa sonrisita que se te pone cuando sabes que vas a hacer algo incorrecto y vas a disfrutarlo a base de bien. Cuando llegué a la caja saludé con una sonrisa a Piedad, que ya estaba más que acostumbrada a presenciar mis odas a la comida basura cada fin de semana, porque me cuidaba de lunes a viernes y porque yo lo valgo.

—¿Cómo andamos? —me preguntó.

—De lujo. Entre tú y yo... aún no me he quitado el pijama —le respondí.

Detrás de mí alguien apoyó la cesta y mientras la cajera hacía avanzar mi compra, eché un vistazo a la de la persona que acababa de llegar: tomates, lechuga, hamburguesas vegetarianas de tofu y setas, agua con gas, pasta de arroz, una botella de vino, queso...

Chico o chica de treinta y pocos con gafas de pasta y jersey a rombos, seguro... Pero no. Unas manos masculinas, grandes, nervudas, de dedos largos. Las mangas de un abrigo gris algo envejecido pero, cuidado..., aquello no era un treintañero hipster, sino un tío con pinta de vivir en algún país nórdico y partir leña antes de irse a dormir. *Lavirgensanta...*, Héctor. Con lo grande que es Madrid.

Me giré antes de que pudiera verme la cara y comedí las ganas de agacharme e ir hacia la puerta cuerpo a tierra, reptando como en una trinchera y olvidando mi compra. Sí, la misma que se acumulaba sin guardar al final de la caja, dejándose ver ufana: un bote de Nocilla de dos colores, pan de molde, seis cervezas y una Fanta de naranja. Canelones precocinados. Patatas de bolsa con sabor a ajo. (¡¡A AJO, por el amor de Dios, ¿es que quieres no volver a morrear a alguien en tu puta vida?!!) Ah, espera... lo del fondo era sano... Ah, no, que eran nuggets ultracongelados.

—¿Fiesta de cumpleaños este fin de semana, Sofi? —comentó Piedad.

—Algo así. Dame una bolsa. ENORME. Como para meterme yo.

Intenté meter las cosas en la bolsa con la cara girada hacia la puerta, lo que resultaba físicamente imposible, me daba pinta de tarada y me iba a provocar tortícolis con toda seguridad. Mi compra de la vergüenza, a la que solo le faltaban compresas para serlo todavía más, fue desapareciendo dentro de la bolsa de plástico del supermercado y yo, ilusa de mí, me atreví a echar un vistazo. Quizá no se había percatado de mi presencia. Pero ahí estaba Héctor mirándome con expresión serena. Cara de «me está haciendo un poco de gracia pero voy a tener la elegante deferencia de no reírme».

—Hola —dije con la boca pequeña.

Saludó con un movimiento de cejas y agachó la cabeza haciendo de su boquita un lazo precioso bien anudado. Mierda.

—¿Quieres una bolsa? —le preguntó Piedad, que había ido pasando sus cosas mientras yo guardaba mis guarrindongadas.

—No, gracias. —Y me miró mientras dibujaba una sonrisa amable—. ¿Vives por aquí, Sofía?

Me gustó el hecho de que supiera mi nombre porque... claramente se lo había aprendido por obligación, igual que hice yo con la tabla del siete. Tenía que interiorizarlo y punto. Pero me gustó que usase mi nombre, que se preocupara por hacerlo.

—Sí. Justo al volver la esquina.

—Ah. Pues debemos ser vecinos.

Sacó del bolsillo una bolsa de tela con un eslogan sobre el reciclaje y fue llenándola sin abandonar su expresión de Monalisa. Joder con el estiradillo, quién sabe por qué, tenía su punto. Pero era tan... ecológicamente sostenible. Lo imaginaba yendo en bicicleta, comprándose un coche híbrido, criando cachorros, cuidando de su propio huerto urbano, poniéndose aceite en el pecho... Esto último igual es que me he venido arriba. Seguro que se levantaba pronto los domingos para ir a correr a la montaña o administraba la página web de «Amigos del kiwi». Qué pereza. Eso o que necesitaba argumentos en su contra después de haber sido una loca del coño delante de él y haber aceptado una maceta como disculpa por algo que, en realidad, había sido culpa mía.

—Un placer, Héctor —dije cogiendo mi bolsa.

—*Enchanté.*

Un cosquilleo bonito me recorrió el estómago, pero me fui a todo trapo del supermercado antes de que me viera sonrojarme. El francés es muy sexi Y LO SABES. Solo esperaba que los tomates que había comprado tuvieran efectos alucinógenos y olvidara en plena vorágine sideral que había encontrado a la versión femenina de Homer Simpson comprando azúcares procesados.

La vergüenza me impidió responder que sí al ofrecimiento de Julio de pedir pizzas. Eso y el hecho de que tuviera novia.

Si Julio se veía con una chica y yo continuaba soltera era, sin duda, porque algo estaba haciendo mal. Y... a lo mejor no lo estaba haciendo mal yo. A lo mejor era la Nocilla quien estaba planeando mi caída.

Cuando abrí la boca para contestar, me salieron de dentro los hologramas de toda esa comida sana que llevaba Héctor en la cestita. La versión potentorra de Caperucita Roja, maldita sea. No sabía si me encantaría o me daría una pereza horrible tener un novio así. De modo que cociné crema de calabacín con dos ejemplares mustios que daban más risa que pena y que encontré en el obsoleto cajón de la verdura. Me estaba haciendo mayor: las canas y los calabacines en sábado lo atestiguaban.

Mi plan era pasar el resto del día mutando a champiñón y en un primer momento incluso desestimé la idea de darme una ducha, pero luego inicié la tarea de husmearme a mí misma en busca de olores y preferí un bañito caliente. Pensé que me dejaría grogui y que después vendría una de esas siestas de las que despiertas gracias a un desfibrilador y una inyección de adrenalina directamente en el corazón, pero la ducha me espabiló y ya no me apeteció un episodio de una serie y dormir un rato. Me apeteció pisar la calle, respirar la vida del barrio y hablar con alguien.

—¡¡¡Julio!!! —grité desde la puerta de mi cuarto—. ¿Te vienes a tomar algo?

—No way. No pienso ni ducharme.

No fue hasta que no bajé las escaleras cuando me lo planteé..., ¿dónde cojones viviría Héctor? Casi todos nuestros clientes trabajaban por la zona o les quedaba de paso de camino a sus casas; algunos incluso cogían el metro y hacían algún trasbordo para llegar a los sillones tapizados del Alejandría. Éramos un bar familiar, con una clientela más o menos fija y algunos satélites que iban y venían, pero no solía encontrarme a nadie del café por el barrio. Estudiantes atraídos por la conexión wifi gratuita, hipsters buscando un sitio especial para su blog, grupos de amigas que hacían nido alrededor de nuestras tazas de té una vez al mes y hasta un escritor tímido y cabizbajo que venía a por sus musas que, según decía, vivían allí. Pero nada de vecinos. La media de edad de los vecinos del barrio era de ochenta años. Edificios de renta antigua, casi sin pisos para alquilar y con casas demasiado caras para que alguien de mi edad pudiera pagarlas… y Héctor. Héctor en el puñetero supermercado de la esquina. ¿Qué cojones?

Nada más salir de casa… se puso a nevar. Hubiera sido pintoresco si no hubiera decidido que la cafetería estaba demasiado cerca como para abrigarme demasiado. Recorrer unos pocos metros se convirtió en una tarea como alcanzar la cima de un 8.000. Corrí por la acera esquivando a parejas agarradas y amigas que hacían fotos con el móvil de los primeros copos de nieve que empezaban a cuajar sobre las palmas de sus manos. El aire olía a frío y la brisa empapaba la cara con pequeñas agujas heladas que se quedaban prendidas en el cabello.

El Alejandría me recibió tibio, como siempre. Además de a café y libros viejos, olía a galletas recién horneadas. En la vitrina había unos pocos pedazos de tarta de zanahoria que a Gloria, mi compañera del turno de la tarde, le salía de vicio. Lolo le pagaba cada tarta a quince euros y las vendía por porciones y todos salían ganando…, menos mis vaqueros, que cada vez se parecían más a un dique de contención.

Estaba sonando una lista de Spotify de covers acústicos de canciones pop que yo misma había hecho unos días antes y en aquel preciso instante una chica versionaba «Stitches» de Shawn Mendes con una guitarra, dándole un dulce toque casi folk.

—¡Hola, Sofía! ¿Café o chocolate? —me ofreció uno de los chicos del fin de semana al verme entrar.

—Café, en barril.

—Tengo por ahí guardada tu taza, no me tientes —amenazó.

—Por favor, no te cortes. En mi taza.

Desde que entré a las filas del Alejandría, fui famosa por tomarme los cafés más largos del mundo, así que Lolo me compró una taza que tenía casi el tamaño de un orinal. Y a mí me encantó porque, en contra de lo que pueda parecer, era preciosa.

Me senté junto a la ventana en una mesa cuadrada, pequeña, junto a un sillón que, a esas horas, seguía libre. En un rato sería el más cotizado y más si seguía nevando porque era cómodo, cálido y tenía vistas a la calle. Mi chaqueta de punto grueso tenía adheridos copos de nieve que se iban deshaciendo con el calor del local y me quedé embobada viéndolos convertirse en gotas de agua hasta que llegó mi café y un platito con tres galletas.

—Has ganado el premio a la sonrisa del día.

—No puedo creerme que Abel os haya contado eso.
—Me reí.

—Nos lo ha contado Lolo. Cómo os lo pasáis.

—¿Os ha contado también que el otro día la lie muy parda con un cliente?

—¿Y quién no?

Me guiñó un ojo y desapareció tras la barra, desde donde me saludó su compañero, un chico sueco que vino a estudiar un curso de español y se quedó para siempre. Era el poder del Alejandría.

Miré a mi alrededor. Un par de grupos de chicas compartían un pedazo de tarta mientras a una de ellas se le escuchaba soltar barbaridades sobre la «alcachofa» de otra. La señora Ángela, con su diadema de mariposas, leía un libro. Tenía que preguntarle por su hijo antes de que se marchara. Era un famoso chef al que le iban muy bien las cosas y del que se sentía muy orgullosa, un tal Pablo Ruiz que decían que revolucionaría la cocina española en un par de años. Silvia, otra clienta fiel, suspiraba con cierto gesto de pena mientras ojeaba catálogos de vestidos de novia… Había tenido que dejar marchar al amor de su vida y ahora iba a casarse con otro. La vida, en estado puro, con lo bonito y lo triste, se congraciaba con todos los que nos sentábamos en el Alejandría. Era un universo en sí mismo que generaba una suerte de calma dulce. Sosiego.

Saqué mi libro y me arrebujé en el sillón, colocando las piernas cruzadas en el asiento.

«Le gustaba el recuerdo de la sensación de la carne de aquel hombre tocando la suya, incluso de la pegajosidad de su piel en la suya. En cierto sentido era una sensación sagrada». Estaba leyendo *El amante de Lady Chatterley* envuelta en las telas finas que cubrían la casa del pueblo minero donde vivía la protagonista, cuando alguien se sentó en la mesa redonda con la lamparita de flecos que había al lado. Levanté la vista de las páginas y… ahí estaba. Héctor.

—Hola —me dijo—. Encontrar en sus horas libres a una camarera en el mismo local en el que trabaja… dice mucho del local.

—Bueno, si añades el hecho de que esa camarera está loca y grita a los clientes… le quita poesía.

—Un mal día lo tiene cualquiera —musitó con una sonrisa.

—¿Cómo tú por aquí? ¿También vienes los fines de semana? —le pregunté.

—Hace frío. Nieva. Hacéis un café increíble. ¿Dónde iba a estar mejor?

—No busques excusas. El Alejandría ya te tiene. Vas a consagrarle muchas horas.

Asintió con un amago de sonrisa, dando por zanjada la conversación y se acomodó. Los chicos del fin de semana… ¿lo conocerían? Levanté la mano hacia ellos hasta que me miraron.

—A Héctor le gustan las especialidades del día.

—Sí, pero hoy mejor solo un café con leche —les aclaró. Después volvió a mirarme y me dedicó un hoyuelo diabólico en su mejilla, sumergido en la barba—. Gracias, Sofía.

Intenté concentrarme en mi libro en vano. Durante los siguientes veinte minutos, no pude hacerlo. El sillón en el que estaba sentada estaba demasiado cerca de aquel chico que desprendía un aroma entre madera y cítricos. Estaba segura de que el pelo le olería a algo supermoñas y a la vez sexi, como lluvia. Tan ecológicamente sostenible que quizá se bañaba en nieve o algo así. Lo miré y busqué historias, cosas de su vida que se escaparan flotando hasta la superficie, como que se le cortaran los nudillos con el frío o que fuera fumador. Lo primero era evidente; lo segundo lo deduje por el mechero con el que jugueteaba. Le gustaba que nevara, porque miraba con una sonrisa al otro lado del cristal y no estaba trabajando, ni esperaba ninguna llamada. Solo… estaba relajado. Héctor solo había ido a tomar un café porque el Alejandría, sin duda, ya lo había atrapado.

Me hubiera gustado preguntarle cosas, pero no sabía por qué. No porque me pareciera muy guapo, que me lo parecía. Quizá porque…, porque tenía pinta de saber cosas. Héctor era el típico hombre que sabía encender una chimenea y la historia del nombre de una calle por la que pasabas todos los días.

Fruncía el ceño incluso sin hacer nada más que mirar por la ventana. En sus manos descansaba un libro de Boris Vian del que nunca había escuchado hablar y… lo estaba leyendo en francés. Tenía pinta de ser uno de esos chicos selectos con la música que escuchaba y que solo veía cine en versión original y eso, definitivamente, me dio pereza. Pero por otra parte… debía entender de vino. Y de mujeres. Y de literatura. Era silencioso pero me jugaba una mano a que tenía la risa sonora y un poco áspera, como un pedazo de madera sin barnizar. O a lo mejor todo eran un montón de cosas que me estaba inventando para pasar el rato.

Pero... ¿qué había de mí? ¿Qué podía pensar él de esa chica morena que estaba sentada a su lado? Que olía a ese perfume en aceite con aroma a algodón. Si era observador incluso podía darse cuenta de que siempre tenía los pies fríos y por eso llevaba dos pares de calcetines. Podía hacerse una idea de mi edad, que no estaba casada e incluso imaginar que en verano esas manchitas de mi cara se convertían en un montón de odiosas pecas que algunos se empeñaban en decir que «tenían su punto». Pero... ¿qué me gustaría que viera? Una tía guay, claro. A todos nos encantaría dar la sensación de ser guais. Hay quien lleva el intento al extremo...

Intenté leer unos minutos más. Venga. Un capítulo más. «El libro te está encantando, Sofía». Sí, pero las letras me iban saltando hasta escaparse de las páginas y terminaba buscándolas irremediablemente entre los mechones de su pelo, que no llevaba largo, pero tampoco corto. Qué color tan bonito..., ¿lo tendría igual en todo el cuerpo?

Mientras le hacía un repaso imaginario a su desnudo, levantó los ojos y me miró a bocajarro, como si mi mirada pudiera ir haciéndole cosquillas según lo recorría. Disimulé estar pensando en su ciruelo, pero no aparté la mirada porque iba a ser peor, así que le sonreí sin más antes de levantarme del sillón y dejar el libro encima. Tapé la taza con el plato de las galletas para que todo el mundo supiera que el sitio estaba ocupado (es parte del código de los bares) y me abrigué de camino a la puerta con lo poco que me había traído. No fumo mucho, pero... qué bien me vino refugiarme detrás del humo de un cigarrillo después de imaginarme a un desconocido con pinta de leñador nórdico desnudo.

En la calle se respiraba la habitual marcha de los sábados. Mucha gente joven recorriendo las calles. Se escuchaba a menudo que «hacía mucho frío». De la tasca de enfrente empezaba a salir cierto olorcito a fritanga porque estarían preparando las tapas con las que acompañar los tercios y dobles que servir al personal.

La campanilla de la puerta sonó a mi espalda y me aparté para dejar salir, pero alguien se quedó de pie a mi lado. Escuché el crepitar de un papel de fumar entre los dedos y al echar un vistazo, vi que era él.

—Hace frío —me dijo antes de humedecer el papel con la lengua y enrollar el cigarro en un solo movimiento.

—¿Sí? —Pero le sonreí al decirlo.

—No era mi intención decir una obviedad. Pero... vas a coger una pulmonía. —Encendió su cigarro y dio una honda calada mientras echaba la cabeza hacia atrás y la vista al cielo. Excepto guantes, iba abrigado hasta las cejas. Botas, pantalones de tweed, jersey, abrigo, bufanda y gorro.

—Es un segundo —le enseñé el cigarrillo, que se estaba consumiendo rápido.

—Pero tendrás que volver a casa, Sofía. —Echó un vistazo a su reloj y después a mí—. ¿O es que vives aquí?

—Entre la máquina del café y el exprimidor.

—Es un buen sitio. ¿Qué tal el alquiler?

—No está mal. —Le sonreí—. Mejor que en la zona de las botellas. Esa estaba por las nubes.

—Uno no puede permitirse vivir entre botellas, al parecer —me siguió.

—Oh, ¿qué tenemos aquí? ¿Un poeta?

—Un borracho —respondió a mi sonrisa con todas sus fuerzas.

Dardo al centro del pecho. Todo lo que había imaginado de él encajaba a la perfección, como en una maquinaria bien engrasada, con esa sonrisa que se torcía un poco hacia un lado cuando intentaba controlarla. Su hoyuelo se marcaba más. Sus ojos se escondían. Sus labios se tensaban y dejaban entrever unos dientes perfectos y blancos. Sería imposible explicar la sensación que me produjo su sonrisa. Como si se abriera la caja con un montón de ellas en el estómago y se me escaparan a borbotones. Y lo tuve claro, más de lo que debería... Héctor tenía un puñado de magia calentando su estómago, repartiendo partículas brillantes para que llegaran hasta sus ojos.

—Me voy —anunció rompiendo la ensoñación—. Es sábado y Madrid nos espera. Te veo... el lunes.

—Hasta el lunes, Héctor.

Bajó el escalón de la salida y se volvió hacia mí. Me miró y estudió mi cara antes de sonreír.

—Hacéis muy bien vuestro trabajo.

—No somos nosotros. Es «el Alejandría». Tú déjate llevar.

—Qué miedo..., ¿adónde me llevará?

Se quitó la bufanda en un movimiento rápido mientras sujetaba el cigarrillo entre los labios y la colocó sobre mi cuello. Abrí la boca sorprendida.

—Pero...

Héctor ya se había dado la vuelta y caminaba hacia la otra acera.

—Ya me la devolverás el lunes, reina. Hace mucho frío.

Vale, rey. No prometo no dormir abrazada a ella.

10

A Oliver uno de sus jefes le había regalado un par de entradas para ir a ver *La llamada* en un intento por agradecerle el buen trabajo que estaba llevando a cabo, pero más que hacerle ilusión… le jodió. No porque no le apeteciera ir, que sí, sino porque no quería ir solo pero no le apetecía ir al teatro con ninguno de sus ligues habituales.

No era demasiado normal en él cegarse con una chica… ni tener solo una especial en su vida. Era más de pensar que el mundo estaba lleno de belleza y que él tenía mucha sensibilidad artística: le gustan más las chicas que a un tonto un lápiz, como suele decirse. Así que si una no le hacía caso (cosa que no solía pasar a menudo pero, oiga, haberlas *haylas*) ponía las miras en otra.

De modo que tenía dos problemas… dos entradas y nadie a quien invitar y una naciente apatía que iba y venía en lo concerniente al ligoteo. Si me lo hubiera pedido me hubiera encantado ir a ver esa obra pero, como es un idiota egoísta, no me lo preguntó, porque ya que se las habían regalado, que le sirvieran para mojar el churro. Odio a los hombres. Quiero ser uno.

El lunes se levantó con la sensación de que sería el peor de la historia y las horas fueron dándole la razón poco a poco. Su casa estaba demasiado desordenada incluso para él, así que le costó encontrar una camisa blanca limpia y planchada. No le quedaba café. El metro estaba petado. Y después… la tienda con sus idiosincrasias.

Sintió que el día no podía ponerse peor cuando, por decimonovena vez, tuvo que explicarle a su compañera «nueva», que ya no era tan nueva, que tenía que ponerse los guantes para manipular los bolsos cuando se los enseñara a la clientela. Estaba harto de repetírselo y empezaba a ponerse nervioso con ella. Ser el encargado tenía sus ventajas y sus desventajas.

—En serio, no es tan difícil —se quejó entre dientes.

Ella le respondió que estaban siendo muchas cosas nuevas en pocos días y él quiso asesinarla a bolsazos, pero respiró hondo, sonrió y anunció que iba a por un café. Eran las doce y media, le quedaban demasiadas horas por delante y se le estaba haciendo el día larguísimo.

Salió dando grandes zancadas por el pasillo y saludó con una sonrisa a las dependientas de las boutiques de alrededor, que se la devolvían de buen grado. Le encantaba una de las de Pomellato que podría ser su madre y que siempre se ponía tontorrona cuando él le hacía mimitos.

—Señorita… —le dijo al pasar—. Qué bien te sienta ese peinado.

Maldito cabrón. La naturaleza hace bonitas algunas cosas peligrosas para que caigamos en su trampa, cabe destacar.

Llegó al Starbucks que hay junto a la librería y esperó en la cola a que le tocase el turno, mirando de aquí para allá. Un grupo de adolescentes alrededor de unas entradas para un concierto, emocionadas y probablemente de pellas. Un par de comerciales inmersos en catálogos y papeleo. Dos dependientas de El Corte Inglés hablando entre risas y… ELLA. El corazón le saltó dentro del pecho e incluso él dio un saltito (si le llego a ver dar un saltito, me meo encima). ¿Era aquella la madre de la compañera de las gemelas? La que había conocido en el aparcamiento del pabellón donde hacían patinaje sobre hielo. Miró disimuladamente sobre su hombro y… sí. Era ella.

Sin saber por qué, pidió su café con prisas y dio la vuelta por fuera para no pasar delante de ella. Le daba… ¿vergüenza? Algo así. «No me acuerdo de su nombre; sería violento», se dijo.

Cuando volvió a la tienda estaba bastante más tranquilo y le había dado tiempo a fumarse un pitillo. Ya no quería matar a nadie.

Se metió en el almacén, organizó algunas cosas. Repasó el catálogo y marcó las novedades que recibirían esa semana. Después salió a atender. Y allí estaba. En sus manos sostenía un «matelassé» en color negro muy bonito y lo miraba con ojos golosones. Oliver suspiró y se acercó a ella. Era inevitable. El destino, dicen, hace irremediables ciertos caminos.

—Hola…

—Uhm…, hola. —No le miró por el momento. Estaba hechizada con el bolso—. Pregunta estúpida. ¿El precio?

—El precio de este es 1.500 pero es un bolso para siempre. Podrás dejárselo a tu hija en herencia.

Ella levantó la mirada y al verlo sus cejas se arquearon con sorpresa.

—Eh…, nos conocemos.

—Sí. Soy amigo de la hermana mayor de las gemelas.

—Sí, sí, sí. Ay…, disculpa…, no me acuerdo de tu nombre.

Ouch. Golpe en el estómago. Oliver siempre cree que deja una impronta en todo el mundo al que conoce y allí estaba aquella… mujer, con la que había coqueteado por inercia y que no recordaba su nombre. Y de pronto él sí recordaba el de ella. CLARA.

—Oliver —le dijo—. Eres Clara, ¿verdad?

—Qué buena memoria. —Sonrió—. ¿Trabajas aquí?

—No, qué va. Vengo a pasar el rato porque me encantan los bolsos de señora.

Los dos se miraron durante unos segundos antes de esbozar una sonrisa burlona.

—Eres un macarra. A mí no me engañas.

—Shh. No desveles mi secreto. ¿Quieres ver el bolso bien?

Pensó que le diría que no, que era demasiado caro pero ella le sonrió y asintió. En aquella ocasión llevaba un traje con un pantalón negro que dejaba su tobillo a la vista, americana entallada del mismo color y una camiseta blanca adornada por un collar que reconoció de la temporada anterior. Aquel collar valía cuatrocientos euros. No pudo evitar echar un vistazo a zapatos y bolsos. El bolso era de Coach, reconoció el logo. Los zapatos de piel y buenos, sin duda. Taconazo, por cierto.

Sacó el guante de algodón del bolsillo y se lo colocó lanzando miraditas espaciadas hacia Clara, que le mantenía la mirada con gesto sereno. Él abrió el bolso y fue indicándole cada detalle, cada escondrijo.

—Es de piel de cordero con el acabado matelassé característico de la firma. El interior está forrado de algodón satinado y tiene un asa complementaria de... 105 centímetros si no me equivoco.

—Qué larga...

Oliver la miró y esbozó una sonrisita.

—Ay, Clara..., Clara..., las veces que me han hecho esta broma.

—¿En chino? Porque casi todas las clientas que pasan por aquí...

—En chino también, pero a ellas las atiende mi compañero. —Inclinó la cabeza hacia otro chico elegante que en aquel momento se encontraba enseñando unos zapatos.

—¿Lo tienes en otro color?

—¿A mi compañero? No, solo nos vino en cetrino.

—El bolso, idiota. —Se sonrojó ella.

—En gris granito. —Le señaló el que tenían al lado.

—No sé por qué os empeñáis en llamarlo «granito». Es más bien gris «lo he heredado de mi abuela y está lleno de manchas de mermelada de higo».

A Oliver le dio por reír. Opinaba lo mismo.

—¿Buscabas algún color en especial?

—Tienes pinta de tener buen gusto. A ver qué te parece a ti: lo quiero para trabajar. Tiene que combinarme con todo y ser de este tamaño. Que no sea delicado. Bonito pero con fuerza. Que se note que vale lo que marca la etiqueta pero sin cadenas ni placas ostentosas con el nombre de Miu Miu.

—Entonces tú quieres un Madras.

—Si tú lo dices…

En menos de lo que imaginó, Oliver estaba cerrando una venta de dos mil cien euros, porque además del bolso Madras en negro, se llevó una cartera a conjunto. Estaba alucinado con la decisión de aquella mujer y mientras lo preparaba todo antes de hacerla pasar a pagar, se preguntó si aquel derroche no iría a la cuenta de su exmarido. Se sintió ruin al pensarlo pero… no pudo evitarlo porque es un idiota. Eso es una puntualización mía.

Cuando hubo pasado la tarjeta de crédito y ya sostenía la bolsa, Clara se apartó el pelo a un lado y le hizo una pregunta que no esperaba…

—¿A qué hora sales?

—A las cuatro.

Flipó con dos cosas: el atrevimiento de Clara al entrarle y la manera en la que él había respondido, como obedeciendo gustosamente una orden.

—Una lástima. Me hubiera encantado invitarte a tomar un café, pero tengo que recoger a Paula del colegio.

—¿Aún no se ha ido de viaje con su padre a Disneyland? —respondió intimidado.

—No. Se va dentro de dos semanas. De jueves a domingo. Pierde dos días de colegio pero…, bueno, es buena estudiante y no me preocupa demasiado.

—¿Tienes ya tu plan alternativo?

—He programado un masaje y compré una botella de Aurus.

Aurus…, joder. ¿De qué añada? A Oliver le encanta el vino. Por su último cumpleaños, aunque no se lo merecía después de regalarme a mí una tostadora, le invité a un curso de cata. Su padre también era un apasionado de la enología y, aunque no sabía gran cosa, sabía que el Aurus era un vino caro, de unos cien euros la botella.

—Buen gusto.

—¿Lo has probado?

—No. —Se rio algo sonrojado—. No pagan tan bien en esta tienda.

Se miraron de frente. Segundos de duda. Se escuchaba el hilo musical de El Corte Inglés con la voz potente de un chico anunciando ofertas en electrodomésticos y ordenadores. Sin saber cómo había llegado allí, Oliver se imaginó abriendo el vino y vaciándolo en un escanciador mientras ella se acomodaba en un sofá mullido, con un vestido corto y una promesa caliente entre las piern… ¡Oliver, por el amor de Dios, que estás trabajando! Como si fuese la primera vez que fantaseaba con una clienta. Bueno…, quizá era la primera vez que esa clienta no era una chiquilla con shorts minúsculos de marca acompañada por papá, que le debía un regalo por su licenciatura.

Clara abrió la boca, seguramente para despedirse y él se precipitó:

—Tengo entradas para ver *La llamada*, ¿la has visto?

—No. Pero dicen que es muy divertida.

—Sí. Eso dicen. Ehm…, puedo cogerlas cuando quiera. ¿Te parece para el viernes que estás sola? ¿Te apetece?

—Claro. Pinta bien.

Rebuscó de nuevo en su bolso y le tendió una tarjeta. Clara Solera. Agente de marca. Y su número de teléfono.

—Llámame y lo cerramos.

Le sonrió y se alejó hacia el pasillo, luciendo con orgullo su bolsa de Miu Miu.

—Bien —soltó él en un gallito—. Ehm…, saluda a Paula.

—No sabe quién eres.

Cuando la vio desaparecer quiso tirarse al suelo y fingir su propia muerte. Pero ¿qué acababa de pasar? ¿Cómo cojones se había puesto tan tonto? ¿Por qué tan nervioso? ¿Cómo había dejado que una mujer que no lo conocía en absoluto tomara el control de aquella manera? Y sobre todo… ¿por qué la había invitado a ir al teatro con él?

11

COMPARTIR RINCONES

Héctor se aficionó a la mesa junto al ventanal y entre nosotros empezamos a llamarla «la mesa de Héctor». No solo fue por el hecho de que viniera todos los días aunque fuese para un café rápido, o que la usase igual para dibujar en un cuaderno, hablar por teléfono o leer, o la rotundidad de ese físico tan «nórdico-atractivo»; fue el modo en que lo hizo. Era su casa. Era suyo. Su rincón. Como un animal que ha reconocido su espacio, vigilado el perímetro y establecido su guarida. Cuando se sentaba y se ponía cómodo, nadie podría decir que ese pedazo del Alejandría no le pertenecía.

Empezó a hablar más. Al principio solo hola, qué tal, gracias, qué bueno, adiós. Pero poco a poco, las conversaciones que flotaban en el ambiente del café empezaron a seducirle. Al principio participaba solo con una sonrisa sibilina. Se reía de las bromas que nos lanzábamos unos a otros, pero lo hacía como con vergüenza. Era un voyeur de la simpatía y cordialidad ajenas.

Luego, poco a poco, la propia rutina del bar lo fue moldeando a nuestra imagen y semejanza. Y es que… es difícil conseguir mantener alta la vergüenza dentro de un grupo de desvergonzados.

En El café de Alejandría cada mes había varias fechas señaladas; éramos una pandilla de locos que divertía al jefe y él nos daba alas. ¿Qué se esperaba de nosotros? Pues jornadas temáticas, comida étnica cocinada en casa y vendida a precio de «degustación», día «Mayo del 68», día «qué guais fueron las hombreras en los ochenta», día «me encanta este grupo y no me avergüenzo»…, jornadas en los que los camareros nos poníamos de acuerdo para, con dos pinceladas, disfrazarnos de algo e invitar a la gente a compartir parte de sus vidas con nosotros. El que más me gustaba era el día del bingo. Trabajábamos a destajo porque había que servir, limpiar, recoger e ir cantando números a pleno pulmón hasta que se repartieran los cuatro desayunos y las cuatro meriendas que sorteábamos. Las risas del día del bingo son solo comparables con esas carcajadas de cuando se te ha escapado un pedo entre amigos.

Héctor no participaba. Solo miraba y sonreía. Pero… poco a poco empezó a preguntar cuando nos veía sacar los pies del tiesto.

—¿Esto son timbas de bingo ilegales, verdad?

—Verdad —le contestaba yo—. Asumimos que serás discreto si no quieres dormir con los peces.

O:

—¿Quiénes son los de tu camiseta?

—Los N'Sync —le respondía yo con descaro—. Son el grupo que creó el propio productor de los BackStreet Boys para controlar también a la competencia y copar el mercado musical de hormonas adolescentes. De allí salió Justin Timberlake.

Y él me miraba como si estuviera escupiendo babas y riéndome en plan esquizo. Pero le hacía gracia. Escuchaba nuestra música entre sorprendido y avergonzado. Y a veces le pillaba haciendo Shazam para cazar el título de alguna de las que sonaba en nuestro hilo loco que combinaba a Sinatra con Christina Aguilera.

Así que…, bueno, compartíamos un rincón que ambos habíamos hecho nuestro en diferentes planos. Mi Alejandría era condenadamente diferente al de él por el simple hecho de que el punto de vista desde el que observábamos todo era diferente para cada uno. Pero hay muchos espacios mágicos que se doblan y se pliegan hasta ser capaces de albergar infinidad de puntos de vista y El café de Alejandría era uno de ellos. Así que era suyo y era mío pero no era nuestro.

Sin embargo, no era el único rincón de Madrid que compartíamos… y compartiríamos.

A pesar de que soy la peor cuidadora de plantas de la historia, y que tengo un escalofriante número de muertes macetiles a mi espalda, la lavanda marchaba bien. En mi ventana daba casi durante todo el día el sol y, cuando este se iba, la ponía en la cocina, para que disfrutara del calorcito sin secarse encima de un radiador. Antes de irme a trabajar, la sacaba a la ventana de nuevo, con la esperanza de que, al llegar el verano, estuviera estupendísima de la muerte, igual que yo. Pero me temo que ella había empezado la operación bikini mucho antes que aquí la menda.

Pero…, bueno…, digamos que tengo la cabeza para sujetarme el pelo y que dentro la tengo rellenita de anchoa, porque… ¿qué día me dejé la lavanda fuera? Pues aquel en el que las televisiones avisaron de que viviríamos una noche heladora.

Julio estaba cenando una sopa con noodles y yo, aunque había cenado un consomé y una pechuguita de pollo, estaba metiéndome entre pecho y espalda un Cola Cao calentito con un par de galletas. Estábamos viendo la tele y la chica del tiempo, a la que habían vestido con un precioso cárdigan color lavanda, anunció que aquella noche iba a helar de lo lindo. Todo apuntaba a la maceta que seguía en el umbral de la ventana, ¿no? Pues yo me acordé una hora después, cuando Julio decidió ponerle a Roberto el calcetín cortado con el que lo abrigaba en casa cuando hacía frío. Pobre hurón... ¿y qué me recordó a la planta? Ni idea. No hay lógica interna en mi cerebro.

Salté del sofá y corrí hacia mi dormitorio seguida de Holly, que siempre cree que estoy a punto de descubrirle un alijo secreto de comida suculenta. Cuando metí la lavanda en casa estaba helada y blanquecina. Era probable que hasta le hubiera caído encima un poco de aguanieve.

Estaba colocándola en la repisa sobre el radiador cuando noté movimiento en la ventana que había frente a la mía, a escasos metros. Y allí plantado, con un pantalón de pijama a cuadros, una camiseta de manga corta blanca, una mano entre los mechones de su pelo y la otra sujetando el teléfono móvil en su oreja..., Héctor.

—¡No puede ser! —grité.

La primera reacción fue la de saludar... ¿Te acuerdas de cómo te saludaba tu madre con la mano cuando te veía llegar con tus amigos y tú querías excavar una trinchera en el suelo y morirte? Pues peor. Luego me corté; si fuera él y me viese a mí misma saludando desde mi ventana, me hubiese partido el culo y también me hubiese muerto un poco del susto. Además, estaba hablando con alguien, aunque... no prestaba demasiada atención a la conversación porque, de tanto en tanto, se inclinaba sobre una mesa y movía el ratón.

—¿Pasa algo? —preguntó Julio desde el pasillo.

—*Winter is coming*, Julio. Los salvajes de más allá del muro están viniendo hacia el sur y eso solo puede significar una cosa.

—Caminantes blancos.

Nos encantaba *Juego de tronos*...

Me eché a reír y volví la mirada hacia la ventana de nuevo sin saber si llamar su atención y saludarle o esperar al día siguiente cuando hiciera su aparición en el Alejandría. Pero ¡¡qué hostias!! Me escondí en la pared. En los tres segundos en los que había apartado la mirada, él se había sentado en el escritorio y... se había metido la mano dentro del pantalón.

Apagué la luz. Y admito que lo hice con el mismo sigilo con el que un cazador se mueve entre la maleza para no asustar a una liebre. Después, mientras Holly se encaramaba a la repisa para intentar comerse la lavanda por decimonovena vez, me asomé despacio...

Seguía allí sentado, con la cabeza echada levemente hacia atrás y el labio inferior entre sus dientes. Solo tenía encendida una luz pero era suficiente. La nuestra es una calle estrecha donde no pueden aparcar ni siquiera una fila de coches porque únicamente hay dos aceras delgadas y una calzada. Y entre su ventana y la mía... la farola de la calle, casi como en una canción de la Piquer... pero en la versión porno, en la que él se toca.

Me fijé en los labios, intentando discernir lo que decía cuando hablaba pero... nada. Respiraciones hondas que imaginaba que podrían mover los mechones sueltos de mi pelo. Gemidos roncos. Ronroneos. Gruñidos. Me asomé un poco más, amparada por la nocturnidad, y le vi mover el brazo. Arriba y abajo. Arriba y abajo. Asintió. Leí en sus labios: «Nena». Sexo telefónico. ¿O porno a medias? Aceleró el movimiento y con él su boca, que decía más palabras entrecortadas a media voz. A pesar de que mi mirada no alcanzaba todo el panorama, podía imaginar perfectamente su polla entre los dedos, el tacto caliente y firme del músculo bajo la piel suave y el sonido de la humedad. Fue frenando el movimiento..., ¿se habría corrido ya? ¿Estaría a punto? Abrió los ojos. Seguía con la mano dentro del pantalón, pero su expresión cambió por completo. Dijo algo mientras miraba al frente, al vacío en realidad. No lo oía, pero en mi cabeza sonaba hosco. Molesto. Repitió algo. Esperó respuesta. Siguió hablando. Sacó la mano. Golpeó la mesa con el puño repetidas veces, suave, como en un movimiento nervioso, no furibundo. Finalmente volvió a asentir y colgó. El teléfono móvil terminó sobre la mesa del escritorio mientras él maldecía. Pude leer la palabra «mierda» en sus labios antes de que se frotara la cara y se fuera hacia el interior del cuarto, donde se perdió en la penumbra cuando la única luz de la estancia se apagó.

Me quedé delante de la ventana un poco decepcionada. No sé qué esperaba ver, pero no era aquello. Quizá alimentaba aquella sensación el hecho de no haber entendido la escena. Hombre se masturba mientras habla por teléfono con alguien…, pongamos su novia. Siguen, se aceleran y… en un momento dado todo para y termina sin orgasmo ni clímax ni eyaculación seguida de gemidos y respiraciones hondas. Nada de «ha sido increíble, mi amor». ¿Quizá ella le había puesto trabas? O las circunstancias, que no siempre son propicias. Un timbre que suena, el teléfono de trabajo que ha empezado a vibrar y que ella no puede ignorar, un «Héctor, esto en realidad no me pone» o una salida de tiesto que le molestó… Había muchas posibilidades y yo no tenía ni la más remota idea de cuál era la acertada.

A oscuras localicé la cama y me senté en el borde. Holly se había enroscado en su colchoncito, que tuve que meter en una caja de cartón para que le gustase. Curioso el gusto de los gatos…, puedes gastarte cincuenta pavos en una camita de reina pero ella preferirá siempre la caja de tu último pedido de ASOS.

Silencio.

Julio estaría en su dormitorio con total seguridad porque ya no se escuchaba la televisión y lo único que llenaba la casa era el eco de la calle a esas horas en un día frío.

Puse el despertador, me acosté y me tapé. Intenté hacer una lista mental de todas las cosas que quería hacer al día siguiente (ya sabes, siguiendo el plan de «tomar decisiones con mi vida ahora que me acerco a los treinta y tengo el chocho canoso», estaba intentando motivarme y moverme más) pero solo pude pensar en la imagen de Héctor allí sentado. Y no era el movimiento de su mano ni su expresión de placer lo que se me aparecía entre las cejas cada vez que cerraba los ojos; era la expresión de decepción vacía al deslizar el teléfono móvil hacia esa mesa que presumiblemente sostenía un ordenador. Esa sensación me era conocida. Un chafón que ya esperabas. Una ilusión en la que no tenías demasiada fe. Una vida cómoda que no llena ni siquiera lo que queda más a la superficie.

Quizá era eso lo que sentía cuando estaba cerca. Ese amago de complicidad antigua, aunque no nos conociéramos en absoluto, podía ser resultado de un vacío exacto. Si él se encontraba en ese punto de la vida en la que uno siente que debe tomar decisiones importantes, me encantaría charlar con él. A lo mejor juntos nos daríamos cuenta de que la decisión más importante que podemos tomar es siempre la que nos empuja a ser felices.

¿Quién sería capaz de negar un rato de sexo telefónico a alguien como Héctor? Aunque quizá era seco, un rancio, aburrido o un idiota integral; a lo mejor desatendía a su chica o iba de flor en flor o no se preocupaba de nadie más que de sí mismo. Pero… un rato de sexo se lo daría. Incluso siendo desconocido. Agarrar sus hombros fuertes, recorrer su pecho áspero con la yema de los dedos, despacio, con los ojos fijos en el recorrido de estas sobre la piel. Morder su pectoral mientras él tiraba de la goma de mi ropa interior, dándola de sí, crispando sus nervudos dedos hasta desgarrar la tela y gruñir en mi oído. Uhm…, un cosquilleo me obligó a meter la mano dentro del pijama. ¿Cómo sería lamer el lóbulo de su oreja? Caliente, con la respiración alterada, vertiendo en su oído unas gotitas de deseos oscuros mientras dejaba que me invadiera y fingía que era toda para él durante un rato. Abrirle las piernas, invitarle a que se colara dentro, bien al fondo, hasta que hiciéramos tope. Notar mi cuerpo tensándose alrededor de su polla, que lo llenaría todo mientras él gruñía.

Dios…, el cosquilleo subía de intensidad a medida que mis dedos se movían acompasados con mi imaginación. Estaba segura de que Héctor escondía un lado apasionado, vehemente y demandante y que era de esos hombres que en la cama se transformaba. Que solo pensaba en follar y en hacerlo bien. A fondo. Húmedo. Gemir, arañar, balancear las caderas, susurrar guarradas densas como la leche condensada, también dulces y recogerlas con la punta de la lengua en forma de gotas de sudor. Un animal sexual. Rotundo. Fuerte. ¿Y yo? ¿Qué haría yo? Pedir más, como me lo estaba pidiendo a mí misma en aquel momento. Claro que sí. «Más, Héctor, más. Más duro, más adentro, más rápido». Espolearle. Gritar. Cerrar los ojos y… Dios, Dios, Dios…, volar mientras él se derramaba dentro, fuera, me llenaba y se desbordaba agarrado a la almohada de una cama que…

… Que era la mía y estaba vacía. Cogí aire, abrí los ojos y aparté la mano de entre mis piernas.

—Por Dios —susurré.

Acto seguido me eché a reír. «Maldita Sofía…, te has masturbado pensando en un cliente». Eso era nuevo. Muy nuevo. Quizá debía apartarme para siempre de esa ventana. Y del pedazo del Alejandría que ya le pertenecía a él.

Y así fue como hicimos caliente una de las noches más frías del año. Él por su parte. Yo por la mía.

12

Te veo desde mi ventana —solté a bocajarro.

Después dejé la taza de porcelana blanca y formas redondeadas sobre el platito, maldiciendo en silencio mi diplomacia para entablar conversaciones.

—¿Cómo? —me preguntó dándole una nota aguda a su voz.

Había tardado dos días, después del episodio onanista, en decírselo porque... no quería que sospechara que lo había visto concentrado en pelar el salchichón. Darle a la zambomba. Tocarse el pito. Hacerse una paja. Sofía, para. PA-RA.

—Que ayer me di cuenta de que somos vecinos. Te vi pasar por delante de la ventana que tengo frente a la mía. Compartimos farola.

—¿Compartimos farola y todo? —Levantó las cejas y sonrió, un poco burlón—. Vaya, vaya. Y yo sin saberlo.

—No te burles de la persona que sirve tus cafés. Puedo escupir dentro.

111

—¿No lo has hecho ya?

Me eché a reír.

—¡Sofi, ¿tenéis galletas de naranja hoy?! —me preguntó una chica desde su mesa.

—No. De naranja no. Pero deberías probar las de Nutella. Un mordisco y es como si te vibrara la ropa interior.

Héctor levantó la cara buscando mi mirada y alzó las cejas repetidamente.

—Poetisa.

—En serio. Deja de burlarte de mí.

Me incliné en su mesa y retiré un servilletero vacío.

—Oye, dime una cosa. ¿Cómo es que todo el mundo os llama por el nombre? —consultó curioso.

—Porque esto es como *La casa de la pradera*. O como *Médico de familia*. Somos todos supermajos y nos queremos un montón.

—Ya… —Sonrió canalla mientras acercaba su taza a los labios—. Hoy no merezco galletitas.

—Temo por tu colesterol. Dame las gracias.

—Gracias, Sofía.

—De nada, Héctor.

Fui hacia la barra y serví una galleta de Nutella en un platito decorado con flores y el borde dorado. Después llené el servilletero y salí de la barra para dejar cada cosa en una mesa.

—¿Y qué hago? —escuché decir a Héctor.

—¿Qué haces… ahora? Pues estás tomando café en el Alejandría, chato. Espera que te pongo un platito de rabos de pasa para la memoria.

—A ver. —Sonrió—. Que qué hago cuando me ves desde tu ventana.

—Pues…, no sé. Pasar por delante de la ventana.

Me apoyé en el respaldo de su sillón y lo miré. Él esbozó una sonrisa malvada.

—¿Vestido?

—Me di cuenta ayer de que eres mi vecino. Y ayer ibas vestido.

—Mientes fatal. —Sonrió—. ¿Me has estado espiando, reina?

—Claro que no.

—Claro que sí —insistió con una sonrisa enigmática—. Te he enseñado las vergüenzas y yo sin saberlo.

—Eso no es verdad.

—¿Que mientes o que mientes fatal?

—Que…, que miento ahora. Y que miento mal. Soy una maestra de la mentira. Verás.

Me senté en la silla que había junto a su sillón y crucé las piernas, tras lo que alisé mi mandil mientras me humedecía los labios.

—Voy a decirte tres cosas sobre mí. Puede que todas sean mentira o todas sean verdad. Puede que solo haya una verdad. O dos.

—Vale.

—A los quince años me peleé con un chico del instituto y tuvieron que darle puntos. A los veintiséis me prometí visitar todos los mares del mundo. El beso más bonito que me dieron en la vida me lo dio un desconocido.

Héctor dejó la taza en la mesa y me miró fijamente. Después abrió la boca y con una sonrisa de suficiencia dijo:

—Todas son verdad. Y todas son mentira.

Tuve ganas de volcar la mesa y salir corriendo atravesando el cristal. No es que importase mucho pero… la manera en la que lo dijo, esa seguridad… HÉCTOR con todas sus letras, incluso las que no se pronunciaban.

—Muy sabio, vecino. En los matices está la clave.

—Yo sí sabía que la de enfrente era tu ventana —dijo sin darle importancia, acomodándose y alcanzando un cuaderno donde tenía garabateada una bombilla dentro de la cual nadaban unos peces—. Me lo chivó mi compañera de piso.

Até cabos y sonreí.

—¡Claro! ¡Estela! ¡Vives con Estela!

—Sí. —Sonrió—. Aunque no hubo margen de error al ver aparecer la maceta.

—Dale un beso de mi parte.

—¿A Estela o a la maceta?

—A Estela. A la maceta se lo puedo dar yo.

—Dice que echa de menos que tengas el turno de tarde.

—Dile que yo no, pero que sí la echo de menos a ella. Oye…. —Rebusqué en mi mandil y saqué la libretita de tomar nota, donde garabateé mi número de teléfono—. Creo que no tiene mi móvil. Dile que me llame este fin de semana para tomar algo.

—Se lo diré.

Lo miré de soslayo.

—Ehm…, si me estoy metiendo donde nadie me llama, no tienes más que decírmelo pero… ¿eres su novio?

—Te estás metiendo donde nadie te llama. —Sonrió como un bendito—. Pero no, no lo soy.

Se guardó el papel con el teléfono dentro de la cartera y no pude evitar mirar su libreta, tan llena de esbozos y dibujos. Un astronauta; una chica que sostenía su cara en la mano y donde debía estar el rostro un borrón; dos manos entrelazadas, viejas… Todo dibujado con un sencillo boli negro.

—Qué chulo.

—Gracias.

—¿Hobby o trabajo?

—Las dos cosas, creo. Estas son para un proyecto de trabajo. —Señaló la bombilla llena de peces y un grifo del que salían a borbotones palabras—. El resto son para mí.

—¿Te traigo algo más, artista?

—No, gracias, Sofía.

Nos despedimos con una sonrisa antes de alcanzar la barra, donde me esperaba Abel con gesto ladino. Cuando pasé por su lado me susurró:

—Zorra.

—¿Por qué?

—Le has dado tu número.

—Se lo he dado para Estela. Vive con ella.

—Ja. Excusitas a mí. Eres una mamarracha.

—Abel. —Me puse en jarras y vigilé que no nos escuchase—. ¿Tú te crees que le iba a dar mi número a Héctor en plan seductora? ¿Dónde voy?

—Adonde te da la gana, chata. Los límites los ponemos nosotros porque te voy a contar un secreto: la cara —me señaló la nariz— no es un espejo del alma. Es un espejo donde flota la imagen que tenemos de nosotros mismos. ¿Qué quieres que vean los demás? ¿La Sofía gorda que cree que no puede ligarse a quien quiere o la Diosa de carne que ya les gustaría a muchos...?

Inevitablemente miré hacia la mesa donde Héctor seguía dibujando. Ninguna de las dos cosas era la respuesta más sincera. A mí. Solo a mí. Eso quería que vieran.

A las cuatro de la tarde me fui de allí, pero dejé a Héctor sentado en su sillón, concentrado en hacer fotos de algunos esbozos y escribiendo en el móvil... no sé si mensajitos a la chica que le dejaba las pajas telefónicas a medias o e-mails de trabajo.

Me recibió la casa vacía. Bueno, vacía no. La gata me recibió moviendo el culo con coquetería...

Saqué a Roberto de la jaula para que se paseara un poco y lo llevé hasta mi dormitorio en brazos; Holly me siguió y el hurón se metió dentro de mi bolso en cuanto lo dejé sobre la cama, de donde salió con un kleenex arrugado a la carrera. Al muy puto le encantaba robar cosas y guardarlas en su nido.

Suspiré y… ahí estaba. La maceta. La ventana. Los ¿cuántos?, ¿cinco metros? que separaban su habitación de la mía. ¿Y qué? Solo era un cliente. Uno guapo y con pinta de…, de hombre de los que me gustan pero… un cliente al fin y al cabo. Puse rumbo a la cocina sin pensar.

Después de comerme un sándwich y beberme un café, me eché en el sofá… diez minutitos. Ja. Los diez se multiplicaron por diez porque cuando me despertó Julio ya era de noche.

—Sofía…, Sofi…

—¿Mquñé? —respondí.

—Me voy con Raquel. Roberto está en su jaula. Sácalo un rato si quieres, ¿vale?

—¿Puede dormir con Holly?

No respondió. Ya estaba en la puerta. Olvídate del Red Bull…, lo que da alas son las ganas de chingar.

La tele encendida. Una llamada a Oliver, sin respuesta. Otra a Mamen…, se pusieron también papá y mis hermanas, que me intentaron convencer para ir con ellas al concierto de los Gemeliers. No way. Después, aunque no me apeteciera, llamé a mi madre.

—Hola, mamá. ¿Qué haces?

—¿Pues qué voy a hacer? Aquí, más sola que la una, viendo la tele.

—¿Ya no vas a clases de baile?

—No. Eran todas medio bobas y hacían grupito para darme de lado.

Ay, Dios. Si es que mi madre es insoportable de verdad, lo juro, no solo para mí.

—¿Y tú, qué haces? —me preguntó.

—Pues nada. Poniéndome un poco al día con el teléfono. Me he dormido una siestecita y…

—¿Y las clases de zumba?

—Yo no he ido a clases de zumba en mi vida —respondí extrañada.

—Ah, no. Sería la hija de Pilar, que cada día va a una cosa. Natación, zumba, una cosa que se hace con bicicletas… y deberías verla. Está estupenda. Se pone un vestidito y… cómo luce.

—Es que salgo muy cansada de la cafetería, mamá.

—Ella trabaja en un banco y sale a las nueve de la noche, así que va por las mañanas. A las siete ya la tienes en el gimnasio. Claro, así está.

—Qué bien. Una campeona. —Me hundí un poco en el sofá.

—Dejó a su novio el año pasado. Ella, ¿eh? Que él estaba loquito por sus huesos. —Mi madre debe ser el único ser vivo que sigue usando esa expresión—. Deberías ver la cara que ponía cuando la miraba. Pues… a punto está de casarse con otro.

—¿Quién? ¿El exnovio? —pregunté emocionada. Por fin, un cotilleo sustancioso.

—No. Ella. Almudena. La hija de Pilar. Conoció a un médico americano y le regaló un anillo… ¡Ay, Sofía, qué anillo! Ahora Pilar está que no caga, ¿sabes? Todo el día con la boda de la hija. Y yo… pues me tengo que callar. Porque tú ni boda ni novio ni…

—Ni nada de nada, madre, es verdad —me quejé.

—A ver, no te pongas así que no te he dicho nada. Solo digo que, pues eso…, que yo ya he perdido la fe en ir a tu boda.

No sé cuánto duró la conversación, pero me pareció eterna. La hija de Concha se había casado el año anterior y estaba embarazada pero… ¡ni se le notaba! Y la de Teresa, divorciada que estaba… pues a punto de casarse también. Mejor partido aún que el primero. Eché mucho de menos los teléfonos de antes porque con ellos, al menos, me hubiera podido asfixiar con el cable. Mierda de inalámbricos.

—No cenes mucho —me dijo al despedirse—. Dos yogures y a la cama, que poco gasto calórico vas a hacer tú de noche.

Cené una sopa de fideos, una hamburguesa de pavo, unas patatitas de bolsa, una tostada con queso de untar, una manzana, una natilla, una galleta, una onza de chocolate… Cuando pensé que ya era hora de irse a la cama, tenía muy claro la dieta que debía hacer: la de no llamar a mi madre.

Me fui a la cama arrastrando los pies. Roberto y Holly dormían acurrucados en el cesto dentro de la caja de ASOS, tan románticos que no pude más que deprimirme. Hasta una gata castrada encontraba el amor de su vida en un macho de otra especie (también castrado, por cierto). Y yo terminaría casándome con un trozo de tarta de zanahoria que moriría en la noche de bodas cuando me la comiera.

Fui a meter la lavanda dentro porque ooooootra vez la había dejado a la intemperie y mi hastío vital se encontró de morros con la imagen de un chico con jersey de lana inclinado en la ventana mientras se fumaba un cigarrillo.

—Mira, la vecina barra camarera barra mentirosa compulsiva. —Se rio.

Héctor. Hasta cuando sonreía fruncía el ceño. Tenía una sonrisa entre canalla e infantil que gustaba de inmediato. Se le achinaban los ojillos y los hoyuelos bajo la barba se acentuaban. Ay… ¡Despierta, Sofi!

—¿Qué haces asomado a la ventana con este frío?

—No puedo dormir si huele mucho a tabaco en la habitación. Y me gusta el frío.

—Eres más raro que un perro verde. —Aparté con el pie la cajita donde dormía la pareja peluda y me apoyé en la ventana—. Hace un frío de la hostia.

—Te voy a lavar la lengua con lejía.

—Inténtalo.

—Ah, es verdad, que en una pelea saldría perdiendo, como el de tu clase cuando tenías quince años.

—Chico listo. No te conviene tener problemas conmigo.

—Aclárame una cosa…, ¿cuál es la mentira que hay dentro de cada una de las cosas que me has contado?

—Fácil. Me peleé con un chico de mi clase a los quince y tuvieron que darle puntos, pero porque el muy idiota se tropezó con su propia mochila y se estampó contra una ventana. Doce puntos. A los veintiséis me prometí visitar todos los mares del mundo, como muchas otras cosas que sé que no cumpliré y el beso más bonito de mi vida me lo dio un desconocido en la puerta de un pub de mala muerte, pero también fue el más triste.

—Eso me lo tendrás que contar algún día.

—Claro. Y puedes escribir un libro sobre ello. Pero en otro ratito, que me estoy quedando pollo. —Le guiñé el ojo.

Iba a cerrar ya la ventana cuando me acordé de algo y volví a abrirla.

—Oye, ¿en serio crees que te he estado espiando? ¡A lo mejor el que ha estado mirando de más eres tú!

—Buenas noches, reina…, hace mucho frío.

Apagó la colilla en la repisa de la ventana y sonrió. Después desapareció detrás de la ventana que separaba su vida de la mía. Tendríamos muchos días aún y muchas noches para responder a preguntas.

13

Olores

H ay olores que deberían poder embotellarse para poder usar a placer, para traer a la memoria y hasta los labios cuando queramos. Me encantaría echar unas gotitas del aroma de la casa de mi abuela en mi salón y en mi almohada las de una vela de citronela que presenció algunas horas del mejor verano de mi vida. Hay otros más íntimos…, otros que reservaría para el interior de mi muñeca…, de una sola, donde pudiera oler a él sin que nadie lo notase.

Héctor olía a madera, zumo de lima, cáscara de limón y lluvia. Supongo que no es una apreciación objetiva, pero no me importaba qué aroma tenía para otros. Solo…, solo cómo olía para mí.

En la cafetería, a veces, aspiraba su olor con los ojos cerrados al pasar por detrás de él, pero por culpa de esa manía tenía las piernas llenas de magulladuras por estamparme contra los muebles de alrededor. En una ocasión, casi sin darse la vuelta, me había cogido de una rodilla.

—¡Ey! Cuidado. Eso ha sonado feo.

Creo que no me salió ni moradura porque la sangre corrió enloquecida en todas direcciones.

Yo imaginaba que oler su piel, deslizar la nariz sobre su cuello, sería horriblemente narcótico, pero no se lo dije a nadie porque entonces todo el mundo pensaría que estaba loquita por él y no era verdad. Al menos no era verdad aún. Y poco a poco empezó a formar parte de mis olores preferidos del día (de esos días en los que el primer pie que tocaba el suelo era el derecho): los libros antiguos, el café recién molido, las galletas y los cruasanes precocidos dorándose en nuestro pequeño hornillo, las flores naturales que salpicaban alguna mesa de allí o allá, el cuello de mi gata al volver a casa, el resto del suavizante en una ropa recién recogida del tendedero y... Héctor.

Todo esto tiene un sentido, claro, pero paso a paso. Nadie aparece en la parte superior de una escalera sin haber recorrido todos los peldaños.

Estela vino justo antes de que terminara mi turno para darme un beso y decirme que Héctor le había dado mi número. Traía el pelo como siempre, suelto y ondulado, sin peinar, apartado de la cara por dos ganchos de colores estrambóticos. Estela era una monada pero nunca se preocupó demasiado por la moda. Llevaba vestidos largos porque le parecían cómodos y vaqueros, zapatillas y camisetas que combinaba sin ton ni son (y con bolsos indescriptibles), pero era una monada y encantadora. Una de esas clientas que daba gusto tener; Héctor me había dado la excusa para acercarme a ella o... ella me daba la excusa para acercarme a él. Aún no lo sé porque supongo que hay mucho que aceptar de mí misma en esa afirmación.

—Te llamo este fin de semana y nos tomamos unos mojitos en ese sitio tan chulo que tenía como un oasis —me dijo mirando hacia todas partes menos a mí.

—Una playa.

—¿Qué? —Fijó los ojos en mi cara y le sonreí.

—Que tiene una playa, no un oasis. El Ojalá.

—Sí. Ese. Ojalá volver pronto. —Se rio de su propia broma y me dio otro beso para despedirse—. Por cierto, ¿a que es majo Héctor? Una de mis personas preferidas en el mundo, sin duda.

No me extrañaba. Por aquel entonces solo había avistado un diez por ciento del encanto del verdadero Héctor, que estaba debajo de capas y más capas de resignación y conformismo.

Al terminar el turno me fui al Mercado de San Miguel a comprar fruta y a pasear un poco. No es que mi bolsillo estuviera para muchos milagros allí, pero una chica necesita pagar unos fresones a precio de oro de vez en cuando, solo para demostrarse lo mucho que se aprecia a sí misma.

Cociné pastel de pescado, una de las pocas recetas que me salen bien y que Julio considera digna de su paladar y me puse a leer un libro en el salón, esperando que volviera de trabajar para darle un poco de cháchara. Pero… cuando lo hizo, fue a toda prisa. Traía esa carita tonta de enamorado…

—¡Ey! —le saludé desde el sofá coronado por mi manta de colores—. ¿Dónde vas con tanta prisa? He hecho pastel de pescado para cenar.

—Guárdame un trozo —dijo de pasada, abriendo su cuarto.

Al momento vi a Roberto salir corriendo de su habitación y Holly se le unió trotando por el pasillo.

—¿Te vas?

—Sí.

—Ah. ¿Has quedado? —pregunta absurda, Sofía. Y si se va, a ti ¿qué te importa?

—Sí, he quedado, uhm…, con…

—Con tu chica. —Sonreí.

—Sí. —Salió cargando una bolsa de deporte de los años noventa llena de ropa y se rascó la nuca muerto de vergüenza. Estaba a un tris de que se le empañaran las gafas.

—Ah, pues… te guardo un tupper. Tú pásalo bien. Y ve con cuidado.

Soné tan patética… ¿qué era? ¿Su madre o su compañera de piso? Envejecí treinta años en un solo comentario. Julio asintió y fue hacia la puerta.

—¿Meto a Roberto en la jaula? —le pregunté.

—Ah, no te preocupes. Déjalo suelto si no te importa. Tengo mi cuarto abierto. Tiene la cama y el comedero.

Mira. Como yo, que tenía mi camita y mi comedero y la mismita sensación de vivir metida en una jaulita con todas las comodidades y en la que lo más emocionante era dormir. Bien…, era un hurón.

Admito que cené en la habitación en busca de actividad tras la ventana de Héctor, pero estaba todo en penumbra y no se veía ni un alma por allí. Así que… a falta de espectáculo en vivo tuve que volver al salón y buscar en la tele. Buscar con la cabeza más allá que acá. A lo mejor había llegado el momento de apuntarme a *Adopta un tío* para intentar ligar. O ampliar mi círculo de amistades. Todo el mundo iba arriba y abajo y yo seguía allí, en medio. Quietecita. Y los treinta se acercaban, dejándome en el paladar esa molesta sensación de que debía hacer algo con ellos…, algo grande. Qué chorrada. ¿Cuándo aprenderemos que los años solo son años y que las cosas grandes deben venir cuando nosotros las busquemos?

Holly se puso muy pesada a eso de las diez y media pasadas. La basura estaba llena de los desperdicios del pescado con el que había hecho el pastel (que más que comerme había mareado en el plato porque, seamos sinceros…, no está tan bueno) y no dejaba de intentar rebuscar dentro, tal y como estaba haciendo yo en mi cabeza.

¿Cuánto hacía que no salía con ningún chico? Con ilusión, carita de enamorada y pendiente del móvil a cada segundo. Mucho. Desde aquel chico que conocí en El Barco una noche. Me dijo que era la chica más guapa que había visto nunca y yo me creí la frase más manida del mundo. En realidad me dijo todo cuanto yo quise escuchar hasta que se cansó de los planes y la cama. El día que me soltó que había salido muy cansado del trabajo y que mejor nos veíamos otro día, entendí que se había terminado. Cuando tienes las mismas ganas de ver a alguien que tenía yo... no te da pereza; solo quieres llegar a su lado y acurrucarte. O eso había entendido de tanta novela romántica que había leído.

Holly consiguió sacar parte de la piel de la merluza y arrastrarla hasta su comedero. Iba a pasar de todo y hacer ojos que no ven, pero después me vomitaría en surtidor sobre la alfombra del dormitorio, que la conocía. Cuando, después de limpiar el desastre, cerré la cocina, mi gata hizo la mejor interpretación de su vida y, en el papel de animalillo moribundo, rascó la pared, se dio cabezazos contra la puerta, lloró y arañó la pernera de mis pantalones de pijama.

—Holly... —le pedí cansina, mientras hacía zapping.

La puñetera farsante se tiró en el suelo con tanta fuerza que sonó en todo el piso y después siguió maullando lastimeramente.

Es que... ¿dónde esperaba conocer a alguien si iba de casa al trabajo y del trabajo a casa? Toda mi vida social se concentraba en el salón los viernes por la noche. ¿Cuándo me había resignado a ser un coñazo?

La gata se subió al brazo del sofá y se dedicó a darme cabezazos en el brazo mientras seguía soltando ruiditos agudos.

—Para —le pedí, como si me entendiera. No, perdona, lo reformulo: como si no le diera igual lo que le dijera.

A los miau, miau, miau le siguieron los mamao, mamao, mamao y a estos a su vez, los maaauuuuuuuu, mauuuuuuu, mauuuuuuuu. No tardó en crispar mis nervios al límite.

Me cagué en un par de santos antes de abrir la cocina de una patada con las babuchas de ir por casa (cabeza de unicornio) y sacar la bolsa de basura. Sí. Además de un coñazo y lo más cerca que el ser humano puede estar de ser un hurón, yo era una de esas señoras en pijama que bajan la basura a horas intempestivas. Y bajé de la misma leche que suelen hacerlo ellas..., una muy agria. Demasiado agria como para descubrir que no llevaba llaves, móvil o cartera.

BRAVO. Sofía, por favor, quítate la camiseta y corre por la calle con las sardinas al aire, es lo que te falta.

—¡¡¡JODEEEERRR!!! —gruñí en voz alta cuando me di cuenta de que estaba sola, en pijama y en la calle en pleno enero.

No lloré porque... en realidad hacía demasiado frío y los pezones se estaban convirtiendo en nueces de macadamia. Tuve que tomar decisiones precipitadas... como entrar en el bar de fritanga de enfrente para pedirles que me dejaran usar su teléfono. Y, bueno, fue una buena idea, pero lo cierto es que dos viejos con palillo en la comisura de los labios me hicieron sentir desnuda y sucia. Y el teléfono estaba aceitoso... y yo llevaba puesto un pijama.

—¡Oliver! —grité de alegría cuando, después de tres intentos, cogió el teléfono.

—¿Quién eres?

—Soy Sofía, imbécil.

—¿Desde dónde llamas?

—Desde el bar de... —me giré, vigilando que nadie me oyera— de abajo, donde te ponen oreja de cerdo como tapa con el café.

—¿Qué haces ahí? ¿Estás pedo?

—Ojalá. Necesito que vengas a traerme las llaves de casa.

—Ah. Ja, ja, ja. —Las carcajadas resonaron hasta hacerme vibrar el tímpano—. Reina mora…, son las once de la noche y estoy en Las Tablas.

—¿Qué haces en Las Tablas?

—Ehm…, Sofi…, estoy… acompañado.

—¡¡Por el amor de Dios, Oliver!! Que es martes. ¡¡Los martes uno no puede ir follando por ahí!!

—¿Está legislado eso?

Me di un cabezazo contra los ladrillos grasientos y me sentí morir. Al menos cinco horas de vida perdí con aquella conversación.

Llamé a Mamen después. Tendría que haberla llamado como primera opción, claro, pero una tiende a pensar que sus amigos tienen la misma vida sexual que una y… no. No. Es un consejo.

—Mamen —dije intentando parecer serena—. Me ha pasado una cosa. He ido a tirar la basura, el portero volvió a dejarse el cubo fuera en la calle y salí sin llaves ni nada. Julio no está en casa y estoy en el bar de la fritan… —alguien carraspeó a mi espalda. La cocinera y dueña, bien—, de la fritura esa tan buena…

—¿Qué dices?

—Las llaves. Lo siento. Sé que es tarde y que mañana trabajas, pero necesito que me traigas las llaves de repuesto que tienes allí.

—Yo no tengo llaves de repuesto.

—¿Cómo que no?

—Sofi…, cuando te robaron el bolso y cambiasteis las cerraduras me dijiste que, total, vivía demasiado lejos como para que fuera útil que tuviera una copia.

Lloriqueé. Aún recordaba lo mal que le sentó a Mamen que Oliver sí tuviera unas, con un bonito llavero con su inicial. Mierda. Fuck.

—Pero vamos... que voy a por ti.

—No. No, qué va. Es verdad que vives muy lejos...

—Me visto en un segundo y voy. ¿Estás en el bar de la oreja?

—Sí. Pero... —Mierda, era una verdadera putada.

—¿Qué pasa? —escuché decir a mi padre.

—Estás acostada, ¿verdad?

—Sí, cariño, pero no me cuesta nada —noté cómo se giraba hacia mi padre—. No pasa nada, Alberto, tu hija se ha dejado las llaves y...

—Olvídalo, Mamen, no salgas de la cama. Hace frío y mañana madrugas. Llamo a mi madre. Debe estar viendo alguna peli. Se acuesta tarde.

—Pero...

—Nada, nada. Un beso.

Colgué y volví a sostener el auricular con la intención de llamar a mi madre pero...

«Si es que eres un desastre». «¿Así has bajado a tirar la basura a la calle?». «Oye, Sofía, ¿cuándo voy a poder dejar de preocuparme por ti?». «¿Te das cuenta de por qué creo que no estás capacitada para vivir sola?». «Así es que no tienes novio, Sofía, porque no te concentras en nada, vas como loca por la vida». Colgué. Di las gracias. Salí a la calle... en pijama, en zapatillas de ir por casa, a cuatro grados, con ganas de morirme. Pero necesitaba un momento de tranquilidad para pensar qué debía hacer una mujer de casi treinta años, independiente, que sabe sacarse las castañas del fuego ella solita...

El frío me sentó bien, al menos momentáneamente. De mi piel salía el olor a frito y entraba el de invierno. Cerré los ojos. Respiré hondo. Un cerrajero. Tan fácil como un cerrajero. Día de caprichos caros..., fresones y llaves dentro de casa.

—¿Sofía?

Abrí los ojos. Miré alrededor.

—Sofía…, ¿eres tú?

Volví a mirar. Di una vuelta sobre mí misma pero… allí no había nadie. Alucinaciones acústicas no, por el amor de Dios, que si mi madre tenía que llevarme a la López Ibor seguro que pedía también que me pusieran a dieta y lo único que yo necesitaba en aquel momento era una jodida Pantera Rosa, con su nata por dentro, su bizcochito, esa capita rosa que nunca he sabido si es chocolate teñido o sencillamente deliciosa grasa vegetal…

Volví a cerrar los ojos y me senté en el escalón del portal. Al abrirlos de nuevo, ya no escuchaba voces. Ya no había ningún hombre imaginario con una preciosa voz tan cálida como el tacto de una mesa de madera templada por el sol, diciendo mi nombre…

Espera…

La luz del portal de enfrente se encendió y una figura apareció bajando los escalones a grandes zancadas. Antes de que se abriera la puerta ya sabía quién iba a aparecer. Abrigado con una chaqueta gruesa, en vaqueros y botas, con el ceño fruncido y la mano derecha inmersa en el pelo. Héctor.

—Sofía, ¿estás bien?

Mi salvador. Mi héroe. Mi ídolo. Mi campeón. Mi nórdico de Cáceres, leñador imaginario.

—Sí —suspiré y me tendió la mano para ayudarme a levantarme.

—Oye, no me quiero meter donde no me llaman pero… ¿qué haces aquí en pijama?

Crucé los brazos sobre el pecho y chasqueé la lengua contra el paladar, quedando como una imbécil en tres, dos, uno…

—He bajado como una loca a tirar la basura y… no he cogido llaves. Ni móvil. Ni nada. Julio no está en casa y…

Se quitó la chaqueta y me la colocó por encima, mientras me escuchaba. ME CAGO EN LA PUTA. EL OLOR. El olor. Su olor. Cerré los ojos.

—Bueno, no te preocupes. Puedes subir a casa. Estela no ha llegado aún pero… Si no te incomoda…, yo puedo prepararte un té o algo caliente y… vemos a ver.

—Iba a llamar a un cerrajero.

—Vale, pero no lo esperes aquí. Hace frío. Ven. Sube.

Al cielo.

Hello. It's me. Solo quería contarte que estoy en el puto nirvana dentro de la chaqueta de Héctor y que pienso salir de casa como las locas todas las noches.

Subimos a pie. Ni siquiera hizo amago de coger el ascensor…

—A mí también me ha pasado mil veces. —Me sonrió por encima de su hombro.

—Sí, claro.

—Que sí. Una vez hasta me las dejé puestas por dentro. La broma me costó trescientos euros.

—¿Trescientos euros? —pregunté tratando de disimular la respiración agitada por el ejercicio.

—Sí. Pagué trescientos euros por ver como un tío con medio culo al aire abría mi puerta con una radiografía.

—Todo apunta a que es el planazo que me espera para esta noche.

—Si la puerta no es blindada sale más barato.

—Es acorazada. De las antiguas.

—Bien. Prepara el bolsillo.

Héctor llegó a su puerta y sacó las llaves del bolsillo de su vaquero para meterlas en la cerradura y dar un empujón con el hombro.

—La puerta se hincha —me explicó cuando me dejó pasar.

La casa olía a piso viejo, con historia, y a velas perfumadas que me recordaron el aroma de Estela. Era pequeño y estaba aseado; una cocina que se adivinaba reducida te daba la bienvenida nada más entrar, a la izquierda; de frente un salón rectangular pintado de amarillo y con las paredes cubiertas de dibujos a carboncillo enmarcados, donde reinaba una televisión pequeña y vieja. Tres puertas se abrían hacia el exterior: una habitación cerrada, el cuarto de baño abierto de par en par y otra habitación de donde se escapaba un hilo de luz.

—¿Qué hacías asomado a la ventana a las once de la noche? —pregunté.

Abrió la puerta de su dormitorio solo un resquicio para apagar la luz y deduje que tenía el cuarto un poco revuelto.

—Estaba fumándome un pitillo. —Sonrió—. ¿Café?

—No, no te molestes. Llamamos al cerrajero y me voy.

—No es molestia; debes estar helada. Además, iba a quedarme trabajando hasta tarde. ¿Preparo una cafetera?

Me encogí de hombros y él, con una sonrisa, me indicó la cocina con un movimiento de cabeza. Y le seguí. Hasta donde él quisiera le seguiría.

La cocina estaba limpia pero era un poco caótica, pequeña, con muchas cosas por todas partes. El suelo era precioso, de los antiguos, dibujando cenefas a cuadros oscuros y claros. Necesitaba una renovación, pero tenía personalidad. En una estantería algunos libros de recetas manoseados y mil tarritos de especias. Se notaba la mano femenina en cada rincón.

—Como ves Estela tiene dos mil doscientas cosas por centímetro cuadrado —dijo Héctor un poco avergonzado.

—Es bonita.

—Da ganas de entrar con un lanzallamas.

—Los tíos siempre lo queréis tirar todo.

Me señaló unos conejitos de porcelana que reinaban solitarios en un rinconcito.

—Los compró en un mercadillo de segunda mano en Ginebra. Dan miedo. Son feos. Están rotos por debajo. Dame una razón por la que no pueda fingir que han sufrido un accidente.

—Porque eres buen chico.

—A la larga uno se aburre de ser un buen chico.

Y tanto…

Cogió una cafetera italiana de un armario y la llenó de un café molido que olía espectacular.

—Entonces, ¿ibas a trabajar hasta tarde?

—Sí. Tengo que hacer una entrega para un cliente y voy un poco atrasado.

Encendió el fogón con un mechero y colocó la cafetera después de llenarla de agua.

—Eres…

—Diseñador gráfico. —Se apoyó de espaldas al banco y sonrió—. Hago imagen corporativa, construcción de marca…

—Suena interesante.

—Bah, no lo es. ¿Quieres comer algo?

—Qué va. —Tenía un hambre horrible, pero pensaba fingir que no tenía ni hambre ni cosas mundanas como… ano—. Entonces, ¿Estela no va a venir?

—Pues no lo sé. —Levantó las cejas—. Tiene una especie de… novio. Un novio por horas, dice ella. Es posible que lo tenga de servicio esta noche.

Asentimos con una sonrisa cortada.

—Entonces, ese Julio que no está en casa, ¿es tu novio?

El corazón se me aceleró tontamente dentro del pecho.

—Ah, no, no. —Agité las manitas—. No es mi novio. Yo no tengo novio. Vivo sola. Bueno, con él pero en plan…, en plan cero sexo. Ni amor. Ni… colada a medias. Soltera. Single. Libre.

Cállate de una puta vez, Sofía.

—Ajá… —Levantó las cejas con expresión divertida—. Niquel.

Fruncí el ceño.

—¿Niquel?

—Ahm... Es... una expresión francesa. Significa algo así como... ok, perfecto. He... vivido en Ginebra durante diez años. Creía que ya te lo había comentado. —El café empezó a hervir y se dio la vuelta para poner toda su atención en la cafetera—. ¿Y vives con él desde hace mucho tiempo? Con Julio.

—Cuatro años. No es que me queje pero... el sueldo del Alejandría tampoco da para hacer milagros. Así es más fácil ser independiente en Madrid. Era compartir piso o vivir con mi madre y..., créeme, es mejor compartir piso.

—El Alejandría parece un buen sitio para trabajar.

—Lo es. Aunque si lo hubiera sabido igual me hubiera ahorrado los cinco años de filología hispánica.

—¡Qué va! —Se giró y me tendió una taza llena de humeante líquido oscuro—. La universidad es el único momento vital en el que a uno se le permite cruzar constantemente la frontera entre el bien y el mal. Fiestas, barras libres, resacas, semanas sin poner una lavadora, una cortina de ducha que casi habla... Aunque ahora que me oigo hablar —me tendió un azucarero que no podía ser más femenino ni más kitsch— es posible que me refiera a la veintena en general y no a la universidad. Felices años veinte..., en otro sentido.

No pude evitar arrugar el labio superior en una evidente muestra de disgusto. Bien. Sofía, si alguna vez habías querido que se te permitiera cruzar la frontera entre el bien y el mal... perdiste el último tren: el expreso de la veintena, que había pasado silbando a trescientos kilómetros por hora por mi estación. Y yo, con cara de imbécil, no había sido capaz ni de correr detrás de él. La sonrisa que había dibujado Héctor mientras hablaba fue derritiéndose en sus labios hasta convertirse en una mueca cuando se dio cuenta de que, efectivamente, sus palabras habían caído dentro de una de mis úlceras emocionales.

—Oh, Dios... —musitó Héctor—. ¿Qué he dicho?

Es curiosa la vida. Alguien al que el día anterior no conocías entra en tu trabajo y pide un café con leche y en una maquinaria de días, palabras y sinrazones, el destino dispone las cartas que lo harán acercarse o alejarse. Quizá es el libre albedrío, las decisiones que tomamos, los pequeños pasos que damos, lo que ejerce de destino para aquellos que no creemos en él. Pero el hecho es que una persona a la que conocí tras la barra, a la que grité sin razón y que me regaló una maceta con lavanda abrió la cancela de una ansiedad de una manera tan violenta que mi boca solo tuvo que abrirse:

—En un mes soplaré treinta velas con la firme convicción de que eché a perder los mejores años de mi vida.

Héctor frunció el labio y el ceño y suspiró mientras se apoyaba nuevamente en el banco, con el café en la mano.

—No —dijo—. Sería absurdo pensar que cumplir los treinta termina con la diversión. ¿Sabes lo que pasa? Que creemos que un cambio de década debe significar forzosamente algo pero... ¿qué diferencia los veintinueve de los treinta?

—¿Y qué hay de la veintena y la frontera entre el bien y el mal?

—¿En serio que me escuchas cuando hablo? —Sonrió canalla—. Me hace sentir importante pero un consejo..., no me hagas demasiado caso. No tengo ni idea de lo que digo.

Salió de la cocina y con una mirada me arrastró hasta la salida.

—Entonces... ¿fuiste demasiado buena? —Y se dejó caer en el sofá.

La luz de una lámpara de pie con una pantalla polvorienta nos iluminaba de lado.

—Lo suficiente como para arrepentirme.

—Creo que eso no debería preocuparte. Si hay algo para lo que siempre estamos a tiempo es para cagarla. —Sonrió.

—Entonces...

Ni me lo planteé. Pregunté. Respondió con más preguntas. Nos reímos. Nos contamos vacíos, los típicos «me quedé con las ganas de hacer…». Él hablaba de más festivales de música, incluso algo loco… que supuse que significaba un trío, más tías, una orgía quizá…, sexo al fin y al cabo. Pero se quedó en «algo loco». Yo hablaba de cursos en el extranjero, viajes con amigas, un ligue de esos que sabes que no te conviene… Años locos, recuerdos borrosos, carcajadas enlatadas. Y mientras hablábamos, sonreíamos y nos contradecíamos sin que nos importara. Al principio no nos poníamos de acuerdo sobre si eran o no los mejores años de la vida. Yo argumenté que una edad en la que aún no has aprendido a querer tus virtudes y tus defectos no debe ser la mejor de la vida. Él respondió, mientras se rascaba la barba, que quizá aquella inocencia fuera la que nos hiciera más felices. Debatimos, con una sonrisa, respetando los turnos de palabra, escuchando al otro… como si nos separara la barra del Alejandría y él ya formara parte del grupo de conversadores que arreglábamos el mundo y lo desmontábamos de nuevo para tener de qué hablar. Probablemente hacía ya semanas que formaba parte de él, pero no se había atrevido a hacerlo en voz alta.

Sin duda era la falta de responsabilidades la que nos empujaba a decir que los veinte eran los mejores años, pero era simplista. Luego vendrían los treinta y los primeros atisbos de independencia económica, con sus luces y con sus sombras. Y los cuarenta, redescubriendo cosas que nos gustaban y que no recordaríamos por qué dejamos de hacer. Y los cincuenta, con el bolsillo un poco más lleno, siendo más listos, más sabios y más conscientes de que el tiempo se va y hay que disfrutar ahora. Y los sesenta y la jubilación y viajar por todo el mundo…

—Si te prometiste visitar todos los mares del mundo, ¿quién dice que tengas que hacerlo antes de los sesenta?

Héctor, un desconocido, había entendido en cuarenta minutos de charla aquella sensación de desasosiego que me acompañaba desde que había decidido que mis treinta debían significar un cambio. Y lo había hecho mejor que nadie. Incluso... parecía compartir el miedo por todas aquellas cosas que creíamos tener que hacer por el mero hecho de entrar ya en la treintena.

Héctor tenía treinta y cuatro años; los había cumplido hacía muy poco. Me dijo que en los cuatro años que llevaba siendo treintañero no había notado ningún cambio.

—Solo presiones exteriores, pero cuando cierras la puerta, ¿sabes qué pasa con ellas? Que se quedan fuera. Creo que nos empeñamos en pensar que todo el mundo tiene razón menos nosotros y... no está bien.

—Pero para las chicas es peor. Si no tienes novio, se te va a pasar el arroz. Si no te has casado, se te va a pasar el arroz. Si no tienes hijos, se te va a pasar el arroz. Y si los tienes... ¿para cuándo otro?

—¡Eh! Con nosotros también va el rollo. A los veinte tienes que follar como un loco y ser un canalla. A los treinta sentar la cabeza y eso significa: buen trabajo, dinero en el banco, anillo en el dedo e hijo en camino.

Miré enseguida sus manos. No. No había anillo. Esperaba que tampoco hijo en camino.

Él, con la taza en la mano, se quedó mirando hacia la ventana, con expresión concentrada, y sentenció:

—O pecamos de conformismo o de soñar demasiado. Nos enseñan a aspirar a más pero no a ser felices con lo que hay.

Su ceño fruncido tenía tres surcos. Me pregunté si habría un significado en cada uno de ellos y si podría leerlo como quien lee la palma de una mano. Uno por las preocupaciones de vivir en el extranjero, otro por mal de amores y un tercero por la costumbre de arrugar la frente. Y perdida en el perfil de su nariz, en la barba castaña que cubría sus mejillas y en sus labios pensé que… tenía razón, que angustiarse por lo que los demás esperaran de la vida de uno era una estupidez.

—Hay que divertirse más. —Le sonreí.

—Madrid parece una ciudad perfecta para ello.

Nos sonreímos y el silencio de la calle llenó la habitación. Ya nadie paseaba por debajo. Ni siquiera se escuchaba a los fumadores congregados en la puerta del bar de la oreja. Palpé la taza que sostenía en mis manos y… el café se había enfriado.

—¿Qué hora es?

—Las doce y media.

—¡El cerrajero! —exclamé mientras me levantaba del sofá.

—¿Quieres otro café?

Héctor se levantó con calma y anduvo hacia la cocina.

—¿Tienes por ahí algún número de cerrajería veinticuatro horas?

—Puedes dormir en mi cama.

—Ni de coña. —Me reí.

—Te van a soplar trescientos euros. Mañana ya buscarás la manera de entrar. Será más fácil encontrar a alguien que tenga llaves.

—Que no. No puedo dormir aquí.

—¿Por qué? Yo duermo en el sofá. —Volvió y se apoyó en la pared, con los brazos cruzados sobre el pecho y una sonrisa cruzándole la cara—. De todas maneras no creo que duerma mucho, ¿sabes?

—Pero…

—En serio, Sofía. Quédate.

Su habitación estaba revuelta, como bien predije. Tenía un par de camisas arrugadas en el respaldo de una silla, a la entrada. La cama estaba hecha pero alguien se había echado sobre las sábanas y no las había estirado al levantarse. El escritorio era un maremágnum, y... menos mal, porque era lo único que daba vida al dormitorio donde todo era práctico, como los muebles de la celda de un convento.

—Madre mía. —No pude evitarlo.

—Fea, ¿eh?

—Lo siento, pero mucho.

—Lo peor es la silla. Tengo la espalda hecha polvo.

Volví a mirar a mi alrededor. Ni una foto, ni un objeto personal. Un armario, una cama de cuerpo y medio, un escritorio, unos papeles, un par de libros y el ordenador, una silla y una cadavérica mesita de noche.

—Este cuarto es un poco triste, ¿no?

—Estaré aquí seis meses. Es... eventual. No necesito más.

No pregunté dónde iría después de ese medio año ni si volvería a Ginebra, o si le esperaba alguien, si tenía planes emocionantes. Solo lo vi bajar una manta de un altillo y sonreír con vergüenza:

—Siento que no sea más... cómodo.

—Es muy cómodo. Gracias.

—Si necesitas algo estaré en el salón. El baño es la puerta de al lado.

Cogió el ordenador portátil (de pantalla enorme) y el móvil que había sobre la mesa. Cuando cerró la puerta, me di una vuelta sobre mí misma con el estómago encogido. Me daba... pena. No sé por qué, Héctor, de pronto, me daba pena. Tan educado, tan en su intento de parecer un pincel con sus camisas viejas y las botas desgastadas. Un caballero de buhardilla polvorienta que vivía en una habitación sin alma. Que vivía solamente para trabajar y al que alguien le dejaba las pajas telefónicas a medias. Dios..., parecía una jodida película dramática. Si no hubiera tenido calefacción, le hubiera augurado una tos ferina o una tuberculosis para culminar el espectáculo.

Me quité las zapatillas, abrí la cama y me metí bajo las sábanas. Al tumbarme, como si me dejara caer en un campo lleno de dientes de león, su olor salió disparado de la almohada y convirtió aquella triste cama en un nido de matices. Su champú. El perfume amaderado al que olía su cuello. El detergente de la ropa. Él había dormido entre esas sábanas pero hacía poco que estaban puestas. Me di la vuelta y me acurruqué. Toda la superficie de la funda del cojín olía a él porque seguro que la recorría entera de noche. Un tío inquieto, revolviendo las sábanas con sus piernas y sus...

Toc, toc.

—Eh..., ¿puedo entrar?

—Sí.

Se asomó. Aún no había apagado la luz. Estaba dentro de su cama y lo único que se asomaba era mi cabecita, lo que le hizo sonreír.

—Se me olvidó coger... unos pantalones de pijama.

—Claro, claro. Estás en tu casa.

El hoyuelo bajo su barba apareció cuando se acercó y rebuscó bajo la almohada. Tenía esa risita de vergüenza casi infantil que uno pone ante una situación nueva.

—Buenas noches.

—Héctor —le llamé.

Se paró en el quicio de la puerta, agarrado a su marco en una postura tan masculina como casual. Un hombre cómodo dentro de sí mismo, eso me pareció.

—Gracias.

Él mismo apagó la luz y cerró la habitación. Y yo... cerré los ojos y volví a aspirar profundamente, clasificando cada olor en su casilla, guardándolos muy dentro para cuando me apeteciera rememorar la noche en la que dormí entre las sábanas de Héctor.

14

EL MÓVIL

Llevaba semanas escuchando cómo se debatían temas en cada rincón de El café de Alejandría y aunque yo también tenía mi propia opinión de cada uno de ellos, nunca me atrevía a participar por miedo a creerme parte de algo que no me pertenecía. Ese sitio tenía ese *je ne sais quoi* del que uno quiere formar parte. Era como…, como el Central Perk en *Friends* o el bar de *Cheers* y yo me sentía más un figurante que parte del reparto. Hablar con Sofía eliminó esa sensación porque siempre me trató como si nos conociéramos más de lo que queríamos admitir. Por eso nunca fue difícil con ella. Por eso todo iba tan suave.

Era inteligente, rápida y dulce. Hablaba de cosas que evidentemente le dolían con una naturalidad y honestidad que me dejaba con la boca abierta. Parecía decir «¿por qué negar que soy humana y en ocasiones me hieren?». Acojonante sin llegar a ser avasallador o intimidatorio. No sentí que dijera nada de más. Ni de menos.

Ella perdió la noción del tiempo pero yo sí vi cómo avanzaban las manecillas del reloj, pero... no quise decir nada porque trescientos euros o doscientos o ciento cincuenta son muchos cuando uno intenta mantenerse a sí mismo con un trabajo que no da tanto. Mi cama era gratis y yo tenía que trabajar así que me daba igual. Creo que me sentí identificado con Sofía desde el principio. Ella era mujer y yo hombre, ella aún no tenía los treinta y yo había cumplido treinta y cuatro hacía un mes. Ella era camarera y yo diseñador gráfico. Ella estaba soltera y yo no. Muchísimas diferencias pero... ¿qué hay de las semejanzas? Dos personas que se debatían entre creer que lo que los demás opinaban era el camino correcto y defender la dirección hacia la que les encaminaban sus pasos. Yo también tenía problemas de pasta pero los míos eran diferentes. No tenía ni cera en la oreja, como solía decir mi madre. Unos ahorros maltrechos a los que metía mano más a menudo de lo que desearía y unos ingresos desiguales que no tenían una media muy esperanzadora. Lucía ganaba mucho dinero y yo no, pero siempre me empeñé en que los gastos fueran a medias, no porque me repateara que mi chica ganara más, sino porque necesitaba sentir cierta independencia. Toda mi vida pivotaba a su alrededor así que pagar mi parte de alquiler, de luz, agua y gas y mi línea de teléfono me hacía sentir útil. Era importante. De otra manera, seguiría sintiéndome un mantenido, como el primer año en Ginebra, cuando ella se emperró en vivir en aquel pisito tan fuera de mis posibilidades.

Solía ir justo de pasta porque Lucía no quería perderse cosas como cenar fuera tanto como le apeteciera o hacer esas escapadas a la nieve a todo trapo. La diferencia es que su trabajo daba un margen de beneficios que el mío no daba. Y entendía que quisiera disfrutar de la situación pero no quería que pagara mi parte. Así que a veces cedía yo y otras ella. Y a veces nos enfadábamos los dos porque ninguno daba su brazo a torcer.

Lo bueno de estar separados era la ausencia de broncas. O más bien la disminución, porque de vez en cuando aún cogíamos alguna pelotera por teléfono. Cuando mejor iban las cosas era cuando menos hablábamos, esa es la verdad. Me asustaba pensar que no nos necesitáramos como pareja y sobre todo no añorar cosas bobas como dormir abrazados o desayunar juntos, pero es que no solíamos encontrarnos en la cama king size que compartíamos en Ginebra si no era voluntariamente (y con una intención muy clara de intercambio de fluidos) y, por otro lado, cuando ella desayunaba antes de ir a trabajar, yo solía llevar pocas horas dormido.

Aun así, cogí el móvil y le escribí.

«¿Estás despierta?».

Estuvo en línea un rato antes de responder. Debía estar hablando con alguna de sus compañeras de trabajo sobre un proyecto o la salida a la nieve del siguiente fin de semana. Yo bloqueé el teléfono y lo dejé a mi lado y tampoco le hice mucho caso durante un rato, a pesar de que noté que vibraba.

«Debes ser la única persona sobre la faz de la tierra que pone los dos signos de interrogación en Whatsapp», me había respondido.

« ¿Qué haces?».

«Deja de escribir como un viejo. Con un signo de interrogación basta, palabrita».

«Espera, voy a ser moderno. *Ke aces?*».

«Ja, ja, ja. Hoy estás más tontito de lo habitual. Estoy a punto de acostarme. ¿Y tú?».

«Voy a trabajar esta noche».

«Vas a tener que organizarte. No puedes vivir sin dormir».

«No puedo vivir sin dinero. Y para ganarlo tengo que trabajar. A no ser que me prostituya que, oye, es una opción».

«¿Qué? ¿Sigues cabreado por lo del otro día?».

«¿Porque me dejaras con la polla en la mano y a medias porque "no podías dejar de pensar en todo lo que tenías que hacer el día siguiente"? No. Ya se me ha pasado».

«Eres un rencoroso».

«Siempre estás a tiempo de resarcirme con una foto cachonda».

«Cari... Estoy cansadísima y necesito descansar. Algunas dormimos».

«No he dicho nada. Solo quería desearte buenas noches».

«Buenas noches».

Mentí en varias cosas en aquella conversación. Uno: seguía enfadado por lo de la paja a medias porque nuestra vida sexual siempre me dejaba con hambre. Dos: no quería desearle buenas noches, solo alguien con quien hablar. De todas formas... qué rancia era.

Me coloqué el ordenador en el regazo y me acomodé. Echaba de menos mi iMac; así no se podía trabajar. Hasta el porno me excitaba menos en ese puto ordenador. La pantalla era minúscula para pasar todo el día frente a ella y no tardaría en quedarme medio ciego si seguía forzando la vista de aquella manera. Tendría que organizarlo todo para que me lo mandaran a España.

Estuve trabajando bastante rato. Me tomé una taza más de café pero, a eso de las tres y media de la mañana, no pude evitar que los párpados me pesaran. Estaba cansado y un poco rabioso porque me daba la sensación de que no terminaría nunca con aquella web. Y odio el trabajo web. Así que, hasta los cojones de todo, me levanté del sofá, apagué todas las luces y me metí en mi habitación porque... se me había olvidado por completo que Sofía estaba durmiendo allí.

Ni siquiera encendí la luz; entré, me quité el jersey, me dejé la camiseta que llevaba debajo y me senté en la cama dejándome caer con todo mi peso. Sofía se incorporó de un salto y yo sufrí un microinfarto.

—¡Me cago en mi vida! —grité, llevándome la mano al pecho.

Encendí la luz y la vi pegada a la pared, mirándome con terror. Debía de estar muy dormida porque tenía cara de no saber ni siquiera dónde estaba. Tan despeinada, con los ojillos tan somnolientos.

—Joder. Perdóname. Estoy como una puta regadera. Se me había olvidado que estabas aquí.

—No pasa nada. —Ella también se llevó la mano al pecho y al seguirla en su movimiento no pude evitar clavar los ojos en sus tetas. No llevaba sujetador y tenía una buena delantera. De esas que llama la atención. Grande. Bastante grande. De las que no caben en la mano.

Carraspeé y la volví a mirar a la cara.

—Me voy al sofá. Lo siento mucho —se disculpó.

—¿Qué hora es?

—Deben ser casi las cuatro.

—Ehm…, voy yo al sofá.

—Claro que no.

Me levanté y ella se quedó mirando un punto indeterminado de mi pantalón. La notaba un poco morcillona, así que supongo que me estaba mirando la polla. Si aquello hubiera sido una película porno, hubiera sido un comienzo prometedor.

—Así nos repartimos la noche —dijo levantándose también.

—No voy a dejar que duermas en el sofá.

—Pues duermo en la habitación de Estela.

—¿Y si Estela aparece a las seis de la mañana?

—¿Y si me abducen a las cinco y tres minutos? Ni en el sofá ni en la cama de Estela ni en tu cama, a juzgar por tu intento de provocarme un infarto. ¿Qué hacemos? —bromeó.

—Pues durmamos juntos y ya está.

No pude evitar sonreír. Ella también lo hizo. ¿De dónde había salido aquella salida de tiesto? Pero me gustó su reacción. Aquella sonrisa tan clara, tan juguetona y sin dobleces. Y la manera en la que se dejó caer en mi cama sentada. Y la forma en la que me miró desde allí abajo, pestañeando.

—Buenas noches, Sofía.

—Buenas noches, Héctor.

Cuando me desperté en el sofá, ella ya no estaba allí. Había hecho la cama y había dejado sobre la almohada una nota en la que me daba las gracias y me prometía mucho café gratis. «Tiremos la casa por la ventana: hoy puedes pedir hasta tarta, invita la casa. Te dejo mi número de teléfono por si alguna vez olvidas tus llaves. Un beso».

Anoté su número en mi teléfono móvil y... entré a cotillear su foto de perfil. No. No era su cara ni sus pies en la playa ni un animal de compañía ni un mono disfrazado... solo una imagen de la casita de la película *Up* izada por globos de colores. Qué curioso..., como la de Lucía.

Quise que tuviera también mi número. Sin pensar, empecé a escribir: «Buenos días, Sofía. El café será más que bienvenido. Aquí tienes mi número. Héctor».

Y así se quedó... por el momento.

15

Nunca me imaginé que iría a trabajar en pijama. Tampoco que lo haría, además, con una sonrisa de oreja a oreja. Había dormido en la cama de Héctor. Había pasado la noche hablando con él y bromeando. Héctor me gustaba pero yo aún no sabía cuánto.

Abel flipó al verme aparecer, claro. Yo, ataviada con un pijama azul marino con naves espaciales dispersas por toda la tela y unas zapatillas de ir por casa con la cabeza de un unicornio.

—¿Era el día de venir en pijama y no me he enterado? —me preguntó.

—Es una historia muy larga...

Oliver pasó por el bar a dejar mis llaves de recambio antes de ir a trabajar y yo subí rauda y veloz a casa a darme una ducha y vestirme de persona. Pero lo hice a regañadientes porque juraría que olía tan bien como Héctor. Pero no meterme en la ducha hubiera sido raro..., demasiado raro.

A eso de la una apareció él. Pantalones marrones, jersey azul marino, chaqueta de paño cruzada del mismo color. Le sonreí tanto que creí que se me descosía la cara.

Pidió un café dulce y bromeó con mucha más soltura que otros días.

—Ponme muchas cosas flotando —me dijo con un gesto socarrón—. Nubes, nata, un Ferrari...

Le serví un especial del día con chocolate blanco y un trozo de tarta red velvet. Bromeamos sobre la posibilidad de que abriera un hostal en su casa y me contó que había podido terminar el encargo.

—Lo he dejado enviado antes de venir. Pensaba que no iba a terminar nunca, pero supongo que siempre hay un despunte de caos antes de que llegue el orden.

—Qué profundo eres, hijo. ¿Y ha quedado bien?

—Mira, siéntate. Tengo una foto.

Me senté a su lado y fingí prestar atención a lo que me enseñaba mientras pensaba en lo diferente que era su olor en vivo. Olía más fresco, más... húmedo. Y a mí me gustaba su aroma en todas las versiones.

Cuando me levanté para seguir con mi trabajo, me agradeció la tarta con un beso en la mano. EN LA MANO. Hubiera preferido algo más..., no sé, actual, no tan decimonónico: un beso en la mejilla, en la frente, su lengua en mi boca... Da igual. No me lavaría la mano en semanas.

Se fue sobre las dos. Se despidió con una sonrisa a la que respondí con otra mientras Abel se abanicaba la cara con un cruasán y murmuraba que allí dentro olía a sexo. Sí, le había contado que me había cedido su cama para dormir pero... me dijo abiertamente que se quedaba con una versión mejorada en la que pasaban cosas muy interesantes.

—Qué frígida eres, hija mía. A mí me invita a su cama y le agarro el pollón con las dos manos, como si fuera una maroma de barco.

Le miré confusa despegando los ojos de la puerta por la que acababa de marcharse Héctor.

—¿Con las dos manos? Qué imaginas que tiene, ¿un pene o una manguera bombera?

—Una buena salchicha alemana.

Lo peor es que... la broma nos dio hambre. Y antojo de salchichas. Lo mandé a por perritos calientes dos minutos después.

Faltaban unos cuarenta minutos para el cambio de turno cuando me sonó el móvil. Podía ser Mamen otra vez o Oliver o..., no sé, mi madre, pero como le había dado mi número a Héctor, estaba más emocionada de lo normal cada vez que se escuchaba algún ruidito. Me acerqué dando saltitos y casi se me cayó de las manos cuando vi que era él.

«¿Cómo va el día?».

Miré alrededor. Ay, madre.

«Bien. Sin novedades. ¿Y tú? ¿Se plantea siesta?».

Héctor escribiendo.

«He estado pensando que... después de lo de ayer, deberías resarcirme un poco».

«Define "resarcirte un poco"».

«Sin rodeos: ¿llevas bragas o tanga?».

El teléfono se me cayó de las manos y lancé un grito que asustó a todos los clientes.

—¿Qué te pasa, loca? —exclamó Abel asustado.

—¡¡¡NADA!!! —grité con un gallito de voz antes de recuperar el móvil y entrar en la trastienda.

Allí continué con nuestra lluvia de mensajes.

«Vaya..., pues sí que vas sin rodeos. ¿No está yendo esto muy deprisa?».

«¿Deprisa? Qué cachonda la tía. Lento es lo que va. Estoy solo en casa..., ¿me mandas una foto?».

¿Una foto? ¿Una foto de qué? ¿De mi culo? Por el amor de Dios. Pero… ¿qué había pasado con lo de invitar a una chica a una copa de vino, a ver una peli o… pedirle amistad en Facebook?

«Define foto», le escribí.

«Fotografía. Instantánea. Retrato. Imagen digital».

«De qué parte del cuerpo».

«Ahora me vas entendiendo. Dejo que la elijas tú».

«Estoy flipando muy fuerte».

«¿Por qué? ¿Porque estás en el curro? Más morbo».

Me imaginé alguien escribiéndole por mí algo como: «Sofía está siendo atendida por un equipo sanitario que no sabe si podrá salvar su vida».

Respiré hondo y miré alrededor. Abel estaba peleándose con una botella de vino que no conseguía descorchar. Nadie más por allí. Cogí la blusa y me desabroché un par de botones. Metí el móvil en el escote e hice una foto más sugerente que porno de mis dos melones metidos en un sujetador negro. Dudé si mandarla pero finalmente me dije que «había que divertirse más» y le di a enviar. Enseguida obtuve una respuesta.

«Me cago en la puta. Te juro que no me acordaba de esto».

«¿Y te gusta?».

«Mira si me gusta».

Antes de que se descargara la foto que me envió él, me pregunté muchas veces si estaba preparada para ver lo que fuera que me hubiera mandado y… la respuesta fue un sí cantado por un coro de góspel.

Sus piernas. Sus piernas enfundadas en su pantalón marrón y… entre ellas, ladeado hacia la izquierda…, el pollón más impresionante jamás marcado bajo tanta ropa.

—¡¡Joder!! —se me escapó.

A ver... debía calzar un cuarenta y siete. ¿Qué esperaba? Pestañeé. Estudié la foto. Me abaniqué con la mano. ¿Dónde estaba el cruasán con el que se había abanicado Abel? Héctor siguió escribiendo:

«¿No dices nada?».

«JO-DER. Pues sí, que vas muy rápido».

«Aún puedo ir más rápido. ¿Tienes tantas ganas de metértela en la boca como yo de comerte las tetas?».

«Eso no me cabe en la boca ni de coña».

«Me estás poniendo muy tonto hoy. Estás diferente».

«¿Diferente?».

«Juguetona. Dime cosas».

«Igual esto es mejor en persona, ¿no?».

«Dios. No puedo dejar de mirar la foto de tus tetas. ¿En serio son las tuyas?».

«¿De quién van a ser?».

«¿Me mandas más? Estoy muy tontito».

«Espera».

Salí de la trastienda con dignidad y le dije a Abel que tenía que ir al baño. Me temblaban las piernas, las manos y hasta las pestañas, pero no podía dar muestras de flaqueza si no quería un interrogatorio en aquel mismo momento. Y no era lo que necesitaba precisamente. Meterme en la nevera de los refrescos quizá sí.

Me metí el móvil en el bolsillo de los vaqueros y fui hacia el baño, donde me encerré a cal y canto antes de desabrochar la camisa un poco más y estudiar la foto para que saliera perfecta. Abrí el chat y le escribí:

«Que conste que sigo flipando».

Héctor en línea.

No me respondió. Un silencio. Incertidumbre. Dos, tres, cuatro, cinco segundos. Y de pronto, Héctor escribiendo.

«Mierda».

Nada más. Solo mierda. Mierda y «última conexión a las 15.50 minutos».

Tardé un par de segundos en salir del baño porque estaba flipando en colores. ¿Qué había sido eso? ¿Calentaba, pedía fotos y de pronto solo «mierda»? No me imaginaba que fuera de esos pero a decir verdad tampoco me imaginaba que Héctor fuera pidiendo «foto-tetas» por ahí a la mínima oportunidad.

Salí, cogí aire y volví dentro de la barra al tiempo que Héctor aparecía corriendo por delante de la cristalera del local y se metía a tal velocidad que derrapó en un ángulo cerca de la barra.

—¿Puedo hablar un segundo contigo? —me preguntó.

Estaba de color bermellón y jadeaba. Creo que yo también, pero no había corrido.

Asentí y me aparté con él a un rincón donde se acababa de quedar libre una mesa.

—Sofía... —gimió con gesto de angustia—. No sabes cuánto lo siento. Yo... pensaba que eras otra persona.

¿Habéis sentido alguna vez que, literalmente, os quitaban el suelo bajo los pies? Porque yo pensé que me iba al fondo de los infiernos directa, sin escalas. Me cogí a uno de los sillones para sobrellevar el mareo repentino y carraspeé. ¿Perdona? ¿Perdona?

—¿Perdona? —no pude decir más.

—Tenéis la misma imagen de perfil y yo... me he confundido.

—Pero..., pero... —Lo miré a la cara, aterrorizada—. Pero ¡si sale mi puto nombre!

—Me he liado. Me he liado y la he armado parda y ya está. Y soy imbécil y vas a pensar que soy...

—Pero ¿cómo has podido confundirte?

—¡Tenéis la misma foto de perfil! No miré. Pulsé y di por hecho que era ella. Luego… como tardabas en contestar se bloqueó la pantalla y al aparecer el mensaje… ya vi tu nombre.

¿Cuánta cantidad de sangre abandona el cerebro para acudir a los genitales masculinos durante la erección? Una cantidad ingente, ¿verdad? Porque no es posible que en ocasiones se vuelvan tan rematadamente lerdos.

—Oh, Dios. —Me senté y me tapé la cara.

Él se sentó también. Miré de reojo. Tenía la mano sobre los ojos.

—Habrás flipado en colores.

—¡Te lo estaba diciendo! —me quejé.

Y encima me había puesto superretozona.

«Dios, nunca te he pedido nada. Lanza un rayo destructor que nos deje sin memoria a los dos».

Esperé pero… no hubo rayo. Me quité la mano de la cara y me lo quedé mirando. Él me devolvió la mirada.

—No sabes lo abochornado que estoy.

—¿Abochornado tú? Te he mandado una foto de mi… escote.

—No hablemos de fotos…

Fueran las que fueran las circunstancias no iba a borrar ni de coña la que me había mandado él. A lo mejor mandaba imprimirla en tamaño póster. Eso me dio risa y sonreí. Él hizo lo mismo. Si éramos capaces de sonreír (de estar a punto de que se nos escapara la carcajada en realidad) después de aquello, haríamos posible que el mensaje mental se autodestruyera y nos permitiera seguir mirándonos a la cara.

—Vale —dije firmemente—. Vamos a olvidarlo. Aquí paz y después gloria.

Él asintió.

—Esto no ha pasado nunca. Tú y yo no hemos hablado jamás por Whatsapp. Ni nos hemos mandado fotos. —Sacó su móvil, entró en la conversación y la borró. Después fue a fotos y borró la mía—. Ahora tú.

Joder. Yo quería quedármela. Pero lo hice. Borré la conversación y después la foto que se me había descargado en el carrete del iPhone.

—Bienvenida a mi absurda vida. —Sonrió y me tendió la mano.

Se la estreché y me eché a reír.

—Bienvenido a la película *500 cagadas con Sofía.*

—Si te sirve de consuelo, lo hiciste muchísimo mejor que la persona con la que creía que estaba hablando.

Miré al suelo y solté su mano. Claro. ¿Cómo iba a estar libre un chico como ese? Grande, inteligente, guapo, decidido, caliente y con pinta de partir leños con el rabo.

—Eh… —Me dio un golpecito con su rodilla—. No quiero ofenderte. Solo era una broma.

—No es eso. Estaba pensando… si te habrías lavado la mano después de tocarte el ciruelo.

Era evidente que el humor se me daba muchísimo mejor que el amor. Y que nosotros habíamos pasado una frontera que iba a ser difícil de olvidar.

16

*B*uenos días. ¿No hay foto hoy?».

Ese fue el mensaje con el que desperté la mañana siguiente. Estaba en mi cama en lugar de en la suya, él tenía otra que le ponía la banana contenta y había soñado que me invitaban a la boda de mi ex, pero su whatsapp me hizo sonreír inmediatamente. Le mandé una foto de mi dedo corazón erguido y... empezamos. Y cuando digo empezamos, lo digo de verdad.

A día de hoy creo que aquel malentendido nos abrió el uno al otro. Nunca eres tan sincero con alguien como cuando ya has hecho el peor de los ridículos. Esa persona queda tachada de la lista mental de «gente a la que impresionar» y... ese fue el truco. Ser nosotros mismos. Sin más.

Aquella semana hablamos bastante. Al principio fueron comentarios sueltos y alguna que otra intervención en las conversaciones que manteníamos tras la barra con los clientes habituales, que empezaron a llamarlo «el guapo». Después, fueron volviéndose más elaboradas hasta no distar en nada de las del resto de la «familia».

La diferencia se creó fuera y lo agradezco. El Alejandría me tenía demasiado absorbida. Yo necesitaba que la vida al otro lado de sus puertas empezara a ser tan divertida y cálida como dentro de ese local mágico. Solía decirme a menudo que nadie en su sano juicio disfruta tanto de su trabajo. Empezaba a plantearme si no me gustaba tanto la cafetería porque me distraía de una rutina eterna en la que el sol se escondía y salía por el mismo maldito rincón del mundo.

La cena de «cuéntame tus mierdas» de aquel viernes fue divertida. Abel pudo por fin añadirnos a su exigente agenda y, como siempre, puso la sal a la velada, con sus comentarios ácidos y su mala leche habitual. A Mamen, Larisa le había vomitado en el coche en surtidor mientras Laura se reía y mi padre no había podido ayudar porque había salido justito, justito para no añadir más vómito al asunto. Lo peor es que Mamen se había ido a trabajar con pegotes de crispis a medio digerir pegados en la ropa pero lo contaba con tanta gracia que Oliver y yo creímos que nos desmontábamos. A Abel todo aquello le dio mucho asco, claro, y amenizó la velada con sus arcadas secas. Luego nos volvió a contar cuando a su vecina la beata se le olvidó cerrar la puerta de casa y él supuso que alguien la había asesinado y nos volvimos a reír a carcajadas como la primera vez que lo contó. Cuando me tocó el turno, ya no me daba vergüenza confesar que Héctor y yo habíamos tenido una pseudo charla erótica por Whatsapp por equivocación y me reí tanto como los demás. Abel tenía razón cuando dijo que aquellas cenas de los viernes no iban de autocompadecerse, sino de quitarle importancia a los problemas y ver la vida con más amplitud.

—Si uno no se ríe de sí mismo… ¿de qué lo va a hacer?

Abel. Pequeño sabio embutido en unos pantalones ceñidos.

Ninguno tuvo prisa por marcharse, así que terminamos echados en mi habitación escuchando el primer disco de El Kanka, borrachos perdidos, hablando de la vida. Creo que por eso me levanté de tan buen humor el sábado a pesar de la resaca y por eso me encantó que Estela me invitara a tomar algo en su casa. Los cambios estaban ahí fuera; mis amigos tenían otros amigos y vivirían experiencias ajenas a mí, pero mi vida también correría la misma suerte si yo me dejaba llevar. Además… no entiendo por qué, pero Héctor imprimió siempre positividad a la situación.

Me puse un vestidito en tonos marrones, unas botas altas y mi abrigo color caramelo después de un proceso de chapa y pintura en el que invertí una hora solo para tener un aspecto… natural. Llevé dos botellas de vino que Mamen había traído la noche anterior y que no habíamos tenido hígado para beber. Conociéndola, las había birlado de la vinoteca de mi padre y serían medio buenas, así que… tanto para Sofía. Cuando llamé a la puerta, estaba más nerviosa que el día de mi examen de conducir… Del primero, de aquel en el que casi atropellé a otro examinador. ¿Por qué? No era la primera vez que quedaba para tomar algo con Estela, aunque nunca hubiera estado en su casa. Nos habíamos contado algunas penas en el Alejandría y nos teníamos cierta confianza… ¿Entonces? Bueno… Héctor también vivía allí.

La puerta se abrió de golpe y porrazo y la persona que había detrás, un Héctor con un jersey viejo dado de sí y unos vaqueros maltrechos gritaba hacia el salón:

—¡Que ya lo sé, Estela, pero, ¿qué quieres que haga?!

Cuando se volvió hacia mí y sonrió me había dado tiempo a recuperar la compostura y cerrar la boca.

—¿Qué le pasa? —pregunté.

—Me está echando la bronca porque dice que no son horas de comer.

—No son horas de comer.

—Otra que tal.

Con dos hoyuelos como dos soles me invitó a pasar y, para mi total sorpresa, se agachó para dejar un beso en mi mejilla, a modo de saludo. Fue cálido..., como si fuéramos más amigos de lo que en realidad éramos. Quizá es que siempre supimos que lo seríamos. O quizá lo imaginamos y nuestros gestos hicieron el resto.

Estela recorría el salón de arriba abajo, encendiendo velas, incensarios y más chuminadas que le daban a la estancia un toque muy «tienda de cristales mágicos». Héctor entró en la cocina y salió con un plato en la mano lleno de macarrones con una pinta... A ver... ¿has llegado alguna vez a casa después de una juerga y se te ha antojado un plato de pasta? Pues estos tenían pinta de haber sido cocinados con el mismo mimo.

—¿Estás merendando macarrones? —le pregunté.

—No tenía otra cosa. Y es mi comida.

—¿Por qué comes a las... —miré mi reloj de pulsera— seis de la tarde?

—Porque trabajo mucho.

—Se le han pegado las sábanas. —Sonrió Estela, encendiendo la enésima vela—. Dame un beso, Sofi.

—Estel, ¿no tienes por ahí un botafumeiro? Creo que al salón le falta ambientación —la pinchó Héctor.

Estela me dio un beso y una suerte de achuchón mientras le enseñaba el dedo corazón a su compañero de piso (que ya querría para mí).

—He traído vino. —Le enseñé las dos botellas y sonreí.

—Gracias, guapa. Sé que dije que molaría ir al..., al sitio aquel del oasis.

—La playa. El Ojalá tiene una playa, no un oasis —volví a aclararle.

—Eso. Pero es que… hace frío, para fumar tenemos que salir a la calle, me ha bajado la regla y…

—No tiene un duro —aclaró Héctor, que seguía de pie, comiendo macarrones apoyado en una pared.

Cómo le quedaba aquel jersey viejo, por el amor de Dios. Se convirtió en mi prenda favorita del mundo en ese mismo instante. Le marcaba los hombros y el pecho y caía lacio sobre su estómago y la parte superior del vaquero. La barba tupida y el pelo despeinado terminaban de coronarlo. Y… déjame decirte una cosa…, si un tío te encanta con su jersey más viejo mientras come macarrones hervidos, es que te gusta mucho.

—… que es culpa tuya por la salida del otro día.

Estela y Héctor seguían hablando y, a pesar de que se respiraba confianza e intimidad entre ellos, no me sentí fuera de lugar, sino parte. Héctor masticaba con carita de sobrado mientras negaba con la cabeza y Estela se quejaba entre risas:

—Que sí. Que fue culpa tuya.

—Los cojones. Yo quise salir a tomarme una. Fuiste tú quien decidió que en vez de un chato de vino nos pidiéramos una botella.

—Me equivoqué con la botella. —Estela me miró y parpadeó coqueta—. Pensaba que valía quince y costaba setenta y cinco. Pero da igual. Vamos a estar aquí muy bien. Ya verás. He hecho croquetas de chocolate.

Héctor puso cara de horror a sus espaldas y con sordina me aconsejó no comerlas.

—Voy a por las copas.

Salió arrastrando las zapatillas Converse negras maltrechas que siempre llevaba con los cordones mal atados y Héctor me miró mientras pinchaba macarrones.

—Ni se te ocurra comerte esa aberración.

—¿Tan mal cocina?

—¿Crees que habría preferido esto —levantó su plato— si cocinara bien?

Le llamé exagerado y me acomodé en el sofá.

—¿Tienes plan? —le pregunté.

—Uhm. No. Ver una peli o leer un rato. Me he dado el resto del día libre.

—Quédate con nosotras —le pedí, queriendo que sonara a invitación no formal—. No hablaremos de nada comprometido.

—Habla por ti —gritó Estela desde la cocina.

—Ella quizá sí, pero seguro que estás curado de espanto.

—Nah. —Dejó el tenedor sobre el plato y se relamió. Debía tener mucha hambre para comer con tanto deleite un plato de macarrones hervidos con aceite y sal—. Os dejo con vuestras cosas.

Se metió en la cocina después de una sonrisa cortés a la vez que Estela salía de allí con unas copas y un abridor. Las croquetas parecían habérsele olvidado... para mi tranquilidad. Cuando quise darme cuenta, había servido tres vinos.

—Héctor dice que se va a su cuarto —musité bajito.

Ella me miró de reojo, como sospechando el motivo por el que en el fondo había una nota de decepción en mi comentario.

—Héctor siempre se hace el remolón. Ya irás conociéndolo. Toma —lo asaltó cuando cruzaba hacia su dormitorio—. Una copita.

—Iba a ver una peli...

—¿Vas a decir que no a un Rioja de 2005?

Frunció el ceño y se acercó a la copa que le tendía Estela. Lo olió, movió la copa y después dio un sorbo.

—No. —Miró el líquido moviéndose dentro de la copa—. No voy a decirle que no. Está increíble.

—Se lo robé a mi padre —soné tan, tan, tan quinceañera que me dio la risa.

—Eres una niña mala.

Estela y yo nos sentamos en el sofá y él se dejó caer en una de esas hamacas de Ikea que tanto me gustan. Brindamos. Por el sábado.

—Por Madrid, que parece un buen sitio donde divertirse —musité.

Héctor hizo una pequeña reverencia con la cabeza en mi dirección y… nos deslizamos sobre la tarde.

Estela había conocido a un chico en una de esas aplicaciones móviles para ligar. Parecía un buen chico. Trabajaba como community manager para un par de marcas de ropa deportiva. Se lo pasaban bien. Muy bien. Estela, con mucha más elegancia de la esperada para el tema tratado, desgranó su relación con sonrisas y expresiones del tipo: «Me hace flotar», «Sabe cómo tratarme», «Nos reímos, bebemos y follamos». Decía no tener ideas equivocadas acerca de lo que podía esperar de aquello pero había algo en su voz…, una nota de esperanza que me hizo pensar con lástima que no pintaba bien. Se empeñaba en decirme, ilusionada, que los dos tenían claro que solo querían pasárselo bien, pero luego paladeaba sus descripciones sobre él de tal forma que parecía que estaba prendada de ese chico. Que si tenía los ojos de un color castaño precioso, que si le brillaban mucho cuando se reía, que si tenía los dientes más blancos e increíbles que había visto nunca, que si sus besos sabían a menta… Héctor parecía no prestarle atención. Estaba allí sentado, con un tobillo apoyado en la rodilla contraria, mirando el contenido de su copa o el cristal levemente manchado. Sin embargo, algo me decía que él tampoco la creía cuando decía que iba a disfrutar de aquel rollo sin compromiso.

—¿Y cómo es que no habéis quedado hoy? —pregunté sin malicia.

—Tenía una quedada con sus amigos de pádel.

—Pádel… —susurró burlón Héctor—. Qué sofisticado.

—Vete a la mierda —le espetó con una sonrisa—. Deberías probar a conocer a alguien por Internet, Sofía. Estas aplicaciones están guay —terminó diciendo a la vez que se levantaba a por más vino con el que rellenar las copas.

—No sé. No sé si me va mucho.

—¿Hay algún chico por ahí?

Miré disimuladamente a Héctor, que seguía ensimismado. ¿Me gustaba? Bueno…, un poquito. Un poquitín chiquitín, poquita cosa, solo superficialmente, qué bueno estás, me cago en mi puta estampa. Todo esto me lo dije mentalmente. Y allí estaba él. Parecía un poco aburrido, como Oliver cuando Mamen y yo nos deshacíamos en largas descripciones sobre lo que llevaba alguien puesto a pesar de que no tuviera ninguna importancia en la conversación. Quise animarle, hacerle partícipe, sonar graciosa, un poco atrevida…

—Bueno…, hay un tío muy raro que me manda fotos guarras.

Levantó la mirada lentamente hacia mí con una expresión muy suya, como de Monalisa, indescifrable. Podía ser una sonrisa cómplice o una mueca de disgusto, pero disimulada, cualquiera que fuera la opción correcta.

—¡¿Te manda fotos guarras?! ¡Eso quiero verlo! —gritó emocionada Estela.

—Las he borrado —añadí disfrutando del momento.

—No soy muy entendido en estas cosas pero… qué mal gusto, ¿no? Enviar fotos subidas de tono… ¿es el nuevo «estudias o trabajas»? —contestó él.

—Bueno, él parecía habituado a hacerlo.

—Qué marrano —se burló.

—¿Se gasta buen armamento? —preguntó Estela.

Miré a Héctor de reojo y este se incorporó para alargar la copa y que Estela le sirviera más. Me lanzó una mirada guasona y preguntó:

—Eso, Sofía…, ¿se gasta buen armamento?

—Digamos que… no es para mí

Estela terminó de vaciar la botella en su copa y me pasó la mía llena. Después se sentó sobre sus talones con una bolsita de tela en la mano, de la que sacó papel de fumar, tabaco de liar, un mechero y una cajita metálica.

—¿Queréis?

—Llevo, gracias. —Hurgué en mi bolso y saqué mi paquete de tabaco. Siempre apunto la fecha del día en que lo compré para controlar no fumar demasiado y a Héctor le llamó la atención, que me lo robó de entre los dedos.

—¿Y esto?

—Cuándo lo compré. Así sé cuánto me dura.

—Qué aplicada la niña. Creo que Estela está ofreciéndote algo un poco más fuerte.

Ella me enseñó una bolsita con… ¿orégano? ¿Qué pensaba hacer? ¿Aliñar una pizza? Me sentí un poco confusa hasta que el olor de la marihuana me tocó la nariz. Negué con una sonrisa.

—Qué va. Me fumo uno de esos y termino desnuda encaramada al Pirulí de Televisión Española.

—¿Héctor? —le ofreció Estela.

—Paso. Ya sabes que me sienta fatal.

—Cuéntale lo de aquella noche en los bajos de Moncloa —le pidió Estela mientras desmenuzaba la marihuana y la mezclaba con el tabaco.

—Cómo te gusta recordármelo… —suspiró y se acomodó de nuevo—. Estela y yo compartíamos piso en la universidad y salíamos casi todos los días de la semana. Menudos piezas… Yo se lo escondía a mi novia porque ella era más formal. Una noche un amigo de Estela me ofreció un porro y por no quedar de blandengue le di unas caladas… y me encontré a mi chica en un garito. Ella me había dicho que salía y yo le había respondido que me quedaba estudiando... Pensé que no nos íbamos a encontrar ni de coña y... no solo me pilló de pleno sino que además le vomité encima. Delante de todas sus amigas...

Estela se echó a reír como si fuese la primera vez que escuchara aquella anécdota y se encendió el canuto.

—¡Y menuda pota! ¿Qué habías bebido esa noche?

—Calimocho.

Los tres nos echamos a reír y él se apartó avergonzado un mechón rebelde de la frente.

—Ella se fuma uno de vez en cuando. Yo con el recuerdo tengo bastante.

—¿No has vuelto a fumar hierba? —le pregunté.

Estela siguió riéndose cada vez más fuerte.

—Esta cabrona se ríe porque ya se sabe la historia. Fumé otra vez en Ámsterdam.

—¿Vomitaste?

—Qué va. Peor. Me entró una paranoia horrible y...

—Se pasó la noche gritando. Como un crío. Cada vez que pasaba alguien detrás de nosotros él gritaba como si se hubiera encontrado a la muerte y quisiera llevárselo con él.

—Es que te juro que pensaba que todo el mundo quería matarme. Pero..., oye, ¿no hay anécdotas de otro con las que reírnos?

—Sofía tampoco va mal de esas cosas —dijo Estela después de una calada—. ¿Le contamos cuando te enamoraste de un cura?

—Yo no sabía que era cura. —Aguanté la risa y la mirada a Héctor, que había dejado de liarse un cigarrillo para atender la historia—. Y fue un enamoramiento totalmente platónico. Creí que el alzacuellos era una nueva tendencia. Abel aún se ríe de mí de vez en cuando.

—Pero... ¿llegó a pasar algo? —me preguntó.

El papel de fumar crujió entre sus dedos largos cuando lo enrolló y lo llevó hasta su boca, donde lo humedeció con la punta de su lengua. Madre de Dios santísimo.

—¿Qué? —tuve que preguntar.

—Que si llegó a pasar algo entre vosotros...

—Ah, no, qué va. Le dije un día que era muy guapo y él me regaló una estampita de san Sebastián. Nada agradable.

Héctor se echó a reír.

—¿No sospechaste con lo de la estampita?

—Chato, ¿sabes la cantidad de tíos raros que hay en Madrid? He debido salir con la mitad. Estoy curada de espanto.

Eso, técnicamente, no era verdad. Es cierto que, en los años que llevaba soltera, había jugado a enamorarme de mentira (cruzando los dedos para que fuera verdad) con un par de ranas que no se habían convertido en príncipe, pero de ahí a ser la tía que se deducía de ese comentario... van millas. No era tan guay, sociable, divertida y despreocupada como esa explicación. Era... sencillamente Sofía.

—Si la cosa va de reírse de alguien yo soy el blanco perfecto —musité acercándome el vino a los labios—. Soy la persona con más tendencia a hacer el ridículo del mundo.

—¿También toleras mal las drogas? —se burló Estela.

—¿Para qué voy a tomar drogas si mi vida es como un colocón psicodélico?

Otra vez una Sofía guay empujaba en mi garganta y me susurraba al oído un montón de cosas divertidas que podía contarles, como aquella vez que invité a un policía de incógnito a beber de nuestro botellón. Pero... ¿no habíamos quedado en que cuando haces el ridículo delante de alguien pierdes la necesidad de impresionarlo? Bueno, lo más probable es que la Sofía a la que la rutina tenía medio drogada estuviera intentando salir con esa excusa.

—Para que os hagáis una idea, el día de mi confirmación me desmayé en el regazo del obispo. Cuando vi el vídeo me quería morir. Fue una mezcla entre una genuflexión y una escena porno. Lo más bochornoso que he vivido en mi vida.

—¿Lo más? —pinchó Héctor—. ¿Más que recibir fotos de un desconocido?

—Lo más. Las fotos son… poca cosa.

Estela se puso pronto a filosofar. Lo del obispo le vino al pelo para ponerse a hablar sobre la Iglesia. Sus experiencias en un colegio de monjas, el primer año en Madrid en una residencia religiosa en la que la metieron sus padres, su tía abuela beata que era más mala que la tiña y nos cantó hasta la letra de una canción de Fito y Fitipaldis que hablaba de algo parecido. Héctor la miraba entre divertido y agobiado por el tostón que me estaba calzando y yo aprovechaba, entre expresión de conformidad y asentimiento, para mirarle a él. Muslos…, qué muslos, por Dios santo. Eso eran los muslos de un hombre. Y las manos. Qué manos para amasarme el culo y dejármelas tatuadas en las nalgas…

Estela pasó a la política con tanta naturalidad que no me di cuenta. Con la misma naturalidad con la que se fumó todo el canuto, he de decir. Eso, o la segunda botella de vino que Héctor había abierto, estaba haciéndome pasar el rato mejor que bien. Y mirarlo a él, claro. Maldito jersey dado de sí, qué guapo estaba.

El discurso de Estela fue volviéndose cada vez más perezoso y, como un queso gruyere, se llenó de silencios, más largos, más espesos, que acompañaban a unos ojos cerrados. Héctor susurraba sandeces a las que ella respondía hasta que… dejó de hacerlo.

—Se ha dormido —me informó.

—¿En serio? —Me acerqué. Estudié su cara y su respiración. La hija de la grandísima puta estaba echándose una siesta. Conmigo allí—. ¿En serio somos tan aburridos?

—¡Qué coño! La aburrida es ella. Menudo tostón.

—Ah, entonces ahora empieza la fiesta, ¿no? —pregunté.

Héctor terminó con el vino de su copa y arqueó las cejas. Había sonado un poco mal, es verdad.

—Espera, que me voy a la habitación y te mando unas fotos.

Nos echamos a reír con naturalidad y él se levantó de la hamaca no sin esfuerzo. Parecía tan cómoda... No pude evitarlo. Le quité el sitio en cuanto desapareció rumbo a la cocina. Salió al segundo con cara de decepción.

—No hay vino.

—¿Nada?

—Nada.

—Pues tendré que irme.

—Me rompes el corazón. —Me tiró el abrigo encima y estuve a punto de sentirme sumamente humillada, como si me echara ahora que Estela se había quedado frita con el problema del bipartidismo histórico en los labios.

—Qué vehemente —musité.

—Venga, vámonos.

Ahí estaba Héctor para devolverme un poquito de fe.

Hacía un frío de mil demonios y los dos andábamos sin rumbo por las calles que dan la espalda a Callao. Pensé que sabía hacia dónde nos dirigíamos hasta que le vi torcer por una calle que nos llevaría de vuelta a la nuestra.

—Oye, ¿tú sabes hacia dónde vas?

—Ni idea. —Me sonrió—. Me muevo por inercia, para no terminar congelado.

—Vale..., pensemos rápido.

Parados en la acera nos agitábamos para ahuyentar el frío, con las narices rojas y las manos hundidas en el fondo de nuestros bolsillos.

—Queremos un sitio que esté calentito, donde sirvan alcohol y...

—Donde sirvan alcohol barato y donde se pueda fumar —terminó diciendo él.

—Entonces solo podemos ir a un sitio.

El Bingo de Princesa, que no sé si se llama así pero que todo el mundo conoce por ese sobrenombre, es uno de los sitios más extraños del planeta. Oliver siempre decía que era una realidad paralela, un rincón donde el universo se abría y todo tipo de formas de vida se reunían frente a un cartón de bingo. La mayor parte de la clientela rebasaba los setenta y cinco años y era fiera como los leones cuando pensaba que les estabas gafando una ronda. Podían jugar cinco, seis, siete cartones a la vez mientras a duras penas tú acertabas a tachar los números del tuyo. Quizá por las copas baratas de garrafón de antaño que dan menos resaca pero enturbiaban la mente. Quizá por los ganchitos con sabor barbacoa que acompañaban cada consumición y que te dejaban en los dedos un polvillo sabrosillo y de todo menos natural. Y a aquel rincón de la tierra tan casposo, con tan poco glamour, llevé a Héctor. ¿Por qué? Por qué no. Me pareció divertidísimo. Y a él también.

Nunca había estado en un bingo, me dijo emocionado al dar el DNI en la entrada. Y lo creí cuando, al traspasar la puerta de doble hoja que daba al salón de abajo, lo miró todo maravillado. Me cayó aún mejor cuando a media voz, ya sentados en la única mesa libre, susurró que era un sitio genial. Seamos sinceros..., genial no es.

Pedimos dos copas y dos cartones, que se empeñó en pagar él; acepté después de que me prometiera que la siguiente ronda correría de mi cuenta. El truco, le dije, era pagar las rondas a medias; así nos repartiríamos la diversión y el premio si tocaba. Después de una explicación breve, nos concentramos en nuestros números mientras maldecíamos la velocidad con la que las ancianas del lugar tachaban en sus cartones.

—No hay suerte —me dijo arrojando el cartón en la bandejita de mimbre que había sobre la mesa.

—La suerte es una cosa curiosa. Huye muy lejos si siente que la persigues con demasiado ahínco. Hay que despistarla…, ir buscándola sin avaricia.

La siguiente ronda no la jugamos, nos limitamos a beber nuestras copas que, como siempre, estaban sorprendentemente ricas y salimos a fumar a ese pasillo que no estoy segura de que sea estrictamente legal. Él se lio un cigarrillo de los suyos y yo me fumé uno de los míos, contando mentalmente que ya había fumado tres y que nunca me fumaba más de cinco.

Volvimos a jugar otro cartón y el «frente de juventudes» de nuestro alrededor cantó líneas y bingos como si les fuera la vida en ello. Y la cifra del premio fue subiendo ostensiblemente hasta hacerse bastante golosa.

—Esto es como comer pipas —me dijo Héctor divertido—. Pero más caro y con el riesgo de terminar siendo ludópata.

—Totalmente. Pero…, míralas, qué majas, todas concentradas. Se ponen sus mejores galas, se vienen al bingo, cenan y se ganan unos duros.

—¡¡Shhhhhh!! —me exigió una señora de la mesa de al lado.

—Sí, supermajas.

Nos echamos a reír y terminamos nuestras copas.

—Una más y nos vamos —le dije.

—¿Ya?

—Esto decae a partir de cierta hora… —Me reí.

Nos sirvieron otra copa y el encargado, como siempre tan simpático, me avisó de que en quince minutos se jugaría el bingo con prima.

—Qué bien el soplo —le susurré cómplice—. Así pasamos de cartones hasta que llegue el gordo.

—¿Eres socia del bingo o algo?

—¿Qué? ¡No! Es que Mamen, Abel, Oliver y yo venimos a veces. Suele coincidir con tardes de esas en las que te emborrachas demasiado temprano. Esto es como Las Vegas. Como siempre parece que es de noche no da vergüenza estar pedo.

—¿De qué los conoces? ¿Sois amigos de la universidad?

—Oliver es el niño que más odiaba del cole, Abel mi compañero del Alejandría…, el delgadito que te atendía al principio… y Mamen es la mujer de mi padre.

Abrió los ojos sorprendido y sonrió. Me pareció que estudiaba mi cara detenidamente. Quizá fuera la buena cantidad de alcohol que llevábamos en el estómago o lo desinhibidos y cómodos que nos sentíamos con el otro, pero me gustó que lo hiciera.

—Eres rara —dijo por fin, tras su silencio.

—¿Yo soy rara?

—Sí. Un poco.

—¿Rara rollo original o rara rollo «estoy a punto de llamar a la policía»?

Héctor lanzó una carcajada y mi interior se encogió de orgullo. Bien, Sofía. Un punto a favor. Ya vamos dos mil a uno.

—A ver si me he vuelto loca y no me he dado cuenta —le dije.

—Me temo que sí. «Loca, lunática, chiflada, se te salió un tornillo… pero ¿puedo contarte un secreto? Las mejores personas lo están». —Me quedé mirándolo un poco alucinada y él volvió a esbozar una sonrisa—. Es del Sombrerero Loco, el personaje de *Alicia en el País de las Maravillas*.

—Me gusta.

—A mí también. En realidad…, estoy un poco obsesionado con esa historia. Con la novela y con todas las adaptaciones que han hecho sobre ella. Creo que hay muchos mensajes metidos dentro de cada frase y que cada uno recoge el que le conviene en cada momento. Es nuevo cada vez que lo lees o lo ves porque como dice el Sombrerero Loco: «Sabía quién era esta mañana, pero he cambiado varias veces desde entonces».

Corazones. Corazones brillantes. Corazones que flotaban. Hilo musical con canciones de Celine Dion. Un arcoíris saliéndome de los ojos. Si él quería ser el Sombrerero Loco, yo sería su conejo blanco… Bueno, su Alicia, quiero decir. O su conejo blanco porque en realidad… da igual.

Sonrió. Lo hizo con fuerza, con toda la que se puede poner en disparar una sonrisa y me alcanzó hasta que sonreí también.

—¿Ganaremos el bingo con prima? —me preguntó.

—Sí —le dije—. Seguro que sí.

Empezamos fatal. Cuando ya habían cantado quince números, yo no había tachado ninguno y él dos. Después todo se precipitó. Dos señoras riñeron porque una siseaba cada vez que salía un número que no tenía. Un camarero se tropezó. Cantaron línea a nuestro lado. Comimos unos cacahuetes con sabor barbacoa y nos quitamos el gustillo con otro trago de nuestra copa. Nos concentramos. El sesenta y siete, seis siete. Noventa, el último de la parrilla. El uno, el primero. Yo tenía tachados algunos números, una cantidad honrosa, cuando Héctor me llamó con un silbido bajo y me sonrió:

—Me falta uno.

—¿Qué?

—Que me falta solo uno.

—¿¡Qué dices!? ¿Cuál?

—El sesenta y nueve.

—Odio el sesenta y nueve —solté.

—Yo también. Es incómodo y antiestético. Si una cámara sobrevolara una cama mientras dos hacen un sesenta y nueve, la imagen sería la de dos pollos asados subidos uno encima del otro. Pero con pelo.

Me eché a reír a carcajadas y dos señoras me chistaron para que me callara. Héctor también se echó a reír.

—Sesenta y nueve, seis nueve.

—¡¡¡Bingo!!!

Salimos del Bingo de Princesa con cuatrocientos euros en billetes de veinte en el bolsillo… cada uno. Los bingos con prima es lo que tienen…, prima. Llevábamos, además, una buena turca, calentita, simpática, que nos empujó a andar por la calle a saltitos y cantando a pesar del frío. Eran las doce y media de la noche.

—Tengo hambre —me dijo—. ¿Habrá algo abierto?

—Es Madrid. Siempre hay algo abierto.

Caminamos cuesta arriba hasta Gran Vía y después nos metimos por Concepción Arenal hasta que llegamos a la plaza de San Ildefonso. A pesar del frío, todo estaba lleno. Las terrazas que soportan el invierno en Madrid, las calles que llevan hacia las entrañas de Malasaña, las puertas de los garitos… Finalmente, nos sentamos con un trozo de pizza cada uno en un banco en cuanto dos chicas lo dejaron libre. A nuestro alrededor todo eran servilletas usadas, conversaciones beodas, botes de cerveza vacíos y frío, pero me sentía tan a gusto, como casándome con el príncipe en un cuento de princesas. Aunque yo no quería ni sapos ni príncipes. Yo solo quería la magia que era capaz de hacerlos posible.

Me habló de su dieta. Héctor era vegetariano desde hacía diez años. Lo último «carnívoro» que comió fue una hamburguesa. Después se preguntó a sí mismo qué pasaría si no volviera a probar la carne nunca. Lo hacía por conciencia animal. No tenía mascotas porque había tenido un perro de pequeño y sufrió mucho cuando murió. En su pueblo la matanza era una fiesta para todo el mundo pero él parecía más sensible a los chillidos de los puercos al morir. Se le revolvía el cuerpo, me dijo.

—En casa siempre lo han respetado. Al principio pensaron que era por influencia de alguien y que se me pasaría pero… con el tiempo se ha normalizado y ya nadie que me conoce me ofrece un trocito de jamón «porque por un trocito no pasa nada». —Sonrió.

—¿Quién pensaban que iba a influenciarte para no comer carne? —le pregunté extrañada—. ¿Una secta vegana?

—No. Lucía, mi novia.

Y allí, entre vegetarianismo, matanza, puercos y sectas imaginarias, apareció su novia por primera vez. Como tal. No como «alguien» o «ella», sino Lucía.

No entendí muy bien el mal cuerpo que se me puso en ese momento y la desilusión que me azotó de golpe. Lo conocía poco y aunque me pareciera muy guapo, venga…, solo estábamos jugando. Yo sabía que Héctor me vería solamente como a una amiga. Yo soy de esas, me decía, de las que se mueven por el lado «amigo» de las relaciones. El amor no era para mí, pero podía quedarme con la magia de todos los vínculos que estableciera con mi gente. Él podía llegar a ser mi gente, ¿no? Y un día me reiría mucho y con vergüenza de haber fantaseado con él, ¿verdad?

Compramos un par de cervezas por la calle y nos las tomamos casi de un trago para hacer bajar la pizza. Eran casi las dos cuando nos encaminamos hacia casa. Íbamos charlando, alternando la mirada entre los adoquines del suelo y la gente con la que nos cruzábamos.

—Me ha venido genial lo del bingo. Este mes iba muy justo —me dijo—. Te debo una.

—No te vayas a aficionar ahora y tengamos que llevarte a rehabilitación.

—No creo que pise ese sitio solo jamás.

Me quedé mirándolo mientras andaba. ¿Cómo sería Lucía? Seguro que muy guapa. Y divertida. Pasarían las noches del sábado en el sofá, tapados con una manta, dándose de comer con las manos...

En Callao, como siempre, parecía que el mundo se iba a acabar y que todos habían quedado allí para verlo. Bajo los neones y las luces de los anuncios publicitarios un montón de gente charlaba, fumaba, se abrazaba y se reía. Era la típica hora en la que no sabes muy bien dónde ir, si a una discoteca o a comer algo al McDonald's de Montera y a casa.

Seguimos andando hacia nuestra calle y le señalé un par de sitios para comer: el Musashi, superrecomendable; Cornucopia, donde una vez nos cobraron a mi padre y a mí diez euros por los panecillos de acompañamiento o el bar de la oreja que era... pues eso, el bar de la oreja.

—No vengas nunca. El otro día vi la cocina con el rabillo del ojo.

Y ya estábamos en mi portal. En el mío. Callados.

—Ha estado genial —le dije.

—Sí. Mucho. Muchas gracias.

—¿Qué vas a hacer ahora? ¿Te vas a dormir?

—Ehm. No. No tengo sueño.

—Yo tampoco. —Me miré los pies.

Iba a preguntarle si quería subir pero me pareció mal. Él tenía novia en algún punto del mundo, no sabía si en Ginebra o en el pueblo o en las misiones, pero la tenía. Ya sé que allí no había nada carnal ni lascivo, no había engaño, pero cuando has sido una cornuda eres más sensible al tema. Así que seguí mirándome la punta de las botas un rato.

—Pues entonces quizá podríamos tomarnos la última —sugirió Héctor.

Me gustó su naturalidad porque eliminó cualquier atisbo de suciedad de aquella situación. Éramos solo dos personas llenando el vacío de una noche de sábado. Llenándolo de manera sana.

No nos pusimos de acuerdo sobre si lo mejor era ir a uno de los bares de la calle perpendicular, a su casa o a la mía, pero como estábamos en mi portal, continuamos la «discusión» hasta el tercer piso, hasta la puerta de mi apartamento.

Entró como con miedo y sonrió cuando encendí la luz. Holly estaba sentada en el respaldo del sofá y aunque hizo amago de venir a recibirme, se quedó petrificada y mirando fatal a Héctor. No le gustan los desconocidos y es bastante «vieja rancia» así que se lo perdoné. Él me dijo susurrando que tenía una casa muy bonita. Estaba contenta con mi hogar y sentía que representaba bien cómo éramos Julio y yo…, dos mejores compañeros de piso.

Me asomé a su habitación, que tenía la puerta abierta y donde no había nadie más que Roberto durmiendo en su jaulita. No pude remediarlo. Lo saqué y lo llevé en brazos hasta el salón donde Héctor se había sentado.

Le encantó y a mí me sorprendió que le gustasen tanto los animales aunque se llevara un zarpazo de Holly por intentar acariciarla. Nos servimos dos cafés descafeinados bien calientes, nos sentamos en el sofá de nuevo, con nuestras tazas, y durante el silencio que hubo después me pregunté si a Lucía le importaría aquella situación.

—¿Dónde la conociste? —le pregunté.

—¿A quién?

—A tu chica.

—En el pueblo. —Se acomodó y se mesó el pelo—. Sus padres viven a dos calles de los míos. No recuerdo no conocerla.

Una punzada me atravesó el estómago y dejé el café sobre la mesa.

—¿Empezasteis muy jóvenes?

—A los dieciséis.

Abrí los ojos de par en par.

—¿Lleváis juntos dieciocho años?

—Sí —asintió—. Hemos pasado más años de nuestra vida juntos que separados.

—Qué… romántico.

—¿Lo es? —Me miró arrugando la nariz en un gesto muy tierno—. No sé. Con los tiempos que corren me parece anticuado.

—¿No has estado… con nadie más?

Se me quedó mirando muy fijamente, pero sin mirarme en realidad. Pareció recordar, saborear, ver a través de mí. Cerró los ojos y chasqueó la lengua contra el paladar.

—Bueno…, algo. Antes de ella robé algún beso. —Sonrió—. Y lo dejamos… — carraspeó— durante un mes o un mes y poco cuando estábamos en la universidad.

Lo miré. Torcía la boca mientras mordisqueaba su carrillo. Fruncía el ceño. Inquieto, movía las manos. No estaba cómodo. Después de toda la noche… Héctor no estaba cómodo. No creí que fuera por hablar de su novia. Si no… no la hubiera sacado él mismo en una conversación. Iba más allá. Quizá un recuerdo amargo. Todas las relaciones tienen alguno. Quizá una discusión que se fue de madre o un capricho pasajero por parte de uno de los dos. Algo callado durante muchos años que sabía a viejo y a pasado y que no le gustaba mencionar. Y yo no quería que él se sintiera conmigo como yo misma me sentí tantas veces al intentar buscar en el pasado las cosas que había hecho mal. Yo quería seguir siendo la Sofía divertida que había redescubierto aquella noche. Y… hablé.

—¿Quieres que te enseñe la ventana desde la que te veo?

Bromeamos frente al cristal sobre desarrollar un código secreto de ventana a ventana que nos permitiera comunicarnos. Empañamos el cristal con vaho de nuestro aliento y dibujamos caritas sonrientes y caritas tristes.

—Para cuando todo vaya bien y para cuando no quede vino.

Unas gafas cuando el otro tuviese que correr las cortinas. Una nota musical cuando nos aburriéramos y quisiéramos salir. Una llama si lo que queríamos era fumarnos un cigarrillo «juntos» de ventana a ventana. A día de hoy aún no sé si hablábamos en serio o no, pero nos pareció divertidísimo. Como si de pronto hubiéramos construido la cabaña en el árbol que deseábamos tener de pequeños.

Terminamos tirados en la cama, sobre la colcha, descalzos, con la tele encendida de fondo y Roberto en mi regazo. Hablábamos cada vez menos, como Estela cuando estaba a punto de dormirse, pero nosotros porque nos habíamos quedado embelesados viendo *Princesas* en La 2. La realidad cruda en la boca de Candela Peña nos absorbió, y nos quedamos en silencio hasta que llegó mi parte preferida de la película en la que ella y su compañera hablan sobre el amor. «El amor es que alguien vaya a recogerte a la salida del trabajo, lo demás es una mierda», dijo Cande en la pantalla.

—Me encanta esa frase —musité.

—¿Crees que el amor es eso?

—Como no sé lo que es el amor y nunca me han recogido a la salida del trabajo, creeré que sí al menos hasta que alguien me demuestre lo contrario.

—¿Es importante?

—¿El amor? —le respondí volviendo la cabeza hacia él.

—No. —Sonrió—. Que alguien vaya a recogerte.

—Supongo que de alguna manera lo es.

—Pues yo lo haré. Madrid es un buen sitio para divertirse y... para las cosas importantes.

Me quedé dormida poco después. Sin sueños. Solo reseteé el cuerpo por entero, como si alguien pulsara el botón de standby de mi cabeza y todo se fuera al cuerno en un fundido a negro. Cuando me recuperé y abrí los ojos la luz entraba en la habitación, la calefacción había empañado los cristales en contraste con la temperatura de fuera y Holly y Roberto dormían abrazados... Yo sola, claro.

La maldita maceta con lo que quedaba de lavanda seguía fuera, así que aún vestida, legañosa y despeinada, abrí de par en par la ventana para rescatarla y ventilar un poco. Y frente a mí, su ventana... con un smile gigante que alguien había dibujado hacía muy poco.

17

Aquel sábado Oliver había salido con sus amigos a tomar una copa. Luciendo sus mejores galas (porque coquetones son un rato) se vieron en un restaurante muy pijo y muy caro de la calle Serrano donde, entre nosotros, atienden fatal y está lleno de imbéciles, por lo que no diremos su nombre. Apoyados en unas banquetas altas, miraban disimuladamente alrededor para ver si suscitaban alguna miradita en las chicas del lugar. Y alguna suscitaban porque en general son un grupo de muy buen ver. Oli, no obstante, tenía la cabeza en otra parte. Y es que no dejaba de darle vueltas al hecho de haber invitado al teatro a Clara, una tía que le sacaba dieciséis años y que no conocía de nada. Lo de no conocerla no era un problema para él y en realidad lo de la edad tampoco pero… ¿qué opinarían sus amigos si lo supieran?

—Mirad ese grupito…, las que están al lado de la barra terminando de cenar.

—Demasiado mayores. Esas buscan un marido, no una polla.

Oliver no participó en la conversación porque, a pesar de ser un gilipollas integral cuando quiere, de vez en cuando tiene momentos de lucidez y el comentario le pareció una ordinariez. En realidad estar allí con sus pantalones chinos azul oscuro, la camisa blanca entallada y el jersey azul claro apretadito en busca de compañía le parecía un poco lamentable, como el polvo que echó días atrás con una de sus follamigas. O no. Ya no sabía.

—¿Qué te pasa, tío? Estás muy callado.

—Estoy cansado —sentenció.

No iba a abrirse con ellos, al menos en lo referente a las chicas porque, como en una manada de lobos, no debía mostrar debilidad. Eso fue lo que me dijo cuando me lo contó, que conste, que yo lo que creo es que les faltaba a todos una hervidita emocional, pero es un juicio de valor muy feo por mi parte.

Clara. Pensó en ella en abstracto mientras uno de sus amigos se levantaba como emisario de la embajada del pene en busca de mesas amigas. Clara estaría en su casa tranquilamente mientras él pasaba frío en la calle para fumar y decidían a qué antro ir a «bailar». ¿Le interesaba aquella chica? ¿Por qué la había invitado al teatro? Sentía un arranque de vergüenza cuando lo pensaba, primero porque se había puesto más nervioso que de costumbre y había cedido el «poder» a la otra parte. Y ceder el poder significaba el primer paso hacia un camino que no le apetecía pisar. Segundo: él era famoso por llevarse de calle a lo mejorcito del lugar y Clara estaba muy buena pero… tenía diez años menos que su madre. Agitó suavemente la cabeza, como queriendo hacer encajar los pensamientos con lógica y cogió aire. Le apetecía ir con ella a ver *La llamada*. Punto pelota. Eso no significaba nada más. Solo que quería probar con otro… «público». Una cita no era una reserva en el juzgado para una boda exprés.

Se levantó del taburete con decisión y fue a la barra a pedir otra copa…, justo al lado de una niña muy mona, morena, que se atusó la melena cuando lo miró por el rabillo del ojo.

—¿Qué te pongo? —le preguntó el camarero.

—Un spritz para mí. Para la señorita otro de lo que esté bebiendo.

—¿Invitas tú? —le contestó ella atenta.

Lo de siempre. Invitar a una niña mona a una copa, darle conversación y comerle la oreja, cada vez un poquito más cerca, para terminar la noche en su casa, en la de ella, en el baño de un garito o en un parking, que tampoco sería la primera vez que lo hacía apoyado en la carrocería de un coche que no era suyo. El día que una tía reaccionara de una forma diferente, el día en que él mismo dejara el protocolo que tenía más que aprendido para entrar una tía... le daría la vuelta el ojo y se quedaría seco en el sitio. Estaba convencido de que las cosas son como son y si se aburría era problema suyo, porque no había más opción. Así que... al lío.

Ella aceptó un mojito de fresa, lo que le pareció un poco ñoño, pero siguió con su plan. Era muy guapa, joven y divertida de esa manera inocente de los recién estrenados veinte años. Le confirmó que los tenía y que no tenía novio, así que la invitó a un cigarrillo fuera del local. Quizá era un poco demasiado joven para él..., sobre todo después de haber invitado a una mujer de cuarenta y cinco a salir por ahí. Pero tampoco se lo pensó. No quería una relación, solo una noche alegre.

Se despidió de sus amigos con una sonrisita y la mano como una fallera mayor; escuchó cómo le gritaban cuando ya rodeaba la espalda de su ligue con el brazo para salir de allí agarrados y le dijo a la chica que avisara a sus amigas.

—No quiero que piensen que te he secuestrado.

—Si te han visto sabrán de sobra que me fui contigo por propia voluntad.

Él lanzó una mirada lobuna. Así estaba mejor: él tenía la batuta, la sartén por el mango, el control de sí mismo.

Hablaron un poco más. Ella estaba estudiando Periodismo y quería especializarse en Comunicación de moda para lo que se matricularía al terminar la carrera en el máster de una conocida revista. Él presumió de su trabajo tanto como pudo pero sabiendo que si se la ligaba sería más por su aspecto que por su profesión... No pareció impresionarla que fuera el encargado de una boutique y le dio un poco por culo pensar que si se hubiera matriculado en Medicina, una Ingeniería o Arquitectura hubiese recibido más atención. «Rey, el fallo no es tu trabajo, son las tías con las que ligas», pero no se hizo caso a sí mismo y le preguntó a su acompañante si le apetecía dar una vuelta.

—En realidad odio este local. Me parece agobiante —le comentó subiéndose el cuello de la cazadora de cuero marrón.

—¿Sí? Pues a mí me encanta. Es superelegante.

Se dijo a sí mismo que elegante era lo que envolvía a Clara, no un local con poca luz y música house.

Iba calzada sobre unos zapatos de tacón de aguja sobre los que se movía dubitativa, como un cervatillo recién nacido, con unas piernecitas largas y delgadas a la vista. Llevaba un vestido negro corto y un chaquetón de lana buena, caro. Las pestañas cargadas de rímel hasta el exceso y los labios pintados de rojo.

La besó al girar la esquina, sin avasallarla, dándole tiempo y espacio para apartarse si no quería aquello, pero lo recibió con la boca entreabierta y suspiró de gusto cuando él la agarró de las caderas y le metió la lengua con fuerza. Lo despeinó con sus deditos cargados de anillos y le dejó la mancha de su labial hasta en la barbilla, lo que le pareció tan sumamente divertido que la joven se echó a reír en unas carcajadas cortas y sonoras que le irritaron un poco.

«¿Qué coño te pasa, Oliver, por Dios?». Volvió a besarla y metió la mano por debajo del vestido, solo para acariciar su muslo. Le recorrió la mandíbula con pequeños bocados y siguió por su cuello hasta alcanzar el lóbulo de la oreja y morderlo con cuidado.

—¿Y si nos vamos a un sitio un poco más privado? —le sugirió Oliver.

—Vivo cerca.

Vivía cerca de Retiro en un piso compartido con su mejor amiga a la que escribió desde el taxi para decirle que «se iba a casa con Oliver», como si el nombre significara algo. No se conocían y, lo deseara o no, no iban a conocerse más que con las manos.

Hicieron una parada técnica en el portal, donde dieron rienda suelta a un poquito más de ganas, hasta que se tocaron y jadearon en consonancia.

—Oliver…, no quiero… follar. No lo hago la primera noche.

—Llegaremos hasta donde a ti te apetezca pero… —le apartó el pelo de la cara y sonrió con dulzura— no habrá más noches. No soy de novias, ¿sabes?

—Tienes toda la pinta —le respondió ella con una sonrisa descarada.

Se enrollaron en el sofá, con él encima. Se quitaron la ropa hasta quedarse con lo mínimo: él con sus bóxer negros y ella con unas braguitas de encaje minúsculas y… los zapatos de tacón. Siguieron besándose hasta que él sintió que explotaba y le preguntó abiertamente qué quería hacer. Ella estaba húmeda y ronroneaba debajo de él, pegándole el coño a la entrepierna.

—¿Y si lo hacemos? —preguntó la chiquilla.

—Pensé que no querías follar la primera noche.

—¿Qué pensarías de mí si lo hiciéramos?

Oliver sonrió y se sujetó con sus brazos sobre ella.

—Ay, nena…, eres muy joven. ¿Y qué pensarías tú de mí si lo hiciéramos? Nada, ¿verdad? A lo sumo que soy un cabrón si no vuelvo a llamarte. No voy a juzgarte y tú tampoco deberías hacerlo. No deberías dejar que la opinión de nadie importe.

—No soy ninguna golfa.

—¿Y qué es ser una golfa?

—Pues... follar con el primero que se te cruza.

—Qué vida tan triste si pudiendo hacerlo, no follas cuando te apetece. —La miró a los ojos y sonrió canalla—. ¿Me voy o nos metemos en la cama?

—Mi habitación es la segunda puerta a la izquierda.

Se levantó, tiró de su mano, la incorporó para cargarla en brazos y echó a andar por el pasillo.

El polvo duró unos quince minutos, con todo el ceremonial previo. Ella se corrió. Él se corrió. No hubo mucho más reseñable. Bebieron un vaso de agua después y se vistieron en silencio en el salón antes de que el teléfono de ella empezara a sonar.

—Debe ser mi mejor amiga, para ver si sigo viva.

—Dile que casi te mato de gusto, pero que todo bien.

—¿Te vas?

—Me voy. —Se puso la chupa y la animó a responder.

—María, dame un segundo —dijo a su amiga al otro lado del móvil para después dirigirse a él—. ¿Te doy mi número?

—Claro. Apúntamelo.

Miró el pisito compartido mientras ella tecleaba y la amiga esperaba al teléfono. Tenían una casa muchísimo más decente que él y solo eran dos estudiantes. ¿Qué estaba haciendo con su vida? ¿Iba en la dirección adecuada? Su madre le diría que perdía el tiempo con chicas que no le daban más que un ratito para pasarlo bien. Su padre le pediría con voz de trueno que sentase la cabeza de una maldita vez. Y él, aunque no tenía ningunas ganas de seguir el protocolo de ennoviarse, afianzar la relación, arrodillarse anillo en mano, pasar por la vicaría y tener hijos, debía confesarse a sí mismo que le aburría lo de siempre. Más de lo mismo. Pero, ojo, el problema no eran las chicas con las que terminaba en la cama, era él, que no sabía lo que buscaba pero no dejaba de intentarlo. Y cuando rebuscas sin saber qué quieres encontrar lo que dejas es un desastre enorme, porque nada acaba de encajar.

—Toma. Te puse un asterisco delante del nombre, por si mañana no te acuerdas ni de cómo me llamo —dijo ella.

—Qué astuta. —Le dio un beso—. Te llamo un día de estos.

—Un día de estos —repitió ella no muy convencida.

Cuando se encaminó en busca de un taxi se prometió dejar de hacerlo…, dejar de buscar chicas sin saber qué quería de ellas. Un polvo estaba visto que no. Un polvo, en el momento en el que estaba concentrado en ello, parecía una buena opción, pero después se quedaba ahí, en una rutina gustosa pero anodina que nunca significaba nada más. No pensaba en amor, sino en crecer, en querer más de la vida, en sacar de sí mismo tanto cuanto pudiera. Sabía que llegaría el momento en que encontraría sin buscarla una compañera que le llenase mucho más que la cama. Pero debía dejar de correr en círculos porque la sensación que se llevaba a casa era la de un aburrimiento supino. No por las chicas, insisto como insistió cuando me lo contó, sino por él que siempre hacía lo mismo y no salía de la que a fuerza de rutina se había convertido en su zona de confort.

Su zona de confort…, pensó mucho en ello. En mantener el control, en ser el tío tranquilo que entraba a las tías sin ápice de emoción en el estómago. Y pensó que quizá echar un vistazo en dirección opuesta, hacia el Oliver que se ponía tartamudo y hasta tontito con una tía podía ser una buena opción. Antes de acostarse guardó en la agenda de su móvil el teléfono de Clara. El lunes le escribiría para confirmar su cita para ir al teatro.

18

E l lunes, junto al café y un par de galletas, recibí una maceta. Una maceta conocida, porque yo la había comprado para pedirle perdón a Sofía y ahora ella, no sabía por qué, me la tendía.

—Voy a matarla —sentenció antes de dejarse caer sentada en la silla que había junto a «mi sillón»—. Soy una madre horrible. Es mejor que vuelva contigo.

—Soy un padre horrible. No le hagas eso —respondí.

—En serio. Mírala.

La pobre lavanda que le regalé, que prometía una primavera ufana, verde y morada, se había convertido en un arbustito mustio y apagado que daba ganas de quemar. Volví a mirarla y acepté.

—¿Vendrás a verla de vez en cuando?

—Claro. Un fin de semana de cada dos.

Me eché a reír porque no podía hacer otra cosa. Aquella loca me hacía gracia. Siempre. Incluso cuando se paseaba por el «salón» del Alejandría para constatar que todo iba bien y que nadie necesitaba nada me hacía gracia. Ella, con el mandil ceñido a su generosa cintura tan fuerte que cuando se sentaba a veces la dejaba sin respiración. Ella, repartiendo a diestro y siniestro sonrisas y comentarios audaces e inteligentes, memorizando citas de grandes libros e intercalándolas con frases de Belén Esteban. Ella.

—Bueno pero… tengo una reunión a la una. —Miré mi reloj—. ¿Puedes traérmela tú cuando acabes el turno?

—Claro. ¿Reunión importante?

—Voy a ver al director de una fundación que lleva un par de colegios religiosos. Necesitan renovar logos y plan de comunicación.

—Pinta bien.

—Pinta que tengo que conseguirlo si no quiero tener que ir al bingo otra vez. —Le guiñé un ojo.

Joder. Aquella noche fue muy divertida. Me sentía un poco incomprendido porque cuando se lo conté a Estela no le pareció gran cosa y Lucía tampoco le encontró emoción a un bingo. Pero me había sentido muy… joven. Joven otra vez sin necesidad de fiestas, borracheras desfasadas ni acostarme a las ocho de la mañana. Aunque no me hubiera importado seguir hablando hasta las tantas. Y sí, claro, se lo conté a Lucía, porque no veía nada malo en aquello.

La reunión no fue mal. Ellos plantearon lo que necesitaban y yo un par de posibles soluciones (sin concretar) con la promesa de mandarles un presupuesto aquella misma tarde. Solo tenía que rellenar un documento que ya tenía preparado con el precio de la acción con mantenimiento y sin él. Pintaba bien, como había dicho Sofía.

A las cuatro y media llamó a casa. Estela aún no había llegado pero ella la buscó con la mirada cuando abrí la puerta.

—¿Y la porrera?

—Dando clase a otros como ella. —Le sonreí y le di un beso en la mejilla—. Dame eso. Vamos a buscarle un hueco.

Fuimos directamente a mi dormitorio que seguía siendo tan feo como la primera vez que ella lo vio. Arrugó la nariz y yo respondí con un ademán como quitándole importancia a la situación. Era un lugar de paso. O regresaría de nuevo a Ginebra o buscaría un piso bonito y luminoso para vivir con Lucía. Tendríamos un pequeño problema al escogerlo porque ella querría una zona más elegante, como Princesa o barrio de Salamanca, y yo querría quedarme por donde estaba en un piso más sencillo o irme a las afueras en busca de uno más barato. Como siempre.

Dejé la maceta junto a la ventana, cerca del radiador pero lo suficientemente lejos como para no quemarla. Ninguno de los dos tenía idea de cómo cuidarla, así que estaba abocada a la más trágica muerte. Sofía cruzó los brazos y repasó con la mirada todas las superficies del dormitorio, incluido a mí cuando ya me había sentado en la silla que había frente al escritorio.

—¿En serio tiene que ser tan deprimente? Podrías alegrar esta habitación con cuatro chorradas.

—No quiero cuatro chorradas.

—Las sábanas son horrendas. Tienen un color…, ¿qué color es ese?

—¿Amarillo? —le pregunté—. No estoy seguro. Si quieres podemos sacar la pantonera y buscar el tono exacto. ¿Qué más da? Están limpias.

—Y una estantería. —No me hizo ni puto caso—. Tienes todos los libros ahí tirados junto a la mesa.

—Son de consulta. Los necesito cerca.

—¿Hay alguna ley que impida tener una estantería cerca de tu mesa de trabajo?

—Ña ña ña ña —la imité.

Me calzó una colleja antes de que pudiera reaccionar. Los dos nos quedamos un poco cortados al principio, sobre todo ella que se llevó las manos hasta la boca.

—¡Perdona!

—¿Te ha enviado mi madre?

Después nos reímos. Porque siempre nos reíamos. Al menos en aquellos días, cuando yo aún era un buen chico.

Me arrastró a comprar. No tuve elección a pesar de sacarle al menos una cabeza y media. Me cogió de la muñeca y tiró hasta que la seguí. Solo me dio el tiempo necesario para coger mi bandolera y el abrigo.

Paseamos por el centro y nos fuimos de compras. Los dos juntos, como si fuera normal. Fue divertido. Me ayudó a elegir unas sábanas blancas bonitas, con unas discretas rayas de color cobre que combinaban con el color de la madera de la cama y el escritorio, más viejos que el dolor. Escogimos una lámpara para la mesita de noche en una tienda antigua frente a una cafetería que, según Sofía, les hacía la competencia.

—Es tan mona que la odio —me dijo con una sonrisa.

Y la creí porque el Alejandría era ella y ella era el Alejandría. Pero pocas cosas tendrían más magia, fuera cual fuera su aspecto.

Llegamos a casa cargados con una planta para el rincón, una especie de estanterías invisibles y una cabeza de ciervo de cartón que pasamos media tarde montando y que terminó colgada sobre el escritorio. Tuve que darle la razón..., aquello cogía forma de hogar.

Antes de irse me dio algo que llevaba en el bolsillo. Era un rotulador negro permanente de punta gorda.

—Para la pared. Tenéis la suerte de tenerlas lisas. Pinta algo en la que tienes junto a la cama. Eres artista, ¿no?

No me sentía un artista. Era un profesional que buscaba soluciones gráficas. Pero... podría hacerlo con mi habitación, ¿no? Aquella misma noche estuve hasta las tres de la mañana dibujando una medusa en un rincón... y después deslicé el dedo sobre la superficie empañada de la ventana para dibujar una bombilla en el cristal. Gran idea, Sofía, quise decir.

Y es que inventamos un idioma de signos secreto con el que nos comunicábamos sin palabras. De ventana a ventana. Los cristales, siempre empañados por la diferencia de temperatura y las respiraciones que contenían, eran la pizarra donde una cara sonriente significaba que estábamos contentos; una botella, una invitación a salir a tomar algo; una nota de música, aburrimiento; una cara triste, una llamada de atención... Fuimos inventando más. Y conforme aparecían en la ventana del otro, llamábamos muertos de risa para intentar averiguar qué significaban o enviábamos mensajes con fotos y un interrogante. Fotos. Qué casualidad. Y todo se fue volviendo más familiar y más nuestro.

Teníamos una señal para avisar cuando el otro se pasaba de exhibicionista. Dibujábamos dos ojos o unas gafas como señal de: «Te estoy viendo yo... y por lo tanto el resto de vecinos». No lo usábamos a menudo, que conste. Era difícil vernos con los cristales tan empañados, pero a veces parte de la ventana quedaba sin velo. Ella me avisó una vez de que yo había olvidado correr las cortinas al volver de la ducha, cuando me paseé por la habitación con una toalla en la cintura... y nada más. Yo otra, para hacerle saber que desde mi habitación se la veía discutir por teléfono pero después me arrepentí porque... allí estaba, echándose a llorar. Sí. También la vi llorar. Me pareció tan íntimo que me sentí mal. El mundo mágico de nuestras «señales de humo» a veces no alcanzaba y, en ocasiones como aquella, era como si su edificio y el mío estuvieran construidos con un material elástico que permitiera acercarse al otro sin moverse. Como si pudiera compartir el peso en el pecho que suponen algunas decepciones. Así que la noté lo suficientemente cerca como para limpiar el cristal y llamarla, porque no quería ignorar sus lágrimas pero tampoco hacerla sentir incómoda por ellas. No cogió hasta el décimo tono y cuando lo hizo, no dijo nada.

—No quiero saber nada —le susurré cortado—. Solo decirte que a menudo las cosas que nos hacen llorar hoy son las que nos dan más risa mañana. Estoy aquí si lo necesitas.

—¿Me acompañas a un sitio?

Esa fue su respuesta.

Pensé que estaba loca cuando me dijo que quería comprar dos billetes para el autobús turístico que recorría el centro de Madrid. Hacía un frío de mil demonios, humedad y era de noche, pero tenía la cara tan congestionada por el llanto que no me negué. Entonces me ofrecí a pagar los billetes. Al final, cada uno cargó con su billete… y no eran baratos. Ella estaba mal de pasta porque acababa de ponerle la vacuna a la gata y yo también, porque había hecho una transferencia a Ginebra para pagar mi parte del alquiler allí. Subimos a la parte de arriba, la descapotada, y nos sentamos abrigados hasta las cejas codo con codo. Sacó una petaca rosa con purpurina que no podía ser menos discreta y me ofreció.

—¿Llevas una petaca? —le pregunté para asegurarme de que aquello no era una alucinación provocada por el frío.

—Sí. Es pacharán. No tenía nada más fuerte en casa.

Le di un trago. Ella también. Vimos cómo las luces de Madrid huían de nosotros corriendo a una velocidad más bien mediocre y nos fundimos en el sonido de los coches, las sirenas y las conversaciones… Todo amortiguado por el ruido del autobús. Ella apoyó la nuca en el asiento, mirando hacia arriba y se arropó con mi bufanda. Sí. La que le presté hacía unas semanas. No supe qué hacer además de mirarla y ella, al fin, hizo una pregunta.

—¿Crees que alguna vez seremos capaces de superar lo que nuestros padres esperaban de nosotros?

—Sí —afirmé sin dudas—. Probablemente eres mucho más de lo que esperaban pero quizá no en los mismos parámetros. La imaginación al final es mucho más pobre que la realidad.

—No es verdad. —Sonrió, ladeando la cabeza hacia mí—. En la imaginación se pueden hacer cosas increíbles y en la vida no.

—¿Cómo qué?

—Como follarse a alguien famoso. A ese cantante..., ¿cómo se llamaba?, hace mucho que no saca disco... Gabriel. Sí, Gabriel. Por ejemplo. No voy a poder hacerlo nunca pero imaginarlo es la leche. Como volar.

—A ver. —Me reí y me acomodé como ella, dejando que mi cuerpo se escurriera un poco en el asiento—. Dame un poco de eso antes de contestarte.

Le di un trago y ella pareció divertida.

—Te sonroja el verbo follar.

—No me sonroja el verbo follar. Es que te he imaginado... da igual, reina. —Las carcajadas avivaron su tez y se sonrojó un poco—. En la imaginación se pueden hacer cosas muy chulas, pero no se siente una mierda.

Me dio la razón. Cogió mi brazo y lo entrelazó con el suyo.

—La vida es demasiado corta para dedicarse al ajedrez.

Me quedé mirándola con el ceño fruncido.

—Estás como una regadera.

—No es mío. Es de Lord Byron —aclaró.

Pequeña enciclopedia con patas. Cuánta ternura me dio. Y qué resfriado. Estuve moqueando una semana. Pero después de aquella tarde fui a recogerla al Alejandría un par de tardes. Me apenaba saber que se sentía tan mediocre, que no se perdonaba no haber superado las expectativas de su madre por ser feliz sirviendo cafés en un sitio tan mágico que es imposible describir la sensación de sentarse en uno de sus sillones. Tuve la corazonada entonces de que nadie se había parado a regalarle algún capricho, no material, sino emocional. Y Sofía tenía derecho a soñar con volar o con lo que le diera la gana. Y si para ella era importante que alguien la recogiera después del trabajo, yo lo haría. Y apoyado en la pared, junto a la puerta, la esperaba hasta ver cómo su sonrisa atravesaba todos los cristales de Madrid, haciéndolos estallar antes de enganchar su brazo al mío y andar hacia casa. Nunca recorrer tan pocos metros hizo a nadie tan feliz y estaba orgulloso de ser yo el culpable de ese estado.

Casi estaba repuesto de sus locuras invernales cuando, una mañana, Abel dejó una nota junto a mi taza con el disimulo de un agente secreto. Aluciné. Al principio pensé que estaba de coña y fui a preguntarle si su nombre era Bond, James Bond, pero vi la cara que puso y seguí su mirada de advertencia hasta Sofía, que canturreaba tras la barra, secando unos platitos. Abrí la nota con disimulo mientras él fingía limpiar la mesa de al lado.

La semana que viene es su cumpleaños. Vamos a organizarle una fiesta sorpresa. Asiente con la cabeza si quieres participar. Lárgate si no. Te odio. Qué va. Es que eres demasiado guapo y la barba te queda genial. Si me la dejo yo parece que me he colgado un hámster de la barbilla. OYE, no me descentres. Asiente si es que sí.

Levanté la mirada y asentí con ganas. Claro que sí, joder. Los meses de miseria y aburrimiento que había imaginado al mudarme habían vuelto a Ginebra en un vuelo exprés cuando Sofía me gritó aquella tarde y me metió en su mundo.

Hicimos una reunión de organización en el Alejandría una tarde que sabíamos que ella no andaría por el barrio (le tocaba visitar a su madre porque el mundo era cruel y no una perfecta telenovela a lo *Mujeres ricas de Beverly Hills*, según sus palabras).

Fuimos como invitados Estela, algunos clientes de la cafetería, gente que no conocía pero de la que había escuchado hablar y yo. Entre los presentes, Oliver. Buff. Oliver. Cuando entró fue como si el oxígeno que me tocaba a mí fuera a parar a sus pulmones. Como si juntaras a dos machos dominantes en el mismo lugar en pleno celo. Yo qué sé. Ninguno tenía ningún interés sexual por Sofía, pero ambos nos portamos como niñatos celosos. Yo menos…, creo.

Venía vestido con un traje impoluto de color negro, con camisa blanca y sin corbata. Llevaba un abrigo de lana increíblemente elegante doblado sobre el brazo y unos zapatos lustrosos y nuevos y, después de saludar a Abel, vino directo a darme la mano.

—¿Eres Héctor?

—Sí.

—Soy Oliver. El mejor amigo de Sofía.

—*Enchanté.* —Y me arrepentí enseguida de esa manía de seguir diciendo ciertas cosas en francés—. He escuchado hablar mucho de ti.

Me sonrió tirante pero no contestó lo normal… el clásico «Sí, yo también de ti». ¿No le habría contado nada de mí? De las tardes, las noches, el idioma secreto… Me sentí ofendido y aliviado a la vez. Pero entonces… ¿cómo sabía quién era yo? Y empezó el pulso. Un pulso silencioso y disimulado en el que competimos por cada idea para la fiesta, para el regalo, para la forma en la que traeríamos a Sofía engañada al Alejandría para gritar «¡Sorpresa!». Y como él ganó en casi todo porque la conocía mejor que nadie y bla bla bla, yo me prometí que ganaría de otro modo. A mi manera. Sigiloso. Y sin saberlo planeé el mejor cumpleaños que Sofía viviría jamás. El que me hubiera gustado que alguien me organizara. El que se nos fue de las manos.

19

El día de mi cumpleaños me desperté sin necesidad de que sonara la alarma. Lo primero que pensé fue: «Esperaba otra cosa de los treinta». No tuve ni que mirar a mi alrededor porque sabía de memoria lo que encontraría si lo hacía. Holly durmiendo en la caja de ASOS. Las cortinas echadas. El perchero lleno de pañuelos y bufandas. La cómoda con varias piezas de ropa por encima y un cajón mal cerrado, donde asomaban unas medias. Unas velas perfumadas bonitas y baratas a medio consumir. El armario cerrado. Unos zapatos tirados sobre la alfombra que compré en Privalia. El escritorio vacío porque no sé por qué tenía uno. Y la luz tímida del invierno traspasando las cortinas finas de Ikea que nunca corté y que seguían arrastrándose por el suelo.

Había pensado mucho sobre aquello que había dicho Héctor acerca de los treinta y sabía que tenía razón. Estamos obsesionados con la idea de que un cambio de década debe significar alguna cosa importante hasta el punto de deprimirnos porque nada nos azota con intensidad. Yo no quería que ese fuera mi reflejo pero no podía evitar sentirme un poco alicaída. Viernes. Mi cumpleaños. Mi único plan una cena, esta vez en un restaurante, con Mamen y Oliver. Abel no podía: tenía una cita con un chico que había conocido en el Alejandría. Héctor y Estela estaban fatal de pasta y no quería obligarlos a que se gastaran dinero en una cena, unas copas y… un regalo. ¿Qué me regalaría Oliver este año? ¿Una batería de cocina? ¿Un sobre con dinero para que congelara mis óvulos? ¿Un conjunto de cuchillos de cocina? Pobre…, esperaba que Mamen se hubiera hecho cargo de la situación. Mamen…, qué rara estaba. Cada vez que me escuchaba nombrar a Héctor le entraba una risita de lo más ridícula que intentaba disimular tapándose la boca. En fin… vaya pandilla.

Ducha. Potingues. Ni siquiera miré atrás cuando me vestí y salí de la habitación dejándola hecha un desastre. No tenía el chichi para farolillos. Ni siquiera me puse algo especial: unos vaqueros negros con rotos en las rodillas, una camisa blanca con rayas granates y un jersey por encima de color arena. Zapatillas de deporte Adidas Superstar blancas. Bolso negro. Pelo suelto. Y andando para abrir el Alejandría.

Su olor me reconfortó nada más traspasar la puerta. Sonreí y dediqué unos minutos, mientras ejecutaba todas las tareas mecánicas de la apertura, a pensar en que la obsesión insana que estaba desarrollando mi madre por presionarme para buscar otro trabajo debía importarme una mierda porque yo me encontraba tan bien allí dentro… Me hablé y me creí. Luego llegó Abel con un matasuegras y un abrazo para mí. Pusimos música. Empezó mi día.

Papá y Mamen me mandaron un ramo con flores muy bonito con una nota lacrimógena sobre el paso de los años y la mujer en la que me había convertido. Lo siento, me dio un poco de risa porque imaginaba a mi padre redactándola y a Mamen corrigiendo por encima de su hombro, pidiéndole más drama, más intensidad. Pero me gustó. Agradecí además que el detalle no fuera una maceta porque acabo con cualquier vida vegetal a mi cargo como si fuese el ángel de la muerte.

Lolo llegó con su regalo habitual: una tarjeta con un bonito y cariñoso texto y un día libre a mi elección. Todo iba genial pero… me apetecía ver a otra persona y esa otra persona bajó casi a mediodía con pinta de haber dormido poco y mal pero con una sonrisa. Héctor se acercó a la barra y se sentó allí, frente a mí.

—Feliz cumpleaños —susurró.

Me tendió una ramita de lavanda y yo la cogí de entre sus dedos con la misma ilusión que me habría hecho un diamante, a pesar de que no estuviera en flor. Nos dimos un beso en la mejilla y casi un abrazo con la barra en medio.

—Sé que habéis quedado para cenar —dijo con una mueca cuando ambos volvimos a nuestras posiciones iniciales—. Siento no poder ir. Sabes que este mes está siendo complicado.

—Lo sé. No te preocupes. ¿Un café con leche?

—Sí. Gracias. El caso es que… había pensado que quizá podríamos vernos antes. Un ratito. Así nos fumamos un pitillo antes de que te vayas hacia el restaurante.

—Claro. —Sonreí.

Le serví el café con un par de galletitas y seguí con mi trabajo, fingiendo que no afectaba a mi gravedad tenerlo allí, como si hubiera traspasado mi órbita solamente con su presencia. Héctor me gustaba, no podía negarlo. Era dulce, inteligente, guapo, fiable, sereno… Siempre tenía una palabra amable y sabia. Mágico. Era tan mágico que otra había atisbado su magia hacía muchos años y se lo había quedado. No podía gustarme un chico con novia. Seríamos amigos, pero yo tenía que reprimir todo aquello que me burbujeaba en el estómago.

Estaba claro que iba a pasar, ¿verdad? Que me iba a enchochar de Héctor de manera fulgurante. Pues yo no me di cuenta hasta que me acompañó en el bus turístico por el centro de Madrid. Hasta que no sentí que el alivio que me generaba abrazarlo me dolía al final. Hasta que no me quedé muerta de ganas de un beso cuando me dejó en la puerta de casa y cruzó la calle sin mirar atrás. Su ventana y la mía estaban muy cerca pero tremendamente lejos de lo que yo deseaba de él. Para mi total frustración. Pero no. No correría detrás de un tío con novia. No podía hacerme eso.

Cuando terminó su café, dejó dos monedas sobre la barra y se levantó. Tenía trabajo, me dijo.

—Te veo sobre…, ¿sobre las nueve y media? Bajo y te acompaño al restaurante.

—La mesa es a las diez. Las nueve y media me viene genial.

—Por cierto… no abriste las cortinas esta mañana.

Me dio otro beso en la mejilla y se marchó con una sonrisa enigmática. Poco después me vibró el móvil, que siempre llevaba en el bolsillo. Era un whatsapp suyo con una foto. En el cristal empañado de calor, frío y rocío había dibujado una corona y una vela. «Feliz cumpleaños, reina» era el texto que acompañaba a la foto.

Entonces me elaboré mi propio monólogo interior. Podía gustarme, eso no había Dios que lo remediara, pero estaba en mi mano permitir que me enamorara de él. Sería una estupidez supina que solo me traería disgustos, de modo que tenía que concienciarme. Ser consciente de que perseguir cosas imposibles solo trae frustraciones muy factibles.

Mamá vino a comer conmigo al Alejandría durante mi media hora de descanso. Vestía uno de sus maravillosos vestidos sobre ese cuerpo que, maldición, yo no heredé. Tan rubia, tan guapa, tan joven, tan elegante. Me hizo sonreír cuando me abrazó y… me sentí fatal por pensar que era una bruja cuando noté sus brazos estrechándome fuerte.

—No puedo creer que tengas ya treinta. Hace dos minutos estabas aprendiendo a andar.

—Hace un poquito más de dos minutos, mamá.

Di un paso hacia atrás y le sonreí. Esperé un comentario sobre lo guapa que estaría con unos kilos menos o lo mucho que le gustaría que tuviera alguien a mi lado con quien pasar un día tan especial, pero no dijo nada. Pidió un agua con gas a Abel con ese tic tan estirado y se sentó con las piernas cruzadas.

—Mamá…, ¿no llevas medias?

—Las medias están demodé.

—Y las amputaciones por congelación también. O eso me ha parecido leer en el *Vogue*.

Se rio. Estaba animada. Me pregunté si no habría ligado y luego me deprimí pensando que probablemente mi madre triunfaba más que yo.

Comimos dos ensaladas y de postre un trocito de tarta para compartir, porque era un día especial. Me dijo que sentía no venir a mi cena de cumpleaños pero que no estaba cómoda sentándose junto a Mamen. Lo dijo con amargura y la disculpé mientras me sentía culpable por querer a la mujer de mi padre como si fuera mi propia hermana mayor. Después de un café, unos recuerdos que sonaban muy nostálgicos y su regalo, un frasco de perfume, se marchó deseándome un muy feliz día.

—Sal y cómprate un capricho —me dijo mientras decía adiós.

Le hice caso. A la salida del trabajo paseé por Fuencarral hasta MAC y me compré un pintalabios rojo de nombre Lady Danger y de apellido 19,50 euros. Después… a casa.

Oliver llamó desde el curro y me dijo que me iba a comprar un bolso de Miu Miu para celebrar los treinta, pero después se partió de risa.

—Espero que no te lo hayas creído. Soy pobre como una rata.

—No mientas. Llevas un abrigo que te habrá costado quinientos euros.

—Eso no quiere decir que no sea pobre. Quiere decir que me gasto el dinero en cosas importantes.

No pude más que mirar al techo y sonreír. A Oli le hubiera encantado nacer en una familia de esas que tiene un yate atracado en Montecarlo.

Me puse unos pantalones pitillo negros, un jersey de cuello alto del mismo color bastante ceñido y una chupa de cuero con la que, con total seguridad, iba a cagarme de frío. Pero a veces vale la pena un poquito de incomodidad para sentir esa seguridad que te da tu prenda preferida. Mi chupa de cuero y mis zapatos de tacón estaban de mi parte, aunque al verme de perfil en el espejo me había parecido que había sido demasiado atrevida con tanta prenda ceñida. Me maquillé fuerte, con ojos ahumados en negro y labios muy rojos, porque toda ayuda iba a ser poca. El pelo suelto. Ya estaba preparada para mi primera noche como treintañera y… para ver a Héctor.

Lo encontré apoyado en la pared de mi lado de la calle, liando un cigarrillo. Cuando me vio aparecer se quedó un poco parado y, al terminar de elaborar su pitillo, lo colocó dentro del paquete de tabaco de liar y me dio un abrazo.

—¡Estás loca! ¡Hace mucho frío!

—Pero seguro que sabes darme calor —bromeé.

Se separó y me lanzó una miradita…, ay. Qué miradita. De las que dan calor.

—¿Preparada para tu cena de cumpleaños?

Estaba muy guapo, muy elegante. Llevaba el pelo apartado de la cara, un jersey azul cobalto tan bonito que cegaba, unos vaqueros clásicos y su abrigo de tweed gris.

—¿No te has arreglado demasiado para acompañarme al restaurante?

—Tenía que estar a la altura. Y me he quedado corto.

Me rodeó el hombro con su brazo y paseamos despacio hacia la calle de Las Conchas, perpendicular a la nuestra.

—¿Qué tal ha ido tu día? —me preguntó.

—Bien. Normal. No sé.

—¿Esperabas otra cosa?

—Quizá. Pero no del día en sí. Qué frío. —Me apreté más a su costado—. Siempre creí que a los treinta habría conseguido cosas, ¿sabes?

—Ya hemos hablado de esto un par de veces. —Me miró y me frotó el brazo—. Dejemos de obsesionarnos con la lista mental que hicimos cuando aún no teníamos ni idea de lo que era la vida en realidad.

—Un piso para mí sola. No es un sueño demasiado descabellado. O… un piso para… dos.

—Ya tienes un piso para dos.

—Me refiero a una pareja.

Entonces se paró en la calle y se humedeció los labios.

—Voy a contarte un secreto, Sofía: tener pareja es solo una circunstancia de la que no podemos depender.

—Tú nunca estás solo. Siempre tienes a Lucía contigo.

Sonrió con tristeza.

—No, Sofía. Yo a veces estoy solo incluso con Lucía al lado.

El corazón empezó a galoparme fuerte en el pecho. ¿No era feliz? No iba a preguntárselo. Seguro que la chica con la que me engañó mierdaseca también se planteó en algún momento que mi ex, Lord Voldemort, no era feliz y que por eso engañarme no era tan grave. La culpa la tenía él, claro, pero ella no quedaba exenta de culpa. Tragué saliva y miré hacia mis zapatos.

—Sofi…, nunca estamos satisfechos con lo que tenemos. Disfruta de este momento, de tu situación. Eres joven, estás soltera, eres independiente, guapa, inteligente…

—¿Qué vas a decir tú? —Le sonreí.

—La verdad. ¿Por qué iba a mentirte? Hasta yo te veo y… envidio ciertas cosas. Ojalá supiera sonreír como tú lo haces.

Un silencio, uno frente al otro. Hasta Madrid pareció callarse al completo y contener la respiración. Me pareció que miraba mis labios, mis ojos y mis labios de nuevo.

—¿Eres feliz? —le pregunté.

—Sí. —Sonrió.

—Solo un idiota puede ser totalmente feliz. No es mío. Es de Vargas Llosa.

Héctor se echó a reír y me lanzó de nuevo el brazo alrededor, mientras reanudaba la marcha.

—Siempre he considerado la felicidad como una especie de balanza. Las cosas buenas y malas se van repartiendo a uno u otro lado y siempre podemos manipular el peso de las malas si nos tomamos la vida con la misma poca seriedad con la que ella nos toma a nosotros.

—Qué sabio eres —me burlé.

—Te regalo todo lo que dije hasta ahora.

La vibración de mi teléfono móvil nos interrumpió y Héctor se apartó un poco para que pudiera contestar. Llamaba Lolo y por la hora no era muy normal.

—¿Pasa algo? —dije nada más descolgar.

—Hola, Sofi. Perdona que te moleste. Me imagino que tienes planes pero… me acaban de llamar de la empresa de seguridad y… ha sonado la alarma del Alejandría. Estoy ya casi en casa y pensé que…

Y yo que pensaba que vivía allí.

—No pasa nada. Yo me acerco. Me asomo y si veo algo te aviso.

—Genial. Mil gracias.

Guardé el teléfono y con una mueca tiré del brazo de Héctor en dirección contraria.

—Acompáñame un segundo al Alejandría. Ha sonado la alarma.

—Vas a llegar tarde a la cena.

—No pasa nada, que me esperen.

—¿Quieres que me acerque yo?

—Vamos los dos.

Qué bien lo hizo, el muy cabrón…

Al llegar a la acera de mi calle, me di cuenta de que la cortina metálica del Alejandría estaba parcialmente subida. Me clavé en el suelo asustada y contuve el aliento. ¡Nos estaban robando!

—¡Hay alguien dentro!

—Espérate aquí.

Héctor me adelantó y se asomó un poco.

—¿No será que se lo han dejado abierto por equivocación?

—Ven, voy a llamar a la policía.

—¡Qué vas a llamar a la policía, exagerada! Ven.

—¡¡Yo ahí no entro!! —grité.

Un montón de gente que pasaba por allí se nos quedó mirando y Héctor se echó a reír.

—Vamos a ver, Sofía, ¿quién va a entrar a robar en una de las calles más transitadas de todo Madrid? ¡No seas niña, ven! ¿Tienes llave?

—¡¡No ves que la cortina está abierta!!

—Pero la puerta de dentro no tiene por qué estarlo.

No podía explicarme cómo para él todo era tan sumamente divertido. Yo estaba tan asustada que sentía el estómago lleno de cubitos de hielo. Tiré de su brazo hacia fuera un par de veces, pero me llevó con él. Tendría que habérmelo imaginado…

Subimos un poco más el cierre y entramos… La puerta estaba entornada y el interior oscuro y en silencio.

—No voy a entrar ahí ni de coña.

—¿Dónde está la luz?

Héctor pasó al local decidido y yo, cogida a él, pensé que no era buena idea dejarle solo, sobre todo si había un ladrón porque…, porque si le pasaba algo me iba a sentir muy culpable. Las cosas que pensamos cuando estamos asustados están en el ranking de gilipolleces vitales.

Puse un pie dentro. Se escuchaba algo…, no sabía el qué. Todo parecía en calma. La luz de la calle penetraba por el gran ventanal creando sombras aquí y allá, dándole al salón del Alejandría un aspecto fantasmal.

—Héctor…, Héctor, ven.

—No pasa nada, Sofía. Voy a encender la luz.

—Pero ¡si no sabes dónde está!

Se me escapó el tacto de la manga de su abrigo que llevaba agarrada entre los dedos y pronto perdí su sombra entre las demás que habitaban la sala. Antes de que sufriera un ataque de pánico, todas las luces se encendieron y de detrás de sillones, barra y estanterías, apareció un montón de gente gritando: «Sorpresa». Nunca he sentido tantas ganas de matar mezcladas con alegría. Y lo único que fui capaz de hacer fue lanzarme a los brazos de Héctor, que sonreía con el abrigo abierto y apoyado en la barra. Me hundí en su pecho, olí su perfume, sentí el calor de su piel y quise llorar mucho y muy fuerte.

—Gracias —musité contra su jersey.

—Te mereces esto y más.

Me despegué de él a regañadientes pero me quedaba mucha gente a la que darle las gracias y besar. Y para que ese primer gesto que no pude reprimir no pareciera extraño, me vi obligada a abrazar muy fuerte a todo el mundo, así Héctor no sería el único.

La fiesta fue genial. Estaban todos. Julio (con su chica, claro, no fuera a tener que socializar con nadie más), Abel, los chicos de la tarde y los del fin de semana y algunos clientes de confianza, como Estela, Vero, el señor Ramón… Por supuesto Mamen, Oliver, mi padre, mis hermanas, Lolo… Por eso mi madre parecía tan apenada por no verse capaz de sentirse cómoda en «la cena», porque se estaba perdiendo una fiesta. Pero bueno.

Hubo cócteles, vino, comida, tarta, gritos, risas, chistes, regalos y hasta me obligaron a subirme a la barra para dar un discurso que, básicamente, consistió en dar las gracias muerta de la risa. Después tuvieron que ayudarme a bajar entre dos o tres personas. Una de las noches más especiales de mi vida. Uno de esos momentos en los que te das cuenta de que todo va por buen camino. A veces, todavía creo que Héctor me ayudó a disipar la niebla de esa preocupación que me había obligado a tener, que los demás habían instalado en la cabeza, creyendo que mi vida debía dar un giro para ser mejor.

Perdí de vista a Héctor durante un rato, pero reapareció con una sonrisa por la puerta, haciéndome un gesto de fumador. Mamen estaba maravillada y por fin entendí lo de sus risitas.

—Cuando lo vi aparecer en la reunión de preparación pensaba que ME-DA-BA-AL-GO —dijo despacio—. ¿Ese es Héctor? ¿El de las fotos del pepino?

—Sí. —Me sonrojé—. Ese mismo.

—Pues, hija…, qué lástima lo de su novia porque… este me gustaba para ti.

Ja. Qué lista. Y a mí también. Pero no siempre todo sale como una sueña. Así que, a pesar de que fantaseaba con terminar la fiesta con él rodeándome la cintura, tuve que conformarme con tenerlo allí y con que le brillaran los ojos cada vez que se cruzaban con los míos.

20

Oliver quería comprarme una licuadora como regalo, pero Mamen no lo permitió. Me lo contaron de camino a mi portal mientras nos despedíamos con besos al aire y risas del resto de invitados. Iba cargada con mis regalos: la Polaroid y sus «carretes», los libros, el ticket regalo de ASOS y la botella de tequila Cien Malos, mientras bromeaba con mis hermanas y mi padre, contenta, risueña. La noche empezaba a decaer.

—Sofía..., me voy. —Héctor me sonrió y se inclinó a darme un beso en la mejilla—. Terminad la noche por todo lo alto.

Sonreí agradecida y le lancé un beso a Estela, que aguardaba detrás de él para subir a casa.

—Gracias por todo. Ha sido genial.

—Tú eres genial.

Se alejó después de decirme aquello y yo le seguí con la mirada hasta que desapareció en el portal.

Julio y su chica se metieron en la habitación nada más subir a casa y mi padre, Mamen y mis hermanas se despidieron hasta el domingo, pues habíamos reservado mesa para comer en un sitio que a mi padre y a mí nos encantaba. Solo quedamos Oliver y yo, tirados en el sofá, medio borrachos, contentos y hermanos. Me estaba rascando la cabeza como a un perrete (cosa que me gusta más de lo que debería confesar) cuando Héctor salió en la conversación. Al parecer se había mostrado reacio a dejarle llevar la batuta en la organización de la fiesta y eso a Oliver... no le había molado un pelo.

—No me gusta ese chico, Sofi.

—¿No te gusta? ¿A qué santo te tendría que gustar? —Me reí.

—Es que... no me fío. No me gusta cómo lo miras.

Me incorporé y la sonrisa se me escurrió al ver su expresión. Estaba hablando en serio.

—¿Qué problema tienes?

—Te gusta.

—Sí —asentí—. Claro que me gusta.

—Él tiene su vida fuera de aquí. Tú misma me lo has contado. Tiene novia en Ginebra, pero lo veo ambiguo. Creo que..., creo que te da cancha. Que sabe que te gusta y que le halaga y te da cancha porque le hace sentir bien.

—Eso no es verdad, Oli. Héctor se porta genial conmigo.

—Quizá demasiado bien para querer ser solamente tu amigo.

El corazón volvió a disparárseme en el pecho. Cada vez que mi esperanza veía un resquicio por el que colarse, este bombeaba sangre a una velocidad demencial. Calma, Sofía. Lucía no desaparecerá porque quieras que lo haga.

—Oliver. —Sonreí para infundirle tranquilidad—. Él solo quiere ser mi amigo. No hay ningún problema en que un chico y una chica sean amigos. Míranos a ti y a mí.

—Pero tú y yo somos diferentes.

—¿Por qué? —Me reí—. Vale, somos diferentes porque somos medio marcianos pero, dime, ¿por qué no puedo tener más amigos?

—Sí que puedes. Esto no es un ataque de celos. —Se incorporó en el sofá con aire digno—. Es que soy un tío y lo veo. Y lo huelo, joder.

—No te pongas en plan sabueso. Está claro que «Héctor y yo» no es lo mismo que «tú y yo» porque me lo cosería antes de querer algo contigo. Es incesto. Pero… soy consciente de que él tiene su vida y no me colgaré como una idiota. Sé controlarlo.

—No sabes —sentenció—. Nadie sabe controlar esa mierda.

—¿Lo dices por experiencia? —me burlé.

—Ríete lo que quieras pero ten claro que Héctor no dejará a su novia por ti pase lo que pase. Quiera o no quiera. Lo que ese tío quiere es tenerlo todo. Y hay que decir que no a algunas cosas para poder tener otras.

Me quedé mirándolo apenada mientras se levantaba, planchaba su ropa con la mano y cogía su abrigo.

—No tienes razón.

—Sí la tengo. Ojalá no la tuviera.

—Pero ¡no te enfades, Oliver!

—No me enfado, Sofi. Es que me tengo que ir. Le prometí que te entretendría un rato porque soy idiota y en el fondo quiero equivocarme.

—¿Qué dices?

—Ve a tu habitación y descorre las cortinas. —Me dio un beso en la frente—. Feliz cumpleaños.

Lo vi alejarse hacia la puerta con aire taciturno. No entendía nada.

—Gracias —le dije antes de que desapareciera.

—Llámame a la mínima. Puedo matarlo con el pulgar.

—Vale. Puedes matarlo con el pulgar. Es estupendo saberlo.

—Sofi…, que lo que quieres no haga que se te olvide lo que mereces.

Tras las cortinas de mi habitación encontré un cristal empañado. Tras él, el frío de la calle y su ventana. Su ventana empañada y una invitación: «¿VIENES?». Claro que sí. Voy. Volando.

Me abrió la puerta de su casa vestido y con el abrigo puesto.

—¿Vamos a algún sitio? —le pregunté con la sonrisa más tonta, encantada y ñoña del mundo.

—A soñar un rato.

Oliver tenía razón en algunas cosas. Una de ellas es que Héctor y yo éramos diferentes, no se podía comparar a mi relación con Oliver. Si Oliver me hubiera cogido de la mano no hubiera sentido nada. Lo hacía a menudo cuando quería que anduviera más rápido. Pero es que Oli era mi hermano. Y Héctor un hombre que se desmontaba y volvía a montarse a diario para caber mejor en la sombra de quien soñé que querría a mi lado, consciente o inconscientemente. Así que… imagina lo que sentí cuando sus dedos se entrelazaron con los míos y cerró la puerta tras él. Que le seguiría a cualquier parte. Que Oliver estaba en lo cierto cuando aseguraba que hay cosas que uno no puede controlar. Que el estómago sustituía a mis pulmones, estos a mi corazón y el corazón se me salía por la boca.

—Ven. Vamos.

Subimos en el ascensor en silencio. Parecía nervioso. Había preparado algo para mí y se estaba preguntando si iba a gustarme. Y yo me preguntaba qué me esperaba cuando el ascensor parara.

Salió primero y tiró de mi mano para que subiéramos a pie el último tramo de escalera, el que llevaba a la azotea del edificio. Mi estómago convulsionó en una especie de náusea nerviosa. Él me sonrió.

—Vamos —volvió a decir.

Sacó un manojo de llaves de su bolsillo y abrió la puerta.

—No te esperes grandes sorpresas, ¿eh? Es solo… un detalle.

Los hilos vacíos de tender la ropa se habían convertido en hileras de pequeñas bombillas que iluminaban un espacio para nosotros. Bajo estas, dos sillas plegables, unas mantas, una cubitera con una botella y dos copas de cristal. Y la maldita barbacoa portátil de la comunidad donde ahora crujía con sordina un pequeño fuego.

Me dejó sin respiración. Nada de lo que pudiera pronunciar llegaría a ser una palabra porque me faltaba menos y nada para echarme a llorar. Nunca nadie se había tomado tantas molestias por mí. No solo él. Había sido una noche completa. La fiesta sorpresa llena de amigos, los regalos que demostraban cuánto se preocupaba la gente por conocerme, su mano… cogida a la mía. Me lancé en sus brazos de nuevo y me levantó entre ellos a la vez que me daba una vuelta.

—Quería darte una sorpresa —susurró—. Espero que no te parezca fuera de lugar.

¿Fuera de lugar? ¿Por qué iba a serlo? Bueno…, era romántico. Era especial. Dos copas, una botella, las luces y parte de Madrid a nuestros pies. A mí no me parecía fuera de lugar pero… ¿qué opinaría Lucía? Di un paso hacia atrás y me coloqué el pelo detrás de las orejas. No sabía qué decir y tenía que decir algo antes de que Héctor malinterpretara mi silencio.

—Es increíble —musité.

Nos sentamos, nos tapamos con las mantas y él abrió la botella de vino en un visto y no visto. Me encantan los hombres que saben cómo servir un vino, los que se sienten cómodos con sus gestos, con la fuerza de sus manos, que saben lo que hacen, hagan lo que hagan. Héctor parecía uno de ellos. Tuve que sostener mi respiración para no jadear y parecer un caballo encabritado.

—¿Copas de cristal? —le pregunté con una sonrisa burlona.

—¿De qué otra manera íbamos a beber el vino?

—Con vasos de plástico, por ejemplo.

—Voy a reformular la frase: esta es la ÚNICA manera de beber vino —insistió.

Brindamos. Por mis treinta. Por él. Por mí. Y nos acomodamos a mirar al cielo.

—Menuda noche. —Suspiré—. Tened cuidado o me acostumbraré a estas cosas.

—Lo jodido será sorprenderte con algo el año que viene. He quemado todos mis cartuchos.

«El año que viene no estarás aquí», pensé. Me callé el comentario porque ambos los sabíamos y ¿qué sentido tenía recordarlo cuando podíamos jugar a que no existía esa posibilidad?

—Lo del fuego te ha quedado muy peliculero.

—No se lo cuentes a Oliver. —Me lanzó una mirada fugaz para clavarla después en la llamas—. No le caigo muy bien y tendrá un motivo para meterse conmigo.

—No le caes bien, ¿eh? ¿Y eso?

—Porque está celoso. —Sonrió—. Y porque él quería regalarte una licuadora y yo no lo veía claro.

Cerró los ojos. Sobre su piel bailaban las sombras de las llamas y no podía dejar de mirarlo. Y deseé ser capaz de leerle. Aprenderme los surcos que las sonrisas fueran dejando en su cara. Aprender en qué parte exacta de su barba el vello hacía un pequeño remolino. Aprender a leerle las manos y encontrar que llevaba escrito en la piel que iba a enamorarse de mí. Pestañeé. No me quedaban neuronas. Estaban todas muertas.

—Tengo un regalo. —No abrió los ojos para decirlo, pero sonrió. Sus dos hoyuelos se hundieron bajo la barba—. Es una tontería y me da vergüenza dártelo pero lo vi y me acordé de ti…, no sé por qué.

Se inclinó hacia un lado y sacó de debajo de la silla un paquete envuelto con papel de periódico y revistas y lo dejó en mi regazo.

—¿Qué? ¿Lo abrimos? Pero perdona si miro hacia otra parte.

—¿Te da vergüenza?

—Un poco. —Se rio, con los ojos fijos en el cielo.

El paquete pesaba un poco sobre mis muslos pero era pequeño. Lo toqué. Era duro y tenía una parte redondeada…, si al abrirlo me encontraba con un superpene hidráulico iba a tirarme por la azotea. Clavé los dedos en el papel y sentí cómo se rasgaba para ver aparecer un montón de papel burbuja. Cerré los ojos nerviosa mientras terminaba de desenvolverlo y volví a abrirlos después. Sobre mis rodillas, en la manta, sostenía un espejo de tocador, precioso, de color bronce, que brillaba como si fuera nuevo.

—Es vintage. Es muy cutre, ya lo sé. Pero lo vi en el Rastro y me acordé de ti —me contó. Sonreí. Me encantaba. Antes de que pudiera decírselo, acercó su silla a la mía y lo cogió—. Me dijiste que te gustaban las cosas que brillan y este brilla por dos.

Reguló el espejo para que reflejara mi cara y me miré.

—No soy muy bueno con las palabras —añadió con otra sonrisa tímida—. ¿Entiendes por qué brilla por dos?

—No.

—Mírate. Tú también brillas.

—¿Qué?

—Que brillas. Y no lo sabes.

Joder, no. Eso no. Había metido las manos en el cajón de las palabras y había sacado unas cuantas, pero se había equivocado de persona. «Brillas» es algo que yo quería que me dijera pero que él no debía pronunciar. «Brillas» llevaba un montón de sueños atados a ella y ahora se habían rasgado y vertían jodida purpurina por todas partes. Así no. Así era imposible.

—Me he pasado de listo, ¿no?

Y lo peor es que... parecía confuso. Y avergonzado. Y tímido. Y...

Se lo quité de entre las manos, lo envolví de nuevo en el papel burbuja y lo dejé a un lado, en el suelo, donde no pudiéramos pisarlo. Después apoyé la cabeza en su hombro y buscando el hueco de su cuello, susurré que me encantaba. Mi voz sonaba emocionada, no pude evitarlo. Él respondió como quería que lo hiciera pero no debía..., mesó mi pelo, besó mi cabeza y cuando levanté los ojos, me sonrió con los ojos brillantes. ¿Dónde estaba su novia? Porque yo solo nos sentía a él y a mí sobre la faz de la tierra.

Bebimos. Cuando una se pone tan ñoña y no está viviendo la vorágine del primer amor, tiene que beber para superarlo o... simplemente para disimular que se está poniendo intensa. Hacía frío pero envueltos en la manta dejamos que la conversación volviera a nacer con naturalidad, sin forzarla. Eso me gustaba mucho de Héctor. No solía hablar para llenar los silencios, solo cuando creía que debía hacerlo. Y así, nos contamos cosas. Los regalos que más nos habían emocionado. Algunos recuerdos valiosos. Su hermano ayudándole a subir a un castaño muy viejo que había en los campos de sus abuelos y el triunfo de verse capaz, por primera vez, de participar en un juego de mayores. El nacimiento de mis hermanas gemelas. Los sueños que no cumpliríamos porque se habían quedado obsoletos, como ser pirata o casarme con un vestido de purpurina. Los dos nos reíamos a carcajadas. Confesamos vergüenzas de la adolescencia. Cuando le cambió la voz. Cuando me crecieron las tetas. El primer beso. El despertar al sexo. Nos abríamos y volvíamos a reírnos como si las vergüenzas del otro fueran poca cosa. Y de la risa fuimos pasando a la confesión y de la confesión a la intimidad como si pudiéramos contárnoslo todo.

—Cuéntame lo del beso —me dijo.

—¿Qué beso?

—El beso más bonito y más triste de tu vida.

—¡Ah! –Sonreí–. La mentira a medias.

—Eso mismo.

—Pues… me lo dio un chico que acababa de conocer en la puerta de un garito totalmente demencial…, un día de estos te llevo.

—¿Un completo desconocido?

—¿Nunca has besado a una desconocida?

—No. —Se rio—. No sé.

—Qué antiguo eres cuando quieres…

Los dos nos reímos.

—Pero… ¿qué lo hizo tan especial? —insistió—. Quiero decir… ¿por qué fue bonito y triste?

—Fue bonito porque…, porque fue de amor, ¿sabes? Entre dos desconocidos. Un beso… casi mágico. A ese beso no le faltaba nada, solo una historia que lo sostuviera. Y fue triste por eso mismo. Porque era de mentira.

—Ya —asintió—. Y te sentiste… ¿estafada?

—No. En realidad me sentí ilusionada. Me hizo sentir que podía volver a…, a besar

—¿Por qué no ibas a hacerlo? —Frunció el ceño burlón.

—No sé…, me había convencido de que nadie querría besarme.

Negó con la cabeza e hizo una mueca.

—Es una tontería —le dije, queriendo quitarle importancia.

—Lo es. ¿Quién no querría besarte?

Miré su boca. Y sus ojos, tan oscuros a pesar de ser azules. Cogí aire y sonreí con tristeza a la vez que desviaba la mirada hacia el suelo. Él. Él no querría. ¿Por qué siempre tenía que fijarme en cosas que no me podía permitir? Como en su boca. No podía permitirme tocar su pelo, su barba, oler su cuello con fuerza. Héctor me enseñó sin saberlo un montón de cosas, pero no todas fueron buenas. Yo no conocía la avaricia hasta que no lo tuve a él y descubrí que quería más.

—Hace frío —me dijo—. Deberíamos ir bajando.

Héctor apagó el fuego con el agua helada de la cubitera y recogimos un poco. Dejamos la barbacoa sucia, las dos sillas y las bombillas y lo demás lo bajamos con nosotros hasta su piso, que estaba a oscuras y en silencio. Estela llevaba horas durmiendo.

Entramos en la cocina, sin encender la luz, y fuimos dejando las cosas sobre la encimera, sin orden ni concierto.

—Héctor... —susurré. No lo veía, pero sentía que estaba allí—. Me voy. Acompáñame a la puerta, está todo muy oscuro.

—Estoy aquí. —Me dio la mano.

El calor de todo su cuerpo se acercó a mí y sonreí, confiando que no pudiera verme, porque sonreí con demasiado alivio.

—Me voy —le repetí.

—¿Ya?

—Sí.

No añadió nada más. Palpé la oscuridad para encontrar su jersey y agarrarlo. Me reí con vergüenza. Sin luz aún le sentía más, como si no le hiciera falta estar, solo ser. Olía más, irradiaba más calor, más luz, más... magia. Apoyé la frente en el jersey. ¿Cuándo se había quitado el abrigo? Yo aún llevaba puesta la chaqueta.

—Gracias por esta noche —musité para disimular mi momento de debilidad.

—Espera... —Sus manos se deslizaron sobre mis hombros y me quitaron la chaqueta de cuero—. Quiero que veas una cosa antes...

Sus dedos apretaron los míos y me deslizó con sigilo, a oscuras, hasta su dormitorio, donde tampoco encendió la luz. La puerta se cerró a mi espalda y me sobresalté.

—Enciende la luz si no quieres matarme de un infarto. —Me reí.

—Siempre hablas en mi dirección. ¿Cómo sabes dónde estoy?

—No lo sé.

Él, el magnetismo de la Tierra. Yo, la brújula, siempre apuntando a él.

Encendió la luz de la lámpara de su mesita de noche y parpadeé. La calefacción central estaba muy alta y hacía incluso calor allí dentro; Héctor se quitó el jersey en un movimiento rápido para dejar a la vista una camiseta blanca, sencilla, de manga corta y con un pequeño bolsillo sobre el pecho. Sus brazos marcados, masculinos, fuertes, grandes. Un brazo no debería ser erótico, me dije. «Un brazo NO es erótico, Sofía. Deja de mirarlo». Parpadeé y me froté las cejas.

—Mira. —Se apartó el pelo de la frente y señaló detrás de mí.

Me di la vuelta y me encontré frente a una pared a medio pintar donde unas medusas parecían flotar con trazo negro sobre unas macetas de helechos que se encontraban a la altura del suelo; sobre las medusas, un paraguas bajo el que llovían gotas negras, finas. Llovizna de puntos negros y rayas, como un código morse visual. Era impresionante y solo había pintado un tercio de la pared.

—¡Madre mía, Héctor! ¡¡Es brutal!! —le dije—. ¡Me encanta!

—Aquí me equivoqué un poco. —Se acercó a la pared y señaló una de las medusas—. Así que decidí hacer trampas y dibujarlo primero con lápiz.

Sus manos se deslizaron por la pared lisa, dejando que dos dedos siguieran parte del trazo. Estaba de pronto imbuido en una especie de trance hipnótico, silencioso. ¿Qué pasaría si me pegaba a su espalda y aspiraba profundo? Si mis manos se desplegaban en su vientre plano y bajaban buscando hacerle sentir bien…, ¿gemiría? ¿Se apartaría? ¿Me diría cómo darle placer? ¿Me besaría en la boca y lamería mis labios?

—Me voy —salté.

—Espera. He dejado tu chaqueta en la cocina.

Caminamos hasta la cocina con su lamparita como única luz y me pasó la chaqueta, que descansaba sobre una silla en el rincón. Me ayudó a ponérmela y le azoté la cara con el pelo cuando lo saqué de debajo del cuero.

—Perdona.

—No te preocupes.

Ambos susurrábamos mientras nos acercábamos a la puerta.

—Oye…, ehm…, no sé muy bien cómo agradecerte lo de esta noche.

Me giré hacia él. Estaba apoyado en el marco de la puerta, con las manos en los bolsillos del pantalón vaquero. Si me hubiera pedido que describiera lo que más me gustaba en un hombre, el resultado hubiese sido un retrato robot suyo. Sus ojos, la manera en la que sus dientes jugaban con sus labios, la barba castaña, las manos grandes, tan alto, fornido, tan hombre. Yo… quería uno así. No. Uno así no, a él.

—Ven.

Abrió sus brazos y me hice un hueco entre ellos.

—Buenas noches —susurré contra su pecho sin intención ninguna de moverme.

—Buenas noches.

Me acomodé. Creo que le manché la camiseta de maquillaje y pintalabios, pero me dio igual. Y a juzgar por la fuerza con la que me ceñían sus brazos, a él también. Debería estar prohibido que algo oliera a hogar sin serlo. Que alguien encajara de aquella forma tan perfecta a tus formas. Que te hiciera sentir pequeña, bonita, como sabes que no le pareces a todo el mundo. Debería ser imposible colgarte de alguien que no siente lo mismo. Era mi última noche para soñar, me dije. La última. Al día siguiente seríamos amigos, sin magia. Sin ganas de más.

—No tendrías que haber venido —susurré de mala gana—. Cuando no estés te echaré demasiado de menos.

—A lo mejor no me marcho.

—Te irás aunque te quedes.

Me separé un poco de él y miré hacia arriba, hacia sus ojos, que brillaban hasta en la oscuridad.

—¿Me das un beso? —Frunció el ceño y me precipité a explicarme—. Quiero decir si…

—Sí.

Cuando se inclinó ni siquiera creí que fuera a hacerlo a pesar de cómo apoyó su mano en mi barbilla. Creí que besaría mi mejilla y que cuando cruzara la calle pensaría en la calidez de sus labios sobre la piel. Pero dirigió mi boca hacia la suya y… pasó. Como pasan los besos. Sin más.

Su pulgar acarició mi mejilla cuando mis labios encajaron entre los suyos. Un beso infantil. Un chasquido, pequeño. Otro. Otro. Unos ojos que se buscan. Una mirada interrogante, quizá un ¿qué estamos haciendo? Y vuelta a empezar.

Cada pequeño restallido entre sus labios y los míos sonaba un poco más húmedo que el anterior. Lo que pudo ser un beso íntimo, cómplice y, en principio, inocente se fue abriendo hasta mancharnos las lenguas. Y cuando la suya entró en mi boca, me abandoné, dejando que mis manos se internaran en su pelo y que las suyas me arquearan hasta sentir las formas de mi cuerpo pegadas a las suyas. El exceso y la falta, el valle y los altos, la piel…

Un paso. Otro. Mi espalda contra la puerta. Su mano dentro de mi chaqueta, dibujando el perfil de mi cintura hacia arriba, mientras sus caderas empujaban instintivamente hacia mí. Jadeamos.

—Ah, Dios…

Pensé en voz alta y su boca aspiró las palabras hasta llevarlas a su propia garganta y entonces las repitió. Alejamos las bocas solo para acercarlas a otros rincones. Le besé el cuello, mordí el lóbulo de su oreja y él dejó los dientes clavados en mi hombro y los dedos en mi pecho.

De ahí iríamos a la cama. Nos quitaríamos la ropa. ¿Qué más daba? Una noche de enajenación mental dentro de la boca del otro. Follando. Me desnudaría, se desnudaría, me abriría las piernas y me follaría. Con condón o sin condón. Era un error, ¿qué más daba equivocarse? Gemiríamos, nos correríamos y, cuando todo se hubiera acabado, me acordaría de ella. ¿Era así como sucedían las cosas? ¿Así había sido cuando yo era la engañada?

Me aparté de su boca y un chasquido húmedo recorrió la escalera de arriba abajo.

—¿Qué…?

—Joder… —maldije.

—Lo siento…, yo… no sé qué… pero es que…

No quise escuchar nada más. Si lo hacía era posible que volviera a pensar que podíamos permitirnos un error. Y yo no podía. Tropezar con la misma piedra que me habían tirado a mí a la cara era comportarme como una imbécil. Las escaleras…, solo me centré en bajar un peldaño tras otro y tras otro y tras otro. A toda prisa.

—Sofía…, Sofía…

Su voz parecía cada vez más lejana. Se calló. Le escuché maldecir entre dientes y rebuscar… las llaves. Cuando debió encontrarlas yo ya estaba en casa. Llorando. Llorando porque quería lo que sabía que no me merecía.

21

¿QUÉ HE HECHO?

Déjame explicarme. Un segundo. Un momento. Aunque no pueda. Solo dame la oportunidad de contarte esto y buscar la forma de encontrarle sentido a ser tan inoportuno e imbécil. Yo no soy así. Fueron las circunstancias, supongo. La magia no es siempre buena. Es una droga que embota tus sentidos y confunde porque lo envuelve todo y todo brilla y no te acuerdas de que en tu vida también hay grises.

Me desperté de golpe. Lo primero que percibí es que alguien me gritaba. Lo segundo, que seguía vestido.

—¿Me estás oyendo? —insistió Estela.

Me incorporé sobre mis codos y me quedé mirándola muy confuso. No había entendido ni una palabra.

—No, Estela, gritas tanto que el sonido ha dado la vuelta al mundo y a mí me ha llegado debilitado.

—Y ahora te haces el listillo…

—¿Qué te pasa?

—Dime la verdad. ¿Tienes un vicio secreto y te gusta comer pintalabios cuando nadie te ve?

—¿Qué dices?

—Digo que llevas toda la boca y la puta barba llena de un color rojo precioso que... juraría que llevaba ayer en los labios Sofía. Y por cierto... en la camiseta también. Tuvo que ser un beso apasionado.

Bufé y me dejé caer con la mirada fija en el techo. Tenía dos opciones: una, mentir. Decir que nos habíamos bebido otra botella de vino y que le pareció una buena idea pintarme los labios de rojo. Dios. Era una historia horrible. Dos, confesar. Pero ni la una ni la otra, me quedé callado, esperando que se olvidara, que dejara de interesarle o morirme. Cualquier opción hubiera sido válida en el momento.

—Sabía que de vez en cuando te pones un poco tonto, pero esto me parece increíble.

—Déjame en paz.

Durante unos segundos ella se quedó allí, de pie junto a la puerta y yo esperé mirando al techo que dijera algo más o que se fuera, mientras me iban apareciendo, como esas luces brillantes que ves cuando te duele mucho la cabeza, un montón de detalles de la noche anterior.

—Héctor... —su voz sonó más suave y más cerca de pronto. Sentí cómo se sentaba en el borde de la cama y dejaba la cabecita en mi estómago. Solíamos hacer aquello pero casi siempre era después de que yo le echara la bronca a ella y no al revés.

—¿Qué quieres, Estela?

—Cuéntamelo.

—No quiero contarte nada. Ya has sacado tus propias conclusiones.

—Sí. Las he sacado. ¿Quieres saberlas?

—No, pero vas a decírmelo de todas formas.

—Eh... —Se irguió y colocó su cabeza a la altura de la mía, obligándome a mirarla—. Sé que este viaje supone para ti muchas cosas, que nunca te has permitido demasiadas locuras y que estás viviendo a tope estos meses sin Lucía. No te voy a juzgar porque tontees un poco y te sueltes. Entiendo que estáis a punto de dar un paso importante y que no lo tienes claro y veo completamente normal que quieras ser un mal chico durante un rato, somos humanos pero... con Sofía no, Héctor.

Me quedé mirándola mientras me mordía la lengua con las muelas. ¿Era eso lo que me pasaba? ¿Estaba acojonado por verme pasando el resto de mi vida con Lucía y ahora me daba por tontear con otras?

—No lo veo así —le dije por fin.

—¿La besaste?

—Sí —asentí—. Se me fue la cabeza por completo.

—¿Por qué?

—Porque no pensé en nada. No..., no existía nada. Solo quería besarla en ese momento y lo hice.

—¿Te arrepientes?

No. Resonó en mi cabeza de forma contundente pero asentí en silencio porque me asustó una certeza que decía demasiadas cosas sobre mí. Y sobre todo lo que me rodeaba. Y no buenas.

—Si quieres un consejo, no se lo cuentes a Lucía. No hagas eso de..., de llamar implorando perdón y confesando que le diste un beso a otra. Si no quieres volver a hacerlo... No LO HAGAS.

Se levantó de la cama y me dejó allí tirado con más ganas de morirme que antes. Había sido un beso, me dije. ¿Por qué iba a arrepentirme de un beso tonto? Esas cosas pasan, me repetí. Nunca me habían pasado antes, es verdad, pero... ¿tanta importancia tenía un beso? Quizá si hubiéramos terminado en la cama pero... tampoco me parecía tan grave.

—¿Cómo acabó? —Desperté de mis cábalas mentales y me quedé mirando a Estela, que seguía en mi puerta—. ¿Cómo es que no terminasteis en la cama? Perdona la pregunta. Esto ya es por curiosidad pura y dura.

—Se fue corriendo.

—Deberías ir a hablar con ella. Debe tener un caos mental de aúpa.

—Sí. —Me froté los ojos—. Lo haré.

—Pero hazlo.

—Que sí… —respondí empezando a cabrearme más conmigo que con ella.

—Oye, Héctor…

—Estela, por Dios, ¿¡qué quieres!? —Me senté en la cama.

—Qué asco me das cuando te pones así. Eres insoportable.

—¿Y tú qué eres? ¡¡Métete en tu vida que también necesita un repasito!!

—Piénsate muy bien si lo que estás haciendo no es resarcirte a ti mismo por algo que pasó hace diez años y que perdonaste porque te dio la puta gana, idiota.

—¡Imbécil! —grité.

—¡Niñato!

El portazo que pegó en mi habitación debió hacer vibrar los ventanales de casa de Sofía. Me froté la cara con vehemencia mientras maldecía y me levanté. En el pecho de mi camiseta, difuminado, el rastro de dos labios rojos. Resoplé.

A Estela y a mí nos duró poco. Cuando salí de la ducha y nos encontramos en el pasillo le pedí disculpas. Ella a mí también aunque ambos sabíamos que no había dicho nada que no pensara y… tenía cierto grado de razón.

Dibujé una carita triste en el cristal de mi dormitorio. Era nuestro símbolo cuando queríamos un poquito de atención. Ambos lo habíamos usado poco, pero esta vez, a diferencia de las anteriores, no resultó. No hubo llamada, ni visita ni nada de nada.

Me sorprendí vigilando su ventana, sentado en el escritorio como si fuera James Stewart en *La ventana indiscreta*.

Cuando nos vimos en su portal la noche anterior…, noté algo en el estómago. Algo raro. Muy… adolescente. Estaba muy guapa y me sentí confuso al pensar que aquellos vaqueros le hacían un culazo.

Cuando Lucía y yo rompimos a los veintiún años, una noche, le comí la boca a otra. Era una compañera de clase a la que nunca había prestado especial atención pero que estaba en el sitio adecuado en el momento adecuado…, es decir: sentada en mi regazo una noche cualquiera de mi depresión post-ruptura después de litro y medio de calimocho. Me puso. No besaba mal pero tampoco era una maravilla, pero tenía ganas y todo iba mejor que bien hasta que mis amigos me llevaron a rastras a la barra a por una copa.

—¿En serio? —me dijo uno—. Acabas de bajar tu nota media tres puntos.

—¿Qué? —Yo no entendía nada. Entre la borrachera y que nunca fui muy espabilado para esas cosas tan «de tíos»…

—Lucía era un diez y esta… ¿un seis? Siendo buenos.

Lucía era un diez. Lo había escuchado desde los quince años, cuando todos soñábamos con darle su primer beso. Gané yo, por cierto. Cuando se fue desarrollando, fue mejor. Creció hasta ser una mujer guapa, atractiva, atlética. Ojos enormes y verdes. Pelo castaño, suave, siempre peinado a la moda. Pestañas largas. Labios gruesos. Dos tetas redondas, firmes, que cabían en mi mano como si fuéramos la medida del otro. Piernas largas, delgadas, bonitas, de esas que te giras a mirar si lucen una minifalda. Mis amigos babeaban con ella y eso que no sabían lo increíble que era su culo, lo bien que le quedaba la ropa interior pequeña y que se lo depilaba casi todo. Siempre fue un diez.

No volví a besarme con aquella chica. Me fui de la discoteca donde estábamos porque me agobió pensar que mi diez estaría follando con otro diez en aquel momento mientras yo me sentía poco más que un suficiente. Me encontré a Estela en casa esa noche y cuando se lo conté, me dio un bofetón. Estaba borracha y yo también, así que nos reímos, pero me escoció. Me escoció, sobre todo, saber que me lo daba porque no sabía qué otra cosa hacer para desatar la rabia que le daba verme ser tan idiota.

La chica a la que dejé tirada no era un seis. Ni yo un suficiente. Ni Lucía un diez, pero de alguna manera, este asunto se me quedó grabado y desde el día en que Lucía volvió a mí con lágrimas en los ojos, pidiéndome perdón por la ruptura y suplicándome volver otra vez conmigo, siempre me sentí agradecido de que ella me hubiese escogido entre todos los demás. Ella, que me miraba, me besaba y me decía: «Cuando cumplas treinta y cinco serás de portada». ¿Qué pasaba mientras tanto, Lucía?

Nunca puntué. Solo me quedé... marcado por esa visión. Lucía era lo mejor a lo que podía aspirar porque era la polla. A todo el mundo se lo parecía. Era divertida. Nos reíamos juntos. Con el tiempo se volvió más seria pero porque se centró tanto en su trabajo que reírse dejó de parecerle lo puto mejor del mundo. Yo era su artista, me decía. Y ella mi banquera. «Ve y hazles ganar dinero», le gritaba desde la cama cuando se iba a trabajar. Al menos al principio. Después yo dejé de despertarme con ella, ella dejó de despedirse con un beso y nos volvimos más... ¿adultos? No lo sé.

Sofía. No iba a puntuarla. Nunca. No sabría aunque quisiera. Pero si Lucía era un diez, ¿qué hacía mirando a otra, fuera como fuese?

Unos días antes de su cumpleaños, me pidió que la acompañara a recoger un vestido que estaban guardándole en Chopper Monster, en la Corredera Alta de San Pablo. Era un vestido a cuadros con el cuello y los puños blancos que miraba embelesada.

—He ahorrado para comprármelo —me dijo emocionada.

Se lo probó antes de llevárselo. Una chica le ayudó a subir la cremallera y no salió a enseñármelo, pero la vi por una ranura de la cortina. Ceñida. Tersa. Gloriosa. Dios. Tenía de todo. Sus tetas, apretadas bajo la tela, parecían aún más grandes, más redondas. Y el vestido ceñía sus caderas y envolvía sus piernas hasta la rodilla... Me apretaba el pantalón cuando me levanté del sofá que hay junto a los probadores. Y no sabía qué me pasaba.

Yo sé que Sofía... no es que tuviera complejos, pero se sentía menos cómoda con algunas de sus características físicas. Todos tenemos esas cosas. Le incomodaba «ocupar más tamaño», tomando prestadas sus propias palabras. Aunque debo admitir que tampoco parecía que le torturara demasiado porque..., era verdad, en el fondo... ¿qué más daba?

—Lo tengo difícil para encontrar compañero de correrías —me dijo una vez mientras preparaba unos cafés—. Soy como un tigre albino de la estepa siberiana en pleno Sahara. No encajo en los cánones. Y los tíos a los que les gusto... no me hacen sentir como me gustaría. Yo quiero no pensar en si soy o no como las demás.

¿Cómo la habría hecho sentir mi beso?

Después de comer me presenté en su casa. Ese «¡Qué más dará un beso!» inicial se convirtió en un monstruo que fue creciendo tanto que ya no cupo en el armario y vino a sentarse a mi lado en el escritorio. Casi rompimos la mesa de nuestro peso, entre conciencia, disgustos y malos ratos.

Cuando me abrió la puerta, pareció aliviada y a la vez avergonzada.

—Hola. —Sonrió tímidamente—. No te esperaba.

—Perdona por presentarme sin avisar. No contestabas y...

—¿Me llamaste?

—Por la ventana. —Sonreí y me sentí tan tonto...

Me abrió la puerta y me señaló el salón, pero le pregunté si podíamos hablar en privado.

—Estoy sola.

Llevaba el pelo largo suelto, ni gota de maquillaje y una camiseta de Bowie con unos pantalones oscuros de pijama. Su gata dormía en una caja de cartón junto a la televisión.

—Está deprimida —me dijo—. Julio se ha llevado a Roberto a pasar el fin de semana en casa de su novia. El amor entre especies es complicado.

Sonreí cortado y me quité la chaqueta. Ella la cogió, la estudió, me miró con el ceño fruncido y antes de dejarla en un perchero en la entrada comentó: «Los noventa han vuelto». Sí. Llevaba una chaqueta vaquera con borrego dentro. No me avergüenzo.

—Oye, Sofía..., quería...

Se dejó caer en el sofá con un pie bajo el culo y me miró desde allí abajo. Sin pintalabios su boca parecía más jugosa..., pestañeé, tenía que concentrarme.

—No hace falta —dijo.

—Sí hace falta. Pasó algo de lo que no estoy muy orgulloso.

No elegí las mejores palabras del mundo, pero no encontré otras. No me sentía orgulloso de haberlo hecho y de no arrepentirme, de pensar en mi fuero interno que, total, seguro que Lucía lo había hecho cientos de veces en alguna borrachera. Un beso era un beso. ¿Me importaba imaginar a Lucía besándose de esa manera con otro? No. No lo hacía. Pero... no estaba orgulloso porque aún no entendía una mierda.

—Vale. —Suspiró—. No le demos importancia.

—Vale —asentí—. Pero no quiero que estemos raros.

—Vamos a estar raros. —Sonrió—. Al menos unos días.

—¿Y si lo hablamos ahora? —Me senté a su lado en el sofá y ella se volvió hacia mí.

—Va a ser peor. Va a ser muy incómodo.

—Así concentramos toda la incomodidad en una tarde y mañana se nos habrá pasado.

Hizo una mueca; no le convencía. A mí tampoco, pero no se me ocurría nada mejor porque si hubiera sido otra lo hubiera olvidado, pero era ella y... no quería que se alejara. No quería que se alejara ni un centímetro y tenía esa sensación..., esa sensación de vacío que sientes cuando la mejor fiesta de tu vida amenaza con terminar demasiado pronto.

«Te acabo de conocer. No quiero cagarla». Y ese pensamiento... me confundió aún más.

—Vale —asintió—. Pero empiezas tú.

—Vale. Ehm..., se me fue la pinza. Eres..., eres genial y yo me siento solo y la noche de ayer fue especial. No lo pensé. Y lo siento, sobre todo, porque no soy el típico chico que hace estas cosas.

—Ya no tienes edad de llamarte a ti mismo chico. —Se rio—. Eres un hombre. O un tío.

—Pues soy un tío-hombre bastante reflexivo. No suelo tener que pedir disculpas por ese tipo de cosas.

—Entonces ¿eres de los que piden permiso?

—¿Cómo? —pregunté con el ceño fruncido.

—Sí. Existen dos tipos de persona: los que piden permiso y los que piden perdón.

—Ya. Pues... yo ni pido permiso ni perdón.

—Qué tío más aburrido.

La sonrisa que esbozó me hizo sentir pequeño, emocionado, acelerado, loco. Hubiera desgarrado un cojín de su sofá con mis propias manos con un gruñido si hubiera podido. Tenía de pronto muchas cosas dentro.

—Eres genial, Sofía. No te alejes porque este imbécil te diera un beso.

—¿Puedo preguntarte cosas?

—¿Alguna vez no has podido hacerlo? —Le sonreí.

—¿Por qué me besaste?

—Porque me apetecía.

Cerré los ojos un segundo y luego fingí seguridad. Se me había escapado totalmente. ¿Dónde cojones estaba el Héctor reflexivo? ¿Tomándose un café en Ginebra o qué?

—¿Y por qué te apetecía?

«Tengo hambre. Estoy solo. Hueles bien. Sabes mejor. Me gusta cómo te ríes. Me la pondría dura escuchar tu risa y definitivamente me partiría en dos ver que te ríes y me besas a la vez». Me froté la cara. Joder. Sofía era muy guapa. ¿Dónde estaba la imagen de «mi diez»? Abrí la boca para contestar, pero boqueé como un imbécil sin saber qué decir. Ella lo atajó.

—Vale. Da igual. Solo… tienes que prometerme una cosa.

Asentí. Quería cogerle las manos y prometerle que era buen chico, que no le haría daño, que seríamos los mejores amigos. El tiempo con ella valía el doble que el tiempo en el que vivía su ausencia. Pero ella no me dejó decir nada más. Solo… añadió algo que marcaría nuestra relación para siempre. Algo que… no pude cumplir.

—No puedes volver a hacerlo —musitó—. Lo digo en serio, Héctor. No puedes.

22

A pesar de nuestra conversación, estuvimos raros unos días. Tímidos. Él se retrajo un poco, refugiándose en el Héctor que casi no hablaba en el Alejandría, que pedía su café dulce y que sonreía como despedida. Yo... fingí que la vida era la polla porque no quería darme margen a que cupiera la sensación de que su beso había sido de verdad, la marca récord de cosas perfectas en mi vida.

Abel me preguntó aquel lunes si me pasaba algo con «el guapo». Le dije que no, pero con la cabeza; se me da mejor mentir por signos.

—¿Seguro? —Me miró con suspicacia—. ¿No me estarás escondiendo algo?

Negué otra vez. Necesitaba más información para poder ponerlo en común y ser capaz de defender que Héctor no era uno de esos. De esos con novia que buscaban a alguien con quien pasar el invierno si ella estaba lejos. De esos que con una novia divina en casa, se revolcaban con una chica como yo pero no se enteraba nadie. Un egoísta. Un cobarde. Solo era… un chico confuso.

Decir que no había estado fantaseando con lo que podría haber pasado si no hubiera salido corriendo sería una mentira del tamaño de la Puerta de Alcalá. Fantaseé y mucho. En la imaginación no se sentiría, como decía Héctor, pero todo era gratis, así que su escalera pasó a ser un escenario de cine, con una iluminación tan bonita que ni la de la película *Amélie*. Mis zapatos no dolían ni eran de Zara. Yo no tenía miedo. Él no tenía novia. Nos besábamos, nos desnudábamos, le clavaba los dientes en el pecho mientras me tocaba bajo la ropa interior, incapaces de esperar a encontrarnos en la intimidad de su dormitorio. Y follábamos. Joder, si follábamos. Y al terminar había risas, no remordimientos. No, Héctor, en la imaginación las terminaciones nerviosas estarán adormecidas pero es mucho mejor que cierta realidad.

Fue él quien tomó la iniciativa para vernos como lo hacíamos antes del beso. Me envió un whatsapp con la foto de su mano sosteniendo una copa de vino vacía. Añadía un: «No me gusta beber solo». Lo pensé un poco. No corrí a decirle que sí. Me gustaba mucho pero no estaba ciega y sabía dónde me estaba metiendo. Es normal que quisiera asegurarme de hacerlo a conciencia. Tenerlo cerca iba a ser sinónimo de querer más, de mirar sus labios mientras hablaba y desear que se pasara por el forro de los cojones la promesa de no volver a besarme. Sería querer con todas mis fuerzas que pasáramos la tarde labio con labio, lengua con lengua, con las manos ocupadas a pesar de saber con certeza que él tenía pareja y… la quería. ¿Y yo qué era? Un beso confuso y manchado de vino en una escalera.

Quedamos en mi casa. Jersey gris de cuello redondo. Vaqueros. El pelo hacia un lado. Me puse tan nerviosa en cuanto lo vi entrar en casa que me dio la risa nerviosa. Y él se contagió.

—¿De qué te ríes?

—De ti —mentí.

Y él supo que lo hacía.

Servimos un vino en el salón. Julio estaba en su habitación, haciendo vete tú a saber qué, pero nos prestó a Roberto un rato y jugamos con él y con Holly, que seguía sin tolerar a Héctor y aprovechaba la mínima oportunidad para lanzarle un zarpazo, como si supiera, pobre animalico, que estaba dispuesta a darle parte del tiempo que ahora le dedicaba solo a ella. Estábamos, claramente, buscando algo que nos distrajera de lo violento que resultaba de pronto estar juntos y solos. Una excusa. Un «tercero en discordia». Un «mientras estemos ocupado en esto no habrá silencios violentos». Pero «los niños» se cansaron de jugar y se acurrucaron en su cajita para que los «mayores» nos comportáramos como tal. Y solo quedamos él y yo y el silencio de mi salón, que duró poco.

—¿Por qué ya no hablamos? —le pregunté mientras esbozaba una sonrisa que dulcificara la pregunta.

—Porque estamos cortados.

—Creía que lo habíamos solucionado el sábado. Ya sabes. Fue terriblemente violento. Pensaba que no íbamos a repetir.

—Yo no quiero, desde luego. —Se mesó el pelo, con el codo apoyado en el respaldo del sofá donde nos mirábamos—. Pero no sé cómo romper el hielo.

—¿Lo hacemos a lo bestia?

—A lo bestia. —Sonrió.

—¿Por qué no me hablas un poco de Lucía?

Echó la cabeza hacia atrás y se echó a reír. «No te rías, lo estoy haciendo por mi bien».

—Joder. A lo bestia pero de verdad.

—¿Hay algún problema en hablar de tu novia?

—No. —Se frotó la barba—. No lo hay.

—Adelante.

Necesitaba escucharle hablar de ella, que se hiciera más real, que me dijera con cara de bobo que era la única chica a la que había deseado en su vida o que estaba deseando verla para meterse en la cama con ella. Cualquier cosa que supusiera pasos en dirección contraria al beso del sábado, al idioma de nuestras ventanas, a la complicidad de los ratos que habíamos pasado juntos. A lo mucho que me gustaba que me tocara cuando hablaba, que buscara mi mano, o mi brazo o que sonriera mirándome a la cara cuando yo le contaba algo. Millas en dirección contraria, por favor.

—Ehm…, vale. ¿Qué quieres saber?

—No sé. Nunca me hablas de ella.

—Sí que te hablo de ella. —Frunció el ceño y cogió su copa de vino—. Pero… la gente que nos conoce suele hablar de nosotros como si fuéramos uno, como si viniéramos en un pack y es agradable ser solamente Héctor para alguien. Eso es lo que has debido notar.

—Sí. Debe ser.

—¿Cómo fue… lo tuyo?

—¿Qué mío? —Me reí—. Suena fatal.

—Tu relación. Tú tampoco hablas mucho de él.

—¡Es mi ex! —me descojoné—. ¿Por qué iba a hablar de él? ¿Por qué empeñarme en pensar en alguien que ya no está en mi vida?

—Qué sano eso. —Dio un trago al vino—. ¿Sois amigos?

—¿Amigos? No. Claro que no. Me engañó con otra durante meses. No puedo ser amiga de… —lo miré. Mierda— alguien que decidió que mentir era más fácil que decirme que ya no me quería.

—A lo mejor… le costó darse cuenta.

—¿De que no me quería? Joder. Pues pareció asumir muy pronto que follar conmigo no era su plato preferido del menú.

Se frotó los ojos. Tema escabroso. Cambio de tercio, por favor. Contarle eso me hacía sentir insegura, fea, gorda, alguien que no merecía el deseo de unas manos apretando la carne de sus caderas mientras gozaba. Y yo ya había dejado atrás hacía años a esa persona.

—¿Cómo es que… no vas a Ginebra? A ver a Lucía, quiero decir.

—Ahm —carraspeó—. Pues por un tema de dinero básicamente. Los billetes me cuestan unos cien euros mínimo y…, bueno, no quiero derrochar. Si te soy sincero… — jugueteó con la copa, con los ojos puestos en ella— no quiero seguir viviendo allí.

—¿Y eso? Dicen que allí atan a los perros con collares de Cartier.

—Sí. Bueno, está bien. Pero… en realidad no sé si quise algún día. Así que tengo que comportarme como si aquí las cosas estuvieran funcionando increíblemente bien en el trabajo porque si le demuestro a Lucía que no ando holgado de pasta, considerará terminado el experimento y querrá que vuelva a Suiza y yo… quiero quedarme aquí.

—Hasta donde yo sé tú eres libre de hacer lo que quieras, ¿no?

—Lo soy —asintió sin mirarme—. Y no volvería. Lo que me da miedo no es que me obligara a nada porque, vamos, soy un tío adulto y es una decisión que tengo que tomar yo, pero eso… nos traería problemas. Lo que pasaría entonces sería que ella vendría y me pasaría la vida escuchando que nos precipitamos, que perdimos la oportunidad de hacerlo bien y… bla, bla, bla.

—¿Ella no quiere volver?

—Sí. Sí quiere. Pero también quiere un loft por la zona de Retiro, comprarse un coche, tener un hijo, pasar las Navidades en Nueva York o en Viena o en Japón… y mis ingresos no acompañan. Yo no sirvo para vivir así.

Tener un hijo. Con él. Miré mis manos frías. «Sofía, métetelo en la cabeza: Héctor tiene una vida, anda tantos pasos por delante de ti que es incapaz de verte de la manera en que tú lo ves; nunca dejará su vida por ti. Será un buen amigo y te alegrarás de su felicidad».

—¿Puedo contarte una cosa? —me preguntó, mirándome de nuevo—. Una cosa que no puedes mencionar delante de Estela.

—Claro.

—Le miento.

—¿A Estela?

—No. A Lucía.

El corazón se me desbocó. «Que no diga que le engaña con otras, que no eche por el suelo el recuerdo de un beso que aunque quiero olvidar no puedo negar que fue especial». Creo que se dio cuenta de mi turbación, porque carraspeó antes de seguir hablando, nervioso.

—Siempre encuentro una excusa convincente por la que no puedo ir. Suelo decirle que tengo tanto trabajo que no puedo ir a verla.

—¿Y por qué no viene ella?

—Porque creo que no le importa. —Se enderezó un poco—. Quiero decir que... no somos ese tipo de pareja a la que le importa demasiado la distancia. Somos más prácticos, ¿sabes?

—Nunca pensé que el amor pudiera ser tan pragmático.

Lo admito. Lo dije a propósito porque el giro de la conversación no me había engañado. Él había confesado un vacío, una pena y después se había sentido tan expuesto al confesar que no le apetecía ver a su novia, que se había buscado un pretexto. ¿Eran una pareja pragmática? Por la forma en la que hablaba más bien parecían una pareja fría. Y sentí ser dura, pero me molestó que intentase convencerme de algo que ni siquiera él creía. Me pareció que le dolía pero solo esbozó una sonrisa triste y respondió:

—Bueno, el amor es como es. Cada uno le ve una cara.
—Dejó la copa en el suelo y se frotó la barba.

—No quería…

—Ya lo sé. Es que no me apetece mucho hablar de esto. No sé por qué he sacado el tema.

—Perdona. Lo he sacado yo.

La mano. ¿Dónde estaba su mano? ¿Y la mía? Una debajo de la otra. Los dedos curvados, sintiendo el tacto de los otros, de los suyos. Miré nuestras manos y lo miré después a él. Tenía los ojos clavados en el movimiento de sus dedos.

—¿Por qué no me pones una de tus canciones bonitas? —Levantó la mirada y sonrió—. A lo mejor así te cuento sin que me dé vergüenza que lo mejor de estar contigo es que no me angustia nada.

—¿Y qué pasa cuando no estoy?

—Que la vida vuelve a ser un coñazo.

Mientras nos dirigíamos a mi habitación iba pensando en que Héctor no jugaba limpio. Al menos no actuaba como si lo hiciera. ¿Y Lucía? ¿Qué pasaba con ella? Le decía todas aquellas cosas a una chica a la que había besado unos días antes y caminaba detrás de ella en dirección a su dormitorio…, ¿con qué fin? Sí, lo sé. No sería la primera vez que escucháramos música mientras charlábamos echados en un sofá o en una cama, sin más, pero… todo tenía de pronto condicionantes peligrosos. A mí no me haría gracia si fuera ella. No. Me moriría de celos. Yo no había compartido con él una relación desde los dieciséis años, no le había besado cuando aún no se afeitaba, no me había sorprendido todo lo que era capaz de sentir el cuerpo con el suyo desnudo encima de mí, no habíamos decidido romper y volver, no nos habíamos mudado juntos ni compartido casa y cama durante años y… los celos a veces me estrangulaban el estómago. ¿Y ella? Me paré en el quicio de mi puerta y me di la vuelta.

—Héctor..., ¿a Lucía no le molestaría saber que estás en la habitación de otra chica escuchando música?

—¿Por qué tendría que molestarle? ¿Te molesta a ti?

—¿A mí? ¿Por qué iba a molestarme?

—No lo sé. A lo mejor estoy forzando las cosas y preferirías que me fuera.

—No. No es eso.

—¿Entonces?

—Te lo preguntaré de otra manera, ¿vale? Sé sincero. Si supieras que ella ha pasado la tarde en casa de un amigo, echada en su cama, escuchando música..., ¿te molestaría?

—En absoluto.

Y no hubo nada más que decir. Decirlo sería juzgar una relación, una situación, dos personas que... no conocía.

Mi portátil descansaba sobre la mesa con Spotify abierto. El móvil empezó a sonar anunciando una llamada de Mamen y mientras la cortaba y le enviaba un whatsapp diciéndole que estaba ocupada y que le llamaría yo en un rato, Héctor se acercó a la pantalla del ordenador y pulsó play sin que pudiera impedírselo. Joder. Lo que estaba sonando era una lista de canciones a la que había titulado «Sentir» y que me dejaba con el culo bastante al aire porque todas habían sido escogidas porque me hacían pensar en él. Me sentí como si al entrar en el dormitorio nos hubiera recibido un montón de bragas usadas bailando el twist: desnuda, tonta, al descubierto. La primera, «Por mi tripa», de Pereza. «No quiero estar ni un minuto más deshojando una verdad que nos mira a la cara de cerca y no se larga». Para él aquellas palabras podían no significar nada, pero a mí me decían demasiadas cosas sobre lo que sentía por él y no sabría disimularlas mientras le miraba a la cara, así que lo aparté fingiendo que mis prisas eran una broma y pulsé la siguiente para ir buscando mientras tanto otra lista menos comprometida para escuchar con él, que se sentó en mi cama. Pero... sonó la canción adecuada.

—No. Déjala —me dijo cuando la paré con intención de cambiar.

—¿Cuál?

—La anterior. ¿Cuál es?

—¿La anterior? Rayden. —Me senté a los pies de la cama, con mi pie debajo del culo—. A Abel le encanta y... bueno, no es mi rollo pero la letra me parece preciosa. Es... poesía con música.

> Sonrío cada vez que lo recuerdo, y créeme que es muy raro,
> hay veces que muerdo mi mano, para ver si fue soñado,
> y es que...
> me he imaginado tantas veces contigo, que cuando al fin te
>   tuve enfrente,
> solo pude estar callado.
> Entré con lo justo en la cartera y salí con el alma llena
> y eso no lo paga una moneda,
> ni lo hace cualquiera,
> di de qué manera o forma conseguiste que por ti rompiese mis
>   normas...

Héctor se levantó de la cama de golpe y paró el reproductor.

—¿No te gusta?

—Sí..., es que...

Volvió a poner la canción desde el principio, se sentó en mi escritorio y me miró mientras volvían a sonar las mismas estrofas. Estrofas que yo soñaba con que Héctor pensara en su cama mientras yo le pensaba a él.

Sonrío cada vez que lo recuerdo, y créeme que es muy raro,
hay veces que muerdo mi mano, para ver si fue soñado, y es
    que…
me he imaginado tantas veces contigo, que cuando al fin te tuve
    enfrente,
solo pude estar callado.
Entré con lo justo en la cartera y salí con el alma llena
y eso no lo paga una moneda,
ni lo hace cualquiera,
di de qué manera o forma conseguiste que por ti rompiese mis
    normas…

Lo paró de nuevo. Volvió a pulsar el play.

Sonrío cada vez que lo recuerdo, y créeme que es muy raro,
hay veces que muerdo mi mano, para ver si fue soñado,
y es que…
me he imaginado tantas veces contigo, que cuando al fin te tuve
    enfrente,
solo pude estar callado.
Entré con lo justo en la cartera y salí con el alma llena
y eso no lo paga una moneda,
ni lo hace cualquiera,
di de qué manera o forma conseguiste que por ti rompiese mis
    normas…

Cada vez que escuchaba aquellas palabras era como si una
aguja empapada en tinta negra las fuera tatuando encima de mi
piel, en el estómago, para tenerlas cerca cuando él volviera a
hacerme sentir mariposas, como se titulaba la canción.

Dejó que continuara con las piernas colgando, sentado en
el escritorio, agarrado a la tabla, escuchando sin mirarme.

Si estamos juntos lo del tiempo es relativo,
si no estás se pasa lento y a tu lado es un suspiro.
Ay, el destino… de ti no supe hasta hace poco
pero desde crío, creo, te conozco y vas conmigo…
(Será) que un fino hilo nos unió dándonos cuerda,
así que agárrate con fuerza y disfrutemos del camino.

Sus ojos se levantaron. La mirada reptó por el suelo hasta cogerme de un tobillo y tirar y tirar y tirar con esfuerzo hasta escalar por mis piernas y llegar a mi regazo. De allí subió a mi cara y en silencio dejamos que el resto de la canción nos cantara sobre pompas, bocas, sonrisas tontas, yang, ilusión, miedo, temor, fantasmas, amor, cielo y nubes, para siempres, cosquillas, deslices, besos y labios.

Y cuando terminó…, sonrió.

—Brutal. —Suspiró.

—Lo es. Está llena de… cosas de verdad.

—¿Cuántas cosas más piensas enseñarme hoy?

—Te voy a enseñar que en cada disco hay una canción que nos dice cosas que sabemos pero que nos resistimos a creer. —Me hice la valiente—. ¿Quieres?

—¿Cómo iba a decirte que no?

Mi cama de cuerpo y medio cedió un poco bajo su peso cuando se echó a mi lado, de perfil, mirándome. Yo, en el otro lado, lo más alejada que podía estar de él, sonreí.

—Bienvenido a la clase magistral de la licenciada Sofía Bueno.

—¿Te llamas Sofía Bueno? —Y junto a sus ojos aparecieron unas arruguitas de expresión taaaaan monas…

—Sí. ¿Y usted?

—Héctor de la Torre.

—Un nombre como de conquistador.

—Sí. De los que descubrieron las Indias. Proceda con su clase magistral, por favor.

—Lo que está sonando ahora es «Little Things», de los One Direction.

—¿Los qué? —Levantó las cejas.

—Los One Direction. Eran cinco chicos ingleses que volvían locas a las nenas. —Puse morritos.

—Oh. Pues suenan bastante... meapilas.

—¿No tienes sentimientos?

—Es pop comercial blandengue —me picó—. Puedes hacerlo mejor.

—Pero ¿has escuchado la letra?

—No. ¿Importa?

—¡Claro que importa! Es... superbonita.

—Superbonita —me imitó y apretó los labios—. Insisto. Puedes hacerlo mejor. Las versiones renovadas de Take That no me impresionan.

—Pequeño padawan..., a mí me encanta la música de los ochenta, pero no por eso dejo de escuchar todo lo demás. Hay canciones que quizá no cumplen todos esos requisitos «técnicos» tan exquisitos con los que supongo que gozas con el monóculo puesto, pero que transmiten cosas. Quizá su letra no es poesía como la de Aute o Serrat. O a lo mejor la melodía no es una obra de arte, como la de Pachelbel o Chopin. Pero emocionan. Y estamos menospreciando las emociones si creemos que eso las hace peores.

Me levanté y seleccioné unas cuantas canciones para ponerlas en cola desde otras listas de Spotify lo que... me reconfortó. No quería que escuchase la ristra de canciones que había escogido para pensar en él.

Pulsé la siguiente y el ritmo cambió completamente. Algo de piano pero del que avecina una de esas canciones modernas que empiezan suaves y luego llenan un local de gente botando.

—«Takes my body higher» de Shoffy —le informé.

—Tiene nombre de marca de papel higiénico.

—¡Cállate! —Me reí—. Escúchala. ¿Sabes a qué suena? Suena a una de esas noches que no quieres que acaben, cuando estás enamorándote, cuando miras a alguien y sientes chispas dentro. La escuchas y… es como si corrieras cogido de la mano de alguien especial, rápido, esperando que nunca se haga de día.

Se quedó mirándome y me alejé todo lo que pude al sentarme, y reconozco que no me apetecía esa distancia. Me notaba las mejillas ardiendo y sabía que estaría despeinada y muy poco glamurosa, admitiendo que las canciones de los One Direction me podían poner muy tontita, describiendo todo lo que imaginaba vivir con él con la excusa de unas canciones.

—Pues a mí me suena a Pachá en sesión light —sentenció al fin—. ¿Sigue existiendo?

Bufé. Estaba disfrutando; le encantaba fastidiarme de aquella manera, como lo hacen los chiquillos de instituto.

—Vas a ver… —gruñí—. Te voy a poner una que…

Alcancé el portátil de un salto y lo dejé entre los dos. Comenzó a sonar una canción de R&B moderno. Algún sonido metálico. El bajo. Una melodía sensual.

—Esta es «Hallucinations». De DVSN. Esta es, claramente, follar bonito hecha canción.

Subió las cejas sorprendido.

—¿Follar bonito?

—Sí —asentí ufana—. Follar bonito. ¿Es que eso tampoco lo sabes?

—No. Lo siento. ¿Te refieres a…?

—A-fo-llar-bo-ni-to.

—Como en las películas —se burló.

—¿Como en las películas? ¡¡¿De dónde narices te hemos sacado?!! Como en la vida, Héctor, cuando se folla bonito. Cuando estás ahí… —me levanté sobre mis rodillas— follando, súper a gusto y todo es supersexi y te sientes volar y la habitación se vuelve un borrón a tu alrededor y...

—¿La habitación? O el coche, porque a mí me suena a follar en la parte de atrás de un Seat Ibiza.

Lo miré como si me hubiera escupido en la cara porque..., porque si fantaseaba, él y yo follábamos bonito siempre, sin hacer el amor, que son palabras cuyo significado nunca he entendido demasiado bien. Pero follar bonito... con él, eso sí lo entendía aunque en la imaginación, él estaba en lo cierto, no se sintiera como lo haría en la realidad.

—¿A qué insti dices que vas? —me picó de nuevo.

Me lancé a increparle, entre ofendida y divertida, con los puñitos entre su cuerpo y el mío. Héctor se partió de risa a carcajadas, desmedido, natural, tan..., buff... Me cogió sujetando mis muñecas con una mano y con la que le quedaba libre se dedicó a hincarme los deditos en el costado.

—¡Eres un mandril! —le insulté.

—¡Púber! ¡Adolescente! —bromeó.

—Déjame. Déjame defenderme con los puños.

Me soltó las manos y levantó los brazos, echado sobre las almohadas de mi cama. Y... algo pasó. Algo, no lo sé. Algo nos sobrevoló. Algo que me susurró en el oído que estaba sentada en su regazo, a horcajadas, que me miraba desde muy cerca, que tenía los ojos de un increíble azul oscuro, vivos... y fijos en mi boca.

Tragué. Él también. Sonaba «follar bonito» en una habitación en la que solo estábamos nosotros dos. Y me sentí perfectamente capaz de cagarla. Demasiado.

—¿Cuál es la siguiente en la lista de su manual «Música choni para principiantes»? —me preguntó sonriendo.

—¿Sabes que eres idiota?

—Sí —asintió. Fui a bajar de sus muslos, pero me retuvo—. ¿Me pones otra?

—Tienes pinta de que el folk te la pone dura. —Me reí atrayendo el ordenador hacia nosotros.

—Para nada. —Y sonrió comedido.

—¿Entonces?

—A mí la música no me la pone dura, Sofi. A mí es la piel lo que me endurece.

Pulsé la tecla del ordenador para que sonara la siguiente. Todo era tan… raro. Como si no estuviera ocurriendo. Como si lo estuviera escribiendo en una hoja en blanco mientras soñaba con el olor que desprendía su jersey y su cuello. Con ganas de deslizar los dedos por su pelo.

Lantana. Lantana cantando «En un sueño», una canción llena de palabras que yo quería que fueran verdad para nosotros.

Sin mala intención,
quizá en otra vida,
seremos tú y yo
almas compartidas.

Dónde está el error
que hace que coincida
una situación para nuestro amor
en esta vida.

La escuchamos. En silencio. Yo jugando con el tejido de su jersey. Él callado, vertiendo su respiración en la piel de mi cuello. Y cuando terminó, cuando todo se apagó (las guitarras, las voces, la percusión, los efectos de sonido…), bajé de sus rodillas y busqué a Holly.

—¿Y qué emoción llevaba esta canción, Sofía? —me preguntó antes de que abriera la puerta del dormitorio.

—Esperanza.

No tardó en irse después. Algo extraño había pasado en aquella habitación aunque, bien pensado, algo raro nos perseguía desde hacía tiempo. Y por la noche, por primera vez en algún tiempo, las cortinas de nuestras ventanas permanecieron cerradas.

23

LA CITA

Mientras tanto en «Oliverville» todo era confuso y como de colores. A veces se preguntaba si no estarían poniéndole algún tipo de sustancia psicotrópica en el café, porque se pasaba el día entre sobresaltos y ensoñaciones. Había quedado con Clara y no tenía ni idea de por qué estaba tan nervioso.

La llamó el día antes para concretar pero a punto estuvo de decirle que se encontraba mal y que creía que no podrían verse. Tenía un par de accesos de tos ensayados y con el frío que hacía nadie dudaría de la veracidad de su excusa. Pero cuando la escuchó…, se limitó a quedar con ella en la puerta del Teatro Lara una hora y media antes de la función.

—Cenamos en Maricastaña, que está justo enfrente. ¿Te parece?

Y a ella le pareció estupendamente.

Él se puso unos vaqueros negros, una camisa gris con unos cuadritos y un chaquetón de lana cruzado que le copió a su amigo Víctor. Estaba nervioso. Hostias si lo estaba. Tenía una mezcla de ganas de verla y de vergüenza que le hizo dar un par de pasos hacia atrás en varias ocasiones, pero se presentó allí. Y llegó el primero.

Ella apareció diez minutos tarde, andando sobre unos botines tobilleros de tacón alto. Medias muy oscuras, abrigo abierto de color caramelo por el que se intuía un vestido negro sencillo por encima de la rodilla, un cuello de cachemir (podía notar lo suave que era desde allí) y unos guantes cortos de cuero y animal print. Bajo el brazo, un bolso de mano de Celine en negro que Oliver sabía que valía más de dos mil euros.

«Como la razón por la que me ponga un poco sea la pasta, me suicido en plan dramático», pensó.

Se dieron dos besos, él le abrió la puerta del restaurante y le ayudó a quitarse el abrigo. Eso me lo hace a mí un tío y no es que me case con él, es que me tatúo su nombre en el brazo dentro de un corazón, a lo Melanie Griffith. Los gestos de caballerosidad están demodé pero yo soñaba con un tío que me dejase mi espacio, que entendiera mi independencia, que no quisiera cambiarme, con una polla del tamaño de la Columna Trajana y que me abriera la puerta del coche. ¿Qué le vamos a hacer? Pero no estamos hablando de mí. Yo a esas alturas ni siquiera sabía nada del asunto.

Les dieron mesa abajo, que era más íntimo. En un rincón. Más íntimo aún. Alejados de la lámpara de pie…, me *cagüenlaleche*. Era como si el cosmos quisiera que se metieran mano. Y no es que para Oliver aquello fuera nuevo. Me contó que una vez quedó para cenar con una «amiga» y no llegaron ni al postre. Pero no. Fue una cena muy cómoda. Pidieron las croquetas de calabaza y jamón, los tomates verdes fritos y una burrata. Todo para compartir.

—¿Te apetece vino? —le preguntó cuando se acercó el camarero a tomarles nota.

—Me gusta más el cava.

Botella de cava para la cena. A Oliver le encantó aquella pequeña excentricidad. Empezaba a no tener dedos con los que contar todas las diferencias que había entre alguien como Clara y las chicas con las que acostumbraba a salir y... estaba encantado. A puntito de que se le pusieran los ojos del revés.

Cenaron mientras se contaban anécdotas. Se rieron. Estuvieron cómodos. Él le contó que un año me hizo una tarta de cumpleaños de croquetas y a ella le pareció divertidísimo. Que lo acompañara de una máquina de ruido blanco no se lo pareció tanto.

—¡Es que nunca sé qué regalarle! —se quejó Oliver.

—Hay unas tiendas donde venden unos bolsos magníficos, de los que duran toda la vida..., ¿de qué me sonará?

—No me voy a gastar mil euros en un regalo para Sofía —sentenció.

—Pues no pidas que ella gaste en ti más energía de la que tú usas eligiendo los suyos.

Oliver la miró con suspicacia y murmuró un touché.

—Dime. ¿Es tu novia? —le preguntó Clara.

—No. Es mi mejor amiga. Casi mi hermana.

—Pero estas cosas casi siempre encierran algo más.

—Encierran que en el fondo la quiero ahogar con un almohadón, pero me reprimo porque luego la echaré de menos. —Sonrió—. No. A Sofía la quiero mucho pero como pareja no me lo puedo ni plantear. Es..., como dice ella, incesto solo pensarlo. Y es demasiado «casa de la pradera» para mí. Necesito más... sofisticación.

Clara asintió pero sin dar muestras de darse por aludida, aunque lo había dicho puramente por ella. «Ya puestos», se dijo, «tengamos una noche loca». Creyó que sonreiría con picardía y que él estaría un paso más cerca de su cama pero... nada. «En realidad ni siquiera sé si me apetece», se contestó él solo, como en la fábula de la zorra y las uvas. Lo que en realidad pasaba es que sentía que Clara estaba muy lejos del alcance de un tío como él.

Pagó ella. Él lo intentó, pero Clara le dijo que aquello formaba parte de su fin de semana de «soltería sin hijos» y que le daba gusto gastar aquel dinero.

—Pero yo te invité a cenar —trató de rebatirla él un poco desubicado. Normalmente las chicas con las que salía dejaban encantadas que él pasara la tarjeta de crédito, aunque siempre andaba medio a dos velas.

—Mira: hay solo dos opciones. O pagas tú o pago yo —contestó Clara, rotunda.

—Podemos pagar a escote.

—Eso es lo peor —se burló—. Déjame invertir en mí. Gastarme un dinerito en mi «vida social».

—Con los bolsos no escatimas —apuntó él.

—¿Quieres un extracto bancario para quedarte tranquilo?

—Por supuesto que no. Ha sido… un comentario desafortunado. Disculpa.

—No ha sido desafortunado —respondió Clara dejando dos billetes sobre la tacita que contenía la cuenta—. Muestras que tienes buen gusto y ojo para los complementos pero, por si volvemos a salir alguna noche por ahí, zanjemos el asunto. Gano bastante dinero y me gusta vivir bien. No me corto si me apetece comprar algo, pero gasto con cabeza por el futuro de mi hija. Mi exmarido odiaba que las cosas me fueran tan bien. No podía soportarlo. Por cada euro que ganaba yo parecía que la polla se le empequeñecía un centímetro así que… cuando me dijo que mi dinero le «castraba» me prometí algunas cosas: nunca más hombres que quisieran ser mis padres, nunca más vivir en minúsculas con miedo a herir su ego y nunca, jamás, idiotas con pollas pequeñas. Dime, Oliver, ¿algo que decir?

Durante al menos veinte segundos no supo qué decir y eso, créeme, es novedad. Es el chico de las rápidas respuestas. Tiene siempre la pistola cargada de ocurrencias y las dispara sin darse apenas cuenta. Hay un motor interno de Casanova que le impide quedarse con la boca abierta delante de una mujer pero… ahí estaba, boquiabierto. Solo le salió poner boca de pez y reírse después.

—Pues…

—Dime, dime. Me interesa. —Clara se levantó y se apoyó grácilmente sobre la mesa de madera.

—Soy idiota. —Le sonrió—. A ratos muy idiota. Pero tu dinero no me castra, ni me importa demasiado. En el fondo me gusta que pagues tú. Es diferente. —Arrugó la nariz en un gesto granuja—. Pero nada más que deba preocuparte.

—¿Nada?

—Sigue imaginando cómo la tengo. Por ahora va a seguir siendo un misterio.

Él le puso el abrigo. Le abrió las puertas. Entraron con una sonrisa a ver *La llamada* y aunque Oliver, que tiene un sentido del humor muy particular, se rio menos que el resto, pasó dos horas encantado, viendo a Clara taparse la boca con las dos manos para sofocar las carcajadas.

Oli no sabía dónde debía llevarla si tomaban una copa por allí. Conocía muchos sitios, pero… ¿estarían a la altura de Clara? Era inteligente, decidida, sofisticada y… bastante mayor que él. ¿Dónde querría ir a tomar una copa? Iba dándole vueltas al asunto mientras salían del teatro y sacaba un cigarrillo de su paquete.

—¿Me das uno?

—Toma. —Le tendió la boquilla de uno que sobresalía de la cajetilla—. Oye, Clara…

—¿Te apetece una copa en mi casa?

Él levantó las cejas mientras le encendía el cigarrillo. Directa. Se tomó los segundos que le costó encender el suyo para contestar.

—Suena muy bien. ¿Dónde vives?

—Por Nuevos Ministerios. Tengo el coche aquí al lado. Tú… ¿no tienes coche? —le preguntó Clara.

—No. ¿Para qué? Voy en metro a todas partes.

—No te pega nada. —Sonrió—. Y… ¿dónde llevas el bonometro? ¿En una funda de Dior?

—En mi cartera de Loewe, cretina. —Le guiñó un ojo—. Soy un tío práctico.

—Que va en metro.

—Y anda. Por eso tengo tan buen culo. De todas maneras… ¿qué tipo de conversación es esa? ¿Coches?

—Me paso el día hablando de coches con los clientes. Creí que podría hacerme la interesante contigo demostrándote todo lo que sé.

—Pues yo me paso todo el día hablando de bolsos, chata. Algo en esta conversación está fallando de raíz.

—Bien. Pues ya que ninguno va a impresionar al otro con sus verborrea, nos quedan pocas posibilidades.

—Invítame a una copa antes. —Le sonrió antes de pasarle el brazo por encima del hombro—. No soy un chico fácil.

Encajaban, esa es la verdad. Aunque él fuera un dandi de veintinueve años que gastaba demasiado en ropa y que no tenía coche y ella una mujer de cuarenta y cinco lista y con muchas tablas. El trayecto se les hizo corto. Se rieron, bromearon y destensaron el ambiente hasta que llegó el momento de… subir a casa. A LA CASA. Un piso antiguo de unos ciento cincuenta metros cuadrados, totalmente reformado que mantenía unas lámparas que Oliver juraría que eran originales. Todo blanco. Suelo de parqué y parte de cemento con revestimiento de pintura plástica blanca. El salón era tan grande como toda la casa de Oli y eso no le castró, evidentemente, pero le hizo sentir apabullado. No solía relacionarse con gente que viviera en semejantes pisazos.

—Wow —dijo.

—Cocina. —Señaló la estancia que se abría al salón y que conectaba con este gracias a una isla y barra de desayuno—. Baño. Habitación de mi hija. Despacho. Dormitorio principal. ¿Vamos?

Le cogió la mano y tiró de él. Puerta de doble hoja, antigua y pintada de blanco. En la pared, sobre la cama, un luminoso en el que se podía leer «Droguería». Cama baja. Mesitas de noche despejadas y discretas, en color blanco. Una cómoda pegada a la pared con algunos tarritos y un espejo. Una puerta hacia un baño y un arco que daba acceso a un vestidor que se adivinaba grande (y lleno). Cuando se giró hacia ella para decirle que tenía una casa preciosa, Clara ya había servido dos vasos de whisky on the rocks.

—Hostias —soltó él impresionado—. ¿Y una Coca-Cola para rebajarlo, qué tal?

—No seas crío. Es un escocés de veinticinco años.

—No suelo beber cosas que casi me igualan la edad. —Lo olió y, al darse cuenta del comentario, que recordaba la diferencia que había entre ellos (además de que ella era una empresaria de éxito y él el encargado elegante de una boutique), levantó la mirada asustado. Pero Clara sonreía—. Huele bien.

—Pues mejor sabrá.

—Mira…, como yo.

Le dio un buen trago y el líquido caliente, horriblemente caliente, prendió en llamas su esófago, pero no pudo dar muestra de flaqueza y sonrió. Pronto un sabor tibio y delicioso le revistió el paladar y antes de que pudiera dejar el vaso en algún sitio, ella se lo quitó de la mano y se encaramó a él.

«Coño, ¿qué es esto?». Los labios de Clara estaban trepando por su cuello dejando, además de la marca de su suave labial, un camino de saliva y dientes marcados.

—Pues es verdad.

—¿Qué es verdad? —Oliver respiraba a través de la boca entreabierta y tenía los ojos cerrados.

—Que sabes mejor que hueles.

Sí, amigo. Al contrario de lo que creía… no fue ella quien cayó en sus redes de seducción, sino él quien lo hizo. Cuando Clara se le sentó a horcajadas a los pies de la cama mientras le ponía las tetas delante, él ya no tenía escapatoria. Ni quería, que conste, porque Clara, además de ser una mujer fascinante, rápida y ocurrente, tenía dos tetitas redondas como a él le gustaban.

No se anduvieron con chiquitas. Se quitaron unas prendas mínimas de ropa, pero les entró la prisa y dejaron la camisa de él colgando de sus brazos y sus pantalones bajados y el vestido de ella, arremangado y desabrochado. Lo hicieron en la cama, con ella encima y él tuvo tanta prisa para ponerse el condón que casi lo rompió. Fue un sexo deportivo, de clasificación a semifinales. Ella estaba húmeda, él empujó y la polla se le coló dentro. Me quiero morir. Acabo de hablar de la polla de Oliver pero… todo sea por la historia.

Duró bastante más de lo que imaginaba en un principio. Sexo deportivo con medalla de oro final cuando ella se corrió entre unos «adorables resuellos» justo antes que él. Al terminar Oliver solo quería más de ella.

Se tomaron otra copa a medio vestir en el salón y, una hora después, repitieron desnudos en el dormitorio otra vez. Ella le quitó la ropa despacio y lo instó a hacer lo mismo con la suya. Después, con él encima, hicieron el amor durante una hora. O media, que ya se sabe la tendencia a la exageración de los chicos con sus marcas. Durara lo que durara… le dejó una buena cara de imbécil.

Al terminar se dejó caer al lado de ella en el colchón, entre hecho polvo y con el sentimiento de triunfo de un soldado que vuelve vencedor de una guerra. Satisfecho. Alucinado. Levemente acojonado por la ventaja que Clara le llevaba en la vida.

Esperó diez minutos con ella apoyada en su pecho, con los ojos cerrados, pensando que podían seguir así un rato más pero a un paso de dormirse con la felicidad poscoital. Cuando se dio cuenta de lo mucho que le pesaban los párpados, se incorporó.

—Me voy.

Estaba acostumbrado a que, cuando esto pasaba, sus compañeras de catre le pidieran mimosas que se quedase, pero Clara no lo hizo. Él no iba a sucumbir de todas maneras pero le hubiera gustado que lo hiciera, así que repitió que se iba.

—Buenas noches —le respondió por fin ella, acomodándose entre los almohadones—. Mañana pienso levantarme a las doce.

—Qué bien. Oye…, ¿taxis por aquí?

—Abajo. Sin problema.

Le ofendió un poco que no añadiera nada más, pero se vistió rápido, sin pensar demasiado en ello. Se inclinó a darle un beso que ella recibió con un poco de pereza.

—Te llamo.

—Sí, sí. —Se acurrucó en posición fetal—. Cuando quieras.

Él arrugó el ceño. ¿No era entonces cuando ella se ponía coquetona?

—Ehm…, ¿esta semana?

—Paula vuelve el lunes. —Bostezó—. Ya te llamo yo.

Dio un respingo. ¡Oiga! ¡Que era él quien debía seducir sin dejar cadáveres! ¿Iban a hacerle a él aquello? Carraspeó mientras se abrochaba la camisa.

—Bien. Pues… ya me llamarás.

Cuando cogió el taxi, veinte minutos después, seguía pensando en si habría sonado o no muy desesperado.

24

En una naciente amistad uno no estudia las pequeñas diferencias que la hacen distinta a las demás. Sencillamente, se deja llevar. Hay nuevas amistades, además, que parecen llenar el panorama al completo y que no dejan ver nada más. Suele pasar cuando alguien nos impresiona de verdad. Y Héctor me había impresionado desde el principio, pero empezaba a haber cosas que se salían del esquema de lo que se supone que debíamos ser. No es ningún secreto. Yo... me estaba colgando a saco.

Ese fue el momento en el que las pequeñas diferencias empezaron a cobrar significado: la forma en la que el tiempo pasaba cuando él estaba a mi lado y cómo se estiraban y se rompían las horas cuando no; la forma en la que miraba a Estela y la manera en la que me miraba a mí; dónde se sentaba si yo estaba en el Alejandría y dónde lo hacía cuando terminaba mi turno y..., sobre todo, el listado de cosas que nunca haría con Oliver, que Oliver nunca haría conmigo y que me encantaba hacer con él. Tumbarnos en su cama a escuchar música. Hablar durante horas mirando al techo. Contarnos aspiraciones por cumplir: ese loft luminoso y con ladrillo a la vista donde vivir en el futuro, el viaje en caravana por todo el mundo, alejarse de Madrid un poco harto para volver un par de años después con el corazón en la garganta y ganas de besar cada vieja calle conocida... Y lo más curioso es que esos sueños no eran ni suyos ni míos. Eran de los dos.

No sé cuándo empezó a liarse todo. Sentía que al conocernos habíamos desenrollado una madeja de lana y que esta no dejaba de enrollarse sobre sí misma; nudo tras nudo llegaría un momento en el que sería imposible seguir sin unas tijeras. ¿Eso éramos nosotros? ¿Una madeja llena de nudos?

Fuera como fuese, lo cierto es que nos acercamos. Como si hubiéramos empujado tan fuerte las paredes de nuestros dormitorios que su ventana y la mía fueran sencillamente una puerta por la que entrar a la habitación del otro. Todo era Héctor pero eso no es ninguna sorpresa, porque me estaba colgando de él. Pero..., qué curioso, para él todo era también «Sofía».

«Sofía, ¿vienes a ver una película?», «Sofía, ¿te recojo en el curro?», «Sofía, ¿te acompaño a hacer la compra?», «Sofía, ¿qué haces esta tarde?». Y así todo el día, ¿te puedo llamar?, ¿hacemos algo el sábado?, ¿sabes hacer tortitas?, ¿vienes a pasar el rato?, ¿cenamos?, ¿vamos a ese garito que parece un tren?, ¿vamos a jugarnos diez euros al bingo? Cualquier excusa era buena hasta... que dejaron de ser excusas y, sencillamente, se normalizó.

Así que después del trabajo, solía irme a su casa. A veces él trabajaba un rato más en el portátil mientras yo, echada en su cama, leía un libro. Si Estela estaba en casa, solía pedirme que susurrara porque, es evidente, quería esconderle a su mejor amiga que otra chica andaba tirada en su cama, aunque no hiciéramos nada indecente. Otras veces quedábamos los tres, pero forzábamos de manera evidente la situación para terminar siendo nosotros dos. Y Estela no era tonta, pero fingía estupendamente serlo.

Los viernes eran sagrados para mí, con mi cena de «cuéntame tus mierdas», pero cada vez me costaba más tenerlo alejado de ese plan. Sería condenarme a no contar mis cosas, pero lo quería a todas horas conmigo. Así que los viernes y las noches eran las fronteras que no debíamos traspasar. Hasta que se me antojó que...

—Quiero invitar a Héctor y a Estela a la próxima cena —dije mientras abríamos los tuppers de comida china en el salón.

Oliver me miró como si hubiese sugerido hacerle un examen rectal con la zarpa de un perezoso.

—¿Qué dices?

—Pues que...

—No estoy sordo. Era una pregunta retórica que viene a significar: «Sofía, ¿eres gilipollas o entrenas para parecerlo?».

Mamen nos miraba alucinada. Iba a defenderme pero..., recuerda, amaba apasionada y platónicamente a Oliver y no iba a contradecirlo de manera evidente. Solo añadió algo educado.

—Oye..., que si quieren venir Héctor y Estela, no pasa nada. Cuantos más seamos, mejor nos lo pasaremos. Como cuando viene Abel.

—Abel tiene cosas que contarnos y es conocido.

—Y Héctor, por el contrario, es un ser desconocido e inanimado hecho de porcelana china y gases nobles —respondí de evidente mal humor.

—No entiendo qué pinta aquí —insistió.

—Pinta que es mi casa y quiero invitarlo a cenar.

—¿No tenéis bastante con los seis días restantes? ¿Tenéis que estar pegados el uno al otro como hermanos siameses?

—¡Ay! ¡Qué mono! Pero ¡si tiene celitos! —apuntó Mamen enternecida.

—¡¡Cállate!! —le dijimos los dos.

—¿Por qué te pones así? —le pregunté—. No lo entiendo, Oli.

—Yo tampoco te entiendo, Sofía. Nunca me imaginé que fueras como un perrito faldero detrás de un tío que solo quiere engordar su ego contigo.

Abrí la boca ofendida.

—Ahí te has pasado —añadió Mamen mientras se sentaba a la mesa.

—No me he pasado, Mamen. Es la verdad. Ese tío tiene una novia en Ginebra con la que volverá pase lo que pase. Eso sí, mientras tanto que Sofía le babee cerca, que es muy reconfortante.

—¿Desde cuándo eres tan gilipollas? —le pregunté con ganas de meterle con el puño el bambú con setas chinas por la faringe.

—¿Y desde cuando tú estás tan ciega? ¡¡Que ese no quiere nada, por el amor de Dios, Sofía!! ¡Qué tonta eres cuando quieres, hostias!

—¡¡Me besó!! El día de mi cumpleaños, ME-BE-SÓ. Pasó. Fue fantástico y si no lo llego a parar seguramente ahora mismo estaría contándoos que tiene el puto falo más grande de Europa Occidental, pero fui YO la que paró ese beso y quien pidió que no volviera a repetirse. No sé cómo me ves tú, Oliver, pero para otros hombres no resulto tan repugnante.

—Pero ¡¿qué coño?! —exclamó indignado—. ¿Quién ha dicho que seas repugnante? ¿Es que tienes oído selectivo?

—¿Ha dicho que tiene un faro? —preguntó Mamen hecha un lío.

—¡¡FALO!! ¡¡FALO!! —grité.

—¡Sofía, joder! ¿No te das cuenta de que me estás dando la razón? —Y para darle énfasis, Oliver tiró de malas maneras el tenedor encima de la mesa, como un adolescente cabreado.

—Me gusta estar con él. —Me mordí el labio con fuerza para no llorar—. Me gusta, ¿vale? Y no tengo la suficiente fuerza de voluntad para apartarlo porque tendrá novia y se irá, pero es el único tío capaz de hacerme sentir así.

Oliver se dejó caer en una silla y se revolvió el pelo para quedarse con la frente apoyada en sus dedos crispados.

—Vale. Ya está —dijo.

—Ya está, ¿qué?

—Ya está, Sofía. No voy a volver a decir nada del asunto. Invítalo si quieres. Bésalo si quieres. Acuéstate con él —levantó la cabeza y me miró— y enamórate como una tonta. Después, cuando se vaya, ya veremos.

La cena fue muy tensa. Tanto que él se fue nada más terminar y yo no quise alargarlo mucho con Mamen. Le pedí que me dejara sola pero lo que hice fue dibujar una cara triste en el cristal y, después, hablar con Héctor por teléfono hasta que me dormí agarrada al móvil.

Lo arreglamos el día siguiente, claro. Oliver me sorprendió apareciendo en mi puerta a las diez de la mañana con una bolsita marrón que desprendía un aroma increíblemente rico.

—¿Podemos hablar? —me preguntó con su típica mirada «no podrás resistirte a mi carita de intenso».

—Según…, ¿qué hay en la bolsa?

—Bollos de canela.

—Pasa y siéntate. Has dicho la palabra clave.

Conversamos. En realidad, lo dejé hablar mientras hacía el café, lo servía y me lo bebía. Se expresó con serenidad, comentando la impresión que tenía él de toda esta historia. Cuando terminó, le di mi versión y aunque no nos pusimos de acuerdo, entendimos las razones del otro.

—No eres tú la que me pone nervioso —confesó—. Es él, que no sé qué quiere de ti.

Esas palabras me acompañaron durante días y es posible que hasta Héctor las escuchara viéndome la cara. Oliver, evidentemente, no me descubrió nada que no supiera, pero puso la tilde en esas pequeñas diferencias, esas que volvían completamente distinto un gesto a sus ojos y a los míos. Lo que para mí era tremendamente romántico, para Oliver era tremendamente estúpido. Y fue señalando, centímetro a centímetro, todas las grietas que yo misma había abierto para que Héctor pudiera terminar traspasando el cristal de seguridad.

Dibujé un nuevo perímetro pero... no pude alejarme. Impuse unas normas que eran rotundas, como que no volviera a besarme o no permitir tanto contacto físico entre nosotros. Hablar de su novia. Hablar de mi ex y de por qué yo no podía ni acordarme de nuestra relación. Imponer un poco de cordura dejando abierta de par en par la ventana para que entrara la realidad a la que habíamos dado la espalda. Porque, entre lo que nosotros vivíamos y la vida real, había pequeñas diferencias que pronto fueron un elefante en la habitación.

25

Héctor me abrió la puerta de su casa con un rotulador permanente entre los dientes. Me dio un beso en la mejilla y siguió hacia su dormitorio mientras farfullaba cosas sobre que la tinta se secaba más lentamente de lo que le gustaría.

—¿Has comido? —le pregunté.

—Sí.

—Entonces no querrás un trocito de quiche vegetal…

Se giró cuando ya estaba a punto de entrar en la habitación y sonrió.

—Dame eso.

Nos sentamos los dos en el suelo, frente al mural que estaba pintando en la habitación. Al lado del conjunto de dibujos que formaban los helechos, las medusas y el paraguas, Héctor estaba dibujando el emblemático edificio Carrión, ya más conocido por su cartel de Schweppes que por su nombre original. Le estaba quedando increíblemente bien, aun sin ser un dibujo profesional ni cien por cien fiel a la realidad.

—En la parte de arriba, voy a dibujar el skyline de Madrid, como si fuese una cenefa.

—Vas a revalorizar esta habitación.

—Y una mierda. Cuando me vaya, o me lo pagan o lo pinto todo de blanco otra vez. —Me sonrió y dio un bocado a la quiche.

Últimamente era así. No había tensión entre nosotros pero sí una sensación de que continuaba ahí. Era una calma extraña. Como el silencio que precede a un estruendo enorme. Aún no sabíamos lo que iba a pasar pero, cuando ocurrió, nos dimos cuenta de que llevábamos tiempo esperándolo. Intuyéndolo. Sentíamos algo similar a la expectación que sucede cuando un rayo ha partido en dos el cielo pero aún no hemos escuchado el trueno.

Pasábamos todas las tardes juntos. Habíamos ido al Botánico, a ver a Kandinsky en el Palacio de Cibeles, a comer pipas al Retiro, a jugar al billar, al cine, a tomar cervezas y vinos y gin-tonics y a comer un trozo de pizza a las tantas, como en nuestra noche de bingo. Con él me sentía en casa, pero era una casa diferente a la de Oliver. Era más mía.

Estaba claro que algo estaba pasando. Se evidenció con el beso la noche de mi cumpleaños y siguió con los paseos en silencio, con su brazo sobre mis hombros y mi cabeza apoyada en su cuello; con las fotos que viajaban de móvil a móvil, donde reflejábamos desde desayunos hasta la cama desordenada que dejábamos por las mañanas… como si quisiéramos mandar mensajes mudos; con las miradas intensas que iban de los ojos a la boca y que me hacían perder el hilo de lo que estaba diciendo. Yo sabía qué estaba pasándome, pero no me explicaba cómo podía él tener los mismos síntomas que yo cuando era imposible que estuviera enamorándose de mí. Yo seguía pensando que, mientras mantuviera a raya el contacto físico, todo iría bien.

Pestañeé para ahuyentar el hilo de pensamiento y me acordé de lo que llevaba en el bolso para él. Me levanté lo más ágilmente que supe (sin tener que rodar tipo croqueta de jamón por el suelo) y le dije que traía algunas cosas para su habitación.

—Ya verás. Vamos a dejar esto que va a parecer una foto de Pinterest.

—O una habitación de chica.

—¿Vas a sufrir ahora una crisis de identidad? —Le lancé una miradita y él se rio, sentado en el suelo, con la espalda apoyada en la pared y una pierna flexionada, sobre la que apoyaba su codo.

—Me la tocaré mucho para reafirmar mi hombría.

Saqué la cajita donde había guardado las polaroids y el adhesivo y empecé a colocarlas en la pared en la que se apoyaba el escritorio, sin ni siquiera pedir permiso. Héctor se puso de pie a mi lado y sonrió.

—¿Dónde es esto? —Señaló una foto de un jardín muy verde por donde paseaba un chico con su perro y una bicicleta se desdibujaba producto de la velocidad.

—En Madrid Río, el otro día.

—Ah, sí.

Las coloqué como un collage, llenando la pared de su cara, de la mía, de momentos en el Alejandría, de su habitación, de mi cuarto, de él sosteniendo a Roberto y yo a Holly como si fuesen trofeos de pesca, de una taza de café humeante con tanta nata que no se podía meter ni la cucharilla, de Estela tapándose la cara y después riéndose a carcajadas. ¿Por qué la vida siempre parece tan tremendamente bonita en las fotografías? Pasé mucho tiempo deseando volver a tener esas fotos en mis manos pero por lo mismo que no dejamos de pasar la lengua por una herida en el paladar. Me alegro de no haberlas tenido. Hay cosas que es mejor dejarlas volar.

—Me encanta —dijo cuando las hube colocado todas—. Gracias.

—Iremos añadiendo más.

—Me va a costar concentrarme con tantas... cosas bonitas. —Me cogió por encima del hombro.

Me besó la sien y el momento se alargó un poco más de lo normal, con mis ojos cerrados y su suspiro cerca de mi oído. Me aparté un poco, con la excusa de colocar una foto unos micrometros más recta.

—¿Sabes lo que me da por pensar viendo estas fotos? —susurró por fin.

—¿Que eres terriblemente fotogénico?

—Sí, claro, «terriblemente fotogénico». —Se rio dibujando unas comillas en el aire—. No. Lo que quería decir es que si no me hubieras gritado aquel día en el Alejandría me hubiera perdido un montón de cosas de Madrid.

—El Bingo de Princesa.

—Las pizzas a las dos de la mañana.

—Aquel perro que casi te mordió en el Retiro —le pinché.

—El sushi vegetariano del local aquel de la plaza de la Independencia donde sirven tan mal —añadió.

—Esta quiche de verduras.

—Enviarle una foto de mi rabo a un contacto equivocado.

—Mi cumpleaños.

—Esto...

Alcé la mirada en busca de la suya y lo encontré mirándome. Tenía las cejas arqueadas y sonreía en una de esas expresiones que invita a darse un beso. Pero allí no había una pareja. Solo dos amigos extraños que se conocían desde hacía muy poco. Me aparté un paso más y me senté en la cama.

—¿Sabes por qué te grité aquel día?

—¿Porque soy tan guapo que no lo podías soportar? —Se sentó a mi lado y yo le respondí con una mueca que se quedaba a camino entre el «eres tonto» y «posiblemente».

—Mi ex. Vino al Alejandría y se sentó en una mesa con la chica por la que me dejó. Pensaba que lo tenía superado pero me dolió un montón verlos juntos.

—Porque… ¿sigues enamorada de él? —Frunció el ceño.

—No. Porque me sentí… como cuando me dijo que estaba con otra persona y que había tenido mucho tiempo para plantearse si era o no un capricho. A mí no me quería porque no había resultado ser lo suficientemente buena.

—Eso no es verdad.

—En cuanto a sentimientos da un poco igual si las cosas son o no verdad. Se siente de una manera determinada y lo demás… es indiferente.

—No quiero que parezca que lo defiendo ni nada por el estilo pero… quizá se resistió, intentó no estropearlo pero se dejó llevar y al final le resultó duro decírtelo.

Suspiré y cerré los ojos. A lo mejor era presuponer demasiado sobre lo que había y no había entre nosotros, pero aquel comentario sonaba sospechosamente a una justificación. Estaba hablándole de algo que quizá le sonaba. Yo no sabía nada acerca de sus sentimientos porque no habíamos hablado de ello, pero no me trataba como a una amiga a secas. No me trataba como a Estela. Existía siempre esa pequeña diferencia, esa dualidad, esos dos segundos de más que duraban los abrazos y los besos. La sensación de que no quería que me marchara cuando nos despedíamos. La sensación de que sus ojos se demoraban demasiado en algunos rincones de mi cuerpo que jamás pensé que le gustaran. Y… quería decirle muchas cosas, como que se diera prisa en tomar decisiones, que no fuera cobarde, que no me hiciera daño pero… al final cada uno toma el camino que le da la gana y a mí solo debía preocuparme el mío.

—Mira... —Me giré para mirarlo a los ojos—. Me dan igual sus razones. No lo hizo bien. Tardó demasiado en ser sincero. Me engañó. Y cuando me dejó me encontré exactamente igual que antes de empezar con él: insegura, sola pero... cinco años más mayor, como si no hubiera aprendido nada.

Héctor se sumió en un silencio bastante elocuente y yo me levanté de la cama con la excusa de ir a por un vaso de agua. Él me cogió de la muñeca pero me solté. Lo hice sin pensar. No quería que me tocara. O quería que me tocara demasiado, no lo sé.

—Eh..., ¿qué pasa?

—Nada —respondí.

—Sí que pasa. Huyes de mí. ¿Te das cuenta? —me preguntó con esos tres surcos en su ceño.

—Claro que me he dado cuenta, Héctor.

Me arrepentí de haberlo dicho en cuanto salió de mi boca y me sentí tan tonta y tan cría que toda la sangre empezó a hervirme y a calentar mis mejillas.

—No quiero decir que... —farfullé. Me llevé la mano a la frente y suspiré.

—Te hago sentir violenta, ¿es eso?

—No. No es eso.

—¿Entonces?

—Solo... pienso en lo que no me gustaría si yo fuese Lucía.

Héctor levantó las cejas y no pudo evitar que se le notara en la cara que estaba... un poco molesto. Un poco. Por decir algo.

—¿Te preocupa mi relación?

—No. Me preocupa cómo me siento y evito sentirme incómoda.

—Quizá deberías relajarte un poco, ¿sabes? —repuso.

Me dolió que dejase entender que yo veía cosas donde no las había porque si alguien estaba haciendo la vista gorda con todas las anomalías de nuestra amistad era yo. Me encabroné, lo acepto.

—Quizá deberías hacer más planes con TU NOVIA y menos conmigo.

Recibió el golpe en silencio y con un asentimiento, preparándose para devolverlo.

—Estupendo. Eso haré. La verdad es que me muero de ganas.

—¿Sí?

—Sí —asintió—. No me olvido de ella por más que estés conmigo, ¿sabes?

—Eso es lo que debería ser, desde luego.

—Ah, ¿es que tienes dudas?

—Tener dudas significaría que me importa y ya te lo he dicho, no me importa lo más mínimo —resoplé.

—Pues no es lo que parece.

—Pues contrólate un poquito más cuando estés conmigo.

—Gracias por la idea. Dale una pensada y controla no ver cosas donde no las hay.

—Sí. Voy a dejar de ver cosas... como los imbéciles que hay al otro lado de las ventanas.

No respondió nada y yo cogí mi bolso y mi chaqueta del suelo. No me lo podía creer. Pero ¿qué coño? Antes de que saliera volvió a hablar:

—¿Cómo hemos terminado discutiendo?

—Uno nunca cae en el mismo error dos veces. La segunda vez no está repitiendo una equivocación, está eligiendo. No es mío. Lo dijo una rubia que salía en MTV.

Cuando llegué a la calle no podía dejar de pensar en ellos dos. En Héctor y Lucía a pesar de que yo ni siquiera existía para ellos como pareja. Eso me hacía daño. Yo era insignificante para su relación. Una picadura de mosquito que se olvidaría. Cuando ellos se dieron su primer beso... ¿dónde estaba yo? Y cuando perdieron juntos la virginidad, cuando se dijeron te quiero, cuando se dieron cuenta de que no podían estar el uno sin el otro, cuando lo empaquetaron todo para marcharse juntos a otro país, cuando durmieron por primera vez en su cama... ¿Dónde estaba Sofía? Siendo infeliz en Madrid, para variar.

Me fui a dar una vuelta. No quería entrar en mi casa hecha un mar de lágrimas o tener la ventana como tentación. Necesitaba pensar. ¿Había discutido con Héctor? Dios. ¿Qué había sido eso? Una competición de imbecilidad y un partido de ping pong con palabras escogidas para hacer daño. Los dos participamos en el mismo juego.

Fui a tomarme un café, pero lo hice lejos del Alejandría, en una cafetería cualquiera, sin alma ni rincones especiales. En un local donde nadie sabía el nombre de nadie y para recibir una sonrisa debías dejar una propina..., o ni así. Pedí un café solo y le di vueltas con la cucharilla hasta que el azúcar se deshizo y poco a poco se fue quedando frío. «Haz planes con tu novia y no conmigo» era el nuevo «Estoy muerta de celos porque cuando salgo de tu dormitorio o tú sales del mío no hay beso y ella se los lleva todos cuando la llamas por teléfono». ¿Qué tipo de amistad era esa? Mala. Mala idea. Tendría que haber dado más pasos hacia atrás. Ahora estaba tan expuesta...

Volvía a casa andando cuando escuché decir a dos mujeres que salían de una tienda que en la televisión habían anunciado que aquella sería la noche más fría del año. Y no dejaba de ser extraño porque el sol estaba caldeando de manera que casi podías escuchar los pequeños pasitos de la primavera acercándose. Pero entendí que aquella fuera la noche más fría porque me sentía un poco como ella. Y fui cantando mentalmente la letra de

«Noche», de El Kanka, pidiéndole a la noche que juntase su soledad con la mía para que no estuviéramos tan solas. Apenas faltaban trescientos metros para llegar a casa cuando el teléfono móvil empezó a sonarme en el bolso. Era Héctor y pensé en no cogerlo. Debíamos enfriarnos un poco más, alejarnos del problema antes de hablar. No quería seguir diciendo tonterías. Pero... lo cogí.

—¿Sí?

—Sofía... —Suspiró.

Los dos nos callamos y me paré en la calle. Sonaba nervioso. Su respiración, sus suspiros, la cantidad de aire que me faltaba a mí y que quizá estuviera sosteniendo él en sus pulmones.

—Lo siento —dijo al fin.

—Yo también lo siento.

—Hacía tiempo que no me pasaba.

—¿Discutir?

—No. Tener tantas ganas de arreglarlo. Llegar tan rápido al «lo siento». Soy idiota.

—No lo eres. —Negué con la cabeza aunque no pudiera verme. —Es culpa mía por meterme donde nadie me llama.

—No es verdad. Yo te metí. ¿Dónde estás?

—Llegando a casa.

—Era mentira. Sí se me olvida —soltó de golpe.

—¿Qué?

—Que sí se me olvida cuando estoy contigo.

—¿Ella?

—Se me olvida, Sofi, se me olvida ella, el trabajo, el piso, Madrid, España y el mundo. No sé qué cojones me pasa.

Me apoyé en la pared y contuve el aliento. No. Aquello no era bueno.

—Y... ¿ahora qué? —me preguntó, como si yo tuviera la respuesta.

—No te puedo responder a eso porque no lo sé.

Si la vida no me hubiera dado tantos varapalos sentimentales habría contestado algo esperanzador como que nos viéramos para averiguar qué era lo que nos pasaba pero…, pero la experiencia me decía que esas cosas no acababan bien para nadie. No quería probar. No quería ser el tipo de persona que seguía hacia delante en una situación como aquella.

—Creo que no deberíamos vernos en unos días —terminé diciendo.

—Y una mierda.

Lo sé. Yo sentía lo mismo, pero no podía decirlo.

—Héctor, estoy hecha un lío. Y no sé si te estoy entendiendo pero tú tienes que ponerte en mi lugar. Por favor…

Hubo un silencio. Vi que Julio estaba llegando a casa por la acera de enfrente. Él no me vio, gracias a Dios; hubiera tenido que explicarle por qué no había oxígeno en todo Madrid para que yo no sintiera que me ahogaba. Cerré los ojos.

—Ven —musitó Héctor—. Quiero pedirte perdón.

—No te preocupes.

—Pero ven —y su voz parecía un hilo débil—. Siento la… necesidad de abrazarte.

—Los amigos se pelean —insistí.

—No, Sofía, los amigos se pelean pero tú y yo no somos amigos…, no de esos amigos —carraspeó, se lo pensó y… confesó—. Yo también estoy confuso. Mucho. Hace días que esto ha dejado de ser como creía que era.

—¿Y cómo creías que era?

—Como con Estela. Pero tú no eres Estela. Tú me brillas en las manos.

Por favor, yo no estaba preparada para aquello.

—Ven. Hablaremos —me dijo.

—No soy capaz —confesé.

—Pues no hablemos, pero ven.

—¿A qué?

—Solo quiero quitarme esta sensación, Sofía. Solo quiero... mirar lo que está pasando desde cerca. Quiero saber qué es, qué ocurre.

Eran las nueve de la noche cuando Héctor y yo nos metimos en la cama, pero podrían haber sido las siete, las tres o las cinco de la mañana. Daba igual. Me acosté con mi vestido puesto y él con los vaqueros y el jersey. Nos descalzamos, abrimos la cama y nos metimos a oscuras. Yo pegada a la pared y él en el borde. La cama era del mismo tamaño que la mía, apenas un metro con diez. Cama de cuerpo y medio, decía mi madre, pero allí no cabía ni el suyo ni el mío enteros ahora que llevábamos tanto miedo dentro. Hablo por mí, pero a juzgar por su expresión, Héctor tampoco estaba seguro de nada. Apoyé la cabeza en la almohada y él me arropó con la sábana hasta el cuello, a la vez que se acercaba. Nos acomodamos en silencio, clavándonos todas las costuras de nuestra ropa, hasta que su mano fue hacia la espalda de mi vestido y lo desabrochó. Yo tiré de su jersey hacia arriba.

—Ya —me pidió a media voz—. Póntelo tú. Y no te quites más.

Terminé de quitarme el vestido y me coloqué su jersey que apenas tapaba mis muslos, abrigados con las medias tupidas. Nos miramos y me acarició el pelo.

—Esto es una mierda. —Sonreí con la intención de quitarle fuego.

—¿Lo es?

Me acurruqué hacia la pared y él me envolvió en sus brazos, encajando sus rodillas detrás de las mías con las caderas pegadas a mi trasero y su respiración en mi nuca. Nunca me había sentido así. Una oleada de alivio casi físico me recorrió entera.

—¿Qué se hace con los secretos para que pesen menos? —me preguntó.

—Se cuentan.

—Pero entonces dejan de ser secretos. Por más que pesen, son nuestros. Si no se cuentan, nadie puede entrar a revolverlos o juzgarlos.

—Las mentiras no se guardan —le respondí con pena.

—Esto no es mentira. Es verdad.

—Sí. Es verdad.

—No podría soportar que alguien me dijera que esto está mal.

—Y tú qué crees, ¿lo está?

—Demasiado.

26

ORDEN

Fue la noche más fría del año. Eso dijeron al día siguiente en el informativo de la radio, mientras Sofía y yo hacíamos en silencio el café. A mí... no me lo pareció. Fue una de las más cálidas de los últimos años.

Sofía se quitó el vestido, se puso mi jersey y dormimos abrazados y a medio desvestir. Bueno. Dormimos al final, cuando no pudimos sostener más los párpados. Antes fue confuso y raro, pero reconfortante y estimulante también. No hubo sexo, ni besos; no hubo nada que fuera inmoral pero a la vez fue terriblemente deshonesto para cualquiera que no estuviera en la habitación con nosotros. Fue demasiado intenso para ser amigos. Fue tan excitante, que la primera hora la pasamos jadeando a pesar de no tocarnos, no frotarnos, no besarnos, no follarnos. Lo único que hicimos fue abrazarnos con los brazos y también con las piernas enredadas de un lado y de otro. Y olernos. Los dos.

Cuando ella se durmió sobre mi pecho, me quedé un rato pensando en por qué estaba tan mal. ¿Cuáles eran las razones que hacían de aquella noche algo tan indecente? ¿Era por mi relación? Claro que era por mi relación. Pero... ¿me molestaría a mí que lo hiciera Lucía? Un silencio absoluto en mi interior terminó contestando que no y una vocecita apuntó que quizá aquello era un problema en sí mismo. Había un error de planteamiento: no es que lo nuestro no estuviera mal porque a mí no me molestase imaginar a Lucía haciendo lo mismo con otro..., lo que estaba mal era eso mismo: que no me importara.

Hablamos un poco con una taza de café en la mano. Yo estaba despeinado y necesitaba quitarme los vaqueros y darme una ducha. Ella se había recogido el pelo en una coleta baja con una goma que había encontrado en su bolso y estaba... increíblemente radiante. Sofía era guapa porque lo era, en absoluto, relativo y hasta del revés. Tenía unos pómulos perfectos cubiertos por una lluvia de pequeñas pecas. Los ojos rasgados, los labios gruesos, el alma llena.

Fui todo lo sincero que pude, aunque sé que también estuve un poco más rancio que de costumbre. Le dije que no sabía qué me pasaba, que no podía darle una respuesta coherente a ninguna pregunta ahora mismo y que necesitaba tiempo.

—No quiero decirte lo que debes hacer —me dijo con la cabeza gacha—. Pero creo que deberías verla.

Prometimos no vernos y no hablarnos en unos días. Y como además yo había prometido no besarla nunca más, me tuve que quedar con el beso de despedida atragantado en la garganta. ¿Qué coño me estaba pasando de pronto? ¿Cuándo habíamos pasado de ser amigos a ser un problema?

Todo lo que había ocurrido y lo que tenía que pasar estuvo dando vueltas en mi cabeza buena parte de la mañana. Ella. Ver a Lucía. Lo que había pasado la noche anterior y todo lo que había quedado por pasar. No era sexo. Lo era, porque me sentía sexualmente muy atraído hacia lo que habría debajo de la ropa de Sofía. Era misterioso, pero no era solo sexo.

Llamé a Lucía a las tres de la tarde. No era lo habitual. Siempre esperábamos a la noche para hablar, cuando hubiera terminado de trabajar, así que se asustó y lo cogió a la primera.

—¿Pasa algo? —Escuché sus zapatos de tacón repiquetear sobre el suelo elegante de su oficina.

—Ehm. —¿Qué decirle? Me gustaría besar a una chica que no eres tú pero te quiero. Sonaba absurdo—. Voy a ir al pueblo este fin de semana.

—Pero ¿ha pasado algo? ¿Está todo el mundo bien?

—Sí, sí. Pero quería avisarte porque… sería genial que pudieras comprar unos billetes a Madrid para venir conmigo. —Me tapé la cara a pesar de que nadie me veía.

—¿Para ir al pueblo?

—Para vernos. El pueblo es una excusa. Si vienes a Madrid y no vas a ver a tus padres, nos matan. Coges un vuelo, te recojo en Barajas y nos vamos el fin de semana.

—¡Qué susto me has dado! —se quejó entre risas—. Se me va a salir el corazón por la boca. Así que quieres verme, ¿eh?

Sonó juguetona y a mí se me cayó el alma a los pies.

—Hace ya dos meses, Lucía.

—Ya. Yo también empiezo a subirme por las paredes. —¿Por amor? ¿Añoranza? ¿Necesidad sexual?—. Vale. Voy a mirar vuelos y te digo.

—Vale.

—¿Va todo bien de verdad?

—Sí. Es que… estoy un poco descentrado.

—No te preocupes, mi amor. El viernes te buscaré el centro a besos.

Qué asco sentí entonces porque no pude quitar los ojos de la ventana.

El viernes me presenté en la terminal 4 de Barajas con una maleta pequeña a los pies, esperando verla aparecer entre toda la gente trajeada que bajaba de aquel avión de Iberia. Estaba confuso nivel: «No aguanto ni la ropa porque me pesa la culpabilidad por dentro». Yo quería a Lucía, ¿no? Entonces, ¿qué estaba pasando? ¿Por qué necesitaba estar más y más cerca de Sofía?

Lucía apareció corriendo y arrastrando su maleta, haciendo que todo el mundo se apartara del sonido histérico de sus tacones sobre el suelo. Antes de que pudiera saludarla, ya la tenía encima. Me saltó con brazos y piernas y no pude más que sonreír. Fue una sonrisa sincera pero me sentí raro al besarla. Lucía estampó los labios contra los míos y dejó carmín y ganas en mi boca.

—Dios mío, Héctor. ¡Qué bueno estás! ¿Qué te has hecho? Ser feliz.

Alquilamos un coche pequeñito y nos pusimos en marcha enseguida. Bueno, primero nos besamos un poco en el parking. Y susurramos cuánto nos habíamos echado de menos aunque fuese mentira. Sin poesía, que conste. «Qué bien que estés aquí», «Qué alivio verte», «Dos meses ya…, es mucho tiempo», «Estás tan guapo…». Llevar tantos años juntos nos había convertido en personas que se acostumbraban a la situación que nos tocara vivir con cierta rapidez, lo que no significa que no supiéramos que de vez en cuando el amor también necesita palabras bonitas para sobrevivir. Pero como quien sabe conjugar un verbo…, no como quien recita poesía.

El viaje estuvo bien. Ella fue poniéndome al día de todo lo que me había perdido en Suiza: dos amigos nuestros habían roto y otro había ligado con alguien en la última salida afterwork. Y a mí esa gente no me interesaba demasiado pero atendí porque los que me preocupaban éramos nosotros dos. Preguntó poco acerca de Madrid, de mi rutina, de novedades… Lucía entendía que si yo quería contar algo…, lo haría.

—He avisado a mis padres de que dormiré hoy en casa de los tuyos, ¿vale? —me dijo mientras buscaba chicles en el bolso.

—Genial.

—Espero que no nos hayan preparado la habitación que está al lado de su dormitorio.

Y ese deseo solo podía responder a una cosa… sexo. No puedo negar que sentí una mezcla de muchas cosas…, algunas en el estómago y otras en la polla. Remordimientos, expectación, ganas acumuladas, el recuerdo de la boca de Sofía… y una nube de «¿qué mierda me está pasando?».

Llegamos a casa de mis padres casi tres horas más tarde. Eran las nueve menos veinte de la noche y yo tenía hambre y estaba cansado, pero no pude evitar fijarme en que Lucía se había puesto sexi. Tenía un cuerpo espectacular pero para ir a trabajar solía comedirse mucho; ahora, sin embargo, llevaba un traje tan ceñido que el pantalón le marcaba el culo sin posibilidad de disimular ni la ropa interior. Le di una palmada, porque supongo que es lo que esperaba de mí.

—¿No llevas bragas o qué? —le pregunté.

Se paró antes de llegar a la puerta de casa de mis padres y, aprovechando que mi cuerpo le servía de escudo, cogió mi mano, la puso entre sus piernas y se frotó.

—¿Tú que dices?

—Que los vecinos van a tener tema de conversación hasta las Navidades del año que viene.

Me llevé una mirada suspicaz antes de llamar al timbre.

El recibimiento fue el habitual. Madre que va dejando puertas abiertas a su paso y gritos de alegría. Padre que saluda como si lo hubieras visto el día anterior. Novia que pone los ojos en blanco cuando la pesada de la suegra no la ve. Una algarabía de la que agobia si la has vivido dos veces en poco tiempo, pero en el fondo te reconforta. Si vives lejos de casa me entenderás.

—No. No saques nada aún, Mari —pidió Lucía a mi madre, parándola cuando empezaba a sacar doscientas reses de la nevera para la cena—. Voy a ir a darle un beso a mis padres antes de la cena y a lo mejor se enrollan. No quiero que se quede todo frío.

—Ve, ve —la azuzó—. Yo voy adelantando.

Cogí una cerveza de la nevera antes de que mi madre me clavara sus ojos en la cara y frunciera el ceño.

—¿Te pasa algo?

—Que estoy muy cansado. —Estiré el cuello como un pavo—. Y tengo ganas de meterme en la cama.

—Ya sé de lo que tienes ganas tú —farfulló—. ¿No estará en estado ya?

—No, mamá. Y no digas «en estado», que suena al siglo pasado.

—Ojito con animarse demasiado que en esta casa se oye todo.

Por el amor de Dios…

Sebas llegó un poquito después de que mi madre me avergonzara horriblemente pidiéndome, en pocas palabras, que no gimiéramos muy alto. Venía contento y ufano porque mi cuñada se había quedado con los niños e iba a tomarse una birra con su hermano con todas las de la ley.

—De hombre a hombre.

—Lucía debe estar al caer.

—Pues de hombre a hombre con prisa.

Hablamos de fútbol, aunque no soy muy futbolero. Y de sus niños. Y de su mujer. Y su trabajo. Prometí que me acercaría el día siguiente al taller donde él seguía con el negocio familiar y donde mi padre metía mano siempre que podía. Y cuando quise darme cuenta, ya no quedaba cerveza, mi madre había llenado la mesa con comida y Lucía estaba de vuelta.

Dormimos aquella noche en la habitación de abajo, junto al salón. Era una de las más calentitas, porque estaba junto al canal de calor de la chimenea y además estaba alejada de la de mis padres pero... el colchón solía rechinar bastante. Lo recordaba de la última vez que estuvimos allí.

Lucía seguía su propio protocolo de actuación antes de acostarse: se ponía el pijama, se desmaquillaba, se lavaba los dientes, se ponía sus tónicos y sus cremas y ya sentada en la cama, lo remataba poniéndose crema en las manos. Es una cosa que nunca entenderé. Que lo hicieran mi padre o mi hermano, que son ebanistas, aún, pero Lucía... ¿Necesitaban tanta hidratación unas manos que escribían a boli y se paseaban por el teclado de un ordenador? Exactamente igual que las mías.

—Esas manos están tan hidratadas que van a volverse anfibias —bromeé mientras me quitaba la ropa a los pies de la cama.

—Por eso las tengo tan suaves. ¿Te acuerdas de lo suaves que son?

—Me acuerdo de que una vez intentaste meterlas donde no me interesaba sentir nada entrando.

—Qué rancio eres. Hay que innovar. —Me sacó la lengua y me guiñó un ojo.

—Mira quién habla. La simpática...

Mientras frotaba una mano con la otra (con ese sonidito escurridizo que daba la crema) revisaba el correo electrónico del trabajo en el iPad. Se había cambiado de gafas y llevaba unas con la montura transparente, muy modernas y a la vez muy antiguas.

—¿Son nuevas? —le pregunté mientras me quitaba los vaqueros.

—Me senté encima de las otras.

—Guay. Muy tú.

Levantó la mirada y me sonrió. Me tranquilizaba pensar que seguía sintiéndome cómodo con ella. No en vano llevábamos dieciocho años juntos. Nos habíamos hecho adultos de la mano. Sin embargo… me inquietaba la sutil diferencia entre la comodidad y la intimidad.

—Esta semana he movido ocho millones de euros de capital de unas inversiones a otras para un cliente —me dijo orgullosa.

—Suena importante.

—Suena a buena comisión.

Me senté en el colchón a su lado y le quité el iPad de las rodillas.

—No me explico cómo te dejan mover tanto dinero…, ¿no han visto lo diminuta que eres?

Lucía se echó encima de mí; como pijama llevaba solamente una vieja camisa de mi propiedad…, la muy maldita, sabía que me encantaba cómo se asomaban sus piernas por debajo y cómo centelleaba su piel blanca bajo la tela. Me besó y le devolví el beso con tibieza porque había algo tremendamente reparador en su olor y la familiaridad de sus labios, pero notaba que algo no estaba en su sitio. Llevábamos dos meses sin vernos, sin sexo, sin besos. Hay un punto muy animal en la sexualidad que no se puede reprimir y, además, llámame tonto, pero pensé que nos acercaría.

La coloqué sobre mí y le desabroché un par de botones. Lo que me estaba pasando, me dije, es que la añoraba. Añoraba la vida en pareja, las rarezas compartidas, el espacio que se llenaba cuando volvía de la oficina, la cama de dos por dos donde nos perdíamos… Todo lo que teníamos desde hacía años. Necesitaba tenerla así de cerca para recordar las sensaciones. Mis manos alcanzaron sus dos tetas y ahuequé las palmas para sostenerlas dentro.

—Tengo tantas ganas de que me la metas que no sé si voy a aguantar preliminares. —Se rio mientras jugueteaba en mi oreja.

—Pues que no se diga.

Le quité el tanga sin demasiada ceremonia, a pesar de que es mi parte preferida..., ver cómo la tela se desliza por la piel, como el envoltorio de un regalo. Pero había prisa. Me bajé el pantalón de pijama, no llevaba nada más y ella me quitó la camiseta para morder mis clavículas enseguida.

—Quieta... —susurré—. Ven aquí. Voy a follarte.

Lucía se retorció de ganas y encaminé mi polla a su interior. Cuando se acomodó los muelles del colchón se quejaron con sordina.

—Va a tener que ser rápido —me dijo—. Enciéndeme.

Lo bueno de llevar tantos años compartiendo cama con la misma persona es que no hay tapujos, ni vergüenzas y que se tiene un mapa detallado de todas sus filias y sus fobias. Yo era capaz de encenderla y apagarla con dos frases lentas en su oído. Cosas que a ella le gustaban y que a mí..., bueno, a mí me gustaban solo porque a ella la volvían loca.

—Voy a follarte como la puta que eres.

—Dios..., sí. —Se arqueó y le metí la punta—. Toda..., Héctor. Toda.

La provoqué sacando y metiendo solo la punta, frotándole mi polla dura y volviéndola a colar en su interior, hasta que empujé hacia arriba y su interior me acogió como siempre, húmedo y confortable. Contuve el aire en la garganta y lo dejé salir poco a poco. Apoyé la frente en su pecho, mientras ella subía y bajaba en mi regazo, empapándome. Pensé en sus tetas, pero el pezón endurecido que se clavaba en mi palma pasó a ser el de Sofía, que nunca había visto ni tocado y que coronaba dos pechos grandes y generosos. Joder. Abrí los ojos y la miré. Lucía sonreía mientras me montaba con todo el cuidado del que era capaz para que la cama no rechinara. La empujé hacia un lado y me subí encima, colocándome sus pies en mi cadera.

—Pídeme lo que quieres... —le exigí, parando el movimiento.

—Tu polla.

—¿Sí? Mi polla, ¿dónde?

—Ah, joder, donde quieras.

Me espoleó con los talones y yo volví a metérsela fuerte. La llamé puta en su oído. Eso le ponía, sobre todo cuando lo hacía muy lento, paladeando las dos sílabas como caramelos. Puta, le repetía una y otra vez; esa palabra y sentirse sucia al escucharla la catapultaba al techo en décimas de segundo, mientras yo bombeaba rápido dentro de ella.

—Héctor... —gimió. No solía decir mi nombre, así que me enderecé y la miré.

—¿Quieres más fuerte? —le pregunté.

Y cuando pensaba que me iba a pedir, no sé, que le diera un cachete, que la lamiera un rato, que me corriera en su pecho..., soltó la bomba.

—He dejado la píldora.

Un pinchazo a doscientos kilómetros por hora. Perdí el control del volante y aunque intenté que no diera bandazos, me terminé estampando contra un gatillazo de la hostia. La saqué ya medio blanda.

—¿Qué dices?

—Que dejé la píldora el mes pasado.

—¿Y me lo dices ahora? Joder, Lucía, que estaba a punto de correrme.

—Pero... ¿y qué? Si queremos...

—Dios.

Me bajé de encima de ella y me froté los ojos.

—Pero ¿qué te pasa? —preguntó—. ¿Paras y ya está?

—No, joder. Que se me ha bajado. Me ha dado..., no sé. Me ha dado impresión.

—¿Qué tontería es esta, Héctor? ¿Crees que va a pasar a la primera? Vamos a tener que hacerlo muchas veces para que me quede embarazada, ¿sabes?

—O no.

—Oye, ¿te tiene que dar este ataque de responsabilidad justo en medio de un polvo?

—No controlo mis gatillazos, Lucía —me quejé mientras me la tocaba como un mono —. No se levanta. ¿Qué quieres que haga?

—¿Ser padre te la pone flácida?

—Que me des información sustancial mientras follo me la pone flácida. Hola, Lucía, estoy tan cachondo que voy a metértela por el culo y..., ¿sabes?, tengo un descubierto en la cuenta. ¿Te parecería bien?

—¿Tienes un descubierto en la cuenta?

—¡No! —y lo dije más alto de lo que pretendía.

Lucía me chistó para que bajara la voz y se levantó de la cama como Dios la trajo al mundo. Con su culito pequeño, sus muslos firmes, la curva de la cadera subiendo hacia su estrecha cintura..., se cubrió con mi camisa vieja y resopló.

—Ya no me apetece.

—¡Y una mierda! —le respondí mientras me la soltaba—. ¿No crees que tengo derecho a un gatillazo de vez en cuando? ¡Eres implacable, joder!

—Vamos a ver, niñato. —Se acercó a la cama de nuevo y apoyó una rodilla en el colchón—. Dijimos que era un buen momento. Te mudaste a Madrid siguiendo un plan. Tenía que dejar de tomármela..., ¿qué más te da cuándo? ¿Para qué narices voy a estar hormonándome si estoy sola en Ginebra y nadie se me corre dentro?

Me quedé mirándola pasmado. El peor momento de una discusión es cuando te das cuenta de que los argumentos del otro suenan mucho más coherentes que los tuyos. Me había pasado con Sofía aquella misma semana y me pasaba en la cama con mi novia. ¿Qué estaba haciendo? ¿Lo estaba haciendo todo mal?

—Joder, Lucía. Puedes dejar de tomártela cuando te venga en gana, pero lo normal es que me avises si te la voy a meter sin condón. —Me revolví el pelo—. Creí que lo planteábamos para cuando estuviéramos ya instalados en España de nuevo... los dos. Y ha sido como revivir aquella época en la que nos dio por la marcha atrás y los sustos que nos dábamos...

—¿Estoy haciendo esto sola?

—Estás tomando decisiones sola —le confesé—. No vas a mi ritmo. No aceptas que quizá yo necesite más tiempo.

—Esto es de manual, ¿sabes? Estás cagado de miedo.

—¿Y no tengo derecho?

Se me quedó mirando un poco cortada.

—Yo no quiero obligarte —sentenció.

—¡Pues deja de marcar el ritmo!

Se sentó en la cama con un suspiro y se apartó la melena castaña de la cara con expresión dubitativa. Parecía estar decidiendo si lo que yo decía tenía sentido o si ella era quien tenía razón. Y creo que llegó a la conclusión de que ambos estábamos un poco en lo cierto, porque se levantó y se acomodó en mi regazo, con los labios en mi cuello.

—Estoy estresada.

—Lo sé. No importa. Yo me paso de vehemente.

—Desde que te has ido me he acostumbrado a trabajar y trabajar y trabajar y...

—Ya lo hacías cuando yo estaba allí, no te engañes.

—Es importante para mí.

—No me importa pero... hay prioridades. Y te obsesionas, Lucía. Te obsesionas con cosas y las quieres ya.

—Me da miedo no saber parar cuando me quede embarazada. Y es como si quisiera hacerlo cuanto antes.

—Tienes que calmarte. Yo tampoco…, tampoco lo tengo todo claro.

Era el momento. El corazón me bombeó rápido. Era tan fácil como decir: «Estoy confundido», pero me abrazó y acarició con su mejilla el vello de mi pecho y ya… no pude decirle nada porque no sabía tampoco qué debía decirle. Confuso, vale, pero… ¿por qué? ¿De qué? ¿Con quién? ¿Qué estaba pasando en mi vida?

Una hora después, Lucía y yo volvimos a hacerlo, pero esta vez de una manera menos furiosa y mucho más silenciosa. Me buscó en la oscuridad de la habitación… cuando yo pensaba que ya estaba dormida y seguía dándole vueltas a la cabeza.

—Ey… —susurró.

—¿Qué pasa?

Se colocó encima de mí y se frotó hasta que fue despertándome. Ella también tenía la llave de mis filias y mis fobias. Despertó perezosa, como si se resistiera porque tenía la cabeza puesta en otras cosas. Pero follamos. Teníamos ganas y los tanques llenos. Ella dominó, moviéndose encima hasta que se corrió mientras yo agarraba la almohada con fuerza y me controlaba para no hacerlo dentro de ella. Terminé entre sus labios, mientras me la chupaba con cierta desgana y yo la ayudaba con la mano.

Hubo una diferencia sustancial entre el primer intento y este. Una que solo yo percibí porque la vi con los ojos cerrados. Una diferencia con melena larga morena de la que me acordé cuando menos tocaba y que hizo que el orgasmo fuera un poco bochornoso.

A las dos de la mañana Lucía dormía a pierna suelta, boca abajo, emitiendo ese ronquidito sordo de cuando se quedaba con la boca abierta y yo seguía despierto, mirando las sombras de los árboles que se proyectaban en el techo. Acababa de follar con mi chica, ¿por qué pensaba en otra? Y ahí estaba yo intentando vislumbrar qué haría, con quién estaría, si me echaría de menos... Me obsesionaba la idea de si mi ausencia se notaría en su mundo; yo estaba acostumbrado a no notar la ausencia de nadie, a acostumbrarme a lo que hubiera, pero la de ella se notaba tanto que llenaba más que vaciaba. Lo llenaba todo hasta que no cabía nada más.

Me resistí cuanto pude pero terminé cogiendo el móvil. No había mensajes, ni fotos, ni whatsapps. Habíamos prometido mantenernos apartados el uno del otro. Ella estaría en su cena de «cuéntame tus mierdas» y yo había follado con mi novia y le había llenado la boca de, bueno, da igual. Entré en Whatsapp, como un acosador, para ver cuándo había sido su última conexión..., hacía apenas cinco minutos. Sonreí al pensar que seguía despierta; a lo mejor había hecho lo mismo que yo y había entrado a echar un vistazo a mi perfil. Empecé a escribir: «¿Quién ha ganado el "cuéntame tus mierdas" de hoy?». Borré. Escribí de nuevo: «Sé que dijimos que no nos escribiríamos en unos días, pero me estoy acordando mucho de ti». Lo borré. Probé suerte otra vez: «Te hice caso y Lucía está durmiendo aquí a mi lado, pero sigo pensando en ti». ¿Estaba loco? Borré. Escribí otra vez: «Te echo de menos».

No lo envié, pero tampoco lo borré. Solo salí de la aplicación, bloqueé el móvil y lo dejé en la mesita de noche. Acababa de acostarme con mi novia. ¿En qué tipo de persona me estaba convirtiendo? ¿Desde cuándo era uno de esos hijos de puta de los que las chicas tienen que huir? Toda la vida siendo «Héctor», el tío fiel, el que trataba a su chica como una reina, el que no se planteaba que haberse perdido juergas y otros coños fuera un drama y... a los treinta y cuatro me entraba aquella pájara. Pájara mental, ¿eh? No estoy diciendo nada de Sofía. Ella solo... estaba allí. En un momento en el que ya no buscaba, la encontré.

A la mañana siguiente Lucía y yo nos comportamos como si nada. Mi madre bromeó sobre que «dábamos muchas vueltas en el colchón» y nosotros escurrimos el bulto como pudimos. Nos dimos una ducha por turnos y después, mientras Lucía se iba a saludar a unas amigas, yo me pasé por el taller porque quería ver a mi padre y a mi hermano. Papá se había ido a tomar una cerveza con los del equipo de dominó, pero Sebas estaba allí, repasando unos pedidos que iban a recoger el lunes. Me encantaba aquel taller; siempre me gustó. El serrín que se acumulaba en todas partes, el olor a madera, las herramientas y el sonido del trabajo con las manos. Estaba seguro de que si me hubiera quedado en el pueblo hubiese sido feliz trabajando allí.

—¿Qué pasa, fiera? —me preguntó mi hermano mientras señalaba un cabecero artesonado que había apoyado en la pared—. ¿No te parece mentira que sigan encargando estas horteradas? En Ikea los venden a ochenta euros.

—Para gustos colores.

Me acerqué y seguí con los dedos las volutas de madera suave que decoraban el interior del cabecero. Podía gustarte más o menos, pero era un trabajo increíble.

—¿Lo has hecho tú?

—Sí —asintió—. Es para la hija del de la funeraria, que se casa.

Sonreí y le miré de reojo. Me enrollé un par de veces con ella antes de salir con Lucía.

—Podías haber heredado el imperio de la muerte —me dijo.

—Eres tonto del culo. —Me eché a reír—. ¿Quieres ir a tomar una cerveza?

—Tengo aquí.

—¿¡Tenéis nevera en el taller!? Madre mía, qué modernidad.

Me enseñó el dedo corazón y después fue andando hacia el cuarto que hacía las veces de oficina de donde salió con dos botes de cerveza. Estuvimos en silencio un rato, hasta que la lata ya andaba por la mitad. Es lo bueno de los hermanos... a veces no hacen falta las palabras para estar cómodos. Pero... yo tenía en la cabeza unas uñas arañando constantemente una pizarra, así que el silencio me sirvió de poco.

—Oye, Sebas..., ehm... ¿Puedo contarte algo y contar con tu discreción?

—Claro, ¿estáis ya en estado?

—¿Tú también? —exclamé desesperado—. ¡¿En estado?! ¡¡No!!

—Ah, vale, vale. Joder, cómo nos ponemos.

Dejé el bote de cerveza en el suelo y di un par de pasos, mientras me frotaba la barba.

—¿Qué pasa?

—Es que... tengo la cabeza como un avispero. No me aclaro.

—¿Con qué? Es por... lo de los niños.

—Ojalá. —Me froté la frente—. Es más complicado.

—Venga, suéltalo. Soy un pozo de sabiduría.

—He conocido a alguien.

Sebas dejó la lata de cerveza en el suelo en silencio y después cruzó los brazos sobre el pecho.

—Cuéntame eso bien.

—No sé cómo ha pasado.

—¿Quién es?

—Pues... una vecina.

—Pero ¿ha pasado algo con ella?

—La besé.

—Un beso no es nada, Héctor. No te rayes por un beso.

—Sí me rayo, Sebas, porque no sabes qué beso.

—Estás viviendo una especie de «soltería tardía». Es todo.

—No me la quito de la cabeza. Y solo ha habido un beso.

—¿Tan buena está? —Levantó las cejas interesado.

—No es cuestión de lo buena que esté o no. Eso es lo jodido.

—¿Me estás queriendo decir que crees que te estás enamorando de otra?

—No. No. No es eso. Es que… no sé lo que estoy haciendo. Ayer… —Hice una mueca. Tema peliagudo en marcha—. Ayer pensé en ella mientras… follaba con Lucía.

Mi hermano esbozó una sonrisa socarrona y después me palmeó la espalda.

—A ver, chiquitín, que fantasear con los ojos cerrados con que se la estás metiendo a Marta Sánchez no es infidelidad.

—¿Marta Sánchez, tío? En fin. No estoy hablando de eso. No estoy hablando de eso —repetí—. Una cosa es pensar en Marion Cotillard con los ojos cerrados y otra muy distinta es hacerlo con tu vecina con la que además pasas más horas de las que tiene el día.

—¿Quién coño es Marion Cotillard?

—¿Me estás atendiendo, Sebas?

—Sí. Te estoy atendiendo. —Sacó el móvil del bolsillo y lo vi entrar en Google y buscar una foto de Marion Cotillard—. Lo que pasa es que me da la sensación de que te estás ahogando en un vaso de agua. ¿Y no puede ser…? Ah, coño —se calló un momento y me enseñó una foto de la actriz en el móvil—, es esta…

Lo miré fijamente y se guardó el móvil en el bolsillo de nuevo.

—Quiero decir que… ¿no será que tienes hambre y «cuando no hay lomo de todo como»? —me preguntó.

—¿Qué?

—Que la falta de sexo te hace mirar a otras chiquitas. Que el salchichón echa en falta menearse más.

—Tampoco creas que tengo ganas de regar a todas horas —comenté—. Que sí, que bien, pero no llevo mal la cuaresma.

—¿Entonces?

—Últimamente... no dejo de pensar en..., en cuando Lucía me dejó cuando estábamos en la facultad. ¿Te acuerdas? Siempre creí que..., que había otra persona, ¿sabes? Me da por pensar que me dejó tirado por probar otro rabo y que yo después, cuando se cansó, la recibí con los brazos abiertos.

—Volvisteis porque quisiste. ¿Sabes a qué suenas ahora mismo? A tío que busca una excusa para no sentirse culpable si se calza a otra. —Lo miré con un vacío en el pecho—. ¿En serio estás tan rayado? —me preguntó.

—No me la quito de la cabeza.

—¿Y si...?

—¿Y si qué?

—¿Y si... tienes un rollo?

—¿Qué quieres decir con «tener un rollo»?

—Una aventura. Un rollo de cama. Te quitas esa espinita y no se entera nadie.

—¿Y ella? —me avergoncé de planteármelo aunque fuera durante una milésima.

—¿Qué ella?

—Las dos ellas.

—Sé franco con la de Madrid y no se lo digas a Lucía.

¿Era eso posible? ¿Por qué me sonaba tan bien? No era lo que imaginé que terminaría siendo mi relación. No quería traspasar aquella frontera. Negué con la cabeza.

—No. No voy a hacerlo.

—Pues hínchate a follar este fin de semana, zagal. Ya verás como se te pasa.

¿En serio me pasaba eso? ¿Me picaba el ciruelo y ya está? Entonces, ¿por qué no se había callado el «come-come» cuando me corrí en su boca? ¿Por qué seguía pensando que algo no iba bien, que se nos había soltado una pieza y no habíamos tenido el tiempo ni la dedicación para colocarla en su sitio? ¿Por qué me preocupaba, entonces, tanto por Lucía? No quería engañarla. No quería hacer sentir a nadie como Sofía me dijo que la hizo sentir la infidelidad de su ex. ¿Por qué cojones tuve que entrar en el Alejandría?

Comimos con la familia de Lucía y la mía. Se trató el tema de la boda mientras yo volaba por allí, pensando que el café del Alejandría le daba cien patadas al de mi suegra. Lucía se reía de su madre y de la mía mientras intentaban convencernos de que nos casáramos en una ermita cercana y yo dibujaba espirales con mi dedo en su espalda, sin quitarme a Sofía de la cabeza. Ella, el mural de la pared de mi habitación en Madrid..., ¿por qué no había querido ver a Lucía allí? Porque era mi espacio y... no quería meterla allí. Demasiadas preguntas. Demasiado mío. Mío de verdad. De esas cosas que no puedes compartir con nadie más.

A media tarde todo el mundo se dispersó. Demasiado vino y licor como para soportar el sopor de mediodía y nosotros aprovechamos para echarnos en la cama de la habitación que había sido de Lucía. Perdimos la virginidad allí, pero hacía años que no nos apretaba tanto como para arriesgarnos a que nos pillara su madre, su padre o alguna de sus tres hermanas. Así que... hablamos de mi trabajo, aclaramos algunas cuentas y cuando todo el mundo se levantó y creyó que habíamos hecho el amor, nosotros solo hicimos números.

Por la noche ella se durmió casi en el acto y yo, después de dar vueltas sin parar en la cama, volví a encontrarme con el móvil en la mano y el alma en la garganta. No era un buen chico. Si lo fuera, aquello no me estaría pasando. Así que no pude más y di a enviar aquel «Te echo de menos» que escribí la noche anterior.

Sofía tardó media hora en conectarse. Cuando lo hizo, tardó dos minutos más en contestar.

«Yo también», escribió finalmente.

«Quiero serte sincero», le envié. «He venido al pueblo con Lucía».

«Es lo normal. Es tu novia», respondió.

«Entonces, ¿por qué no dejo de pensar en ti?».

Sofía no respondió. Yo tampoco durante un par de minutos.

«Me he acostado con ella», le escribí.

El silencio que vino después me pareció horrible, pero ella volvió a enviarme un mensaje unos segundos después.

«No tienes por qué contarme esto. No tienes que darme explicaciones».

«No soy un buen tío. Solo quiero que lo sepas. Me siento mal por haberlo hecho».

«Entonces, ¿por qué lo has hecho?», respondió. Casi podía leer su expresión de decepción en aquellas palabras. Suspiré.

«Porque intentaba sacarte de dentro. Pero no funciona».

Salí de Whatsapp y la llamé. No podía soportarlo más. Sí. La llamé. Desde el cuarto de baño de la casa de mis suegros, con mi novia dormida en la habitación de al lado.

—Héctor —respondió—, no podemos hacer esto.

—Ya lo sé. —Me di con la cabeza en la pared un par de veces, esperando que se ordenaran mis ideas—. Me siento asquerosamente sucio.

—Es tu novia.

—¿Qué me está pasando?

—Que estás confuso —y lo dijo con tanta sencillez que me sentí un poco menos mal.

—Lo estoy.

—Pues solo hay una opción.

—¿Cuál es?

—Que las barreras sean más altas —no le respondí. No era aquello lo que me apetecía—. No ha pasado nada. No tiene por qué pasar. Olvidemos esta llamada, ¿vale? Pasa un buen fin de semana con tu chica. Ya nos veremos en el Alejandría.

Colgó. Colgó antes de que pudiera decirle algo, pero lo escribí en nuestro chat: «Lo siento». Sentía muchas cosas; haber llegado a su vida para hacerla sentir mal, no habernos conocido sin cargas y pensar que mi chica era…, eso, una carga.

Desperté a Lucía al llegar a la cama. Era peor evitar la conversación que tenerla. Y… lo admito, hablarlo con ella fue fácil, quizá porque no hablé de Sofía ni del beso. Fue una conversación terriblemente egoísta.

—Lucía, despierta, tenemos que hablar.

Nos costó un poco entrar en materia. Mareamos la perdiz. Que si la vida era rara, que si ninguno de los dos tenía muy claros cuáles eran los siguientes pasos, que si la incertidumbre puede llegar a hacer que uno piense de más…

Al final me envalentoné y me lancé pero… a medias.

—Me siento muy raro. Me estoy acostumbrando a no tenerte. No estamos haciéndolo bien.

—Ya lo sé —asintió—. Pero sabíamos que volver a empezar no iba a ser fácil.

—Es imposible volver a empezar después de dieciocho años.

—Quizá necesitemos viajar más para vernos.

O viajar menos. Creo que mi cara habló por mí.

—A mí tampoco me apetece andar con la maleta todos los fines de semana, Héctor. Me apetece disfrutar de mis dos días libres después de trabajar sesenta horas semanales, pero estoy proponiendo algo.

—No lo tengo claro.

—¿No lo tienes claro?

—Estoy confuso.

Ella se abrazó las rodillas y asintió.

—Supongo que somos demasiado fríos para una relación a distancia. —Se encogió de hombros.

—Yo no soy frío, Lucía. Yo te llamo y lo intento pero al final no me apetece insistir.

—Aquí los dos soportamos cosas, ¿sabes?

—¿De qué estás hablando?

—Que no me dices la verdad. Sé que las cosas no te van demasiado bien. El otro día me metí en tu cuenta desde el ordenador.

Suspiré y me apoyé en el cabecero de la cama. Por un momento pensé que iba a hablarme de Sofía, que sospechaba algo y hasta me había sentido aliviado... pero no.

—No quiero volver —confesé.

—¿Por qué? —me preguntó—. ¿Es por mí?

—Es por Ginebra. Es porque…, porque allí las cosas nunca iban bien, porque estoy retomando otra vida en Madrid y todo me parece tan fácil que volver a Ginebra se me hace cuesta arriba.

—¿Y yo?

—No lo sé. Por eso estoy teniendo esta conversación. Porque me cuesta pensar en ti en estos momentos y no quiero hacerte daño.

Apoyó su cabeza en el cabecero también y asintió.

—No está saliendo como planeamos —declaró.

—¿Cuándo salen las cosas como lo planeamos?

Me lanzó una mirada de desdén, como si no pudiera soportar mis quejas pero porque sabía que eran sencillamente ciertas.

—Vale —sentenció—. Démonos unos meses más. En junio tendremos que decidir qué hacemos.

—¿Qué significa eso exactamente, Lucía?

—¿Qué va a significar, Héctor? Pensemos en nosotros. En lo que quiere cada uno. Pero esto no es carta blanca. Si lo que necesitas es un par de meses para follarte a otras y volver harto de carne a casa, mejor no vuelvas.

Bufé mirando al techo. Quería carta blanca. Quería bandera blanca. Quería hartarme de Sofía pero empezaba a dudar que fuera posible. Pero aun así, supongo que me sentí aliviado porque soy un auténtico gilipollas. Conseguí tiempo, pero no soluciones. Creí que en cuatro meses me aclararía, que todo quedaría en una tontería, un capricho, un aire que se me pasaría. Entonces haría las cosas a conciencia, seguro de lo que estaba haciendo. Me había castigado mucho durante mi primer año en Ginebra por irme sin pensar. Lo pasé mal. Fue duro quedarme en casa estudiando francés mientras ella trabajaba y se relacionaba con gente. Nunca más iba a obligarme a mí mismo a quedarme quieto y verlas venir por un acto de comodidad, de dejar que otros tomaran grandes decisiones por mí porque…, total, yo no tenía otras prioridades. Madrid estaba enseñándome algo: la prioridad tenía que haber sido que yo me sintiera seguro de las decisiones. Madrid o… Sofía, no lo sé.

Así que le dije a mi novia que algo no marchaba como debería, pero no le conté qué era lo que no funcionaba. Había conocido a alguien que me gustaba y se supone que eso no podía pasar si la quería. Le escondí el motivo principal de mi angustia porque me daba miedo. Tenía miedo de perder a mi chica por un capricho, miedo de vivir con Sofía cosas que no estaba preparado para sentir y miedo de quedarme solo.

Lucía se marchó el día siguiente a nuestra casa junto al río, donde los pájaros seguirían acudiendo a la espera de que les diera pan. Seguro que ella no se lo daba. Lucía tenía pavor a los cuervos que se posaban en la barandilla de nuestra pequeñísima terraza. ¿Me veía yo allí de nuevo? Mirando el cielo gris a través de la ventana, con un pitillo de liar en las manos y el portátil en la mesita de centro cuando la angustia y la sensación de aislamiento pudiera conmigo… No. Yo quería seguir viendo vida tras mi ventana… como la que veía en la de Sofía.

No. No solucioné nada pero lavé convenientemente mi conciencia para sentir que todo estaba un poco más en orden.

27

No puedo

No vino al Alejandría ni el lunes ni el martes. El miércoles yo estaba desesperada. No sabía absolutamente nada de él ni dentro ni fuera del trabajo. Casi tuve que grapar las cortinas para dejar de otear el horizonte tras ellas. El horizonte era una pared de ladrillo y una ventana que no se abría. ¿Dónde fumaría sus cigarrillos? Asomado al patio interior que daba a la cocina, seguro.

Me resistí a escribirle al móvil. Yo había dicho en un momento de sensatez que la única respuesta posible a lo nuestro era alzar más barreras y yo debía mantenerlo. ¿Qué pensaría de mí misma si no lo hacía? Le abriría las puertas de par en par y necesitaba seguir siendo fuerte. Pero claro, una cosa es ser fiel a una misma y otra no desear que el otro lo mande todo a la mierda por ti. Tenemos la cabeza llena de finales de cuento que no es que estén mal sino que se construyeron sobre historias cuyo argumento fue pervertido en algún momento por la ingenuidad, la superficialidad o el paternalismo. ¿Qué esperamos de nuestros sueños románticos? Beben de allí.

Así que, bueno, habían pasado las primeras cuarenta y ocho horas sin saber nada de él y según Mamen eran las más duras.

—Cuando pase una semana todo irá mejor.

Y aunque yo estaba dispuesta a dejar que transcurriera esa semana, él no.

Apareció el miércoles, un poco cabizbajo. Me pareció una imagen que bien podría compararse a la del adicto que vuelve a por más. Avergonzado pero resuelto. Me sentí un chute de metadona.

Se sentó en su mesa, no en la barra como venía haciendo últimamente cuando yo estaba de turno. Abel me miró de reojo, como consultándome si quería que fuera él a tomarle nota. No le había contado mucho, solo que «el guapo» y yo teníamos nuestros más y nuestros menos y yo me estaba volviendo loca. Negué con la cabeza y salí con el paño de secar en las manos, para tener algo con lo que entretenerme y no parecer tan pasmarote delante de él.

—Hola —saludé.

—Hola.

Sonrió con cierto alivio y a mí se me escapó también un poco de esperanza por la comisura ascendente de mis labios. Miré al suelo y luego otra vez a él.

—Lo siento. Era la prueba de fuego. Si venía Abel a atenderme sabría que no querías saber nada de mí.

—¿Por qué no iba a querer saber nada de ti?

—Ni siquiera sabía si me saludarías. —Arqueó las cejas—. La llamada fue…

—No mencionemos la llamada, por favor. —Suspiré—. ¿Qué te pongo? ¿Una especialidad del día?

—Lo que quieras.

—¿Prefieres un café con leche?

—Me da igual, Sofía. He venido a verte.

Rebufé y él asintió, como dándome la razón.

—Llevo días pensando que me estoy volviendo loco, ¿sabes? Porque por un lado lo tengo muy claro y por el otro también, pero ambos puntos están en direcciones opuestas y son completamente incompatibles.

—¿Eso qué quiere decir?

—Que no quiero hacer el gilipollas. Pero no puedo evitar hacerlo.

No sabía qué contestar.

—Ni siquiera sé si estamos en la misma onda —dije.

—¿Podemos hablar cuando termines?

Asentí y, mierda, sabía dónde me estaba metiendo y casi tenía ganas de hacerlo.

Esperó con su café con leche a medio terminar hasta que me quité el mandil y di el relevo a Gloria, la chica de la tarde.

—¿Qué te pasa, bebé? —me preguntó ella—. Últimamente te veo pachucha.

—Mal de amores —respondió Abel por mí.

Héctor tomó la iniciativa y me esperó de pie en la puerta, liando un cigarrillo que no se encendió cuando me reuní por fin con él.

Fuimos andando en silencio hasta su portal y abrió con agilidad la puerta, me indicó el interior con un gesto y entró detrás de mí. Me recordó al primer noviete que tuve en el colegio, con el que ni siquiera me di un beso y con el que tonteaba y hacía manitas en el zaguán del edificio donde vive mi madre.

—Hola —susurró.

—Hola.

—¿Soy yo quien te ha borrado la sonrisa?

—Un poco —confesé—. Porque no te entiendo.

—Yo tampoco, pero no quiero que dejes de reírte y de…, de ser como eras.

—En realidad…, en realidad eres tú quien potencia también la parte buena, ¿sabes? Antes era más aburrida.

—Un punto a mi favor. ¿Cuántos llevo?

Sonreí y él también lo hizo. Sus hoyuelos me gustaron más que nunca.

—Bueno, tienes el punto por ser muy guapo, el de oler bien y el de tener talento.

—Ya van cuatro.

—Sí. —Miré mis zapatillas Vans, intentando que no se me notara la vergüenza adolescente—. Y alguno más.

—¿En total?

—No sé. Hay que restar algunos también.

—Sí. Es verdad. Restemos uno por tener novia.

Cogí aire y lo eché de golpe.

—¿Estamos hablando de lo mismo, Héctor? —le pregunté—. Porque me da la sensación de que te reconforta mucho tener a alguien detrás de ti pero no tienes ninguna intención de futuro conmigo.

—No vienes detrás. Nunca has venido detrás. Si alguien lo hace soy yo.

—No me estás entendiendo.

—Claro que te estoy entendiendo, Sofía. Es evidente. No somos muy buenos escondiendo lo que sentimos y yo estoy rayado de la hostia. Es la primera vez en mi vida que me pasa esto.

—Se supone que no deberíamos poder sentir nada. Tú tienes a tu novia y no pareces de los que tienen una amante en cada ciudad.

—No lo soy. Yo… se supone que yo estaba muy enamorado.

—La cosa no se plantea muy halagüeña. —Suspiré.

—Me da miedo cagarla con Lucía por algo que luego sea… un capricho. A ella ya le pasó, pero ahora no sería lo mismo. Ya no somos unos críos.

Bueno, podíamos sumarle el punto de la honestidad. Aunque lo que dijera me doliera horrores.

—Entonces… ¿yo te gusto? —le pregunté.

Sonrió. Sonrió con mucha sorpresa, como si no se explicara que aún tuviera dudas. Se acercó un paso.

—Mucho.

—¿Por qué?

—¿Cómo que por qué? —Un paso más—. ¿Cómo no ibas a gustarme, Sofía, si siempre estás haciéndome sonreír?

—Entonces no tienes de qué preocuparte. —Levanté la barbilla con dignidad—. Será el capricho de sentirte bien con alguien. Las cosas preocupantes no se llenan de sonrisas, ¿sabes?

—La sonrisa es el anzuelo que me coge de aquí… —Puso mi mano sobre su pecho—. Y tira de mí hasta que respiro fuerte y baja un poco hasta aquí. —La mano descendió unos centímetros hasta llegar a la altura de su estómago.

—¿Y aquí? ¿Qué hace? —le pregunté. Sus ojos estaban fijos en mi boca.

—Aquí me llena la tripa de letras de canciones que después se me escapan si estornudo. Y que si trago terminan…

—No me lo digas. Algo recuerdo de la digestión.

Se echó a reír y apoyó la frente en la mía.

—¿Cómo no voy a sentir esto, Sofía? Si me borras quince años de un plumazo.

Mi mano seguía apoyada en su estómago y él se acercó hasta que la punta de su nariz rozó la mía. Escuché sus labios despegarse y entreabrí los míos.

—Que entre un vecino —pedí en voz baja, casi jadeando.

—¿Por qué?

—Porque no voy a ser capaz de pararte.

—Hice una promesa —susurró. Su aliento entró en mi boca y casi le saboreé.

—Pues estás bastante cerca de romperla.

—Es que me gustaría mucho hacerlo, pero no puedo. —Se enderezó y humedeció sus labios—. La sonrisa sigue bajando, Sofía. Y me hace sentir muy vivo. ¿Qué hago con esto?

—Dáselo a tu novia. —Tragué con dificultad.

Héctor dio un par de pasos hacia atrás y asintió.

—Vale. Me lo merezco.

—No quiero ofenderte, Héctor, solo apunto a la evidencia...

Una vecina de unos ciento ochenta mil años abrió con dificultad la puerta y nos miró fatal. Señora, podía haber entrado usted hace medio minuto, cuando se me escapaba la vida por la boca como si un dementor de los de Harry Potter estuviera chupándome la energía vital. Pero... esta tenía ciertamente toda la pinta de venir mandada por Lord Voldemort.

—A pelar la pava a la calle —rezongó.

—En realidad ahora la pava se pela en la cama, señora —soltó Héctor a la anciana.

Miré fatal a Héctor, que tuvo que toser para contener la carcajada después de la fresca que le había soltado. La señora tuvo a bien no responder mientras desaparecía dentro del ascensor y yo respiré tranquila.

—Deja de atentar contra la tercera edad —le pedí.

—Bah. Siempre está metiéndose donde nadie la llama. Y de todas formas, me ha sentado fenomenal decir eso porque es como si hubiera sido un poco más honesto con mis intenciones. Ya sabes dónde me encantaría estar.

—Pensaba que el fin de semana ya habías pelado suficientes pavos.

—Pelé uno. —Arrugó el labio—. Pero pensando en ti.

No, no era el cuento con el que nos duermen de pequeñas. El príncipe nunca se acuesta con la princesa pensando en ti, la pobre Cenicienta. No era justo. Ni para él ni para mí ni para su novia.

—Aclárate, Héctor. No te puedo decir más.

—Vale.

Fui hacia la puerta, pero él me interrumpió cuando iba a salir.

—¿Podemos seguir pasando tiempo juntos?

—Solos no.

—Pues con más gente.

—Con más gente sí.

—Vale. Pues… ya me llamas.

Me giré y lo miré, allí de pie, cogido al pasamanos antiguo de la escalera. ¿Volvería a besarme si me acercaba? Si me aproximaba despacio y me ponía de puntillas, ¿me besaría?

—Antes de irme quiero preguntarte cosas —le dije muy segura.

—Tú dirás.

—¿Qué te gusta de mí? De mi cara y eso. —Me señalé vagamente por todo el cuerpo.

Él levantó las cejas y se le escapó una sonrisita burlona.

—De tu cara y eso…, vale. Pues… me gusta…, ¿me puedo acercar? —Le lancé una mirada insegura. Él dio unos pasos hacia mí—. Ven, acércate tú un poco también.

—¿Por qué?

—Porque nos ven tontear desde la calle y me da vergüenza.

—No estoy tonteando. Estoy pidiéndote datos empíricos.

—Pues ven para que te pueda dar los resultados de esos datos.

No pude evitar sonreír y me acerqué. Él me tocó el pelo y su sonrisa se ensanchó.

—Lo primero en lo que me fijé fue en tu manera de sonreír. Sonríes como si tu boca estuviera hecha para hacerlo constantemente. El resto de tu cara le da la razón. Tus pómulos están como…, como dibujados para sonreír y los ojos también. Por eso tienes los pómulos altos y los ojos rasgados… porque siempre sonríes, hasta cuando no lo haces.

—Tú has hecho más veces esto.

—¿Esto? ¿Qué esto?

—Esto de seducir.

—No lo hice jamás. Sé buena. Soy nuevo en estas cosas y no sé si las hago bien. Me gusta también… cuando te pones ropa…, ya sabes…

—No. No sé.

—Ceñida. Se me van los ojos sin poder remediarlo detrás de tu culo y tus…, ¿se puede decir tetas en este contexto?

—Creo que sí.

Miró hacia abajo, hacia dentro del jersey y blasfemó.

—*Mecagüenmivida* —siguió.

—¿Alguna vez te gustaron las chicas… voluptuosas?

—No. —Negó con la cabeza—. Porque nunca me gustó nadie que no fuera… mi chica.

Su mención nos trajo de vuelta al mundo de los vivos, donde ni podíamos pelar la pava ni alegrarnos de gustarle al otro. Me encogí de hombros.

—Quizá cuando me quite la ropa ya no te guste.

Se acercó un poco. Muy poco. Fue prácticamente imperceptible porque, total, ya nos habíamos ido aproximando bastante. Y lo que noté fue su cuerpo, entero, proyectando ese magnetismo que le hacía ser sobre lo que yo quería girar.

—¿Te acuerdas de la foto que te mandé? —me preguntó, sexi.

—Me he arrepentido mucho de borrarla.

—Y yo de borrar la tuya. Porque una de las cosas que me quita el sueño es desnudarte, Sofía.

—Me voy —le dije—. Es posible que esta sea la última vez que estemos solos. ¿Quieres añadir algo más?

—Que estoy loco por ti, pero no puedo.

28

Llamé a Oliver para decirle que pensaba invitar a Estela y a Héctor a la cena de aquel viernes, pero no me lo cogió, claro. El teléfono era para él un medio de telecomunicación selectiva: solamente le interesaba hablar con chiquitas a las que se quisiera trajinar. Había semanas en que me llamaba a mí todo aquel que quisiera saber que seguía vivo, dícese su compañero de piso (el idiota integral tan o más cerdo que él) o su madre. Pero seguí insistiendo, no quería que pudiera echarme en cara no haberle avisado. Es muy digno cuando quiere.

Cuando me lo cogió, por fin, parecía fastidiado porque fuera yo quien llamara y si no entré en el teléfono a arrancarle las cejas fue porque físicamente no pude. Lo intenté con el poder de mi mente, pero creo que tengo una mente débil.

—¿Me has llamado cinco veces? ¿Quién se ha muerto?

—Pues hasta ahora pensaba que tú. Que te encontraríamos boca abajo, ahogado entre un montón de pestilentes calcetines sucios.

—¿Qué quieres?

—Voy a invitar a Estela y a Héctor el viernes.

—Me paso por el bar cuando salga del curro.

—Sales a la misma hora que yo.

—Pues me esperas.

No era la primera vez que discutía con Oliver en el Alejandría, pero era la primera vez que tuve ganas de hacerle comer la vajilla. Se puso de un tonto que no se podía soportar.

—Si viene esa gente, ¿qué sentido tiene la cena? Porque yo no voy a contar ninguna mierda delante de ese.

—«Ese» tiene nombre. Y, ¿qué más te da? Si nunca cuentas nada. Mamen y yo nos desgañitamos mientras tú miras la tele con el rabillo del ojo.

—Eso es mentira, Sofía. Ahora no me acuses de ser un mal amigo porque tengas el chocho como el tobogán del Aquopolis.

¿Se merecía o no comerse el plato como si fuera una galleta?

No nos pusimos de acuerdo, claro. Él siguió en sus trece y yo en las mías. Oliver defendía que no había confianza para meterlo en algo tan nuestro y yo que nunca tendríamos confianza si no lo metíamos. De Estela ni hablábamos, la pobre. Era el maldito comodín.

Por fastidiar, me dijo que le estaban pasando muchas cosas pero que estaba demasiado obnubilada con mi propio ombligo como para verlas y yo le contesté que debía ser muy duro que, de pronto, la persona que lo adoraba como al niño Jesús recién nacido tuviera vida propia. Lo peor es que Oliver no tenía ninguna intención de compartir conmigo, al menos por el momento, nada de lo que le estaba pasando con Clara. Lolo vino a poner paz cuando empezamos a lanzarnos guantazos. Guantazos suaves, claro, como los que se dan dos niñas de doce años que quieren ponerse los mismos zapatos.

Llegamos a un punto intermedio porque ninguno de los dos quiso dar su brazo a torcer. Héctor no vendría a la cena pero yo le invitaría. ¿Cómo es eso? Pues que le diría que se uniera a las copas de después.

—Seguro que por joder te vas a las once y media a follarte a alguna tía de la que no sabes ni el nombre —musculé cuando salíamos al exterior.

—No será por las ganas que tengo de verle la cara a ese. Pero no, cielo. De mí no te libras.

Nos fuimos cada uno a su casa con un cabreo monumental que me hizo gritar a pleno pulmón en mi habitación y que debió llegar hasta la calle. Cuando salí de darme una ducha para ver si me relajaba, en el cristal de la ventana de Héctor había dibujado en rotulador blanco una interrogación enorme y tenía en mi móvil un mensaje suyo:

«¿Te han arrancado una muela?».

Sonreí.

«Oliver tiene la costumbre de tocarme mucho los cojones, pero aún no le ha dado por torturarme físicamente. ¿Con qué has pintado la ventana?».

«Compré un rotulador especial. Se borra con limpiacristales».

Le invité a pasarse por mi casa el viernes por la noche. Le dije que habría más gente, que podríamos salir para recordar que Madrid es una gran ciudad para divertirse y que trajera a Estela. Aceptó. Quedamos a las once y media.

Mamen estaba emocionadísima con la idea de que fuéramos más y Abel, en cuanto se enteró de que «el guapo» venía, canceló todas sus citas para estar allí el primero. Pero lo agradecí.

Quería que todos vieran cómo nos mirábamos para que entendieran un poco mejor cómo nos sentíamos. Es duro comprobar cómo alguien que no se ha preocupado por andar en tus zapatos juzga tu camino.

Abel fue de mucha ayuda con Oliver. Estuvo entreteniéndolo, preguntándole cosas del trabajo, recomendándole películas y libros con los que «iba a dejar impresionadas a las titis» y me acompañó cocinando. Mamen bebió más vino que de costumbre porque... «seguro que nos animábamos a salir a tomar algo» y quería estar muy arriba. Oliver no se dignó ni a fingir que no le molestaba el asunto.

—Daos un besito de reconciliación —exigió Mamen.

—Sois un poco cansinos —añadió Abel—. Esta cena está siendo un desastre. Si lo sé me voy a la fiesta años sesenta de mi amigo Charlie.

—¿Por qué nadie cuenta sus mierdas y dejáis de psicoanalizarme? —exigió Oliver.

Abel dio una palmada y se animó a empezar.

—No chingo desde el eclipse solar de 2014. Lolo me ha dicho que si sigo rompiendo botellas las voy a tener que pagar..., está cortando las alas de mi sueño de ser barman profesional —se burló—. Y soy demasiado pobre para comprarme la cartera de Yves Saint Laurent que le vi el otro día a un cliente.

—Vaya mierda de mierdas. —Me reí—. Lo cual es tremendamente bueno. Te felicito. Pero mentir en este juego está muy mal visto. —Le guiñé un ojo. Sabía que tenía un par de follamigos con los que descorchaba su champán de vez en cuando.

—A mí las niñas me van a arrastrar a un concierto de los Gemeliers y no lo llevo bien. ¡NO-LO-LLEVO-BIEN! —añadió Mamen—. No sé qué hacer. Que no es por los Gemeliers, que conste, que serán dos niños muy majos y todo eso. Pero... ¿nadie ha pensado en el sentimiento que se le queda a una madre después de ver a sus hijas convertidas en dos adolescentes babeantes que gritan barbaridades? Eso se queda aquí —se señaló con vehemencia el pecho—, eso se queda muy hondo.

—Yo las llevo.

Tal silencio aterrizó en el salón que escuchamos cómo la vecina de arriba recogía los platos y a Julio hablar con Roberto en su habitación.

—¿Perdona? —preguntó Mamen.

—Que yo las llevo —volvió a decir Oliver—. No me importa. Si te fías de mí, yo las llevo.

—¿Cuánto me va a costar?

—Nada. —Se encogió de hombros—. Me gusta estar un rato con ellas de vez en cuando. Eso sí…, la entrada me la pagas.

Flipé. No, no. FLIPÉ.

—¿Qué me estás contando? —le pregunté.

—¿Tampoco puedo llevar a tus hermanas a un concierto?

—Claro que puedes, pero me vas a tener que contar qué hay detrás de esa petición, porque nos conocemos.

—Amabilidad. ¿Sabes lo que es?

—Sí, lo que me está impidiendo estamparte la cabeza contra la mesa.

—Bueno, a lo mejor quiero ir a ese concierto —insistió.

Me eché a reír y él me imitó como si estuviera rebuznando un asno.

—Oye, ¡ya vale! ¿Tú no te reirías si te dijera que quiero ir a ese concierto?

—No me reí cuando fuiste al de One Direction.

—¿Que no te reíste? —grité—. Pero ¡si hiciste hasta un meme y se lo enviaste a todo el mundo!

—Haya paz, por favor —medió Mamen—. Que a mí el ofrecimiento me viene miel sobre hojuelas.

—¿Por qué te cuesta tanto compartir cosas conmigo? —me quejé mirando a Oliver.

—¡No me cuesta, joder! Es que siempre piensas mal de mí.

—Tiene algo que ver con alguna tía.

—No. —Pero no sonó muy seguro.

—¿Te has enamorado de un Gemelier? No pasa nada. Admitirlo es el primer paso —musitó Abel con cara de buen chico.

—Mamen, ¿quieres que las lleve o no?

Mamen, que estaba apurando su copa de vino, asintió rápidamente.

—Pero devuélvemelas de una pieza, por favor. Luego si quieres te puedes quedar a dormir. —Y le guiñó un ojo.

Ahí se terminaron las declaraciones de «cuéntame tus mierdas». Oliver no contó lo que le atormentaba y yo tampoco, pero ambos nos callamos por diferentes motivos: él porque no sabía exactamente qué decir. Yo porque no quería sermones y menos ahora que Héctor había dado muestras de que él también sentía lo mismo que yo.

La lucha entre Oli y yo se suavizó conforme el alcohol fue haciendo efecto. Hablamos un poco, entre vino y vino, y Mamen consiguió que nos diéramos un beso. Las copas nos suavizaron y nos abrimos un poco hasta que me confesó que le daba miedo que todo aquello de Héctor saliera muy mal.

—Claro que existe la posibilidad de que lo deje todo por ti, pero tienes que entender que los hombres tenemos un gen hiperdesarrollado que nos empuja a la comodidad. Y lo conocido es la hostia de cómodo.

No lo quise creer pero tampoco lo olvidé. Yo también sabía que aquello podía pasar. Que Héctor y yo podíamos disfrutar de unos meses increíbles, los mejores de nuestra vida y que se quedasen en nada cuando él decidiera que prefería media vida segura al riesgo de una entera.

Antes de que llegaran Estela y Héctor, me cambié. Me puse un pantalón estrecho negro que, por lo que había entendido, le gustaba y un top con transparencias en las mangas y en el escote. Zapatos de tacón alto negros y una bomber negra bordada en rojo preciosa. Los labios rojos, los ojos ahumados en negro.

Yo misma le abrí la puerta. Traía una botella de ginebra de una marca que no conocía. La traía orgulloso porque... había diseñado la etiqueta. Y era preciosa. Como su sonrisa.

Estela venía de mala gana. Me pidió disculpas tras los saludos y me comentó que no estaría muy pizpireta.

—¿Ha pasado algo?

—El amor es un asco hasta cuando no es amor —sentenció.

Y yo le serví una copa para que tuviera mucho que beber y poco tiempo para hablar. No necesitaba ver la cara oculta a la luna, narices. Con vivir tenía suficiente.

Oliver estuvo asquerosamente rancio con Héctor a pesar de que este intentó socializar con él. Pero Oli contestó a todo con monosílabos, rozando la mala educación. Gracias al cosmos, Abel se hizo bastante cargo de la conversación siendo, como siempre, simpático y ocurrente.

—Entonces ¿diseñas muchas etiquetas de bebidas? —le preguntó Abel sirviéndonos unas copas—. Yo quiero ser barman. De los acrobáticos.

Héctor le lanzó una mirada divertida mientras se liaba un cigarrillo.

—No sé si tiene mucha salida ahora mismo lo del barman acrobático, ¿te lo has pensado bien?

—Tú cuéntame lo de las etiquetas.

—No he diseñado muchas. Una de un vino y esta. Lo del vino me salió por unos amigos de...

—¿Tu novia? —saltó Oliver.

—No. De Estela.

Ella levantó la mano con una sonrisa comedida.

—¿Y cómo lo haces? —siguió preguntando Abel—. Te dan unas ideas y tú haces unos esbozos...

—Hacemos un *briefing* previo.

—¿Quiénes, tú y tu novia? —volvió a insistir Oliver.

Héctor humedeció el papel de liar y lo enrolló antes de dirigirse a él de nuevo.

—Lucía trabaja en la banca de inversión. En estos casos cuando utilizo el plural es porque es un trabajo que se hace codo con codo con el cliente, que tiene que contestar muchas preguntas y facilitar documentación. Dicho esto, ¿hay algo de lo que quieras hablar?

Oli gruñó y se fue a fumar en solitario antes de que Héctor terminara de liar su cigarrillo. Yo me levanté detrás de él y pregunté si alguien quería más hielo; en realidad era una excusa. Todas las copas rebosaban cubitos, pero fue lo primero que se me ocurrió.

Mi mejor amigo y yo nos encontramos cara a cara en la pequeña cocina y le di un puñetazo en el brazo que hizo que se le cayera el pitillo al suelo.

—No tienes que aceptar que me lance en sus brazos. Solo ser educado. ¿Crees que podrás?

—Solo intento que no se te olvide que alguien le calienta la cama en su casa mientras tú estás aquí —dijo mientras recogía el cigarro.

—¿Crees que se me olvida?

—No, pero...

—Si tanto me quieres, sé amable. No me ayudas nada porque ¿sabes lo que pasa? Que tú pareces más idiota y él muchísimo más encantador. —Se miró los zapatos con un suspiro—. Es majo. Superamable..., le encanta el mismo tipo de música que a ti y también le flipan las pelis de Scorsese. ¿No podéis hablar de cine? ¿O de pop inglés?

—Se me ha atragantado —confesó.

—Sí, pero un poco injustificadamente.

—Vale —asintió sin mirarme—. Es verdad.

—¿Puedes hacerlo por mí? Porque cuando tú te enamores, yo pondré buena cara, le sonreiré y le contaré historias de cuando aún no te afeitabas, aunque sea una bailarina de estriptis enganchada al Utabon, ¿vale?

—¿Aunque vieras que va a hacerme daño?

—Ay, Oliver. —Me puse frente a él con cara de circunstancias y suspiré—. Hay batallas que tienes que perder tú solo para que la moraleja sirva de algo.

Héctor entró en la cocina dubitativo y con una sonrisa educada.

—¿Se puede fumar aquí?

—Sí. Te… —Oliver carraspeó—. Te cedo el sitio al lado de la ventana.

Se sonrieron con tensión y Oli salió de la cocina para dejarnos solos. Héctor encendió la llama de su mechero y unas volutas de humo en forma de arabescos ascendieron hasta el techo.

—¿Quieres?

—Una caladita.

Me lo pasó y yo eché el humo hacia abajo.

—¿Podemos estar solos en la cocina? —preguntó en un susurro.

—Deja de reírte de mí.

—No me río. Es que aún no me sé las normas.

—Las normas se rigen por el sentido común. —Le miré—. Estás muy guapo.

Llevaba una camisa azul con unos lunarcitos pequeños por toda la tela. Al contrario que el resto de su ropa parecía muy nueva. Él sonrió.

—Tú estás increíble. —Y la verdad es que me halagaron sus palabras.

—¿Te has comprado una camisa para venir a cenar?

—Sí —asintió—. Me imaginé que luego saldríamos a tomar algo y quería no tener pinta de..., ¿cómo lo dijiste una vez?

—Artista de buhardilla.

—Cómo te curras los términos para llamarme andrajoso.

Me eché a reír y toqué la tela suave de su camisa que, quisiera o no, había planchado regulín.

—No quiero decir que vayas andrajoso. Tu ropa tiene encanto. Como tú. Vais de la mano.

Cazó mis dedos y los acarició un poco, pero yo los alejé y respiré hondo, mirando al frente.

—¿Dónde iremos? —me preguntó.

—Pues hay sitios muy casposos a los que quiero llevaros, pero no me decido.

—Oye —gritó Estela desde el salón—, yo no estoy muy animada para salir a bailar. Y no me he vestido para la ocasión.

—No mientas —le contestó Héctor desde la cocina—. No tienes nada más elegante.

—Tengo el vestido de novia de tu puta madre.

Todos nos echamos a reír y Héctor me guiñó un ojo.

—Me encanta hacerla rabiar.

—¿Chasco sentimental? —pregunté con un hilo de voz para que no nos escucharan.

Asintió dándole una calada al cigarrillo.

—El tío ha dejado de contestarle los mensajes. No le coge las llamadas. Vamos, lo que harás tú conmigo dentro de nada.

—Eso no es verdad. —Sonreí.

—Ya veremos.

Se enderezó y apagó el pitillo en el cenicero. Cuando llegamos al salón, Abel estaba haciendo de terapeuta escuchando la historia de Estela.

—De verdad que me engañó, Aarón. Pensaba que esta vez iba a salir bien.

—Vale, Estela, cielo, yo te aconsejo, pero me llamo Abel. Ya es hora de que te lo vayas aprendiendo, que ya nos conocemos mucho del Alejandría, ¿no?

Se avecinaba una noche cuanto menos peculiar.

Entre todos los garitos infernales que hay en Madrid, decidimos ir a una sala de fiestas que queda cerca de Callao, en la parte de detrás. El público suele componerse de señores que buscan compañía femenina, despedidas de solteras y gente muy joven. Así, todo mezclado, como en una macedonia de gente. Pero no se me ocurrió nada más porque no queríamos que sonara electrolatino, reguetón, bachata ni Saturday Night. Un poco de house y electro para agitarnos y beber garrafón entre un millón y medio de desconocidos sudorosos. En serio, ¿por qué seguimos saliendo por la noche?

El caso es que Oliver llamó a un colega suyo y nos apuntaron en una lista que de VIP tenía poco, pero donde no se pagaba, así que tan contentos. No íbamos lo suficientemente pedo, Abel tenía razón cuando lo mencionó nada más llegar a la puerta. Veinteañeras con minifaldas imposibles y zapatos de tacón altísimo, chicos no mucho más mayores con las cejas depiladas, un portero como un armario… y nosotros. La pandilla basura de la noche madrileña.

Estela entró a regañadientes y supongo que lo hizo porque Héctor se lo pidió. A mí no me apreciaba tanto. Y la entiendo, porque el local era de lo malo lo peor y la música no iba con ella, aunque he de decir que a mí no me desagradó. Sonaba «Sex», de Cheat Codes, cuando entramos.

Abel se encontró con una amiga que llevaba el pedo de su vida y que se empeñó en invitarnos a todos a chupitos de tequila que sabían como si metieras en un vasito todas las cosas malas de este mundo. ¿Es que nadie conoce el tequila Cien Malos, por

Dios? Héctor y yo gritamos a la vez cuando nos lo tragamos. Los demás fueron más inteligentes y solo fingieron tomárselo. La «peñita» no estaba muy animada, no como nosotros dos.

Estela se sentó en unos sillones mientras Abel nos enseñaba cómo se tenía que bailar para no desentonar. Yo no pude erguirme porque el ataque de risa de verlo creerse Justin Bieber me dobló por la mitad. Oliver se apoyó en la barra para hacerse el interesante y Mamen se colocó a su lado, tiesa como un palito, a beber a sorbitos su gin-tonic mientras veía a la gente pasar. Y no sé si el garrafón hizo una reacción química en su estómago o si el vino y las copas previas habían allanado el camino, pero se cogió una turca maravillosa que le obligaba a cerrar un ojo para vernos mientras nos decía que «a lo mejor tenía que irse a casa». Aunque le compré una botella de agua a precio de lágrimas de unicornio y Héctor le recomendó que se quedara un poco más (para no salpicar un taxi con la cena, más que nada), no conseguimos convencerla: dijo que era madre y que tenía que irse. No quiso hacer caso a nada, tan solo a mi proposición de acompañarla fuera a parar un coche que la llevara a casa sana y salva.

Salimos a trompicones entre la gente. Ella cantarina, saludando a todo el mundo y yo sufriendo por si se la devolvía a mi padre sin dientes.

Cuando llegamos a la puerta, un montón de gente esperaba para entrar al local y algunas luces verdes recorrían la calle. Paré un taxi, le dije la dirección de casa de mi padre y le pregunté si tenía una bolsa.

—¿No irá a vomitar?

—¿Vomitar? ¡No! Es para que guarde los zapatos. Ale, reina. A casa a sobar.

—Sofi... —farfulló con la misma claridad con la que lo hubiera hecho si estuviera comiendo polvorones—, ¿te cuento una cosa? Una que he estado pensando...

—Casi mejor mañana, ¿no?

—No. No. —Me cogió de las solapas de mi chaqueta—. Si tu padre hubiera seguido con tu madre cuando lo conocí… me hubiera dado igual. Porque yo le QUIERO. LE QUIERO —remarcó mientras se lo decía a un chiquito que pasaba por al lado—. Y sé que está fatal porque, joder, es tu madre y yo sueno a zorra pero… —se encogió de hombros— hubiera ido a por lo que YO QUERÍA.

Consejo: lo de hacerse íntima amiga de tu madrastra no es que sea mala idea pero… absteneos de llevárosla de marcha si tiene mal beber.

Lo peor es que fue como si me metiera una idea en mi cabeza a golpes hasta hacerla anidar. Lo que yo estaba haciendo era lo más lógico… parar algo que no estaba bien, que ya había vivido en propias carnes pero en otro orden y ahorrarme sufrimiento. Pero… ¿y si salía bien? ¿Y si él era… ÉL? La magia. La magia no sobra, joder. Me lo dije dos veces mientras esperaba para volver a entrar y me respondí tres que eso era lo que había. Pero… ¿por qué tenía que retirarme yo sin pelear? ¿Y si volvíamos a besarnos, y si dejábamos de contenernos y de pronto de manera natural nos dábamos cuenta de que no funcionaba? Él volvería a Ginebra, donde su novia le recibiría sin saber nada y sin que nada de esto le afectara…, ¿verdad?

Otro consejo, que estoy que lo regalo: el alcohol no aclara las ideas…, anula la cautela y la prudencia. No te hace más valiente, solo un kamikaze.

Cuando volví a la sala, Estela seguía sentada en un sillón hablando con Abel, que asentía muy serio; Oliver estaba susurrando en el oído de una chica y Héctor me miraba apoyado en la pared. Un puño de vacío se me estampó contra el estómago. Allí estaba. ÉL. ÉL. Nunca creí que alguien como él llegaría a mi vida e… iba a dejarlo ir porque me daba miedo que saliera mal. Porque me importaba más una chica a la que no conocía que yo. No digo que ese pensamiento fuera el correcto…, solo digo que… fue lo que sentí. Y lo sentí muy dentro.

Héctor levantó la copa vacía, como preguntándome si quería otra. Le dije que sí, pero le pedí que esperara un momento y me acerqué a Oli.

—Perdona —le dije a la chica con la que hablaba para girarme rápidamente hacia él después—. ¿Podemos hablar un segundo?

—Estoy ocupadito —indicó con las cejas levantadas.

No pensé en Clara en aquel momento aunque, seguramente, lo que empujaba a Oliver a entablar conversación (y lo que surgiera) con esa chiquita era el despecho de no haberse sentido tan «querido» en su cita con Clara como estaba acostumbrado. Pero yo estaba a mis cosas, así que me pegué a él hasta que pude susurrar.

—Vete.

—¿Qué? —gritó—. Me arrastras hasta aquí y…

Miré a la chica que se había apoyado en la barra con evidente gesto de fastidio. Te esperas un poquito, chata, que esto es importante y aún vas a salir ganando un pollazo.

—Necesito que te vayas.

—No me voy a ir —dijo muy serio—. No te voy a dejar sola con él. ¿Es eso?

—¿Qué vas a hacer? ¿Acampar en mi casa? Porque vivo enfrente de él. Creo que hasta podría saltar a su cama desde mi ventana.

—A ver, Lara Croft…

—Oli…, vete, por favor.

—¿Por qué?

—Oye, ¿va para largo? —nos preguntó la jovencita mientras se recogía un moño.

—No, cielo. Dos minutos. Aclaro un tema con mi hermana y estoy contigo —le contestó Oliver.

—¿Hermana? Madre mía, no os parecéis en nada.

—Es que yo me comía sus potitos. —Me giré de nuevo hacia él—. Quiero saber qué pasaría si...

—Eso va a terminar fatal.

—No. O sí, no lo sé. Pero... no quiero quedarme con la duda.

—No. No voy a dejar que hagas esto —negó.

Nos batimos en un duelo de miradas feroces que perdí y chasqueé la lengua cansada. «Por favor», musité. Él negó con la cabeza.

—¿Te acuerdas de aquella vez que le dijiste a tus padres que estabas en mi casa y te fuiste a esquiar a Andorra con el dinero de tus clases particulares, sí, esas que no dabas?

—No me jodas, Sofi, tenía diecisiete años.

—¿Y ya es tarde para mí para hacer cosas tontas? ¡Ya me he colgado por ese tío, ¿sabes?! ¿Qué más da?

—Es verdad —dijo la chica—. Si le va a romper el corazón, al menos que se lleve un buen recuerdo de esta noche.

Le palmeé la espalda y le di las gracias.

—Pásate por El café del Alejandría, que te invito a un brownie el lunes.

—Sofía... —suspiró Oli—. Es que no...

—Vete. Por favor.

Dejó la copa en la barra, se colocó la americana con la que iba «abrigado» y asintió mientras gestionaba con la jovencita una huida digna.

Estela aprovechó para recoger sus cosas, ilusionada con la idea de que nos largáramos.

—Oli se va. ¿Tienes otro plan? —le pregunté a Abel en su oído.

—Sí. ¿Os dejamos solos?

—Por favor.

Me dio un beso en la mejilla y me sonrió.

—Menos mal, porque Estela me estaba dando una chapa…

Cuando Héctor volvió con dos copas, todos tenían la chaqueta puesta menos yo.

—¿Os vais? —preguntó pasándome una de las copas.

—Sí. Es tarde y no estoy muy animada… —Estela hizo un puchero.

—Tengo otro plan más divertido —confesó Abel.

—He ligado —dijo Oli, todavía algo mosqueado.

Miró la copa llena que llevaba en la mano y después a mí.

—¿Qué hacemos?

—Podemos quedarnos hasta que nos la terminemos, ¿no?

—¿Segura? —me preguntó.

—Sí. Abel nos ha enseñado cómo bailar. Deberíamos aprovecharlo.

Abrazos. Nos vemos. Llámame. No hagas tonterías. Besos. El lunes desayunamos. Sí. Ojo con las copas. Id con cuidado. Besos al aire. Y los dos sosteniendo un vaso de tubo, uno al lado del otro, viendo cómo todos se iban…

—Yo hubiera hecho lo mismo —me dijo inclinándose para que le escuchara.

—¿Cómo? ¿Te quieres ir?

—No. Que yo también iba a pedirles que se fueran. Pero no creía que quisieras quedarte conmigo.

—Ya ves que sí.

Y la cagamos. Pero bien.

29

Fue como permitirse mentalmente un atracón y después no saber por dónde empezar. No recordar ni siquiera cómo se sentaba una a la mesa. Soñar con sabores teniéndolos delante, pero sin abrir la boca.

—¿Vamos? —me preguntó Héctor, dejando la copa en la barra y tendiéndome la mano.

—¿Dónde?

—A bailar.

Yo también dejé la copa porque, ¿qué más daba? No estábamos allí para beber un mal gin-tonic. Le di la mano y él tiró suavemente de mí hasta internarnos en la sala contigua, donde la música estaba más alta y todo el mundo bailaba. Había por allí mucho personaje que se creía Justin Bieber.

Localizamos un hueco entre varios grupos de jovencitos donde daba de refilón un poco de aire acondicionado. Fuera hacía frío pero aquello parecía una sauna, no sé si por la aglomeración de gente o por las intenciones que guardábamos la mayoría debajo de la ropa.

Sonaba «Don't let me down», de The Chainsmokers y todo el mundo parecía entregado a bailar. ¿Ritual de apareamiento? ¿Íbamos a terminar en la cama Héctor y yo? Mucho empuje inicial pero, en el fondo, estaba igual que al principio de la noche. Deseando algo que no me podía permitir.

Héctor me miraba, esperando que yo me moviera para hacer como que bailaba también.

—Rápido o me moriré de vergüenza y me desintegraré.

Pegué las palmas de mis manos sobre su pecho y me moví un poco, discretamente. Él me envolvió las caderas con sus brazos y nos miramos mientras nos dejábamos mecer por la marea de gente que se contoneaba al ritmo de la música.

—Esto no es lo nuestro —susurró en mi oído.

—No. No lo es. —Me reí.

—Si para estar a solas tenemos que bailar entre doscientas personas, ¿qué más da? Podemos hacerlo.

—Deberíamos poder estar solos —le dije levantando la cara hacia la suya.

—El problema es que me malacostumbraste.

—¿Qué?

—Que me malacostumbraste —repitió más pegado a mi oído. La música estaba muy alta—. Que ya no sirve una cena con amigos, que lo que yo quiero es tenerte en mi habitación soñando en voz alta.

—Nos estamos metiendo en un lío.

—Ya estamos en un lío.

Se inclinó hacia mí y su nariz y la mía se acariciaron. Sentí los labios de nuevo casi pegados a los míos y quise que no pidiera permiso, pero lo estaba haciendo, así que me sentí obligada a apartarme.

—Vale —musitó.

—Es que estás tan cerca…

Sus manos bajaron por mis caderas hasta envolverme el culo y llevarme un poco más cerca de él.

—Puedo estarlo más.

—La estamos cagando. Aunque me muera de ganas, lo sé. La estamos cagando.

—Ya la hemos cagado, Sofía, ¿qué más da?

¿Era eso verdad? ¿Habíamos sentado un precedente tan peligroso? ¿Se podían englobar en un solo pecado todas las razones por las que aquello estaba mal?

—Estás confuso —le dije.

—Vámonos, Sofía —se quejó en mi oído, más pegado a mí, con los dedos más hundidos en mi carne—. Esto es peor.

—Y ¿qué va a ser mejor?

—No lo sé, Sofía. No sé nada. —Me apartó el pelo y volvió a envolverme entre sus brazos. Su nariz acarició la piel de mi cuello y yo contuve un jadeo—. Solo que esto es peor que besarte porque… no sabes las cosas que te estoy haciendo en mi cabeza.

¿Serían las mismas que me estaba haciendo en la mía? No pedir permiso ni perdón. Meter su lengua en mi boca con fiereza, reclamar carne clavando la yema de sus dedos en rincones en los que está mal visto que te toquen en público. Rugir en mi boca de puro deseo, como una invitación a desnudarse, desnudarme, follarme contra una pared mientras tiraba de mi pelo. O…, o besarme, acariciar mi cara, dejar que sus labios se deslizaran por cada facción de mi rostro y de mi cuerpo, sin importar el ritmo de la música que sonara y traerme magia en cada bocanada de aire que compartiéramos. No sé qué opción era peor, si follarnos o hacernos el amor, porque con la primera me moriría en su cama y con la segunda, en vida.

Habló, pero no le escuché. Sus labios dibujaron las sílabas de una palabra corta que parecía pesar en su lengua. Mi nombre. Como una especie de súplica sorda a la que podía responder acercando mi boca a la suya. No sabría decir qué canción sonaba pero dudo mucho que ni siquiera la escuchara en aquel momento. Héctor y yo estábamos solos, parados en el centro de la pista de baile de una discoteca llena de gente que se agitaba al ritmo de una música que no llegaba a nuestros oídos. Un beso..., ¿era en realidad tan grave? ¿Le parecería un error a alguna de las personas que estaba en la sala? ¿Aun conociendo los pormenores de nuestra historia en común? Pero... ¿y si cambiábamos el sentido de las preguntas? ¿Y si..., y si el día de mañana me castigaba por haber perdido el último tren del amor de mi vida? ¿Y si lo nuestro era demasiado bueno para ser real, pero lo era? ¿Y si mañana Lucía ni siquiera existía?

Cogí su camisa y lo acerqué en una invitación que él aceptó. ¿Y qué puedo decir? Me besó. No. Nos besamos. Ni él a mí ni yo a él. Los dos. Dos personas que concentran en sus labios todo lo que esperan, son y quieren. El sexo sintiéndose en la punta de las lenguas. La esperanza llenando de oxígeno nuestros pulmones que en un circuito cerrado daba la vuelta y nos alimentaba a los dos. El celo. Las ganas. Los años que podrían ser nuestros. Todo mojándonos la boca.

Mis dedos se internaron en su pelo y dejé que se arrastraran entre los mechones. Abrió más la boca y me comió. Dios..., y cómo lo hizo. Gemí. Gimió. Su lengua y la mía se reconocieron al momento y, lentas, se recorrieron la una a la otra con saliva, sexo y necesidad.

¿Sabes? Las letras, las palabras, las frases se quedan cortas para compartir este recuerdo. Tendría que pedirte que cerraras los ojos y mezclaras todos tus besos hasta que solo quedara uno. Los que diste; los que te dieron; los que soñaste, los que viste, los que envidiaste, soñaste, codiciaste, callaste, guardaste y recreaste. Todos en uno, como me pasó a mí. Porque aquel beso vino a darme la razón sobre todo lo que no debíamos plantearnos aquella noche. Los besos no tienen conciencia, no sé si me explico. Los besos son cosas que no piensan. Se sienten. Y si los piensas, dejan de existir.

Sus labios reptaron despacio hasta mi barbilla y abrí la boca desesperada, como un lactante. Quería más. Con los ojos cerrados. Siguió por mi mandíbula hasta mi cuello, que devoró de una manera que me hizo gemir, pero el «ah» de placer se perdió entre las notas musicales que no escuchaba.

—Esto no debería verlo nadie —susurró en mi oído—. Esto es nuestro.

Abrí los párpados perezosa, como si me hubiera fumado todo el opio de la tierra y él estaba allí, agarrándome a la realidad, cerca, tanto que su olor se me colaba por todas partes. Cogía mi cara entre sus dos manos y miraba mi boca con tanta hambre...

Desvié los ojos hacia un lado a duras penas para ver a dos chicas mirándonos con la boca abierta y la copa en la mano.

—Madre mía —leí en los labios de una de ellas.

Héctor tiró de mí hacia la salida. No. Los abrigos. Nos apoyamos en una pared y volvimos a besarnos. El beso puso un pie en el suelo, volviéndose más carne que idea y las manos se internaron en la ropa. Gemí, me arqueé con su boca en mi cuello y sus manos debajo de mi top. Las lenguas se volvieron locas y tiró de mi pelo. Joder. Tiró de mi pelo.

—Despacio... —dijo a dos milímetros de mis labios.

Su chaquetón estaba debajo de una montaña de ropa desconocida. Mi chaqueta tirada en el suelo. Salimos de allí sin ponérnoslo, cogidos de la mano. Había un paseo de unos diez minutos hasta casa. Calculé las paradas que habría que hacer para darnos de comer..., cinco, me dije, porque había muchas ganas. Pero..., pero entonces llegaríamos a mi portal, o al suyo, sin aliento. Nos desnudaríamos como locos, follaríamos a lo loco y...

—Shhh —susurró contra mi boca—. Despacio, Sofía. Déjalo durar.

Fueron cinco. No me equivoqué. Pero las prisas se fueron calmando en el frío de una noche de principios de marzo, una noche típica en Madrid. La gente iba y venía y me dio vergüenza compartir con un montón de desconocidos todas las cosas nuevas que estaba viviendo en mi piel. Porque... que me perdonen los anteriores..., los hombres a los que quise, creí querer o besé..., porque lo sentí como el primero.

Al llegar a nuestra calle dudamos, pero terminamos declinándonos por mi portal. Subimos en el ascensor mientras nos dábamos un beso lento y húmedo, nervioso, interrumpido por mil respiraciones hondas.

—Puedes irte —le dije—. Si lo has pensado mejor y...

—No estoy pensando, Sofía. Y no quiero hacerlo.

El beso duró hasta la puerta que abrí con él agarrado a mi cintura, mientras mordía mi cuello y pegaba su cuerpo al mío. Entramos con un estruendo de llaves al suelo, chaquetas sobre el sofá, gata que no entiende nada y muebles atropellados. Y cuando llegamos a mi habitación y cerramos... fuimos nosotros, sin necesidad de artificios.

Sacó el top de dentro de la cinturilla del vaquero y tiró hacia arriba. Me reí cuando levanté los brazos, mezcla de los nervios y la vergüenza de no haberme puesto un sujetador mejor que mi palabra de honor color visón...

—¿Qué? —dijo despacio.

—Nada. Estaba poco preparada para esto.

—¿Y eso qué quiere decir?

Se desabrochó un botón de la camisa y después otro. Yo seguí con los de abajo. Me moría de ganas de ver su pecho desnudo y tocarlo.

—Creo que ni siquiera voy bien depilada.

A los dos se nos escaparon unas risas sordas.

—¿Qué más da?

—Hay muchas cosas que cambiarían si hubiera sabido esto.

—¿Cómo qué?

—Mi ropa interior.

Sonrió y le deslicé la camisa por los brazos y después acaricié su pecho. La luz de la farola que alumbraba nuestras dos ventanas se colaba en la habitación en forma de un haz que partía el dormitorio en dos, pero era insuficiente para verlo como yo quería hacerlo. Encendí la lamparita de la mesita y al darme la vuelta, se estaba desabrochando el pantalón y enseñándome una ropa interior a cuadros. Levantó la mirada hacia mí y sonrió cómplice.

—Creo que no te importará dentro de nada y además acabará tirada en el suelo.

—¿Vas a desnudarme? —le pregunté un poco tímida.

—¿Quieres hacerlo tú?

—No —negué—. Hazlo tú.

Desabrochó el botón de mis vaqueros. Llevaba un tanga…, nunca me lo hubiera puesto si hubiera sabido que iba a desnudarme; hubiese elegido una braguita baja de cadera, bonita pero discreta, suave, de algún tejido sugerente, pero que no enseñase tanta piel imperfecta. Metió las manos bajo la tela y bajó un poco los pantalones, clavando los dedos en mis nalgas en el camino. Yo bajé un poco también sus vaqueros y en el proceso nos pegamos de nuevo, conteniendo la respiración y dejando que los labios entraran en contacto con piel.

Me desabrochó el sujetador y lo dejó caer. Mis pechos estaban allí, desnudos, mientras él paseaba las yemas de sus dedos por mi piel hasta provocarme unos escalofríos que endurecieron mis pezones. Por un momento sentí que era la primera vez que Héctor veía un pecho porque lo miraba como debatiéndose entre la admiración y las ganas. Sus manos se abrieron sobre ellos y los cubrió casi por completo, desbordándose un poco entre sus dedos para soltarlos después y repasar cada contorno despacio.

—Tienes un lunar —me dijo.

—Sí —asentí.

Se inclinó y lo besó, justo sobre uno de mis pezones. Eché la cabeza hacia atrás mientras su boca lo humedecía todo. Del beso al mordisco suave y de ahí a su lengua lamiendo y sus labios succionando. La barba me acariciaba y se clavaba en mi piel mientras él me devoraba.

—Dios —gemí.

Levantó la mirada, soltó mi pezón entre sus labios y me besó en la boca con la lengua invadiendo cada rincón.

—Tus lunares —susurró—. Y los míos.

Me quité el vaquero. Él hizo lo mismo con los suyos. Los zapatos se quedaron tirados por el suelo. Llevó mi mano por su abdomen hasta un punto bajo el ombligo y me indicó el lugar donde tenía una pequeña constelación de pequeños lunares. Llevé allí mis labios para besarlo, como él había hecho con mi lunar pero los suyos estaban demasiado cerca de lo que queríamos y ambos nos estremecimos.

—Cuéntame más —susurró muy bajo—. Guíame.

—Tengo una cicatriz. Aquí. —Señalé mi costado.

Héctor me llevó hasta el escritorio y me sentó en él para colocarse entre mis piernas y besármelo todo: boca, lengua e intenciones. Me dejó jadeando para apartarse y permitir que la luz me diera de pleno en el costado y la piel blanca y tirante brillara en el punto donde cortaron y cosieron. La cicatriz no importaba…, estaba prácticamente desnuda delante de él, sentada, expuesta.

—Tengo estrías —dije nerviosa—. Y hoyuelos aquí, en los muslos.

Sus dedos se arquearon hasta clavar la yema en mi carne mientras se acercaba a mi boca y decía:

—Tengo una cicatriz que me recorre el brazo izquierdo por detrás, hasta el antebrazo. —Cogió mi mano y la dirigió al punto de su piel donde esta se plegaba disimuladamente—. Y juraría que esto no estaba aquí hace unos meses.

La palma de mi mano recorrió su pecho en dirección descendente y me reí al pasar por encima de su vientre. Se acercó a mi oído y susurró:

—Cuando se pone dura siempre va hacia la izquierda. —La bajada fue gradual y natural. La agarré por encima de la ropa interior y gimió—. Pero sigue dándome placer. Como tus muslos, que me lo van a dar a mí cuando me envuelvan.

Nos besamos. Su lengua recorrió mis labios, lamió mi barbilla, mi cuello y gimió cuando apreté su polla entre los dedos.

—Solo he tocado a una mujer —confesó—. Sé dónde le gusta, dónde no, dónde se curva y cómo se humedece, pero no sé nada de ti y me asusta.

Llevé su mano entre mis muslos para que pudiera notar lo mojada que estaba. Él miró para después tirar de mí y levantarme. Para bajar mi escueto tanga se arrodilló, como si estuviera adorándome; nunca me había sentido tan admirada, tan deseada, tan… merecedora de caricias a pesar de no ser perfecta.

—Enséñame.

Metí su mano de nuevo en mi sexo hasta colocar su dedo corazón entre mis dos labios húmedos.

—Ahí. ¿Soy diferente?

—Mucho. Como si te hubieran hecho a mi medida.

Se quitó la ropa interior sin dejar de mirarme, aunque mis ojos no pudieran evitar la tentación de desviarse de sus ojos hacia abajo. Su desnudo era tan… honesto. No escondía nada. Nada. Ese era su cuerpo y lo dejaba al descubierto, junto con sus evidentes ganas y miedos. Durante unos segundos ninguno de los dos supo qué hacer. ¿El amor? ¿Besarnos y recorrernos el cuerpo hasta corrernos? ¿Lamernos? ¿Simplemente follar como dos perros? Pero se decidió y, con miedo de no conocer mis rincones, recorrió los suyos; se tocó, jadeante, disfrutando, moviéndose y mordiendo su labio con saña, como enseñándome cada centímetro de su carne. En su puño, su polla recibía cada caricia con un gemido de gusto; su pecho se hinchaba con la respiración y el vello dibujaba un camino, marcando las zonas de su piel que pronto estarían pegadas a las mías. Le imité. Abrí más mis muslos y él estudió cómo movía mis dedos mientras se agitaba con lentitud.

—Ven, tócame —dijo con timidez. Mis dedos volvieron a envolver su polla sin que los suyos la abandonaran—. Voy a correrme pronto.

—Espera.

Le obligué a soltarla y llevé su mano a mi boca, donde lamí un dedo y después otro para después restregarlos en mi sexo y llevarlos a mi entrada. Mi cuerpo se tensó y él empujó hacia dentro, luchando con la carne ayudado por lo húmeda que estaba. Me paró la mano que seguía masturbándole despacio y pegó su frente a la mía mientras jadeaba sonoramente.

—Aún no. Sujétame.

Empujé mis caderas hacia delante, pidiéndole más. Le susurré que arqueara sus dedos dentro de mí y gruñí de gusto cuando lo hizo. Supliqué que entrara y saliera con ellos y clavé mis dientes en su cuello cuando me penetró repetidas veces. El sonido de un discreto chapoteo recorría la habitación desde donde estábamos hasta la cama.

—¿Cómo es hacer el amor contigo? ¿Gemirías en mi oído, Sofía? ¿Gemirías como imagino cuando me corro en mi cama?

—No pares —le pedí conteniendo mi voz—. Sigue haciéndolo.

—Me follas hasta la imaginación, Sofía. No te separes.

Mi puño se aceleró. Sus dedos también. Un disparo de semen caliente se estampó contra mis muslos y mi monte de Venus, y después otro… y otro. Me corrí cuando no pude más y su polla húmeda fue a parar entre mis labios, con sus manos, coronando mi clítoris con la punta empapada de gusto. Creo que grité. Y que me desplomé. Creo que me besó. Que le devolví el beso. Que gemimos de placer en la boca del otro, mientras las lenguas volvían a violar la intimidad de la otra. Creo que me enamoré de Héctor cuando repartió su orgasmo por mi piel, sin importarle mancharse los dedos y ensuciarse, y, con los ojos cerrados, musitó «gracias».

30

Hace unos seis o siete años mi madre puso a dieta a toda la casa. Yo ya andaba en Ginebra y no me afectó, aunque mi hermano, que vivía desde hacía años con su mujer, vivió en primera persona las restricciones. Dos semanas después mi madre me informó de que habían mandado la dieta a la mierda porque habían engordado dos kilos. Y no es que se lo saltaran…, pero tampoco es que la siguieran al pie de la letra. Sencillamente, buscaron triquiñuelas «bajas en calorías» para que sus pecados no lo fueran pero terminaron pagándolo.

Es un ejemplo idiota, pero es lo que me acababa de pasar con Sofía. Me puse a dieta en cuanto noté que me gustaba como algo más que «compañía». Dejé de buscar excusas que justificaran por qué mis ojos se clavaban con avaricia en la carne de sus nalgas apretadas en unos vaqueros o por qué sus generosas tetas me ponían la polla como un martillo hidráulico. No era la soledad, no era el hambre acumulada, no era la distancia con Lucía ni el morbo de fantasear con alguien que no tendría, con otra mujer. Era Sofía. Pero como la dieta no me satisfacía le di la vuelta, busqué engaños, artificios y productos imaginativos para que lo nuestro no estuviera tan mal: decirle que estaba loco por ella, pero añadir que no podía; no volver a besarla, pero provocar la cercanía para que ella lo hiciera; no mencionarle a mi novia, a pesar de que seguía estando en mi vida y no estar solo con ella, pero tocarla entre cientos de personas agitándose al ritmo de la música. ¿Y qué pasó? Que el hambre creció a tal ritmo que los aperitivos me parecieron insustanciales. Los pecados, mínimos. Ella, inconmensurable.

Cuando nos besamos, el mundo entero volvió a dar la jodida vuelta y a ponerme del revés. Me asustaba la certeza de no haber sentido nunca nada parecido. Ni aquella vez que Estela y yo probamos las setas alucinógenas porque fuimos imbéciles. Era un viaje… astral. Un jodido viaje extracorpóreo. Era mi polla gritando dentro de la ropa interior que NECESITABA abrirla y colarse dentro de ella.

Pero la idea de «dieta» estaba allí, así que intentando hacer el pecado menos grave, lo dejamos en un preliminar gozoso que culminó pero supo a poco. A los diez minutos, tenía más hambre que en toda mi puta vida. Y los remordimientos empezaban a abrirse paso.

Sofía no se durmió, pero se sumió en un estado de sopor silencioso mientras yo le acariciaba la espalda y besaba de vez en cuando sus hombros. Siempre pensé que el sexo era una faceta muy independiente a todo. Intentamos ligarlo con el amor y la moralidad, pero para mí iba por libre. Era un apetito. El hambre se sacia sin tener que dar cuentas de si hay amor o no en el proceso. ¿Por qué no el sexo? Creí que la intimidad era lo que venía después. El abrazo y la conversación un poco avergonzada después de jadear como animales y follar sin mirarse a la cara. La confianza de reírse de la necesidad animal de lamer, insultar o escupir. Nunca había sentido que el sexo pudiera ser íntimo.

Y lo había sido. Así que si no me dormí fue por la angustia de saber que el problema era más grave de lo que parecía. No me había puesto tonto una noche con unas copas de más. No había sentido una necesidad visceral y natural de sexo salvaje. Me había sentido parte de algo en lo que no creía. Y estaba jodido.

Para terminar de arreglar el percal, que por sí solo ya era terrorífico, la imagen de Sofía desnuda a mi lado empezó a torturarme apenas diez minutos después del orgasmo. Lo sé. Esto necesita aclaración. Lo que me estaba haciendo pasar un mal rato era la espléndida cantidad de sangre que estaban bombeando mis genitales y la confusión de no reconocerme en aquel deseo. Joder. Yo pensaba que Lucía era un diez. Mi top. La tía que más dura me la pondría en el mundo. Y... era pequeña, atlética y... un punto aniñada. Nunca pensé que pudiera engañarla pero si me hubieran obligado a ponerme en el caso, hubiera creído que lo haría con alguien de su misma complexión. Quizá alguien más pizpireta o seductora. Nunca alguien como Sofía. Pero siendo sincero, la visión de Lucía desnuda nunca me había torturado tanto como la de Sofía, porque sus nalgas eran redondas y exuberantes, porque tenía dos tetas entre las que podía hundirme, porque era una mujer con unos muslos poderosos y yo... me acababa de dar cuenta de cuánto me gustaba.

Pero no podía ir a más. Por la dieta, claro. Porque subirme sobre ella, desnudo como estaba, abrir sus piernas y pedirle un condón, sería demasiado. Había engañado a mi novia, sí, pero no quería pensar en el remordimiento ni quería engordarlo. Solo quería quedarme en la tierra de nunca jamás del sosiego y no hacerme preguntas. Pero me apetecía a morir.

Una Sofía somnolienta se incorporó sobre sus codos para mirarme a la cara. Estaba preocupada. Podía leer sus remordimientos como en subtítulos pasando por el brillo de sus ojos. Sabía que se había metido en un problema y sabía que con todos los diques abajo ya no podría seguir manteniéndose distante.

Íbamos a darnos el relevo y lo sabía hasta yo. Ella insistiría y yo heredaría sus dudas.

—¿Te arrepientes? —musitó.

La besé, porque no quería escucharla preguntarme por las mismas cosas que no sabría contestarme cuando decidiera que era buen momento para pensar. Pero asentí. Y luego negué. Y después me encogí de hombros.

—Si te soy sincero —empecé a decir—, estaba pensando en cuántas equivocaciones puede perdonarse uno mismo en una noche.

—¿Quieres que te conteste la verdad o lo que quieres escuchar?

—Lo que quiero escuchar, por supuesto.

—¿Quién dijo que no pudieras abrir un paréntesis de error y cerrarlo por la mañana? Sigue siendo una noche.

En las películas, una cerilla sobre un rastro de gasolina puede hacer volar por los aires un edificio. En la realidad, Sofía me calcinó con diecinueve palabras.

Estábamos sucios. La piel seguía un poco pegajosa después del orgasmo cuando me subí sobre ella y la besé como se besa al inicio, no al final. Lengua, muslos que se abren, la cadera que empuja y provoca. Quería comérmela entera para tenerlo todo de ella y no volver a necesitarla, aunque empezaba a dudar que aquello pudiera pasar.

Le abrí las piernas sin protocolo y bajé con la boca abierta por todo su cuerpo hasta encajarla entre sus piernas. Saqué la lengua despacio y cerré los ojos mientras sujetaba sus muslos con mis manos. Estaba húmeda. Sabía…, Dios…, me volvió a poner a mil con su sabor.

Me gustaba su sexo. Era diferente. Era más suave, más cálido y se humedecía más. Era una pasada verla retorcerse de gusto bajo mi lengua, incorporándose para mirar mientras tiraba de mi pelo entre sus dedos. Nunca lamer me había puesto tan cachondo. Nunca nadie me hizo desear tanto dar como recibir.

La barba le hacía cosquillas. Lo dijo con los ojos casi en blanco mientras el chasquido de mi saliva y su humedad inundaban la habitación. Yo la miré y arqueé una ceja. ¿Le hacía cosquillas? Pues quería hacerle más. Hasta que no pudiera sostenerse. Hasta que las piernas le fallaran. Hasta que le doliera el roce del aire que se me escapaba entre los labios en cada jadeo. Porque ni siquiera me llegaba oxígeno de tan pegado que estaba a su coño, pero no quería ni respirar por no parar.

Los gemidos empezaron a descontrolarse. Agradecí que la gata no me soportara y se hubiera quedado en el salón para no tenerla que ver rascando la puerta en busca de una huida. Esperaba que su compañero no estuviera en casa o que durmiera como un muerto, porque se nos olvidó que no estábamos solos en el mundo. Metí un dedo dentro de ella y seguí, seguí, seguí, moviéndolo y chupando hasta que empezaron a temblarle las piernas y… entonces me levanté y me sequé la boca con el antebrazo. Necesitaba que se corriera conmigo dentro de ella, no en mi boca.

Sofía jadeaba como si acabara de caer en la cama después de correr millas hasta allí pero no encontré en su mirada sorpresa por haberla dejado a medias, solo un recorrido a través de mi pecho hasta mi polla, que estaba dura y preparada. Nos dimos la vuelta en el colchón y metí la mano entre los mechones de su pelo suelto para darle una pista de lo que quería. No tardó ni dos segundos en meterse toda mi polla en la boca y succionar hasta arrancarme un grito en el que creí que me corría. Me miró, con la punta asomando entre sus labios húmedos, jugando con mi carne, con su lengua y sus dientes, recogiendo gotas de lo excitado que estaba sin apartar la mirada de mí. No cerré los ojos. No me concentré en el placer. No le pedí que lo hiciera más rápido o más lento o que se ayudara con las manos. Ni siquiera le pedí que metiera mi polla entre sus tetas. Solo la miré. La miré a ella. Darme placer. Gustarse. Sentir que me lo estaba dando a mí. Ese, ESE es el verdadero sexo y no tiene nada que ver con el porno.

La levanté por debajo de los brazos hasta colocarla a horcajadas sobre mí y tiré de ella hasta que cedió y nos besamos. Sus labios se curvaron y mientras se mezclaba en nuestras bocas el sabor de los dos, ella se echó a reír.

—Sabemos a película porno.

Su risa caldeó mi cuello y estuve a punto de decirle que sabíamos a amor, pero fui consciente del peligro de ciertas palabras.

—¿Tienes un condón? —le pregunté.

—Joder, sí.

Abrió el cajón de la mesita de noche y rebuscó hasta dar con uno que abrió, sacó, sopló y colocó en la punta para después mirarme y sonreír. «¿Estoy enamorado de ella?», me pregunté cuando esa sonrisa me cortó la respiración. Sus manos desenrollaron despacio el látex que me apretaba por todas partes. No solo había perdido la costumbre de usar condón, sino que además creo que no era de mi talla. La ayudé a acomodarlo en la base y después dimos la vuelta y me sujeté sobre mis brazos. Un empujón y se acabaría todo eso de no haberme acostado con nadie más que con Lucía. Un empujón de cadera y estaría dentro de una chica que podría demostrarme que a veces confundimos el amor con la cabezonería. Sus uñas se deslizaron por mi espalda y abrió las piernas tanto como pudo. No podía imaginarme no haciéndolo. Durante unos segundos la certeza fue mucho más allá del placer físico. Durante unos segundos lo supe y empujé. Después todo se me olvidó.

Joder. JODER. Jo-der. J-o-d-e-r.

—Shh… —Acarició mi pelo.

—Dios. Párame. Te lo voy a hacer como un loco —gemí.

La sensación era como un jodido tornado alrededor de mi erección, ascendiendo por mi columna vertebral hasta convertirse en gruñidos. Yo había follado, joder. No era virgen. Había follado mucho y nunca había sentido aquello. ¿Qué era? ¿Un cuerpo nuevo? ¿Otra piel? Volví a embestir, como si aún pudiera entrar más hondo. Y lo hice. No. No era nada físico. Era Sofía. Y me dejé llevar, como un loco.

Intentó amansarme empujando mi pecho con la palma de su mano abierta, pero arremetí con las caderas de nuevo para lanzar un gemido tan ronco y animal que hizo vibrar hasta los cristales. Me sentí enorme. ENORME. Todo era pequeño y podía romperse, como el momento si no lo disfrutaba como este merecía. Sofía apretaba tanto por todas partes que creí que me moría de placer. Cerré los ojos, respiré hondo un par de veces y me calmé lo suficiente antes de incorporarme de nuevo y sujetarle de la cintura para salir y volver a entrar. Empujé, recreándome de nuevo en las sensaciones. Y ella se abrió un poco más a mí con un alarido.

—¿Te duele? —le pregunté.

—No, no pares.

Sus caderas empezaron a balancearse despacio, acompasadas, como si fuera lo único en movimiento en su cuerpo, rotando de un modo tan delicioso como taimado. Fui cogiéndole el ritmo, concentrado en no correrme porque estaba tan excitado como lo estaría un estudiante que descubre el sexo con la mujer de sus sueños. Ella sabía de mi cuerpo cosas que yo ni siquiera imaginaba que podía sentir. Ella y sus dedos, presionando mis nalgas, invitándome a colarme un poco más hondo, susurrando despacio, casi inaudible: «Más».

Dentro. Fuera. «Rápido», susurró en mi oído. Lo repitió. «Rápido». «Fuerte». «Sigue». «¿Así?». «Así». Jadeos en la boca del otro. Las lenguas enrollándose. Los dedos, clavándose en la carne. El sudor recorriendo su pecho y el mío en forma de pequeñas gotas que la hacían aún más deseable. Era lo único que quería llevarme a la boca, lo único que quería beber y comer y respirar.

—Sofía —gemí lanzando el cuello hacia atrás—, no me sueltes.

La saqué para no correrme y ella me acarició la cara antes de hundir la suya en mi cuello y morderme. Volví a entrar y sus labios se acercaron tímidos a mi oído:

—Hay tantas cosas que te diría…, estoy cerca. Voy a correrme. Jódeme…, jódeme más fuerte. Aquí. Dentro. Más.

—Dímelas.

—No.

Me aparté para mirarla a la cara y allí estaba, tumbada debajo de mí, con el pelo desperdigado en la almohada blanca y la piel del cuello perlada de sudor. Negó en silencio de nuevo y empujé despacio con mis caderas.

—¿Por qué?

—Porque de sexo puede hablar cualquiera. Y nosotros no somos cualquiera.

Supongo que nos fuimos acelerando poco a poco, dejándonos llevar por el entusiasmo de ese orgasmo escurridizo que avisaba de su llegada. El cabecero de la cama empezó a dar golpes contra la pared y los sonidos que nos rodeaban se volvieron más violentos y feroces. La madera colisionando con la pared, las dos pieles húmedas de fluidos y sudor restallando en cada encuentro, sus gemidos y los míos. Sofía gemía como si estuviera aguantando el placer en la garganta y cuando yo empujaba dentro de ella, este se escapaba poco a poco, agarrado a sus cuerdas vocales. Yo gemía como si después de coger aire por la boca con la mandíbula tensa dejara salir un «Ah» casi mudo. Y ese «Ah» fue subiendo de tono, siendo cada vez más sonoro hasta gritarlo. Los minutos de dedicación, el olor a sexo, la fuerza de las penetraciones, mis dedos encontrando su pecho y agarrándose a él…

Un latigazo la levantó del colchón y su voz se derritió por toda la habitación en un orgasmo que me mojó hasta los muslos, pero la sostuve fuerte, sin separarme ni un milímetro de su sexo y con los ojos cerrados se concentró en el placer. Abrazados, con la piel deslizándose sudorosa y los labios buscando la boca del otro. Dios…, estaba siendo perfecto y no quería terminar nunca. Ella se arqueó en una especie de réplica y sonrió cuando siseé con fuerza porque el gusto se me estaba escapando de entre los dientes. Jadeamos, quietos, en silencio, hasta que sentí que su sexo dejaba de apretarme y todo su cuerpo se relajaba.

—Déjame hacerlo a mí —me dijo entonces en voz baja, suavemente.

Me dejé caer en la cama, sujetando el condón y ella se levantó, llevó su pelo suelto hacia un lado y se subió encima para hacer desaparecer mi polla dentro de su cuerpo. Me susurró que quería mirarme y yo balbuceé mientras ella agitaba sus caderas. Joder. ¿Cómo podía haber algo en el mundo como Sofía? ¿Cómo podía estar haciéndome sentir de aquella manera? Porque de pronto, como en *Alicia en el País de las Maravillas*, volvía a ser pequeño y ella sabía mucho más sobre el tiempo, las puertas y el Sombrerero Loco en el que me había convertido.

Mis músculos fueron tensándose a medida que los suyos se iban relajando, a pesar de estar montándome. La cogí fuerte de la cintura y la miré desde allí abajo, con los pechos desnudos dibujando en el aire el mismo movimiento que sus caderas, apartando su melena, sonriendo, clavando los dedos en mi pecho. Me costó sujetar en mi garganta un montón de gilipolleces que en la vida me imaginé queriéndole decir a nadie. Iba a correrme. Iba a correrme y solo podía mirarla como si me estuviera muriendo.

—Córrete otra vez conmigo —le pedí.

—No puedo. —Se agachó para besarme. Me di cuenta de que tenía los pies colocados bajo mis muslos, enganchada a mí—. Mírame cuando no puedas más.

Noté un cosquilleo ascendiendo por la espalda, acompasado con sus caídas de caderas y el ritmo que iba acelerando el movimiento. El cosquilleo se volvió eléctrico y bajó de golpe hasta mis ingles; abrí la boca, fruncí el ceño y concentré la mirada en el lugar donde los dos colisionábamos ya sin ritmo, de manera caótica. Y exploté. Yo. La habitación. Mi sistema nervioso. Mi semen dentro del condón. Todo lo que sentía y había retenido. Tuve que gritar para aguantarlo porque nunca sentí nada más esclarecedor que la verdad que susurraron nuestros cuerpos entonces. Eso encontré en la cama de Sofía. La única verdad. Y no pude más que abrazarla y hundir mi cara en su pecho. Era como haberme follado un haz de luz.

Sonrisa. Besos. «No te vayas», susurrado despacio cuando intentó bajarse de mi regazo. El condón cazado dentro de su sexo cuando salí de ella. Gemidos apagados. Jadeos. Un abrazo. Calma. Silencio. Su labio inferior entre sus dientes. Sus ojos cerrados cuando se deslizó sobre mi pecho. Mis manos acariciando la cara externa de sus muslos. Mi respiración agitada. El sonido de los coches a lo lejos, cruzando la Gran Vía.

Ahora sí, remordimientos. Soy vuestro.

31

No lo imaginé así

Hay momentos tan perfectos, que suben tan arriba que es imposible que puedan mantener el vuelo y cuando caen, nunca lo hacen de pie. Esa fue la sensación general del despertar. Héctor y yo nos habíamos venido muy arriba, me temo, y tocaba bajar.

Había fantaseado demasiadas veces con aquello como para no albergar unas vagas expectativas. En mi imaginación el despertar era dulce, confuso quizá, pero nunca violento. Una luz blanca, como el de un videoclip de la jodida Mariah Carey, iluminaba mi dormitorio y nosotros nos revolvíamos bajo las sábanas entre sonrisas y cosas cursis, porque queramos confesarlo o no, en nuestra imaginación somos todas mucho más repipis de lo que nos gustaría que nadie averiguara jamás. Luces preciosas, risas cuquis y cosquillas, ¿no? Y una mierda.

Abrí los ojos sin saber muy bien qué me empujaba a la realidad de nuevo; estaba soñando con la noche anterior y estaba feliz. Había dormido como nunca quizá porque dormir abrazados después del sexo había sido incluso mejor que el orgasmo. Tan reconfortante que no recordaba cuánto lo echaba de menos hasta que lo tuve de nuevo. A mi lado alguien se movía. ¿Qué vendría en aquel momento? ¿Besos de buenos días? ¿Un «Sigue durmiendo, mi amor»? ¿Más sexo increíble?

Héctor se levantó de la cama abrochándose ya el pantalón. La ropa estaba desperdigada por el suelo de la habitación y él fue cazando prendas aquí y allá, la mayoría llenas de pelo de gato. El ambiente estaba enrarecido de pronto, como cargado de demasiada electricidad estática.

—Héctor... —le llamé mientras me tapaba con la sábana.

No hubo respuesta, pero era imposible que no me hubiera escuchado. No pude más que observar cómo iba poniéndose ropa, como si estuviera rebobinando la noche anterior y la tela volviera a su cuerpo, sin que pasara nada entre nosotros. Parecía tan... arrepentido.

Quise decirle muchas cosas que le reconfortaran. Cosas que necesitaba decirme también a mí, como que nosotros éramos diferentes, que aquella no era la típica historia sórdida de sexo y desesperación que empujaba a «otros» a la infidelidad. Ni siquiera creí que fuéramos como mi ex y su actual novia. Héctor y yo éramos más especiales..., un argumento tan débil que no supo ni ponerse en pie en mis labios. Así que no dije nada.

Héctor se puso la camisa de espaldas a mí y se pasó las dos manos por el pelo, resoplando. No miré el reloj, pero por el color de la luz que entraba por la ventana, no serían ni siquiera las nueve de la mañana. Me dolió ver el peso que sostenían sus hombros cuando, apoyado en la cómoda en un gesto de debilidad, como si las fuerzas le flaquearan, se respiraba lo profundamente decepcionado consigo mismo que estaba. Me dolió porque, por primera vez en los últimos meses, pensaba más en ella que en mí. En Lucía, que llenaba la habitación y a la que no podía llamar «ELLA», porque tenía nombre, era la oficial y a la que habíamos engañado por dos orgasmos y un puñado de besos. Para mí fueron algo más, claro, pero seamos objetivos. Debimos haberlo hecho de otro modo.

¿Pensaron aquello Fran y Laura cuando se acostaron por primera vez a mis espaldas? ¿Se dirían entre ellos que había sido una equivocación, que era mejor dejar de verse, que no me merecía aquel trato? ¿O se despidieron con un beso secreto, de esos que son tan especiales? Me tapé la cara con las manos. Dios…, era como ELLA. Y Lucía era yo.

Héctor salió del dormitorio sin decir palabra, con una mano inmersa en su pelo. No pude culparle. La realidad nos aplastó en cuanto abrimos los ojos. La noche anterior no había sido más que un oasis inconsciente. Un paréntesis de error que ya se había cerrado y en el que no cabían más cosas malas. Lo habíamos hecho fatal porque nos apetecíamos demasiado. Pero… ¿en qué nos convertía eso?

Le escuché recoger la chaqueta en el salón antes de que el golpe de la puerta al cerrarse me avisase de que había desaparecido de mi piso. Y con él, corriendo escaleras abajo, se iba la esperanza de hacerlo bien, de que lo nuestro fuera mágico, de ser… mejor.

Antes de que pudiera hundirme en el colchón, mi teléfono móvil empezó a sonar en la mesita de noche. ¿Él?

—¿Sí? —respondí sin mirar quién era.

—Sofi… —la voz femenina carraspeó—. Soy Estela. Perdona las horas. Espero no despertarte.

—¿Qué hora es?

—Las ocho y media. Oye…, esto es muy violento pero estoy un poco preocupada. ¿Está Héctor contigo? No…, no volvió anoche.

Me quedé callada. Joder. Estela…, que era la mejor amiga de Héctor desde hacía más de quince años y para la que Lucía iba sencillamente en el pack, me preguntaba si había pasado la noche con él. Y si no se oliera algo, hubiera preguntado sin más, sin darle importancia, porque dos amigos pueden quedarse dormidos mientras hablan, pero dos amantes tienen que esconderse.

—Solo quiero…, ya sabes, asegurarme de que no ha pasado nada. Nada grave, quiero decir —volvió a carraspear—. Joder. Me entiendes, ¿verdad? ¿Está bien? ¿Está allí?

—Debe estar a punto de entrar en casa.

—Ah. Vale.

Silencio. Podía escuchar todos los juicios y opiniones de Estela como ruido blanco de fondo. ¿Los mismos que debieron pasarme por la cabeza cuando me engañaron? Asco. Decepción. Desencanto. Frustración. Más asco. ¿O aquello estaba reservado para Lucía?

—Oye… —empezó a decir—. No tengo ni idea de lo que ha pasado pero, en cualquier caso, nadie va a culparte, ¿vale? Estas cosas pasan y no podemos controlar lo que sentim…

Un portazo interrumpió su conversación. Escuché un golpe. Otro. Un mueble, quizá.

—Héctor…, Héctor para. ¡Que pares!

Y Estela colgó.

Pasaron un par de horas hasta que me vi con ánimo de salir de la cama y lo hice en el mismo momento en que Julio, alias Bob el silencioso, estaba preparándose un vaso de leche en la cocina. Llevaba a Roberto en el hombro, cogidito a la camiseta del pijama y le dediqué una caricia detrás de la orejita. Al animal. No a Julio.

—¿Qué tal? —me preguntó y me miró de forma extraña.

—Bien. ¿Y tú?

—Bien. Ehm…, me da un poco de corte decirte esto pero ayer casi echáis abajo las paredes de mi habitación. ¿Podrías decirle a tu novio que… se corte un poco?

Me volví a la cama. No había nada en el mundo exterior que pudiera interesarme.

Mamen llamó como a las doce. Tenía una resaca antológica y mi padre no parecía estar muy contento. Se había escaqueado de llevar a mis hermanas a patinaje y solo podía pensar en una botella de Coca-Cola y un centenar de tuppers de comida china, así que su llamada era en realidad un breve aviso de que venía de camino, pero no preguntó nada. Probablemente no recordaba haberme dado un speech sobre no perder oportunidades por respetar las parejas ajenas (menudo consejo, Mamen, que sepas que voy a vengarme y a decirles a mis hermanas que hacerse un tatuaje tribal a los dieciséis años es buenísima idea) y no imaginaba ni de lejos cómo habíamos terminado Héctor y yo.

Supongo que debía haberme preocupado de asear la habitación, airear, quitar el condón usado de la mesita de noche y cambiar las sábanas, pero solo llegué al tema escatológico de eliminar del paisaje el látex lleno de semen antes de taparme por encima de la cabeza con el móvil en las manos. Y… la cagué. La noche anterior fui consciente del cambio de rol. Héctor y yo habíamos dado la vuelta y de pronto él sostenía el mango y yo la sartén por la parte que quemaba. Mis reparos pasaban a ser los suyos. Sus remordimientos, los míos. Ahora yo estaba decidida y él decidido a mantenerse alejado. Estaba segura. Así que… le mandé un mensaje. Uno que quiso ser una bocanada de aire, un «no pasa nada» pero que supongo que terminó llegando como un poquito de asfixia.

«Héctor, entiendo cómo debes encontrarte ahora mismo. Si quieres hablar, si quieres estar callado, si quieres pensar en todo o en nada, estoy aquí».

Mierda de realidad que no me dejaba ser pesada con un clásico «lo de anoche estuvo genial». Lo de la noche anterior estuvo genial, sí. Estuvo genial para ser la peor decisión de nuestras vidas.

Mamen llegó a la una vestida con un chándal gris. Fue Julio quien le abrió la puerta porque yo estaba decidida a no sacar la cabeza de debajo de la colcha hasta que me tocara ir a trabajar el lunes. Vino cargada de dim sum y tallarines tres delicias, además de Coca-Cola Zero y un helado que no tenía pinta de ser cero… pero eso lo vi después, porque no salí a recibirla.

Irrumpió en mi habitación con un tenedor y un montón de tallarines en la boca y farfullando mientras los sorbía que me iba a joder, que si la empujaba a la resaca más infernal de toda su vida, la acompañaba en el suplicio.

—Mamen… —supliqué—. No tengo el día.

—Para mí, por el contrario, es el mejor día de mi vida. Total, tengo la Feria de Abril al completo dentro del hemisferio izquierdo de mi cerebro.

—En serio. —Saqué la cabeza y la miré.

—La piel tiene memoria. Deberías desmaquillarte —pero su voz sonó un poco más suave, como si empezara a intuir que estaba pasando por alto algo importante.

—No me dio la vida anoche.

Dejó el tenedor en la mesita, justo donde había estado apoyado el condón con restos genéticos de Héctor y se sentó a mi lado en la cama.

—¿Qué pasa?

—¿Por dónde empiezo?

Me apartó y se acostó conmigo bajo la colcha, con zapatillas y todo, y nos tapamos por encima de la cabeza otra vez.

—¿Te peleaste con Oliver?

—Sí. Pero lo arreglamos.

—¿Entonces?

—Héctor. —Me mordí el labio.

—Hostia…, espera… —Se colocó boca arriba—. Aquí no huele a dormir sola.

Negué con la cabeza.

—¿Habéis... intimado?

—Habla bien, haz el favor —le pedí.

—¿Cama?

—Cama. Y escritorio. Por todo lo alto. Fuegos artificiales. Amor. Más magia que en Harry Potter.

—¿Usaste condón?

—Sí —asentí—. Aunque casi se me quedó dentro.

—Eso es que le venía pequeño, tía. —Arrugó el labio—. ¿Qué tiene ahí colgando? ¿Un salami italiano?

Le lancé una mirada de soslayo. Tenía un trozo de alguna de las delicias de los tallarines en un diente, pero pasaba de decírselo.

—¿En serio tenemos que hablar del tamaño? Estoy hecha una mierda.

—No, no. Claro que no. Hablamos de lo que quieras. —Apretó los morritos y me acarició el pelo—. Estás hecha una mierda... ¿porque... te hizo daño... ahí?

—¿No vas a parar hasta que te dé los detalles, verdad?

—Algo. Lo del condón me ha descentrado.

—Pues, a ver. Grande, pero tampoco tamaño «tuneladora del metro».

—¿Gorda o fina?

—Mamen —llamé su atención, muy seria—. Eres mi mejor amiga, mujer, pero estás casada con mi padre. ¿Entiendes el problema de esta conversación?

—No.

—Vale. Estoy impaciente por organizar una noche de chicas con mis hermanas y explicarles un par de temas. —Me fulminó con la mirada y refunfuñó—. Por favor, tómate esto en serio. O déjame sola.

—Joder. Lo siento, Sofi. Pensaba que estábamos de broma. Es por..., ¿por lo de su novia?

—Se fue de aquí esta mañana sin mediar palabra. Parecía que el suelo le quemaba.

—¿Sin decirte nada?

—Está arrepentido. Lo hemos hecho fatal.

—A ver, Sofía, estas cosas pasan.

—Se ha arrepentido, Mamen. No han salido volando corazones de debajo de las sábanas cuando se ha despertado. No lo había hecho con nadie más que con ella y ahora... ya lo ha hecho y debe estar pensando que no merecía la pena.

—No me parece uno de esos. —Puso carita.

—No es de esos, ni de aquellos. Es Héctor. Y yo Sofía. He pasado por esto. Sé lo que se siente cuando te engañan. Si la deja, mal, porque habré hecho lo mismo que me hicieron a mí. Si no la deja, mal, porque estoy colgada como una gilipollas. ¿Por qué cojones lo he hecho? —Me tapé los ojos.

En una situación normal, unos tallarines aceitosos, dos litros de Coca-Cola Zero y dim sum de gambas en cantidades ingentes podían hacer que se me pasase cualquier mierda, pero no estaban hechos a prueba de Héctor.

Mamen insistió para que me diera una ducha y saliéramos a algún sitio, pero no me apetecía pisar la calle, así que cuando se hizo de noche volvió a su casa, con papá y las gemelas. Iban a ir al cine, pero tampoco me apeteció unirme al plan.

Oliver me mandó un mensaje por la noche para preguntarme si me hacía ir a beber algo y comer unas tapas. Le contesté que no. No hizo falta decir nada más, él lo entendería todo.

«¿Te apetece hablar sobre ello?», me preguntó. Y me lo imaginaba sentado, rezando con los ojos cerrados para que no me apeteciera en absoluto, no porque no quisiera aguantar mi chapa, sino porque siempre se siente incómodo cuando hablamos de sentimientos y nunca sabe qué decir.

«No. Respira».

«Si te apetece, te apetece. Soy tu hermano mayor. Tengo responsabilidades».

Sonreí.

«No eres mi hermano y si lo fueras yo soy la mayor. Tú aún no tienes ni los treinta, bebé».

«Habló la madura de treinta y unos cuantos días. ¿Voy? Podemos beber cerveza y ver una película».

«¿Vendrías en chándal si te lo pidiera?».

«¿En chándal? ¿Estás loca? Ni siquiera tengo de eso».

Míster Elegancia apareció sobre las once de la noche con un pack de cervezas calientes, repeinado hacia un lado, con vaqueros negros, jersey negro, gabardina negra y zapatillas Stan Smith. Parecía un modelo de «Street style».

—¿Hacía falta arreglarse tanto? —le pregunté ofendida.

—Tienes chocolate ahí. —Se señaló su propia comisura con una mueca de asco—. ¿Puedes darte una ducha?

—¿Te quedas a dormir?

—¿Has cambiado las sábanas?

—No.

—Duermo en el sofá.

No me di una ducha, pero me lavé la cara. Quería estar así, en plan marrano, porque me hacía sentir más melodramática y, te contaré un secreto, el melodrama tiene un punto de humor, de autocrítica, de reírse de uno mismo, que puede salvarte, como una buena opereta.

Hicimos un trato: él escogió la primera película y yo la segunda... así que vimos *El aviador* y después *El secreto de Adaline*. Y, creedme, cuando el tío por el que te has colgado (y con el que has follado por primera vez en un despliegue de explosiones de purpurina) se ha pirado de tu casa sin mediar palabra y no ha contestado un mensaje, ver una peli romántica y moñas no es la solución. En el minuto diez de la película yo ya estaba enamorada de Ellis, que físicamente me recordaba tanto a Héctor que me asustaba y odiaba a Adaline, porque a las chicas eternamente guapas un tío no las plantaba después de una noche de sexo. Pero Oliver se durmió porque nada de esto le afectaba directamente.

No lo desperté. Me acomodé con él, acurrucada en el sofá con Holly en el regazo. Y hasta sonreí al ver que mi gata, mi ingrata gata vieja por dentro, parecía muy feliz por que «el hombre de la barba» no hubiera vuelto a aparecer.

Cuando soñaba imaginaba a Héctor saltándose todas sus normas por mí, pero no esperaba terminar mal durmiendo en mi sofá, abrazada a mi mejor amigo y recordándome que el amor no era para mí y que además con mi gata, Oliver, Mamen, Julio, Abel y el Alejandría debía tener suficiente.

32

REINCIDENTES

Héctor no respondió al mensaje. No llamó el domingo. No subió su persiana. No tomó un café en el Alejandría el lunes. A Abel iba a darle un derrame de un momento a otro.

—Es que me parece fatal —sentenciaba con el paño en el hombro y sin despegar los ojos de la puerta—. Si no vuelve, voy a buscarlo.

Y yo guardaba silencio porque no pensaba discutir con él. Ni siquiera quería contarle lo de nuestra noche juntos, pero no soporté su interrogatorio en la trastienda, más que nada porque era demasiado pequeña para que los dos estuviéramos allí dentro, los clientes estaban esperando y me sentía tan violenta que preferí confesar que seguir aguantándole. Por supuesto estaba sufriendo, pero entendía mejor a Héctor y todo lo que estaba atándolo lejos de allí. Era mejor callar que sonar tan boba como para justificar cada ausencia y silencio. Debía estar molesta, no mostrarme tan comprensiva.

—No me lo explico. ¡Lo hecho, hecho está! Menuda niñatada. Si yo tuviera que retirarle la palabra a todos los tíos con los que la he cagado… —insistía Abel.

—¿Dejarías de hablar con media Malasaña?

—Voy a decirle a Estela que le requise el pasaporte y el DNI. Si se pira a Ginebra lo denuncio a la Interpol.

—¿Por qué? ¿Por infiel?

—Por… traficar con sicomoros.

Bueno, aburrida no estaba. Pero, por si no fuera suficiente, por si los mensajes de Oliver en los que se respiraba cierto tufillo a «te lo dije» aun sin hablar del tema no me tenían entretenida, si las llamadas de Mamen del rollo «voy a llamar a mi hijastra a todas horas para evitar su suicidio» no salpicaban bastantes horas al día, evitarnos sería imposible. Vivíamos uno frente al otro. Su ventana y la mía compartían farola. Su mejor amiga era clienta habitual. Y él, hasta hacía nada, también. Pero no fue cuestión de cercanía o de casualidad.

Quedé con mis hermanas con la excusa de una tarde de compras. La verdad es que quería pensar en otra cosa que no fuera Héctor. Ellas estaban creciendo a pasos agigantados y tenían que comprar un par de trapitos para lo que ME NECESITABAN. Así me lo escribieron en un mensaje. Las tiendas para niñas ya no les gustaban y yo debía apoyarlas en su defensa de que ya tenían edad para unos vaqueros ceñidos y algún top. La adolescencia cada vez llega antes.

Nos vimos en Gran Vía y pateamos un par de tiendas antes de que ellas se sintieran satisfechas con la elección, mientras su madre me miraba de reojo, como midiendo mi estado emocional.

—Estoy bien —le dije.

—Deja que eso lo decida yo.

Larisa y Laura cargaron con todas las prendas que pudieron y se escaparon corriendo al probador, convenciéndose la una a la otra de comprar tal y cual cosa para poder compartir la ropa y tener el doble. Mamen se quedó mirándolas poniendo los ojos en blanco cuando no la veían.

—Me tienen negra —musitó.

—Con lo buenas que son.

—Buenas los cojones. Tienen un pavo que no les cabe dentro. Se prueban mis sujetadores. Se pintan los ojos cuando nos las vigilo. Quieren leer mis libros, ver *True Blood* y «ser sexis». Vivo con miedo de que vengan preñadas a casa y... ni siquiera tienen la regla.

Me tocó a mí poner los ojos en blanco.

—Les has dado ya unas doscientas charlas de sexo. Relaja la raja, Mamen.

—Hablando de sexo..., no sabemos nada, ¿no?

—¿Del sexo? Bueno. —Hice una mueca—. Supongo que tenemos aún mucho que aprender.

—Eres idiota. —Se rio, pero no insistió.

Miré un trapito en el que estaba segura de que ni a la fuerza podría meterme y arrugué el morro.

—Con lo mona que estaría yo con esto... si hicieran mi talla.

—Me da un miedo traerlas a estas tiendas —susurró en modo confidente—. No quiero que se obsesionen con las tallas y crean que es importante.

Le sonreí pero, antes de que pudiera decirle que era una gran madre, mi móvil empezó a vibrar a intervalos en mi bolsillo.

—Puto Oliver. No me deja en paz. Creo que quiere que le diga «Y, Oli, tenías razón, eres el más listo del mundo y yo una mierdasecaaaa». —Saqué el móvil para ver anunciados en la pantalla unos whatsapps... de Héctor—. ¡¡Me cago en la puta!!

—¿Qué?

—Héctor.

El grito que lanzó Mamen alertó a todas las vendedoras de al menos veinte metros a la redonda y yo le di un codazo.

—¿Mamá? —preguntó Larisa—. ¿Puedes dejar de gritar?

—Ha sido Sofía —volvió a aullar para volverse hacia mí y susurrar—. ¡¡Léelo ya!!

Abrí la aplicación, apartándome un poco en busca de intimidad, pero Mamen se asomó como un loro por encima de mi hombro.

«Lo del sábado estuvo fatal y estoy muy avergonzado. Nunca has demostrado que no pueda contar contigo para las crisis, sea lo que sea lo que nos haya pasado. No sé por qué me comporté así».

Miré a Mamen que me miró con ojitos. Leí el siguiente.

«Me dio corte llamarte el domingo y ayer se me caía la cara de vergüenza también solo de plantearme entrar en el Alejandría. Esto podría convertirse en lo típico que dejas, dejas y dejas tanto que no se puede arreglar. Y no puedo permitirlo».

—Ojalá fuera mal tío —musitó Mamen—. Pero es tan mono que me lo quiero comprar.

Pasé de ella y seguí leyendo:

«Estoy destrozado porque no entiendo nada. Tenemos que hablar».

Mamen volvió a lanzar un gritito y Larisa abrió la cortina para enseñarnos un modelito casi inexistente. Las muy putas habían heredado el cuerpito de su madre y no las generosas carnes de mi familia paterna, claro. Mamen la miró con los párpados a media asta.

—Ni-de-co-ña. Vas al colegio, no a ganarte el sueldo como go-go.

—¡Jopé, mamá! ¡Todas mis amigas se visten así!

—Lari, seamos sinceras, para llevar eso puesto necesitas caderas y tetas y gracias a Dios, aún no las tienes. ¿Entiendes?

—La que no entiendes nada eres tú.

—¿Quieres ir mañana al colegio con un chándal de Winnie the Pooh? Pues da media vuelta y quítate eso. ¡Laura! ¿Me has oído? No quiero gastar saliva. Vista una vista la otra. Ahórrame el sermón.

—Jopé —se escuchó desde dentro de un probador.

—No le llames —me dijo firmemente a mí porque claramente se había activado su modo madre—. No contestes. Dos días en barbecho y el jueves lo ves por la noche, pero ponte algo que no parezca —me miró de arriba abajo— sacado del contenedor de ropa para Proyecto Hombre.

—Eres imbécil y estás sonando a mi madre.

—Lo digo en serio. No contestes ahora.

—Voy a contestar cuando me dé la gana.

—Tres días sin saber nada de él. Acuérdate. —Me apuntó con su dedo índice.

—El calendario me lo come, Mamen.

—Dame eso.

Tiró de mi móvil y yo lo mantuve agarrado. Ella hizo fuerza, yo también.

—Sofía, no te me pongas chulita, que lo hago por tu bien.

Me pellizcó un brazo. Le aparté la cabeza de malas maneras. Me tiró de la coleta y me robó el móvil. Mis hermanas salieron a la vez del probador con dos vestidos ceñidos de tirantes, una en rojo y la otra en negro. Parecían bebés disfrazados con el salto de cama de su madre.

—¿Qué tal? —preguntó Larisa poniendo morritos.

—Quitaos eso ahora mism... —empezó a decir su madre.

—¡Adjudicado! —anuncié reponiéndome aún del pellizco.

Mamen aún me odia por ello, pero qué a gusto pasé la tarjeta para pagarlos. Fastidiar puede llegar a ser terapéutico en ciertas circunstancias.

Me hizo prometerle que no iba a contestar. Que tardaría dos días, al menos. Que lo haría como con pereza, que no le mostraría lo emocionada que estaba por su mensaje y que le trataría con desdén, pero crucé todos los dedos para poder permitirme aquella mentira. No pensaba hacer nada de aquello.

Me presenté en su casa sin avisar, en cuanto dejé a Mamen y mis hermanas en la entrada del parking donde habían dejado el coche. Estaba solo, fue lo primero que me dijo cuando me hizo pasar. Se le veía cansado. Llevaba una camiseta a rayas y una chaqueta de punto vieja encima, con vaqueros y unas Converse. Estaba tan guapo que era insoportable. Y más insoportable fue quedarnos plantados sin saber cómo saludarnos.

Se apoyó en la puerta cerrada y miró al suelo mientras sus dientes jugueteaban con su labio inferior y yo, plantada junto a la puerta de la cocina, esperaba… algo. Esperaba con más fe que seguridad.

—No supe reaccionar —me dijo al fin—. Me bloqueé.

—Lo imagino. Es normal.

—No me quites culpa, por favor. Ódiame un poco para que sea más fácil.

Sonaba mal. Un «tenemos que hablar» nunca trae nada bueno.

—¿Por qué sería más fácil que te odiara?

—Porque voy a decirte que no podemos volver a vernos.

Asentí.

—Vale. —Cogí aire. Llorar e implorar no eran una opción—. ¿Nunca?

Dejó salir un montón de aire de sus pulmones.

—Nunca, Sofía.

—¿No podemos ser amigos?

—No. No quiero ser tu amigo.

Pensé que me doblaba en dos.

—Bien. Eso ayuda un poco.

—Sí. Creo que sí.

Podíamos haber hecho juntos muchas cosas. Vivirlas como se viven solo en la imaginación, aunque debía empezar a aprender que la imaginación es una perra mentirosa y lo nuestro se había acabado antes de empezar.

—Pues... —Miré alrededor intentando encontrar algo que me entretuviera y se llevara las ganas de llorar—. Ha sido un placer.

—Lo ha sido —contestó con un hilo de voz.

—Gracias por los recuerdos.

—Me los regalaste a mí; no tienes que agradecerme nada.

—Escogeré unos cuantos para quedármelos, si no te importa.

Chasqueó la lengua contra el paladar y agachó la cabeza, frotándose con vehemencia la frente. Se apartó de la puerta y lo tomé como una invitación a irme. Abrió. Salí. Él no cerró. Yo no me moví.

—No quieres hacer esto —le dije con un nudo en la garganta y un gallito.

—Claro que no quiero. Pero tengo que hacerlo.

—¿Por qué tienes más obligación con ella que conmigo? —y me sentí basura al decirlo—. ¿Por qué es más fácil hacerme daño a mí que a ella?

—Porque ella es mi novia. Y a ti acabo de conocerte.

Cerró la puerta. Mamen tenía razón. No tendría que haber ido. Oliver tenía razón, aquel «tío» no iba a dejar a su novia por mí jamás. Yo tenía razón, no se me había perdido nada en el amor.

—¿Sabes qué? —le dije a la puerta cerrada porque estaba segura de que él estaba allí, parado. No había escuchado sus pasos alejándose y casi le sentía al otro lado de la puerta—. Por lo que sí debería darte las gracias es por demostrarme que la magia no existe. Solo existen los tíos hipócritas que prefieren estar cómodos a ser felices.

Ale. Lo que quedaba de dignidad a la mierda. ¿Qué más daba?

Bajé un escalón. Cuando Fran me dijo que había conocido a otra persona, después de la tristeza y la rabia, entendí de alguna forma que ella era tan especial que no podía dejarla escapar. Dolía horrores y se quedó ahí, como una astilla que dio la vuelta cuando conocí a Héctor. Porque ¿si Fran pudo dejarme por otra persona por qué no podía pasar lo mismo con él? ¿Por qué no podía dejar Héctor a su novia por alguien especial? Yo. Ese era el problema. Porque yo no era especial. Bajé dos escalones más. Me agarré a la barandilla.

«No, no, Sofía. Todo está bien. Para el mecanismo de castigo. La culpa de que te hagan daño no es tuya. Solo ha sido una mala idea. Sabías que iba a pasar pero no quisiste quedarte con la duda». Sí, mi voz interior era bastante inteligente y realista. Tres escalones más. Cogí aire. Joder. Iba a llorar.

Era lo lógico. Era media vida compartida. Eran dieciocho años de recuerdos frente a dos meses de correr como críos por el centro helado de Madrid. No vivíamos en una película y en la vida real la gente se queda con lo que les da seguridad. El pasado es un viejo conocido con el que solemos sentirnos muy cómodos.

¿Por qué me tuve que encontrar con el único hombre de la tierra que se enamoró a los dieciséis y nunca huyó en busca de más aventuras? Nunca hasta los treinta y cuatro. ¿Por qué tuve que ser yo la persona que le hiciera querer mirar hacia fuera de su relación? El sollozo rebotó en el hueco de la escalera, amplificándose a medida que yo iba haciéndome más pequeña.

Malditas canciones de amor que sonaban sin parar en mi cabeza. «No. No puedes ponerte así. No es amor. No ha pasado el suficiente tiempo. No lo has sentido tan cerca». Me senté en un tramo de las escaleras en el piso de abajo y me eché a llorar con la cara hundida en mis rodillas, mezcla de pena, de vergüenza y de remordimientos. ¿De qué había servido fallarme, romper todas mis normas, olvidar cualquier principio si solo se quedaba en unas sábanas sudadas y en unos ojos que como no ven el corazón no duele?

Pero iba a aprender. Pasaría por la vida de puntillas. Sí. Era mejor. Añoraría y envidiaría a las parejas que se besaran en el Alejandría, pero estaría tranquila como lo había estado cuando la única magia que necesitaba era la que desprendía el local donde trabajaba. Lo olvidaría a él, olvidaría el estallido de purpurina cuando nos besamos. Dejaría de existir todo cuanto sentí y se acabaría, sin más, la ilusión y el miedo que llevaba impregnado. El placer y el dolor de querer…

Una puerta se abrió y unos pasos se precipitaron hacia abajo.

—¡¡Sofía!! —gritó—. Mierda, ¡Sofía!

Paró de sopetón al encontrarme allí, hecha un ovillo, llorando la decepción. No dije nada, solo lloré un poco más fuerte aunque no quería hacerlo, pero justo por eso no pude evitarlo. Las cejas se le arquearon y me tendió su mano. Quería gritar y que no me mirara, como mis hermanas cuando les daba vergüenza que las viéramos llorar. Hubiera preferido que la escalera se hundiera conmigo encima y me lanzara a tomar por culo. Pero él siguió insistiendo, tendiéndome la mano.

—No quiero hacer esto —me dijo—. No quiero y ni siquiera puedo imaginarme haciéndolo.

Sollocé y le cogí la mano, de la que tiró hasta ponerme en pie y abrazarme. Me besó la frente, las mejillas, el cuello y después la boca.

—Joder, Sofía. Sofía, por favor.

Ni siquiera él sabía qué decir porque, efectivamente, no vivíamos en una película y no había discursos perfectos para nosotros, solo el terror, la confusión y la cobardía de algo que nos unía pero que estaba mal.

—Si me perdonas no volveré a hacerlo jamás.

—¿El qué? —Apoyé mi mejilla en la tela de su camiseta y él me acarició el pelo.

—Hacerte llorar. Pensar en ella antes que en ti. No hacerte feliz.

—No quiero hacer esto así. —Lloré.

—La voy a dejar. La dejaré, lo juro. Pero... tienes que esperar. No lo haré por teléfono.

Y así fue como me convertí en el tipo de chica que creí que me había jodido la vida. Así entendí que juzgar no tiene sentido, que la vida no es o blanca o negra y que hablar del camino de otro si no lo has andado con sus mismos zapatos es absurdo.

33

EL CONCIERTO

Oliver prefería no plantearse demasiado en serio los motivos por los que iba a acompañar a dos niñas de doce años al concierto de los Gemeliers porque si lo hacía, se asustaba un poco. Quería encontrarse con Clara, por supuesto, porque le molestaba que no hubiera llamado después de su noche de sexo y que contestara sin demasiada pasión y con largas a sus mensajes. ¿Qué coño había pasado? Pero ¡si él follaba bien! Se mezclaban dos cosas que nunca podría negar: no le gustaba la sensación de que una tía pasara de él y dominase la relación y le gustaba demasiado cómo había ido surgiendo todo con Clara... como su propio nombre indica: CLARITO.

Un par de días antes del concierto, quedé a merendar con mis hermanas. Solíamos hacerlo de vez en cuando aunque no le hacía gracia ni a mi madre ni a la suya. A mi madre porque sentía celos de esa otra familia que yo tenía junto a mi padre, a la suya porque también le inquietaba un poco, sin malicia ni dolor, que sus hijas llegaran a quererme más a mí que a ella.

—Entiéndeme, Sofi. Después me siento descolgada…, como marginada. ¿Por qué no puedo ir con vosotras?

—Porque es una cosa entre hermanas.

Después se lo contaba todo, por supuesto. Eran quedadas inocentes pero en las que yo sentía que tenía algo muy mío. La experiencia de ser hermana mayor con dieciocho años de diferencia había sido fantástica desde el primer momento y quería seguir alimentándola para no perderla en los difíciles años de la adolescencia. Y más en aquel momento, con tanta decepción dentro.

Tomamos tortitas en un Vips después de dar una vuelta por el centro comercial. Yo me compré una blusa y ellas unas camisetas. Estábamos hablando de chicos, del cole y de los planes cuando salieron, cómo no, los Gemeliers.

—¿Tenéis ganas del concierto o qué? —les pregunté.

—Nos dormimos todos los días escuchando los discos para que no se nos olvide ninguna letra.

—Al final contestaréis en los exámenes las letras de las canciones.

—Sería guay. —Se rieron las dos.

—¿Y qué os parece que vaya Oliver con vosotras?

—¡Bua! Es lo mejor. Nuestras amigas van a flipar con lo guapo que es.

—¡Y con el culo que tiene!

—Marranas… —Me reí—. Pobre Oliver, portaos bien con él y hacedle caso. Os pierde entre toda la gente y le da algo. O lo mato. Una de dos.

—¡Qué pesada! Además, habrá más padres y somos pocas.

—¿Qué otro adulto va?

—La madre de Paula. Oliver ya la conoce.

Levanté la mirada del plato de tortitas y me las quedé mirando. Eureka. Ahí estaba. La pieza que me faltaba para entender que Oliver estaba más raro de lo habitual: se había colgado de una mami sexi.

No soltó prenda cuando lo llamé muerta de risa a hacerle burla. Le dije que era un estafador y un gigoló y él me colgó dos veces. Cuanto más se enfadaba, más gracia me hacía.

—¿Te gusta o no te gusta? —le pregunté mientras me secaba las lágrimas de risa.

—¿Me meto yo en lo que estás haciendo con el jodido suizo? ¿A que no? Pues déjame vivir. Si no te cuento nada es porque no me da la gana.

Joder. Pues nada. Pero no lo dejé estar, que conste, que le llamé imbécil, borde de mierda y él a mí pesada de los cojones, pero nos dijimos te quiero antes de colgar.

¿Qué se pone un tío como él para ir al concierto de unos ídolos de masas adolescentes? Después de probarse medio armario, dejarlo tirado por la habitación y volverlo a guardar (por si volvía acompañado a casa), se decidió por unos vaqueros negros un poco estrechos, unos botines que le habían costado un sueldo (y que tuvo que financiar con la tarjeta de crédito), un jersey gris que le marcaba pechito y una chupa de cuero elegantona. Mis hermanas por poco se desmayaron cuando Mamen las dejó en casa de Oliver.

¿Tema de conversación con dos gemelas completamente seguras de que se van a casar con dos gemelos que son cantantes famosos? Ninguno. Yo hubiera disfrutado sonsacándoles fantasías adolescentes que habría grabado y que guardaría como oro en paño para avergonzarlas cuando tuvieran veinte años. Pero él no. Les hizo prometer que se portarían bien y que no molestarían gritando muy alto y ellas dijeron «Sí, bwana» pero distraídas. Y allá que se fueron, al Palacio de los Deportes, ahora conocido como el Barclaycard Center.

Clara alucinó cuando lo vio allí y no lo disimuló. Paula junto a otra niña corrió hacia mis hermanas y ellos tuvieron un momento para saludarse, con la cabeza puesta en la sesión de sexo de la última vez que se vieron, claro.

—No sabía que las traías tú —le dijo escueta ella.

—Sí. Me ha tocado.

—Ya. —Se rio—. ¿Qué tal?

—Muy mal. Estoy muy triste. Paso las noches llorando porque tú no me quieres.

—Eres un jodido sátiro.

—Y tú una bruja. Seguro que escribimos un buen cuento juntos.

—¡Mamá! ¡¡Corre!!

Las niñas estaban emocionadas y un tanto molestas porque no habían podido ir a dormir a la puerta del recinto dos semanas antes para hacer cola. Mamen les dijo que, claro que sí, que fueran, que les llevaría termos con hostias como panes para que no pasaran frío por las noches. Les quedó bastante claro. Así que, como otros padres más motivados habían encontrado triquiñuelas para que sus hijas sí estuvieran las primeras de la cola, a ellos no les quedó más narices que sentarse en grada. Oliver pensaba que le había tocado la lotería.

Mientras esperaban a que el concierto empezara a penas hubo conversación porque el recinto al completo era un amasijo de griterío adolescente y algún llanto desconsolado que ensordecían al personal. Pero Oliver tenía paciencia...

—¿Crees que si les pedimos que no se muevan del sitio podremos salir a tomarnos una cerveza al pasillo? —le preguntó al oído cuando vio que las niñas estaban totalmente distraídas.

—Van a estar viendo una aparición mariana. No quieren moverse y no quieren que estemos con ellas. A la cerveza nos invitan ellas —le respondió Clara.

Oliver reunió a las gemelas y les dio una charla sobre todas las cosas que podrían hacer juntos si demostraban ser responsables esa tarde.

—Yo voy a estar en el pasillo, justo al lado de la puerta por la que hemos entrado a la grada. Entraré cuando se termine y os quiero aquí quietas hasta que vuelva. Ninguna va a salir. Y si os estáis meando tanto que es o salir o explotar entre sangre, vísceras y pis… me llamáis al móvil, yo me acerco a la puerta por la que hemos entrado y os acompaño. ¿Capisci?

Oli, tío… ¿por qué te empeñas en hacernos creer a todos que eres un frívolo bon vivant? Va a ser un padre de la hostia.

Dani y Jesús, que sé que son los nombres de los Gemeliers porque mis hermanas están muy enamoradas y saben hasta distinguir quién es quién, empezaron el concierto dando las gracias a sus princesas y Oliver salió escopeteado al pasillo por si escuchaba alguna letra y se le pegaba. Clara tardó un poco más, con una sonrisita suficiente en los labios. Estaba muy guapa. Unos vaqueros, una blusa a rayas y unas zapatillas de deporte que no eran de deporte y tampoco zapatillas. Chanel, para más datos.

—Escúchame una cosa, ¿en qué narices me dijiste que trabajas para permitirte esas cositas tan cuquis? —le preguntó él.

—Soy madame. Soy la dueña de ese sitio al que te encanta ir.

—¿Me ves pinta de pagar por sexo?

—¿Y a mí de que eso me impresione? —Le dio un golpecito en el pecho.

—¿Tan mal lo hice?

—Lo hiciste muy bien todo. Tan bien que cargué energías y aún no me hace falta otro.

—No tienes corazón. —Pero le sonrió y la atrajo, muerto de ganas de darle un muerdo.

—Y tú la cara muy dura.

—¿Estás saliendo con alguien? ¿Es eso?

—¿Crees que tengo un trabajo que me deja tiempo para mi hija y salir con tíos? Perdona que te aplaste con la realidad, querido —sonrió ella—, pero en mi lista de prioridades, las pollas estáis bastante abajo.

—Mira, justo al contrario que la mía, que está bastante arriba.

—Qué cerdo. —Se rio ella.

—Como te gusta.

—Oliver. —Le hizo un mohín—. Deja de ser tan mono, que me lo pones muy difícil.

—Te lo estoy poniendo tremendamente fácil, cielo.

—Vale. Pues te lo voy a poner fácil yo también, ¿vale?

—Genial.

Oliver se acercó más, seductor, pero ella le paró con una mano sobre el pecho.

—No tengo tiempo ni ganas que invertir en nada que no sea echar un polvo de vez en cuando. No me malinterpretes. Me encantaría enamorarme como una niña y volver a vivir el amor de mi vida, pero ahora sería mucho más exigente así que no creo que mis términos vayan a ser de tu agrado. Ni tú tienes ganas de una relación con una mamá cuarentona ni yo de ir perdiendo el culo detrás de un tío que ni siquiera ha cumplido los treinta. Seamos lo más sinceros posible. Cuadramos agendas cuando no tenga a la niña y tomamos algo, ¿te parece?

—Mándalas de fiesta de pijamas esta noche. Las llevo a casa de Mamen y tú y yo nos pasamos la noche jodiendo. ¿Te parece buena idea y lo suficientemente sincera?

El concierto se les hizo eterno, pero fue muy fácil manipular la situación para que las niñas «de pronto quisieran» organizar una fiesta de pijamas. Oliver llamó a Mamen para preguntarle, con aire inocente, que qué hacía. Clara informó a la mamá de la otra niña para comentarle lo de la fiesta. Dos minutos de conversación en un descanso entre canciones y las cuatro niñas terminaron emocionadas comiendo helado y hablando del amor en el salón de casa de mi padre.

Entraron al piso de Oliver enredados, tanto que no se dieron cuenta de que el compañero de Oli estaba viendo la tele en el salón con bastante poca ropa y mucha basura alrededor. Cerraron de un portazo y se desnudaron contra la puerta del dormitorio. Ella le preguntó si tenía condones y él le dijo que el segundo plato no se come nunca antes del aperitivo.

A Oli le flipó cómo se la chupó Clara. No se esperaba que le gustara tanto ni que le diera tan poca pereza ponerse a bucear él entre sus muslos. A decir verdad se vinieron bastante arriba los dos y terminaron follando un poquito a pelo a cuatro patas, antes de controlarse, poner goma de por medio y seguir probando un par de posturas más.

Cuando se corrieron, él tuvo ganas de concretar inmediatamente la siguiente cita, pero solo le dijo, sosteniéndola para que no bajase aún de su cuerpo, que él era un caballero y que la invitaba a quedarse a dormir.

—No como otras, que casi me mandaron a tomar por culo con el condón puesto.

—Bah. Qué sensible eres. Te lo agradezco, pero prefiero irme a mi casa.

—¿Me vas a dejar a medias?

Le sirvió una copa en la cama, la agasajó con todo lo que pudo. Fumaron tumbados, entre las sábanas nuevas de Oliver (las antiguas se fueron andando ellas solas al contenedor) y después lo hicieron dos veces más porque si algo le interesaba a Oliver recalcar de sus ni siquiera treinta años no era el tema de la precariedad laboral o de lo poco claros que tenía sus planes de futuro, sino que aún podía responderle como un bruto en la cama para su deleite. Y eso no iba a encontrarlo ahí fuera tan fácilmente.

Él no lo sabía y tardaría mucho en darse cuenta pero Clara despertaba en él una desesperada necesidad de mostrar cuánto podía hacer por ser mejor, porque sentía deseos de que esa mujer se derritiera por él. Quizá porque quería su atención, no sentirse tan a su merced y recuperar la situación o a lo mejor porque quería anotarse el tanto de enamorar a una chica más pero... se olía a kilómetros que esta vez no terminaría como las anteriores. Si fuera así, no te lo estaría contando.

34

Cuando termina una guerra, ambos bandos deben sentarse para acordar los términos del tratado de paz. El bando vencedor impone las condiciones y el derrotado, acata. Pues... yo sentí que terminaba de salir triunfante de una batalla y creí que había ganado una guerra que no había hecho más que empezar.

Lucía seguía allí. En Ginebra. Y nos partía el corazón hacer aquello a escondidas, a mí porque había pasado por ello estando en su situación y aún sufría alguna que otra secuela del proceso por el que pasé cuando me enteré; él porque la quería mucho, pero sin estar enamorado. Así que el tratado de paz que se firmó en aquella escalera con un beso versaba sobre sostenerlo todo hasta que hablase con ella cara a cara, aunque ya lleváramos a nuestras espaldas más errores de los que eran moralmente justificables. Pero nos sentimos más limpios.

—No podemos acostarnos. No podemos besarnos. No podemos hacer nada que esté mal —le pedí.

—Compraré los billetes para Ginebra esta misma noche.

Bien. Sonaba sensato. Sonaba maduro. Pero sobre el papel casi todos los planes lo son; he llegado a pensar que solo aquellos que es imposible definir con una palabra que no sea «locos» son sabios.

Me llamó aquella misma noche después de hablar con ella. Respondí viéndole apoyado en la ventana. Le sonreí y él hizo lo mismo.

—No soy muy buen actor —me dijo—. Supongo que tiene bastante claro que algo no anda bien.

—¿Hablasteis sobre ello?

—Un poco. Nada que no hubiéramos comentado ya. Esto viene de lejos, Sofía. Cualquier día, si sientes que necesitas saberlo, te lo contaré todo sobre nosotros.

—¿Cuándo viajas?

—Quería salir este fin de semana pero tiene un viaje a Zermatt programado con sus compañeros de trabajo. Entre semana no puede ser porque está hasta arriba. Siempre está hasta arriba de trabajo, pero bueno. Iré en dos semanas. Y lo haremos bien.

A la mañana siguiente vino a tomar café al Alejandría. Se sentó en la barra, sonrió, nos dio los buenos días mientras Abel me miraba a punto de alcanzar un estado superior de conciencia y pidió un café con leche. Le puse un par de galletitas en el plato y aprovechó cuando le serví para besarme la mano en el mismo instante en el que mi madre entraba por la puerta. Además de ser una señora de cincuenta y cinco años de muy buen ver, aficionada al golf y a la comida baja en calorías, tiene el don de la oportunidad.

Los ojos de mi madre se salieron de las cuencas y rodaron como dos perlas enormes por el suelo. Los recogió, los limpió y se los volvió a colocar a tiempo de saludarnos con una sonrisita.

—Siéntate en esa mesita, mamá —le indiqué una alejada de la barra—. Enseguida voy.

—¿No me presentas a tu amigo?

—Este es Héctor.

—Qué nombre tan varonil. —Se inclinó y le dio dos besos mientras él sonreía con el ceño fruncido, como siempre que pasaba algo divertido y marciano en el Alejandría.

—Encantado...

—Merche —mi madre recalcó su nombre como si fuese una información sin la que Héctor no podría seguir viviendo.

—Un placer conocerla.

Atravesé a mi madre con la mirada y con un gesto le volví a indicar la mesa. Se fue haciendo repiquetear sus tacones.

—No viene nunca. Joder —me quejé mientras me disponía a hacerle su té verde.

—¿Quieres que haga algo en particular? ¿Te ignoro o te beso?

—Quédate quietecito.

Ambos nos sonreímos mientras Abel cantaba a grito pelado desde la trastienda «Seré tu amante bandido».

—No te hagas ilusiones —me dijo cuando le llevé el té y coloqué un café para mí delante—. Y tanto café no es bueno.

—O tomo café o un trozo de tarta, ¿qué te parece mejor? —Puso morrito de inconformidad y yo seguí hablando—. ¿Qué decías de ilusiones?

—Ese chico. Que tampoco te ilusiones mucho. Ve despacio.

Podía parecer un comentario malicioso y yo podría malinterpretarlo y creer que me estaba diciendo que un hombre como Héctor no podía enamorarse de mí, pero conocía a mi madre desde hacía treinta años y sabía que, la pobre, nunca tuvo el don de la palabra. Mi padre siempre se quejaba de ese carácter tan recio y de lo desafortunada que solía ser en las conversaciones. Hay quienes no tienen la capacidad de relacionarse y dejar un buen sabor de boca.

—Entiendo que quieres decirme que no me tire a la piscina sin saber si hay agua dentro —le apunté a mi madre.

—Exacto. No me habías contado nada.

—Nos conocemos desde hace poco.

—Pero ¿es un coqueteo inocente o hay algo real?

—Es complicado.

—Huye de lo complicado, Sofía. Después te quedas sola con una niña mientras él huye de las complicaciones con una tía de veintipocos.

—Mamá…, Mamen tiene cuarenta años.

—Ahora.

—Ya estabais separados cuando la conoció —insistí.

—Es lo único que no puedo echarle en cara.

Dios…, si estás ahí…, no permitas que me convierta en una mujer resentida con la vida.

La conversación no fue muy esperanzadora, pero la verdad es que ninguna con mi madre lo es, así que…, bueno, sirvió para darme cuenta de que Héctor no se asustaba fácilmente.

Aquella noche quedamos para cenar… nada formal. Comimos un par de pad thais para llevar, sentados en una terraza poco glamurosa de la calle Montera. El mío con pollo, el suyo solo con verduras. Estábamos rodeados de grupos de chiquillos preparándose para darlo todo aquella noche y prostitutas subidas a plataformas imposibles, pero no hubiera cambiado ni un ápice la escena porque estábamos los dos y a veces la vida brilla más si la adornamos menos. Ni música tenue ni velas ni dos copas de buen vino, solo nosotros, el rumor de las conversaciones que llenaban la calle, dos cervezas en la mano a las que no les daba tiempo a calentarse y las farolas alumbrando la noche madrileña. Especial, pero porque todo con él lo era. Déjame decirte algo… quédate con aquel con quien disfrutes los silencios pero con el quieras hablar de cualquier cosa. Incluso de las personas a las que quiso antes que a ti.

—Cuéntamelo —le dije cuando ya volvíamos andando hacia casa y me rodeó la cintura con su brazo.

—¿Qué quieres que te cuente?

—Tu historia. Vuestra historia.

—¿Estás segura? No sé mucho de estas cosas pero creo que no me gustará que luego te pongas celosa y utilices los detalles para…

Me paré y lo miré los ojos, que le brillaban con las luces de Madrid.

—Es reconfortante que esperes tan poco de mí. Será muy fácil superar las expectativas.

Sonrió y se inclinó hacia mi boca.

—Estoy loco por ti.

Las palabras sirvieron de beso entonces.

Lucía y Héctor se besaron por primera vez a los dieciséis, durante las fiestas del pueblo donde vivían. Habían estado rondándose y aquella noche se hizo oficial cuando, escondidos detrás del escenario de la discomóvil, se dieron un beso. El primero para ella. Él ya había estado con un par de chicas.

—Siempre me sentí atraído por Lucía y esa admiración que despertaba en todo el mundo —decía con los ojos perdidos entre la marabunta de gente que paseaba por Gran Vía—. Estuve muy colgado de la hija del dueño de la funeraria, pero se rompió las dos piernas, tuvo que estar mucho tiempo en su casa y… Lucía ganó puntos por cercanía. Ya sabes cómo es el amor a esa edad…, volátil.

Era la más guapa del pueblo. Héctor creció escuchando a todo el mundo decir que la mediana de la casa de los Trujillo era una niña de anuncio. Y además demostró ser una fuera de serie en los estudios.

—La odiábamos un poco en clase. —Se rio—. Brillaba tanto que nos daba miedo.

Buena estudiante, guapa y de una buena familia del pueblo… Los padres de Héctor estaban encantados porque, por más que se escondieran para darse los besos, las noticias corren rápido en un pueblo pequeño.

—De repente, pasé de ser el desgarbado a ser la envidia de todo el mundo. Yo no entendía qué hacía conmigo. Era larguirucho y no tenía demasiada gracia en los deportes. No destacaba más que en manualidades y además siempre estaba en las nubes, pero ella me bajó a tierra.

A los dieciocho años se mudaron a Madrid para empezar la universidad. Él se matriculó en Bellas Artes y ella en ADE. Durante un tiempo él pensó que su máxima en la vida era quedarse en el pueblo y seguir con el negocio familiar. Se le daba bien trabajar con las manos y le gustaba el olor a serrín del taller pero tanto sus padres como Lucía le animaron a engordar sus sueños y a encauzarlos hacia Madrid.

—Mis padres pensaban que les había salido un hijo artista pero… —se encogió de hombros— no era el caso, me temo. Soy hábil, pero no un genio. Eso mató un poco la ilusión de Lucía con los años.

Él suspendió casi todo primero y ella sacó cinco matrículas de honor. Héctor se sentía presionado, tentado a salir corriendo hacia casa de nuevo para admitir que Madrid no iba con él, pero no era cierto. Lo que no iban con él eran las grandes aspiraciones, pero la ciudad y su vida le encantaban. Hizo muchos amigos nuevos entre los que se sentía en casa y siempre introdujo a Lucía en todos los grupos de gente con la que se movía, pero ella hizo unos cuantos propios que no quiso compartir.

—Estela es de aquella época. Era mi compañera de fechorías y a Lucía le parecía bien porque había tan poca química física entre los dos que se sentía más cómoda. Aunque nunca fue celosa.

Pasaron por sus historias. Lo dejaron durante tres días tras una discusión, pero se buscaron con desesperación cuando se les olvidó por qué cojones estaban tan enfadados. Cumplieron años juntos y algo empezó a crecer entre los dos... algo incómodo a lo que no alcanzaban a dar nombre.

—Ya no era el hecho de que su novio no fuera tan brillante como ella porque, seamos sinceros, creo que hasta se sintió aliviada. Fue más bien que empezó a obsesionarse con la idea de que quizá nos estábamos perdiendo algo. Me decía que éramos como sus padres o los míos, que llevaban toda la vida juntos y que no conocían nada más. Yo me mosqueaba, claro, porque sonaba sospechosamente a que le apetecía correrse juergas con otros, pero ella me hablaba de independencia. Lucía está enamorada de la independencia porque le costó mucho alcanzarla en su familia. Sus padres son de esos a los que les gustaría tener a toda la prole bajo el ala, pero nosotros nunca fuimos dados a pasar el domingo en el salón, con ellos, viendo la tele.

Ella le dejó después de los exámenes del primer cuatrimestre de cuarto. Héctor siempre sospechó que alguien le hacía tilín, pero nunca supo la verdad. Los primeros dos días después de la ruptura se convenció de que tampoco pasaba nada, que las relaciones iban y venían y que quizá ella tenía razón. El tercer día, cansado de escuchar a todos sus amigos darle «el pésame» y sincerarse un poquito de más sobre lo buena que estaba Lucía, se sumió en una depresión absurda que le llevó a beber mucho vodka y hacer muchas llamadas sin dignidad a las tantas de la madrugada.

—La llamaba y le decía que la odiaba, que era una puta superficial sin personalidad que se había dejado sorber el coco por sus amigas para dos minutos después llorarle que volviera conmigo. Se me fue la olla por completo.

A las dos semanas ella le dijo que si no dejaba de llamarla se cambiaría el número y le dio a entender que ya estaba haciendo su vida. Quince días más tarde, fue ella la que llamó.

—Joder, Héctor, ¿a qué estoy jugando? No hay nadie como tú.

Su madre le dijo que «algún titiritero le habría tomado el pelo y que volvía llorando a puerto conocido», pero a él lo que pensaran los demás le daba igual.

—Solo quería volver a estar como antes. —Me miró con las cejas arqueadas—. No preocuparme. Ser el Héctor que todos veían cuando estaba con ella. Me llegué a creer que ella me daba luz. Pero las cosas nunca volvieron a ser como antes. O sí, pero... empecé a no excusar todas sus faltas.

Terminaron la carrera y ella entró en un proceso de selección para una empresa suiza. Había terminado con matrícula de honor, hablaba inglés y francés y había pasado la vida entera preparándose para aquello. No le preguntó antes de empezar las entrevistas porque sabía que él iba a estar reticente. Cuando se lo dijo estaba ya prácticamente cerrado pero se lo planteó como un futuro para los dos.

—Los problemas serios comenzaron entonces. Sentí que nos rompíamos.

—¿Te sentiste obligado a irte?

—No —negó—. Yo no tenía otras prioridades. Quería estar con ella. Pero cuando estuve allí y me vi solo, sin el idioma, completamente dependiente de ella, de sus ingresos, de sus amigos... me di cuenta de que lo había planteado todo mal. Yo, no ella. Ella peleaba por una independencia que yo hice posible porque me convertí en dependiente. No sé si me explico. Ella no me entendía cuando se lo decía. Lo que quiero decir es que ella era libre porque yo dije a todo que sí, y con el sí, me cerré puertas. Nunca la culpé por decisiones que tomé por mi cuenta, pero discutíamos mucho. Y claro, vinieron los temas de dinero.

Ella quería vivir en zonas elegantes en un piso decorado por una tercera persona. A él le encantaba la zona junto al río, el barrio hipster y acondicionar todo mueble viejo que encontraba en el rastro.

—Fue como un choque brutal darnos cuenta de que no teníamos nada en común pero no sabíamos estar el uno sin el otro. Ella quería una vida que yo no podía y no quería tener. Y lo mismo al revés. La cuestión no es que ella ganara cinco mil euros al mes y yo no, sino que lo que ella quería hacer con ese dinero y que me implicaba a mí, como la elección del barrio o los gastos comunes, me incomodaba. No quería un piso elegante. No quería sentirme de prestado en mi propia casa. Me volví a España después de una bronca y le dije que no iba a volver a verme el pelo en su vida. Fue una bronca muy fea. De las que no se logran superar.

Se dijeron verdades con las palabras equivocadas. Se escupieron miedos en forma de reproches. «Pues ve a follarte al trajeado que te dé la gana, porque está visto que lo que te moja el coño es una buena cartera». «Eres un tirado a quien el futuro le da igual, capaz de arrastrarme a la mediocridad con tal de no esforzarse».

Volvió una semana después, tras muchas conversaciones telefónicas. Se perdonaron y lo intentaron de nuevo: dejaron el piso de dos habitaciones cuyo alquiler parecía ofensivo a Héctor y se mudaron a un apartamento de cuarenta metros cuadrados con habitación independiente, frente al río, junto a un colegio. Él se levantaba por las mañanas para tomar un café con ella antes de que se fuera a trabajar y después se marchaba a sus clases de francés. Consiguió el título necesario para acceder a un posgrado de diseño y en un año podía malvivir con su trabajo como diseñador gráfico. Hacían el amor dos veces por semana para que no se les olvidara cuánto se gustaban.

—Sin embargo…, jamás volvimos enteros de aquella discusión. A día de hoy sigue doliéndome. Le vi otra cara. Una que no le había visto en quince años. Y ella a mí también. Y nos acostumbramos a vivir en una queja continua sin hacer nada por solucionarlo.

Se sumieron en la rutina. Héctor se agobiaba todo el día dentro de casa, ella hacía demasiada vida fuera y se fueron buscando entornos diferentes hasta que el piso dejó de ser un sitio de dos para convertirse en una cama caliente que se alternaban. Se dejaron llevar. Todo estaba mejor, así que ni café por las mañanas ni sexo por las noches.

—Un día, sin más, mientras pasábamos un sábado por la noche aburridos en casa, quejándonos de no tener ningún plan pero sin ganas de planear nada, nos dimos cuenta de que hacía más de dos meses que no nos acostábamos así que dijimos, bueno, pues vamos a follar. Fue un completo desastre. No dejamos de quejarnos. Nos molestaba hasta el aire que salía de los pulmones del otro. Fue como una bofetada de realidad. Planteamos dejarlo de nuevo, pero nos convencimos de que lo que teníamos era demasiado especial. Fuimos a terapia de pareja…, experiencia que no repetiría. Descubrí que «no le importaría casarse» y que «empezaba a mirar demasiado a los bebés de sus amigas». Se me vino el mundo encima pero cedí. Hablamos de casarnos y fuimos preparándolo. —Se giró hacia mí y sonrió con resignación—. Eres la primera persona en saberlo.

—¿Ibais a casaros?

—Nos duró dos meses. Yo no le regalé anillo porque me pareció una chorrada y, lo admito, no me quería gastar ese dinero en algo que no acababa de entender. Lucía lo asumió como una ofensa. Ella quería casarse en la playa y yo dejarme de historias y pasar por el juzgado. Ella quería una luna de miel por todo lo alto y yo una semana en una hospedería preciosa, en las Baleares. Cuando nos sentamos a organizarlo de verdad la bronca fue tal que no nos quedó otra que aceptar que esa tampoco era la solución. Me echó de casa, por cierto. Estuve tres días sin dar señales de vida.

Los años y el proyecto en común. Eso les mantuvo unidos. A pesar de que todo indicaba que no había vuelta atrás. A pesar del hastío y del aburrimiento, de la ausencia de complicidad y el exceso de confianza. Sin embargo, fueron constantes.

—Yo la quiero, mucho, eso debes saberlo. Ha sido mi compañera, mi amante, mi mejor amiga, mi todo…, demasiado todo. Pero cuando te conocí todo se volvió incómodo porque dudé de que las cosas tuvieran que ser como lo eran entre Lucía y yo. Me fuiste incómoda, Sofía, porque quería conocerte y no quería porque me ibas enseñando cada día un poquito más de lo que me estaba perdiendo en la vida, que no es sexo ni alguien nuevo… Es luz.

Llegamos a mi portal y se encogió de hombros avergonzado por desnudar una historia tan suya, que le dejaba en desventaja y mostraba las sombras de algo que para los demás solo debía tener luces. Jugueteé con las solapas de su chaqueta y le di las gracias por contármelo.

—Siento si te ha sido incómodo. Si te he sido incómoda.

—Eres horriblemente incómoda —se burló—. Por tu culpa ahora los pantalones me aprietan por todas partes.

Le di un golpe en el pecho y él me atrajo hasta que me rodeó las caderas con sus brazos.

—Entiendo tus condiciones y las respetaré, pero entiende tú que… no hay terceras personas que destrocen algo que no tuviera grietas —me dijo.

—Quizá deberías estar solo una temporada.

—Yo no quiero estar solo, Sofía. Quiero estar contigo. Y darte un beso ahora mismo, aunque no pueda subir a tu casa a darte mil más.

—Tú no quieres un beso.

—Tienes razón. Quiero hacer el amor, pero me conformaré con pensar en la otra noche mientras vigilo tu ventana.

Yo me puse de puntillas y nos dimos un beso, como en las películas. Un beso de esos que saben tan a nuevo como a conocido y que dejan en la boca un calor que tragas como saliva hasta que lo sientes entre los muslos. Cerré los ojos y dejé que lamiera lentamente mi lengua y que su barba irritara el contorno de mis labios mientras clavaba los dedos en su espalda, amoldándome a sus formas.

—Déjame subir —me dijo—. Solo esta noche.

—Por ahora tendrás que limitarte a la ventana.

Sonrió, me besó brevemente y bajó el escalón de mi portal.

—Te veo ahora.

Nos vimos. Aquella noche y algunas más. Para todo existe un atajo, un camino tramposo que nos hace sentir más ganadores de lo que nos toca porque, a veces, la paciencia nos premia en la vida y las prisas no son buenas. Bueno, verse por la ventana no es pecado, pensarás. Veníamos haciéndolo desde hacía dos meses. ¿Entonces? Aprendimos a despedirnos en mi portal o en el suyo con besos que dejábamos crecer hasta que jadeábamos; aprendimos a ponernos a punto con las lenguas en la boca y los dedos insinuando intenciones; aprendimos las teclas que sonaban más fuerte en el cuerpo pero no las tocábamos…, solo esperábamos a subir a la ventana, a que todas las luces del vecindario se fueran apagando, para dejar una tenue a nuestro lado y hacernos el amor allí, con una calle entre nosotros.

La primera vez fue raro… y tremendamente erótico. Supe que iba a repetirlo muchas veces, que verlo desnudarse frente al cristal, con la lámpara de la mesita de noche que compramos juntos como única luz, y que se tocase para mí me iba a enganchar. Y yo hacía lo mismo para enseñarle cómo se endurecían mis pezones y se ponía mi piel de gallina, aunque desde allí solo pudiera imaginarlo. A veces nos llamábamos para escuchar los jadeos y los gemidos y hasta nos aventurábamos a pedir, a soñar con hacer… y nos corríamos juntos pero separados sin ver en realidad nada, porque la ventana nunca llegó hasta más abajo de nuestras cinturas, pero a veces el movimiento de un brazo, escuchar un jadeo sordo que se aceleraba hasta que empapaba la mano y la promesa de lo especial… era suficiente.

35

No hablé mucho sobre nosotros con Mamen, ni con Abel ni Oliver porque cuando les dije que iba a dejar a su novia y que había algo muy especial entre nosotros, con verles la cara tuve suficiente. Fue durante nuestro viernes de «cuéntame tus mierdas», justo el siguiente a aquel paseo en el que me contó toda su historia, pero en lugar de brindis y sonrisas, la confesión convirtió la cena en algo frío donde nadie quiso ni alegrarse por mí ni decirme que el «va a dejarla» casi nunca termina bien. Se quedaron en un limbo bastante silencioso.

—Podéis decirlo en voz alta —les pedí bastante taciturna—. Si creéis que esto va a terminar fatal, podéis decirlo en voz alta. Casi me molesta más que me tratéis como una niña que vuestra falta de confianza.

—A ver, Sofi…, que nadie dice que no vaya a funcionar, pero nos quedaremos más tranquilos cuando él, efectivamente, la deje —respondió Mamen.

—¿Y mientras tanto? —me preguntó Abel—. ¿Qué quiere decir que estáis esperando a que él pueda cortar con ella en persona?

—Que vamos a alejarnos de lo físico hasta que se solucione.

—Ja. —Oliver apagó el cigarro en el cenicero que había en el quicio de la ventana y después me enseñó su dedo corazón—. A ver cuánto dura sin tocar teta.

Me dolió tanto que ni siquiera reaccioné como lo hubiera hecho en otras ocasiones. Nada de amenazarle con partirle la cara o pegarle o gritarle que era un mierda. El genio se me quedó encogido dentro porque todo mi sentido del humor, mi mala leche, mi imaginación, mi lado premonitorio... toda yo estaba asustada. Yo también sabía que las medidas de contención iban a durar bien poco y no quería. Imagina que lo más intenso que has sentido por alguien se contradice con tus propios principios. Tú loca por él, él loco por ti y la novia viviendo a ciegas en Ginebra. No era plato de buen gusto y pasara lo que pasara, sentía que todo el mundo se creía con derecho a juzgar. Yo la primera.

Por si fuera poco, Lucía llamó a Héctor para pedirle que aplazara el viaje por «unas cuestiones con trabajo» que no me creí. A aquellas alturas, unos días juntos sabiendo que cualquier cosa entre nosotros era «moralmente reprochable», se hacían largos, así que la impaciencia me volvió bastante cínica. A Héctor sí le creí; ni siquiera se me ocurrió sospechar que él pudiera habérselo inventado... sobre todo porque recibió la llamada estando conmigo y le escuché reaccionar.

—Joder, Lucía. Es importante.

No estaba yo para dar confianza a ciegas por muy enamorada que estuviese. No tener margen para sospechar... fue un regalo.

Pero Lucía tenía algo más prioritario para aquel fin de semana. Contaba también con que Héctor aún no tenía los billetes porque había tenido un problema con su tarjeta. No quiero ser malpensada pero… qué coincidencia que de repente se le bloqueara la cuenta. Y ahí no sé a quién mirar mal, si a él o a ella. Y no debería, joder, porque aunque fuera una excusa, ¿podía culparlo por querer unos días para asegurarse de que iba a tomar la decisión adecuada? Sí, me decía la Sofía amante, que recién llegada a su papel ya estaba cansada. No, me decía la Sofía complaciente y comprensiva, que no quería que aquello fuera una carrera de velocidad con caída en cadena junto a la meta.

Pero todo se reorganizó después de que me distanciara un poco.

—Haz lo que quieras y tómate tiempo, Héctor —le dije en el Alejandría, mientras sacaba unas copas del lavavajillas donde nunca cabía la cristalería—. Puedo esperar, pero te voy a pedir que me saques del proceso. No quiero participar más de lo que lo estoy haciendo.

No sé muy bien a qué me refería, aunque supongo que era un todo general que significaba que no quería saber nada de ella. Ni que cogiera sus llamadas delante de mí, ni que le enviase un mensaje disimuladamente para decirle que «te llamo en un rato, que no puedo hablar en este momento» cuando me acompañaba a casa. Joder. Me sentía en una puñetera película de sobremesa y me pregunté demasiadas veces si Oliver, Abel y Mamen no tendrían razón con su escepticismo.

Héctor se frotó la cara y asintió.

—Pues te espero a que salgas y vamos.

—¿Vamos? ¿Dónde?

—A comprar mis billetes a Ginebra.

Se apartó con su café a la mesa que ya era suya y llamó por teléfono. No le escuché, ni quise hacerlo. Le dije a Abel que saliera él a atender mientras yo limpiaba el horno para no tener la tentación de estar atenta a una conversación en la que no quería participar.

Programaron una nueva fecha para el viaje y él compró los billetes aquella misma tarde, conmigo sentada en su regazo y una taza de café en la mano. No me di cuenta de que aquella postura estaba dentro de todas esas cosas que no debíamos hacer, como los besos de despedida que nos permitíamos y que empezaban a volverse bastante hambrientos.

—Voy a comprarlos con seguro de cancelación y cambio —suspiró.

—Pero ya hablaste con ella, ¿no? Habéis quedado en veros.

Asintió y dejó la taza en la mesa.

—También habíamos quedado cuando lo canceló.

Seamos claros: Lucía había visto venir la situación y estaba alargándolo mientras se hacía a la idea o buscaba una posible solución. Eso o tampoco es que echara mucho de menos a su novio. Y él estaba centrifugando su cerebro.

—¿Le has dicho a qué vas? —le pregunté con la mano en su mejilla, acariciándole la barba—. ¿Le has dicho algo sobre vuestra relación?

—He planteado ciertos problemas, pero no quiero entrar en detalles hasta que no la tenga delante. Se lo debo.

Y yo lo entendí. Aunque me fastidió. Un mes es mucho tiempo cuando la espera se cruza con quererse. La maldita Lucía, de la que no tenía derecho a pensar mal, estaba convirtiendo aquel proceso en una puñetera tortura moral.

¿Me habría odiado también la chica con la que me engañó mi ex? ¿Supondría yo un obstáculo para su amor? Porque siempre pensé que era el sexo lo que les empujó a engañarme. Los imaginaba sudados y obscenos, como una mala película porno, de esas que dan un poco de asco, pero... ¿quién me decía que Lucía no imaginaría lo nuestro también devaluándolo hasta aquel punto? Tenía derecho. Joder..., y tanto que lo tenía. Así que, qué bien, me sentía impaciente, mala persona y cabreada.

Estuve dándole vueltas con sus idas y venidas al Alejandría. Con sus llamadas. Con sus «he venido a recogerte a la salida del trabajo». Con sus fotos antes de dormir, contándome en un mensaje adjunto todas y cada una de las razones por las que odiaba no estar acostado a mi lado. Con su imagen junto a la ventana, desnudándose con los ojos puestos en la mía. Con la impaciencia que ya conocíamos, con el deseo a medio descubrir, con las ganas de empezar y cerrar una etapa, con la imaginación constantemente encendida buscando su frecuencia. Estaba todo demasiado desordenado, como una montaña de ropa limpia y por planchar, en la que era imposible distinguir ese vestido que querías ponerte por la noche. Mi habitación siempre andaba un poco patas arriba, pero no quería estar igual por dentro, así que después de divagar con Holly y Roberto en el regazo, después de hablar con mis hermanas de otras cosas e incluso de llamar a mi madre y escuchar la crónica de su clase de pádel, tuve los cojones de mandarle un mensaje y pedirle que viniera a mi casa a hablar.

La noche anterior había sido… explícita. Su foto de buenas noches era de su cama deshecha y el mensaje un poco más desesperado, como en una lluvia de tildes que acentuaban cada terminación nerviosa: «No puedo más. Ya no sirve con mirar por la ventana». Quizá fue lo que desencadenó la decisión de coger la situación por los cuernos y hacerle frente.

Se presentó en vaqueros, con una sudadera gris con un bolsillo de color más oscuro en el pecho y las gafas de sol puestas, que dejó colgando del cuello nada más entrar en mi salón.

—¿Quieres un café?

—¿Voy a necesitar que algo me reanime después de esta conversación? —respondió.

Es posible que la que necesitara reanimación fuera yo porque de tanto sostenerme para no terminar lamiéndole la cara, iba a provocarme un colapso.

—Siéntate un segundo. Voy a preparar dos tazas.

Me metí en la cocina y preparé la cafetera. Aún no había terminado cuando su calor me envolvió desde atrás y sus dos manos grandes me arrebataron las tazas.

—Deja que lo haga yo. Te pasas el día haciéndome café.

—Y en ocasiones hasta lo pagas —me burlé.

—Más barato de lo que me gustaría.

Dicho esto dejó un beso en mi cuello y yo cerré los ojos cuando sus dientes se clavaron en mi piel.

—Héctor...

—Dos minutos de tregua. ¿Te parece bien?

—¿No podemos hablar antes?

—Dos más cuando terminemos de hablar.

Dejé la cafetera sobre la bancada y me di la vuelta en busca de su boca, que ya venía de camino hacia la mía. Me subió el vestido hasta colar las dos manos dentro, apretando mis nalgas y rugiendo entre mis labios con la lengua ya hundida bien hondo. Me apretó. El bulto de sus pantalones encajó en la parte baja de mi vientre y nos movimos a la vez. ¿Cuántos besos caben en dos minutos? O..., mejor dicho, ¿cuánto se pueden alargar ciento veinte segundos si los llenas con lengua y saliva?

—Para —le pedí cuando su mano intentó meterse entre mis piernas.

Dio un paso hacia atrás y resopló. La polla se le marcaba perfectamente en el pantalón, ladeada hacia la izquierda, bien dura.

—Te espero en el salón.

—Mejor.

Me limpié la mezcla de salivas y brillo de labios de la barbilla y me recompuse. Ordenar, Sofía. Prioridad extrema.

Llevé dos tazas grandes y blancas, la suya con leche y una cucharada de azúcar moreno y la mía de americano con sacarina, que dicen que es malísima para la salud pero que me sigue gustando más. Le di la suya y me senté a su lado en el sofá con una sonrisa serena.

—Se nos va de las manos.

—Por segundos —confirmó.

—Necesito ordenar un poco todo esto. Hacerlo en voz alta, contigo delante.

—Claro.

Dio un sorbo y me quedé mirándole los labios posados en el borde de la porcelana blanca; deseaba tanto que me bebiera a mí entera… Me animó a hablar arqueando las cejas.

—Me siento muy mala persona por estar haciendo esto —musité con mi café entre mis manos.

—Define «esto».

—Tenerte tantas ganas. Besarte cuando no puedo más. Desear que rompas de una vez con ella.

—¿Por qué eso te convierte en mala persona?

—Porque es tu novia. Porque os estoy robando el futuro.

—No teníamos futuro. Teníamos constancia. Y una relación no se puede basar en el empeño. Esta situación es solo cuestión de tiempo. Es como si ya no estuviera con ella, aunque yo también me siento mala persona al decirlo pero entiendo que en el momento en el que tengo tantas ganas de estar contigo, he cortado el vínculo con ella.

—A lo mejor es un capricho. Un montón de sexo en plan salvaje y sucio que una vez se esfume, nos dejará como dos gilipollas lascivos.

Levantó las cejas y sonrió antes de dar otro trago al café y dejarlo en la mesita de centro después.

—Podría responderte con todas las razones con las que justifico las ganas de lanzarme contigo a ese sexo en plan salvaje y sucio como, por ejemplo, que el orden de los factores no altera el producto, que ella ya debe imaginárselo, que es una tontería que le guardemos duelo... pero mejor te doy la razón y te digo que me sostengas cuando me encabrite y que lo hagamos bien. ¿Eso no debería ser suficiente para tener claro lo que no es?

—Ese es el problema. Sabemos lo que no es pero no tenemos ni idea de lo que es.

—Si vamos tachando opciones al final solo quedará la verdadera, ¿no?

Sonreí y di un sorbo al café.

—Ojalá me bebieras a mí —susurró.

—He pensado lo mismo hace un segundo.

—Dime la verdad, Sophie... —y lo pronunció como si lo dijera en francés—. ¿Te hago daño aquí? Puedo encerrarme en casa y echar las cortinas si te va a ser menos..., no sé, menos incómodo. O puedo irme al pueblo.

—No es incómodo. Solo es que tener tantas ganas de hacer algo que va a hacer daño a una tercera persona duele un poco.

—¿Qué es eso de lo que tienes ganas? —me preguntó con una sonrisa sugerente.

—Vete a la mierda. —Me reí.

Él también se rio y me palmeó la rodilla en un gesto entre amigable e íntimo.

—Siento hacerte esto. Siento obligarte a que esto sea un secreto.

—Amores, dolores y dineros no pueden ser secretos. No lo digo yo. Lo dice el refranero popular.

—La mayor declaración de amor es la que no se hace; el hombre que siente mucho, habla poco. Tampoco es mío, lo dijo Platón.

—No busco declaraciones de amor.

—Ya lo sé. Es la única cita que me ha venido a la cabeza.

—Tienes que leer más —me burlé.

—Pero es que solo quiero leerte a ti. —Arqueó las cejitas en una mueca tierna—. ¿Vienes aquí?

—¿Dónde?

—A mi regazo. Dos minutos.

—¿Otra tregua?

—Nos merecemos un descanso de dos minutos.

Antes de sentarme a horcajadas encima de él me levanté el vestido para estar más cómoda. El beso que vino después fue bastante más calmado que el de la cocina pero no puedo decir mucho más sobre él. Es frustrante que las palabras se queden tan cortas a la hora de definir un beso. Es como si se quedara por el camino. Como si la sensación cálida en mi pecho se desvaneciera. Contarte cómo fue me hace olvidarlo un poco, creo. Porque fue un beso en el que te encuentras y no hacen falta palabras para ciertos reencuentros.

—¿Sabes cómo me imagino la vida contigo? —susurró pegado a mi boca—. De cualquier manera. Me da igual. Aquí, allá, igual o distinta. Los que haremos que sea buena seremos nosotros.

Apoyé la frente en su hombro y él acarició mi espalda por debajo de la ropa pero sin provocación, solo como un gesto de confianza.

—Me da miedo que el hecho de que esto sea complicado nos esté empujando a enamorarnos de una idea que, cuando todo sea fácil, descubramos que no existe —le dije preocupada.

—Me da miedo lo enrevesada que eres.

Levanté la cabeza y le miré con una sonrisa.

—Deberías irte a tu casa.

—¿Y eso?

—Hueles muy bien, sabes mejor, tus manos están calientes y te estás tensando bastante debajo de la ropa…, pronto va a ser más fácil seguir que parar.

—Y eso sería horrible.

—Horrible —sentencié.

—Como aquella noche.

Nos miramos con una sonrisa mientras recordábamos los besos, la humedad, el olor, el placer y el orgasmo. Tuve que morderme el labio para no arrancarle los suyos a besos.

—Vete —le ordené.

—¿Aclarado todo?

—Sí —asentí.

—¿Hacemos un resumen para terminar?

Los dos nos echamos a reír. Dios. Cómo estábamos enamorándonos.

—Resumiendo: me siento mala persona —recalqué.

—Y yo también.

—Pero no quiero dejarlo estar.

—Yo tampoco —negó otra vez.

—Tienes que hacerlo lo antes posible.

—Ya está cerrado. Quedan dieciséis días. Los he contado hoy. Iré, se lo diré, recogeré mis cosas y estaré de vuelta al día siguiente para meterme en tu habitación y no volver a salir en la vida. Ya está roto. Lo que está muerto no puede morir.

—Eso es de *Juego de tronos*.

—Me has pillado.

Me encantaba aquella sensación de proximidad, confianza, calor. La intimidad creciendo por encima de la ropa que teníamos tantas ganas de quitarnos. Siempre quise magia y él brillaba tanto que cegaba. Siempre quise pasarme la vida sonriendo y con él podía borrar hasta el sentimiento más oscuro hacia mí misma y convertirlo en una carcajada que pesase menos. Si eso no es el amor, no quiero saber qué lo es.

—¿Dos minutos de tregua para terminar? —mendigó.

—Vale —le dije despacio—. Pero te los voy a dar en el oído.

Pegué la boca a su oído tras dar un pequeño tirón a su lóbulo con los dientes. Respiré hondo, él se estremeció y empecé a hablar:

—No quiero dos minutos de mierda para besarnos deprisa. Quiero dos días enteros en la cama, para recorrerte despacio con la yema de los dedos y aprenderte entero.

Jadeó, me acomodó en su regazo y se colocó de forma que su boca alcanzara mi oído antes de empezar a hablar:

—Necesito volver a hacer el amor antes de follar como follamos cuando tú te tocas desde la ventana y yo miro y me corro. Quiero hacer las dos cosas, pero necesito que sepas que las dos serán por amor.

—No me quieres aún —y lo dije poniendo la boca casi sobre la suya.

—Estoy al borde, pero no dejas de empujarme. Terminaré cayendo.

—¿Dónde nos hemos metido?

—De cabeza en el destino.

Los labios se me humedecieron con su saliva cuando atrapó el inferior entre los suyos pero, aunque pintaba bien, alguien nos rompió el momento. La puerta se abrió y a Julio se le cayeron las llaves y una bolsa de la compra.

—Hostias —exclamó.

Tal y como apareció, desapareció, todo brazos y piernas en movimiento. Se largó corriendo hacia la cocina y yo me eché a reír.

—Vete —le ordené de nuevo.

Héctor se quejó, pero se levantó de mi sofá y se marchó al suyo. No todo era tan fácil como queríamos creer.

Cuando cerré la puerta, Julio me miraba con odio desde la cocina, comiéndose un yogur.

—¿Qué te pasa? —le interrogué.

—En tu habitación tienes pestillo, ¿sabes?

—Solo estás confuso, pero no te preocupes, ahora te explico lo de las abejas y el polen y entiendes lo que has visto en un santiamén.

No le duró mucho el enfado. Me duró bastante más a mí el calentón.

Aquella noche, en la ventana de Héctor, «alguien» dibujó una equis, un signo «más» y un corazón.

Dijo Leon Tolstoi que «el secreto de la felicidad no es hacer siempre lo que se quiere, sino querer lo que se hace». Nosotros debíamos estar a punto de ser tremendamente felices.

36

El hilo rojo

Habíamos quedado para escuchar un disco que lo tenía loco, pero supongo que no era más que una excusa para estar lejos de los ojos de todos, pero no pudimos evitar cruzarnos con Estela al entrar. Muy a su pesar, nos lanzó una mirada de recelo, como si no estuviera segura de que «nosotros» fuéramos buena idea. Supongo que ver que los demás (dos personas que moralmente no debían, para más inri) encontraban de súbito algo que ella llevaba buscando tanto tiempo no era un buen trago.

—¿Te vas? —le pregunté.

—Sí. He quedado.

—¿Con alguien especial?

—Bueno. —Sonrió con timidez—. Ya sabes, cada dos semanas conozco a alguien especial. He llegado a creer que nadie lo es en realidad.

—No busques —le dijo Héctor quitándose la chaqueta—. El amor te encuentra cuando ya has decidido que lo mejor es no creer en él.

Dos personas llenas de fe. Eso éramos. Se nos salían a borbotones por la piel la ilusión y las buenas intenciones.

La pared de la habitación de Héctor había ido llenándose con motivos aleatorios hasta que se nos fue de las manos el amor. Entonces, en ese momento en el que los dos nos encontramos en la escalera, un piso más abajo, cambió el argumento del libro que estaba escribiendo con jeroglíficos sobre la pintura blanca para llenarse de alusiones a la pasión. Dos manos cogidas garabateadas en un rincón que dejaban adivinar pero no ver las personas que se sostenían, una boca femenina que goteaba y un recuadro rellenado con ahínco de tinta negra en el que reinaba la imagen de una chica desnuda a la que solo se le veía el torso y que, con la cabeza hacia atrás, parecía estar siendo atravesada por un haz de luz.

—Es una copia de un dibujo de Apollonia Saintclair —me dijo cuando me acerqué a verlo mejor—. Pero me recuerda a ti.

—Yo tengo las tetas más caídas.

—A ver...

Sus manos me rodearon la cintura y me giré hacia él con una sonrisa.

—Has prometido que nos íbamos a portar bien. Yo también tengo hambre. No juegues a que sea yo siempre la que aparta el plato de la mesa.

—Esto no es hambre. Son las ganas de no estar con nadie más.

Me alejé un par de pasos para sentarme en la silla de su escritorio y él se concentró en rebuscar entre un puñado de cedés que había sobre la estantería.

—Te va a flipar —musitó.

—Si tuvieras que ponerle un título, ¿cuál sería?

—¿Al disco?

—Sí, rollo «música para…».

—Ah. Pues… a ver, déjame pensar. Ehm…, ¿«música para mirarse despacio»?

—¿Y besarse? —Levanté las cejas con una sonrisa.

—Es posible —asintió con aire grave.

—¿Estás seguro de querer ponerlo?

Sonrió sin mirarme y me lo enseñó. El álbum *Conditions*, de The Temper Trap.

—Pues venga. Vamos a mirarnos despacio.

—Túmbese, querida.

Hay una canción bastante conocida en ese disco. Oliver y yo bailamos una de sus remezclas en un festival, cuando solo quedábamos unos pocos en pie con mucha cerveza en el estómago. Aquella canción, «Sweet disposition», era un buen recuerdo de los «nosotros» que éramos Oliver y yo cuando dejaba de importarnos todo y solo bailábamos; mirábamos al cielo cuando empezaba a clarear y sonreíamos pensando que ser felices a veces cuesta la entrada a un festival y unos minis de birra. Sin embargo, aquel disco guardaba otra cosa para mí.

Cuando sonó «Rest», después de un vacío de sonido, Héctor y yo sonreímos. Era un buen disco que estaba a punto de convertirse en una banda sonora para nosotros. Una canción de «nuestras vidas».

—Es bueno —le dije mientras jugueteaba con su barba entre mis dedos.

—Sí.

Frotó su mejilla contra mi mano, haciéndome cosquillas.

—Rascas. —Me reí.

—¿Mucho? Porque no pienso afeitarme.

—¿Y eso? ¿Qué escondes debajo de esa barba?

—Una cara de pringado de cojones.

—¿Qué dices? —Seguí riéndome.

—Te lo juro. Sin barba soy horrible.

—A ver...

Se estiró y cogió el móvil de la mesita de noche, con el que entró en Facebook.

—No tenías pinta de ser un forofo de las redes sociales.

—Solo tengo Facebook. Cuando estás fuera es útil para mantener el contacto.

Pasó el dedo sobre la pantalla, dejando correr fotos rápidamente. Me pregunté si en su perfil ponía el clásico «en una relación con...». Quise pensar en otra cosa. En su nombre completo, por ejemplo. Héctor de la Torre Serrano. De la Torre Bueno... Quedaba bien. ¿En qué cojones estaba pensando? ¿En hijos? Pero ¡si yo no quería hijos!

—Aquí estoy.

Me plantó la pantalla del teléfono tan cerca que tuve que alejarla un poco para apreciar la foto. Un chico desconocido sonreía de medio lado, con el pelo corto, una camiseta blanca lisa y una barbita casi imperceptible. Lo miré a él y volví a mirar la foto.

—Este no eres tú.

—Te lo juro. Hace... seis años o así. Feo, ¿eh?

—Feo no es la palabra que escogería. Diferente, más bien.

—¿Mejor o peor?

Ese chico, el que posaba en la foto con las manos hundidas en los bolsillos y sonreía sin enseñar los dientes, era alguien a quien no conocía y que, supongo, seguía existiendo bajo todas las cosas nuevas que había vivido durante el tiempo que lo separaba del que tenía tumbado a mi lado. Experiencias. No barba. He ahí la diferencia.

—Ese es otro Héctor. No puedo decir que sea mejor o peor, porque no lo conozco.

Se me quedó mirando con el ceño fruncido para después sonreír y acercarse un poco a mis labios.

—¿Puedo darte un beso? No me aguanto.

—Tienes la fea costumbre de pedir permiso para cosas a las que debería decirte que no.

Su boca se abrió sobre mis labios y en un chasquido nos manchamos con saliva. Error. Como ya le dije en mi casa, empezaba a ser más fácil seguir que parar. Así que... no paramos. Un beso tras otro. No había nadie dentro de aquella habitación que fuera a contarlos. Era... ¿otra tregua?

Los labios son un músculo maravilloso capaz de mandar descargas de cariño, deseo..., estallidos de emociones por todo nuestro cuerpo. Los labios son la puerta de palabras, de jadeos, los que dejan paso a la lengua. Y quedamos a su merced.

Héctor se tendió sobre mí, con una rodilla entre mis muslos, la boca pegada a la mía y la mano subiendo por dentro de mi jersey despacio, hasta que alcanzó mi pecho. Hundió los dedos sobre el sujetador y acomodamos nuestros cuerpos para estar un poquito más cerca. Solo un poco. Y después sus dientes se clavaron en mi barbilla, en mi cuello y en el lóbulo de mi oreja.

—No dejes que te quite mucha ropa.

—No pasaremos de la ropa interior —le respondí.

—De alguna ropa interior sí me gustaría pasar.

Nos reímos y se incorporó para tirar de mi jersey hacia arriba. Yo hice lo mismo con el suyo y recorrí su pecho con la punta de mi nariz, sintiendo la aspereza de su vello. No recordaba que nada me hubiera gustado tanto como él, aunque posiblemente todos los inicios son iguales. Quizá con la edad ciertas cosas van cayendo por el camino para dar más importancia a las que sí que valen. No valoramos suficiente ponernos cachondas por sentirnos especiales. No es el cuerpo. Es lo que hay debajo.

Desarmé su cinturón y él el mío. Dos adolescentes que tienen aprendidos los pasos que tienen que dar antes de parar. Contando metros hasta llegar al borde. Y en ese límite nos encontramos, con más piel al descubierto que escondida, cuando nos quitamos los pantalones y nos quedamos en ropa interior.

Su polla dura se acomodó sobre mis bragas y me moví hasta que quedó entre mis labios para frotarnos arriba y abajo mientras nos besábamos. La piel de su espalda era suave y algunos mechones de su pelo, un poco más largos, me hacían cosquillas en la frente. Con los ojos cerrados, aquellos besos eran la parte más bonita de una película y nosotros dos, una pareja enamorándose, sin más.

La tela empezó a empaparse y nuestra respiración a agitarse. Intentamos susurrarnos cómo parar. «No puedo». «Un poco más». Su boca. La mía. Mis caderas. Las suyas. «Sin final», propuso, solo por alargar el placer un poco más. «Sin corrernos». «Nos dolerá». «Déjalo ahí». Más besos. Mierda. No podíamos parar. «Tócame aquí». Unos minutos de gemidos bajos mientras nos palpábamos y nos frotábamos. «Me gustas mucho». «Y tú a mí». «Demasiado». Otra tregua de un par de minutos con las lenguas ocupadas en algo más que hablar. «Así». Un empujón de caderas. Un «mmm» que se escapaba. «No». «Sí». «¿Paramos?».

Héctor se apartó dejando salir un montón de aire de sus pulmones y yo me senté en el borde de la cama con la cabeza dando vueltas. Me palpitaba todo el cuerpo y sentía que todo lo que importaba se reducía a lo que había bajo nuestra ropa interior. Necesitaba más que una pausa, una excedencia, salirme de mi cuerpo y volver cuando ya pudiéramos hacer lo que quisiéramos.

—¿Quieres un cigarro? —le pregunté.

—Tengo el tabaco en la mesita de noche, pero habrá que abrir la ventana.

«Si abro la ventana igual me da por saltar», me dije en silencio. Abrí el cajón de la mesita de noche. Junto al paquete de tabaco de liar, el mechero, el papel y los filtros, una caja de condones. Miré hacia él por encima de mi hombro. Estaba tocándose el pelo, con los ojos puestos en el techo.

—Voy a cambiar la música. Me está rayando un poco —le confesé.

—Pon lo que quieras.

Paré el cedé y abrí mi sesión de Spotify en su ordenador. Sonreí al seleccionar la lista «Canciones que enseñarle a Héctor» y volví a girarme en su busca, pero estaba más cerca de lo que esperaba. Me apartó el pelo hacia un lado, besó mi hombro, mi espalda y… desabrochó mi sujetador.

—No puedo. Me da igual, Sofía. No puedo más. Seamos malas personas para los demás, pero portémonos bien con nosotros.

Cerré los ojos y los tirantes fueron deslizándose por mis brazos sin que yo lo impidiera. Sonaba «Friends», de Francis and the Lights con Bon Iver, y me tendí en la cama sobre la colcha, mientras me quitaba del todo el sujetador. Que fuera lo que Dios quisiera. Tenía razón. ¿Y nosotros? ¿Qué pasaba con nosotros? El sexo nos vuelve egoístas hasta cuando es amor.

Héctor se colocó entre mis muslos y se bajó los bóxer con una mano mientras con la otra me bajaba las bragas. Alguien puede pensar que había poca poesía, pero es que no hizo falta. La canción brillaba casi tanto como nosotros porque era la mejor música del mundo para follar bonito. Pensé en decirlo, pero no era momento de sonreír ni siquiera para nosotros, que casi nunca dejábamos de hacerlo cuando estábamos juntos.

Empujó. Sin nada. Entró suave, centímetro a centímetro, humedeciéndose con lo cachonda que me ponía toda su piel y echó un vistazo hacia abajo mientras se mordía el labio inferior.

—Joder…

Arqueó mis caderas levantándome del colchón y empujó de nuevo. Debía ser brutal poder verlo como lo estaba haciendo. Nos mecimos de nuevo. Tocó algo en mi interior que me hizo gemir. Volvió a hacerlo. Sonaba húmedo. Estábamos empapados.

—No tomas nada, ¿verdad?

—No.

—¿Tengo que parar ya?

—No —negué con la cabeza—. Un poco más.

Pegó su pecho al mío y agarré sus nalgas para sentir lo dentro que podía estar de mí. Nos balanceamos al unísono con los labios pegados, jadeando, haciendo el amor lento. Como en las películas, diría él. Como tocaba en aquel momento, añadiría yo.

Salió de dentro de mí empapado y abrió el cajón en busca de un condón, que se colocó sin dejar de besarme, con mis manos liadas en ayudarle. Nos reímos. Lo complicamos todo.

El tacto dentro de mí no fue tan decepcionante como esperaba después de haber probado sin preservativo, pero Héctor hizo una mueca de disgusto que me hizo reír.

—No es tan malo —susurré cuando empezó a moverse.

—¿Malo? ¿En qué mundo vives? Es solo un poco menos bueno.

Héctor volvía a sensibilizar mi piel con su cuerpo y yo recuperaba conexiones nerviosas a medida que él gemía y empujaba en mi interior. El alivio de darnos por fin todo cuanto queríamos cegaba por momentos hasta el placer sexual. Pero volvía. Claro que volvía. Mientras nos mecíamos y mordíamos, cuando bullíamos y colisionábamos. Nos abrazamos. Nos besamos. Susurramos. Hicimos un mapa de lugares que nos gustaban, de ritmos, de sonidos y lo aprendimos con la yema de los dedos. Después todo se precipitó y el placer creció, el ritmo se aceleró, el sonido subió de volumen y lo aprendido se nos olvidó en un orgasmo que nos dejó la mente en blanco. Sin malos. Sin buenos. Sin preguntas. Sin respuestas. Solo dos cuerpos dejándose caer en el vacío. Yo fui la primera en correrme en un estallido de hipersensibilidad que controlé arañándole la espalda. Él fue después, con gemidos roncos y espesos que iban espaciándose hasta que se desmoronó sobre mí, respirando trabajosamente en mi cuello. El silencio se instaló en la habitación el tiempo justo para que yo pudiera encontrar un espacio donde gritarme en silencio y reprenderme.

«Eres idiota, Sofía. ¿Idiota? No. Imbécil. Eres una gilipollas que se ha creído que puede hacer lo que le dé la gana en la vida amparada en el amor. Esto va a terminar fatal y ella allí, en Suiza, pensando en su novio. Y su novio metiéndote la polla a ti, susurrándote cuánto le gustas, cuánto piensa en ti, cuánta vida le das. Sofía, recupera la cordura».

—¿Qué pasa? —Héctor se giró hacia mí y apoyó el codo en la almohada y la cabeza en la mano.

—Que somos malas personas.

—Lo sé.

No es que esperara que él dijera algo que borrara absolutamente la culpa, pero algo más que «lo sé». Estaba enfadada conmigo, joder. Cogí las bragas y me levanté de la cama en busca del paquete de tabaco para fumar un cigarro junto a la ventana.

—Ponte algo encima. —Me tiró su jersey—. Vas a coger frío.

—Qué asco damos.

Héctor se acercó a la mesita y sacó sus cosas para liar un cigarro. Durante unos minutos fumamos en silencio. Los remordimientos fueron intensos en aquel momento. Era irremediable pensar en él. En Fran. En la cara con la que me dijo que ya no me quería, que se había enamorado de otra, que estaba seguro del paso que iba a dar porque ya no podía seguir con aquello. No me gustaba imaginar a Héctor diciendo, palabra por palabra, aquello. No era como Fran. Y yo no era como la chica por la que me dejó. Pero lo éramos.

—Sofía, no sé qué decirte —terminó diciendo.

—¿Qué vas a decir?

—Es que si te digo que ya está roto, que voy a dejarla, que esto tampoco me gusta, voy a sonar demasiado típico. Prefiero callármelo y hacerlo.

Asentí y apagué el cigarro en el cenicero que tenía en la mesita de noche, pero él cogió mi muñeca antes de que me alejara de la cama.

—Déjame decirte una cosa. Una que nos merecemos escuchar. —Hizo una pausa y cogió mi meñique—. Cuenta una leyenda oriental que nacemos con un hilo rojo atado a uno de nuestros dedos y en cuyo otro extremo se encuentra la persona con la que estamos destinados a compartir la vida. Este hilo no desaparece y no le afecta el tiempo ni la distancia. Da igual si el hilo se enreda un poco y tardas en conocer a esa persona porque puede estirarse, es paciente y no se rompe. Te acompaña desde tu nacimiento a lo largo de toda la vida e irremediablemente te lleva a tu destino.

—No tenemos edad de creer en cuentos.

—Mira, Sofía, la vida es así. Ojalá pudiéramos vivir sin hacer daño a los demás, pero nos ha tocado lidiar con estas circunstancias. Son las que tenemos y hacemos lo que podemos. En dos semanas se habrá acabado.

—¿Y si nos persigue esto? Haber hecho las cosas mal.

—Pues será un secreto. Y dejará de importar.

Me senté en la cama y trenzamos los dedos. Yo quería creer en cuentos. Yo quería creer en un hilo rojo que uniese nuestros destinos porque de ese modo nosotros seríamos menos culpables. No habríamos podido elegir. El amor es así, ¿no? En los cuentos el amor lo puede todo y es incontrolable. ¿Cómo podíamos nosotros parar algo que nos arrollaba? Pues haciéndolo. Lo siento. No creía en el destino por más que me hubiera gustado.

Me fui pronto a mi casa. Acordamos lo mismo de siempre…, unos días. Un poco de espacio para ver las cosas con perspectiva. Fui directamente a mi habitación para encerrarme a ver fotografías viejas. Lo sé, muy melodramático, pero necesitaba saber cómo éramos Fran y yo para estudiar si en el fondo no tendría razón Héctor y estuviéramos más muertos que vivos durante mucha parte de nuestra relación. Yo sabía que las cosas no funcionaban, que nos dejamos llevar por cierta desidia, por el miedo a la soledad. Pero… ¿tanto como para justificar que él me hiciera daño y nosotros estuviéramos a punto de hacérselo a Lucía? No llegué a ninguna conclusión. Y me callé el pecado.

Al día siguiente, cuando llegué de trabajar, me encontré a Julio, junto a su novia, en el sofá viendo *Matrix*. Me sonrieron con cierta picardía y no entendí si es que los había pillado haciendo manitas en venganza o si querían que me uniera.

—Ehm…, hola —saludé cortada—. ¿Qué tal?

—Bien. Oye…, ve a tu habitación.

Hice una mueca parecida a la del muñequito de Whatsapp al que parece que están empalando.

—Vale. Ya veo que molesto.

—No. Es que… creo que Roberto…, ehm…, ha rebuscado en tus cajones.

Me arrastré por el pasillo, esperando encontrar todas mis bragas por el suelo, pero todo estaba en orden. Bueno, en el orden habitual. Lo único fuera de lo normal era un hilo. Un hilo de lana. Rojo. Un hilo atado a la cabecera de mi cama que recorría el suelo y atravesaba la habitación hasta lanzarse por la ventana y en el que no habría deparado si no hubiera llevado atada una nota.

Si no crees en ese hilo, lo ataré yo mismo a tu dedo para unirlo con el mío. No puedo decir nada más. Solo que si no es

cosa del destino, tendremos que hacerlo nosotros. Me he enamorado, Sofía.

Ya no hubo más días ni más espacio porque vi las cosas
en perspectiva. Pronto acabaría y yo… merecía ser feliz. Y ser
feliz con él.

37

CUANDO LAS COSAS VAN BIEN

O liver vio llegar a Clara por la calle y una especie de orgullo le hinchó el pecho repitiéndole: «Esa tía viene a pasar la noche contigo». Clara era increíble y la sensación de aquella noche, después del maldito concierto, aún no había desaparecido de su boca. Le hormigueaba todo cuando pensaba en ella. En ELLA. Había salido el jueves con sus amigos pero cuando llegó la hora de buscarse un plan para el after party a él todo le dio pereza. Le hubiera gustado llamar a su casa o ir directamente, pero estaba el tema de la hija... Así que fue bueno y se fue a dormir pronto... y solo.

Y allí estaba, caminando hacia él con una falda lápiz de cuero, ceñidísima y una blusa de escote de pico vertiginoso de color granate. En la mano el bolso de mano y una chaqueta y a los pies dos salones de tacón altísimo.

Cuando se encontraron él sonrió y ella le devolvió el gesto. No se dijeron nada. Los dos se preguntaban si el otro se animaría a dar un beso y... no esperaron para averiguarlo, así que los dos se inclinaron a la vez. Oliver no se preocupó por el pintalabios granate de Clara hasta que el beso no se terminó.

—Es fijo —le aclaró ella, pasándole un dedo bajo el labio en un gesto que lo encendió.

—Piensas en todo.

Se cogieron las manos al andar. A los dos les sorprendió pero lo buscaron. Todo salía muy natural cuando estaban juntos.

—Tenemos mesa en Habanera —le dijo él sin mirarla, sorteando a la gente que caminaba en dirección contraria—. Podemos tomarnos una copa allí mismo después.

—O en casa.

—Al grano. —Se rio—. ¿La tuya o la mía?

—La mía, por favor. Tu baño da miedo.

Tiró de su mano hacia él y plantados en mitad de una acera llena de gente, la volvió a besar sin saber si quería callarla, follarle la boca o terminar con la efervescencia de su estómago.

La cena fue espectacular. Bebieron cava. Comieron stracciatella trufada con tomates semisecos y rúcula y un steak tartar de muerte. Compartieron una espuma de Nutella con los labios más pegados a los del otro que a la cuchara. Se rieron. Se contaron anécdotas. Hablaron de sus días. De sus amigos. De sus platos preferidos y de lo que harían en cuanto llegaran a casa.

El gin-tonic les supo a gloria, aunque ella admitía que le gustaba más la ginebra on the rocks, si era buena y especiada.

—Hay un sitio genial cerca de Alonso Martínez donde maceran sus propias ginebras —le dijo Oliver—. Para la siguiente cita.

—¿Habrá siguiente?

—¿Ya te has cansado de mí?

—¿Yo? Yo soy incansable.

Y su mano, con la manicura perfectamente hecha y las uñas pintadas de granate, le agarró la polla por encima del pantalón. Él se inclinó hacia ella.

—Me pregunto cuánto vas a tardar en desabrocharme la camisa.

—No te la voy a desabrochar. Te la voy a arrancar.

—Cuéntame más.

Los labios de Clara se apoyaron en su oreja para susurrar una sarta de elegantes barbaridades que terminaron de espabilar el paquete de Oliver, que se reía entre la impaciencia y el placer.

El piso de Clara le encantaba, pensó cuando ella se arrodilló entre sus piernas. Estaba sentado en el sofá donde imaginaba que, entre semana, se desarrollaba una vida completamente diferente a la que vivía junto a él. Le gustaba ser su vía de escape. Le gustaba ser la otra cara de una rutina que con él se quedaba en la otra parte de la puerta. Le gustaba la casa, ella, la mamada que le estaba haciendo... Colocó los dedos sobre su pelo ondulado y siguió el movimiento de su cabeza.

—¿Sabes que eres increíble? —le preguntó, pero hundiendo su polla un poco más a fondo, sin necesidad de que ella respondiera nada—. Eres la tía más increíble del mundo.

Ella fue sacándosela de la boca poco a poco y sonrió descarada cuando se puso en pie y, sin quitarse los zapatos ni la falda ni la blusa, se quitó las bragas y se sentó encima de él.

—¿Follas con muchas?

—Define muchas.

—¿Te acuestas con cinco tías a la semana, Oliver?

—Me acuesto con una que vale por cinco.

Él sabía lo que significaban aquellas preguntas, así que encaminó su erección hacia la entrada húmeda de Clara y empujó hacia arriba a la vez que ella se arqueaba.

—Me da igual lo que hagas, siempre que no hagas esto con ninguna más.

—¿Follar o follar a pelo?

—Cállate.

Sus lenguas se enredaron y Oliver cerró los ojos. Aquello era, sin duda, la felicidad.

Durmió con ella, pero antes le contó los lunares de la espalda con la boca, entre las sábanas hipersuaves de su cama. Nunca se imaginó haciéndolo pero pensó que a ella le gustaría. Nunca se imaginó tampoco haciendo algo para que a otra persona le gustara, como no pensó que fuera a encantarle hacerlo. Tenía veinticinco pequeños lunares sobre una piel preciosa, morena y tersa. Olía a perfume caro de una manera tan sutil que Oliver tuvo que recorrerla entera con la nariz para no perder su rastro. Se besaron. Durmieron. Y a las tres de la mañana, él la despertó subiéndose sobre ella. ¿Y qué pasaba si no tenía suficiente? ¿Y si no lo tenía nunca?

38

COMO...

omo las canciones que no puedes dejar de escuchar, esas de las que nunca te cansas. Como esa magia que algunas películas se empeñan en añadir a cosas que nunca vivimos con tanta luz. Como los cuentos. Como la historia de amor de unos padres que se siguen cogiendo de la mano después de cuarenta años. Así era Sofía.

Aprendí mucho de ella. Hasta de su miedo atroz por cometer los mismos errores que la habían destrozado en el pasado. Hasta de esa mirada de suspicacia hacia sí misma cuando se miraba en el espejo. Aprendí que querer bien también deja un espacio para las dudas porque nada que te haga tan locamente feliz está exento del pánico de perderlo. Joder, Sofía. Sofía era la luz.

Aprendí también de mí junto a ella. Mucho. De mi pasado. De mi vida. De mi manera de querer y de lo que esperaba de la vida. Y de pronto vi errores en mi pasado donde creí que solo había habido «inercia».

Es extraño esto del amor. No tiene medida, no cabe en ninguna parte y cabe en todas, de ahí que sea tan jodidamente complicado localizarlo, ponerle nombre. El amor es un pez escurridizo del que ni siquiera sabemos el aspecto. Yo creí ser un chico loco de amor por su novia. Joder. Era una rara avis y me enorgullecía de algún modo de ello. Había empezado con ella cuando solo era un crío y, como en las historias de amor de antaño, jamás me separaría de ella. Nos habíamos hecho adultos juntos. Nos habíamos querido y odiado, nos habíamos cogido la medida hasta conocer más al otro que a uno mismo... ¿De qué otra manera se explica que supiera exactamente cuál iba a ser su reacción a nuestra ruptura y que no tuviera ni una maldita idea de cuál sería la mía?

Pero lo que quiero decir es que nunca pensé que el amor fuera así, como me lo enseñó Sofía. Es silencioso, ¿sabes? Como los besos. Como el sexo cuando lo buscas como una necesidad de estar más cerca. Como los pensamientos. Como los parpadeos. Y cada vez que ella agitaba las pestañas a mí me gritaban todas las entrañas, pero en silencio. Y se me desbordaba el sentimiento en la respiración, llenando tanto mi interior que nunca tenía suficiente oxígeno en los pulmones. Con Sofía me asfixiaba la sorpresa de quererla tanto. ¿Ya? ¿De pronto?

Después de querer dieciocho años a la misma persona, uno espera que si el amor por otra lo coge por sorpresa será el resultado de un proceso muy largo. Casi me hubiera resultado menos raro llegar a la conclusión de que estaba enamorado de Estela, por ejemplo. Para un hombre acostumbrado a lo conocido, la novedad puede resultar un poco aterradora. Pero entonces, ¿por qué Sofía nunca me lo pareció? Es que no me di cuenta de estar enamorándome y cuando desperté, un día, me sentí capaz de darle hasta lo que no tenía.

Creo que me di cuenta de que la quería cuando me encontré a mí mismo delante del ordenador fantaseando con el futuro.

A mi madre le gustaría, estaba seguro. Haría reír a carcajadas a mi hermano. Mi padre la miraría con ojinos tiernos. Yo me henchiría de orgullo cuando le rodeara los hombros y la sintiera tan dentro de mi vida. Envejeceríamos juntos. Seríamos de esos abuelos entrañables que se sientan en silencio en un banco, en el parque, con las manos cogidas. No nos casaríamos. No haría falta. Aunque si ella quería, lo haríamos pero como ella quisiera. No tendríamos hijos; habíamos tardado demasiado en conocernos como para compartirnos y en aquello estábamos de acuerdo. Seríamos siempre ella y yo. Volveríamos al pueblo y viviríamos en una casa bonita con un huertecito en la parte trasera.

Me asusté cuando me di cuenta de lo mucho que corría mi pecho, de lo mucho que deseaba que aquello se hiciera realidad.

Odio decir esto pero… con Lucía jamás pensé a más largo plazo que un año. Era lo que era. Estaba ahí. Era perenne. No había que preocuparse por nada, por hacer, deshacer o desear. Estaba.

—Sofía… —le pregunté un día, cuando recorríamos cogidos de la mano el Parque de la Quinta de los Molinos, bajo los almendros en flor—. ¿Piensas en el futuro alguna vez?

—Claro. —Me sonrió—. A ratos más de lo que me apetecería. El futuro me pone taciturna.

—¿Por qué?

—Me encanta el Alejandría pero… ¿qué pasará cuando sea demasiado vieja para ser camarera? ¿O cuando Lolo se jubile?

—Siempre puedes hacerte cargo tú de la cafetería.

Paró y me miró con ternura.

—Cielo…, ¿sabes cuánto cobro? Vivo al día.

—Pues ahorremos.

Echó el cuerpo hacia atrás, como si mi idea le hubiera golpeado la frente.

—¿Qué dices?

Eso, «¿Qué dices, Héctor?». Yo, el tío más tirado de pasta del mundo, el que no había juntado nunca una cantidad significativa, el que ni siquiera había llevado economía conjunta con su pareja de toda la vida porque ella no quiso mezclarme con dinero. Yo ahorraba para un ordenador nuevo con más RAM y mejor procesador. Y cuando me lo compraba, me olvidaba de ahorrar hasta que volvía a necesitar algo que estuviera fuera de mi alcance. Ahora… ¿quería montar un negocio con Sofía? Pero, por Dios…, amor, no me diste jodida tregua.

Ella me miró alucinada. Ya lo sé, Sofía, yo tampoco me entendía. Así que le contesté lo primero que me vino a la cabeza.

—Bueno, habrá que pensar en el futuro, ¿no?

No hablamos más del asunto porque la conversación se llevó la sonrisa de Sofía lejos… y la conocía ya lo suficiente como para saber dónde se había ido… a Ginebra. A Lucía. No habría futuro mientras ella estuviera por allí, mediando. Y la entendía. Pero yo ya no podía poner el freno.

Sabes que estás enamorado cuando quisieras saber pintar para dibujarla como se merece verse, cuando lo darías todo por saber la respuesta a todas las preguntas que pudieran surgirle en la vida. Sabes que la quieres de verdad cuando desearías ser piloto, astronauta, camarero, poeta, músico, cocinero, marino, inventor, médico, perfecto… solo para ella. Cuando cambiarías todo lo que tienes por saber viajar en el tiempo para salvarla de ti mismo. Algo, algo muy hondo, me decía que yo podía hacerle más daño que nada más en el mundo. Y supongo que lo hice.

El amor recién descubierto, el sexo reconquistado, la ilusión, la pena, la presión, las expectativas, el futuro, las palabras, los actos, su piel, el sonido de esa risa que se le escapaba cuando me colaba entre los mechones de su pelo para susurrar en su oído, lo que quedaba por vivir, por decir, los años, quiénes seríamos y quiénes fuimos… todo mezclado. Y en medio ELLA. Mi

ELLA. Mi ELLA definitiva. Qué pequeño me sentía a su lado. Qué gigante. Qué desorbitado.

¿Seré alguna vez capaz de explicar a alguien que no estuvo aquí, bajo mi piel, todo lo que sentí?

Sofía estaba tumbada en la cama, boca abajo, hablando por teléfono con Oliver. No le dijo que estaba conmigo, solo que no tenía mucho tiempo para charlar, que tenía «cosas que hacer». Y yo, apoyado en la ventana que casi compartíamos, me fumaba un cigarrillo de liar, desnudo, pensando en todas esas cosas que me apetecía hacer con ella hasta que tuviera que volver a irse a trabajar. El día se medía por horas sin Sofía y horas en las que estar con ella. Allí, desnuda también, se tocaba el pelo, mirándose las puntas, comentando cosas de las que yo no formaba parte y que me mataban un poco, porque su mejor amigo no me tragaba y entendía por qué. Y a pesar de los celos que sentía hacia todo aquello que no fuéramos ella y yo encerrados, solo podía pensar en el gruñido que me nacía en el pecho y en las ganas de acercarme a la cama, montarme encima de ella y follármela como los leones, reclamando.

—No, no. —Se rio, moviendo los pies en el aire—. No me vengas con esas. No necesitas esa chaqueta. Yo te acompaño a ver lo maravillosa que es, pero no voy a servirte para lo que quieres. —Una pausa y una carcajada—. ¡Claro que no te la mereces!

Apagué el cigarrillo, bebí un trago de refresco y me acerqué a ella. Dios. Qué culo. Qué piel. Que se fueran a la mierda aquellos que creían saber lo que era un diez en el cuerpo de otra persona, los que creían en un canon universal, porque no habían querido nunca de verdad. Sofía lo era. Era perfecta. Como también lo sería Lucía para el hombre que pudiera quererla como yo no había sabido.

Le cogí un pie para hacerme notar y ella se giró hacia mí. La melena se le derramaba sobre la almohada como en cascada. Mi mano se deslizó por su tobillo y hacia sus gemelos suaves. Me subí a la cama, colocándome a horcajadas sobre sus muslos, pellizcando con la mano sus nalgas.

—Oli…, te dejo. Hablamos mañana, ¿vale?

El sonido del móvil sobre la mesita me hizo sonreír. Había conseguido otra vez que fuera solo para mí un ratito.

—Eres un celoso —me dijo, porque me vio venir.

—Lo soy.

La sujeté de la cintura y la arqueé para alcanzar a besar su espalda y después morder su hombro. Su sexo caliente y algo húmedo por el asalto anterior quedó accesible en aquella postura y lo tanteé.

—Es imposible que sigas teniendo ganas.

—Hoy solo lo hemos hecho una vez —le contesté juguetón.

—¿Te parece poco?

—Siempre va a parecerme poco. Acéptalo.

La polla empezaba a palpitarme de nuevo, así que me erguí y, así como estaba, la tanteé. Ronroneó. Me encanta esa postura. Es tan… complicada. Parece que todo se siente más y mejor. Todas sus paredes se resistían a mi entrada y a mi salida, aferrándose a mi cuerpo y me costaba un mundo parar.

Intentó levantarse sobre sus rodillas, pero la paré. Así era perfecto y, aunque todo el esfuerzo quedaba en mis manos, me gustaba. No solo me gustaba. Me encantaba.

—Me encanta sentirte así. Tan desnuda —susurré.

—Ponte un condón.

—Paro a tiempo.

Alargó la mano y abrió la mesita de noche, haciéndome sonreír. Si algo me gustó siempre de Sofía fue la imposibilidad de mangonearla. Así que salí de ella para ponerme el condón y volví a penetrarla aún más duro, a pesar del látex que se interponía entre los dos.

Levanté un poco sus caderas y vi sus dedos clavarse en la almohada a la vez que un quejido de placer la atravesaba. Abrí un poco las piernas para que ella pudiera abrir un poco más las suyas y golpeé más fuerte con mis caderas.

—Mmm... —gruñó.

Me incliné hacia delante de nuevo y aparté el pelo que cubría su oreja para poder susurrar:

—¿Cómo te gusta que te follen, Sofía? ¿Cómo te gusta que te traten? ¿Te gusta sucio? ¿Fuerte? —Tiré un poco de su pelo, aprovechando que aún tenía algunos mechones en mi puño y ella gimió—. Quiero saberlo todo.

—Más fuerte.

—¿Más?

Tiré más de su pelo y me enderecé para embestir con fuerza, pero la postura no nos lo ponía fácil. Le di una nalgada que no sé si le excitó pero que a mí me puso malo y seguí empujando, notando cómo el condón se me escurría hacia fuera.

—Joder...

Me coloqué entre sus piernas y la saqué sujetando la goma para que no se le quedara dentro.

—¿Dónde mierdas has comprado estos condones?

—Me los regalaron con un vibrador.

No pudo verme la cara, pero le hubiera gustado lo arqueadas que se me quedaron las cejas. Puta caja de sorpresas. Me lo quité y lo tiré sobre la mesita.

—Sácalo del cajón la próxima vez. Quiero hacerte cosas con él.

Ella se dio la vuelta en la cama y sus tetas esponjosas y generosas irguieron los pezones hacia mí, oscuros y endurecidos. Alcancé mis vaqueros por una pernera y los arrastré hasta la cama para poder echar mano a la cartera, donde había escondido un condón que, cuando ella vio, le provocó un ronroneo.

—Me pone —dijo.

—¿El qué? —Le abrí las piernas con una rodilla y me coloqué entre ellas mientras abría el envoltorio plateado.

—Verte ponértelo.

—¿Ah, sí?

Un mechón de pelo me cosquilleaba sobre la frente cuando miré hacia ella, tocándome. Se mordía los labios sonrosados y se revolvía agitada, incapaz de quedarse quieta. Desenrollé el condón y me toqué un poco para que volviera a ponerse dura de verdad antes de cogerle las caderas, levantárselas y clavarme dentro de ella.

—Ahora sí —afirmé.

—¿Sí?

—Sí.

Ah. Ah. Ah. Me encantaba cómo jadeaba, como si no pudiera no hacerlo. Como si se le escapara de entre los labios hinchados y sonrosados el aire que no le cabía dentro cuando la penetraba. Cerré los ojos para no acelerarme, pero el movimiento de sus pechos, acompasado con mis caderas, seguía en mi cabeza.

—Suéltate —bisbiseó—. Hazlo. Dilo.

Iba a asustarla como abriera la compuerta de todo lo que guardaba en el rincón oscuro de las cosas no confesables que le haría, que deseaba probar con ella. Esas que me acompañaban y que guardaba en la palma empapada de mi mano cuando me masturbaba pensando en ella. Me mordí fuerte el labio, haciéndome daño para no correrme, pero sus caderas dibujaron movimientos sinuosos, provocándome.

—Joder, Sofía. Para.

—Dímelo. —Levantó la pelvis y volvió a dibujar una ese y otra y otra…—. Dilo. O hazlo. Me gustará.

Ella. Ella tendida en la cama mientras yo me corría a borbotones encima de sus labios. Ella arqueada, húmeda, ofreciéndome todo su cuerpo. Mi polla entre sus tetas. Su pelo entre mis dedos y mi semen en su garganta. Joder. Cuántas cosas cabían en el compás de nuestro sexo. Y quería decírselas todas.

—Quiero…

—Sí… —gimió.

Se tocó. Creo que me notó cerca, a punto de precipitarme. El deslizar sonoro de su dedo corazón entre sus labios, su cuerpo arqueado, su expresión descarada…

—Córrete. Córrete, Sofía, que no aguanto.

—Quiero notar cómo te corres. —Y su boquita pareció avergonzada y satisfecha a la vez.

Efectivamente. No controlé más. Pero antes de llenar el condón con un alarido, de agarrarla de los muslos y clavarle los dedos en la carne con fuerza, me eché sobre ella, le lamí el cuello, la cara hasta llegar a su boca y cuando exploté lo hice alejándome, con el pulgar en su boca y su lengua jugando con él. JO-DER. El sexo…, ¿qué era el sexo? No era nada. Era una Sofía carnal, alcanzable, que podía ser mía durante un segundo aunque no quisiera que me perteneciera. Y como un pistón el placer lo soltó todo. Quería pasar con esa mujer el resto de mi vida. Cada minuto. Cada orgasmo sería suyo. Cada deseo, fantasía, fetiche, filia, gota de saliva, sudor y semen… solo suyo. Cuando se contrajo alrededor de mi polla no pude más y el orgasmo se me salió de entre los labios en forma de dos palabras.

—Te quiero.

Abrió los ojos mientras sus caderas se mecían por inercia, alargando la sensación de placer, el cosquilleo. Sorprendida y confusa.

—Te quiero —repetí. Porque después de decirlo, necesitaba asegurarle que era cierto.

Y Sofía se desplomó en la almohada exhalando un quejido.

Me tumbé a su lado con cuidado, muerto de vergüenza y empapado en sudor. El pelo se me pegaba a la frente y a la nuca y no quería ni tocar a Sofía, que se había quedado muda. Ambos mirábamos al techo.

—Ha sido demasiado pronto —musité—. Debes pensar que soy un jodido loco de mierda. —No dijo nada y yo me tapé los ojos con las dos manos—. Dios…, perdóname. Perdona, Sofía. Lo he estropeado. Joder. No sé por qué…

Tiró de mis manos. Cuando me las quité de encima de la cara, me estaba sonriendo con cierta superioridad, como siempre que me enseñaba el sendero por el que caminaríamos con naturalidad si no me hiciera tantas preguntas.

—Héctor…, no lo has estropeado.

—No has contestado.

—¿Te he contado alguna vez cuál es mi teoría sobre el amor?

—No lo sé. —La miré intrigado—. Pero quizá es buen momento.

—La gente suele decir cosas como «Le quiero porque me hace sentir mejor», «Le quiero porque me hace fuerte», «Le amo por quién soy cuando estoy a su lado», «Le amo porque…». Eso es demasiado fácil. El amor fácil se rompe fácilmente. Y yo no creo en eso. Creo en «querer a pesar de…». Si no he contestado es porque he pensado que… no sé cómo me quieres.

—¿Y cómo me quieres tú?

—A pesar de todo lo que sería capaz de pasar si esto no sale bien —aseguró—. A pesar de que he intentado no hacerlo.

Y yo. Yo también. A pesar de que fuera más lista que yo. A pesar de lo desvalido que me hacía sentir cuando no estaba. A pesar de hacerme tener miedo de perderla. A pesar de estar siendo quien no quería solo por tenerla más cerca de mí, por exprimir unos minutos que no nos pertenecían aún por derecho.

—Entonces, ¿cómo me quieres? —me volvió a preguntar, mirándome fijamente.

—Yo te quiero para siempre. Por y a pesar de. Eres el amor de mi vida.

Y ya todo dio igual. De cabeza al precipicio, Sofía. Allá nos fuimos.

39

EL AMOR

Los años que pasé con Fran no fueron todos malos. Lo que sentíamos fue diluyéndose hasta quedar irreconocible. Pero como los locos que sienten ataques de claridad y cordura, nosotros también vivimos oasis en nuestra relación. Viajamos a Roma y a Florencia y fue un viaje especial en el que nos quisimos mucho. Al menos nos reímos. Y nos tratamos con la ternura, el respeto y la complicidad que nunca debimos abandonar.

Esa era mi idea del amor. Una conjunción entre compañerismo y sexo que hacía viable vivir junto a una persona sin que la relación terminara siendo fraternal. Idiota de mí, siempre pensé que lo de las películas era, pues eso..., una película. No entendí que es, sencillamente, el reflejo de lo que sienten los enamorados, aunque en la vida real todo sea un poco menos espectacular.

Me hago un lío, ¿sabes? No sé encontrar las palabras. Héctor era intenso hasta cuando no lo era. Cuando no lo era él lo era yo, supongo. Y descubrí que el amor era otra cosa.

Creo que decir que sentía que podría envejecer con él sin preocuparme por nada más es una buena manera de condensar la sensación. Todo lo que me azotaba la espalda antes de conocerlo, los pesos imaginarios que me había ido cargando, desaparecieron. Que todos hubieran esperado de mí, no sé, que terminara aprobando unas oposiciones, me daba igual. ¿A mí qué? Yo era feliz en el Alejandría. Y si un día el Alejandría se iba a pique o sencillamente Lolo se jubilaba y yo no tenía el dinero suficiente como para «heredar» el proyecto, buscaría una salida. Una junto a él. ¿Y si mi madre opinaba que yo pesaba demasiado? Siempre me pregunté cuál era el concepto con el que me comparaba. ¿Pesaba demasiado en comparación a la hija que había imaginado tener, demasiado para ser modelo, demasiado para ser como ella fue cuando era joven? No me importaba. Ya aprendí a quererme mucho antes de que llegara Héctor. Y ahora, cuando me veía desnuda debajo de él, la forma en la que me miraba sencillamente me daba la razón. ¿Y el tiempo? ¿Qué pasaba con el tiempo?

La sensación de tener que hacer algo importante, diferente, grande con mi vida ahora que entraba en la madurez… se perdió y vino a sustituirla la agradable tranquilidad de estar haciendo por mí lo mejor que podía hacer: procurarme la felicidad.

En *Princesas*, esa película que vimos hace lo que hoy me parece una eternidad, decían que el amor era que él fuera a recogerte al trabajo. No puedo discutírselo, pero puedo añadir más cosas. El amor era tantas cosas que no esperaba que me hizo incluso sentir mal porque, efectivamente, nadie me había querido antes que Héctor, que me miraba como si se hubiera caído el cielo entero en su regazo.

Los planes. Los planes fueron parte de ese amor. La creencia, como quien cree en Dios, de que nos esperaba un futuro magnífico, aunque estuviéramos siendo malas personas. Es curioso cómo fue diluyéndose la sensación de estar haciéndolo tan mal. Solo necesitábamos un rato juntos para que lo demás dejara de importar. Lucía estaba fuera, en una especie de burbuja sensorial que mantenía la vida tal y como ella la recordaba a pesar de que su mundo ya no existiera. ¿Lo había echado a perder yo? ¿Había sido él? ¿Debía preocuparme de que pudiera hacerme lo mismo en el futuro con otra chica? ¿Nos estábamos precipitando? Lo jodido es que pasas media vida esperando algo que crees que traerá todas las respuestas y el resultado son solo un puñado enorme de más preguntas.

Estaba tan enamorada… que solo puedo compararlo con esa exaltación de la amistad que da el alcohol. Estaba continuamente borracha de Héctor, joder. No podía ni pensar. Rectifico. No podía pensar en nada que no fuera él.

Por las mañanas, cuando sonaba el despertador y me iba a trabajar, Héctor luchaba. Siempre se quedaba en mi casa, a excepción de que tuviera mucho trabajo, así que cuando la alarma sonaba por la habitación, él me rodeaba con sus brazos y susurraba en mi oído que no. «Aún no; dame dos minutos». Esos dos minutos, que debía apurarle después a la ducha y a la ropa, eran la gasolina para el resto del día. Y cuando cerraba mi habitación, lo hacía con la sensación de que lo importante se quedaba dentro porque ya sabes cómo es el amor… parece que puede darte hasta de comer y pagar tus facturas. En aquella época Héctor y yo volvimos a tener veinte años y el amor era suficiente.

Quedaba una semana para que él rompiera con Lucía y al volver fuéramos solo los dos. Él era cuidadoso. Solía venir a casa cuando ya había hablado con ella, pero si yo estaba delante, veía que no había allí nada más que cariño y ganas de no hacerle daño. Hablaban de transferencias de alquiler, de trabajo, muy poco de sus amigos y se deseaban buenas noches. Yo, que trataba de no hacerlo, no podía evitar terminar poniéndome en su lugar pero, en vez de volverme loca sabiendo el daño que le haría descubrir que su Héctor ya no era suyo, pensaba en todas esas cosas que yo le diría y que ella nunca mencionaba. Te echo de menos. Te quiero. No aguanto más aquí sola. Vamos a hacer un FaceTime, necesito verte la cara. Mándame más fotos. A la mierda el trabajo, me voy contigo. Quise creer que aquella sería la diferencia que nos convertiría a nosotros en especiales. A nosotros no nos pasaría.

Le dije a todo el mundo que le quería. A todos. Mamen se alegró con la carita preocupada, moviendo nerviosamente el anillo de casada del dedo anular de su mano derecha.

—Es genial, Sofi, pero nunca creas nada porque necesitas hacerlo.

Oliver no acogió la noticia de tan buen grado. Me escuchó mirándose los dedos y cuando el silencio después de mi confesión se hizo demasiado largo y él tuvo que hablar, lo hizo con dudas. No se fiaba, me dijo con tacto. Le daba miedo. No lo veía claro.

—Un tío que lleva dieciocho años siendo fiel no se lanza como se ha lanzado él a tus putos brazos. Si su relación iba mal…, ¿por qué no lo hizo antes?

—Porque no estoy acostándome con él, Oli, nos hemos enamorado.

Pero no le convencí, claro. Asintió y no dijo más sobre el tema porque tampoco se fiaba de mí.

El café de Alejandría, la casa de mi padre, la casa de mi madre, la tienda del barrio y hasta mi piso. Cada uno de mis espacios en Madrid, los escenarios en los que me movía, cambiaron para dar cabida a Héctor en ellos. Hablé con mi padre, con mi madre, con los clientes y con las tenderas. Hablé de él constantemente sin llamarle novio ni «mi chico» ni nada más que Héctor, pero dejando que el tono lo dijera todo por mí. Como una niña con zapatos nuevos. Como alguien que, después de soñar con tener un unicornio, acepta su no existencia y termina por encontrarse uno en el jardín. Sofía, la niña resignada que creía en la magia pero estaba convencida de que no era para ella, la que veía los ojos de los demás brillar con una ilusión que no terminaba de entender, la que se había convencido de que no quería querer porque era mentira… se había enamorado. Y de verdad. Y, coño, para siempre… aunque ¿cuándo no pensamos que durará siempre?

Soñé despierta durante días. Era cuestión de tiempo. Él volvería siendo libre para meterse de lleno en una historia conmigo. Esperaríamos un poco, un tiempo prudencial, antes de alquilarnos un piso para los dos. Hablaríamos de los gastos conjuntos, de los sueños y las aspiraciones, algunas imposibles. Holly terminaría cogiéndole cariño y dejaría de mearse en su ropa en un acto de celos patológicos. Nos despediríamos de Julio, pero no nos iríamos lejos del barrio donde viviríamos en un estudio pequeño pero bien decorado, como esos pisitos de Pinterest que siempre tienen el libro adecuado sobre la mesa perfecta y el cactus de moda en un rincón. Pero lo importante es que lo llenaríamos de nuestra gente, que seguiríamos con los viernes de «cuéntame tus mierdas», que el Alejandría seguiría quedando a un paso y que nosotros nos meteríamos todos los días en la misma cama para compartirlo todo, no solo el cuerpo.

No lo imaginaba perfecto. Una camarera y un diseñador gráfico tendrían problemas de pasta de vez en cuando. Incluso es posible que discutiéramos por algún gasto excéntrico por parte del otro para terminar riéndonos, pensando que «contigo pan y cebolla». A mí me molestaría lo mal que planchaba sus camisas y a él mi desorden. Pero daba igual.

Cuantos más matices le daba, mejor me sonaba aquello. Porque lo malo le ponía las sombras que lo hacían más real, como en un dibujo en tres dimensiones. Los problemas que imaginaba nos sacaban del papel para meternos en la vida real donde iba a pasar todo aquello. De verdad. Y, mientras yo soñaba y soñaba con cómo sería todo cuando no tuviera que soñarlo, me olvidaba de todas aquellas cosas que me empujaban a imaginar más que a vivir, como Lucía. Hasta que se hizo tangible.

40

CAGADA

Oliver se dio cuenta de que estaba cagándola mucho antes de sentirse perdido. A día de hoy creo que sigue pensando que aquella historia se le fue de las manos pero yo soy fiel a mi idea de que él quiso meterse de lleno en algo que tenía toda la pinta de convertirse en amor. O no. Lo que tenía era una tortilla sentimental de narices.

Desde la noche del concierto, Clara y él hablaban a menudo. Empezaron quedando para follar los fines de semana en los que ella no tenía a la niña, pero la cosa… fue a más. La duda que me surge es… ¿por parte de quién?

Mensajito de buenas noches. Foto sexi. Mensaje de buenos días, ¿por qué no? Una llamada a las tantas, por «ver qué haces». Antes de darse cuenta habían compartido recuerdos de la infancia, canciones preferidas, películas y besos sin sexo después. Estaban a un paso de desarrollar eso que mata o hace grande las relaciones: la necesidad. Y la necesidad es como una larva de algo que no se sabe si será bueno o malo cuando salga de la maldita crisálida.

Oliver estaba a gusto. Eso no puede negarlo. La situación le era muy cómoda. Estaba genial con ella, a pesar de que pensara en Clara más que de costumbre. Se sentía raro, no obstante, por eso mismo. La comodidad que disfrutaba con ella era desconocida y un territorio lejano a su zona de confort. Notaba algo en la boca del estómago que achacó a una indigestión y después al estrés. Le quiero, pero durante años fue un tío sin preocupaciones más allá de su trabajo, en el que quería ascender, su ropa y dónde estaría metido cierto apéndice masculino durante el fin de semana. Sin embargo, y aunque casi todos sus amigos estaban en la misma situación, ver que uno de ellos sucumbía al amor (y qué uno…, Víctor siempre fue de mis preferidos porque tengo ojos en la cara y además es encantador) le hizo ver que la vida no son solo ligues con caducidad cada domingo. Era como descubrir de pronto una realidad paralela que estaba ahí y que no estaba seguro de saber si le interesaba. Como tener la llave de una puerta que él mismo había cerrado años antes y sentirse tentado a abrirla al ver a otros otear el horizonte que escondían sus propias cancelas.

Así que ese malestar que notaba era una mezcla entre las ganas de ir más allá y la duda de que le gustase el paisaje. Creo que es similar a la sensación que sentimos algunas chicas cuando nuestras amigas empiezan a ser mamás…, algo se despierta dentro independientemente de si realmente te apetece planteártelo en ese preciso momento. Y se sentía tan raro que… tuvo que pedir consejo.

Podía haber llamado a Víctor o a Juan o a Carlos o a cualquiera de sus amigos machotes (estaban todos de bastante buen ver, informo) pero no los eligió a ellos. Un tío nunca lo hace si en la vida tiene a una chica con el papel que llevaba ejerciendo yo durante años. ¿Cómo van a desnudar sus necesidades esta pandilla de pelo en pecho, con el miedo que les daba que se llegara a atisbar que son humanos?

Cuando lo vi aparecer en el Alejandría a las diez de la mañana pensé que se había muerto alguien y casi me desmayé de la impresión. Cabía la posibilidad de que hubiera cambiado el turno pero entonces… ¿qué hacía despierto? A veces pedía el turno de la tarde solamente para dormir hasta las dos. Lo conozco bien. Aquello era grave.

—¡¡¡¿Qué ha pasado?!!! —bramé.

—¿Quieres no gritar? Tengo sueño. Ponme un café.

Estaba claro. Quería hablar.

Después de servir las mesas que tenía pendientes, me senté un momento con él, mirando alucinada aquella desazón que no tenía nada que ver con las cosas habituales más prosaicas como su casero, su compañero de piso, un colega del curro que le daba trabajo o la duda de si debía o no invertir en unos botines de Yves Saint Laurent (la respuesta es no, Oliver, naciste con alma de rico y bolsillo de currito). Allí, delante de mí, daba vueltas a su café con leche como un descosido. Pensé que iba a crear un agujero negro dentro de tanto meneo y que desapareceríamos todos en cuestión de segundos.

—¿Qué te reconcome? —le pregunté.

—No es que nada me reconcoma en concreto —mintió—. Supongo que es el momento vital. Los treinta.

—Los treinta te importan a ti lo mismo que a mí las canas del chocho. Cero.

—¿Ya no te importan? —Levantó levemente la cabeza hacia mí, con una ceja arqueada. Había que admitirlo, era guapo a reventar.

—No. Ya no. Importancia real cero. ¿Qué es un pelo blanco más que un pelo blanco? Héctor ni las ha visto.

Oliver frunció el morro con un gesto de desagrado.

—No quiero saber si se ha puesto tan cerca como para verlas bien, ¿sabes? En lo que concierne a mí tú no tienes nada ahí abajo.

—Tengo un pene como un brazo. ¿Qué me estabas diciendo?

—Angustia frente a la madurez. Miedo a la muerte. Debe ser eso.

—Eres idiota. ¿Qué miedo a la muerte ni qué ocho cuartos?

—Es que… ¿te has planteado alguna vez si no nos vemos empujados a la monogamia por el miedo a morir solos? No me mires así. Somos animales. Tenemos instintos muy primarios.

—Oliver… —me armé de paciencia mientras alisaba el mandil con la mano—. ¿Vas a usar a Nietzsche para justificar también que te apetece quedarte con una sola chica de todas las que hay en el mundo?

—No me lo recuerdes. Por ahí hay muchas que no voy a catar y no me lo merezco.

—¿Qué pasa? Sin rollos.

—Me mola un poco una tía.

—Sin rollos —insistí—. Déjate al supermacho en casa.

—No sé si me gusta mucho. No sé si me voy a colgar. No sé si me arrepentiré si esto sigue adelante y es ella la que se cuelga. No sé nada.

—Pues, chato, solo tienes una manera de comprobarlo.

—¿Y cuál es?

El pobre me miró tan esperanzado…, como si fuera a darle una solución matemática. Qué lastimica…

—Verla más. Plantearte algo más que meterle… eso que no quiero pensar que tienes.

Se quedó traspuesto un rato, con la mirada perdida en el café y tamborileando con dos dedos sobre su teléfono móvil. Después se encogió de hombros y asintió.

—Puede que tengas razón.

—Cuéntame… ¿es la madre de la amiga de las gemelas?

—Sí.

—¿Cuánto te saca?

—Quince años. Pero eso no me supone ningún problema. Va al grano con todo. Me gusta mucho su manera de… vivir.

—¿Cuál es el problema? ¿Que tiene una hija?

—No. Qué va.

—¿No te importa?

—¿Si me importa? La niña tiene un padre. No voy a ponerme a salir con ella. Ni siquiera sé si voy a ponerme a salir con su madre. En lo que me concierne esa niña prácticamente no existe.

No es que no me dieran ganas de soplarle una colleja para ver si espabilaba o plantearle que su visión sobre el asunto era un poco (demasiado) simplista… es que me pareció que ni siquiera quería pensar en el asunto tan profundamente. Le daba pereza y se lo veía en la cara pero lo cierto es que si Clara le gustaba tanto como parecía, acabaría por querer implicarse en la vida de esa niña aunque solo fuera por amor a su madre.

Se fue en cuanto llegó Héctor. No quiso vernos ni siquiera darnos un beso; bajó la mirada hacia su chaqueta mientras recogía las cosas. Y no supe mucho más del asunto por el momento. Conocía a Oli…, es como un conejito asustado con las cuestiones emocionales. Tiene que acercarse él porque si lo acosas, se convierte en un rinoceronte cabreado.

Él sí le dio vueltas al asunto, claro, porque el siguiente fin de semana que pasó con Clara le pareció la polla. Y cuando le costó menos y nada decirle a sus amigos que pasaba del plan se dio cuenta de que como estaba con ella no estaba en ningún sitio. Pero había llegado a la conclusión de que no quería relaciones complicadas, dar explicaciones, no ser libre y tener más preocupaciones. Solo… quería verla más. Ir sabiendo por el camino. Clara era la leche.

No tenía nada que ver con el pisazo que tenía en la calle Orense. Ni con los restaurantes a los que iban a beber cava durante la cena. Ni con todas esas cosas apasionantes que parecían agitar la vida de Clara o el sexo. Era… la charla. La conversación. La carcajada después del orgasmo, cuando se derretían en besos y bromas. Eran esos minutos, antes de levantarse de la cama por la mañana, cuando deseaba que se alargara el tiempo y que los relojes dejasen de contar segundos. Clara lo ponía en su sitio, se reía de su chulería, restaba valor al fanfarrón que tenía dentro y esos gestos de seguridad y comodidad eran su lugar. Nada calma más que saber adónde perteneces. Y él empezaba a pertenecerle un poco a ella.

—Clara —le dijo una mañana, después de un polvo matutino—. ¿Has pensado en la posibilidad de… que nos veamos más?

Ella levantó la cabeza, que tenía apoyada en su pecho, y lo miró con una sonrisa.

—¿Qué?

—Vernos más. Escaparnos algún día entre semana a comer o… hacer algún otro plan. Ya sabes lo bien que se me da esto —le sonrió con descaro— pero puedo darte alguna sorpresa agradable fuera de la cama.

—Ay, Oliver…, cómo te gusta ponérmelo difícil.

—Te lo pongo rematadamente fácil.

Clara lo miró con unos ojos que no supo discernir si le gustaban o no. Como con ternura. Como los que ponía yo delante de la tarta de zanahoria del Alejandría. Sabes que te gusta, sabes que serías feliz lanzándote en sus brazos pero… te estás controlando porque también eres consciente de las consecuencias que puede desencadenar. En mi caso pantalones reventones. En el suyo un corazón roto.

¿Qué hacía? ¿Le decía algo? Mejor se callaba. Dudó. «Ey, no te emociones», sonaba demasiado cretino y era cretino siquiera pensarlo, así que se calló. Se dieron un beso y él propuso ir a recogerla a su oficina alguna tarde de la semana siguiente y hacer algo después. No tenía ni idea de dónde sugerirle ir o cómo pasar la tarde pero... ya me preguntaría.

—Es que Paula...

—A la hora de la cena puedes estar en casa —insistió.

La vio dudar. Él también estaba dudando por dentro. Para que luego digan que los hombres son más simples, ahí estaba Oliver que insistía para ver más a una chica con la que no quería una relación. Premio para el tío más incoherente.

—¿Qué pasa? —le preguntó—. ¿No te apetece?

—Es que... no sé si te entiendo.

—Pues pregunta.

—¿Qué quieres ser? ¿Mi novio?

Oliver dio un par de pasos imaginarios hacia atrás. Ahí estaba. El malestar. Una mujer estaba gustándole más que las demás lo que para él no significaba precisamente plantearse ser novio de nadie. ¿Entonces? Entonces se debatía entre la tentación de asentarse, de dejar las cosas marchar sin plantearse más y agarrarse con uñas y dientes a los límites a los que siempre era fiel en cuanto a las relaciones con las chicas.

—No he dicho eso. Digo que... solo nos vemos los fines de semana que tu hija está con tu ex y...

—Pensaba que así sería más cómodo.

—¿Para quién?

—Para los dos. —Se incorporó sin hacer ademán de taparse con la sábana—. Sobre todo... para ti.

—Y para ti —aclaró él. No quería quedar como el malo—. ¿Qué ha sido de eso de que trabajas mucho, tienes una hija y las pollas están en la parte baja de tu lista de prioridades?

—Vale. No he dicho nada.

—No. No. Vamos a ver...

Ella se levantó de la cama desnuda y se echó por encima una bata que tenía sobre la silla que tenía frente al tocador. Se peinó con los dedos, claramente disimulando su turbación.

—¿Sabes qué, Oliver? Es más cómodo para los dos.

—¿Por qué me da la sensación de que estamos discutiendo? —le preguntó cuando su ropa interior aterrizó en su regazo, en una manifiesta invitación a que se vistiera.

—No es una discusión. Es un intercambio de opiniones que nos viene al pelo para que ninguno de los dos se confunda con lo que es esto. Es follar. Es un servicio que nos damos mutuamente.

—Oye, reina, no me gusta lo que estás diciendo.

—¿Y qué quieres que te diga? ¿No es lo que querías escuchar?

—Oye, me has oído proponerte vernos más, ¿verdad? Porque no entiendo nada. Hace un segundo estábamos hablando de todo lo contrario.

—¿Qué vas a decirme ahora? ¿Que nunca te habías sentido como conmigo? ¿Que nunca habías conocido a una chica como yo? ¿Que me echas de menos, que empiezas a sentir algo y no sabes cómo decírmelo?

Oliver levantó las cejas sorprendido.

—Me refería a… vernos más.

Ella suspiró y dejó de recoger ropa de Oliver y dejarla sobre la cama. Se frotó los ojos y se apoyó en la pared.

—Mira, lo mejor es que lo dejemos donde está.

—¿Y dónde está?

—Vístete, Oliver.

—Pero ¡¿qué he hecho?!

—No has hecho nada. Pero no quiero que me mareen.

Oliver se levantó de la cama y se puso la ropa en silencio. ¿Cómo mierdas habían terminado así? Farfulló una queja pero ella ya no estaba en el dormitorio para escucharlo. Oyó el sonido de la cafetera pero imaginó que no habría café para él. Cogió las llaves, la cartera y el móvil y lo metió todo en el bolsillo de la chaqueta.

Se la encontró con la bata (solo con la bata y los pezones marcados en el satén) y una taza de café en la mano. La mirada perdida y el labio inferior entre sus dientes.

—Clara…, a ver…

—Oliver, de buen rollo, de verdad… tienes un lío en la cabeza de tres pares de cojones. Acláralo antes de implicarme, ¿vale? Para ti la vida es muy fácil. Para mí no tanto. Soy madre y mi carrera profesional me importa. Si meto algo más en mi vida quiero hacerlo a sabiendas de que al menos los dos intentaremos encajarlo de la mejor manera posible. Ya he pasado por lo que estás viviendo tú y… no quiero repetir la experiencia.

—Pero si yo solo…

—Tú quieres verme más pero no quieres mojarte un mínimo. Y la vida me ha enseñado que las cosas no son siempre como a uno le gustaría. Así que decide si a o b, pero no me llames hasta que no lo sepas.

—Yo ya sé lo que quiero —dijo firmemente mientras se subía el cuello de la chaqueta, buscando parecer más decidido—. Quiero verte más porque me encanta estar contigo, pero no quiero preocuparme por una relación ahora. No soy un tío de relaciones. Creía que tú tampoco querías nada más.

—No. No quería nada más. —Suspiró—. Buenos días, Oliver. Ya te llamaré.

—No vas a llamarme, ¿verdad?

—No. Tienes razón. No voy a hacerlo.

El do de pecho que sentía que le debía se diluyó en su boca, así que no dijo nada. Solo se fue muerto de vergüenza. Apenado. Agobiado. Consciente de que había hecho lo único que no podía permitirse hacer con Clara: ser un crío.

41

La culpa fue definitivamente mía. De mi curiosidad, más bien. Pero no de la curiosidad como ese motor que nos hace aprender, sino como una cosquillita en el estómago que cuanto más rascamos, más daño hace.

Qué extraño. Tengo casi todos los besos de aquella época tan dulce emborronados, como si solo hubieran sido uno. Me cuesta separarlos en paquetes individuales porque en realidad nos los dimos tan seguidos que es posible que formaran uno solo. Con el tiempo el almíbar lo apelotonó todo. Y lo curioso no es eso, sino que me acuerde de aquel día, de aquella primera mina, paso a paso, detalle a detalle. Todo.

En la televisión no hacían más que recordar que la primavera entraba oficialmente en el calendario, pero el invierno aún no se había enterado y se pavoneaba por las calles en forma de una brisilla bastante fría. La mañana había sido como siempre en el Alejandría: cómoda, divertida y a ratos ajetreada. Sonó durante todas las horas de mi turno una lista de Spotify que me encantaba y que había hecho Abel de temazos de todos los tiempos, donde igual aparecía Raphael que Blind Guardian. Estuvimos charlando mientras servíamos y fregábamos y terminamos hablando sobre cómo la vida señala a alguien a quien no conoces para que te enamores de él hasta las trancas.

—Piénsalo. En el fondo no sabes mucho de Héctor. Y es guay. Todo va a ser sorpresa. A lo mejor hasta descubres que le mola el sadomaso.

—No tiene pinta de sadomaso.

—¿Y qué pinta tenemos los sadomasos?

Estuve parte de la mañana riéndome de su lapsus. Abel no era un amo; tampoco un sumiso. Solo le gustaba el sexo con pimienta...

Por la tarde, Héctor y yo habíamos quedado para ver una película en el cine y luego cenar en un restaurante mexicano que hay en plaza de España, donde hacen unas margaritas para morirse del gusto. Me apetecía porque empezaban a alargarse los días, era jueves y las calles de Madrid estarían animadas; y pasear de la mano cuando acabas de descubrir el amor es una experiencia extracorpórea.

Diez minutos antes de terminar mi turno y mientras me aplicaba colorete como una energúmena en la trastienda, Héctor me llamó para decirme que le había surgido un imprevisto: la fundación de colegios para los que llevaba el diseño necesitaba unos cambios en una enara que estaban a punto de mandar a imprenta.

—Lo siento, Sofi. ¿Lo dejamos para el sábado?

—Uhm —refunfuñé de mala gana—. Vale. Pero no lo alarguemos o la quitarán de cartelera.

—Voy a darme prisa. Si lo termino a tiempo aún podemos ir a la sesión de la noche.

Nos despedimos con un te quiero...

Mamen estaba con mis hermanas en alguna de las chopocientas actividades extraescolares que tienen en su apretada agenda. Abel tenía cita para cortarse el pelo. Oliver no respondía a los mensajes porque o estaba trabajando o estaba durmiendo (o follando, pero prefiero no pensarlo). Julio estaba preparándose la maleta porque se iba a ir el día siguiente a una especie de casa rural friki donde a cambio de una pasta, organizaban fines de semana temáticos. Es posible que terminara con todos sus amigos disfrazado de Sailor Moon.

Aburrida. Gata en el regazo. Casa en silencio. Así estaba yo.

Puse música y me hice un café. Acababa de terminar un libro que me había gustado mucho y sentía la necesidad de estar dos o tres días sin leer nada más, para paladearlo mejor. Y no tenía nada más que hacer que pensar. Y le di fuerte.

Héctor, cómo no. Héctor, yo y el futuro. Mi fantasía favorita en los últimos días. Me preocupaba un poco pensar que, en realidad, nos conocíamos poco. Había tenido rollos con poca implicación emocional en los que nunca me había planteado ir más allá, pero Héctor no era eso. Ya sabes cómo es estar enamorada, quieres conocer todo del otro, hasta de lo que no quieres enterarte. Y había muchas cosas que en realidad, seré sincera, era más feliz sin saber. Pero Abel había despertado con su comentario un gusanillo juguetón que te intoxica si lo aplastas. Curiosidad pero un poco malsana porque no soy tonta y si Héctor hablaba de todo sin problemas pero poco de su vida era porque en casi todos los recuerdos había un nombre que no quería mencionar delante de mí.

Claro. Con ella había compartido muchas cosas. Cosas, además, que no podría volver a compartir con nadie porque las primeras veces solo suceden una vez: el primer noviazgo, las primeras ilusiones, el primer orgasmo, la primera noche de sexo cómplice, la primera confesión, las primeras vacaciones en pareja, las primeras salidas con amigos y tu novia...

Estaba claro que conmigo sucedía lo mismo. El amor con treinta no es igual que el amor con veinte, está claro. Ya sabes mucho y has vivido cosas importantes con personas que ya no lo son. Es ley de vida. A veces toca a la primera y otras veces no; no podemos esperar a vivir de verdad hasta que nos crucemos con el Él definitivo porque ¿qué nos asegura que cada «él» que pase en nuestra vida no lo es?

El café se enfrió pero la cabeza se me calentó a todo trapo pensando en todas esas cosas que ya no podríamos hacer juntos porque no existían. Fronteras ya traspasadas. Recuerdos ya creados. Lugares demasiado conocidos como para resultar atractivos. Supongo que me asusté, aunque la curiosidad me dijera al oído que seguro que era peor en mi imaginación. Y claro... me convencí de que quería saber, ver, escuchar, sentir, todas esas cosas que era mejor que no fueran mías. Ni un poco. Ni siquiera como voyeur. Pero... ¿qué iba a pasar por echar un vistacillo a su pasado? Nada, me respondí.

Cogí el ordenador portátil y corrí hasta mi dormitorio para no tener público si Julio salía de la habitación, porque lo que iba a hacer me avergonzaba en el fondo. Iba a cotillear el perfil de Facebook de mi chico. Nunca me imaginé siendo de esas. Las redes sociales son como todo: bien usadas son una ventana al mundo, una forma de compartir vida, emociones, conocer gente, mundo... Mal usadas son un saco donde vomitar frustración o donde simplemente echar un vistazo a las vidas ajenas como la vecina que te espía a través de la mirilla en silencio. Y esa fui yo.

Le busqué entre todos los Héctor de la Torre que me aparecieron. Ni siquiera éramos amigos en ninguna red social. No teníamos necesidad estando tan juntos. Es más, si existía alguna necesidad era la de esconder, así que nada de lo que pudiéramos publicar iba a hacernos un favor en nuestra situación.

Le encontré pronto. De perfil tenía una foto un poco antigua. Probablemente no le preocupaba demasiado la actualización de la página, solo su usabilidad. Era un tío práctico mi Héctor. En la cabecera tenía la foto de una pantonera y la información que aparecía era escueta; solo ponía que era diseñador gráfico freelance. Tenía unos doscientos amigos en Facebook y lo último que había posteado era un trabajo del que se sentía bastante orgulloso. Y yo... me fui de cabeza a sus fotos.

Al principio no encontré mucho. Él. Él con unos amigos en una barbacoa. Unas botellas de vino vacías sobre una mesa de madera de estilo nórdico. Unos paisajes de montañas nevadas. Un libro. No era muy activo. Las fechas de las fotos eran muy espaciadas y lo cierto es que me costaba imaginar a Héctor actualizando su página con esas cosas. Era un chico poco preocupado por mostrar, de los que viven más cosas de las que cuentan. Estaba casi convencida de que no iba a encontrar nada cuando... la vi.

Lucía había sido rubia, pero su castaño natural tenía unos preciosos matices dorados. Sus ojos eran enormes, claros, con pestañas largas. Su boca, de esas que aparecen en los anuncios de pintalabios. Tenía fotos con ella. Los dos tumbados en una cama deshecha, riéndose. Alguna de ambos posando muy serios pero con expresión de estar a punto de soltar una carcajada. También tenía fotos de ella sola. Una en concreto me hizo daño. Mucho. Era de hacía un par de años; ella estaba de pie frente a un espejo, mirándose como lo hacemos las chicas cuando queremos ver cómo nos quedan unos vaqueros. Él, a su lado, sostenía la cámara de fotos sobre su rostro, dejando ver su sonrisa. El pie de foto rezaba: «Estás impresionante, cariño. No hace falta que te mires más. Suena una canción increíble de The Temper Trap. Ven a bailarla. Y dame un beso».

Se quisieron. ¿Qué novedad, no? Dieciocho años juntos dan para mucho y en el saco cabrían mil cosas buenas. Cosas increíbles que siempre recordarían, aunque la vida los separara. Ella siempre sería ELLA y él ÉL cuando ambos hablaran del otro. En mayúsculas. Tenían recuerdos contra los que era imposible luchar, que no desaparecerían y, a pesar de que siempre lo supe, verla lo hizo tangible. Ella se hizo tangible.

ELLA. Lucía. Con su pelo siempre bien peinado y su sonrisa preciosa. Con sus ojos claros y unas piernas delgadas que podrían lucir lo que le diera la gana. Con un cuerpo que no era como el mío, que se desbordaba en sus manos. Con sus pechos pequeños. Con su boca formidable. Derrochando ese jodido estilo que hace que una camiseta blanca y unos vaqueros parezcan recién salidos de la semana de la moda de Nueva York. Era ella y no tenía nada que ver conmigo.

Pasé muchas fases. La odié, por ser tan bonita, por reflejar tanto éxito, por haberlo tenido siempre en un tiempo que, por más que quisiera, nadie me devolvería. Me sentí sucia, por haberle robado algo que era suyo, que había afianzado con años, ilusiones y amor. Estaba rabiosa, porque no podía no quererle. Me di pena, porque era una idiota que se había enamorado de un hombre que sabía que no podía codiciar. Me la dio ella, joder, que no sabía nada. Maldije a Héctor, que lo supo todo siempre. Quise desaparecer, volver atrás, no conocerle porque en aquel momento pensé que lo que hubiera perdido yo no compensaba lo que perdían ellos. Y finalmente… lloré. Y ni siquiera sabía por qué lo hacía. Solo sé que me dolía mucho. Porque Lucía al fin tenía cara y no era una tía sin más…, era la novia del hombre del que me había enamorado, era la chica a la que iba a joderle la vida. Y era mucho mejor que yo. Tenía un trabajo que hubiera impresionado a mi madre. Tenía un cuerpo que haría que todo el mundo volviera la cabeza, a pesar de ser pequeñita. Sonreía. Tenía mil amigos que posaban con ella en sus fotos porque, ya lo sabrás, una vez abierta la caja de Pandora, no pude parar. Y de su perfil me pasé al de ella y repasé foto a foto, ampliando, llorando, sorbiendo mis mocos, reafirmando la idea de que, sin duda, Lucía era la hija que mi madre hubiera deseado y la mujer que Héctor se merecía. Siempre con la manicura perfecta. Siempre con el outfit indicado. Sosteniendo con elegancia una taza. Abrochándose un zapato. Con la mano inmersa en el pelo delante de un montón de papeles y un traje sastre increíblemente bonito. Elegante. Guapa. Delgadísima. Preciosa. Inteligente. Todopoderosa.

La puerta de mi dormitorio se abrió y Héctor entró alegre, diciendo que le había abierto la puerta Julio y que si me daba prisa llegábamos al cine, pero la sonrisa que llevaba prendida de los labios se cayó al suelo en cuanto me vio.

—¿¡Qué pasa!? —Se acercó a mí alarmado—. ¿Qué ha pasado? ¿Estás bien?

Sollocé. Solo sé que sollocé y que lo aparté cuando intentó cogerme. Me abrazó contra su pecho casi a la fuerza y mientras me intentaba zafar de él encontré sobre su camisa a cuadros un pedacito de tela con su olor en estado puro. Su perfume, mezcla de notas amaderadas y cítricas, fusionado con el calor de la piel a pesar de que siempre pensé que Héctor olía a frío. Como esas mañanas en las que el viento corta la cara y despeja los ojos. Desfallecí como si fuera cloroformo emocional.

—¿Qué pasa, Sofía? ¿Qué te ha pasado? Me estás asustando.

¿Cuántas veces habría consolado a Lucía de aquel modo? «Venga, cariño, no pasa nada. Solo dime qué te ha pasado. No llores más». Palabras de quita y pon. Emociones que un día pertenecían a una y otro día a otra. ¿Qué marcaba el cambio? Y yo, ¿qué iba a decirle? ¿Que había descubierto que su novia era de carne y hueso y no solo un nombre? Era absurdo y me sentía desbordada.

Tiré del ordenador hacia mí y lo giré para que lo viera; al encontrarse con la imagen de Lucía, dio un respingo y se echó hacia atrás. Me costó formular las palabras pero, como tantas veces pasa, una vez abrí la boca, no pude parar. Sorbiendo los mocos. Sollozando como una cría. Con la voz rota de la rabia.

—Mírala, Héctor. Mira.

—Pero… ¿qué haces buscándola en…?

Di atrás y atrás otra vez en el navegador hasta volver a una foto de los dos. Le giré la pantalla completamente.

—Mira cómo la quieres.

—¿¡Qué dices!?

—¡¡Mira cómo la quieres, joder!!

—¿Puedes explicarme qué…?

—¿Qué mierdas estamos haciendo? ¡¡¿Qué coño estoy haciendo?!!

—Sofía…, cálmate.

Tiré el ordenador sobre la cama y me tapé la cara, para volver a sollozar después. Yo sabía cuánto dolía lo que ella iba a encontrarse. Sabía tan bien la medida y profundidad de esas emociones, que ya me dolían por ella.

—Tú la quieres. Y me has prestado muchas cosas que no eran tuyas, Héctor. Vuestras canciones, vuestra forma de ver la vida…, tu puto cuerpo, joder. —Me clavé las uñas en la cabeza, con los dedos entre los mechones desordenados de mi pelo—. Me he enamorado de algo que es de otra.

—Escúchame… —quiso empezar a contarme.

—¿Es mentira? ¿Digo alguna mentira?

—¡Escúchame, Sofía, joder! Esto no es sucio. No es malo. No es feo. Yo… la quise. La quise como un loco durante muchos años. Pero ya no.

Se acercó y midió mi reacción antes de rodearme con sus brazos. Yo me dejé, claro. Porque le quería. A pesar de todo.

—Héctor… —Lloré contra su pecho—. Es perfecta.

—Es perfecta para el hombre que sepa quererla. Yo así ya solo puedo quererte a ti.

—Te vas a ir. Te vas a ir con ella de nuevo. Vas a dejarme porque…

—¿Por qué?

—Porque existe. Porque está ahí y… es perfecta.

Héctor me obligó a sentarme en la cama y después se colocó en cuclillas entre mis piernas, apoyado en mis rodillas.

—Mírame.

Fijé los ojos en el techo, notando cómo la respiración acelerada me obligaba a dar ridículos hipidos. Qué íntimo es llorar. Qué dentro tenía aquella pena. Fue como ser consciente de pronto de una desgracia que, en el fondo, formaba parte de mí desde hacía mucho tiempo.

—Ella está allí… —musité sin bajar la mirada—. No lo sabe. No sabe nada. Para Lucía aún la quieres y es como si…, como si esto no fuera nada. No puede compararse a lo vuestro. No puede…

—Es cuestión de tiempo. De muy poco tiempo. Sofía, por favor…, por favor…, sé paciente.

—¿Más? —Nuestras miradas se encontraron y él pestañeó desconcertado—. ¿Qué? ¿Vas a hacerte ahora el sorprendido? —seguí hablando—. ¿Pensabas que me daba igual? ¿Creías que no pensaba en ello? ¡¡Que no quiera hacerlo es otra cosa!!

—Yo solo creí que estábamos pensando en nosotros.

—¡¡Es que nosotros somos tres putas personas, tú, yo y tu novia!! Nuestras cosas también son de ella porque tú has dejado que estuviera aquí. ¡¡Está aquí!!

—Vale. Mírame. ¡Mírame! —Llevé mis ojos hasta su cara—. Vamos a tener esta conversación y júrame que no la usarás en mi contra después, porque voy a ser totalmente sincero y me voy a quedar muy desnudo después de esto. —Héctor se levantó y miró al techo también, después bufó y se pasó las manos por la cara—. Ojalá no hubiera pasado, ¿sabes? Ojalá no nos hubiéramos conocido. Ojalá yo solo supiera lo que sabía cuando estaba con ella porque era estúpidamente cómodo. Aunque no llenara del todo. Pero ya no se puede cambiar. ¿Lo hemos hecho mal? Sí. Joder. ¡¡Lo hemos hecho fatal!! ¿Y qué?

—¿Cómo que «y qué», Héctor? ¡¡Cómo…!!

—¿Qué vamos a hacer? Dime, ¿cuál era la opción más moralmente irreprochable? ¿Pasar de todo? ¿Esperar? ¿Crees que yo tengo experiencia en esto?

—Pues la verdad… ¡¡no lo sé!! Porque no te conozco tanto como para poder confiar tanto en ti.

—¿Te estás escuchando? —Su ceño se frunció aún un poco más—. Vamos a calmarnos, Sofía, antes de que empecemos a decir cosas que no pensamos ni sentimos.

Me enseñó las palmas de las manos, tratando de que me tranquilizara, pero yo solo supe quitarme lágrimas a manotazos y maldecir.

—Me cago en la puta, Héctor. Me cago en la jodida puta. Me has hecho hacer algo horrible, me has empujado a hacer lo que me hicieron. Por no dejarla. Por no hacer un puto viaje a Ginebra cuando tocaba, antes de todo esto.

—Esto no es culpa mía. Ni tuya.

—¿Entonces? Y no te atrevas a decirme que la culpa es suya…

—Enamorarse no es culpa de nadie. Yo creí que la querría siempre pero… te conocí. Y me di cuenta de que no la quise nunca.

Bufé y hundí mi cara en mis manos de nuevo. Iba a volverme loca de un momento a otro. Sí. Lo sé. Lucía existió siempre, aunque no le viera la cara. Era una persona de carne y hueso a la que supe que estaba haciendo daño sin conocerla siquiera, pero al final, una foto puede abrir muchas puertas de esas que cerraste y cuya llave tiraste.

—¿Qué puedo hacer? Dime, Sofía. ¿Qué puedo hacer? Porque algo habrá que solucione esto.

—No hay soluciones. No es un problema de matemáticas. —Cogí aire, lo sostuve dentro del pecho y después lo dejé salir despacio de entre mis labios—. Esto está mal…, muy mal.

No sé cómo hubiera reaccionado yo si hubiera sido él quien dijera que lo nuestro estaba muy mal, pero lo que vi en su expresión me hizo pensar que era un sabor mucho más amargo para el que lo escuchaba que para el que lo escupía. Pareció dolido, dolido de verdad. Lo sé. Era injusto cargar sobre sus hombros más responsabilidad, como si supiera cuál era la respuesta acertada pero no quisiera compartirla conmigo. Pero es que era su novia. Era su vida anterior. La mía no suponía ningún problema; yo había llegado limpia.

—Vale —dijo muy bajo.

Héctor cogió mi ordenador, cerró todas las ventanas y abrió una nueva, donde metió el nombre de una aerolínea. Miró la pantalla y sacó su teléfono móvil del bolsillo.

—¿Qué haces?

—Se acabó, Sofía. No pienso hacerte esto. Me voy mañana. Cambio los billetes.

No te mentiré. Creí que me dejaba. Pensé que iba a largarse con su novia para no complicarse la vida conmigo, con algo con lo que arriesgaba todo lo que tenía sin saber si tendría futuro. Pero sus dedos entrelazados con los míos mientras hablaba con la operadora y sus labios sobre mi pelo en cada pausa en la conversación me convencieron de que no…, de que se acababa. Se acababa lo que no nos dejaba ser. El trámite le llevó unos minutos. Un tiempo ridículo para todo lo que aquel viaje terminó significando.

42

ADIÓS

Cuando me subí al avión no pude evitar pensar que la última vez que viajé tan lejos, en el trayecto a la inversa, dejé en el aeropuerto a Lucía después de un beso, un «te quiero» y la promesa de que las cosas irían bien. Sentí cierta decepción conmigo mismo porque no solo no habían ido bien, sino que apenas tres meses después, dejaba a otra chica en la terminal a la que había prometido volver con todo solucionado para quererla como se merecía. Tenía grabada su imagen en la otra parte del control de seguridad, abrazándose a sí misma la cintura con una mano y la otra sobre el corazón, con los ojos tan tristes como cuando la conocí. Y no se borró en mucho tiempo. Esa imagen... no se borró. No se ha borrado. Y me come la pena por dentro.

No encontré vuelo a primera hora de la mañana y hubiera sido una estupidez de todas formas, porque Lucía salía tarde de trabajar. Debería haberla avisado. Un mensaje diciéndole que volaba hasta allí porque necesitaba que habláramos hubiera bastado, pero no pude. Un mensaje con aquella bomba lapa adosada era ruin. Entonces ¿por qué no llamé? No pude hasta que no llegué. Quería alargarlo un poco más. Quizá me prepararía por el camino.

En Ginebra, en esa época del año, anochece ya un poco más tarde, pero cuando llegué, a las ocho menos veinte de la tarde, ya era noche cerrada. Y llovía. Y hacía frío. Siempre me han gustado el frío y la lluvia, excepto aquella tarde. Aunque aquella tarde difícilmente iba a gustarme algo.

El teléfono de Lucía estaba apagado cuando llamé justo antes de subirme en el tren que llevaba hacia el centro y siguió estándolo cuando bajé del tranvía, el dieciocho, que me dejaba a unos doscientos metros de mi casa. Eso ayudó a que las sensaciones de estar allí otra vez, con todo lo vivido en Madrid, no fueran tan nítidas. ¿Por qué cojones tenía el móvil apagado? ¿Sin cobertura? ¿Sin batería? ¿Sin querer noticias de nadie? ¿Y si…?

¿Y si estaba en casa con otro? Un peso imaginario voló del centro de mi pecho como un cuervo de esos a los que solía alimentar en la pequeña terraza de casa. Si estaba con otro… ya no sería solo culpa mía, ¿no? Yo no sería el malo. Al menos no tan malo. Crucé el río rezando encontrarla metida en la cama, jodiendo como una bestia con el tío más guapo y con más éxito del mundo. Así podría volver a Madrid a ser feliz sin remordimientos. De modo que… crucé el río dándome cabezazos contra la seguridad de no quererla ya. No de la manera en la que debería hacerlo.

Saqué las llaves de mi bolsa de mano antes de llegar al portal, aunque este se abría con un código que me salió solo, sin tener que recordarlo. Mi cabeza estaba ocupada con el recuerdo de que cuando descubrí mi manojo de llaves entre mi equipaje al llegar a Madrid me sentí idiota. ¿Para qué narices iba a necesitarlas allí? Mira, Héctor, para esto, para entrar a hurtadillas en tu casa con un nudo en la garganta y confesarle a Lucía que ya quieres a otra.

Llegué al sexto mecido por el traqueteo del ascensor, que había vivido años mejores, y el de mi cabeza, donde repiqueteaba sin cesar el mantra «que esté con otro». Pero al abrir mi piso… solo me recibió la oscuridad total, el eco de la música del vecino de al lado y su olor… tan familiar. Y la comodidad, la vida, lo conocido… me golpearon el estómago.

Mi bicicleta seguía apoyada en la pared del recibidor y el perchero cargaba con mi abrigo de invierno, el de cuando la temperatura bajaba de cero, y los suyos. A la derecha, la puerta del baño del pestillo, como solíamos llamarlo…, el que solamente tenía el váter y cuyas paredes decoramos con entradas de cine, de teatro, billetes de avión, de tren, cajetillas de cerillas, postales y fotos. Curiosa la distribución de esta casa, pensé cuando lo vimos. Me gustó porque era tan absurdo como lógico separar la ducha del váter. A la izquierda, el baño «público», donde al entrar vi la bolsita de maquillaje de Lucía abierta sobre el mármol de la pila. Una máscara de pestañas descansaba solitaria, separada de las demás, fuera del neceser, rompiendo el orden total. Me lavé la cara sin quitarme ni la chaqueta ni la bolsa del costado. Necesitaba respirar. En una casa donde Lucía y yo habíamos vivido nuestro amor durante los últimos siete años solo veía a Sofía. Pero la veía borrosa. Y a mí me veía demasiado sólido.

Al salir me asomé a la cocina, cuya entrada quedaba justo frente a la puerta de casa. Todo estaba ordenado. Las baldosas de suelo hidráulico estaban impolutas, como le gustaban a Lucía, que había insistido hasta que cedí para que alguien viniera a limpiar dos veces por semana. Me ofrecí tantas veces a hacerlo yo, que al final me sentí humillado. No por ofrecerme, que conste, sino por su negativa. «No tienes por qué hacerlo», decía. Entonces… tendría que haber tenido para pagar a alguien para hacerlo por mí, ¿no? Así era con todo. Vivía a un ritmo que no me podía permitir y que tampoco me seducía, siguiendo en ralentí a otra persona. Una persona a la que quería mucho. Muchísimo. La distancia lo había vuelto todo muy vago, pero estar allí, mis cosas, las suyas, los olores… era otra cosa. No me malinterpretes: yo quería a Sofía y quería estar solamente con ella. Pero eso no me quitó la pena de lo que estaba a punto de hacer.

Apagué la luz y salí hacia el salón, donde todo seguía igual, pero más quieto. La salida a la pequeña terraza estaba cerrada a cal y canto. Lucía nunca salía. Le molestaba el griterío de los niños del colegio de abajo por la mañana y el graznido de los cuervos a todas horas. Las estanterías de madera clara llenas de libros y discos. El sofá era nuevo, aunque no me sorprendió. Lucía odiaba el anterior, donde a veces me quedaba dormido; era cuestión de tiempo que se deshiciera de él ahora que yo no estaba en casa para ejercer ninguna resistencia. Junto a él, la mesa que usábamos como «despacho» estaba ordenada, no como cuando yo vivía allí. En realidad todo el salón estaba impoluto, lo que no solía verse a menudo si yo estaba en casa. La mesa de centro solía estar cubierta de una película de pequeñas motas de tabaco de liar y un cenicero lleno junto a mi portátil abierto. El escritorio, que usaba menos de lo que a ella le gustaría, solía estar lleno de papeles, pantoneras, cargadores y el casco vacío de alguna cerveza Blanche. Era absurdamente evidente: su vida estaba mucho más ordenada sin mí.

Entrar al dormitorio me produjo la misma sensación que una bofetada. Nuestra cama enorme. Enorme. A mí nunca me hizo falta tanto colchón, pero ella tenía el sueño ligero y yo me muevo mucho por las noches. Un mes después de comprarla ya no podía vivir sin ella. En aquella escapada a Zúrich nos costó Dios y ayuda conciliar el sueño porque estábamos por todas partes. Su codito. Mi brazo. Su rodillita. Mi pierna. Su respiración. Qué curioso…, Sofía y yo dormíamos en una cama de cuerpo y medio y no notarla era lo único que podía quitarme el sueño. ¿Cómo podía sentirme tan invadido por el pequeño cuerpo de Lucía?

El armario estaba cerrado, seguro que ordenadísimo por dentro. Una bata de algodón negro colgaba detrás de la puerta, junto a su camisón. Unos zapatos de tacón adornaban solitarios un rincón. Seguro que había cambiado de parecer aquella mañana y finalmente no se los había puesto. Sus pendientes de brillantes descansaban en la mesita de noche. No se los regalé yo. Nunca le regalé ninguna joya; solía quejarse, pero en tono jocoso, porque ambos sabíamos que yo no era de los que regalaban pendientes, pulseras, relojes o collares. Ni anillos. Ambos parecíamos resignados con las cosas que no haríamos jamás por el otro y... nos parecía bien. Debí comprarle un anillo; sabía la ilusión que le hacía. Debí comprarle un anillo bonito en lugar de invertir ese dinero en un ordenador nuevo. Quizá hubiéramos sido más felices y Ginebra no hubiera empequeñecido hasta parecernos asfixiante, hasta tener la piel escocida y obligarnos a gritar a cada pequeño roce. ¿Y ella? Ella debió decirme que me quería, no darlo todo por sabido. Debió no buscar los porqués, sino a mí. Nos fuimos perdiendo tan poco a poco que no nos dimos cuenta. En las noches tomando copas que no me apetecían en la zona de Eaux Vives con sus compañeros de trabajo que me hacían sentir zarrapastroso y pobre, que me ofrecían coca cuando me veían con cara de póquer y que no entendían qué hacía alguien como Lucía conmigo, por más que se lo callaran. Nos perdimos en el sexo pragmático. Y por las noches preferimos callar a hablar con el otro. Nos deslizamos también en su descontento y decepción por el hecho de que los planes hubieran salido bien y aun así tuviéramos problemas. Nos perdimos en esa boca suya que me besaba poco. Y en la mía, que se quejaba de más.

Fui a apagar la luz y a salir, pero no pude evitar una última mirada a la cama donde, evidentemente, no estaba Lucía con otro. La noche antes de marcharme a Madrid, follamos en aquella cama. No puedo decir que hiciéramos el amor, así que follamos lento. Hacer el amor era lo que hacía con Sofía y no lo haría con nadie más en el mundo. Pero casi podía vernos. Lucía, completamente desnuda encima de mí, con los pezones como piedras, moviéndose, diciéndome guarradas con voz profunda, con tono calmado.

—Voy a echar de menos tu polla. Llámame puta cada vez que te corras pensando en mí.

Apagué la luz. Era mejor empezar.

La maleta seguía en el altillo. Era enorme, pensé, pero cuando empecé a llenarla con mis libros, empequeñeció. Encontré papel de burbuja al fondo del maldito altillo desde el que siempre imaginaba que alguien me miraba trabajar y pude embalar el ordenador, que vendrían a recoger en unos días de la agencia de envíos para que llegara a Madrid de una pieza.

Creí que quedaría más ropa en los cajones y en los armarios. Cuando cerré la maleta y pensé que ahí dentro iba todo lo que tenía, me sentí un tío muy pobre. Un tirado. Pero luego pensé en Sofía y el sentimiento se esfumó.

Lucía tardó en conectar el teléfono. Llamó cuando ya llevaba más de una hora en casa y tenía todas mis cosas recogidas. Antes de responder, respiré muy hondo y cerré los ojos.

—Hola.

—¿Qué pasa? —me preguntó. Se escuchaba el rumor de los coches y las conversaciones, así que imaginé que se dirigía a casa—. Tengo ocho llamadas perdidas tuyas.

—Lucía, estoy en casa.

—¿En qué casa?

—En la tuya —no pude decir nuestra. Me daba asco en el paladar solo pensar en un pronombre posesivo en plural.

—¿Ha pasado algo? ¿Están todos bien?

—Nada. Todo el mundo está bien. Ven pronto, ¿vale?

—Estoy saliendo del tranvía. Dos minutos.

Pues ya estaba. Ahí iba.

Lucía entró con los ojos aún más abiertos que de costumbre. Llevaba puesto un traje pantalón, unos zapatos de tacón alto con pinta de ser nuevos y caros y el abrigo en la mano. Me levanté del sofá con aire taciturno y la saliva que se negaba a bajar por mi garganta y la saludé con la cabeza. Ya debía olerse que aquella no era una visita sorpresa, de esas que dicen «cuánto te quiero», porque se movió con cautela, en lugar de saltar sobre mí como había hecho en Barajas cuando la recogí.

Se acercó un paso más y se puso de puntillas para darme un beso pero yo torcí la cara en un acto reflejo, poniéndole la mejilla. Se apartó sin besarme y me miró.

—Dime que me quieres —dijo en un hilo de voz.

—Te quiero —respondí.

—Dímelo sin que parezca que me estás mintiendo.

—No te estoy mintiendo, Lucía. De eso he venido a hablar, de que te quiero, pero…

—Pero ¿qué?

—Tenemos que hablar.

Lucía dejó el abrigo en la percha de la entrada y después se pasó los dedos por el pelo, como tranquilizándose. Se quitó los zapatos y los dejó allí, en la entrada.

—La distancia —dijo al fin, después de un silencio que me pareció eterno—. Podemos solucionarlo.

—¿Sí? ¿Cómo?

—Vuelve. Se acabó el experimento. Yo no… —su voz sonaba horriblemente estrangulada y la vi tantear con las manos buscando algo en lo que apoyarse—, tampoco estoy bien aquí sola.

Mentira. MENTIRA. Dieciocho años dan para localizar las mentiras del otro antes incluso de que se asomen a los labios. Era recíproco, por lo que ella debía estar viendo a Sofía en el brillo de mis malditos ojos.

—No es cuestión de distancia. Ni de experimentos. No tiene que ver con la ciudad ni con el trabajo. Esta vez no podemos seguir poniendo excusas, Lucía. Esta vez se ha terminado.

—¿Qué dices?

—Que somos nosotros, Lucía. No funcionamos. Y échame la culpa si quieres porque en este punto solo puedo decir que… he sido yo.

—Nosotros siempre lo solucionamos. Siempre.

—Nosotros ya no podemos ponerle más parches. No hay vuelta atrás. No es un ultimátum. Esta vez es de verdad. Te quiero… mucho, pero no te quiero como debería hacerlo.

—Estuvimos juntos hace… nada. Hemos hablado cada noche y… no has dicho nada.

—¿Crees que es una conversación para tenerla por teléfono?

—Es una conversación que teníamos que tener, Héctor. —De pronto parecía muy enfadada. Yo. Yo era el culpable—. ¿Lo has alargado tanto que ya no tiene arreglo?

Chasqueé la lengua contra el paladar y me froté los ojos.

—No hagas eso —le pedí.

—¿El qué?

—Eso que haces siempre. Actuar como si tú siempre tuvieras la solución de las cosas y mi error fuera no pedirte audiencia.

—¿A qué coño viene esto?

—Viene a que tienes que asumir que yo no quiero seguir.

Sus bonitos ojos empezaron a brillar de rabia. Tragó saliva y asintió como para sí misma. Tardó mucho más tiempo del que creí en hacerme la pregunta.

—Hay otra, ¿no?

Me hubiera encantado decirle que no, compartir la culpa. Quitarme peso. Pero no podía. Se lo debía… a las dos.

—Sí —asentí—. Hay otra.

Me sostuvo la mirada duramente y durante un minuto eterno, no dijo nada. Nada. Podía notar el frío de sus venas azules congelándola por dentro. Lo sé, princesa, yo tampoco lo esperaba.

—Has conocido a otra en Madrid —preguntó a la vez que afirmaba.

—Sí.

—Y ahora yo soy un puto estorbo, ¿no?

—No. Pero tengo claro que lo que nos queda no es amor.

—Íbamos a tener hijos.

—Íbamos a equivocarnos de la hostia.

—Eres un hijo de puta —me dijo despacio, paladeando el insulto para que aún sonara más real—. Eres un jodido hijo de la gran puta.

—Lucía…, yo no he hecho esto a propósito.

—Pobrecito…

—No me trates así. Estoy siendo honesto. Podría habérmelo callado.

—¿Y qué quieres que haga? ¿Te aplaudo? —la voz le falló al final de la frase.

—Hagámoslo bien. Lo que queda. Hagámoslo bien.

—¿Es más joven?

—Lucía, no es eso…

—¿Más delgada? ¿Más guapa? ¿Qué…? ¿No dices nada?

—No me he encaprichado de otra —dije ofendido—. No te haría daño por un capricho.

—¿Entonces?

Ahí iba. La estocada final.

—Me he enamorado.

Tocada. Hundida. Muerta. Se tapó la cara y se echó a llorar. La escuché repetir sin parar que «no podía ser» y que «lo sabía». Contradicción. Primera fase de la ruptura, la pérdida: enfado, sorpresa y… súplica.

—No lo he buscado, Lucía. Simplemente… pasó.

—¿Te has acostado con ella? —me preguntó, apartando las manos de sus ojos, bajo los que ya habían empezado a correr ríos negros.

—Sí.

Lucía cogió lo primero que encontró a mano y me lo tiró. No consigo recordar qué era… Después empujó varios muebles hacia mí mientras gritaba. Me dijo muchas cosas que no pude negar. Me llamó cosas que nunca creí merecer pero que en aquel momento asumí como una realidad. Que era un cabrón, que había manchado lo que tuvimos, que le estaba destrozando la vida, que no me merecía todo lo que me había dado, que era una mala persona. Y mi silencio, en lugar de amansarla, la enfurecía cada vez un poco más. Cuando dejé incluso de mirarla se me echó encima y tuve que sostenerle las manos, que lanzaban golpes sin ton ni son.

—Lucía…, para. ¡¡Para!!

—¡¿Cuántas veces?! —gritó mientras luchaba por golpearme.

—¡¿Y eso qué te importa?! ¿Eh? ¿Qué se supone que va a arreglar que te diga que una, dos o treinta veces?! ¡¡Quiero a otra!!

—Hijo de puta. Eres un hijo de la gran puta. ¡¡¿Por qué me haces esto?!! —gritó fuera de sí cuando no le quedaron insultos—. ¡¿Cómo has podido tirar dieciocho años por el coño de otra?! ¡¡Qué asco me das!! ¡¡Me das tanto asco que preferiría que estuvieras muerto!!

Plas. La hostia verbal más grande de mi vida. Miré el suelo y sostuve un poco más el nudo de la garganta. Ella preferiría que hubiera muerto a tener que enfrentarse a aquella infidelidad por la que no le estaba pidiendo perdón, porque no podía. No sentía que fuera sucia, mala, inmoral. Me había enamorado, joder. No esperaba que lo entendiera pero…, no sé. Había demasiada pena allí dentro como para tener claro algún sentimiento.

Me empujó, aunque no pudo moverme; había unos treinta kilos de diferencia entre ella y yo. Pareció que salía despedida y me asusté porque todo estaba pasando tan deprisa y tan mal, que me pareció que podía haberla empujado yo y no ser consciente de ello. Pero no. No había sido yo.

Se dejó caer en el suelo, sentada, con la espalda pegada en la pared, llorando, pero no me atreví a mirarla porque aquello se lo estaba haciendo yo.

—Te odio —me escupió desde allí—. Muérete. Muérete, joder.

La luz anaranjada que entraba en su dormitorio, en el pueblo, a finales de verano, manchándonos las manos mientras las entrelazábamos en el aire. Dieciséis años. Escondidos para besarnos y susurrarnos palabras de amor de esas que no sabes muy bien qué significan aún. Te voy a querer siempre. Hasta que me muera.

La niebla de Ciudad Universitaria, del campus de la Complutense, que lo cubría todo cuando hacía frío y ella abrigada hasta por encima de la cabeza, apretando mi mano entre las suyas mientras me decía que no podía permitirme el lujo de que no me importase suspender de nuevo Técnicas planográficas. «¿De qué piensas vivir? ¿Qué quieres ser, ebanista, como tu padre? Aspiras a una vida mediocre, Héctor. No quiero que me arrastres». Los ojos cerrados y la acojonante certeza de que durante un par de minutos, la odié.

El zumbido del tubo fluorescente de la clase donde aprendía francés en Ginebra y el dolor de cabeza permanente de los primeros seis meses allí. «Esto lo hago porque te amo. ¿Lo sabes?». Y su carita entre mis manos antes de besarla, sentarla en mi regazo y dejar que mi lengua le pusiera difícil el propósito de ayudarme a conjugar verbos.

El silencio y el frío de la enésima discusión. «Tirado», «Muerto de hambre», «No tienes aspiraciones», «Apestas a mediocridad», «No puedo tirar siempre de un tío que no quiere ser mejor». Nunca entendió que mi felicidad, mis aspiraciones, mis ambiciones, no tenían que ver con superar su sueldo, sino con sentirme útil. Daba igual cómo.

Lo bueno. Lo malo. Los años. Creímos tener tiempo para arreglar las cosas. Al fin y al cabo estábamos aprendiendo cómo vivir, cómo gestionar las emociones, ¿no? Es mejor el desconocimiento. La ignorancia es tan dulce... El amor no se sostiene con empeño si se ha erosionado tanto que lo único que queda de él es una capa muy fina, a punto de partirse en dos.

Necesitaba salir de allí. Quería irme. Huir. Encerrarme en la habitación de Estela, dejar que me consolara, permitirme ser blando y humano con ella, débil y escuchar que alguien me dijera que no era culpa mía. Lucía lloraba con la cabeza apoyada en la pared y los ojos cerrados. Quiero irme, princesa. Déjame irme. Déjame...

—Nunca quise hacerte daño —le dije—. Te lo juro. Nunca. Me resistí. Lo peleé. No quise pero terminé cediendo.

—¿La quieres más que a mí?

Pestañeé. ¿Cómo se salía de aquella? Jodida mierda.

—La quiero. Eso quiere decir que no importa cuánto nos queramos tú y yo, lo anula.

—Vete.

Mi parte necia suspiró de alivio. El Héctor bueno se echó a llorar.

—Quiero... solucionar temas antes de irme —carraspeé—. ¿Cómo te vas a apañar para pagar el alquiler y...?

Levantó la barbilla digna, a pesar de los sollozos, y sonrió con superioridad.

—¿En serio? Ganas una mierda, Héctor. Nunca me has hecho falta.

—Tú a mí sí. Pero ni tu sueldo ni tu estatus ni tus jodidos fines de semana en Zermatt. Qué curioso que lo único que quisimos del otro fuera lo único que no nos dimos.

—No me insultes —jadeó—. Te quiero tanto que creo que me voy a morir. No me insultes.

—Vamos a dejarlo como está. No quiero estropearlo más. —Me froté la barba y suspiré. Las siguientes palabras iban a salir muy débiles. Me iba a fallar la voz, lo sabía—. Gracias por estos años.

Cogí la maleta y mi bolsa de mano y la acerqué a la puerta del salón. Parecía que pesaba años…, años de cosas buenas y malas. Mierda, quería irme en la misma proporción que quedarme, abrazarla, darle un beso que dejara en su boca el amor residual para salir de allí limpio. Egoísta…

Lucía alcanzó la tela de mi vaquero cuando pasé junto a ella y se agarró a mis piernas, como una cría. Lloró hasta que sentí que sus lágrimas me empapaban el pantalón.

—Por favor, por favor, por favor… —suplicó—. No te vayas. No te vayas. Voy a perdonártelo. Sabes que voy a perdonártelo. Ella no es nadie, Héctor. Ella no es como nosotros. Nosotros salimos de un cuento, ¿te acuerdas? Tú me lo decías…, nosotros salimos de un cuento…

Si alguien desea tener a otra persona suplicando a sus pies…, no sabe lo que desea. No sabe la humillación de tener que levantarla del suelo, de tener que quitármela de encima para que no pudiera besarme, de verla decirme empapada en llanto que sería capaz de morirse por mí. Fin de la primera fase… Bienvenida la segunda, desesperanza.

No me fui. No lloré. No aún. Tenía la necesidad de mantener la compostura, de ser el fuerte, de que uno de los dos no se derrumbara. Dejé la maleta junto a la puerta, con mi abrigo, con mi bolsa de mano, con todo… y llevé a Lucía al sofá, donde nos sentamos los dos. No iba a marcharme dejando que la parte más humillante de una ruptura fuera nuestro final. No nos lo merecíamos.

Esperé a que se calmara, en silencio. Dejó de llorar y clavó su mirada en el suelo. Nos pasamos callados mucho rato, sin saber qué decir. Se escuchaba el tic tac del despertador que tenía en su mesita de noche, el mismo que usaba en el instituto y que le regalaron sus padres cuando era pequeña. Minúscula jodida maniática, fue así siempre. Siempre controlándolo todo. Siempre despierta al alba. Siempre con cosas más importantes que hacer que quedarse en la cama conmigo cinco minutos más.

Fue ella quien rompió el silencio.

—¿Hubiera podido hacer algo por evitarlo? Necesito saberlo.

—No —negué—. No creo.

—¿Cómo se llama?

—No vamos a hablar de ella. —Apoyé mis antebrazos en las rodillas, echándome hacia delante, y cogí el paquete de tabaco de liar que había dejado encima de la mesa una hora antes.

—¿Entonces?

—Vamos a hablar de nosotros.

—Nosotros ya no somos nosotros.

—Pero lo fuimos.

—¿Quieres el polvo de despedida? —preguntó irónica.

—No me ofendas.

—No. No voy a ofenderte. Eres un hombre fiel. Ahora te debes a ella.

Masqué la rabia que había en aquellas palabras mientras me liaba un cigarrillo.

—No quiero que te mueras —musitó cuando comprobó que estaba ignorando su último comentario—. Quiero que se muera ella.

—Sé que es culpa mía, pero estás siendo mezquina.

—No es mezquindad. Es que me ha dejado sin nada. ¿De qué me sirve todo lo que he conseguido si no estás? Nunca encontraré a nadie como tú. Nunca me volveré a enamorar. Y tú ya tienes a otra.

Dejé el cigarrillo encima de la mesa y bufé, tirando de las raíces de mi pelo entre mis dedos.

—¿Por qué no te vas? —me pidió—. Lo has recogido todo. Tienes quien te espere. ¿Qué haces aquí aún?

—¿Quieres que me vaya?

—Quiero volver al mes de diciembre y cerrar la boca cuando te propuse irte a Madrid para ir probando. Todo esto es culpa mía. Porque soy fría, porque pienso demasiado en el trabajo, porque no soy una de esas gatitas que ronronean en tu regazo... como ella. Ella seguro que es así. Que te dice que te quiere. Que te recuerda constantemente lo guapo que eres. Que te trata como tu madre, como si no hubiera nadie en el mundo mejor que tú. Yo nunca te he dado suficiente.

—No es ego. Es amor.

Bofetada para los dos. Se rio entre dientes, triste.

—Claro que es ego, mi vida, pero no pasa nada. No pasa nada. Ya está.

Quise zarandearla, hacerle entender que no estábamos rompiendo nada, solo quitando la sábana con la que habíamos tapado los restos mientras nos convencíamos que abajo todo estaba intacto. Quise que me viera con Sofía, que viera quién era con ella, que escuchase mi risa, que sintiera mi ansiedad por su cercanía, que entendiera que ya solo quería morirme de viejo a su lado. Pero eran cosas que eran tan mías, que ni siquiera quería que lo entendiera. Y allí dentro no tenían sentido.

—¿Te hice feliz? —soltó de pronto—. Quiero decir... ¿fuiste feliz alguna vez conmigo? Yo creo que lo fuimos..., que lo fuimos mucho. Pero hay muchas cosas que debimos hacer...

Me miró, pero evité su mirada. Ahí estaba... la ansiedad, el recuerdo dulce, la tercera fase.

—Hemos sido grandes. —Me quitó el cigarrillo ya liado que acababa de recuperar de encima de la mesa y se lo encendió ella—. ¿Te acuerdas de aquella botella de absenta que le compramos a aquel profesor tuyo de la escuela de diseño?

Me pareció que sonreía, pero no quise asegurarme. Claro que me acordaba. Solíamos abrirla después de follar. Sudados, desnudos, jadeantes, compartíamos un vaso de absenta que nos llevaba al coma más profundo o a la risa más escandalosa. Y si nos dormíamos, despertábamos con hambre y más ganas de follar. Y si nos reíamos, primero follábamos de nuevo y después dormíamos con hambre.

La miré de reojo mientras ella dejaba salir el humo de su boca despacio, como Marla en *El club de la lucha*.

—Al menos nos reímos juntos. Y nos quisimos. Nos quisimos mucho... —la voz se le rompió al final de la frase y se pasó el dorso de la mano por debajo de la nariz—. Tienes que acordarte.

—Me acuerdo de muchas cosas, Lucía.

—¿De qué?

—De que estuvimos en la cuerda floja cuatro veces en los últimos diez años. Que me echaste de casa una vez. Que no volví en tres días. Me acuerdo de que hemos puesto muchos parches.

—Está visto que quieres dejar un buen recuerdo...

—Quiero que seas consciente de que no todo fue bueno. Las cosas buenas me las guardo, no las tiro ni las borro, pero las malas son las que nos han empujado hasta aquí.

—Entonces, ¿es culpa mía? ¿Te empujé a sus brazos?

—El amor no es culpa de nadie. Solo sucede.

Se levantó del sofá. Creí que iba a pegarme, lanzarme la silla, escupirme, echarme de allí, pero solo salió andando descalza hacia la cocina.

—Voy a encender la calefacción. Y a hacer café. La noche va a ser larga.

¿Larga? No. Eterna. Entre reproches a media voz y una resignación asquerosa que gritaba en silencio que yo, finalmente, no había estado a la altura. Me sentí ridículo cuando descubrí que no iba a irme de allí libre, preparado para querer a Sofía como se merecía. Me marcharía de Ginebra cargado de culpa, de mierda anterior, de las siete diferencias entre el Héctor que imaginé que sería y el que estaba siendo. Una ruptura mediocre. Una relación larga sin magia. Y yo en el medio, metido en la cama de Sofía, follándome a la fuerza sus últimas resistencias para no cometer el mismo error que cometieron con ella.

Lucía volvió a preguntar por ella. Fue doliente para después arrepentirse, hacerse pequeña, prometerme que lo olvidaría si me quedaba. Y yo me debatí entre la desidia y la depresión, decepcionado con la situación. Con Lucía, conmigo, con Sofía, joder, que me había presionado para dar el paso cuando aún estaba preparándome mentalmente. Y eso me hacía sentir tan mal que aún me hundía un poco más.

Lo alargamos, entre silencios, yo porque no quería huir y ella porque cuando saliera por la puerta se habría terminado para siempre. Qué diferente para el que deja y el que es dejado. Qué diferente una misma situación. Para mí fue la noche más larga de mi vida y para ella solo un suspiro. No es lo mismo despedirse que despegarse. Ella hacía lo primero y yo lo segundo. Una noche en blanco, peleando por lo que quedaba de una relación casi más larga que nuestra vida, eso fue. Los recuerdos buenos. Los malos. Las esperanzas. Lo que no alcanzamos. Las batallas que ganamos. Había que repartirlo todo, a pesar de que todas mis pertenencias cupieran en una maleta. No puedo decir mucho más, porque ya no fue una discusión ni odio ni rencor ni decepción ni asco. Fue una charca de cosas pasadas y de los restos del futuro que no llegamos a edificar, que se deshacían bajo nuestros pies. Fue la verdad de quiénes éramos… que no nos gustaba.

A las cuatro y media me fui. La dejé bebiéndose un café, sentada en su sofá nuevo, entre un montón de cosas viejas que no eran mías pero que siempre le recordarían a mí y lo único que supe decir fue que en unos días pasarían a por mi ordenador. Nunca, en toda mi vida, he estado más triste. Miento. Nunca, en toda mi vida hasta ese momento, estuve más triste. Aún me quedaban muchas penas por procesar, vivir y tragar. Adiós, Héctor. Te quedaste allí, sentado, masticando culpas.

43

Héctor me mandó un mensaje a las cinco y media de la mañana diciendo que no fuera a por él al aeropuerto tal y como habíamos quedado al despedirnos. Tenía grabada su imagen al otro lado del control de seguridad, recogiendo su bolsa de mano, mirándome y tratando de sonreír. Lo leí inmediatamente porque… no podía dormir. Él estaba allí, con ella, dejándola, rompiendo con su juventud, con su vida anterior y yo no podía conciliar el sueño; hubiera sentido una traición poder hacerlo.

Le llamé inmediatamente, pero me colgó.

«Es llamada internacional. Tengo wifi. Ya estoy en el aeropuerto», me escribió por Whatsapp.

«¿Va todo bien?».

«Sí, pero es un marrón que vengas a por mí teniendo metro desde la terminal. Así no tienes que salir del trabajo, ir a buscar el coche…».

Uhm…, algo no iba bien.

«¿Cómo ha ido?».

«Ha ido. Oye, Sofi, hablamos luego, ¿vale? No es algo que quiera contarte por Whatsapp ni por teléfono».

«Lo entiendo. Pasa por el Alejandría si puedes. Solo quiero darte un beso».

«Ok».

Ok.

Ok.

Ok.

Ok.

Sonó durante horas como un eco dentro de mi cráneo, rebotando desde la parte del cerebro que recibía la información hasta la que mandaba sobre las terminaciones nerviosas para seguir saltando, hincándose en las sienes, en mis nervios ópticos, sonando en mis oídos hasta producirme casi daños cerebrales. «Ok» no era una respuesta que sirviera; había usado el comodín que no tocaba en un juego equivocado. «Ok» no podía tranquilizarme. «Ok» no significaba «Yo también quiero darte ese beso» ni «Duérmete, mi amor, luego te veo». No significaba «reina» con ese descaro con el que solía llamármelo. No era «Sophie», en francés. Era un «Ahora no quiero hablar contigo» que se reafirmó cuando, al llegar a Barajas, solo escribió «Aterrizado». ¿Sí? ¿Cuánta parte de él lo había hecho?

Mamen pasó por el Alejandría a tomar un café a media mañana. Le había tocado salir a hacer recados en el trabajo y…, bueno, miento y total no se va a enterar su jefe así que… sobornó a la persona que debía salir de la oficina para poder hacerlo ella y, entre papeleo y recogida de documentos, robar quince minutos a la jornada para pasarse por allí. Es mi madrastra, pero no es como en los cuentos. Qué curioso que en las fábulas infantiles alguien tan próximo, como la mujer que compartirá la vida con tu padre, sea la mala. Dice poco de nosotros si lo piensas... Pero ella era mi madrastra y mi mejor amiga. Yo le importaba casi como sus hijas y ese casi viene a significar la diferencia de no haber nacido de ella.

—Pero alégrate, mujer —me dijo mientras partía con los dedos un cruasán a la plancha—. Ya ha vuelto. La ha dejado. Lo vuestro no está mal y... ¡eres la excepción que confirma la regla!

—Eso es simplista, Mamen —pasé por enésima vez la bayeta húmeda por la parte interior de la barra—. Ha ocurrido algo.

—Mujer..., ha roto con la persona con la que se ha hecho adulto. Tienes que entender que... la echará de menos. Y que se sentirá mal. Eso te reafirma que es un buen chico.

—Un buen chico que engañó a su novia de toda la vida con una casi desconocida y que voló para romper con ella y recoger sus cosas.

—La vida es así, Sofi. ¿Ahora te sientes culpable?

¿Ahora te sientes culpable?

¿Ahora te sientes culpable?

¿Ahora?

¿Ahora?

Cuánta razón. ¿Ahora? ¿A esas alturas? ¿Me sentía culpable cuando ella ya no formaba parte de nuestra relación? Más palabras botando sin parar, rompiendo las aristas que las hacían comprensibles hasta ser solamente un amasijo, un galimatías que solo venía a decir que si nos sentíamos mal era porque nos lo merecíamos. ¿Qué esperaba? ¿Sensación de liberación? ¿Un peso que desaparece de la espalda?

Me pasé toda la mañana mirando de reojo la puerta, convencida de que cuando menos me lo esperara él traspasaría la puerta con su ceño fruncido en tres pliegues, la barba perfecta y el pelo despeinado. Llevaría puesto alguno de esos jerséis que tanto me gustaban y que le hacían parecer el leñador nórdico que se me antojó cuando entró la primera vez. A los pies sus zapatillas desgastadas o las botas marrones de cordones que, como me explicó un día, no eran de piel: «Sería absurdo no comer carne y gastarme el dinero en algo hecho con animales, ¿verdad?». Claro que sí, Héctor. Siempre fuiste muy coherente…, excepto al final.

No entró. La puerta se abrió cientos de veces, dando entrada y salida a toda nuestra clientela habitual, al jefe, a algún repartidor y a nuestros compañeros del turno de la tarde que marcaban el final de la jornada sin que él apareciera por allí.

—Pero ¡cosita! ¡Qué carita! —me dijo Gloria—. ¿Estás bien?

—Está de puta madre. Me la llevo a beber palometas —sentenció Abel cogiéndome por encima del hombro con dificultad, porque era más bajito que yo.

Si alguna vez alguien te dice que te invita a una palometa, responde un educado «no, gracias». Este consejo es por cuenta de la casa y de la arcada que me dio en el bar de la oreja cuando me bebí aquel líquido frío y turbio, que venía a ser anís de alta graduación mezclado con agua.

—¡Verás cómo te vienes arriba en un segundo! —respondió Abel contento, acercándose su vaso a los labios.

—Pero ¡¿qué es esta mierda?!

—Típico de mi pueblo, xiqueta.

—En tu pueblo deben estar todos locos.

—Locos estáis aquí. Allí somos fuertes.

Probablemente tenía razón, no lo sé. Lo único que sé es que a pesar de que la cocinera del bar de la oreja me sirvió un pincho de tortilla con el que asentarme el cuerpo, terminé vomitando detrás de un contenedor a plena luz del día en mi propia calle, mientras Héctor estaba a saber dónde, pensando a saber qué, sintiéndose a saber cómo. Se pasa mucha vergüenza vomitando en la calle, ¿sabes? Todo el mundo te mira como si fueses una puta borracha que no ha controlado sin plantearse que a lo mejor lo que empuja la comida hacia fuera es en realidad la ansiedad y la certeza de que algo no está bien.

Abel me tumbó en el sofá de mi casa como si estuviera convaleciente, aunque lo cierto es que vomitar me había dejado niquelada.

—¿No estarás preñada? —me preguntó alarmado de pronto.

—¡Claro que no!

—No será por no practicar —escuché musitar a Julio, que iba con Roberto en el hombro de camino a la cocina.

Me tapé la cara con un cojín. Hasta el equilibrio interno que regía mi casa se había visto afectado por Héctor. Todo. El Alejandría ya no era el mismo sitio lleno de magia que olía a café y libros viejos desde que él lo pisó. Mi calle. Mi ventana. Su portal. El mío. Mi vida.

—Por favor. —Apreté el cojín contra mi cara segura de que iba a dejar la marca del maquillaje pegada a la tela, como en la Sábana Santa.

—¿Por favor, qué?

—¿Por qué narices no me llama?

—¿Desde cuándo tenemos que esperar a que nos llamen, Sofía? —me preguntó Abel un poco indignado—. No te he criado para que pienses de esa manera.

—¿Qué me vas a criar tú?

—Entraste en el Alejandría como un pollito sin plumas, hija mía. Y mírate ahora. Eres mi obra de arte.

Le arrojé el cojín y me di la vuelta contra el respaldo del sofá.

—Tráeme el móvil —le pedí.

No contestó. Ni a la primera ni a la segunda llamada. Estará durmiendo, dijimos a la vez Abel y yo, aunque no creo que ninguno de los dos lo creyera en realidad. La siguiente llamada fue a Oliver, que llegó a casa una hora después con un frappé de fresa y plátano para mí.

—Pasé por la puerta de ese sitio que hace cochinadas orgánicas.

—Creí que todos los batidos esos eran verdes —comentó Abel, acercando los morritos a la pajita.

Oli se sentó en el sofá a mi lado y se encendió un cigarro, sin mirarme, olvidando que Abel sorbía con vehemencia y pasión la bebida que había traído para mí.

—¿Qué pasa? —me preguntó.

—No lo sé.

—¿Ha vuelto?

—Sí. Pero no lo he visto.

Me palmeó una pierna mientras dejaba que el humo saliera de sus labios libremente.

—No me puedo creer que vaya a decir esto pero... dale tiempo, ¿vale? Romper nunca es fácil. Te lo digo yo, que lo he hecho unas ciento cincuenta veces.

Lo que calló fue el galope del corazón contra el pecho al pensar que no sabía si había roto con Clara... o si, en definitiva, tenían algo que se pudiese romper. Solo se rompen las cosas valiosas, ¿no?

Seguí insistiendo con el teléfono. Le mandé un whatsapp diciéndole que me llamara en cuanto se despertara, brindándole la excusa perfecta para que explicara por qué no se había puesto todavía en contacto conmigo. Fui paciente. Lo juro. Lo fui. Hasta que los miedos y todo lo que imaginaba que podía haber salido mal me aplastaron contra el sofá y tuve que salir de casa para no asfixiarme. Dejé a Abel y a Oliver fumando en el salón.

Fue Estela quien me abrió la puerta con una sonrisa tímida y algo triste.

—No sé si esto es una cagada, pero necesito verle.

—Era cuestión de tiempo. Pasa. Está en mi dormitorio.

El dormitorio de Estela estaba lleno de cosas. Todos los muebles eran viejos y robustos, pero ella los había domado con telas, pareos y luces brillantes. Un par de plantas colgaban del techo con macetas coloridas y el suelo estaba cubierto de alfombras. Y a pesar de que todo era llamativo y casi apabullante, Héctor refulgía como lo que más. Lo esperaba serio, sereno, estoico, masticando la pena y haciéndola digerible. Nunca me lo imaginé tan roto.

Estaba sentado en la cama, con la espalda pegada al cabecero y con unos pantalones de pijama viejos y un jersey dado de sí. Tenía el pelo más revuelto que de costumbre y los ojos y la boca hinchados. Estaba… demacrado. Hecho polvo. Entendí que no quisiera verme en aquellas circunstancias y pensé que se cabrearía por mi falta de paciencia, pero solo chasqueó la lengua contra el paladar y se tapó los ojos con las manos.

¿Has visto alguna vez llorar de pena a algún hombre de tu vida? Mi padre lloró mucho en el entierro de mi abuela, a la que todos adorábamos. No he podido olvidarlo; a día de hoy creo que ese día empecé a despedirme de la niñez. Él, papá, también lloraba, también se sentía desbordado, también se derramaba de pena. El día que una hija entiende que su padre no es invencible, ha empezado a ser adulta. Oliver jamás lloraba y era un problema porque convertía las lágrimas en algo informe que no sabía cómo expulsar. A veces gritaba. A veces daba patadas a los muebles. Otras caminaba de noche, fumando un cigarro detrás de otro. Pero nunca lloraba. La pena, en boca de Oliver, era solo silencio.

Abel tampoco lloraba. La única vez que le vi llorar en los años que llevábamos trabajando juntos fue aquella vez que se pilló la mano con la puerta y se fracturó dos falanges. Pero él decía que llorar de pena no le hacía falta:

—Yo lloro con las cosas bonitas o por pillarme los cojones con la cremallera del pantalón, flor. —Sonreía—. A la pena que le den por culo. No le regalo ni lágrimas.

Me acerqué a la cama y sentí a Estela cerrar la puerta detrás de mí, dejándonos una intimidad que yo no había respetado en Héctor. Le toqué el pelo, me senté frente a él y le escuché jadear, hipando ronco, conteniendo en su garganta el pesar. No podía hablar. No podía responder a la pregunta que yo llevaba escrita en la cara: ¿Por qué no me has llamado? ¿Por qué no querías tenerme aquí contigo? ¿Por qué no has querido que pasara esto junto a ti?

—No pasa nada... —logré decir, tragando saliva como si fuera sólida—. Llora.

—No —dijo escueto.

Apretó la mano que dejé sobre su rodilla y dejó al descubierto sus ojos empapados mientras negaba con la cabeza. Tenía un montón de palabras atascadas en su garganta y, aunque cogía aire con la boca continuamente, no salían.

—¿Quieres que me vaya?

Negó con la cabeza y yo me acerqué hasta sentarme entre sus piernas, con las mías rodeándole las caderas. Pasé los dedos sobre su cara, por la barba húmeda de lágrimas, por sus sienes. Besé sus labios hinchados y salados y apoyé la cabeza en su pecho.

—Las palabras saldrán cuando toque. Solo quiero que me abraces.

Me abrazó. Me abrazó durante mucho rato. Y lo único que pudo decir fue:

—Por esto, Sofía..., por esto no quería que vinieras. No quería que me vieras así.

Pero lo vi.

44

MUCHO QUE ASUMIR

No fue para tanto. Le quise más al verlo llorar, esa es la verdad. Llorar no es una debilidad, no muestra fragilidad, sino la valentía de saber hacerlo. Las cosas por las que lloramos dicen de nosotros algo que es posible que nada más en el mundo, ningún otro gesto o palabra, pueda decir. Y era lógico. Yo sabía que era lógico. Pero, como también comprenderás, me dolía. Una no imagina que el hombre de su vida va a llorar tanto por otra mujer.

Fue una noche bastante fértil, a pesar de que me dormí muy pronto. El cansancio de haberme mantenido despierta la anterior pudo conmigo. Pero antes Héctor se explicó. Y lo hizo muy bien. Mejor de lo que yo hubiera sabido hacerlo.

—No quería que vieras esto porque…, porque no te pertenece. Pero no me malinterpretes. Quería ahorrártelo, no apartarte. No me arrepiento. Volvería a hacerlo, eso tienes que saberlo. Tú eres la única persona con la que quiero estar. Pero es una pérdida. Es un duelo. Tengo que llorar los dieciocho años que dejo atrás porque me pesan en el pecho. Y ella. Me duele haberle hecho daño. Y tengo que sacármelo de dentro.

Claro que sí, mi amor. Creo que le dije algo así. Después nos acurrucamos y dormimos en la cama de Estela; la pobre terminó quedándose frita en el sofá, con el canal de la Teletienda iluminando el estrecho salón.

Me desperté a las siete de la mañana, justo a tiempo de correr a mi casa para darme una ducha e irme a trabajar, pero cuando llegué al Alejandría me di cuenta de que era sábado y yo no trabajaba. Así estaba.

Comimos en Lady Madonna, aunque debería decir que él mareó la comida con el tenedor y bebió vino mientras yo intentaba salir de aquella situación tan tensa portándome como una idiota hasta que alargó la mano en la mesa y me pidió calma.

—No tienes que hacer eso. No quiero que nunca finjas sonrisas o estar de humor. Es mejor que preguntes lo que quieras saber y que dejemos de portarnos como extraños en una cita que no les está saliendo bien.

Me contó cómo fue. Me lo contó con pelos y señales. Casi pude oler y ver su apartamento junto al río, apreciar la luz anaranjada de la lámpara del salón que colgaba demasiado bajo y que en alguna ocasión le había golpeado en la cabeza al levantarse del sofá. Respiré la tensión sorda de la soledad y el silencio, ordenando ideas hasta que ella llegó. Y me ahogué con la pena de la pérdida, la desesperanza, la ansiedad, los recuerdos dulces y la aceptación.

—¿Habéis vuelto a hablar? —pregunté.

Héctor levantó los ojos hasta mí sin mover la cabeza, que colgaba un poco entre sus hombros. Después desvió la mirada hasta la servilleta que no dejaba de alisar con la palma de la mano y el móvil que descansaba a un lado de la mesa, junto a la cubitera donde se hundía una botella casi vacía de Perro Verde.

—Sí.

—¿Y? —insistí.

—Poca cosa.

—Pero…

—Sofía… —Se mordió los labios antes de seguir—. Ahorrémonos los detalles, ¿vale? No son bonitos. Ahora estamos solos. Ya está. Olvídala tú que puedes.

«Olvídala tú que puedes». Le di muchas vueltas a aquella frase. A día de hoy sigo dándoselas porque creo que… no me entendió. Lo hizo bastante bien hasta su viaje a Ginebra, pero no volvió entero; su parte más empática se quedó con Lucía. Claro que yo no podía olvidarla. Lucía era yo. Es algo que comprendí después. ¿Cómo que ella era yo? Pues que saltaron los fusibles, las luces de emergencia se encendieron y donde antes veía solamente la sombra de cierto malestar, me encontré con el fantasma de la Sofía a la que engañaron. Sí, esa que sintió que le daba asco hasta su piel, porque si la otra le había tocado a él a mis espaldas y él me había seguido tocando a mí, ELLA y yo nos habíamos tocado. Le había prestado mi intimidad sin saberlo. Había abierto la puerta de la habitación donde guardaba mis sueños, mis miedos, mis psicosis y debilidades y lo había desordenado todo. Lo había tocado todo. Ya nada era tan mío como pensé antes de saber que después de despedirse de ella con un beso, me saludaba a mí con los restos de este en la boca. Héctor no entendió que yo comprendía a Lucía mejor que él, que sabía lo que ella estaba sintiendo en una especie de sacudida, de réplica interna. Donde él imaginaba, yo sabía. Lo único que seguía siendo un misterio… era él.

Aquella tarde nos acostamos. Y no hablo de la acción de ponerse en posición horizontal. Odio los eufemismos, pero lo cierto es que suelen servir para decir cosas que no sabes describir. Porque el sexo fue raro. Nos desnudamos en su cama mientras nos besábamos; el vino ayudó a empujarnos hacia la pasión, claro. Y mientras su lengua recorría la mía, yo abrí los ojos y lo encontré con los suyos cerrados. Qué bonito es que el otro se deje tanto en un beso que hasta los párpados se le cierren, ¿verdad? O... ¿es que nadie ha pensado nunca que unos ojos cerrados son una pantalla de cine para la imaginación, donde llevar una acción y cambiar los rostros de las personas que participan en ella? Soy enrevesada. Lo sé. Pero creí que estaría recordándola en mi cuerpo.

—¿Estás aquí? —le pregunté cuando me bajó las bragas.

—Justo aquí.

Me la metió con facilidad y dirigió mis caderas mientras me miraba.

—No cierres los ojos —le pedí.

—Te veo de todas formas.

—Pero no los cierres.

Paramos para que se pusiera el condón y después seguimos, pero lo hicimos dándonos la espalda. Y a pesar de que lo sentí pegado a mi piel, con su respiración caldeando la carne que cubría mi columna, lo único que tuve de él en aquella ocasión fue una polla dura dentro y unas manos que agarraban con fuerza mis pechos. No pasaba nada. Todos necesitamos un poco de sexo desprovisto de un «más» para soltar adrenalina. Para soltar... lastre.

Sirvió. Fue físicamente satisfactorio y estuvo bien follar con él por placer, sin buscar nada más elevado; he de ser justa y no tacharlo de mal tío por echar un polvo útil conmigo. Era su chica, ¿no? Tendríamos muchos encuentros como aquel en el tiempo, no vayamos a idealizar la idea de pareja. Dos personas con algo especial no tienen por qué alcanzar un éxtasis místico cada vez que se humedecen, que hay penetración o caricias. Hay sexo práctico, hay sexo íntimo, hay sexo duro, hay sexo mágico y hay sexo a secas, que no significa nada más. Todas son caras de un poliedro sexual, porque ninguna pareja está exenta de la complicación de juntar a dos personas con emociones complejas en un proyecto de vida en común.

Buf. Voy a dejarlo ya. No sé explicarlo. Y me frustra. Lo único que tengo que decir de aquello es que nos fue bien. Que ambos nos corrimos. Que incluso nos reímos al final. Que después estábamos mucho menos tensos. Y todo pareció mejorar.

No nos separamos hasta el lunes por la mañana, cuando corrí a casa a darme una ducha y cambiarme para ir a trabajar, esta vez cuando me tocaba. Lo dejé metido en la cama, iluminado por esa luz tan bonita que cuela la primavera por las rendijas de una persiana, con el teléfono vibrando en su mesita de noche. Estaba desnudo, pero solo se le intuía el pecho… y la sonrisa, que era mucho más lasciva e insinuante que una invitación a quedarme diez minutos más para hacerlo en alguna postura que no hubiéramos probado. De todas formas, vino a decir eso. En la pared, también salpicada de huellas de luz que la hacían brillar como purpurina, habían crecido los dibujos, como las raíces de algo que iba saliendo a la superficie. Entre todos los dibujos, en el centro, enmarcado por las pequeñas imágenes de detalles que vivimos juntos, estábamos los dos. Nos dibujó el domingo por la tarde, con un rotulador de punta gorda nuevo que había comprado la semana anterior, antes de marcharse y volver a medias. Héctor no era un artista, pero se le daba bien dejar entrever formas con líneas sencillas. No sabía pintar, pero sí dibujar. Y allí quedamos nosotros, bajo una sábana imaginaria, cara a cara, acurrucados en un mimo al que no le afectarían los horarios ni los relojes.

Fue mucho más comunicativo a partir del domingo. El lunes pasó a tomar su café con leche al Alejandría, me dio un beso que dejó a parte de la clientela habitual con una sonrisa en los labios y me contó que acababa de llamar a casa para contarlo.

—¿Y? —Le serví unas galletitas en el plato y él se encogió de hombros.

—Pues pensaba que sería peor. Mi madre casi parecía aliviada. Solo le ha preocupado que hubiéramos quedado bien entre nosotros, para que la situación no sea muy tensa con su familia. Son casi vecinos de mis padres.

—Ya. La entiendo. ¿Quieres la leche caliente?

—¿Y tú? —Levanté la mirada sorprendida y él, descarado, coronó la broma con una mueca en la comisura de sus labios—. Templada.

—¿Te preguntó por los motivos?

—Me preguntó de todo. Ya conocerás a mi madre.

—¿Y qué le dijiste?

—Pues la verdad. Que me había enamorado de otra.

Los dos nos miramos muy fijamente y dejamos que una sonrisa fuera creciendo en nuestros labios, hasta que el móvil emitió una vibración sorda sobre la madera.

—Quizá… —empezó a decir—, quizá es momento de hablar de ciertas cosas. —Bloqueó el teléfono y se lo guardó en el bolsillo.

—¿De qué cosas?

—De que no quiero tener hijos, de vivir juntos, de…

Abrí los ojos como platos y olí el café con leche al que acababa de darle un trago.

—¿Te he echado brandy sin darme cuenta? —le pregunté.

—A nuestro ritmo. Calma.

Lo pensé cuando volvió a su casa a trabajar. Era lo lógico. Venga ya, Sofía. ¡Fantaseaste con ello demasiado como para que te sorprendiera! Él vivía en un piso compartido con su mejor amiga, que creía encontrar el amor cada fin de semana. Yo compartía casa con un chico que tampoco tardaría en volar. Estábamos juntos. No éramos unos críos. Lo más cómodo sería emprender el viaje en el mismo vagón, ¿no? Ay, ay, ay…

—Está huyendo hacia delante —me dijo Oliver sin ningún tacto—. Está acojonado. Corre como si le hubieran prendido fuego en los huevos. Ten cabeza. Ese tío no necesita volver a meterse en una relación como la que tenía.

—Hay hombres que viven mejor con una mujer a su lado —contestó Mamen con la boquita pequeña, porque no le gustaba contradecir a su amor.

—¿Y cómo crees que vivo yo mejor? ¿Rodeado de salpicón de marisco? —protestó Oliver.

Oliver estaba raro, eso estaba claro, pero no podía preocuparme de él ahora. Lo siento. No se puede ayudar a los demás cuando tu cabeza es una pecera llena de pirañas.

Sin embargo… no es que no tuviera razón. Héctor estaba dando zancadas en lugar de pasos porque creo que prefería no pararse a pensar qué significaba su ruptura, cómo era empezar con una chica tan pronto, y qué cambio suponía todo aquello para él. Prefería adoptar una actitud abierta, sonriente, positiva… hacia delante. ¿Podía culparle de la fuerza con la que pisara su acelerador?

Hablé con él, por supuesto, porque era parte del proceso de sentar nuestras bases. Le pregunté si quería un tiempo con un poco más de distancia para pensar bien las cosas pero me contestó lo evidente, mientras metía la mano en su pantalón vaquero y apagaba el móvil:

—¿Qué sentido tendría?

Mucho. No nos hubiera pasado…, en fin. Da igual.

Hicimos muchas cosas. Muchas cosas bonitas: guardar un hueco en nuestros cajones para un par de cosas del otro, decidir juntos, entre carcajadas, que nos llamaríamos «novio y novia» de cara al exterior y que no nos gustaban los apelativos cariñosos del tipo «cuchi» o «osito». Se me dislocaba la cadera solo de pensar en llamarle «osito», pero agradecí la aclaración. También nos buscamos mucho en la cama. Vuelvo a usar un maldito eufemismo. Quiero decir que fuimos buscándonos los límites en el sexo. Nos quedaban muchas cosas que aprender del otro, pero la cama nos pareció un buen lugar por donde empezar. Y nos llevamos sorpresas. A Héctor le gustaba el sexo muy sucio, muy... explícito. Le costó decírmelo porque, joder, hablar de esas cosas es más complicado que hacerlas, pero si las haces sin permiso puedes ganarte un viajecito a comisaría o una hostia bien dada.

—No digo que me guste..., no sé, pegarte ni nada de eso. No me pone nada. A ver... una palmada en el culo, pues..., eh..., sí. Eso sí. Pero... no sé. Quizá..., quizá tendría que preguntarte lo de los tirones de pelo o..., si..., si te gusta que te escupan.

Muerte súbita.

—Eh... —creo que fue lo único que acerté a contestar.

Después nos volvió la cordura e hicimos lo que debíamos haber hecho desde el principio. Nos desnudamos y nos dimos permiso para ir haciendo cosas que nos gustasen y pedir lo que nos apeteciera. Un «no» no ofendería a ninguno de los dos. Pero no los hubo. Encontramos mucha curiosidad. Y rincones placenteros. Su lengua, muy húmeda, recorriendo mi cuello, mi boca, mi mejilla. Mis manos agarrando con fuerza, sacudiendo, tirando hasta notar que no cabía más sangre allí. Mi boca succionando, llenándose de una mezcla entre risa, vergüenza y placer al verle poner los ojos en blanco. Sus dientes clavados en mis pezones, en mis hombros, en mi cuello. Su barbilla empapada de mi humedad mientras sus dedos me abrían con firmeza antes de meterse dentro de mí. Uno, dos, tres y hasta cuatro. Su semen en mi cara, sobre los labios, las mejillas y hasta la frente. Pero no todo lo aprendimos de una, claro.

Fueron semanas nuestras. Muy sexuales. Cómodas de alguna forma. Ilusionantes a pesar de ser raras. Porque... había algo. Algo que no sabía determinar. Ni localizar. Que no entendía. Era una especie de pausa que le hacía irse lejos, aun sentado a mi lado. Era una especie de rayo que le alcanzaba independientemente de dónde estuviéramos. Era un calambre. Una vibración. Un carraspeo interno que a veces lo levantaba hasta de la cama. Yo lo llamé pena, porque no estuve atenta, pero claro, es muy fácil verlo ahora, a toro pasado.

¿Y tú? ¿Lo ves? ¿Puedes imaginar qué era aquella pausa? ¿Qué pulsaba su botón de standby para hacerle volver unos minutos después? Seguro que si hubieras estado en mi lugar, lo habrías adivinado, pero no hay más ciego que aquel que no quiere ver.

Y ahora... tapémosle los oídos a la Sofía de entonces y hablemos tú y yo. Así, a susurros. Porque necesito decir en voz alta lo que no vi para sacarme de dentro la rabia de haber mirado hacia otra parte. Necesito compartir aquello que lo paraba y lo llevaba hacia otro sitio porque no era grave, pero terminó siendo un problema; no era raro, pero no nos hacía bien; era comprensible, pero él debió pararlo.

Las noches eran menos oscuras en la habitación si él dejaba su teléfono móvil sobre la mesita de noche, porque la pantalla solía iluminarse a menudo. Los silencios solían ser invadidos por una vibración contra su muslo cuando lo guardaba en su bolsillo. Y a veces cuando sus ojos consultaban lo que había en la pantalla, estos tardaban en volver hasta mí. Era ella. Era Lucía. Eran muchos ecos de cosas que deberían haberse quedado en Ginebra y que él no supo no traer consigo. Allí estaba. El vínculo. El recuerdo. La nostalgia. La pena. La tijera que cortaría el hilo rojo que llevábamos prendido en los meñiques y que nos mantenía unidos.

Un consejo sacado del refranero popular… La buena lavandera, su camisa la primera. Nunca, prométetelo, pongas el bienestar de alguien por delante del tuyo en la lista de prioridades, porque el resultado es el mismo que empezar una escalera por el último escalón.

45

LA VIDA REAL

Oliver odia el cine español, por lo que no creo que haya visto *Princesas*. No tenía manera de saber que para el personaje de Candela Peña, el amor era que te recogieran después del trabajo, pero como tantas veces pasa en la vida, nuestros actos confirman cosas que ni siquiera sabemos aún.

No le costó averiguar dónde trabajaba Clara porque aún conservaba la tarjeta que le dio y el señor Google hizo el resto después de una rápida consulta. Antes de tomar la decisión de plantarse allí como un niñato con moto en la puerta del colegio de la chica a la que quiere impresionar, lo intentó por teléfono. Llevaba días intentándolo, pero no sirvieron las llamadas ni los mensajes. Pensó en buscarla en Facebook y dejarle un mensaje pero no tardó en darse cuenta de que ese gesto vendría a darle la razón a Clara: Oliver era demasiado niño para ser consecuente con las circunstancias.

Había reflexionado mucho sobre la conversación que tuvieron en la cama. Casi la repasó letra a letra hasta que tuvo claro cuándo las cosas habían empezado a torcerse. No era que ella buscara un novio y él hubiera reaccionado como un bobo asustadizo ante la palabra; era que había demostrado una actitud poco madura ante una mujer que lo único que necesitaba en su vida era dejar las complicaciones al otro lado de la puerta. Y él era un problema.

Clara tenía un buen trabajo, algo que, según le había comentado, nunca le hizo demasiada gracia a su exmarido. Él quería que estuviera mucho más pendiente de la vida familiar para poder dedicarse a su carrera. Rompiendo ese matrimonio Clara demostró que, además, sabía lo que quería y no le tenía miedo ni a la soledad ni al cambio. Así que había organizado su vida según una lista de prioridades propias, de nadie más, en la que reinaba su hija Paula, que pronto sería una adolescente irritable que no querría pasar tanto tiempo con su madre. Después, su trabajo, sus amigas, su ocio y… su sexo. Y aquí, en el último ítem es en el que entraba él: un chico quince años más joven que, como un efebo, la contentaba en la cama, se contentaba a sí mismo y la hacía reír. Hasta aquí las implicaciones. Ella ya había tenido otros amantes esporádicos. Formó parte de un par de redes sociales para buscar encuentros casuales y no había tenido más que buenas experiencias. Hasta él. Hasta que la cosa entre ellos encajó a más niveles y él demostró que daría problemas en el futuro. Porque… ¿por qué iba a importarle a una mujer como ella el nombre que ponían a lo suyo? Lo que le alarmaba era saber que si la cosa seguía avanzando tendría que incluirlo en su vida, cambiar su lista de prioridades e implicarlo en su relación con Paula. Y… ¿cómo te planteas algo así con un tío que se pasa de niñato? De ninguna manera. Clara había cortado la comunicación cuando aún estaban a tiempo. Pero él tenía que intentarlo un poco más…

No se la quitaba de la cabeza. Ni a Clara ni el hombre que aspiraba a ser cuando estaba con ella. Así que… allí estaba, en el

Paseo de la Castellana, vestido con su traje de trabajo y apoyado en un coche, como el día en que la conoció, preguntándose por qué no sabía mantener la bocaza cerrada y disfrutar de la vida en puto silencio. Si no estás preparado para decir algo, la mayoría de las veces se arregla no diciendo nada en absoluto.

Salió del portal hablando animadamente con un hombre más o menos de su edad, atractivo, elegante, con pinta de tener un trabajo de la hostia que pagara el reloj de la hostia que refulgía en su muñeca. Ella llevaba un vestido negro precioso y andaba sobre unos zapatos de tacón de vértigo de color rojo. A Oliver se le escapó un gemidito lastimero de la garganta que, gracias al cosmos, nadie pudo oír. Cuando cruzaron la mirada, Oliver vio un gesto de fastidio en sus labios pintados de rojo y se temió lo peor.

—Nos vemos mañana, ¿vale? Tengo que subir —le dijo a su acompañante—. Me he dejado la chaqueta.

—Un día te dejarás la cabeza.

—Si no me explota antes.

Se dieron un beso en la mejilla y ella dio un par de pasos hacia Oliver, que la esperaba con las manos en los bolsillos.

—¿Qué haces aquí? —preguntó ella sin rodeos.

—Es muy guapo. ¿Es tu nuevo Oliver?

—Es mi socio y estás siendo un auténtico imbécil. ¿Me puedes explicar qué haces aquí?

—Esperarte.

—Mira, Oliver, tengo que recoger a Paula de patinaje. No tengo tiempo para esto. —Sacó unas llaves de su bolso y retiró su mirada de Oliver.

—Pues te acompaño.

—Sí. Y le das el sándwich a mi hija. En serio, aún tengo que subir a por la chaqueta y...

—Déjame que te acompañe arriba. Dame solo unos minutos. Después me voy, te lo prometo.

Clara chasqueó la lengua contra el paladar y se dio la vuelta, haciendo que su pelo suelto y ondulado mandara una oleada de su perfume a Oli, que cerró los ojos un segundo, antes de salir despedido detrás de ella para sujetar la puerta que ya se cerraba a sus espaldas.

Ella cambió el peso de un pie en el otro mientras esperaban el ascensor.

—Sé por qué te molestaste —se apresuró a decir él—. Lo entiendo perfectamente. Crees que voy a ser un problema, que si la cosa sigue hacia delante no asumiré tus circunstancias. Lo entiendo porque me porté como un idiota, pero no será así. Aprendo despacio, pero aprendo bien.

—No quiero que aprendas nada, Oliver. Nos lo pasamos bien una temporada. Ya está. Ninguno de los dos buscaba más.

—A veces las cosas te encuentran a ti, ¿no?

—Déjate de mariconadas.

El ascensor llegó y ella entró sin preocuparse por si él la seguía o no, pero lo hizo. Pulsó el sexto.

—Estás cabreada conmigo y lo entiendo.

—No estoy cabreada contigo, Oliver.

—Pero…

—Venga, vale…, ¿quieres que sea sincera? Estoy molesta conmigo porque no lo vi venir. Está claro que no soy de las que pueden tener rollos sin más y ya está. Me lo creí, llegaste tú, con tus maneras de gentleman inglés, y caí rendida, ¿qué quieres que te diga? Pues sí. Pero no. Yo no tengo edad ni ganas de andar como puta por rastrojo por un niño mono que elige entre el rebaño cuando quiere. Tengo una hija, tengo un trabajo, tengo una vida que no tiene nada que ver con eso y quiero seguir siendo feliz de esta manera. Dicho esto…, ya no queda nada más que aclarar. Agradezco mucho que hayas venido a hablar y me lo he pasado muy bien contigo pero si esto fuera más allá sería un problema. Y no quiero.

Una campanita les avisó de que habían llegado al piso y ella salió sin mirar atrás. Oliver se planteó quedarse allí, no seguirla, bajar, olvidarlo porque, qué cojones, ¿a quién le apetecía complicarse la vida de esa manera? Podía salir con quien quisiera. ¿Por qué no se dejaba de rollos? Ale, ya había tenido una aventura con una mujer mayor que él, podía tacharlo de la lista y concentrarse en el resto de fantasías por cumplir: una orgía, por ejemplo. Pero... no.

Fue tras ella, cerró la puerta de la oficina que Clara acababa de abrir y, sin preocuparse por si había alguien dentro, la agarró por las caderas, la volvió hacia él y la besó. Y la besó como besa un hombre, no como lo hace un niño.

Dieron un par de pasos vacilantes por la desierta recepción, hasta que ella empujó otra puerta y lo metió dentro.

—Eres un niñato caprichoso —le dijo jadeando—. Quieres estar conmigo solo porque te he quitado el caramelo.

—Eres una tirana que me trata como le da la puta gana, pero no puedo dejar de pensar en ti.

Fue ella la que se quitó las bragas antes de que él la subiera a la mesa del despacho, donde la tendió antes de desabrocharse el pantalón y sacársela. Costó entrar y les dolió un poco a los dos, así que él se la sacó y la humedeció con saliva antes de volver a penetrarla.

—La vida no es un juego —le respondió ella jadeando.

—La vida es lo que hacemos cuando estamos juntos.

Empujó como un animal, descontrolado, loco de ganas de volverle los ojos del revés, de demostrarle cuánto podía hacerla sentir, de quitársela de dentro y hasta de olvidarla. Ella reaccionó ronroneando, tocándose, con los ojos bien abiertos y los labios pegados a los suyos. Casi desmontaron el escritorio hasta que el orgasmo echó el freno a las embestidas y ambos se calmaron.

Lo que pasó después depende de los ojos de quien lo mire. Él lo consideró una putada, ella un poco de realidad... Si puedo opinar aquí, yo lo llamaría una lección de vida. Y es que cuando Oliver estaba recomponiendo su ropa cantando victoria y ella recuperaba la ropa interior, ambos chocaron con las intenciones del otro.

—Este fin de semana no tienes a Paula, ¿verdad? Podríamos..., podríamos escaparnos a algún sitio bonito. Los dos. Conozco un hotelito en San Sebastián que...

—Oliver. —Cuando la miró, Clara negó con la cabeza con un movimiento débil—. No.

—No, ¿qué?

—Que no. Que..., que esto se ha acabado.

—Pero...

—Pero hemos echado un polvo. El último. Ya está.

—Clara... —Oliver se acercó—. De verdad que lo he entendido. De verdad. Iremos poco a poco. Tú marcas el ritmo, ¿vale?

—No lo entiendes.

—Claro que lo entiendo. Te preocupa el hecho de que tu vida y tu hija y... —se empezó a poner nervioso—. Y juro que puedo ser lo que tú estabas buscando. Esto... es especial. Para ti también lo es...

Clara se apoyó en la mesa de espaldas y deslizó su mano, con la manicura en rojo perfecta, por su frente hasta apartarse el pelo hacia atrás.

—¿Ves, Oliver? No lo entiendes.

—Pues explícamelo y los dos aprenderemos.

—Estoy..., estoy volviendo con mi ex. Vamos a darnos una segunda oportunidad. Es lo mejor.

Conozco a Oliver desde hace tantos años que no sabría ni contarlos y sé lo difícil que es dejarle sin palabras, pero ella, una vez más, lo consiguió.

—¿Cómo? ¿Lo mejor...? ¿Para quién?

—Para Paula. Para mí. Para él.

—Tú no quieres a ese tío.

—El amor para los adolescentes, Oliver. A mí la vida ya me ha enseñado lo suficiente como para no buscar cuentos de princesas.

—Pero yo...

—Tú nada. Tú tampoco me quieres.

—Podríamos tener...

Ella se humedeció los labios y miró al techo dejando escapar un suspiro suave.

—¿Quieres saber lo que podríamos tener tú y yo? Yo te lo diré. Seguiríamos como hasta ahora, pero nos veríamos más. Cenas entre semana. Un cine. Quizá un fin de semana en un hotelito precioso. Podría enamorarme de ti y entonces te presentaría a mi hija. Y tú te comportarías como un hombre, crecerías y aceptarías las condiciones... lo que no significa que fuera lo que quieres.

—Clara, eso no es...

—Déjame terminar. No es la diferencia de edad. Es la diferencia de creencias. Tú crees en cosas que yo no. Yo lo único que quiero es estar tranquila, estar con mi hija, ser feliz sin estridencias. Y eso no puedes dármelo.

—¿Por qué no?

—Porque me volverías loca de celos. Porque saldrías con tus amigos y yo me quedaría las noches en vela, esperando que volvieras. Porque pensaría que te has tirado a otra cada vez que te viera. O que quieres hacerlo. No voy a encerrarte en casa para no pasarlo mal. Si tienes alas es para volar. Yo ya las tuve. Ahora te toca vivir a ti. Ya tomarás decisiones cuando toque. Pero no es tu momento.

Aquella noche Oliver vino a casa con una botella de vino buena, dos botones de la camisa por abrochar y despeinado. Sonreía pero con tristeza cuando le abrí la puerta y le dejé pasar.

—¿Tienes planes? —me preguntó.

—No —le mentí—. Pasa.

—Dame un sacacorchos y dos copas, Sofía, voy a contarte en qué consiste hacerse mayor...

Y, vaciando copas de un vino que nuestro paladar no llegó a apreciar, Oliver me contó toda su historia, todos los detalles, todas las emociones en una orgía de palabras que no esperaba de él, para terminar admitiendo que aquel discurso era para sí mismo.

—Aprendamos, Sofía. Darse por entero a otro no significa amor: significa que necesitamos ser queridos. Y yo me acabo de dar cuenta de que estoy muy necesitado.

Clara no tomó la decisión que yo hubiera tomado de estar en su lugar, pero nadie puede juzgarla por hacerlo porque ella era la única que había caminado por su vida metida en sus zapatos. Sin embargo, nos dio una lección que aprendimos los dos: el amor no es universal, cada uno le da su propia definición y, con alguna, pueden rompernos el corazón.

46

La pena y los fantasmas

Creo en los fantasmas. Creo en las casas con pasillos oscuros en los que vagan recuerdos que no pueden descansar en paz. Creo en personas a las que, por la noche, les acosan visiones terribles. Creo en un plano paralelo en el que las cosas que hicimos mal se repiten en bucle, a nuestro lado, dejando ecos en esta realidad, cargando de energía negativa el aire, haciendo que las cosas se tiñan, se ensombrezcan, pierdan brillo. Y creo en ello porque fue lo que vivimos Héctor y yo durante la semana previa a... aquello.

Quizá los fantasmas no eran apariciones espectrales que arrastraban cadenas, pero estaban allí, en su dormitorio, en un rincón, creando sombras que se cernían sobre la cama cuando los dos nos metíamos en ella. Nuestros fantasmas eran culpas, remordimientos, recuerdos de cuando las cosas fueron bien y que abrían la posibilidad de haber sido los verdaderos responsables de la decadencia de una relación que hubiera funcionado; recuerdos de cuando nos hicieron sufrir y que abrían la llaga de haber sido engañados para tener claro y sobre la piel la emoción que habíamos hecho nacer en otra persona. Y así, hasta el Alejandría se vio afectado por nuestras historias de brujas que no se contaban alrededor de una hoguera, que nos perseguían y que borraban la magia que había impregnado cada rincón y que nos había hecho ver la vida de manera más sencilla. Aunque debo confesar que la magia nunca llegó a desaparecer..., solo dejamos de verla.

No fue tangible. No lo miramos a los ojos. No reconocimos su existencia porque eso lo hubiera hecho más real y no queríamos. Hicimos oídos sordos a los quejidos y a la pena que ululaba soplando un aliento frío en la nuca. Fingimos que no existía porque ambos creímos que desaparecería con el tiempo. «Está muy reciente» fue la frase que nos robó la ilusión que debimos sentir al principio de lo nuestro. No podemos negar que fuimos nosotros mismos los que nos robamos la posibilidad de..., todas las posibilidades en realidad. Emparedamos el futuro.

Lo de Oliver no ayudó, supongo. Saber que alguien tan fuerte estaba sufriendo por «amor» no me dejaba a mis ojos en una buena posición. ¿Por qué? Porque siempre tendemos a infravalorarnos, a ver lo de fuera mucho más valioso que lo que tenemos en las manos. Así que me reconcomía la duda. Si él, que era tan fuerte, tan suyo, tan sereno, había terminado sufriendo… ¿qué otra cosa me esperaba a mí? Si te sirve un consejo mío… no pienses demasiado en todo lo que puede salir mal porque a la mala suerte no le hace falta que le facilites las cosas.

No soy tonta. Me hice la tonta, pero no lo soy. Así que siempre fui consciente de todo lo que había adherido a lo que Héctor sentía por mí. El remordimiento. Joder. Estaba en todas partes: en sus ojos cuando me miraba, en sus manos cuando me tocaba, en su boca cuando me gemía en los labios, en su voz cuando susurraba que me quería. En todo. Pero yo pensé que se iría. No podía pasarse la vida sintiéndose mal por ella, ¿verdad? No podía encerrarse en aquello. Pasarían los días y pisotearían esa sensación como lo hacían con todo. Si el tiempo puede emborronar los recuerdos, manipularlos a su antojo y deformarlos..., ¿cómo no iba a conseguir que la pena se fuera transformando en algo mucho más manejable?

Él no era tonto. Se hizo el tonto, pero no lo era. Así que siempre fue consciente de todo lo que había adherido en nuestra relación a mis ojos. La seguridad de haber hecho lo mismo que me hicieron a mí pero sin el triunfo de la venganza porque, te diré un secreto: no hay gloria en vengarse, solo un regusto agrio. ¿De qué iba a servirme a mí hacer con Lucía lo mismo que habían hecho conmigo? ¿Iba a quitarme el lastre de todas las cosas de las que me culpé en el pasado? ¿Iba a engordar mi ego? ¿Iba a hacerme sentir superior porque «había ganado»? No, por favor. No hay planteamiento más equivocado. Vengarse es solo repetir el mismo error que nos hizo sufrir alterando el orden de los factores pero... no el resultado.

Supongo que todo se precipitó como lo hacen las cosas que han sido calentadas a fuego lento. No fue rápido, no nos atropelló. Fue creciendo dentro de nosotros mismos como si hubiéramos estado gestando algo nuestro. Pero no nació nada bueno. Solo algo que nos venía grande. Y esa era la verdad: nos venía grande. Querernos. Comernos a manos llenas. Habernos encontrado. Hacernos felices. Nos vino grande. Y no sabes cuánto duele saberlo.

Así que allí estábamos él y yo. Yo y él. Sofía y Héctor. Héctor y Sofía. Sin importar dónde estaba uno y el lugar donde lo esperaba el otro. Amando algo que nos sentíamos culpables de haber conseguido. Sintiendo con el pecho ardiendo unas emociones que, de algún modo, creímos estar robándole a otra persona. La diferencia estuvo en la forma de plantearlo, a pesar de que ninguna, ni la suya ni la mía, fuera la correcta.

Él se cargó todos los recuerdos a cuestas y por eso parecía tan cansado siempre. Cuando dormía lo hacía de una forma pesada pero inquieta. Cuando comía lo hacía a desgana. Cuando me quería, lo hacía con una fiereza desproporcionada que parecía responder a la necesidad de demostrarse demasiadas cosas que solo el tiempo podía hacer entender.

Yo, sin embargo, me lo quité todo. Todo. Creí que sin cargas podría volar, pero lo único que conseguí fue desaparecer. Con los recuerdos de lo que se siente cuando se está en el lugar de la otra persona y con todo lo que me negaba a ver, me quité también la piel, la risa sincera, los recuerdos que te hacen ser quien eres, pero no me convertí en otra persona… solo desaparecí.

Donde debió haber manos, piel, besos, risas, confesiones, ilusión, descubrimiento, palabras, sueños, dedos trenzados, semen, humedad y gemidos de alivio nos encontramos con la memoria de la vida que fue nuestra pero que ya no nos pertenecía, ansiedades, miedos, remordimientos, culpas y desazón porque le abrimos de par en par las puertas a lo que creímos dejar atrás. Un portazo no elimina aquello que te espera en la otra parte.

Fuimos fantasmas sin darnos cuenta. Y nos entregamos a la pena.

47

MI TELÉFONO MÓVIL

M i teléfono móvil no aceptó el cambio de vida. No lo hizo. Olvidando que era un objeto inanimado tomó sus propias decisiones y decidió iluminarse cada tanto con llamadas que no debería haber recibido. Dio cabida a cada mensaje. A cada recuerdo. A cada pena. A cada parte de aquel proceso que pronto evidenció que no sería ni de lejos fácil.

La primera llamada de Lucía fue al día siguiente de despedirnos. No sé por qué la cogí…, supongo que por inercia. Y porque, de alguna manera, los años que habíamos estado juntos me obligaban a hacerlo.

—¿Cómo estás? —le pregunté.

—Mal —contuvo la respiración—. No me hago a la idea. Siento llamarte pero… no sabía qué otra cosa hacer. He pasado media vida teniéndote al lado. No sé vivir si no es contigo.

Mentiría si dijera que su comentario no me sobresaltó. No imaginaba a Lucía haciendo tonterías como tomarse una caja de Orfidal y llamarme hasta las cejas para despedirse, pero,

¿qué sabía? La conocía mucho, pero no en una situación como aquella.

—Aprenderemos —le respondí.

Y definitivamente usé las palabras equivocadas porque el plural le dijo cosas que yo no sentía.

Su siguiente llamada fue dura. Me llamó en mitad de la noche. Sofía estaba dormida a mi lado y debí colgar, apagar el teléfono y dejarle claro a Lucía que la vida seguía para los dos, pero por separado, pero me sentía demasiado culpable. Cogí el teléfono y salí a hurtadillas de la habitación.

—¿Qué pasa, Lucía? —susurré.

—Estás con ella.

Empaticé demasiado porque, al fin y al cabo, yo me había comportado como Lucía años atrás cuando me dejó porque «no quería ser como nuestros padres, no quería conocer solo un hombre, quedarse sin más con la primera opción». ¿Qué hubiera pasado si, después de tantos años, ella hubiera sido la que estuviera en mi lugar? Si me dejara, si admitiera haberse enamorado de otro… como me había pasado a mí con Sofía… probablemente también me hubiera quedado destrozado. ¿Qué hubiera esperado de ella? La empatía que demostré, supongo, lo que no significa que fuera lo mejor. Lo que queremos no es siempre lo que necesitamos.

Aquella noche hablamos cerca de una hora. No quería darle lecciones vitales, no quería tratarla como una niña pero terminé haciéndolo.

—Tienes que dejar de aferrarte a esto, Lucía, está muerto. No tiene sentido que pases las noches en vela pensando en con quién estaré, porque eso te hace daño y no lo mereces.

—Cierro los ojos y te veo con otra. Es una pesadilla. Esto es una pesadilla, mi vida…, dime que no está pasando.

Pero estaba pasando y Sofía tenía razón… nos estaba pasando a los tres.

Intenté convencerla de que lo mejor sería romper el contacto durante una temporada, quizá, le dije, con el tiempo aprenderíamos a ser solamente amigos. Qué mentira. No lo seríamos jamás porque la cara del otro significaba recuerdos que no podían estar adheridos a la palabra amigo. Quizá otros puedan. Después de dieciocho años y de las circunstancias que habían propiciado la ruptura... no podríamos ser amigos. No debíamos serlo. Pero ella no lo entendió. Insistió en que no sabía estar sin mí, aunque llevábamos tanto tiempo el uno sin el otro que para mí lo más fácil era olvidarla. Casi lo habíamos hecho estando juntos, ¿cómo no iba a pasar estando yo con otra persona?

—¿Lo tienes claro? —me preguntó—. Solo júrame que lo tienes claro. No te precipites, Héctor. Es normal fijarse en otras personas, cegarse con la atención de alguien nuevo, pero eso no es amor. No es como lo que tú y yo tenemos.

«Teníamos», pensé. No lo dije. Le solté una perorata muy educada sobre vivir nuestras propias vidas, separarnos de verdad, empezar a existir sin ser la mitad de algo, pero como siempre pasa, comprendió lo que quiso y terminó diciendo que «me daría el tiempo que necesitase».

—Dime..., ¿qué te da ella? ¿En qué se diferencia de lo nuestro? Quiero aprender.

Debí ser muy honesto, dejar la contención a un lado para que, quizá rascando, arañando, ella aprendiera de verdad que no nos podíamos aferrar a lo conocido, pero no lo hice. No le dije que Sofía me hacía sentir de un modo completamente diferente, que me volvía un adolescente, un viejo, un niño, un hombre, que mi vida pasaba de atrás adelante y de adelante atrás en una mezcla entre los recuerdos que desearía haber compartido con ella y los sueños del futuro que quería para los dos. Le escondí que el sexo con ella era otra cosa, que me sentía muy suyo, que el recorrido de sus dedos por mis muslos me endurecía y que su olor era casi el mío. Me callé que había descubierto con Sofía lo que era querer como se supone que solo se quiere en los libros, en el cine, en las óperas y en las piezas de arte moderno que no entendemos. Oculté que con Sofía no me hacían falta metros en una cama para dormir bien, profundo, feliz, y que con ella siempre me faltó espacio en un colchón king size. Y como no lo dije, ella no lo supo.

Los mensajes llegaban a todas horas. Lucía nunca me escribió cuando estábamos juntos ni a la hora del café ni a la de la comida. Cuando salía de casa para irse al trabajo, se iba del todo y no volvía hasta que…, bueno, a veces no volvía en días, a pesar de dormir cada noche en el mismo colchón gigante que yo. Pero ahora lo hacía a cada rato. Me escribía por las mañanas, por las tardes y cada noche. A veces llamaba y, aunque le repetía sin cesar que no podía seguir así, ella continuaba haciéndolo; los motivos de los dos eran muy claros, aunque como venía siendo costumbre entre nosotros, hicimos la vista gorda. Me llamaba porque pensaba que era lo que siempre quise y nunca tuve: atención. En cierta forma era así, pero cuando llegan tan tarde, esas cosas se vuelven innecesarias. Yo seguía siendo amable, dulce y comprensivo porque estaba lleno de remordimientos que ella alimentaba con cada llamada. Y si no le respondía, me sentía tan miserable que terminaba siendo yo quien se ponía en contacto con ella. Y así, en un círculo vicioso, nos metimos en algo aún menos sano que nuestra relación.

Pensé que Sofía fingía no darse cuenta hasta que tuve que ceder ante la evidencia de que, a pesar de lo insistente que era Lucía, no sabía nada. Y eso también hizo que me sintiera mal. Quizá debía haberle dicho: «Oye, Sofía, estoy teniendo un problema con Lucía» pero sabía perfectamente cuál iba a ser su respuesta. Tenía que ser firme respecto a mi ex. Tenía que cortarlo del todo. Tenía que dejarle claro que ya había pasado página y que no había nada que pudiera hacer para recuperarme. Pero es que no me veía capaz.

Acudí a mi hermano. No sé muy bien por qué lo hice, porque nunca fuimos de esas familias que se lo cuentan todo. Yo guardaba mis cosas a buen recaudo, pero me desbordé cuando no encontré ni siquiera en Estela la respuesta que necesitaba. Ninguno de los dos me la dio, la verdad, porque Sebas me respondió exactamente lo mismo que mi mejor amiga pero con otras palabras:

—A ver, tío, cada uno asume las pérdidas como sabe y... le dejan. Si tienes claro que esa puerta está cerrada, no le abras la ventana. Pero tampoco te precipites con la otra chica. Necesitas... vivir.

Vivir..., ¿eso quería decir portarme como un loco, meterme debajo de la falda de todas las tías que pudiera a pesar de que no me importaran una mierda y gastarme el dinero en copas y caprichos? Porque a mí lo único que me apetecía era quitarme la ropa, meterme debajo de las sábanas de Sofía y que me acariciara el pelo mientras imaginábamos el futuro, saliendo de Madrid con un coche cargado hasta los topes y el sueño de hacer algo juntos. Pero..., ojo, era tan pronto, estaba yendo tan deprisa, que hasta mis pensamientos iban al futuro. En lugar de vivir aquel presente me refugié en lo que seríamos por miedo a que si me paraba a pensar el remordimiento, la pena, la añoranza y el miedo me alcanzarían.

He de confesar que no eché de menos a Lucía hasta que no rompimos y si no lo hice fue porque no fui consciente de que lo habíamos perdido todo; cada segundo de aquellos tres meses que viví con Sofía ratificó que habíamos estirado algo que ya no daba más de sí. Compartimos una relación de dieciocho años, pero muchos de ellos vacíos. Pero no lo sabíamos. Ahora que habíamos roto oficialmente, que me había llevado todas mis cosas de casa, que ni siquiera había olvidado un cepillo de dientes en el piso, sí la añoraba. Más que a ella era al conjunto de lo que la vida significaba estando con Lucía: comodidad, zona de confort, un mundo tan conocido que parecía haberse erigido a mi medida. Hubo muchas cosas que conseguí luchando como nunca debía haberlo hecho, como el piso en el que vivíamos y que a ella no le gustaba, cosas que nunca me convencieron del todo y problemas que generó esa misma zona de confort, pero de vez en cuando me descubría a mí mismo echando de menos la sensación de despertar en casa, de levantarme, darme una ducha, tomarme un café asomado a la pequeña terraza y trabajar en una postura completamente insana en el sofá. Mierda. Estaba hecho un lío.

Así que mi exnovia se negaba a aceptar la ruptura y el espacio que le pedía, y estar con Sofía pasó a generarme un remordimiento malsano a pesar de no estar haciendo nada malo. Fingía bien pero me mataba, porque no quería que, al echarme a su lado en el colchón, después de convertir mis embestidas en un grito de alivio, me azotara un desasosiego que solo podía explicarse bautizándolo como arrepentimiento. ¿De qué? ¿De estar con ella, de haber dejado a Lucía, de haber roto con todo para empezar desde cero? No. De no estar disfrutando lo que ambos merecíamos. Nos habíamos encontrado demasiado tarde en la vida como para no aprovechar cada minuto. Sofía se convirtió en algo que no lograba alcanzar a pesar de tenerlo a mi lado y Lucía en un dolor sordo que no se marchaba. Era cuestión de tiempo que estallara todo.

Creía saber cómo sucedería. Sofía vería el nombre de Lucía en la pantalla de mi teléfono móvil y reaccionaría. Podía hacerlo con recelo, con pena, con desesperación o con celo. Podía creer que había mentido al decirle que había roto con Lucía; podía llorar, sentirse ninguneada o dolida por no estar sola en nuestra relación. Podía gritarme, exigir cosas completamente lógicas o amenazarme, darme un ultimátum y hacerme elegir. Y yo escogería, claro, y aprovecharía para pedirle que nos fuéramos. Concebiríamos un plan, mezcla de sus inquietudes y las mías, y nadie importaría más que nosotros. ¿A quién quería engañar? Los remordimientos hubieran venido conmigo porque no sabía cómo deshacerme de ellos.

De todas formas, no fue como lo imaginé o sí, pero no superé mis propias expectativas. El proceso siguió su curso. Lucía llamando, Sofía siendo demasiado buena para ser real y yo pensando de más y haciendo de menos hasta que de tanto flagelarme por todo me convencí de que era un hombre pusilánime. El descontento siempre es síntoma de que no estás siendo fiel a quien eres y lo que necesitas. Así que de tanto reproche interior, de tanto insulto propio, de tanta presión autoejercida terminé estallando, pero… salió todo del revés. Espérame un poco… debo contarte las cosas como sucedieron, sin adelantarme. Todavía duele. Déjame coger aire.

Sofía y yo hablamos sobre los planes para Semana Santa. El Alejandría cerraba dos festivos, con lo que ella juntaba cuatro días libres en los que podríamos irnos a cualquier lado. Barajamos la posibilidad de viajar a París, a Londres, a Lisboa o a Roma, porque uno de nuestros sueños era recorrer el mundo poco a poco, pero todos los billetes de avión salían ya muy caros y no nos lo podíamos permitir en aquel momento.

—Mi padre tiene un apartamento en La Manga. Quizá podría pedirle las llaves —me comentó.

Y nos pareció un muy buen plan. Solía visitar a mi familia durante esas fechas, pero… estaba seguro de que Lucía también iría y no quería encontrármela, ser la comidilla del pueblo y generar situaciones de más estrés así que, aunque pude haber ido un par de días antes del viaje, decidí no hacerlo y mi madre me entendió.

—Ya vendrás más adelante. A nadie le importa tu vida y va a estar todo el mundo mirando. Te alabo el gusto, hijo.

Apañado. ¿Apañado? Además de un blando debo ser imbécil perdido. Eso o en el fondo nunca llegué a conocer a Lucía tanto como creía.

Mi pueblo es pequeño. La Cumbre tiene novecientos veintinueve habitantes según el último censo de 2014. Te puedes imaginar cómo corren las noticias, cómo vuelan las palabras y lo fácil que es que lo dicho en un susurro a la puerta de la iglesia termine recorriendo miles de kilómetros a través de las ondas de un teléfono móvil. Esta vez no culpo al mío. Esta vez fue el suyo el que recibió la llamada: alguien de su familia se había enterado de que yo no iba a ir.

Desconozco si Lucía tenía algún plan, si esperaba algo de nuestro encuentro en el pueblo, si albergaba esperanzas de despertar algún atisbo de duda por mi parte, pero estoy seguro de que sabía que yo no iba a llevar a Sofía estando lo nuestro tan reciente porque podía llegar a ser humillante para ella. Era fácil ponerse en su piel e imaginar su frustración al enterarse de que aquel año no me encontraría allí.

No sé qué le pasó por la cabeza. Solo sé que, después de un mensaje excesivamente cariñoso por su parte al que decidí no responder, cesaron las llamadas y los whatsapps. Se había cansado, pensé, se había dado cuenta de que no había nada que hacer y había decidido pasar página... pero lo que realmente pasaba es que se había comprado un billete de avión a Madrid y había adelantado sus días de vacaciones.

La encontré en la puerta de mi casa de sopetón, sin esperármela, porque no debía olvidar que en realidad era la casa de Estela donde Lucía y yo habíamos pasado un fin de semana el año anterior, antes de marchar a casa de nuestros padres. Conocía la dirección exactamente igual que yo. Así que en el fondo no puedo decir que me pareciera increíble porque no lo era, pero tuve la sensación de estar a punto de despertarme de un sueño desagradable.

Allí estaba. Plantada. Estaba mona. Se había afanado por arreglarse a pesar de que los vuelos le sentaban bastante mal. Llevaba un pantalón vaquero muy ceñido de color negro y unos botines de un diseñador famoso que no logro recordar pero que nunca olvidaré que le costaron lo mismo que a mí el ordenador. Arriba, un jersey negro también ceñido y una chaqueta vaquera. El pelo ondulado y un poco más claro. Los ojos le brillaban tanto que no sabría decir si comedía las lágrimas o si sencillamente se alegraba de verme. Yo sé por qué brillaron los míos: de pánico. Desde la puerta del Alejandría se ve mi portal. Y el de Sofía. Y eran las cuatro de la tarde…, Sofía estaba a punto de salir de trabajar. Habíamos quedado en vernos en la puerta para ir a no sé adonde. Vete tú a saber. Siempre teníamos buenos planes. O sencillamente todo me apetecía estando con ella.

Lucía se acercó con una sonrisa tímida midiendo mi expresión, que pasó de la sorpresa al disgusto en menos de un segundo.

—Siento aparecer sin avisar…

—Dios, Lucía. —Suspiré nervioso—. ¿Qué haces aquí?

—Necesitaba verte y sé que no vas a ir a casa…

—¿Y te has parado a pensar en por qué no voy?

—Supongo que por mí.

—¿Y?

—¿Y… qué? —Pareció más pequeña que nunca cuando hundió las manos en sus bolsillos con mirada desvalida.

—No puedes hacer esto, Lucía. No puedes hacerlo.

—Me… calmas. —Contuvo un sollozo, pero lo sé porque la conozco, no porque lo demostrara—. Las cosas no van bien, Héctor.

—Lucía, no quiero hacer esto.

—¿Esto qué es?

—Esto. Hemos roto. He pasado página. No me busques problemas.

Miró alrededor para devolverme su mirada después.

—¿Es por ella?

—Es por ti y por mí.

Sonrió en una especie de latigazo de emoción pero negué con la cabeza.

—No puedo. No quiero —y lo dije con un nudo estrangulando las palabras.

—Te echo mucho de menos. Mucho… —Se mordió el labio.

Mi pequeña Lucía, tan, tan, tan pequeña. Cuántas veces deseé que, al volver del trabajo, se sentara en mi regazo y me dijera aquello. Cuántas veces la añoré teniéndola al lado. Cuántos planes diluimos antes de que nacieran en la boca porque no nos apetecían de verdad. Cuánto amor se nos fue por el desagüe. No quiero justificarme ni hacerme pasar por un santo pero… ¿sabes lo triste que es tener delante a la persona a la que más has querido en la vida, verla esforzarse por darte todo lo que quisiste de ella y que de pronto… no sea suficiente? Ya nada sería suficiente, joder. Y lo sé. Y me castigaba saberlo con esa certeza.

Miré el suelo con un nudo en la garganta.

—Yo también te echo de menos, Lucía, pero esto no se puede arreglar.

—¿Por qué? ¿Por ella?

—Por ella y por nosotros. Porque está tan roto que… no deberíamos ni pensarlo.

Se apoyó en la pared, a mi lado, y me miró de reojo, tan triste…

—Estás guapo.

—Gracias.

—¿Eres feliz, Héctor?

«¿Eres feliz, Héctor?» y fue como si no lo preguntara ella sino el tropel de recuerdos que nos unían. Me lo preguntaba la Lucía de dieciséis años que me regaló su primer beso. Me lo preguntaba la de diecisiete que, a pesar de sus reticencias, aceptó que quizá la idea de ser virgen hasta el matrimonio no encajaba con nosotros dos. Me lo preguntaba la de dieciocho que cumplió años en mi boca, la de veintiuno que me hizo llorar de desesperación, la de veinticinco que prometía ser tan brillante como brillan solo las cosas que imaginas con mucha fuerza. La chiquilla, la mujer, la novia, la persona con la que creí que pasaría toda mi vida me preguntaba si era feliz con otra. Y eso me destrozó, porque eran el chico de dieciséis apabullado, el de diecisiete excitado, el de veintiuno destrozado, el de veinticinco orgulloso… quienes tenían que contestar. Y todos ellos estaban debajo de mi piel de treinta y cuatro y eran muchos más que yo. Flaqueé. Me pudo la melancolía. Me pudieron los años…

—Estoy aprendiendo a vivir sin ti, Lucía, pero soy feliz.

Ambos agachamos la mirada hacia el suelo y antes de que pudiéramos reponernos, Sofía salió del Alejandría y nos encontró allí: a su novio y a la ex que se supone que estaba olvidada. Y los dos emocionados, temblorosos…, íntimos.

Levantó las cejas sorprendida y en una reacción mucho más elegante de la esperada me indicó con un gesto que subía a su casa. Asentí y Lucía siguió mi mirada hasta ella. Escuché el engranaje, las piezas encajar, la sospecha susurrándole quién era. La estudió, la estudió con mirada severa, cada curva, cada pliegue de la ropa, cada cabello, antes de volverse hacia mí con una mueca.

—No me lo puedo creer. Dime que no es ella.

—Ya está, Lucía. Vete —le pedí.

Fui yo quien se marchó, porque ella no se movió. Se tapó la cara y se echó a llorar. Un cincuenta por ciento de Héctor subió a casa de Sofía. Un veinticinco se quedó abrazando a Lucía, reconfortándola. El restante, esperaba en Ginebra, sentado en el sofá donde rompió con el amor de su vida al darse cuenta de que… nunca lo fue.

48

ESA CHICA

E sa chica que había querido a Héctor tantos años antes que yo estaba allí, plantada en la calle, mirándome, juzgándome y yo no pude hacer nada. Ni con lo que sentí que había en su mirada ni con lo que vi en la de Héctor.

En casa no había nadie, solo una nota de Julio pidiéndome por favor que, si llegaba antes que él, le diera de comer a Roberto. Y lo hice. Como si no acabara de ver a Héctor roto con otra. Con la otra, la que significaba más que yo.

Mientras Roberto masticaba con fruición y Holly maullaba como una desesperada al otro lado de la puerta del pasillo, porque quería comerse la comida del hurón, pensé que hubiera preferido que Lucía se hubiera puesto en evidencia dejándose la voz con gritos o con insultos. Los insultos tienen unas alas muy grandes y si no los atrapas, vuelan lejos. Es lo que el refranero popular viene a llamar «no ofende quien quiere sino quien puede». Pero... verla. Verlos juntos. Una cosa eran las fotos. Otra muy diferente la piel. Y ellos respiraban piel.

Héctor llamó al timbre en unos minutos y le abrí dispuesta a ser comprensiva, a preguntar y entender antes de dar gritos por algo que podía ser tan comprensible como: «Ha venido a devolverme equis». No soy de esas chicas que arman una batalla campal por celos.

Subió fingiendo no estar afectado. Me asustó ver que fingía tan jodidamente bien porque me hizo poner en duda muchas de las cosas que yo había dado por sentado desde que lo conocí. Él solo entró, me dio un beso en la boca y otro en la frente y se acercó a Roberto para acariciarlo, mientras me preguntaba por qué no dejaba entrar a Holly, que seguía maullando tras la puerta. Me quedé sin habla, la verdad. No sé ni siquiera si le contesté. Solo sé que me quedé esperando una explicación que... no llegó. Acababa de verlo con Lucía y... no pasó nada. Nada. Cuando esperaba que se vaciara de peso compartiendo conmigo lo mal que se sentía, se lo tragó todo y lo digirió. Cosas que aparecieron después, más tarde, cuando estallamos ambos, pero en ese momento las tragó y lo único que nos quedó fue el silencio.

—Héctor... —lo llamé cuando vi que se alejaba hacia el salón para abrir a Holly—. Vas a tener que decir algo...

—Ya está —me prometió—. Se ha terminado.

Ojalá. Todo aquello que barremos bajo la alfombra tiende a engordar en la oscuridad y salir a toda potencia de nuestras bocas cuando la presión puede con nosotros. Acababa de empezar.

No soy idiota. Solo un poco, solo en esa proporción a la que te arrastra el amor. Con ello quiero decir que... las piezas habían ido encajando y en cada una de esas casillas que se mantenían en blanco, ajustó a la perfección el nombre de Lucía. Las dudas se despejaron y me di cuenta de lo acompañados que habíamos estado a cada momento desde que volvió de su viaje a Ginebra.

Dios..., no quiero saber cuántas veces la he nombrado. Es como si tuviera su nombre tatuado en la lengua y me doliera cada vez que la pienso. No puedo echarle la culpa pero... lo hago. Como ella a mí.

Héctor se quedó a dormir aquella noche, probablemente porque no quería ni siquiera salir de casa, enfrentarse a la visión del portal donde se había reencontrado con ella o arriesgarse a que siguiera allí, metida en casa de Estela. Pero no lo dijo. Solo se metió en mi cama pronto, me dijo que le dolía la cabeza y se acurrucó mientras yo leía.

Evidentemente no pude asimilar ni una de las palabras que leí. La historia pasó a flotar por el aire sin poder entrar en mi cabeza, donde el nombre de la mujer que había compartido la vida con Héctor se había instalado en letras gigantes para no marcharse. Parecían tan... tristes. A ella la comprendía. A él... no. Cuando Fran me dejó, lo hizo sin titubear. Estaba tan seguro como yo quería creer que lo estaba Héctor cuando voló a Ginebra para romper. Y no dio un paso atrás. Los dos volvimos a casa de nuestros padres y ni siquiera volvimos a cruzarnos en el rellano del piso en el que habíamos vivido tan poco tiempo..., nos dividimos los días para la mudanza para no tener ni que vernos. Cortó con todo. Empezó de nuevo. ¿Dónde estaba el nuevo comienzo de Héctor? Porque no lo estaba viviendo. Me sentí más libre cuando aún éramos tres, cuando teníamos remordimientos por algo real como estar teniendo una aventura, que cuando volvió hecho polvo. Sentí que Héctor se había encadenado con recuerdos a su casa, a Lucía, a su vida anterior y yo no tenía la llave para abrir el grillete.

Parecíamos estar bien. Él andaba a grandes zancadas en lo nuestro pero, seamos sinceros, no podía evitar pensar que quería reconstruir lo que tenía, como en un decorado perfecto, junto a mí. Cambiar la ciudad, cambiar el piso y la chica, pero agarrarse a que todo lo demás fuera igual pero eso era... imposible. Y me daba miedo frenar o acelerar. No quería nada más que quedarme quieta y esperar.

Eran las tres de la mañana, ya llevábamos un rato acostados, pero yo no podía dormirme. Algo fallaba. Algo. Lucía se nos colaba, pero... ¿por dónde? Si hubiera sabido cómo acabaría aquella noche, probablemente hubiera disfrutado más. Todo. Los paseos por Madrid con el frío del invierno y la tímida primavera que fuimos despertando con nuestros pies. Las ganas de besarnos, los besos por fin. Los abrazos. Las confesiones. Las noches. No hubiera dormido, creo, para aprovechar sus labios, acariciar su barba, oler su cuello, morder su pecho e ir dejando pequeñas marcas en su piel, como en una firma de propiedad que no sería real pero que al menos lo haría mío durante el tiempo que estuviera conmigo. Pero no lo hice porque ¿qué sabía yo? Pasé de no saber a saber demasiado. Y todo me pareció obscenamente evidente. En aquel momento, a pesar de parecer Sofía y Héctor, éramos lo que siempre fuimos: algo bonito que nunca llegó a ser cierto.

La luz de su móvil apareció de súbito en la oscuridad de mi habitación, reflejándose en el techo. Héctor estaba profundamente dormido, así que no se dio ni cuenta ni de los mensajes que iluminaban la pantalla ni de que yo me levanté de la cama para... mirar. Compréndeme.

Ni siquiera tuve que desbloquear el móvil. Allí estaba su nombre y un globito con los whatsapps recién recibidos. No lo leí todo. No quería hacerlo, solo quería quitarme el miedo. No quería saber más de lo que podía leer en la pantalla bloqueada, sobre todo porque lo que vi me pareció aún peor de lo que me imaginaba: «Si tú también me echas de menos... no entiendo todo esto».

Fue una violación de su intimidad. Una desconfianza imperdonable. Un acto que dijo mucho de quiénes éramos y nada fue bueno. No hice las preguntas para las que necesitaba respuestas, independientemente de querer escuchar la verdad. Así que bueno, quizá no tengo justificación pero, me entiendes, ¿verdad?

Aproveché que estaba dormido para coger el móvil y meterme en el baño con él, encerrada con pestillo. Me senté en la taza del váter y deslicé el dedo por la pantalla, como le había visto hacer mil veces. No lo pensé, si lo hacía terminaría dejando el teléfono en la mesita y metiéndome en la cama a su lado, convencida de que la puta ignorancia es muchísimo más agradecida. Empecé mirando las llamadas, tras lo que contuve un gemido de pena. Había muchas. Antes de verlos juntos en la puerta de su casa... se habían llamado mucho, pero lo jodido era la duración de todas ellas, que rondaba los veinte minutos y el hecho de que algunas hubieran salido de su teléfono. Él también la había llamado. Él la había llamado.

Cogí aire y entré en Whatsapp. En la conversación con Lucía aparecían mensajes sin leer.

«Si tú también me echas de menos... no entiendo esto», volví a leer.

Fui hacia atrás, perdiendo la fe, leyendo mensajes que nada hacían pensar en que se hubiera acabado y cuando creí que ya nada podría empeorar la situación... Lucía llamó. A las tres de la mañana. Y lo cogí.

—¿Héctor? —preguntó entre sollozos—. Héctor, por favor, no te enfades. No puedo evitarlo. No quiero esto. Tú tampoco. Te conozco desde hace treinta años. No quiero que aprendas a vivir sin mí. No puedo soportarlo...

Colgué.

Héctor se despertó sobresaltado cuando su teléfono móvil cayó sobre su estómago. Se incorporó para mirarme confuso y yo encendí la luz del dormitorio para señalar la pantalla.

—Te ha llamado tu novia.

—¿Qué dices?

—Tu móvil. Te ha llamado TU NOVIA.

—Mi novia eres tú.

—¿Lo sabe ella?

Héctor resopló y dejó el móvil encima de la mesita de noche.

—¿No vas a devolverle la llamada? —insistí.

—No. No voy a devolverle la llamada. Claro que no. —Se destapó y se sentó en el borde de la cama, frente a mí.

—¿No contestas nunca cuando te llama?

Se apartó el pelo de la cara y, mirándome a los ojos, me dijo que no.

—No.

Claro. ¿Qué esperaba? Las mentiras que le habíamos contado a Lucía nos volvían de golpe, con fuerza, cómo no.

—Mírame otra vez y dime que no.

—No —repitió.

—¿No la echas de menos?

—No.

—¿No le escribes?

Una nota de alarma brilló en sus ojos, pero siguió negando.

—Sofía, ¿adónde quieres llegar?

—Estoy siendo tonta, ¿verdad?

—¿Qué quieres decir?

—Que te estoy creyendo sin más, desde el principio. Estás tan acostumbrado a que lo haga que crees que voy a hacerlo siempre.

—No te entiendo.

—¿No me entiendes? Lucía tampoco te comprende a ti porque, dime, Héctor, ¿qué hace su exnovio llamándola, contestándole los mensajes, diciéndole que la echa de menos, que lo que vivieron juntos es insustituible, que nadie podrá borrarla?

Chasqueó la lengua contra el paladar y se levantó de la cama para ponerse una camiseta.

—Genial, Sofía, genial —su voz sonaba grave y adormilada.

—¡No te atrevas a hacerme sentir mal por esto!

—No, no. No voy a entrar en lo que me parece que cojas mi móvil y revises mis conversaciones, solo en que no puedes ser tan tonta de creer verdades a medias como universales.

—Pues explícamelo.

—¿Qué quieres que te explique, Sofía? —su tono varió. Era cortante y encendido. Era un tono que no conocía en su voz—. ¿Es que no te sirves sola para entender lo complicadas que son las rupturas?

—¡No he vivido en una burbuja hasta que tú entraste en el Alejandría! ¡También he tenido vida! ¡He estado en su situación!

—¿Y?

—¡¡¡¿Y?!!! ¿Cómo que «y»? ¡¡Mi ex no me llamaba, no me escribía mensajes y no me decía que me echaba de menos porque YA ESTABA HACIENDO SU VIDA!! ¿Dónde está la tuya? ¿Aquí? ¿Allí?

Héctor resopló mientras murmuraba que no entendía nada. Que YO no entendía nada.

—¿Qué crees que no comprendo?

—Esto. Lo que estoy viviendo. Lo que me está pasando. Te pedí paciencia, pensé que empatizarías conmigo pero… no lo haces.

—Pero ¡si lo he vivido en mis propias carnes, Héctor! ¡¡Eres tú quien no entiende nada!! Ni a ella ni a mí ni a ti mismo.

—Me voy a ir a mi casa.

—Sí. Vete. Y llámala. Debe estar preocupada. Acostumbráis a hablar a estas horas, ¿no?

—Pero ¿tú te estás oyendo? —me preguntó con un desdén que no reconocí en su boca.

—¡¡Que las he visto, Héctor!! ¡¡Que he visto las llamadas!!

—Baja la voz —me exigió.

—Dime cómo he pasado de ser la amante a la engañada, por favor, dímelo porque no lo entiendo.

Se dejó caer otra vez sobre la cama, con aire cansado.

—¿Qué crees que le digo en esas conversaciones, Sofía? ¿Qué crees que estoy haciendo aquí contigo entonces?

—Solo sé lo que le escribes.

—¿Y qué? ¿Le digo que no podré olvidarla? ¿Le digo que la echo de menos? ¿Le digo que…? ¿Qué?

—No me hagas creer que esto es normal, Héctor. —Me abracé a mí misma—. He leído los mensajes. No voy a pasar otra vez por esto. Yo he sido ella. Yo he sido ella, joder, sé lo que es, lo que se siente, sé…

—¡¡No eres ella!! —gritó—. ¡¡No eres ella, Sofía!! Tú eres otra y acabas de llegar. ¡¡Métetelo en la cabeza!! ¡¡No es lo mismo!! ¡¡No eres ella!!

Me aparté dando dos pasos hacia atrás, golpeada por algo que… en el fondo ya sabía.

—No. No lo soy. Creí que no me hacía falta —le dije, rota.

—No me trates como si te hubiera engañado.

—Es justamente cómo me siento, Héctor.

—¡¡¿Qué más quieres de mí?!! ¡¡Dime!! ¡¡¿Qué más quieres?!! Desde que te conozco, desde el primer puto minuto, estoy haciendo lo que tú quieres. ¡¡Yo solo he querido complacerte, joder!! ¡¡Lo he hecho todo!!

—¿Te obligué? ¿Es eso? ¿Crees que te obligué? ¡¡Estaba muy bien sin ti!! ¡Estaba de puta madre!

—¿Todo esto por unos mensajes consolando a la mujer a la que dejé por ti, Sofía? ¿De verdad?

—¿Es solo la mujer que dejaste por mí?

Héctor se rio. Se rio con amargura y se frotó los ojos y yo aproveché su pausa para seguir reprochando:

—¡La echas de menos, Héctor! ¡La echas de menos! ¿Dónde estoy yo cuando tú la añoras? Dime. ¿A tu lado? ¿Durmiendo?

—¡¡Llegaste tarde, Sofía!! ¿Qué quieres que hagamos? ¡¡Llegaste dieciocho años tarde y no puedo borrarlo!!

Se tapó la cara y bufó. Yo me senté en el suelo, con mi camiseta de dormir y las piernas desnudas. Él, mientras tanto, se levantó y alcanzó el resto de su ropa, que empezó a colocarse a toda prisa. Iba a preguntarle si se iba, pero era evidente y no quería hacer más preguntas tontas para las que ya sabía la respuesta. Durante unos minutos no se escuchó más que dos respiraciones entrecortadas y el movimiento acelerado de alguien que... quería irse. Apoyé la cabeza en la pared. Se deshacía. Se nos deshacía.

Héctor cogió su móvil, sus llaves y su tabaco de liar y fue hacia la puerta pero se paró con el pomo en la mano, sin mirarme.

—¿Ya está? —le pregunté.

—No deberías querer a nadie a pesar de nada. Deberías querer a alguien por quien te hace desear ser —me dijo—. Yo no quiero que me quieran así.

—No puedo elegir cómo quiero.

—Yo tampoco. Y te quiero mal. Te quiero con remordimientos.

El portazo hizo vibrar los cristales de esa ventana a través de la que nos enamoramos. Y cuando escuché la puerta de casa cerrarse tras él, me eché a llorar porque no había dicho nada que no supiera.

49

LO QUE PODRÍA HABER SIDO

Podría haber sido una discusión. Las parejas se pelean, debería saberlo. Las parejas tienen disputas por las cosas más tontas. La taza del váter levantada, unas llaves que no aparecen, una sábana que siempre termina en el mismo lado de la cama. Los padres. Los amigos. La nevera vacía o el cubo de la ropa sucia lleno. Una llamada a deshoras. Un retraso. Nosotros, sin embargo, siempre nos peleábamos por lo mismo: por ella. Por una chica que se enamoró de él cuando tenía dieciséis años, por una chica con la que él lo compartió todo hasta encontrarme a mí y que no nos dejó tener ese tipo de rutina que hace que discutas por tonterías. Ni siquiera fuimos eso.

Pese a todo, me dormí. Estaba cansada. Agotada. La tensión de no saber, de imaginar, de rastrear en el pasado cuántas veces podía haber fingido que todo iba bien ahora que sabía que podía hacerlo tan bien. Héctor… ¿había estado conmigo de verdad desde que volvió o fue solo una opereta? Un intento. Una… aventura. Algo que podía haberse dado cuenta de que no quería. Si deseaba reproducir detalle por detalle su vida anterior conmigo era porque, quizá, no estaba preparado para empezar algo nuevo.

Pero me dormí. Llorando, tirada en la cama y abrazando la almohada como cuando me peleaba con mi madre y sollozaba pensando que jamás sería suficiente, pero esta vez oliendo el rastro de su perfume en la funda. Cambiaba la persona, pero no la sensación. Como le pasaba a él. Yo seguía sintiendo, después de tantos años de sentirme bien, que no era suficiente en mi propia vida.

Cuando me desperté eran las siete de la mañana. Tendría que haber corrido a la ducha para arreglarme y vestirme para ir al Alejandría, pero no pude. Me dije que lo haría todo más rápido después…, necesitaba un ratito más. Un poco más. Un rato de imaginar todas las posibilidades, la de la reconciliación y la de la ruptura. No pude con la segunda así que puse todas mis esperanzas en la primera.

En los últimos cuatro años solo había faltado a trabajar una vez que cogí la gripe y tuve mucha fiebre. Incluso hecha un moco en el sofá, envuelta en una manta, deseé tener la fuerza de ir a trabajar porque había algo mágico en ese sitio. Era la luz o el olor. Era la gente que lo llenaba o la persona en la que yo me convertía al cruzar el umbral. El Alejandría no era un trabajo cualquiera. Yo estaba enganchada a él porque me hacía bien. Así que terminé por levantarme y meterme en la ducha.

Al salir, me vestí, me calcé, cogí mis cosas y bajé las escaleras a pie. Al salir a la calle una sensación fresca y agradable me golpeó la cara y cerré los ojos. Todo podía mejorar. Una discusión no era más que… una discusión.

Caminé los escasos metros hasta el Alejandría donde Abel estaba abriendo la cortina metálica.

—Buenos días, flor —dijo sin apartar los ojos de la cancela.

—Buenos días.

Alcé la mirada hacia la ventana de Héctor. Las cortinas estaban descorridas y el cristal... limpio. Hacía un par de días había dibujado un corazón, pero no uno ñoño, sino uno anatómico; habíamos bromeado sobre si parecería la ventana de un bar de Malasaña o la consulta de un médico chino. Pero ya no estaba.

—... así que, ya sabes, no compres nunca nabos, porque fritos no saben bien. Saben como a... sicomoro —terminó de decir Abel abriendo la puerta de dentro.

—Oye..., ¿me das un segundo? Bajo enseguida, ¿vale? Necesito decirle a Héctor... —Te quiero. Necesitaba decirle te quiero. Como una loca. Te quiero. Te quiero. Te quiero—. Una cosa.

Hizo un gesto con la mano invitándome a cruzar la calle y yo lo hice notando el latido en la garganta. ¿Qué pasaba? ¿Qué me pasaba? Una discusión, Sofía, entrará en el Alejandría a tomar su café a media mañana y los dos os disculparéis y os besaréis y seréis...

Estela salió del portal en aquel mismo instante y me miró con el ceño fruncido.

—¿Qué pasa? —me preguntó.

—Necesito subir a decirle una cosa a Héctor.

—Creo que está dormido. No le he escuchado moverse...

—Me..., ¿me puedes dejar tus llaves?

—Claro. Las recojo luego en el Alejandría.

—Gracias.

Nos dimos un beso en la mejilla y me precipité hacia las escaleras que llevaban al ascensor, en el que me metí a toda prisa. La subida se me hizo eterna.

Las bisagras de la vieja puerta crujieron al abrir y me recibió la oscuridad parcial de una casa que no había subido aún casi ninguna persiana. A Estela le gustaba despertarse poco a poco, que la luz fuera entrando en su vida perezosa hasta que llegara a la calle en una especie de saludo al sol. Me choqué con el sofá al cruzar el salón y me arrojé contra la puerta de la habitación de Héctor, que se abrió con un chirrido para mostrarme el escenario que en el fondo sabía que me encontraría.

La cama estaba sin hacer, vacía, sin sábanas. Estas se encontraban dobladas en la esquina. El escritorio, despejado. Ni un papel. Ni un libro. Ni un cuaderno. Ni el ordenador. Escuché algo pero... era mi propia respiración jadeante cuando me dirigí al armario. Dentro... nada. Solo un poster de Blur lleno de marcas de carmín.

Miré a mi alrededor. Muebles. Su mural hecho con un sencillo rotulador negro. Nuestras fotos también habían desaparecido de la pared. La lamparita que compramos juntos seguía en su mesita de noche, pero los cajones estaban... vacíos.

Cerré los ojos mientras me repetía en voz alta que me calmara.

—Cálmate, cálmate, cálmate.

Al abrirlos..., vi la maceta que con mimo habíamos logrado que empezara a florecer y junto a ella... la nota. Un folio cortado a toda prisa y doblado en dos que lamenté antes incluso de leerlo.

Su caligrafía grande, torcida, elegante, como de poeta muerto siglos atrás, me esperaba. No había mucho texto. No era una carta de despedida. Era una justificación.

«Ojalá coincidamos en otras vidas, ya no tan tercos, ya no tan jóvenes, ya no tan ciegos ni testarudos, ya sin razones sino pasiones, ya sin orgullo ni pretensiones».

C. Bukowski

Perdóname. Me rindo. No sé quererte bien. Sé feliz.

Héctor

Una Sofía mucho más mayor que yo me palmeó la espalda cuando me dejé caer destrozada sobre la silla de su escritorio, con los ojos perdidos en la habitación abandonada. No me lo podía creer. Se había ido. Mi propia voz, una voz madura, sabia, me pidió que no me rompiera. «Queda mucho por delante». Supongo que era la reacción de mi propio instinto de supervivencia cuando sentí que me quería morir. Duró poco. Nadie muere de amor.

Dejé que todo el aire que llenaba mis pulmones fuera saliendo, denso, cálido, horriblemente pesado, hasta tocar suelo. Con él salieron mis fantasías, los planes que ya no se harían realidad. Salimos Héctor y yo, caminando de la mano, recorriendo un Madrid helado, besándonos en cada rincón para calentarnos, recordando cosas que ahora ni siquiera viviríamos. El sexo…, el sexo íntimo y mágico que no tendríamos también se evaporó, como si me sobraran todos aquellos gemidos que no compartiría con él, que no condensarían mi aliento en su garganta. Cerré los ojos para no llorar y nos vi tendidos en la cama, entrelazando los dedos en el aire, hablando de lo que haríamos si consiguiéramos ahorrar, pero la imagen fue cambiando hasta que el colchón se convirtió en dos y a su lado… ella.

Los planes. Los besos. Las carcajadas. La esperanza de que Holly le quisiera alguna vez. Despertarse en mitad de la noche y apretarse contra su costado. Sus labios pegados a los míos diciendo «Te quiero». La seguridad de haber emprendido un viaje sin posibilidad de vuelta atrás. Los pasos por Madrid, dibujando líneas entre sus calles, dejando enganchado en cada esquina ese hilo rojo que ambos llevábamos prendido del meñique, ese hilo que él prometió atar para siempre en mi mano, para tenerme unida. Todo roto.

Dijo Quetzal Noah que no tiene nada de malo irse cuando sientes que no estás avanzando. Probablemente fue aquello lo que le empujó a marcharse pero ¿de qué me servía esa cita?

De nada. Porque Héctor había huido en busca de los labios de otra, más conocidos, más suyos. Se había ido porque no sabía asumir los remordimientos ni la pena y porque nunca supo cumplir su promesa de no volver a ponerla a ella por delante. Yo siempre fui la segunda, la que llegó tarde.

Algo que se adivinaba sencillo; una chica que conoce a un chico; un chico que sonríe con picardía y que se le cuela en la vida. Dos amigos repentinos entre los que se esconde algo más. Una de esas historias de amor. Sofía y Héctor. Los viajes. Las caricias. Los años. Los proyectos. Él y yo. Todo lo que podría haber sido, sencillamente, dejó de existir.

Cogí mi teléfono móvil del bolso que aún colgaba lacio en mi hombro y escribí algo…, un epitafio, una despedida. Necesitaba decirle muchas cosas sobre los meses que llevábamos a nuestras espaldas, cosas que le hicieran darse cuenta del error que acababa de cometer, pero ningún recuerdo quiso venir a ayudarme, así que bastaron dos palabras: «Fuimos reales».

Lo envié sin pensar. No hizo falta decir adiós. Se había acabado.

Epílogo

Cuando salgo a la terminal de Ginebra no puedo creerme que el vuelo de vuelta a casa haya valido para revivir toda nuestra historia. A decir verdad, ni siquiera estoy seguro de cómo pude vaciar la habitación anoche sin despertar a Estela, dejar mi ordenador en la empresa de envíos internacionales, comprar los billetes y esperar a Lucía. No me lo explico por muchas razones. La principal es que sé que acabo de joderme la vida.

Lucía, a mi lado, camina cogida de mi mano, agarrada, con los dedos entrelazados a los míos. Parece más pequeña. Parece más… niña. Y su alegría, la misma que hace que no deje de repetir que las cosas van a salir bien, me revuelve el estómago. Sabe que esta decisión ha sido tomada por una parte de mí que no es respaldada por el resto. No sé por qué lo he hecho. Sé por qué lo decidí pero no entiendo cómo no dejó de tener sentido cinco minutos después. Ella también es consciente, pero fue rápida respondiendo: Sí.

Mi indefinición vital de nuevo. El miedo. El remordimiento. Haberle destrozado los planes a Lucía provocando una reacción en cadena que se llevó por delante el futuro y parte del pasado hasta dar como resultado una persona que no sabía que habitaba dentro de ella, totalmente desvalida. Creo que me rompió cuando me dijo que se encontraba igual que a los quince, cuando no me tenía, no sabía nada, no había conseguido ninguna meta pero... con casi veinte años más. Sofía me contó algo parecido sobre su ruptura. Me jodió la cabeza cuando me preguntó si sabía cómo se sentía una mujer de treinta y cuatro años a la que acaban de abandonar por otra. El resto lo hizo la pena, la necesidad de acurrucarme en zona conocida y el remordimiento.

Esperamos mi maleta en silencio. Lucía me mira, pero no soy capaz de devolverle la mirada. El tacto de su mano en la mía me hace sentir extraño, como en casa después de algo que me ha cambiado para siempre. Probablemente es así.

Sofía. ¿Habrá encontrado la nota ya? ¿Me odiará? Debería hacerlo. Soy un cobarde. No me he atrevido a ser feliz con ella por no cargar con la pena de haber fracasado antes. Es curioso. Me he ido porque no soportaría hacerlo con ella. No soportaría hacerle a Sofía lo que he sido capaz de hacer con Lucía. Y para no hacerlo... lo hago. Pero antes. Ahora mismo no entiendo qué hago aquí y cuándo creí que era buena idea.

Saco el teléfono móvil del bolsillo y lo enciendo porque temo lo que puedo encontrar y cuanto antes me enfrente a ello, mejor. No tardo en recibir varias notificaciones de llamadas perdidas, pero ninguna es suya. Mi madre. Estela. Hay tres mensajes, uno de mi hermano que me cuenta que mi madre se ha enterado de que Lucía y yo volvemos a Ginebra y que está como loca. Otro de Estela, que me pregunta si me ha pasado algo con Sofía. El otro... lo imaginaba.

«Fuimos reales».

Sofía. En estado puro. Apago el teléfono de nuevo y lo dejo caer en el bolsillo de mi pantalón vaquero.

Mi maleta aparece y suelto la mano de Lucía para ir a cogerla. Ella me pregunta cuándo llegarán mis trastos. Mis trastos. Sonrío con amargura con la comisura de mis labios porque mis cosas siguen siendo trastos para ella. Le contesto que en un par de días.

Ella debería estar ahora mismo arreglándose en casa de sus padres para la comida familiar de «reencuentro», donde debía mostrarse serena, entera y tranquila para demostrar que nuestra ruptura no había significado más que la posibilidad de empezar de cero consigo misma, sola.

Yo debería estar ahora mismo metido en la cama de Sofía, mirando sus cosas, intentando descifrar los recuerdos que cada cachivache lleva adherido, sonriendo con sus libros, con sus sábanas suaves, con el recuerdo de abrazarla muy fuerte durante cinco minutos antes de marcharse a trabajar.

Ninguno de los dos está en el lugar que le corresponde, pero creemos que estamos donde debemos estar y eso es suficiente. La vida no es siempre un cuento con final feliz.

Me pregunto si Lucía sabe que anoche tuve en los brazos a Sofía. Me pregunto si sabe que, a pesar de la pena que me contagió su visita, estuve a punto de pedirle que me desnudara y que me hiciera el amor como solo ella sabe hacerlo; si lo hubiera hecho quizá aún seguiría allí, aún seríamos reales. Me pregunto si es consciente de que no voy a volver a quererla. Yo ya solo puedo querer a Sofía. No hay posibilidad de vuelta atrás. Ya está. Se acabó. Ahora sí que se acabó. Me he jodido la vida.

Lucía tira un poco de mi mano llamando mi atención y cuando la miro me sonríe. Me conoce y sabe que no estoy siendo yo; quiere tenerme de vuelta. Buena suerte…

—Volveremos a ser felices —me promete—. Ya te perdoné.

La pregunta que me atraviesa el cerebro ahora es... ¿cuándo voy a perdonarme yo por lo que le acabo de hacer al resto de mi vida?

Al salir de la terminal el cielo plomizo de Ginebra me da la bienvenida. Bienvenido, Héctor, a tu vida de mierda. Solo me queda recordar. Rezo por dentro, muy quedo, muy fuerte, para que nada le borre la magia de ser Sofía.

AGRADECIMIENTOS

Cuando planteé esta historia era completamente diferente. Héctor era otro Héctor y Sofía otra Sofía. La trama no tenía nada que ver y de aquello solo quedan reminiscencias y algunas notas que tomé en un viaje a Ginebra que me valió para conocerle a él, a ese personaje del que me pasaría escribiendo meses. Y que no me he podido quitar de la cabeza desde entonces.

El motivo por el que todo ha cambiado fue que empecé con mal pie y no fue hasta casi el final que no vi con claridad que no se sostenía. Tomar la decisión de empezar de cero podía parecer una locura pero encontré muchas personas en el camino que me apoyaron en la decisión. La principal Ana, mi editora, con la que trabajo codo con codo desde que parimos Valeria y salió a andar con sus tacones. A ella debo agradecerle la franqueza, el trabajo bien hecho, el cariño y la amistad. Y quiero aprovechar esta página para decirle que lo que hicimos aquella tarde, cuando decidimos desechar lo que ya había escrito, es muy difícil y una muestra de que formamos un muy buen equipo. No hubiera sido capaz de tomar la decisión si no la hubiera tenido conmigo. Por su apoyo, por su fe en mí y por la ilusión con la que emprende cada nuevo trabajo: gracias.

Por supuesto, infinitas gracias al resto del equipo de Penguin Random House que hacen de esto de publicar libros una experiencia más allá del trabajo y la pasión por las letras: Patricia, Gonzalo, Mónica, Iñaki, Mar, David, todo el equipo comercial —Paco, Carlos, Jose, Vega, Juan, Miriam, María, Ana, Berrocal, Dani, Julián...— y el resto de las personas que hacen posible que cada nuevo libro llegue a las librerías. A todos: a sus pies.

No me puedo olvidar de Sara, mi lectora cero, que lee conmigo en voz alta cuando algo no encaja y que forma parte de este proceso desde que la idea cruza por mi cabeza. Sin ti..., sinceramente, no sé qué haría. Little twin, qué bueno tenerte en mi vida.

Gracias a María Gil, que me ayudó a dar con Héctor y que, entre botellas de vino y paseos por Ginebra, vivió conmigo ese momento especial. Se suma a todos los recuerdos increíbles que tengo a su lado.

A Jose, que me acompaña y me aguanta cada día, decirle que, aunque cuando lo conocí supe que nos llevaríamos bien, no tenía ni idea de lo importante que sería en mi vida y lo orgullosa que estoy de él. Te llevo por bandera, hijols.

A vosotr@s, coquet@s, que independientemente de dónde vivís me hacéis llegar cada día vuestro apoyo y cariño, que dais vida a los personajes con vuestra lectura y que ponéis magia donde solo hay palabras... Gracias. A quienes me entendisteis, me hicisteis sentir acompañada. A quienes me sonreísteis, me disteis calor o me cedisteis un abanico. A tod@s l@s que hicisteis vuestro algún personaje... Gracias por hacer lo imposible real y demostrar que los sueños a veces sí se pueden hacer realidad. Sois l@s mejores.

A mamá, papá, Lorena, Marc y María, por enseñarme lo bonito de la vida. A Óscar, por darle sentido a la palabra amor. A todos los nombres que no caben en esta página...
GRACIAS.